내 차 타고 세계여행

러시아 횡단 편

내 차 타고 세계여행: 러시아 횡단 편

발행일	2018년 5월 4일		
지은이	김 상 억		
펴낸이	손 형 국		
펴낸곳	(주)북랩		
편집인	선일영	편집	권혁신, 오경진, 최승헌, 최예은
디자인	이현수, 김민하, 한수희, 김윤주, 허지혜	제작	박기성, 황동현, 구성우, 정성배
마케팅	김회란, 박진관, 윤정근		

출판등록 2004. 12. 1(제2012-000051호)
주소 서울시 금천구 가산디지털 1로 168, 우림라이온스밸리 B동 B113, 114호
홈페이지 www.book.co.kr
전화번호 (02)2026-5777   팩스 (02)2026-5747

ISBN 979-11-6299-098-8 04810(종이책)   979-11-6299-099-5 05810(전자책)
     979-11-6299-097-1 04810(세트)

이 도서의 국립중앙도서관 출판예정도서목록(CIP)은 서지정보유통지원시스템 홈페이지(http://seoji.nl.go.kr)와 국가자료공동목록시스템(http://www.nl.go.kr/kolisnet)에서 이용하실 수 있습니다. (CIP제어번호 : CIP2018012718)

(주)북랩 성공출판의 파트너
북랩 홈페이지와 패밀리 사이트에서 다양한 출판 솔루션을 만나 보세요!
홈페이지 book.co.kr • **블로그** blog.naver.com/essaybook • **원고모집** book@book.co.kr

언제든 마음 가는 대로 떠날 수 있는 **차가용 여행 백서**

러시아
횡단 편

내 차 타고
세계여행

김상억 지음

북랩 book Lab

우리의 여행을 걱정해 주고 도와준 모든 사람들에게,
특히, 우즈베키스탄-카자흐스탄의 국경에서 위험해 처한 우리를
혼신의 힘을 다해 도와준
카자흐스탄 B.Konysbayeva 국경 주민들께
감사의 마음을 전합니다.

—

다시 돌아와, 이 넓은 세계의 한구석에서 함께 살게 된 것을
기쁘게 생각하면서….

- 방 양과 김밥 군에게 -

서문

**이 책은 전체 347일간의 여행 중 초기 60일간,
러시아를 횡단하는 부분만을 다룹니다.**

러시아는 극동의 블라디보스토크에서 서쪽의 상트페테르부르크에 이르기까지 1만여㎞에 달하는 동서 길이를 자랑하는 나라지만, 많은 여행자들은 단지 유럽으로 가기 위한 길목쯤으로 여기며, 이 먼 거리를 한 달여 만에 지나가 버리고 맙니다. 저 역시, 이 여행을 시작하기 전에는 러시아에 여행을 가보겠다는 생각을 해 본 적이 없었습니다. 그 이유는 아마도, 우리가 러시아에 가지고 있는 선입견 때문일 겁니다.

러시아 하면 떠오르는 것은 스킨헤드, 공산당, 시베리아 동토 등 그다지 친근하게 다가오는 것은 없습니다. 유튜브 등을 돌아보면 러시아의 험악하기 이를 데 없는 교통사고 동영상과, 러시아 해군이 영해를 침범한 해적에게 무자비한 총격을 퍼붓는 영상 등을 쉽게 찾아볼 수 있습니다. 그만큼 러시아는 우리에게 다가가기 어려운 존재였습니다.

하지만, 60일에 걸친 러시아횡단 과정에서 우리는 러시아의 다른 면을 보게 되었습니다. 저녁 예배가 열리는 정교회 안에서 두 손 모아 예배를 드리는 장년의 남자를 보며, 이 나라에 다른 면이 있다는 것을 뼈저리게 느꼈고, 도시 곳곳마다 세워진 장대한 정교회의 수도원과 대성당들을 보며 우리가 러시아를 오해하고 있었음을 깨닫게 되었습니다.

세계 최초의 우주인 유리 가가린과, 세계 최초의 여류 우주비행사 텔레

내 차 타고 세계여행_러시아 횡단 편

시코바의 흔적을 돌아보며, 이 사람들이 러시아 사람이었지 생각하며 그제 야 러시아에 관해 파편처럼 가지고 있던 지식들을 통합하기 시작했습니다.

이 책은 60일간 동에서 서로 러시아를 횡단하며 부자가 겪은 일상을 여 러분들이 함께 체험하기를 바라며 있는 그대로 때로는 무미건조하게 매일 매일 기록하였습니다. 너무나 무미건조하여 따분하다 생각될 수도 있겠지 만, 이런 여행이 언제나 모험과 흥미로움으로 가득 차 있는 것은 아니라는 것을 생생하게 체험하시게 될 겁니다.

길고 험난해 보이는 여행이지만 상상 외로 평온하며, 물 흐르듯 진행됩 니다. 이 여정을 통해 이런 여행이 그리 어려운 것이 아님을 알려드리고 싶 었습니다. 여행을 떠나기 위해 고가의 차량에 많은 돈을 들여 튜닝할 필요 도 없고, 평범하게 출퇴근하는 여러분의 차를 타고도 이런 여행을 할 수 있다는 것을 생생하게 보여드리고자 이 책을 썼습니다. 시작이 반입니다. 이 책을 읽으시고 내일 당장이라도 떠나실 수 있다면 좋겠습니다.

당장 어떻게 차를 외국으로 보내는지가 궁금하시면 바로 부록부터 읽으 십시오. 부록에는 여러분들이 필수적으로 알아야 할 내용들이 압축·요약 되어 있습니다.

본문에 언급된 각 돌아볼 곳들은 Triposo라는 터키항공에서 만든 무료 오프라인 여행앱을 많이 참고하였습니다. 정확한 위치 등은 앱에서 확인하 실 수 있습니다.

본서에는 여행 중 촬영된 사진을 많이 싣지는 않았습니다. 여행 중 촬영 된 사진들은 모두 가감 없이 블로그[1]에 포스팅되고 있으니, 블로그에서 더 많은 사진들을 감상해 주시기 바랍니다.

---

1 http://blog.naver.com/sekimdr

전체 여정은 347일간 68,683㎞이다.
총 33개국을 거쳤다.

Contents

부록

표 차례

그리스 아테네의 제우스 신전에서. 멀리 아크로폴리스 언덕 위 파르테논 신전이 보인다.
내 모든 여행은 이곳에서 시작했다고 할 수 있다.

Prologue

> 하지만, 궁극적으로 그에 대한 대답은 한 가지밖에 없을 것이다.
> 그들은 자기 눈으로 직접 그곳을 보고, 자기 코와 입으로 그곳의 공기를 들이마시고,
> 자기 발로 그 땅 위에 서서, 자기 손으로 그곳에 있는 물체를 만지고 싶어서 왔던 것이다.
> - 무라카미 하루키, 『하루키의 여행법』 중 '멕시코 대여행'에서

2009년 8월 29일

깨달음

나는 그리스의 수도 아테네, 제우스 신전에 있었다. 저 멀리 아크로폴리스의 언덕이 보이고, 파르테논 신전이 그 위에 있었다. 교과서의 사진에서만 보던 그곳이 저 위에 있었다.

주위를 둘러보았다. 제우스 신전의 거대한 기둥들이 하늘 높이 솟아 있었다. 여기가 그리스이고 이제는 내가 가고 싶은 곳에 내가 원하면 갈 수 있는 때가 아닌가 하는 생각이 머릿속에 떠올랐다. 원한다면 언제든지 이제는 갈 수 있는 때가 된 것이었다.

2015년 6월 15일

시작

직장에서의 일들이 이제야 완전히 정리되어, 8월 초순에 떠나는 것으로 계획을 짜고 있다. 오늘 처음으로 필요 물품들을 구매하기 시작했다. 준비물 구매 비용만 따져 보니 100만 원은 넘을 듯하다. 여러 가지를 옥션에서 주문했고, 병원에서 비상시에 먹을 약의 처방전과 소견서를 발급받았다.[1]

2015년 6월 16일

여행 중에 쓸 노트북을 새로 장만했다. 한 1년 전에도 여행할 때 쓸 것이라며 하나를 샀었는데, 휴대성을 고려하여 작은 걸 샀더니 화면의 글자가 잘 안 보이는 것이다. 그래서 어쩔 수 없이 약간 큰 것을 새로 샀다. 마누라가 한 1년 전에 아마도 여행 가기 전에 또 살 거라고 했는데, 그대로 되어 버렸다.

차량용 밥솥, 커피포트 등을 사야겠는데, 전부 중국제만 보인다. 가다가 고장 나면 그때부터 굶는 건데, 그렇다고 밥솥을 두 개씩 살 수도 없고. 시베리아나 북유럽 쪽에서 필요할 수도 있어서 겨울용 체인을 준비했다. 가능하면 이걸 쓸 일이 없기를 바란다. 혹시나 차에서 자게 될까 봐 차박 대비용 CO2 측정기를 알리익스프레스(Aliexpress.com)에서 주문했다.

2015년 6월 17일

오전에 건강검진 차원에서 위와 대장내시경 검사를 받았다. 전부 이상이 없었다. 평소에 변이 고르지 않아 복부 CT도 찍어 보았고, 20대 초에 폐결

---

1 실제 이 문제는 여행 후반부에 문제를 일으키기 시작했다.

핵에 걸린 적도 있어 흉부 CT도 찍어 보았지만, 다행히 별 이상이 없었다. 얼마 전 직장 검진에서의 혈액 검사에도 이상이 없었으니, 여행 갈 몸은 다 준비가 된 셈이다. CT 영상은 CD로 구워 보관했다.

차량용 밥솥과 커피포트를 주문했다. 이 제품들은 12V 10A 어댑터로 쓸 수 있게 어댑터 부위를 좀 손봐야 한다. 캠프장 등에서 밥을 할 때 사용할 것이다. 사진 백업용 SSD를 주문했다. 집에 있는 기존 노트북의 SSD는 새 기종에 장착할 계획이다.

2015년 6월 22일

오지에서 물을 정화해서 먹을 수 있게 하는 장비인 정수기를 구매했다. 정말로 오지를, 최소한 중앙아시아나 아프리카 정도를 가게 될지는 미지수이긴 하지만, 나중에 인도에라도 가게 되면 쓰면 되지 않을까 생각한다.[2]

ATA 까르네[3]는 쓸 데가 없고, 여행용은 CPD(Carnet de Passages en Douane) 까르네를 발급받아야 한다는 사실을 오늘에야 알게 되었다. 물론, 이란, 파키스탄, 인도 같은 나라를 깨끗하게 포기하면 필요는 없다. 이전에 여행자들의 경험담을 보면 이란에서 투르크메니스탄에 넘어갈 때도 까르네를 요구받았다는 말도 있었고, 있으면 편리하긴 할 듯하다. 국내에서 신청해서 우편으로 받을 수 있는 것 같긴 한데, 기한은 한 달 정도 걸린다고 한다. 스위스에 가서 직접 받을 수도 있나 본데, 그래서 사람들이 스위스에 가서 까르네를 받는다는 말이 나오는 것이었다. 인터넷에 있는 대부분의 정보는 바이크를 기준으로 하니 비용이 그리 크진 않을 것 같지만 차 값이 비싸면 보증금(deposit)도 비싸질 텐데… 하여간 문의 이메일을 보냈다. 스위스 가서 받아도 되는지, 가서 카드 결제를 해도 되는지 물어보았다.

---

2 이번 여행 중에는 결국 사용되지 않았다.
3 해외 전시나 시험을 위해 반출하는 기계나 차량, 도구 등이 대상이고, 운행을 위한 차량은 대상이 아니다.

캠핑용품이 뭐가 있는지 체크해 봐서, 내일쯤 주문해야 할 듯하다. 침낭이 있었는지 기억이 안 난다. 『모터사이클 세계일주』[4]라는 책을 한 권 주문했다. 까르네 및 대륙횡단에 대한 정보가 좀 있어 보였다.

저녁에는 DC 12V 어댑터와 젠더를 사용해서 집에서 차량용 밥솥으로 밥을 해 봤다. 밥하는 데 40분가량 걸린다. 안에 있던 계량 컵 한 개가 밥 한 그릇 분량. 뜸을 좀 더 들여야 할 듯한 밥이 만들어졌다. 차를 몰고 가면서 밥을 하고, 밥이 되면 세워서 밥을 먹을지도 모르겠다.

2015년 6월 23일

예전에 그리스에서 캠핑하면서 잘 때 등이 매우 아팠던 기억을 회상하며 캠핑용 매트를 샀다. 코펠과 수저 세트, 침낭도 하나 더 샀다. 캠프장에서 고기라도 구워 먹을 요량으로 멀티쿠커를 구매했다. 찜기, 냄비로 쓰거나 고기구이 등을 할 때 쓸 수 있다.

김밥 군의 천식 재발 대비용 심비코트 60회 분과, 싱귤레어 30알을 처방받았다. 집에 있는 걸 다 긁어 가고, 더 필요하면 중간에 공수라도 받으면 되는 것이다. 매일 써야 하는 것은 아니고, 증상이 있을 때만 사용하는 것이니, 이 정도로도 충분하지 않을까 생각한다.

2015년 6월 24일

가을 겨울 무렵에 캠핑하게 되면 혹시 얼어 죽을까 두려워 전기담요를 장만하였다.

경로를 구상하면서 보니, 카자흐스탄이 무비자 나라인 걸 발견했다. 옆

---

4   정두용, 『꿈의 지도』, 509일간 러시아 횡단 후, 유럽, 아프리카, 남미와 북미를 여행한 내용이다.

에 키르기스스탄도 무비자니 갔다 올 수 있겠고, 이란에 들어가서 투르크메니스탄, 우즈베키스탄 비자만 받으면 중앙아시아를 통과해서 올 수 있을 듯하다. 파키스탄 쪽으로 가면 중국 국경을 넘을 수 있는 곳이 현재로는 알려진 바가 없다. 중앙아시아 경로에서는 이란만 까르네가 필수다.

여행을 간 것도 아니고, 갈 거라고만 했는데, 갑자기 블로그에 들르시는 분이 많이 늘었다. 평소 사진과 설명에 심혈을 기울여 쓴 것들은 별로 조회 수가 높지 않았었다.

침낭을 주문한 걸 받았는데, 이건 왜 이리 큰지, 에베레스트를 등정해도 될 듯하였다. 기존에 집에 있던 것의 세 배는 되어 보인다. 잘못 산 것 같다. 바닥 매트는 그럴 듯하다. 두 명이 누우면 딱 맞을 듯하다.

요즘은 낮에 병원에서 할 일이 거의 없으니, 여행 준비만 하고 있다. 근처 약국에 들러서 후시딘 하나랑 물파스를 샀다. 약만 해도 엄청나다. 이걸 다 가지고 갈 수나 있는 건지 의심이 들 정도다.[5]

2015년 6월 25일

노트북 도난 방지 켄싱턴락을 샀다. 호텔에 두고 다닐 일이 있을 것 같은데 선을 잘라 가면 대책이 없고, 가방을 통째로 들고 가도 사실 대책은 없다. 싼 것으로 샀더니 배송비가 더 비싸다. 이걸 사고 보니, 호텔에 가방도 묶어 두어야 하나 하는 생각이 들긴 하는데 칼로 찢어 가면 대책이 없어서 철갑을 둘러야 하나 하는 생각에 미치면, 다 쓸데없다는 생각이 든다.

복합기를 하나 샀다. 국경 등에서 혹시나 서류를 복사해야 할 일이 생기지나 않을까 해서 산 것이다. 너무 오버하는 게 아닌가 하는 생각이 조금씩 들긴 한다. 부피가 작은 것으로 샀다. 요즘 건 성능이 좋아 와이파이로

---

5 문제 없다. 부록 G 참조.

연결도 되니, 프린트할 게 있으면 무선 출력도 가능하다. 냉장고를 살까 하다가 제빙기를 샀다. 차 안에 두기에는 이게 더 작고, 목적에 맞을 것 같다. 이걸로 얼음을 만들고, 작은 아이스박스를 사서 뒤쪽에 음식물을 보관하는 것이 효율적일 것 같다. 집에 아이스박스 같은 것이 있었던 것 같은데 어디에 있는지 찾을 수가 없다.

준비 기간이 길수록 점점 강박적인 모습이 나타나면서 쓸데없는 것들이 쌓여가는 느낌이다. 다 털어버려야 할 텐데…

까르네에 관해 스위스 쪽에는 메일을 보내도 반응이 없다. 남들은 스위스에서 답장이 빨랐다는데, 오히려 오만에서 연락이 와서 다시 질의했다. 그쪽에 차가 있었던 적이 있나고 물어서 없다고 했는데 어떻게 될지 알 수 없다. 갈 일도 없는데, 여기서 처리하면 서류를 여기서 받아서 가야 하고 왠지 꺼림칙하기도 하다.

제28조(취학의무의 면제 등)
① 법 제14조의 규정에 의한 취학의무의 면제 또는 유예는 당해 학교의 장이 의무교육대상자의 보호자의 신청으로 이를 결정한다. 다만, 보호자가 행방불명 등 부득이한 사유로 이를 신청할 수 없는 때에는 당해 학교의 장이 그 사유를 확인한 후 면제 또는 유예를 결정할 수 있다.
② 초등학교 및 중학교의 장은 제1항의 규정에 의한 면제 또는 유예의 결정을 한 때에는 초등학교의 경우에는 보호자와 읍장에게, 중학교의 경우에는 보호자와 교육장에게 각각 그 내용을 통보하여야 한다. 다만, 보호자에 대한 통보의 경우 보호자의 행방불명 등의 사유로 그 내용을 통보할 수 없는 때에는 그러하지 아니하다.
③ 초등학교 및 중학교의 장은 제1항의 규정에 의하여 취학의무의 면제의 결정을 하는 경우에는 교육감이 정하는 질병 기타 부득이한 사유가 있는 경우에 한하여 행하여야 한다.
④ 취학의무의 유예는 1년 이내로 한다. 다만, 특별한 사유가 있는 때에는 다시 이를 유예하거나 유예기간을 연장할 수 있다.

제29조(유예자 등의 학적관리)
① 초등학교 및 중학교의 장은 취학의무를 유예받은 자 중 입학 이후 유예받은 자나 정당한 사유 없이 3월 이상의 장기결석을 한 자에 대하여 학칙이 정하는 바에 따라 정원 외로 학적을 관리할 수 있다.
② 초등학교 및 중학교의 장은 제1항의 규정에 의하여 장기결석을 한 자로서 정원 외로 학적이 관리되고 있는 자 또는 제28조의 규정에 의하여 취학의무의 면제나 유예결정을 받은 자가 다시 학교에 다니고자 하거나 취학하고자 하는 경우에는 「조기진급 등에 관한 규정」 제5조에 따른 조기진급 평가위원회가 실시하는 교과목별 이수인정평가의 결과에 따라 학년을 정할 수 있다.

표1_초중등교육법 시행령

2015년 6월 26일

여행을 마치고, 김밥 군의 학교를 어떻게 할 것인가에 관해 고민해 보았다. 5학년 1학기를 마치고 여행을 떠나게 되는데, 귀국 시점은 빨라야 2016년 5월경이고, 만일 그때 귀국을 한다면 어쩌면 학력 인증 시험을 거쳐 동급생과 같이 6학년을 공부하고(수업 결손 90일 미만이면 그 학년 이수가 가능) 졸업할 수도 있겠는데, 5월 이후에 귀국하게 되면 6학년에 들어갈 수가 없다. 이듬해에 동급생보다는 1년 늦게 6학년에 들어가든가 검정고시를 봐야 할 듯하였다. 외국 어딘가에서 학교에 다니면 인정을 받을 수 있으나, 김밥 군과 같이 미인정 유학의 경우는 학력 인증을 받는 데 다른 절차가 필요한 것이다.

여행을 1년 빨리 갔다면 다시 정규의 초등학교로 돌아갈 수도 있었는데, 이 점은 갔다 와서 상황에 맞게 해결할 수밖에 없을 듯하다. 김밥 군은 여행을 떠나고 2학기 개학 후 90일이 지나면 정원 외 관리에 들어가게 될 것이다.

초중등교육법 시행령 29조 1항(표 1)에 따라 정원 외 관리가 되면, 29조 2항에 따라 '조기진급 등에 관한 규정'의 교과목별 이수인정평가의 결과에 따라 학년을 정할 수가 있다. 이것이 준비된 학교로 가게 되면 원래 다녀야 하는(김밥 군의 경우 6학년) 것으로 들어갈 수도 있겠지만, 학년 이수를 위한 수업 일수에는 문제가 있을 수 있다.

2015년 6월 28일

예전에 그리스에서 캠핑할 때 텐트 안이 어두운 감이 있어서 캠핑 등을 하나 주문했고 제빙기와 함께 쓸 아이스박스도 하나 주문했다.[6] 20ℓ짜리다.

---

6   결국 제빙기는 차량 전원으로는 동작이 어려웠고, 새로 산 아이스박스도 가져가지 않았다.

2015년 6월 29일

오늘부터 공식적으로 이틀간은 휴가. 남구청에 영문 자동차등록증 발급을 위해 들렀는데, 자동차 등록증을 발급하러 왔다 하니, 차량등록사업소로 가보라고 해서 근처 은행을 먼저 들렀다.

시티은행과 신한은행에 들러서 해외에서 쓸 현금카드를 각각 한 개씩 잘 받았다. 시티은행 카드는 생각보다 쓸 수 있는 나라가 매우 적었다. 유럽에선 러시아, 그리스, 영국, 체코, 헝가리 정도 외에는 딱히 없어서, 왜 이것이 추천되는지 이해가 안 될 지경이다. 신한 글로벌 현금카드는 앞에 Maes-tro, 뒤에 Cirrus 표시가 있고, 이놈이 그나마 좀 광범위하게 쓸 수 있지 않을까 싶었다.[7]

은행 일을 마치고, 울산시 차량 등록사업소에 가니, 앉아 계시던 등록증 발급 담당 직원 분은 무관심하게, '넌 뭐냐'라는 표정으로 영문으로는 발급하지 않는다고 퉁명스럽게 한마디 하셨다. 옆에 앉아 계시던 나이가 약간 더 들어 보이는 직원 분은 수출하는 차도 전부 한글로 등록증을 만든다고 거들었다. 수출하는 차에 무슨 등록증이 필요한지…. 일시수출이라는 말을 들어 봤을 리가 없을 듯하고, 하여간 예상했던 일들이 일어나고 있는 중이라 여겼다.

인터넷을 다시 뒤져 보니 번역해서 공중을 받아도 될 것 같고 러시아어로 번역된 걸 들고 다니는 것이 좋다는 말이 있어서(선구자 빼빼가족) 번역+공중 업체를 알아보고, DBS 페리에 이렇게 해도 되는지 문의 메일을 보냈다.

며칠 전에 주문했던 켄싱턴락이 도착했는데, 번호 세팅 설명이 부족해서 한참 고생했다. 간신히 세팅해서 사용은 가능한데, 락 부분이 부서지게 확

---

7 실제로는 현금카드 정도로밖에 쓰지 않았다.

당기면 노트북은 충분히 훔쳐갈 수 있을 듯하다. 조용한 도서관 같은 데나 쓰지, 훔쳐가려고 작정한 사람한테는 무용지물일 가능성이 높아 보인다.

2015년 6월 30일

영문 차량등록증 발급

TV 뉴스에는 이집트 검찰총장이 IS에 의한 테러로 추정되는 폭탄테러로 사망했다는 뉴스가 나오고 있다. 흠….

아침에 필요한 것들을 몇 개 더 옥션 장바구니에 집어넣었다. 번역 공중 업체와 이메일을 주고받았다. 차량 등록증 번역 및 공중에 드는 비용이 러시아어는 85,000원, 영어는 65,000원이라 했다. 이후에 DBS 페리와 전화 통화를 하니 영문차량등록증은 등록사업소나 시청에 가면 받을 수 있으니 받고, 번역 공중은 안 된다고 했다. 사실 갔다 온 사람들의 글을 보면 번역 공중해도 별 차이 없을 것 같은데 안 된다 하니 다시 등록사업소를 가야 했다.

오전 중에, 알리익스프레스에서 주문한 CO2 측정기가 도착했다. 생각보다 크기는 좀 큰데, 잘되는 것 같다. 설정한 임계치가 넘으니 알람이 아주 크게 울린다. 자는 사람도 깨울 수 있을 것 같다.[8]

점심을 먹은 후에 차량등록증을 다시 만들었다. 아예 다 만들어 가서, 인장만 찍어 올 수 있게 만들었다. 오토바이로 갔다 온 분의 자료를 참고하여 차량 스펙을 조금 더 넣었다. 넣으나 안 넣으나 그게 그거일 것 같긴 하였다.

레이저 프린터로 출력해서, 무거운 마음으로 다시 차량등록사업소로 갔다. 오늘 안 되면 될 때까지 매일 출근해야겠다고 마음먹었고, 안 되면 내

---

8 그러나, 단 한 번도 사용되지 않았다.

가 아는 여러 인맥을 쓸 수 있는 대로 동원해보아야 하나 생각하고 있었다 (인맥이래야 별것 없다).

빗방울이 조금씩 떨어지고, 사업소에 가니 주차장도 별로 없어 한 바퀴 돌다 간신히 주차했다. 서류가방을 들고 다시 건물 안으로 들어가, 어제의 그 무뚝뚝한 직원분과 눈이 마주치자 90도로 인사를 했다. 오늘은 그 직원이 아예 영어 등록증 때문에 오셨냐며 먼저 말을 했다. 어제보다는 분위기가 확연히 좋았다. 그렇다고 하자, 자기도 어제 인터넷에서 좀 찾아봤는데, 하며 "서류를 만들어 오면 도장을 찍어 줄 수 있다"고 하길래, 감사하며 만들어 간 서류를 건네주었다. 직원이 서류를 훑어 보기에 차량등록증과 여권을 전부 건네주었다. 그리고 가지고 간 책을 보여드리며 원래 이렇게 하는 거라 힘을 실어 드렸다. 근처에 계시던 어제의 그 나이가 조금 더 드신 직원도 인장 찍어주면 되는 것 같다고 말씀하셨다. 분위기가 훈훈해지고, 그 직원께서 이렇게 오셨으니 해드리겠다며 서류를 들고 홀연히 사라졌다. 5분 정도 지나자 인장을 찍어 들고 오셨다. 이런 감사할 데가 있나 하며, 얼마냐고 여쭤보니 그냥 가져가시라고 하였다. 사람이 하는 일이란 참 신기하다. 될 때는 금방 되어버린다.

하도 기뻐, 미처 여권을 안 챙겨 나왔다가 들어가서 다시 챙겨 나왔다. 나오다 길 건너 편의점에 들러 캔커피 세 캔을 사서 건네드리고 다시 감사의 인사를 드렸다.

차량등록사업소를 갔다 오는 길에 다시 페리 회사에서 전화가 왔다. 막 전화가 왔는데 기침이 나 고생했다(막 지하주차장을 들어가려고 우회전을 해서 앞바퀴가 내려가기 직전이었는데, 그 순간 전화가 오자 침이 기도로 넘어가면서 기침을 했다).

집에 와서 이민용 대형가방 하나(54,500원), 차량용 테이블(6,900원), 트렁크에 짐을 묶을 그물망(32,000원)을 옥션에 주문했고, 러시아어 차량등록증 번역공증을 위해 85,000원을 송금했다.

그리고 곧이어, 김밥 군과 나의 여권 사본을 만들어 페리 회사로 예약 이

내 차 타고 세계여행_러시아 횡단 편

메일을 보냈다. 8월 2일 동해항에서 출국예정이다. 뱃삯은 2인에 다인실로 291,400원이다. 차량 소유자는 30% 할인이고, 차량 운임은 현장에서 다시 결제해야 한다.

저녁에, 어제 주문한 캠핑 등과 아이스박스가 왔다. 캠핑 등은 전선이 쓸데없이 긴 듯하고, 아이스박스는 뚜껑 닫는 것이 좀 어설펐다. 1.5ℓ 페트병의 위치를 잘 잡아야 제대로 닫을 수 있어서 신경 쓰일 것 같은 놈이다.

2015년 7월 1일

영문 차량 번호판과 KOR 스티커

외국에 국내에서 몰던 차를 가지고 나가려면 영문 번호판을 만들어야 한다. 번호판은 원래 있던 번호판과 비슷하게 만들면 되고, 먼저 갔다 오신 분의 설명에 의하면 그리 중요한 것은 아니라고 한다. 대부분 간판 집에 의뢰하여 만드는 것 같은데, 나는 직접 만들어 보기로 했다. 구름여행님의 책에 의하면 아예 다음번에는 종이에 그냥 코팅해서 쓰겠다고 하니, 정말 중요한 것은 아닌 것 같다.

아침에 집 앞에 있는 2층짜리 문구점에 가서 재료들이 있는지 물어보았다. 흰 바탕에 검은 글씨로 하면 돼서 포맥스를 사용하기로 했다. 아크릴은 아무래도 자르기가 힘들어 미리 잘라둔 걸 사지 않으면 할 일이 많아서, 그보다 가공이 쉬운 포맥스를 쓰기로 했다. 처음에 생각한 것은 백색 시트지에 레이저 프린터로 인쇄해서 규격대로 자른 포맥스에 붙이면 되지 않을까 생각했다. 그런데 시트지가 레이저프린터에 들어가면 뜨거운 드럼 때문에 프린터에 문제가 생길 수도 있다는 정보가 있었다. 차선책으로 고른 재료는 라벨지였다. 우편물 같은 걸 보낼 때 프린터로 인쇄해서 스티커처럼 떼어낸 뒤 봉투에 붙일 때 쓰는 것이 라벨지인데, 여러 가지가 있고 아무것도 인쇄된 것이 없는 백색 라벨지도 있어서 이걸 쓸 수 있었다. 다행히 레이저프린터로 바로 인쇄할 수 있었다. 라벨지를 쓰면 표면이 방수가 안 될 수가 있어서 거기에는 투명 시트지를 붙이기로 했다.

집 앞 문구점에는 라벨지와 투명 시트지는 있는데, 백색 시트지가 작은 걸로 한 장밖에 없었다. 그래서 어쩔 수 없이 자전거를 타고 시내 중심부에 있는 큰 문구점으로 갔다. 여기서 광택 백색 라벨지 한 통, 흰색 시트지와 투명 시트지 각각 1m씩, 두께 5mm에 15cm×60cm짜리 포맥스를 두 개 사와서 만들었다(총액 20,800원, 흰색 시트지는 안 씀).[9]

2015년 7월 6일

여행 가기 전에 고장 나는 것들

주말에 서울에 올라갔다 왔다. 여행 예행연습은 아니고, 갈 일이 있으니 올라간 것이었다. 가는 길에 제빙기를 시험해 보기로 하고, 출발 전에 집 앞 마트에서 물 2ℓ를 사서 반을 제빙기에 넣고 전원을 올렸다. 사용하는 인버터는 국산 400W짜리고, 제빙기는 명세서상 동작 전력이 90W니 충분히 사용할 수 있을 것 같았다.

파워를 켜자 물을 끌어 올리는 소리가 났다. 동작이 되는 건가 싶었는데 이내 푸덕푸덕하는 소리를 내더니 좀 있으니 동작이 중단됐다. 동작이 중단되는 데는 채 5분이 걸리지 않았고, 보아하니 인버터가 고장 난 듯하다. 예전에 그리스 2차 여행을 갈 때도 차량용 인버터를 산 적이 있는데, 거기서도 사용한 지 하루 만에 고장이 나 그 이후에는 쓰지도 못했다. 당시에는 주로 충전지 충전에 썼는데 그랬다. 요즘은 휴대폰도 전부 차량용 USB 출력으로 다 충전할 수 있는데, 당시에는 카메라 배터리는 그렇게 충전할 방법이 없어서 사용했더랬다. 그 인버터는 그 이후에 어디에 처박혀 있는지 알 수가 없다. 갔다 와서도 어디가 고장 났는지 알아보지도 않고 있었

---

9 부록 B-13 참조.

는데, 지금은 어디 있는지도 알 수 없다.

서울에 있는 동안에 인버터를 다시 알아봤는데, 차 안에서 100W 이상(제빙기가 압축기를 돌리면 최대 전력은 200W 이상이 되는 것 같다)을 끌어내는 것은 힘들어 보였다. 인버터만 고용량을 사서 해결될 문제는 아닌 듯하다. 그래서 아침에 보조배터리를 하나 더 사보기로 했다. 12V 12AH짜리니, 정상적으로는 144W를 출력할 수 있는데, 필요하면 차량의 시가잭과 병렬로 사용해 보고 안 되면 제빙기는 포기해야 할 듯하다.

8월 2일에 블라디보스토크로 출발하면 거기는 8월 평균기온이 20도 정도라고 한다. 8월 내내 러시아를 돌아다니게 되면 사실 제빙기를 언제 쓸지 애매하긴 하다. 제빙기가 없어도 돌아다니는 데는 아무 이상이 없는데, 만일에 돌아올 때 이란, 투르크메니스탄을 거치게 되면 거기서는 필요할지도 알 수 없다. 어쨌든, 이 부분은 오버하는건 틀림없는 듯하다.

출발 전날 동해시에서 숙박할 호텔을 예약했다. 전날에는 가족이 전부 가서 같이 자기로 하였고, 토요일 투숙이다. 국내 호텔은 비싸다. 1박에 158,825원.[10]

배는 오후 두 시에 동해항에서 출항해서, 다음날 8월 3일 오후 한 시에 블라디보스토크에 도착한다. 차는 수요일경에 받을 수 있어서, 수요일까지 숙박을 하고 목요일에 차를 타고 출발한다. 블라디보스토크의 호텔을 3박에 229,954원에 예약했다. 러시아가 방값은 현저히 싸다. 항구에 가까운 곳이다. 젬추지나 호텔. 주차는 하루에 200루블이라서, 수요일에 차를 받으면 하룻밤 주차료를 내야 한다.

---

10   실제로는 더 싼 방이 있었지만 부킹닷컴으로 예약되는 건 비싼 방뿐이었다.

2015년 7월 13일

해외 유학, 장기체류자 보험

여행자 보험을 들었다. 이번 여행의 단일 준비 항목으로는 가장 비싼 것 같다. 여행 날짜를 2015년 8월 2일에서 2016년 6월 30일로 설정했다.[11] 장기로 봐서, 내년 5월 중순이나 말에 돌아오는 것으로 생각하고 있는데, 혹시나 해서 6월 말까지 일정을 잡았다. 한 달을 더 추가하는 것이 비용 차가 크지 않아서 그렇게 했다.

평소에 짧은 여행을 갈 때 여행자보험에 가입하던 삼성화재(direct.samsungfire.com)에서 여행자보험에 가입을 시도할 때 여행 기간이 3개월이 넘어가면 해외장기체류 또는 유학생용 보험으로 넘어간다. 일반 여행자 보험과 다른 것은 분실물에 대한 보장이 없는 것인데, 어차피 여행자보험에서 보장하는 분실물 금액의 한도는 50만 원 정도이고, 내가 가지고 가는 물건 중에 가장 비싼 것은 신품 가격이 30만 원쯤 하는 노트북이다. 스마트폰은 중고로 산 것이고, 내비게이션과 지도 등의 목적으로 사용하는 갤럭시탭(노트 8.0)도 전시품을 산 것이라 그리 비싼 것이 없다. 내 성격상 뭘 잃어버렸다고 경찰서 가서 폴리스 리포트 받아서 보상받고 할 것 같지도 않아서 그냥 해외 장기체류자 보험으로 들었다.

처음에 생각한 것은 초기 2개월 정도는 일반 여행자보험, 그 이후는 장기체류자 보험을 하려고 했다. 이건 『세계 일주 바이블』이란 책에서 권장하는 방식인데, 초기에 물품의 분실이 많아서 그렇게 하는 게 좋다고 한다. 하지만 삼성화재에서 제공하는 보험의 경우 출발일이 무조건 현재에서 2개월 이내여야 해서, 현재 시점에서 두 번째를 미리 가입할 수가 없었다. 출발 전날에 보험을 들면 그렇게 할 수도 있겠지만, 굳이 물품 분실물에 대

---

11 결국, 귀국 시 7월은 무보험 상태로 여행을 했다.

내 차 타고 세계여행_러시아 횡단 편

한 보증이 중요하지 않다면 한 번에 장기체류자 보험으로 다 해 버리는 것이 간단하다. 출발 전날에 보험을 들 필요도 없고 말이다.

여행자보험에서 가장 비용이 크게 잡히는 것이 역시 의료보장이다. 가장 높은 보장을 해 주는 것으로 들었더니 전체 금액이 180만 원이 넘었다. 의료보장에 자기부담금을 30만 원으로 설정해서 다시 계산하니 보험비가 1,264,800원이 나왔다. 이것도 상해 사망에 대해서는 1억 원 정도밖에 안 준다(너무 싸다). 의료비는 USD 75,000까지로 여기서 자부담 비용이 30만 원이다. 현재 초등 5학년인 김밥 군의 비용은 상대적으로 매우 싼데, 의료비 자부담 0원으로 해도 전체 기간에 196,100원이다.

일부 국가는 입국 시에 여행자보험이 필수인 나라도 있어서 여행자보험은 들고 갈 필요가 있다. 만일에 실속형(보장금액별로 3가지 종류가 있는데, 나는 보장금액이 가장 큰 것으로 들었다)으로 든다면 전체 보험금이 나의 경우도 50만 원이 채 안 되는데, 보장금액이 좀 낮다. 특히 의료비가 낮다.

가입하고 나면 이메일로 보험증서 등의 링크가 날아오는데, 그중에 영문 보험증서가 있어서 출력하려고 했다. 아까 말했던 입국할 때 여행자보험 가입이 필수인 나라(체코 등)에 대비하기 위해서이다. 문제는 이 문서를 출력하는 것이 보통 힘든 일이 아니었다는 것이다. 밤에 그걸 출력하려다가 두통이 생길 지경이 되어 잠을 자고, 다음날에야 겨우 출력했다. 그것도 Windows XP인 시스템에서 겨우 출력 성공하였다. 하여간 이런 파일을 그냥 pdf로 만들어 날리면 어디서든 출력이 가능할 텐데 왜 쓸데없는 출력 시스템을 만들어서 사람을 괴롭히는지 알 수 없다. 삼성에서 만든 것이 저 정도라니, 기가 차다.

환전

제일 먼저 입국하는 러시아의 루블화를 환전하기 위해 알아보았다. USD, JPY 등은 인터넷 환전이 되는데, 루블화는 되는 곳이 없었다. 그래서 집에서 가까운 외환은행에 전화해 보니 당장 돈이 없고(지금 예상이 러시아 체류가 2달 정도이니 그 정도 체류비 정도를 예상한 금액), 금요일에 다시 전화하라고 한다. 러시아 화폐를 환전하는 사람들이 그리 많지 않아서 그런 것 같기도 하다. 환전은 금요일에 하기로 했다.

퇴직금

퇴직금이 나왔다는 메시지가 와서 농협에 방문했다. 집 앞에 있는 농협에 갔더니 거기서는 퇴직연금은 처리하지 않는다 하여 시내 중심부에 있는 곳으로 갔다. 가서 서류를 한 장 적었는데, 그걸로 끝이었다. 적은 내용은 돈을 입금받을 통장 계좌번호를 적는 것뿐이었다. 퇴직금이 퇴직연금으로 바뀌면서 뭔가 복잡해졌는데, 애초에 퇴직이 기정사실이 되었을 때 IRP 통장이란 걸 만들어야 된다 하여 농협에 간 적이 있다. 거기서 돈 받을 통장까지 다 적었으면 이런 일을 하지 않아도 될 것 같은데, 왜 이러는지 알 수 없다. 돈은 당일에 나오는 것도 아니고, 하루 지나서 입금된다고 한다. 하여간, 하루라도 더 돈을 가지고 있으려는 금융기관의 술책인 듯하다.

2015년 7월 14일

김밥 담임 선생님 면담

오후에 김밥 군의 담임 선생님을 면담하고, 여행 계획과 그 이후의 김밥 군의 계획에 대해 말씀드렸다. 이런 경우를 겪어 보신 적이 없어서 당황스러우실 듯하다. 담임 선생님은 처음 뵙는데, 미혼이신 젊은 선생님이었다. 본인이 좀 더 알아봐서 필요한 서류가 있으면 연락을 드리겠다고 말씀하셨다. 예전이나 지금이나, 교실에는 냉방이 잘 안 되는 듯했다. 몹시 더운데 창을 전부 열고 빈 교실에서 홀로 남아 업무를 처리하고 계셨다. 예전 초등학교 때 보던 선생님들의 모습과 아주 다르지는 않았다. 선생님들은 예나 지금이나 더운 교실에서 고생이 많으시다.

여권 사진 촬영

이 시점에 무슨 여권 사진 촬영이야 하겠지만, 만일 여권을 분실하면 재발급 받아야 하기도 하고, 도중에 비자가 필요한 나라는 비자를 만들려면 필요하여서 각각 20장씩 여권 사진을 촬영했다. 요즘은 디지털이라 그런지 한 시간 만에 사진을 만들어 주는데, CD까지 준다. 각각 열 장씩 나눠서 따로 보관하기로 하였다.

사진을 찍고 근처에 자주 가던 일본 라면집에서 저녁을 먹고, 시간이 좀 더 남아 백화점 12층 밀탑에서 김밥 군과 함께 과일 빙수 하나를 시켜 나눠 먹으며 여섯 시까지 시간이 가기를 기다렸다. 유유자적하니 한가하고 좋았다.

2015년 7월 15일

국제운전면허증 발급

국제면허를 새로 발급받았다. 작년에 발급받은 것이 9월까지 유효하지만 이후에도 계속 쓰려면 새로 받아야 해서 평소처럼 사진 한 장과 신분증을 들고 시청으로 갔다. 시청에서 최근에 국제면허를 발급해 준다는 뉴스를 보고 간 것인데, 거기는 여권까지 같이 발급받을 때만 발급을 한다고 한다. 참 웃긴다. 사실 국제면허를 발급받을 때 꼭 여권이 필요한 것도 아니다. 사실 여권을 가져가는 이유는 아마도 여권의 영문 이름과 같은지를 확인하기 위함이 아닌가 생각한다.

어쨌든 거기서는 안 된다 하고, 근처에 있던 남부경찰서로 가라 해서 거기서 또 자전거를 타고 갔다. 다행히 시청에서 삼백 미터 정도밖에는 떨어져 있지 않았다. 경찰서에 가서 국제면허 받으러 왔다 하니 신청서를 쓰라고 하는데, 신청서를 내니 여권은 안 가져 왔냐고 한다. 안 가져 왔다고 하니, 사진이라도 찍어둔 거 없냐고 한다. 여권의 용도는 영문명을 확인하는 용도인 게 분명한 것이다. 그날따라 핸드폰도 안 가져가서 꼭 필요하면 집에 다시 갔다 오겠다고 하니, 잠깐 기다려 보시라고 하며 직원이 작업을 시작했다. 한참 있다가 거의 발급된 것을 주며 말하길, 이전에도 많이 발급받으셨는데 여권 가져오는 걸 몰랐냐고 물었다. 사실 이전에는 운전면허시험장에서 발급받았고, 거기는 업무상 아는 직원이 하도 많아서 사진만 들고가면 알아서 다 만들어 주는 곳이었다. 그래서 사실대로 거긴 아는 사람이 많아서 가면 다 해주더라고 말했더니 직원이 빙긋 웃고는 면허증을 만들어 주었다. 7월 15일자로 만들어져서 1년간 유효하니, 출국상태에서 새로 발급받지 않는다고 하면 여행은 길어도 내년 7월 15일까지다.

직원이 마지막으로 한 말은, 기한이 남은 면허증은 원래는 반납해서 폐기해야 한다는 것이었다. 나는 가지고 가지 않아서 어떻게 해야 하나 물으니, 집에 가서 꼭 폐기하라고 했다. 쓸데도 없는 걸 폐기를 하지 않으면 뭘할까. 가만두면 어차피 기한이 넘어 쓰지도 못할 텐데. 그래도, 이렇게 유연하게 처리를 해 주니 감사하기 이를 데 없다.

2015년 7월 16일

환전

아침에 환전을 준비하면서 우연히 4년간 잠들어 있던 예금을 발견했다. 거의 횡재한 것이다. 존재를 잊었던 계좌가 하나 더 있고, 그 계좌에 상당 금액이 들어 있었다. 내가 알고 있던 통장에 환전할 금액을 이체하고 아침에 전화로 확인한 외환은행으로 갔다. 환전 창구에 손님들이 일이 얼마나 긴지, 15분 이상 앉아 기다리다 결국 뒤에 예금 입출금 창구로 직원이 보내 줘서 갔다. 거기서 원래 계획했던 러시아 루블을 환전하고 아주 일부 금액은 유로로 환전했다. 1,000루블은 2만 원 가량이다.

짐 실어 보기

차에 짐을 한 번 실어 보았다. 가방은 빈 가방이지만, 내가 예상한 대로 가방들이 들어갈 수 있는지 알아본 것이다. 어제는 옷 가방 두 개를 넣어 보았는데, 내가 처음에 예상한 방식으로는 들어가지 않았다. 차의 트렁크 쪽이 약간 주변부가 짧아서 그쪽에 가방이 길게 들어가면 문이 제대로 닫히지 않았다. 어쩔 수 없이 가방 두 개를 약간 안쪽으로 당겨 넣었는데, 이렇게 했을 때 다른 가방을 넣을 수 있는지를 알아본 것이다.

다행히 두 개의 옷 가방 외에 새로 산 가방은 모양이 약간 변형될 수 있는 형태라 큰 문제없이 들어갔다. 트렁크에 싣지 않는 바퀴가 달린 작은 가방은 숙소에 들어갈 때 들고 들어갈 가방이다. 가방 네 개를 싣고 양쪽 가에 공간이 조금 남아 이 공간에 구명복[12] 같은 걸 집어넣으면 될 듯하다. 새로 산 그물망은 원래는 루프백 같은 걸 실을 때 쓰는 것인데, 아무래도 고정부위가 작으니 제대로 고정이 안 되는 것 같아서 포기하고, 짐을 묶을 끈을 새로 주문하였다. 짐이 많아지면 루프백을 고려할 수도 있지만, 그렇게까지 실어갈 짐은 없는 듯하고, 가능하면 차 밖에 물건을 매달지 않고 싶었다. 거기다 물건을 실어두고 잠을 잘 잘 수가 없을 것 같으니 말이다. 하기야, 창문 깨고 훔쳐가는 건 어쩔 수 없는 일이겠지만, 캠핑 도구 따위나 옷은 훔쳐가도 되는 것들이긴 하다.

바닥과 가방과 가방 사이에 찍찍이를 붙여 가방들끼리도 서로 고정이 되도록 할 예정이다. 아무래도 많은 짐이 뒤에서 이리 갔다 저리 갔다 하면 차의 균형도 안 맞을 듯하고 해서 짐들은 노끈도 사용하여 꽉 붙들어 맬 작정이다.

---

12 2014년 4월 16일에 세월호 사건이 있었기에 타고 가는 페리가 침몰하는 상황을 대비했다고 할까.

2015년 7월 18일, 토요일

본가 방문

주말에 본가에 가서 부모님께 여행을 가게 되었다고 말씀드렸다. 내 예상은 깜짝 놀라며 "미친 거 아니냐" 뭐 이런 반응이 나올 줄 알았는데 너무 차분해서 내가 어리벙벙할 지경이었다. 사실 이런 내용을 한 삼 년 전부터 가끔 조금씩 말을 하여서, 이미 면역이 되어 "올 것이 그냥 왔나 보다" 하시는 것인지, 하여간 부모님들이 과잉반응을 안 보여서 다행이긴 하였다.

저녁 무렵에 누나와 자형, 조카까지 왔는데, 들어오자마자 자형이 예전에 말하던 여행을 안 가는 거냐고 묻기에, 안 그래도 8월 2일에 가기로 되었다고 말하였다. 신기하게도 이분들도 깜짝 놀라긴커녕 참으로 차분하게 어디부터 가느냐는 둥, 그냥 질의응답 시간을 조금 가지는 것이 다였다. 이야기 중간에 내가 내 차를 가지고 간다는 사실을 부모님이 아시고 잠시 말문이 막혀 하는 순간이 있긴 하였지만, 뒤로 넘어가시지는 않았고, 그냥 조용히 넘어갔다. 심지어 아버지는 방에 들어가 바쁜 족보 원고 교정에 심혈을 기울이고 계셔서 내가 가는 여행 '따위'는 중요한 것이 아닌 듯했다. 원래는 하루 자고 오려 했는데 반응들이 그다지 심각하지 않아서 그냥 저녁을 먹고 집으로 돌아왔다.

가서 한 일이라곤 어머니가 현관에 전자키를 달아 달라고 하여 이마트에서 전자키 세트를 사와서 뚱땅거리며 단 것과, 여행을 간다는 사실을 알린 것이다. 전자키 달다가 울산서 들고 간 전동드라이버 하나만 망가졌다. 내가 이번에 여행을 가지 않았더라면 어쩌면 행동은 없이 말만 하는 '뻥쟁이'가 되어버렸을 수도 있겠단 생각이 들었다.

2015년 7월 20일

여행 준비를 하면서 여러 사람에게 받았던 질문들에 대한 답을 정리해서 블로그에 올렸다. 그중에 제일 마지막의 질문은 "어떻게 하면 이런 여행을 할 수 있냐"였는데, 그 답은 미혼이면 본인이 작정하면 되고, 기혼이면 좋은 배우자를 만났어야 한다는 것이었다.

2015년 7월 23일

오늘로써 D-10이 되었다. 사서 준비해야 할 물건들은 거의 준비가 된 듯한데, 어젯밤에 잠자리에 누워서 곰곰 생각해 보니 빈집을 그냥 두고 가면 안 될 듯하여, 빈집에도 시시때때로 불을 켜고, TV를 켜고 하는 준비를 해야겠다 싶었다. 그래서 아침에 E마트에 갔으나, 내가 예상했던 키가 큰 실내 스탠드는 마음에 드는 게 없어 14W LED 램프만 두 개 사서 집에 왔다. 결국, 다시 옥션을 뒤져 10여 년 전에 집에 두었던 키가 큰 스탠드 두 개를 샀다. 안방에 하나, 거실에 하나 두고 시시때때로 불을 켰다 껐다 타이머를 사용해서 설치해 둘 작정이다.

지난번에 샀던 삼성 128GB짜리 SDXC는 SSD AS센터에서 교환돼서 오긴 했는데 64GB 두 개로 쪼개져서 와서 어젠가 다시 128GB짜리를 구매했다. Triposo라는 터키항공에서 후원한 여행 앱이 아주 좋은데, 이걸 갈 나라마다 전부 미리 준비해 두려니 64GB로는 태블릿의 공간이 모자라는 지경에 이르렀기 때문이다. 남는 64GB 두 개는 뭐에 쓸지 고민하다, 때때로 유럽 쪽 학회에 와서 재회하겠다는 방 양에게 찍어 둔 사진을 한국으로 가끔 보내는 데 쓸까 생각 중이다.

어제 저녁, 오늘 아침 우연히 라디오를 듣다가 빼빼가족의 여행기를 읽어주는 라디오 프로를 들었는데, 이란으로 들어갈 때 까르네가 없어서 한국대사관에서 보증해 주어서 들어갔다고 한다. 스위스 오토클럽에 가서 까르네를 만들면 제일 안전하긴 한데, 우연히 웹서핑하다 이란 내에서만 통용되는 간이 까르네 서비스를 해 준다는 개인을 발견했다. 페이스북도 있어서 까르네가 필요한 외국인들이(한국 사람이 이걸 썼다는 기록은 어디에도 없다) 그의 서비스를 이용하고 있는 듯한데, 그의 홈페이지에는 아르메니아를 통해 이란으로 입국할 경우 30일까지 이란에 체류할 수 있다는 정보가 있었다. 이런 훌륭한! 그래서 그에게 페북 친구 신청을 일단 하여,[13] 그의 서비스 페북을 보고 이용자를 몇 명 추려 그 사람들이 여행을 지속하고 있는지를 살펴보았다. 그의 이름은 하필 '후세인'인데, 혹시나 사기꾼이면 우리를 IS에 팔아넘길 수도 있는 일이니 신중하지 않을 수 없었다.

결국, 아르메니아로 들어가서 이란으로 가면 되는 것인데, 터키를 둘러보고, 조지아(무비자)에 갔다가, 아르메니아(도착비자 또는 eVias)로 가면 되는 것이다. 아르메니아는 조지아에서 육로로 가면 21일짜리 도착 비자를 주는 것 같았다.[14] 세계여행으로 유명한 김 원장과 써티의 블로그에 그렇게 적혀 있는데, 그 정보가 무려 2015년 6월의 정보이니 믿을 만한 정보가 아닌가.[15]

예전 중국에 처음 갈 때 정도는 아니나, 문득문득 걱정이 밀려오는 때가 있다. 논리적 이유를 대며 그 불안들을 잠재우고 있다. 사실 어제는 잠이 잘 오지 않았을 뿐만 아니라 새벽 여섯 시에 잠이 깨기까지 했다. 오전에 매우 피곤하면서 졸음이 밀려 왔는데, 수면 주기를 깨지 않으려 일부러 아침에 마트에 갔다.

---

13 그러나, 이 신청은 내가 실제로 그에게 홈페이지를 통해 연락할 때까지 받아들여지지 않았다.
14 2018년 3월 21일부터 180일까지 무비자로 입국할 수 있게 되었다.
15 김 원장과 써티의 조지아-아르메니아 국경 넘기. http://blog.daum.net/worldtravel/13690467

내 차 타고 세계여행_러시아 횡단 편

2015년 7월 27일

D-6

지금 기분이 어떠냐고 묻는다면, 다소간의 착잡함과 멍함이 어우러진 기분이라 할 수 있다. 태풍이 비껴가고 난 후 거실 기온은 30도를 넘고 있어 (오늘 울산 낮 기온이 35도를 넘었다고 뉴스에 나온다), 어쩔 수 없이 에어컨을 켜고 오늘부터 본격 방학인 김밥 군과 함께 하루를 보내며 여행 준비의 막바지에 이르고 있다.

옥션에 주문한 물건 하나가 아직도 안 온 게 있어 문의 문자를 보냈더니, 재고가 없어 못 보낸다고 하기에 환불하라고 했다. 다른 곳에서 다시 주문했는데 수요일까지 올지 알 수 없다. 목요일에는 상경하여 금요일까지 서울서 지내고 토요일 오후에 동해항으로 가서 하룻밤 자고 일요일에 출국하게 된다.

아제르바이잔 비자 캅카스 지역의 나라 중에 조지아는 무비자이고, 아르메니아는 국경에서 도착 비자를 받을 수 있는데, 아제르바이잔은 어떤지 좀 모호했다. 내가 알기론 그냥 인근국 대사관에서 받아야 했는데, 오늘 검색을 해 보니 서류를 준비하면 인터넷 비자가 가능한 모양이다. 대사관에서 시간을 보내지 않아도 이메일로 서류를 날리면 이메일로 비자를 받을 수 있는 모양인데, 이게 된다면 아주 좋은 것 아닌가. 비자파일 pdf를 이메일로 받아서 국경에 내면 된다고 한다.[16]

---

16   그러나, 결국 시간이 없어 아제르바이잔은 가지 못했다.

짐 싣기

오늘은 예정대로 짐을 차에 싣는 날이다. 아침에 무거운 몸을 일으켜 잠에서 헤어나오지 못하는 김밥 군을 몇 번이나 두들겨 깨웠지만 도저히 해결이 안 되어 옷 입혀 동네 한 바퀴 돌고 오게 했다.

주차장의 차를 꺼내어 지상으로 옮긴 후, 무거운 가방 세 개를 들고 내려가 차례대로 짐을 실었다. 짐을 다 싣고 밧줄로 짐을 묶는데, 비너를 차체에 연결하는 케이블타이 하나가 툭 터졌다. 자세히 보니 터진 것은 아니고, 고리 역할을 하는 톱니 부분에서 그냥 빠져버린 것이었다. 너무 짧게 잘라버려 생긴 일인 듯하여, 일단 짐만 실어둔 채 다시 올라와서 땀을 좀 식힌 후, 다시 내려갔다.

더운 지상에서 할 짓이 아닌 듯해서, 차를 다시 지하주차장으로 몰고 내려가 일단 짐을 다 내린 후 비너 부분을 다시 차체에 연결했다. 그리고 다시 짐을 차례대로 싣고 밧줄로 꽁꽁 묶었다.

2015년 7월 28일

시험공부를 하나도 하지 않은 듯한 기분

오늘은 D-5. 예전 학교 다닐 때, 신경해부학 시험을 보는 날이었다. 중간고사쯤 되었던 것 같고, 나는 나름대로 꽤 이전부터 신경해부학을 틈틈이 정리했고, 충분히 시험대비를 했다고 생각했었다. 그래서 시험날 아침에 이전에 중요사항을 점검한 부분만 집중적으로 암기하고 시험을 보면 되겠다 생각했는데(같은 날 여러 과목을 보니까 전날에는 다른 과목을 공부했던 것), 시험날 아침, 이전에 공부한 노트를 펴든 순간 아연실색할 수밖에 없었다.

알고 보니, 내가 시험 범위의 반밖에 보지 않았던 것이다. 노트를 펴들고 망연자실한 나는 말을 잃었고 이 일을 어찌해야 하나 대책이 없었다. 시험 시간은 한 시간이나 남았을까. 아직 안 본 부분이 반인데, 이걸 어떻게 해야 하나 고민하다 뒤적뒤적 한 번도 안 본 부분을 보고 있다가 결국 시험을 보았다.

시험은 5지 선다 객관식이었는데 이게 말이 객관식이지 다섯 개 중에 답이 한 개일 수도, 두 개일 수도, 세 개일 수도, 전부 다일 수도 있는 거라, 제대로 알지 못하면 완전히 망하게 되어 있는 시험이었다. 결국 나는 그 시험에서 무려 3시(과락이 생기면 원래는 F를 받아야 하나, F가 있으면 의대는 유급되기 때문에, 그걸 구제하기 위해 재시험을 보는데, 재시를 두 번 본 것이다)를 봐서 겨우 C 정도(D였나?)의 학점으로 통과하였다. 재시를 보게 되면 만점을 받아도 특정 점수 이상으론 올라갈 수 없었는데 나는 재시에도 실패하여 3시까지 본 것이다.

어제 블로그에 여러분께서 이런저런 지적을 하셔서 생각해 보니 정말 내가 준비 안 한 것이 너무 많은 것이 아닌가. 그동안 공부를 했는데 알고 보니 하나도 안 한 것 같은 상황이고 부랴부랴 또 이것저것 주문을 했는데 이게 시간 맞춰 올지도 알 수 없고 결구 전부 수취 주소를 서울로 해서 주문을 했다. 다행히 중요한 것들은 전부 오늘 배송이 시작되었다고 한다. 최소한 금요일에는 오겠지. 현대차의 러시아 점유율이 20%라는 말을 믿었는데, 같은 부품이 없을 수도 있겠다는 생각이 황급히 들어(한국에서도 갑자기 정비소 가면 부품이 없는 경우가 있다) 부랴부랴 연료필터를 규격 맞춰 두 개 주문했고, 견인줄도 주문하고, 차에 견인 고리가 있는지도 확인했다.

인터넷을 뒤져 연료필터 교체하는 법을 열심히 찾아보고, 공구도 주문했다. 최악의 경우엔 내가 갈아야 하는데 그게 가능할지 나도 의문이 들었다. 어디 정비소 가서 말 통하는 사람에게 부품 주고 갈아달라면 갈아는 주지 않을까. 하여간 기가 막힌다. 여행준비는 점점 미궁으로 치닫고, 그래서 밤에 잠 한숨 못 잤다. 차라리 가솔린차를 탔다면 걱정이 덜하지 않았을까 어제 처음으로 생각해 봤다.

냉장고 정리

마누라는 서울에 있고 주말에 냉장고 정리한다더니 잠만 열심히 자다 올라가 버려 결국 내가 냉장고 정리를 하였다. 두 개 중에 하나만 남기고 하나는 정리하여야 하는데, 냉장고 옆에는 그간 필요할까 싶어 쌓아 둔 비닐들이 산더미 같아 그걸 일단 정리했다. 하필 오늘이 재활용 버리는 날이었는데, 미리 했으면 다 버리는 건데 버리지 못했다. 이걸 모아 두어도 결국 이젠 쓸데가 없을 텐데 집에 쓰레기를 남겨 두고 가게 되었다.

냉장고는 김치 냉장고를 끄고 그보다 작은 일반 냉장고를 살려 두기로 했다. 보아하니 이쪽이 소비전력이 적은 것 같아서 그랬는데, 김치냉장고는 청소를 하지 않아서 내부가 장난이 아니었다. 모조리 꺼내서 욕실에서 샤워를 시키고 나니 개운하긴 했다. 김밥이 있을 때 했으면 시키기라도 했을 텐데, 하필 오늘은 태권도 간다고 가버렸다. 지금 여기는 거실에 에어컨을 켜서 29도인데, 블라디보스토크는 기온이 27도라고 한다. 희망은 이런 것 정도다.

DBS 페리 전화

러시아에서 통관을 대행해 줄 회사가 두 개 있는데, 어느 쪽으로 하시겠냐고 전화가 왔다. DBS 페리라는 회사가 일본계의 회사라 그런지 정말 친절하다. 전화 확인을 몇 번씩 해 주는 것이, 처음 진행할 때부터 그랬다. 마치, 손님 한 명을 1:1로 서비스해주는 느낌이다. 어쨌든, 한국 사람이 사장인 회사로 했다(한국 아니면 러시아다). 혹시 비상시에 필요하면 한국말로 전화할 수도 있지 않을까.[17] 통관 대행료는 한화로 30만 원 정도이고, 루블화

---

17 귀국길에 긴급히 물어볼 것이 있어 통화하였으나, 하필 그때 한국인 사장님은 한국에 가서서 유리와 영어로 통화를 했다.

로 낸다고 한다.

궁금한 게 없냐기에 배에서 밥은 어떻게 먹느냐고 물어보니 일시수출입 승객 중 운전자는 식권을 준다고 한다. 김밥 군은 밥을 사 먹어야 하나 보다. 혹시 배에서 인터넷은 되냐고 물어보았는데 될 리가 있나.[18] 하하하. 동해항에 일요일 오전 9시 반까지 가면 된다.

2015년 7월 30일

상경

오랫동안 집을 비울 걸 생각하니 집에서 발걸음이 잘 떨어지지 않았다. 마지막으로 남아 있는 빨래를 한 번 해 주었는데, 하필 마지막으로 탈수가 제대로 되지 않아 물이 뚝뚝 떨어지는 빨래를 빨래 걸이에 걸어 두고 나왔다.

피자를 먹고 남아있던 피클들이 쓸데없이 몇 개나 냉장고에 처박혀 있어서 김밥 군에게 버리라고 지시하고, 빼버릴 수 있는 전기 콘센트는 뽑고, 부엌에 있는 가스는 잠그고. 가스 사용량은 추정하여 내년 6월까지 추정치를 미리 적어 두었는데, 알아서 그대로 해 줄지는 알 수 없다.[19] 보일러는 실내기온에 따라 동작하도록 해 두었는데, 겨울에 동파되지 않고 잘 작동이 되어야 할 텐데 잘 될지 알 수 없었다. 실내 기온 설정은 20도로 해 두었다.

---

18 조타실 부근에서 된다.
19 잘 처리가 되었다.

거실 전경을 웹으로 둘러볼 수 있는 웹캠을 김밥 군이 어릴 때 걱정이 되어 설치해 둔 것이 있었는데, 그걸 오랜만에 다시 작동하였다. 세계 어디서든 거실의 상황을 실시간으로 체크 가능하긴 하다.

점심을 먹고, 김밥 군에게 마지막으로 피아노 교습을 갔다 오라 한 후에, 혼자 주차장으로 내려가 타이어 공기압을 36.5psi까지 올렸다. 고속도로 주행을 해야 하기도 하고, 블라디보스토크로 가면 기온이 떨어져 압력이 낮아질 테니 미리 좀 올려 둘 필요가 있을 듯하였다. 타이어 공기펌프가 트렁크의 하부에 있어 짐을 다 내렸다가 펌프를 꺼내야 해서 보통 일이 아니었다. 공기압은 수시로 점검할 수 있게 TPMS[20]를 사제로 붙였는데(이 차에는 그 순정 옵션을 달지 않았다. 순정의 기능이 그다지 좋지 않아서 그렇게 했다. 그런데, 이 차를 산 지 한 달 후에 TPMS는 의무장착이 되게 되었다) 차를 타 보면 변화가 꽤 심하다는 것을 알 수 있다.

모든 걸 준비하고 현관을 막 나오려는데 차 열쇠가 없는 것이었다. 아까 타이어 점검할 때는 비상시 쓸 키를 들고 다녔던지라, 원래 쓰던 키가 어디 있는지 갑자기 알 수가 없었다. 한참 동안 안방과 거실, 벗어 둔 다른 옷들을 찾아다녔는데, 결국 십여 분 후에 찾았다. 여행가방 안에 들어있던, 원래 오늘 입고 가려던 바지 안에 들어있었다. 원래는 긴 바지를 입고 가려 했는데 날씨가 하도 무더워 그냥 입고 있던 짧은 바지를 입고 가게 되어 생긴 일이었다.

---

20 타이어 압력 측정 장치.

2015년 7월 31일

D-2

자동차 보험 처리

웃기는 건 아직 러시아에 들어가지도 않았는데 벌써 러시아로 출국해야 하는 날짜도 초읽기를 해 둬야 한다는 거다. 러시아는 관광목적으로 한 번 입국 시 무비자로 연속 60일간 체류 가능하고, 1회 출국했다가 직후에 다시 입국하면 연속으로도 30일이 추가되긴 한다. 거기다 러시아도 90/180 규정이 적용되기 때문에 이 규정을 어겨서 여행을 중단하게 되면(다시 러시아로 재입국해서 귀국한다면) 재입국이 거절되거나, 삼 년간 입국이 거부될 수 있다. 시간이 많으면 어디든 유유자적하게 다닐 수 있을 것 같지만, 여러 가지 규정들 때문에 그렇지도 않다는 것을 알게 된다. 내 핸드폰의 화면은 현재 우리나라 출국, 러시아 출국 한계 두 개가 초읽기 되고 있다.

원래는 차가 일시수출되면 국내의 보험을 유지할 필요는 없다고 한다. 보험회사에 미리부터 이걸 물어보았는데, 차량 번호판을 사업소에 반납하고 뭘 제출해야 한다는 등 말도 안 되는 소리를 자꾸 해대는 것이었다. 차를 배에 실어 가고, 가는 날 아침에도 운행해야 하는데, 어떻게 차 번호판을 미리 반납한다는 말인가. 그래서 전화로 상담한 직원과 상의하여 8월 2일 날짜(자정)로 종합보험을 해지시키고, 8월 2일 자정부터는 책임보험만 다시 가입하는 것으로 했다. 국내에 차가 없으나 책임보험만 가입해 두었다가 다시 귀국하면 그대로 거기다 종합보험을 추가하고, 비용을 더 내기만 하면 되는 것이다. 기존 보험에서 환급되는 비용이 오만 원 가량이 발생하고(10월 1일이 재가입 예정일), 새로 가입하는 책임보험은 13만 원 가량이라고 한다.

2015년 8월 1일

동해항

서울 집에 있다가, 근무를 마치고 집에 온 봉 양을 태우고, 다섯 시간 정도의 주행 끝에 동해항에 도착하였다. 하필 이번 주말이 피서의 절정기간이라고 하니 좀 기가 막히기도 하였다. 오전에 뉴스를 보니 서울에서 강릉까지 일곱 시간이 걸리고 있다는 뉴스도 나오고 있었다. 남들 다 떠날 때 다니는 스타일은 아닌데 어쩌다 보니 이렇게 되었다. 조금만 더 일찍 출발할 수 있었다면 이런 난국에 봉착하지 않았겠지만, 김밥 군의 방학 시점과 나의 이런저런 일정들을 종합하다 보니 결국 이 시점이 되었다. 미리미리 호텔이라도 잡아두어 잠은 잘 수 있게 된 것만도 다행이라 여겨야 할지도 알 수 없다.

숙소인 호텔에 도착하여 체크인하였다. 한 달여 전에 부킹닷컴을 통해 예약할 때 이 호텔에 이 방밖에 없어 예약을 한 것인데, 방이 생각보다 엄청 넓었다. 잠만 자고 내일 아침에 나가면 되는데, 본의 아니게 비싼 방에서 자게 되었다. 에어컨도 시원하고, 와이파이도 잘 된다. 원래 예약할 때는 침대방이 없어 온돌방으로 했는데, 침대방으로 바꾸시면 안 되냐기에 고맙다 하며 바꿔줬다. 더블베드 하나에 싱글이 하나인 방이다.

동해항 국제 여객터미널

호텔에 체크인하고 여객터미널까지 가보았다. 여기는 버스 터미널처럼 아무 때나 들어가고 나가고 할 수는 없는 모양이었다. 다른 입구에 물어보니 여는 시간에만 들어갈 수가 있다고 한다. 내일 아침 9:30에 오라고 하였

내 차 타고 세계여행 _러시아 횡단 편

으니, 그 시각에는 문을 여는 것 같다.

정서 상태의 변화

아침에 방 양이 출근하고, 나는 유튜브로 러시아어를 공부하고 김밥 군은 수학 공부를 했다. 공부하면서 든 생각은 '내가 왜 이런 계획을 해서 이 고생을 하고 있나. 그냥 조용히 아침에 출근하고, 저녁에 퇴근하고, 밤에는 야구나 보고 하는 것도 나쁘진 않았다'였다. 여행을 간다고 하면 다들 기분이 들뜨고 벅차고 기대에 가득할 것 같지만, 나의 오전 상태는 그런 상태가 아니고 오히려 불안과 초조와 일말의 후회 등등이 뒤섞인 감정 상태였는데 이런 상태가 이번이 처음은 아니었다.

예전 중국 서역을 갈 때도 가기 직전에는 비슷한 상태였는데, 이런 상태는 다행히도 오래가지는 않고 현지에 도착하여 현지인과 일말의 의사소통을 하고 나면 순식간에 사라지며 여행자의 모드로 진입한다. 그 전까지는 다소간의 멍함과 불안과 초조와 후회와 회한들로 시간을 보내지 않을 수 없다. 이번에는 항해 시간이 무려 20시간이 넘으니 이런 시간은 적어도 하루 이상은 더 가게 되었다.

I. 극동

블라디보스토크
하바롭스크
노보부레이스키
스코보로디노

블라디보스토크는 이 모든 여행이 시작되는 곳으로, 이 모든 길들의 시작점이다.
사진은 옴스크에서 튜멘으로 가는 길.

Vladivostok

블라디보스토크

블라디보스토크는 '동방을 정복하라'라는 뜻을 가지고 있지만, 우리에게는 여행을 시작하는, 서쪽으로 나아가기 위한 출발점이 된다. 1860년, 러시아가 차지하기 전까지는 중국의 땅이었고, 그 전에는 고구려와 발해의 땅으로, 지금도 박물관에는 발해의 유물들이 전시되어 있다.

D+000, 출항!

2015년 8월 2일, 일요일, 대체로 맑음

결국, D-day의 아침의 밝았다. 새벽 여섯 시 밖에 안 됐는데 눈이 저절로 떠지고, 결전이 날이 이미 와 버렸음을 눈뜨며 깨달았다. 시험공부는 반밖에 하지 않았는데, 시험시간은 어영부영 찾아와 버리는 것처럼, 그렇게 출발 날짜는 와 버린 것이다.

최근 오전에는 불안함이 밀려들었는데, 정말 이렇게 가도 되는지 갔다가 왕창 망하는 것은 아닌지 하는 걱정이 오늘도 역시 엄습해 왔다. 어쨌든 주사위는 던져져 버렸고, 루비콘 강도 건너버렸고, 시험장 입실시간은 시시각각으로 다가오고 있었다. 옆에 김밥과 방 양은 아직도 세월 모르고 자고 있고 나는 초조함에 아침부터 화장실을 몇 번을 갔는지 셀 수가 없다. 새벽부터 배가 아프면서 화장실을 서너 번은 갔다 온 듯하다. 아침을 먹기로 한 시각이 오전 여덟 시였다. 일곱 시 오십칠 분경에 다 두들겨 깨워 밥 먹으러 가자고 했다. 호텔 근처에 아침을 주는 식당이 있어 들어가니, 몇 식구들이 아침을 먹고 있었다. 뭘 먹어야 하나 고민을 하며 메뉴를 보았는데 아줌마가 다가와 아침은 백반밖에 없다고 했다. 안 그래도 백반을 먹고 싶어서 잘됐다 생각하며 그걸로 달라 했다. 입 안에 밥이 모래알 같고, 잘 넘어가지 않는 걸 억지로 구겨 넘기듯 배 속으로 밀어 넣었다. 원래는 아침은 커피 한잔에 베이글 반쪽을 먹지만, 배를 타면 상황이 어떻게 될지 모르니 되는대로 많이 먹어두었는데, 이게 아주 잘한 일이었다.

아침을 먹고, 어제 가본 길로 비교적 능숙하게 동해항 여객선 터미널을 찾아갔다. 어제 닫혀 있던 문이 열려 있고, 입구에서 경비의 안내를 받아 적당한 주차장에 차를 세웠다. 차를 세우고 보면 좌측에 단층 사무실이 하나 있고, 정면에 여객선 대합실 같이 생긴 곳이 있다. 어디가 DBS 페리 사무실일까 보니 왼쪽에 있는 곳에 DBS 페리라는 간판이라기엔 좀 허접스러운 천 조각(?)이 걸려 있어 그쪽으로 가보았다. 입구 근처에 지나가는 청년이 있기에 여기가 DBS 페리 사무실이냐고 물어보니 그렇다고 하며, 차 가지고 가는 분이냐고 물었다. 반갑게 그렇다고 하니 입구에서 가까운 한 사무실로 안내했다.

사무실에 가기 전에 입구에서 신을 갈아 신는데, 아마 항구 등을 왔다 갔다 하며 신이 더럽혀지기 때문에 사무실 입구에서는 신을 갈아 신게 되어 있는 듯했다. 웃기는 건 안내받고 들어간 사무실이 난장판에 가깝다는 거다. 한쪽에는 상자들이 쌓여 있고 중간쯤에 소파가 여러 개 배열되어 있는데 여기에 앉아서 잠시 기다리시라고 했다. 한참 앉아 기다리니 오토바이를 실어 가는 것으로 보이는 청년 두 명이 나타났고, 또 좀 있으니 남녀 쌍이 나타났는데, 재밌게도 이들은 신혼여행으로 오토바이를 타고 유라시아 횡단을 한다는 것이었다. 청년 둘은 친구 사이로, 회사를 그만두고 여행을 떠나는 것이었고, 기간은 3~4개월이었다. 부부는 중국에서 중의학을 공부한다는 영덕 출신의 청년들이었는데, 부인은 중국에서 영어 강사로 활동 중이었다. 재밌게도 부친의 고향이 영덕이어서 나도 어릴 적에 영덕에 자주 갔는데 부부의 남편은 영덕 강구 출신이라 했다. 이후에 다른 한 청년이 혼자 나타났는데, 이 친구는 대학 4학년으로 건축을 전공하고 있었으며, 2학기를 휴학하고 여행을 떠난다고 했다. 부부 중 남편은 현재 전공의 2년

내 차 타고 세계여행_러시아 횡단 편

차라 단 2개월의 여정으로 여행을 떠나는 것이었고, 4학년인 친구는 4개월을 잡고 있다고 했다.

이분들의 일정을 다 듣고 든 생각은, 정말 나는 터무니없이 긴 기간을 잡고 있는 것인가 하는 의문이었다. 많은 사람이 이 여행을 설마 정말 가겠느냐 생각했고, 내가 막상 정말 간다고 하자 설마 10개월을 가겠느냐 하며 잘해봐야 삼 개월 정도 갔다 올 거라고 짐작하고 있는 듯하다. 부부는 어쩔 수 없이 2개월, 나머지는 4개월이니, 대부분은 4개월을 기한으로 잡는 듯한데 생각해도 4개월로 볼 수 있는 것은 도대체 어느 정도일지, 나로서는 4개월로는 턱없이 모자라는 기간 같고, 어쨌든 나의 계획은 10개월이니, 어떻게 보면 터무니없는 것 같기도 하다.[1]

어쨌든, 약속한 9:30경이 되어 DBS의 직원이 청구서(Invoice)를 들고 와 사인을 받았다. 그리고 오늘의 출항 절차에 관한 간략한 설명을 들었다. 열 시경에 차를 몰고 직접 항구 안으로 들어가 세관 검사를 받는데, 그 전에 비용을 결제했다. 거의 전부 신용카드로 결제를 했다. 부부만 현금으로 결제를 했는데 부인이 작은 상자 안에 꼭꼭 싸둔 지폐로 결제하는 것이 한편으론 부럽기도 했다. 마누라와 같이 가면 저런 것인데, 나는 내가 돈 계산도 다 해야 하니 이거 참 보통 일이 아니다.

세관 검사

열 시에 나의 차 한 대와, 네 대의 오토바이(부부는 둘이서 한 오토바이)가 같이 항구 안으로 들어갔다. 이때부터 참 설레기는 했다. 하필 입구에서 항구 밖으로 빠져나가는 차들이 줄지어 있어 그 줄을 가로질러 가야 했는데 내가 손짓을 하니 차 하나가 약간 뒤로 뺐고 나는 그 사이로 넘어갈 수 있었다. 다른 차가 가지 않는 방향으로 차를 몰고 들어가는 기분이란. 이건

---

1 결국은 총 347일, 11개월이 넘었다.

정말 문자 그대로 '남들이 가지 않는 길'을 가는 것이었다.

들어가면 왼편에는 출항할 페리선인 EASTERN DREAM 호가 뒷문을 열고 정박하고 있고, 그 오른쪽에 세관 건물이 있다. 세관 건물로 진입할 때 여권을 맡기고 출입증을 목에 걸고 안으로 들어간다. 세관검사를 하는 건물 앞에 차와 오토바이를 주차하고 때를 기다리고 있다가 차례대로 짐 검사를 받는다. 원래는 이 장소의 안쪽, 즉 대합실 쪽에서 바깥으로 짐이 나오는데, 차량과 오토바이는 그 반대쪽에서 검사를 받는다. 먼저 부부의 남편의 오토바이가 올라가서 가지고 있던 짐들을 검색대에 올려 검사를 받았다. 오토바이의 옆에 걸려 있던 상자들을 다 떼 X-ray 검색대에 올렸다 내리는 작업을 하는 것이다. 그런 식으로 모든 오토바이가 검사가 끝나고, 제일 끝에 내 차가 후진하여 올라갔다. 차에는 짐이 많아서 검사를 제일 늦게 하는데 어차피 가방 세 개를 꺼내 X-ray 검색대에 밀어 넣는 것이다. 검사 요원이 차 문을 열고 안을 잠시 살펴보는 것으로 검사는 끝났다.

검사가 끝난 뒤 바로 배로 들어가는 것이 아니고 짐이 들어가는 순서를 또 기다려야 해서 한참 동안 밖에 서 있다가 시간이 길어질 것 같다며 아예 대합실에 가 있으라고 하여서 들어갔다. 들어갈 때는 또 몸에 가지고 있던 손가방 등을 전부 검색대에 스캔하고 이번엔 출입 표를 반납한 뒤 여권을 받아 대합실로 들어갔다.

대합실은 공항의 탑승장과 비슷한 분위기인데, 러시아인들이 많이 보이는 것과 단체 관광객이 눈에 띄게 많다는 것이 특징이다. 러시아에는 자유 여행을 가는 사람에 비해 단체로 여행을 떠나는 사람들이 압도적으로 많은 분위기다.

대합실에서 하염없이 시간이 갔는데, 하도 지겨워 기다리다 미리 예매해 둔 표를 발권했다.

선적

표를 받고도 한참 기다리고 있자니, 차를 선적한다며 전화가 왔다. 내 차가 제일 먼저 들어간다고 했다. 그래서 안내에 따라 차를 몰고 배 안으로 들어갔다. 페리에 배를 실어 보는 것은 처음이라 매우 신기했는데 마치 거대한 공룡의 배속으로 들어가는 기분이랄까…. 이미 왼쪽에는 일본에서 수입된 것으로 보이는 일제 승용차들이 줄을 지어 서 있었고, 오른편에는 컨테이너가 트레일러에 실려 들어와 있었다. 나는 그 트레일러 뒤에 차를 대었고, 내 뒤쪽으로 오토바이들이 줄을 지어 늘어섰다. 차를 보내는 운임이 706,380원인데, 오토바이를 보내는 비용도 55만 원이 넘는다. 자세히 보면 오토바이도 한 대씩 줄을 지어서 들어가므로 차지하는 면적은 비슷해서 그런 게 아닐까 생각을 해 보지만, 오토바이 보내는 사람들 입장에는 불공평하다고 생각할 만했다.

그렇게 차를 대고 차 키를 안에 있는 항해사인가 하는 사람에게 건네주고 나오면 차량의 선적은 끝이 난다. 차를 선적하고는 다시 아까 대합실로 들어가고, 거기서 발권을 하는 거다. 난 이미 발권을 다 한 상태였다. 그런데 아까 대합실에 있다가 선적하러 나갈 때 여권에 발권한 표를 끼워 두었는데 다시 대합실로 들어가면서 여권을 돌려받는데 표가 한 장이 없는 것이다. 그래서 세관 직원들에게 물었는데, 잘 모르겠다는 반응이었다. 이런 낭패가. 최악의 경우엔 다시 발권을 받아야 하는 건가 생각하고 있다가, 처음에 내 여권을 받았던 직원이 와서 아까 표를 받긴 받았고 한 장뿐이었다고 했으며 좀 전에 여권을 받아갈 때 누군가가 받아갔다고 했다. 그래서 혹시 다른 사람이 가져갔나 해서 나가보니 아니나 다를까 다른 사람이 들고 가서 DBS 직원이 들고 있었다.

출국 및 승선

직원에게 승선시간 안내를 받고, 다시 가족들이 있는 사무실로 갔다. 사무실에서 아까 만난 부부와 담소를 나누다 일단 점심을 먹는 게 나을 거 같아서 다시 항구 밖으로 나왔다. 항구 입구 근처에 한식 뷔페가 있어 들어갔는데 뷔페라기보단 마치 병원 식당에서 보는 것 같은 음식을 병원 식판에 받아먹는 분위기로, 아주 친근하긴 했다. 맛도 딱 병원 밥이었다. 마지막 밥으로 병원 밥을 먹고 있다고 생각하니, 그나마 속이 좀 안정이 되는 듯했는데, 역시 많이 먹지 않아 나중에 배가 고팠다.

승선장으로 다시 들어가니 비행기 출발 전에 줄을 서듯 사람들이 이미 출국장에 줄을 서고 있었다. 어차피 시간은 오래 걸릴 것이었다. 뒤에 좀 앉아서 쉬다가 끝부분에 다 같이 줄을 섰다. 출국 심사장 근처에서는 방 양과 작별인사를 하고, 김밥과 둘이 출국장으로 들어갔다. 출국장은 공항과 같이 스캐닝을 하고, 여권에 출국 도장을 받고 하는 것이 공항과 같았다.

건물을 나오면 구름다리로 항공기에 연결되는 것이 아니고, 건물을 나오면 항구고 아까 들락날락하던 그곳이다. 배를 향해 저벅저벅 걸어가 배를 올라가는 계단 앞에서 선원들의 환영을 받으며 계단을 올라가는데 계단을 한참 올라가다 보면 마구 흔들리는 느낌이 났다. 이때부터 뱃멀미가 걱정이 되기 시작했다. 다행히 계단을 무사히 올라갔고 표에 적힌 대로 무려 3층까지 올라갔는데, 아까 입구에선가 어딘가 배 안의 인포메이션부터 가라고 해서 갔더니 뭘 하나 찍 뜯고는 방으로 가라고 했다. 아마 열쇠가 필요한 방이면 거기서 열쇠를 받는 모양인데, 누군가 이미 가 있으니 그냥 가면 되는 모양이었다.

가보니, 같이 오토바이 등을 실은 청년들이 한 방이었다. 6인실인데 다섯 명이 쓰게 됐다. 혼자 온 친구가 벽 쪽, 둘이 온 쌍이 또 다른 벽 쪽으로 가서, 김밥과 나는 그 사이에 자리를 잡게 됐다.

자리를 잡을 것도 별로 없이 선실은 호텔의 작은 방과 같은 침대가 없는 온돌 구조였다. 한쪽에 벽장, 화장실, 심지어 TV도 있었다. TV가 나오는지

내 차 타고 세계여행_러시아 횡단 편

는 보지 못하고 벽장에 짐들을 가지런히 놓아둔 채 김밥과 갑판으로 나갔다. 3층에서 바로 나가면 갑판이라 이건 참 편리했다.

갑판은 바닷바람이 시원하기보다는 햇볕이 좀 따가운 정도였는데, 거기 좀 서 있자니 방 양으로부터 카카오톡이 왔기에 우리가 잘 보일 만한 곳으로 자리를 잡아 주었다. 항구 입구 근처였다. 다행히 어렵지 않게 멀리 있는데도 찾을 수 있었다. 거기서 한참 손 인사를 했다.

Our journey is just beginning⋯.

이윽고, 두 시가 되어 마침내 배가 서서히 움직이기 시작했다. 배를 완전히 180도를 돌려 항구 밖으로 나갔다. 처음에 주위가 빙그르르 도는 걸 보고 있자니 내가 어지러워지는 듯하여 황급히 약을 꺼내 먹었다. 어지러운 것이 단순히 배가 돌기 때문인지 내가 과도하게 긴장을 하고 있어서 더 그런 것인지. 하여간 『코스모스(Cosmos)』의 닐 타이슨(Neil Tyson)이 맨날 하던 그 말이 딱 그 순간에 맞는 듯했다.

배가 방향을 잡고 항구를 빠져나가자 점차 안정됐다. 삼십 분 정도는 육지가 보였으나 이윽고 사방에는 오로지 바다만 보이는 곳까지 오게 되었고, 조금씩 주위 온도가 낮아지는 느낌이 들었다. 정리가 조금씩 되자 갑판 여기저기를 다녀 보았다. 배의 가장 높은 곳, 즉 조타실 근처에 그늘이 지고 바람이 세차게 몰아치는 곳이 있어 그곳에 앉아 있자니 이내 몸이 서늘해졌다. 서늘하긴 한데 공기에 습기가 많아 마치 서늘한 증기가 나오는 초음파가습기 앞에 앉아 있는 듯한 느낌이었다.

배 안도 둘러보았다. 배 안은 마치 호텔과도 같은 분위기였다. 2층 쪽에는 2층 침대가 있는 방들이 있었는데, 거기가 4인실인 듯했다. 4인실은 1인당 비용이 40만 원쯤 했던 것으로 기억하고 있다(나와 김밥 군의 표는 둘이 합쳐 삼십만 원이 안 된다).

시간이 흘러 오후 다섯 시가 되어가자 슬슬 배가 고파지기 시작했다. 안내대로 가 저녁은 언제 먹는지 물어보니, 식권의 색깔별로 시간이 나뉘어 있다 했다. 나는 식권이 있는데 김밥은 식권이 없어서 이건 어떡하냐고 물어봤다. 유연하게 아마 그냥 가서 먹으면 될 거라고 했다. 처음 안내받을 땐 식권을 사야 된다고 했는데, 배에서는 그냥 먹으라 하니 얼씨구나 좋았다.

이윽고 여섯 시쯤 되어 안내 방송이 나왔다. 파란 식권을 가진 사람들을 부를 때 빨리 뛰어가니, 김밥 군도 아무 제재 없이 밥을 먹으러 가는 행렬에 껴 있었다. 재밌게도 밥을 먹으러 줄지어 가는 모양이 꼭 HG 웰스[2]의 소설 『타임머신』에서 사이렌 소리에 정신없이 줄지어 방공호로 들어가는 생각 없는 인류들의 행렬 같았다. 생각 없는 인류는 그렇게 방공호로 밥을 먹으러 갔다. 마침 식당은 1층으로 내려갔다가 다시 올라가서 먹는 곳에 있었다. 밥은 뷔페식으로 나오는데, 첫날에는 볶음밥도 나왔다. 반찬으로 나는 주로 김치와 먹을 만한 것들을 골라 먹었는데 나름대로 나쁘진 않았다.

저녁을 먹고 간단히 양치를 위해 방에 들렀다가, 다시 갑판으로 나왔다. 해는 별로 빨리 질 생각을 않았는데, 아침부터 설쳐서 피곤하긴 하였고, 일찍 자려고 자리를 깔고 누웠는데 천정에서 에어컨이 미친 듯이 나오고 있는 게 아닌가. 아무리 요즘이 덥다고 해도 에어컨을 얼마나 세게 틀어대는지 화장실 같은 데 갈라치면 몸이 얼어붙는 듯하였고, 방도 그 모양이었다. 방에 있던 청년들이 그걸 꺼 보려 노력하였지만 허사였다는데 어떻게 구멍을 막아 보니 좀 살 만해졌다. 이불을 깔고 누웠다가 사진을 정리해야겠다 싶어 노트북에 사진을 다 정리했다. 예전에 한 번 백업을 게을리하다 여행 사진 3/4을 날린 후 이런 습관을 들이려 노력하는 중이다.

와중에 청년들은 부부가 초대한 맥주 모임에 모조리 나갔고, 나와 김밥은 일찌감치 잠에 빠져들었다.

---

2   H.G. Wells: 영국의 SF 소설가로 '타임머신', '투명인간' 등의 소설을 썼다. 타임머신은 여러 차례 영화화됐고, 한국에서도 상영됐다.

내 차 타고 세계여행_러시아 횡단 편

D+001, 마침내 러시아 땅

2015년 8월 3일, 월요일, 흐리고 비

어렴풋이 잠이 깼고, 시계를 보니 여섯 시쯤 된 것 같았다. 더 잠을 자야겠다 생각하며 가만히 누워 있었다. 그 순간 딩동 하며, 방송이 나오기 시작했다.

"아침 식사에 관하여 안내 말씀드리겠습니다. 분홍색, 파란색 식권을 소지하신 승객께서는 지금 1층으로 내려 오셔서 준비해 주십시오."

새벽 여섯 시에 아침을 먹으라니. 이 무슨 해괴한 짓인가 하며 잠시 생각을 해 봤는데, 가만 생각해 보니 시차가 한 시간 앞당겨지면서 배 시간은 이미 아침 일곱 시였다. 아침밥을 준다니 자고 있던 김밥이 벌떡 일어나 밥을 먹으러 가야 한다며 갑자기 설치기 시작했다. 이놈도 밥을 제때에 먹지 않으면 기회가 없어진다는 것을 이미 알고 있었다. 좌우에 같이 자던 청년들은 아직 깊은 잠에 빠져 미동도 하지 않고 있었지만, 우리는 조용히 옷을 챙겨 입고 식당을 향해 돌진했다.

일찍 일어나는 새들이 벌레를 먹듯, 일찍 일어난 정신없는 인류는 이미 밥줄을 향해 말없이 걸어가고 있었다. 이런 광경은 식권을 선원에게 제출한 후, 바다가 보이는 1층을 걸어갈 때 아주 극명해지는데, 참으로 묵묵히 식당을 향해 걸어가는 모양이란 정말 사이렌을 듣고 방공호로 들어가는 인류를 떠오르게 한다. 옆으로 검푸른 바닷물은 넘실거리고, 어쩌면 밥을 먹으러 가는 줄 알았는데 전부 사실은 검푸른 바닷물로 풍덩 뛰어들어 버리는 게 아닌가 생각이 들기도 했다.

다행히 뛰어들지는 않고 다시 위로 계단을 올라가서 식당에 들어갔다. 게걸스럽게 다들 식사에 열중이다. 김밥 군은 어제 볶음밥이 있었다며 맨밥을 건너뛰려 했는데, 알고 보니 볶음밥이 없어 그냥 맨밥을 먹어야 했다. 반찬은 매일 조금씩 다르지만 느낌은 거의 같다. 과일 주스가 나오는 때가 있고, 나오지 않는 때가 있었다.

식사를 마치고 방에 들어갔는데 아직 청년들은 자고 있었다. 다시 가방에 있던 캔커피(승선 전에 미리 하루 두 개씩을 준비했다)를 들고 빠져나와 다시 갑판으로 올라갔다. 갑판에 있는 벤치에 앉아 주위를 둘러보아도 보이는 것은 바다밖에는 없다. 무엇이 생각나냐고 물으면, 없다. 그냥 공(空)이고, 솔직히 말하면 멍할 뿐이다. 뭔가 골똘히 생각하는 듯한 자세가 되어보려 해도 그냥 공이다. 아래에 넘실거리는 건 바다고, 그 위는 공기고, 배가 물살을 가르며 바다 위를 미끄러지듯 달린다는 사실만이 명확했다.

그렇게 갑판에서 도를 닦다 보니 다시 점심시간이 되어 또 멍해진 군중들 틈에 껴서 밥을 먹고 또 커피를 마시고 했다. 어느덧 점차 뭔가가 보이기 시작했다. 배가 표트르 대제만으로 들어온 것이다.

제일 먼저 보이기 시작하는 것은 러스키 섬의 아래에 있는 레이네케, 포포바 섬들이다. 바다 위에 안개가 껴서 명확히 보이지 않다가, 러스키섬의 옆을 지나가면 명확하게 육지에 가까워졌음을 알게 된다. 배는 러스키섬을 보면서 북동으로 달리다, 크게 우회전하여 동쪽을 잠시 달린다. 그러다 러스키 다리가 보이면 다시 북쪽으로 방향을 잡고 항구로 들어갈 준비를 한다.

이때쯤 멀리서 빠른 배 한 척이 배에 접근하다 크게 선회한 후 배에 바짝 붙어 쫓아왔다. 도선사가 타고 있는 배인 것이다. 이 배는 페리의 옆구리에 찰싹 붙었다가 순식간에 도선사가 배로 뛰어오르고 난 후, 재빨리 다시 배에서 멀어져 배를 따라온다. 아마도 이제부터 도선사가 이 배의 선장과 함께 항구로 들어가는가 보다.

이제는 명확하게 항구가 보이기 시작했다. 보슬보슬 비가 내리는 가운데, 거대한 배들이 항구에 정박해 있었다. 어떤 곳은 폐선소 같은 곳도 있고, 장대한 무장을 한 군함도 몇 척 보였다. 저 멀리 항구에 정박한 것은 범선 같은 것도 있고, 저 멀리 황금색 지붕을 한 러시아 정교회의 건물도 보여, 여기가 틀림없는 러시아의 땅임을 증명하고 있었다.

하선

오후 1:40경, 배는 출항할 때처럼 방향을 틀어 부두에 정박했다. 슬슬 내릴 준비를 하고자 방으로 들어갔다. 젊은이들도 이제는 깨어 하선 준비를 하고 있었다. 이때 방으로 전화가 한 통 왔다. DBS에 의해서 아마도 빠른 하선을 위해 특별히 빨리 하선할 것이니 2:15까지 선내에 있는 바(Bar)로 오라고 했다. 그 당시는 무슨 일이 있는지는 정확히 모른 채, 일단 하선 준비를 해서 바로 갔다. 그런데 바에 같은 방에 있던 일행은 다 왔는데 부부만 없었다. 바에 모여서 부부의 방으로 전화해 봤으나 연락이 되지 않았다.

2:40경 배의 승무원 중 꽤 높은 사람이 와서 우리가 차나 오토바이를 가지고 탄 사람들이라는 것을 확인한 후 다른 승객에게 비해 먼저 하선하는 것임을 알려 주었다. 우리는 그래서 러시아 국적의 승객들 직후에 가장 빨리 하선하는 그룹으로 하선하게 된 것이다.

배에서 내린 후 곧바로 입국장으로 갔고, 거기서는 특별한 문제없이 입국했다. 다만 특이한 것은 보통 다른 나라에 입국할 때는 입국카드를 쓰다 잘못 쓰면 버리고 다시 쓸 수 있는데, 러시아는 입국카드 한 장당 일련번호가 있어서 이걸 잘못 쓰게 되면 잘못 쓴 종이를 배의 승무원에게 반납해야 한다는 것이었다. 아마도 입국카드의 일련번호가 출국할 때까지 계속 관리되는 듯했다.

하여간, 나는 김밥 군의 여권을 함께 들고 같이 입국심사를 받았고, 아무 문제없이 입국했다. 입국장을 통과하자 DBS에서 우리를 데리러 나온 알렉세이라는 러시아 청년이 우리의 이름을 종이에 적어 들고 서 있었다. 난생처음 입국장에서 이런 서비스를 받아 봤다.

문제는 같은 방에 있던 일행은 다 일찍 입국까지 했는데, 부부가 나오지 않는 것이다. 이후에 한국 단체 관광객들이 여러 팀이 모여서 들어가고 하는데도 정말 나오지 않았다. 알렉세이는 우리가 그들의 얼굴을 알고 있으니 앉아 있으라고 청년들이 가서 말을 했다는 데도 꿋꿋이 그 자리에 종이를 들고 서 있었다. 나는 어차피 부부가 오면 DBS 사무실로 오지 않을까 생각했다. 그때까지 사무실이 그 건물 안에 있는 것으로 알고 있었기 때문이었다.

사실 나중에 알고 보니, 알렉세이는 DBS의 직원이 아니고, GBM이라는 통관대행 회사(사장님이 한국인)의 직원으로, 그 사무실은 항구에서는 좀 떨어진 곳에 따로 있어서 누가 와서 데려가지 않으면 혼자서 찾아가기는 힘든 곳이라는 것을 알게 됐다.

부부는 결국 오후 네 시가 넘어서야 입국을 했다. 들어보니 오토바이를 가진 승객임을 승무원들에게 열심히 설명했으나 개인 손님은 나중에 내리는 것으로 되어버려서 그렇게 됐다는 것이다. 아마도 선사의 큰 고객인 단체여행객들에게 편의를 제공하기 위한 것이 아닌가 생각된다.

하여간, 우리는 재빨리 오토바이와 차량통관을 위해 관세국으로 가야 했는데, 차에 다 탈 수가 없는 관계로 김밥과 운전자가 아닌 부부의 부인은 다른 차로 GBM 사무실에서 기다리기로 하고, 운전자들만 관세국으로 가기로 했다. 보통 이렇게 오는 날 거기까지 가는 경우가 없었던 것 같은데 그간에 GBM에서 여러 가지 사전작업을 하여 운이 좋으면 도착하는 날 오토바이나 차량을 통관할 수 있게 뭔가 조치를 한 모양이었다.

관세국

운전자들은 봉고차에 타고 관세국으로 향했는데, 안타깝게도 도착했을 때는 이미 오후 다섯 시를 넘어가고 있었다. 입구에서 두 사람까지는 앞에 앉은 직원이 열심히 보며 뭔가를 적기도 하더니, 내 차례가 되자 그냥 들어가라며 다 보내주었다. 건물은 조용한 공무원들이 일하는 건물인데, 직원은 옛날 KGB 요원의 복장 같은 연한 쑥색 제복을 입고 왔다 갔다 했다. 그 중에는 눈에 띄게도 그 제복을 입지 않은 거의 슈퍼모델급의 몸매를 가진 여인들이 있었다. 큰 키에 슈퍼 울트라 하이힐을 신고 왔다 갔다 하며 좌중의 시선을 한몸에 사로잡았다. 예전에 유학했다는 두 친구의 말을 들어보니 저런 몸매의 아가씨들이 결혼하면 2년 안에 슈퍼 헤비급 몸매로 변한다고 했다. 정말 또 몇 명의 지나가는 여인네들은 슈퍼 헤비급 몸매로, 그 몸매를 보며 생각나는 것은 '저 엉덩이에 깔리면 살아남을 수 없을 거야.' 같은 생각이었다.

하여간 그 사무실 앞에서 알렉세이는 우리에게 또 이런저런 서류를 차례대로 보여주며 사인을 받았다. 이 서류는 우리가 미리 사진 찍어 보낸 차량의 사진, 차량의 등록 서류 같은 것이었다. 거기에 계약서 등등을 일일이 또 사인을 했다. 마지막에 한 서류는 러시아로의 차량의 일시 수출입에 관한 계약사항이었는데, 차량은 'October 2'까지 이 나라를 떠야 한다는 내용이었다. 잠깐 나는 착각에 의한 혼란에 사로잡혔었는데, 'October'가 9월인 것으로 생각했던 것이다. 나는 9월 30일 정도에 출국할 예정이라 이거 뭔가 이상한 것이 아닌가 옆에 물어보니, 'October'는 10월이라 해서 안도했다. 긴장하니 별것이 다 헷갈리는 것이었다.

우리의 서명이 다 끝나고, 드디어 알렉세이가 사무실 안으로 들어갔다. 긴장된 시간이 흐르는 가운데 우리 중 한 명이 먼저 안으로 불려 들어갔다. 거기서 무슨 일이 있었는지는 알 수 없는데, 들어갔던 친구가 심각한 표정으로 다시 나왔다. 그 친구는 원래 전공이 러시아어여서 뭔가 좀 알아들었나 본데 뭔가 이것저것 꼬치꼬치 묻더라며 심각해 했고, 한참 후에 알렉세이가 풀죽은 표정으로 나와서 말했다.

"She said, she need to smoke for a while…."

여기는 러시아, 러시아였던 것이다. 나는 그녀가 어떤 여자인지 몰랐는데, 몇 분 후에 탱크톱 비슷한 걸 입은, 머리에 열이 날 것 같은 표정을 한 여자가 다시 사무실 안으로 들어가는 것을 보았고, 아마도 그 여자인 듯했다. 곧이어 알렉세이가 다시 안에 들어갔다가, 완전 풀죽은 표정으로 다시 나와서 말했다.

"I'm sorry…. We can't complete today, because she said something is incomplete."

하루에 될 리가 있나. 나는 이런 결과에 크게 당혹스러워 하진 않았는데, 시간에 쫓기는 신혼부부는 많이 낙담하는 듯했다. 부부의 남편은 오토바이가 오늘 나오면 오늘 저녁에라도 달려갈 태세였던 것이다.[3]

결국, 우리는 철수를 해야 했고, 전부 다시 GBM 사무실로 갔다. 거기 가니 김밥 군은 기대어 잠시 잠을 잤다고 하고, 부부 중의 부인은 거기서 인터넷을 열심히 했다며 즐거워하고 있었다. 우리는 일이 제대로 안 되어 살짝 낙담하고 있었고 사장님은 일의 전후를 설명했다. 말인즉슨, 이전에 일들을 빨리 처리하기 위해 여러 가지 조율을 미리 해 두었으나 최근에 관세국 담당 직원이 바뀌었고 그 직원이 내일은 휴가라서 다른 직원이 와서 일하게 될 것이니 아마 이르면 내일, 늦어도 모레는 처리가 될 거라고 했다. 그 끝에 덧붙이길 차는 하루 더 걸릴 수도 있다 했는데, 하루 더 걸리면 나는 하루 더(원래는 목요일 출발) 블라디보스토크에서 지내야 해서, 살짝 불안했으나 어쨌든 믿어보는 수밖에는 방법이 없었다.

일이 좀 늦어지는 통에 예약된 숙소가 없었던 청년들은 통관을 대행해 주는 GBM의 사장님이 직원인 유리(Yuri)에게 방까지 알선해 드리라고 지시를 했고, 내 숙소는 다행히 GBM의 사무실에서 멀지 않아 걸어가면 됐다. 나중에 보니, 내가 묵은 호텔 젬추지나에서 GBM 사무실까지는 5분, 사무실에서 항구터미널까지는 또 걸어서 5분 정도였다. 하여간 유리와 우리는 다 같이 사무실을 나왔고, 유리는 내게 젬추지나 호텔까지 가는 길을 자세하고도 정확하게 알려주었다. 나중에 안 사실인데, 유리는 전공이 American Study였고, 외국에서 공부한 적은 없으나 영어 발음이나 회화는 거의 Native American 수준이었다.

---

3 현재는 도착 다음날에 관세국에서의 처리가 완료되는 듯하고, 그날 차를 받는 것 같다.

호텔 젬추지나

유리가 알려준 대로 가니 정말 5분도 안 되어 호텔에 도착했다. 키릴 문자를 익혀 둔 것이 도움이 되는 점이, 이런 간판을 읽을 수가 있다는 것이다. 젬추지나의 '젬'의 'ж'은 영어 X에 중간에 세로줄이 하나 더 있는 듯한 문자인데, 이것이 어떤 발음인지 알지 못하면, 영어만 공부한 사람은 절대로 '젬'을 찾을 수가 없다.

한심하게도 여행을 시작하기 한 삼 주 전에야 러시아어를 열심히 공부하기 시작했고 겨우 키릴 문자의 발음을 익혀 왔기 때문에, 말이 잘 떨어지지를 않는 것이 문제였다. 내 딴에는 '여기가 젬추지나인가요?' 하고 물으려 "에따(여기) 젬추지나?"라고 발음을 하려 했는데, 막상 나온 것은 "에따 젬지추, 에따 젬치주—" 뭐 이런 것이었다. 호텔 프론트에는 늘씬한 여자 둘이 있었는데, 한 여자는 앉아 있고 한 여자는 서 있었다. 앉은 여자와 선 여자는 마치 내가 중국 신장성의 성도인 우루무치의 호텔에서 만난 여자들과 같은 분위기였다.

상관인 듯 보이는 앉아 있는 여자한테 가니 저쪽으로 가라 해서, 서 있는 여자한테 가니 그녀는 한숨을 푹푹 쉬며 나를 본다. 그녀는 영어를 그다지 잘하지 못했다. 부킹닷컴의 홈페이지에는 분명 영어 의사소통에 능숙하다 하였건만, 그녀는 별로였다. 하긴 중국 란저우의 그 호텔은 호텔명에 'International'이 들어 있었지만, 영어로는 의사소통이 전혀 안 되었으니, 그녀가 잘못된 것은 아니고 내가 러시아어를 못하는 게 'International'한 호텔에 안 어울리는 손님인 것이다. 하여간, 젬치주나인지에 관하여 옆에 앉아 있던 근엄한 여자 분께서 '젬치주나'라고 정정을 해 주었고, 내가 바우처와 여권을 들이미니 알아서 처리하다가 뭔가를 종이에 쓱쓱 써서는 와서 들이밀었다. 뭐라고 쓴 건지 알 수가 없었고 그녀의 영어는 더욱이 알아들을 수가 없었다. 옆에서 지켜보던 근엄한 여자가 다시 나타나 비교적 정확한 영어로 설명하길, 이미 출발 전에 미리 하루 치 결제를 했고 여기서는 이틀 치 남은 돈만 결제하면 된다는 내용이었다.

뭐로 결제하겠느냐기에, 나름 큰돈을 적은 돈으로 좀 바꿔 보려고 현금으로 결제하겠다고 하고 오천 루블짜리 현금을 숭숭 꺼내어 주었다. 옆에서 한숨 쉬던 여자가 잔돈이 하나도 없다며 어떡하겠냐고 했다. 통 크게 잔돈은 다 가지라고 하면 좋겠으나, 나머지가 많아서 그럴 수가 없었다. 가진 돈다발을 챙겨 잘 맞춰 보려 하였으나 그것도 잔돈이 없다 하여 어쩔 수 없이 카드로 결제하겠다고 했다. 마누라 명의 체크카드를 들이밀었으나 그놈으론 결제가 안 된다고 했다. 호텔은 안 된다더니 정말 안 되는군 생각하며, 어쩔 수 없이 신용카드를 들이미니 이건 된다 했다. 당연히 되겠지.

하여간, 체크인을 그렇게 하고 방을 찾아 올라가니 방은 괜찮은 편. 벽에 걸린 TV와 냉장고는 LG 것이었고, TV에 방송은 많이 나오는데 볼 것은 없었다. 여러 가지 일로 시간이 많이 되어 밥 먹으러 가야 했고 시간도 늦고 오면서 보니 먹을 만한 데가 없었던 것 같아 그냥 호텔에 있는 카페(식당)로 가기로 했다. 그런데 가보니 여기가 저녁을 먹을 수 있는 데인지가 모호했다.

안으로 들어가니 웬 이상한 사람들이 나타났다는 듯이 우리를 보던 직원들이 내가 말을 하니 더듬기 시작하였고, 'Dinner'란 말을 알아들은 직원이 내 방 번호를 물었다. 어쩌고저쩌고 하는 거 보니 저쪽에서 음식을 고르고, 이쪽에서 돈을 내면 된다는 뭐 그런 얘기였다. 잠시 후 백설 공주와 마귀할멈에 나올 것 같이 생긴 할머니가 머리에 보자기를 쓰고 나타났다. 음식 덮개를 하나씩 열며 이거 먹을래, 저거 먹을래 하는 자태가 산신령이 나타나 금도끼냐 은도끼냐 하는 듯하다. 그래서 뭐가 뭔지 알아볼 만한 것들로 이것저것 섞어 들고, 결제하라는 데로 가서 둘이 결제하니 둘의 음식 값이 500루블도 안 됐다. 우리 돈으로는 둘이 저녁 먹는 데 1만 원도 들지 않는 거다. 둘이서 저녁을 그렇게 먹고 올라오게 되었으니 일단은 성공이었다. 나오며 직원에게 "쓰빠시바(감사합니다)"를 외쳤다. 그러자, 무뚝뚝한 직원이 얼굴에 미소를 띠기도 했다.

...

밤에는 노트북에 담아온 전람회의 노래들을 들으며 잠이 들었다. 러시아에서 첫날밤이라 그런지 원래부터 있던 문제인지 잠이 빨리 들지 못했다. 새벽 두 시까지도 잠이 들지 못하고, 음악이 그 뒤의 등려군의 노래까지 이어졌다. 등려군의 노래들은 왠지 노래가 나오다 중간에 잘리는데, 이게 차에 복사된 것도 이런지 알 수 없다. 서울에 있는 동안에 USB들에 잠깐 문제가 생긴 적이 있는데 그걸 정리하는 와중에 MP3 파일들이 손상된 것인지, 차에 있는 USB 메모리들을 다시 확인해 보아야 할 일이다. 어쨌든 러시아에서 첫날밤은 이렇게 가고 있었다.

D+002, 차량 인수

2015년 8월 4일, 화요일, 흐림

아침에 눈을 뜨니 일곱 시 반쯤 된 것 같다. 러시아에서의 첫날밤, 잠을 쉽게 이루지 못했고 덕분에 아침까지 자게 됐다. 아침밥 때가 7:30분부터인 것을 알고 있었고, 다행히 10시까지도 밥을 준다고 어제의 그 문제의 그녀가 종이에 적어 알려 주었었다. 덕분에, 느지막이 좀 더 잘 수 있었다.

하지만 그날은 중요한 일이 있어 혹시나 나가야 할지도 모르기 때문에 일단 여덟 시 반에 일어나 아침을 먹으러 나갔다. 아침을 먹는 곳은 어제 저녁을 먹은 곳과 같은 곳이었고 오늘은 구면이어서 그런지 직원들이 아주 이상한 눈길로 우리를 보진 않았다. 게다가 한 구석엔 중년 이상의 한국인 남자들이 몇 명 모여 한국말로 이야기하고 있었다. 사실 어제 저녁을 먹을 때도 혼자 온 30대 남자가 밥을 먹고 있었는데, 보기에 한국사람 같았고, 오늘 아침에도 복도에서 한국인 가족들의 목소리가 들렸다(어제 호텔을 들어

올 때도 한국인 가족들이 있었다). 그리고 식사를 하는 도중에도 한국인으로 보이는(일본인일지도) 사람들이 많이 왔다 갔다 했다. 하여간 오늘은 아주 부드럽게 일이 진행되었고(돈을 낼 필요가 없으니), 한 직원은 우리 부자의 모습이 재밌는지 얼굴에 재밌어 죽겠다는 표정을 내내 짓고 있었다.

보통 때는 별로 아침을 열심히 안 먹지만, 나는 여행을 다닐 땐 열심히 챙겨 먹는 편이라 오늘도 열심히 챙겨 먹었다. 다행히 커피도 적당한 것이 나왔고 빵도 적당한 것이 있어 큰 문제없이 아침을 먹었다. 김밥도 역시 부지런히 챙겨 먹었다.

방에 다시 올라와서 별다른 일정이 없으면 최소한 오전에는 쉬기로 했다. 이건 어쩔 수 없는 것이기도 했다. 카카오톡 채팅방에서 연락을 받기로 했기 때문이다. 복잡한 인터넷 세팅[4]도 방 안에서나 되는 것이어서 밖에 나가면 연락을 받을 수 없었다. 나한테만 문자메시지를 달라고 할 수도 있겠지만, 어쨌든 오전에는 좀 피곤하기도 하여 방에서 쉬기로 했다.

방에서 쉬면서 있다 보니, 점점 몸이 축축 쳐져 샤워도 한 번 했다. 하고 나니 좀 나았다. 그러던 와중에 가져온 책자를 보니 관세국에 서류만 내면 그날로 차를 받을 수도 있다는 정보를 보게 되어 채팅방에 그 소식을 올려주었다. 다들 빨리 되면 좋겠다는 마음이었다. 한 시간쯤 후, 9:17에 유리의 메시지가 전달되었다. 입국카드를 사진 찍어 보내라는 내용이었다. 참 다행인 것이 이런 서류를 카카오톡으로 사진 찍어 보낼 수 있다는 것이다. 애초에 한국에서도 모든 서류는 디지털카메라로 찍어 DBS에 이메일로 보내는 게 끝이었다. 오프라인에서 사무실에 가거나 만나거나 할 필요가 전혀 없었다. 나의 복잡한 인터넷은 나름 완벽하게 메시지를 주고받게 해주었다. 부부의 오토바이 서류에 문제가 좀 있었으나 오토바이를 못 받을 정

---

4 이 호텔에서는 숙박자에게 와이파이에 접속할 수 있는 계정을 단 하나만 주었다. 그 사실을 모르고 스마트패드로 먼저 접속을 해 버렸다. 그러고 나니 카카오톡을 쓰려면 스마트패드에서 카카오톡이 있는 스마트폰으로 블루투스 테더링을 해야 했고, 노트북에서 와이파이를 쓰려고 해도 스마트폰에서 다시 USB 테더링을 해야 했다.

도는 아닌 모양이었다. 먼저 알렉세이가 관세국에 가서 처리해 보고 언제 우리가 거기 가야 하는지를 우리에게 알려 주기로 했다. 늦어도 오전 중일 거라는 메시지를 받았다. 열한 시가 넘어도 소식이 없어 오전에는 안 되나 보다 했는데, 11:34에 유리는 우리가 관세국에 다시 갈 필요는 없어졌고 문제가 있었던 서류의 오토바이도 통관이 된다는 내용의 메시지를 보내왔다. 게다가 오늘 오후 다섯 시경에는 모든 오토바이와 차를 받을 수 있었다. 이건 예상보다 일 처리가 하루 빠른 것이었다.

점심 먹기

결국, 다섯 시까지는 특별히 할 일이 없는데 점심은 먹어야 해서 일단은 나가보기로 했다. 옷을 차려입고 호텔을 나가니 어디로 갈지가 좀 막막하여 그냥 걷다 보니 내가 예상했던 방향과는 반대로 걷고 있음이 명확해졌다. 방향을 바꾸어 걷다 보니 어제의 그 GBM 사무실 근처였다. 들어가서 유심 사는 걸 물어볼까 하다 들어갈 때 뭔가 보안이 있는 것 같아서 나중에 하자 하고 그냥 걸었다. GPS로 지도를 보니 쭉 걸어가다 우측으로 가면 블라디보스토크역이 나올 상황이어서 그쪽으로 가보기로 하고 가다 보니 레닌 동상이 있는 공원이 나왔다.

블라디보스토크엔 여기저기 레닌 동상이 있다는데 그중의 하나인 것 같았다. 그 앞은 공원이었고 사람들이 많았다. 어디나 보이는 중국인 관광객들도 많았고, 한국인이 아닐까 싶은 사람들도 많이 보였다. 가는 길의 노점상들도 아기자기하게 재미있었다. 그 공원에서 길 건너가 시베리아횡단철도의 종점인 블라디보스토크역이었는데, 역이 생각보다 그리 크지는 않았다. 기차가 어마어마하지도 않았고 분위기는 옛날 구서울역의 분위기와 흡사했다.

적당한 먹을 것을 찾아가는 길이었는데 그쪽에서 뭔가 먹을 만한 데를 찾지 못했다. 차라리 젬추지나 호텔에서 걸어 나올 때 공원 근처에서 뭔가 있긴 했는데 거기는 다 지나쳐 와 버렸고 여기서는 피자집들만 잔뜩 보였다. 방향을 북으로 잡고 계속 걸어보니 여기가 정말 러시아인가 싶은 거리가 나타났다. 건물의 모양들이 우리나라와는 확연히 다른 유럽풍의 거리가 나타났다. 이 거리가 알류츠카야 거리이다. 옛날에는 이 위로 전차라도 다닌 모양인데, 지금은 그런 흔적은 없었다. 이리로 쭉 걸어가도 피자집 같은 것 외에는 없어서 GPS를 참고하여 다시 방향을 동으로 잡아 걸었다. 그러자 도시를 동서로 가로지르는 스베트란스카야 거리가 나왔다. 이 거리에는 혁명전사광장이 있어서 길을 건너 광장 쪽으로 갔다. 광장에는 낫과 도끼가 그려진 구소련의 상징이 새겨진 축대에 혁명전사들이 새겨진 상이 장대하게 서 있었다. 광장에는 비둘기들이 관광객들이 던져주는 먹이를 쫓아 날아다니고 있었고, 상 아래에는 한가로이 앉아 휴식하는 사람들이 보였다. 혁명전사들은 멀리 바다를 바라보며 역동적으로 서 있다. 광장에서 항구 쪽으로 내려갈 수 있는 길이 있었는데 먼저 주린 배를 채워야 해서 다시 가던 길로 걷다 보니 우리의 일행 중 혼자 온 학생과 두 친구를 만나게 됐다. 이들은 이미 길에서 파는 것들로 배를 채웠다며 근처의 카페에서 뭔가 먹을 수 있을 거라고 했다.

오후에 만날 일에 대한 정보를 들어보았으나 아주 새로운 것은 없는 듯하여 오후에 보자고 하고 헤어져 길을 다시 걸었다. 계속 가도 특별한 것은 없을 듯하여 다시 길을 건너 서쪽으로 오다가 카페가 하나 있어 들어가게 됐다.

카페에 들어가 메뉴를 보니 먹을 만한 것이 있어 주문했다. 그나마 글자를 읽을 수 있어서 어느 블로그에서 러시아의 명물 음식이라는 내가 보르쉬라고 읽은 것을 시켰다. 제대로 시킨 건지 하여간 국물에 채소와 고기가 들어간 수프 비슷한 것이 나왔다. 먹어보니 너무 짰다. 옆에 하얀 마요네즈인지 크림인지 그런 것도 나왔는데 그게 뭔지 몰랐다.[5] 김밥 군은 샌드위치

---

5 국물에 섞어 먹는 사우어 크림이라고 한다.

비슷한 것, 나는 피자 비슷한 걸 시켰고 김밥 군은 음료로 콜라, 나는 커피를 시켰다. 먹는 도중에 카카오톡 메시지가 왔는데[6] 부부와 세 남자는 우연히도 전부 같은 데서 케밥(러시아에서 케밥이라니)을 먹었다고 한다.

C-56 잠수함과 정교회

점심을 먹고, C-56 잠수함까지만 본 뒤 다시 방에 가서 쉬자는 생각으로 GPS의 도움을 받아 걸었다. 얼마 안 되어 금방 도착했다. 잠수함 바로 옆이 배에서 내리기 전에 본 황금 지붕의 정교회였다. 아직은 양파 같은 지붕을 가진 교회 건물은 아니지만 지붕에 금빛이 번쩍이는 정교회 건물을 보자니 여기가 러시아가 맞는구나 싶었다. 교회 건물 안에 들어가 볼 수 있어서 들어가니 안에서 할머니 한 분이 관리하고 계신 듯 했다. 정교회 건물은 그리스에서 많이 보아온 그 구조다. 전체적으로 둥근 원통형의 건물에 지붕이 돔 형태를 띠고 있으며 벽의 주위에 이콘화가 걸려 있었다. 전반적으로 오래된 건물은 아닌 듯하지만 매우 관리가 잘 되어 있어 오래된 정교회 건물도 예전에는 이런 형태의 구조였다는 것을 잘 보여주는 건물이었다.

모순되게도, 정교회 건물 바로 옆에 C-56 잠수함이 전시되어 있다. 이 잠수함은 실제로 전투에 사용된 잠수함으로 내부에까지 들어가 볼 수 있었다. 정교회 건물 옆으로 난 내리막길로 내려가면 잠수함에 갈 수 있는데, 뒤쪽에 입구가 있어 어른은 100루블, 아이는 50루블을 내고 들어간다. 입구에 보면 사진을 찍으려면 50루블, 영상을 찍으려면 100루블을 더 내라고 되어 있지만, 안에 들어가 보면 아무나 다 찍고 있다.

우리가 갔을 땐 특이하게도 일본인 단체관광객들이 있었는데 일본인들은 단체로 다니는 경우를 별로 못 봐서 신기했다. 잠수함 후미 쪽은 주로

---

6   카페에 와이파이가 됐다.

사진과 쓰던 도구들을 전시하고 있고 앞쪽으로 가면 기계실들이 있는데 이쪽이 볼 만했다. 단체 관광객에 나이 드신 어르신들이 좀 있었는데 후반부에서 전반부로 넘어갈 때 좁은 곳을 통과하게 되어 있어 지체가 많이 됐다. 전반부에 가면 기계실들이 있고 제일 앞쪽에 어뢰실이 있었다. 어뢰실은 침실을 겸하고 있는 듯한데 터지면 다 죽을만한 폭탄 옆에서 잠을 자면 기분이 어떨지 궁금했다.

차량 인수

잠수함을 둘러보고 천천히 걸어서 호텔로 돌아왔다. 돌아오는 길은 그다지 힘들지 않았다. 블라디보스토크역을 지나 호텔로 돌아와, 혹시 무슨 소식이 있나 방에 오자마자 인터넷을 접속하니 아니나 다를까, 유리의 메시지가 와 있었다. 마침내 4:40에 Sea terminal에서 보자는 내용으로 드디어 차를 받는 것이었다. 호텔에 도착한 시각이 4시경이었는데, 들어오자마자 나가게 됐다. 다시 내비게이션에 써야 하는 갤노트를 챙겨 터미널로 갔다.

사실 터미널 어디서 만나자는 건지 모호하여 한참을 이리 갔다 저리 갔다 했다. 메시지를 다시 보니 구름다리(bridge)에서 만나자는 내용이어서 밖으로 나오니 마침 부부가 오고 있었고 그 뒤에 세 청년이 오고 있었다. 부부가 유리를 먼저 알아보고 내 뒤쪽에 있던 유리에게 손을 흔들었고 우리는 성공을 자축하며 다시 근처의 관련 사무실로 갔다. 거기서 각자의 비용을 일일이 계산한 후 유리에게 비용을 건넸다. 비용은 내가 15,935 루블(통관비+통관대행료+보험 3개월 치)로 가장 많고, 오토바이는 8,053루블이었다. 유리의 돈 계산은 철저하여 내가 16,000루블을 건네고 잔액은 안 줘도 된다 하였으나 일일이 계산하여 다 돌려주었다.

마침내 차를 받으러 가는데 근처의 세관 창고[7]로 갔다. 거기는 거대한

7　차를 타고 가서 매우 멀게 느껴지지만, 실제로는 기차역의 바로 뒤쪽, 항구에 있다.

다층의(3층 정도 되었다) 차고지 같은 곳으로 통관을 기다리는 수많은 차들이 있는 주차장 같은 곳이었다. 그 건물에 들어가 차례대로 자기 차량을 받는데 내 차가 가장 먼저 나가게 됐다. 그 건물 앞은 도로라서 어디다 잠시 주차하지 못하고 차를 탄 채 일행에게 인사를 하고 나오게 됐다.

마침내 차를 받았고, 나 혼자 운전해서 호텔로 가야 했다. 내가 믿는 것은 한국에서 준비한 맵스미(MapsWithMe)였다. 하지만 호텔 앞은 2차선의 일방통행이었는데 이걸 제대로 고려를 하는지는 전혀 알 수 없는 상태였다. 다른 방법이 없어 그대로 믿고 운전을 하기로 했다. 하필 퇴근 시간과 겹쳐서 길에 차들이 줄줄이 겹쳐져 있었다. 항구에서 호텔까지는 4㎞도 안 되는 것 같은데, 이 길을 과연 제대로 갈 수 있을지 걱정이 됐다.

차를 몰거나 길을 건너면서 보면 러시아의 차량 운전자들은 보행자들을 매우 우선시하며 양보에 아주 익숙하다. 내가 듣던 얘기와는 아주 딴판인 걸 느낀다. 횡단보도에 길을 건너기 위해 서 있으면 차들은 저 멀리서 달려오다가 그냥 보도 앞에 선다. 신호가 전혀 없음에도 그렇게 하고, 우리가 지나가기를 기다려준다. 차를 몰고 길에 진입할 때도 마찬가지다. 우리나라 같으면 자리를 비켜주지 않으려 일부러 앞으로 전전해 버리기 일쑤겠지만 여기는 그렇지 않았다. 생전 처음 러시아의 도로를 러시아워에 운전하게 되었지만, 차들이 나를 멸시한다거나 하는 건 전혀 느낄 수 없었다. 다만 이놈의 내비게이션이 정말 나를 호텔로 데려다줄지가 걱정이었는데 결국 거대한 4차선의 일방통행로에서 좌회전하기엔 내가 너무 우측 차선에 있어 도저히 좌회전하지 못하여 한 구역을 더 전진했어야 했으나 어영부영 내비게이션이 가리키는 방향으로 가고 있었다.

드디어 호텔로 가는 직선도로로 접어들었다고 생각할 무렵(내비게이션이 가라는 길이 역주행이 아니었다!), 길가에 있던 경찰이 내 차를 불러 세웠다. 특별히 잘못한 건 없는 것 같은데 무슨 일일까 생각하며 창을 내리고, 내 손으로 나를 가리키며 나보고 서라는 것인지를 확인하니 길가에 차를 대라는 손짓을 한다. 차를 대고 웃는 얼굴로(이게 중요하다) 그를 보니 심각한 표정으로 러시아 말로 뭐라 하는데 알아들을 수가 없었다. 한참 동안 뭐라 하더니 한마디 알아들은 것이 'English?'였다. 'Yes' 해 주니 여권과 차의 여권을 보여 달라고 했다. 그래서 나의 여권을 찾아 보여 주고 좀 전에 받은 통관 서류를 주며 오늘 세관에서 차를 받았다고 설명을 해 주었다. 서류를 주고 가만 생각해 보니 차량등록증을 호텔 방에 두고 온 것이 떠올랐다. 그런 서류가 중요한 것이라 혹시나 그걸 달라면 어떡하나 생각이 들었는데 다행히도 별 이상이 없다고 생각했는지 그냥 가라는 손짓을 했고 그 경찰은 친절하게도 내 차가 후진하여 차를 돌려 갈 수 있게 차들을 정리해 주기까지 했다.

그렇게 운전을 해 가다 보니 마침내 우리 호텔에 도착했고, 내가 생각한 주행 방향으로 제대로 차를 몰고 온 것이 됐다. 차를 호텔 앞에 잠시 주차해 두고 로비로 들어가 프런트의 직원에게 차를 오늘 받아서 이틀 밤을 주차해야 하는 것을 설명하고 500루블을 주자 100루블을 거슬러 주었다.

유심 카드 구매

차를 주차하자마자 방으로 올라온 것은 유리와 함께 데이터용 유심을 구매하러 가기로 했기 때문이다. 이런 일까지 본인이 해야 하는 일은 아닌 것 같은데 차량 인수 창고로 가는 길에 혹시 도와줄 수 있는지 물어보니 흔쾌히도 해 주겠다 했다. 차를 받아 같이 갔으면 운전 걱정이 덜했겠지만 유리는 다른 일행들이 기차를 타는 것 등을 도와주어야 해서(결론적으로 나를 제외한 모든 일행이 오늘 블라디보스토크를 떠났다), 일단 헤어진 후 호텔로 오기로 했다.

방에서 인터넷을 연결해서 확인하니 여섯 시까지 호텔로 오겠다고 메시지가 와 있어서 들어오자마자 또 나가야 했다. 오는데 4㎞ 정도를 30분에 온 것 같았다. 다시 준비해서 로비로 나가 앉아 기다리니 신기하게도 로비에서는 와이파이가 공짜로 접속이 됐다. 거기서 우리에게 로비에서 기다린다고 메시지를 보내니 곧 간다는 답장이 왔고 유리는 얼마 지나지 않아 로

내 차 타고 세계여행_러시아 횡단 편

비로 나타났다.

유리와 함께 다시 블라디보스토크역 근처의 메가폰이라는 전화회사 가게로 갔고, 거기서 한 달에 5GB 용량의 유심 두 달 분을 끊어 구매했다. 여권을 제시하고 비용 1,000루블을 내는 것이 전부였다. 환율이 매우 높아져 우리 돈 2만 원으로 두 달 간, 한 달에 5GB의 데이터를 러시아 전역에서 쓸 수 있다. 유리의 설명을 들으니 극동지역을 벗어나면 음성통화는 로밍에 해당하는 금액이 나온다고 한다. 월 5GB 사용량을 초과하면 데이터 연결이 되긴 하나 매우 느려지며, 끊어지는 것은 아니라고 한다. 먼저 간 일행들로부터 카카오톡으로 정보는 받을 수 있겠다는 생각이 들었다. 아주 싸진 환율이 내 여행을 돕는다. 유심을 산 후 유리에게 감사의 인사를 정중히 하고 나는 다시 호텔로 돌아왔다. 잠시 방에서 숨을 돌린 후 어제와 같이 호텔 카페에서 저녁 식사를 했고 방에 와서 하루를 정리했다. 이렇게 러시아 도착 이틀 만에 나의 예상보다 하루 일찍 차를 받는 등 많은 일이 지나가고 있었다.

D+003, 블라디보스토크 돌아보기

2015년 8월 5일, 수요일, 맑음

아침에 눈을 뜨긴 했는데 몸이 무거웠다. 오전에 쉬는 버릇을 들여서 그런지 오전에는 일어나 활동을 하는 것이 힘들어졌다. 그래도 아침은 먹어야 하니까 오늘도 일어나긴 했다. 아홉시에. 아홉 시에 식당으로 내려가니 어제보다 사람들이 많았다. 그런데 전날과 비교하면 한국사람으로 보이는 사람들은 그다지 많이 보이지 않았다. 아침부터 뭔가 잔뜩 담아 많이 먹으려 노력을 했는데 이상하게 배 속으로 밀어 넣기가 그다지 쉽지 않았다. 어젯밤에 글을 쓰다가 조금 늦게 잔 것이 화근인 듯했다.

빵조각을 입에 넣고 커피를 마셔도 이게 목구멍으로 넘어가지 않았다. 한참이나 입 안에 담고 있다가 겨우 조금씩 넘기고 있었다. 그래서 아침을 먹는 데만도 시간이 오래 걸렸고, 김밥 군이 나보다 더 먼저 끝내고 나를 기다렸다.

방에 올라와 양치하고 잠시 침대에 누웠다. 오늘은 무엇을 해야 하고, 어디를 갈 것인가를 잠시 생각했다. 내일은 블라디보스토크를 떠나 온종일 드라이버로 빙의해야 하는 날이다. 떠나기 전에 할 일은 차 번호판을 영문으로 된 것을 달아주는 것과 중요 서류를 복사하여 따로 보관하는 것이었다.

먼저 번호판을 달기로 하고 차로 가니 차고의 문이 열려 있었다. 우리가 탔던 배에 같이 탔던 일본인이 오토바이를 준비하고 있었다. 아마도 오늘 떠날 모양인데, 헬멧에는 동영상 촬영용 카메라까지 달려 있었다.

나는 오랜만에 보는 차의 문을 열고, 가지고 있던 TPMS, USB 멀티탭들을 제자리에 장착했다. 다음에 트렁크를 열고 번호판을 연결할 케이블타이를 꺼내어 차례대로 앞부터 번호판을 묶었다. 양쪽으로 하나씩 안으로 타이를 집어넣어 묶어 주었는데, 큰 충격만 직접 가해지지 않는다면 떨어지지 않도록 내가 예상한 대로 잘 장착이 됐다.

그다음, 러시아나 유럽에서는 12세 미만의 아이는 앞에 앉을 수 없다는 규정 때문에 김밥 군이 뒤에 앉을 수 있도록 짐을 조정했다. 원래는 앞에 앉도록 한국에서 연습했는데 나중에야 보니 그런 규정이 있었다. 정말 한국은 차와 운전에 관한 한은 제멋대로였던 것 같다.

차량용 냉장고를 꺼내 앞자리로 옮기고 앞자리 앞에 있던 엔진 부품 뭉치를 뒤로 옮겼다. 쌀이 담겨 있던 통은 트렁크로 옮기니 뒷자리와 앞자리가 적당하게 조정이 된 듯했다.

대충 정리가 된 듯하여, 뒷자리 아래에 있던 복합기를 꺼내서 방으로 올라갔다. 차에서 할 수도 있지만 날씨가 오늘따라 매우 덥기도 하고 내가 주차장에 있으면 관리인들이 계속 우리를 신경을 쓰느라 문을 달을 수 없는 듯하여 방으로 올라가기로 했다.

방에 가서 러시아 세관 서류부터 복사를 시작했는데, 컬러는 컬러로, 양면은 양면으로 복사했다. 이 복합기는 신기하게도 양면 복사를 할 때는 사람이 손을 댈 필요가 없는 훌륭한 기능이 있었다. 그렇게 복사를 하다 보니 하필 복합기 안에 있던 새 종이를 다 써버렸다. 종이는 다시 차에 가야 있어서 어쩔 수 없이 또 차에 갔다.

아무 생각 없이 주차장으로 갔더니 주차장 문이 닫혀 있었다. 이 나라는 차를 주차해 두면 누가 타이어를 빼가거나 창을 깨고 뭘 훔쳐간다는 얘기가 떠도는 나라라 그런지 주차장에 차를 대어 두면 주차장에 갈 때마다 누가 문을 열어 주어야 한다. 하루 주차요금이 200루블, 우리 돈으로 사천 원 가량이다. 일본의 경우 보통 하루에 만 원꼴을 내야 하는 것에 비하면 싼데, 이건 환율에 의해 그렇게 된 것이고, 이런 걸 보면 정말 우리나라가 차에 대해서는 관대, 아니 자기 마음대로라는 것을 느끼게 된다. 우리나라의 호텔에서 밤에 주차할 때 돈을 받는 곳이 있었던가. 하여간 프런트에 가서 차에서 꺼낼 것이 있으니 문을 열어달라고 말을 했다. 러시아에 오면 내가 영어를 너무 잘하는 것 같은 착각이 든다. 말을 하면 다 알아들으니 말이다. 다시 주차장으로 가니 자동으로 문이 슬슬 열리고 있었고 관리인이 나오고 있기에 재빨리 종이만 빼내고 '쓰빠시바' 해 주고 다시 방으로 갔다.

맛없는 SUB

복사하다 보니 벌써 오후 한 시였다. 사실 밤에 해도 되는 일인데 아까운 낮에 이러고 있을 시간이 없다 싶었다. 점심도 먹어야 해서 그만두고 나가기로 했다. 일단 향토박물관을 가기로 하고 그쪽으로 가다가 먹을 만한 데가 있으면 먹기로 했다. 여행을 오면 될 수 있으면 그 나라 음식을 먹고 싶은데, 여기는 이상하게 그런 집이 별로 없었다. 대부분 피자집이다. 김밥은 피자를 별로 좋아하지도 않고 나 역시 피자를 먹고 싶지는 않은데 보이는 것은 피자집뿐이었다.

박물관은 이미 다 왔는데도 피자집밖에 안 보였다. 그래서 어쩔까 하다 SUB이라는 패스트푸드점이 있어, 그냥 빨리 먹기나 할 요량으로 들어갔다. 보통 이런 데는 메뉴에 번호가 붙어 있는데 안타깝게도 그런 게 없고 메뉴를 읽어서 주문해야 했다. 이거 내가 읽을 수 있으려나 하며 메뉴를 보니 다행히도 김밥 군이 먹겠다고 한 것을 읽을 수 있었다. '클래식 세트'. 알고 주문한 것인지 김밥 군은 아마 가격이 중간쯤 하는 것을 고른 것 같다. 두 개를 주문해서 500루블이 들었다. 여기는 특이하게도 닭고기 국물이 나왔다. 햄버거 같은 놈은 크기가 좀 긴 사각형인데 이놈이 맛이 별로였다. 안에 짠 피클이 들어 있어 정말 입 안에서 넘어가지 않았다. 그나마 닭고기 국물이 있어 겨우 조금씩 넘길 수 있었는데 그래도 김밥 군은 그걸 다 먹었고 나는 거의 반을 남겼다. 나는 몸 컨디션이 영 별로였다.

향토 박물관

먹고 나서 바로 박물관으로 갔다. 여기는 겉에서 보면 규모가 작아 보이는데, 들어가 보면 전시 내용이 또 엄청나게 많다. 볼 게 많으면 가끔 관광객 입장에는 괴롭다. 정말 아이러니한 순간이다. 어른은 200루블, 아이는 100루블인데, 1층에는 동물 박제 등이 전시되어 있다. 인상적인 것은 거대한 굴 껍데기다. 크기가 거의 가로 40cm 이상은 되는 듯하다. 그것 외에는 청나라 때의 유물로 보이는 석관, 비석 등이 인상적이다. 1층이 다인가 하다가 2층을 올라가면 거기서부터 규모가 엄청난 것을 알고 헉헉대기 시작한다.

지역의 선사시대부터의 유물을 전시하고 있는데 선사시대 유물은 그다지 흥미로울 건 없다. 그런데 특이하게도 발해의 유물이 전시되어 있었다. 우리나라 박물관에서는 볼 수 없는 것인데, 생각해 보면 이 지역은 중세에는 발해의 땅이었다. 설명이 길어 내용을 다 읽어 보지는 못하였으나 작은 불상 등 분명히 발해를 명기한 유물들이 전시되어 있다. 이후에 있는 유물들은 제정 러시아의 군대에 관한 유물들이 많았다. 인상적인 것은 전시 방식이 우리나라나, 일본, 그리스와는 또 다른 양식이면서 전시가 꽤 세련되다는 점이었다. 없는 것을 있어 보이게 전시하는 것이 아니라, 전시 자체가 예술작품인 듯하게 전시실이 꾸며져 있다. 게다가 살아 있는 고양이가 전시실 안을 유유히 걸어 다니는 것 역시 약간은 충격적인 것이었다.

성 이고르 체르니코프 교회(Church of St. Blessed Prince Igor of Chernigov)[8]

요새 박물관을 찾아가는 길에 그야말로 양파 모양의 지붕을 한 정교회 건물이 하나 있었다. 지붕이 황금빛으로 빛나는데 그 아름다움은 이루 말할 수가 없었다. 자동으로 발걸음은 그쪽으로 향했다. 건물을 돌아가며 사진을 찍고 안으로 들어가 둘러보았다. 정교회의 건물은 구조가 대동소이하다. 내부에 의자 같은 건 없고 정면에 이콘화, 돔형 지붕, 주위에 향을 피는 장치 등이 전부다. 하느님께 기도하는 데 사람들이 편한 의자 따위는 필요 없는 것이다. 양파 껍질 모양의 정교회는 이번이 처음이라 안과 밖을 샅샅이 돌아보는 데 시간이 오래 걸렸다.

요새 박물관(Fortress museum)

호텔에서 향토박물관을 온 거리만큼, 다시 북쪽으로 올라가면 바닷가에 요새 박물관이 있다. 아쿠아리움이 그 앞에 있어 입구를 찾기 힘들었다. 간신히 찾아 들어갔다. 이것도 키릴 문자로 박물관을 읽지 못하면 찾기가 매우 힘들다. 밑에서 보이는 것은 Museum을 뜻하는 키릴 문자뿐이다.

다시 입구에서 아까와 같은 비용을 내고 들어가면 거대한 대포들이 우리를 맞이한다. 실전에 사용되었던 요새가 그대로 박물관이 되어 있다. 대

---

8 이고리 2세는 키예프 대공국의 대공으로 생년은 미상, 1147년 키예프 주민들에 의해 감옥에서 처형되었다. 왕권 다툼에 희생된 것인데, 후에 동방정교회에서 성인으로 추존되었다. GPS: 43.120482, 131.880244

포는 실로 거대하고 손잡이를 돌리면 포신이 올라갔다 내려갔다 한다. 그 크기가 실로 장대하고 전체가 철로 되어 있어 정말 거대한 고철덩이라는 생각이 든다.

여기는 대포만 있는 것이 아니라 실제 요새, 즉 방공호 형태의 시설이 그대로 남아 있고 안이 박물관처럼 꾸며져 있다. 그 요새의 안으로 들어가 차례대로 관람하게 되는데 이 안에도 각종 총포, 문서 등이 전시되어 있다.

요새를 빠져나오면 그 요새의 위로 올라가 볼 수 있는데, 전체 요새가 위에서도 연결되어 있고, 거기서 블라디보스토크 앞바다가 훤히 내려다보인다. 바다 쪽에서 접근하는 적들에게 포탄을 날려주는 역할을 했음직하다.

그 요새의 위에서 블라디보스토크의 시내 쪽을 보다가 우연히도 너무나 아름다운 러시아 정교회 건물을 하나 보게 되었고, 시간과 체력이 되면 가봐야겠다 생각했다. 요새 박물관의 한편에는 길이가 10㎜가 넘어 보이는 여러 발의 미사일들도 전시되어 있고 장갑차 두 대도 그대로 전시되어 있어 흥미롭다. 요새 박물관을 걸어 나오다 해변을 보니 아이들이 바닷속으로 뛰어드는 아름다운 해변 공원이 있어 그쪽으로 가보기로 했다.

해변

이쪽에는 올림픽에 참가하는 선수들을 위한 시설인지 거대한 체육관이 하나 있고, 그 옆으로는 공원이 조성되어 있다. 오늘은 날씨가 매우 무더워서 여기가 위도가 높은 곳이 맞나 싶을 정도다. 기온은 거의 30도를 넘은 듯하다.

김밥도 박물관을 나오다 물을 마시고 싶다고 하기에 자판기에서 물을 하나 샀다. 나는 커피를 하나 샀는데, 뽑고 보니 뜨거운 캔커피가 나와 버렸다. 이 무더위에 뜨거운 캔커피라니…. 가방에 집어넣었다.

공원에는 남자아이들이 스케이트보드, 자전거 등을 타며 묘기를 연습하는 곳이 있었다. 아이들의 기술은 보통이 아니었다. 잘하는 아이는 거의 공중을 날다시피 하며 즐거워하고 있었다.

해변에서 바다 쪽으로 길게 선착장 같은 것이 두 개 뻗어 나가 있는데, 한쪽에는 아이들이 바다에 뛰어들며 수영을 하고 있었다. 그쪽으로 가보니 주변 바다에는 하얀 해파리들이 넘실넘실 떠다니고 있었다. 해파리의 크기가 큰 것은 지름이 30㎝는 되어 보였는데, 아이들은 별로 아랑곳하지 않는 듯했다.

…

해변을 둘러보고 나자 이미 시각이 다섯 시 가까이 되어, 피곤하기도 해서 호텔로 돌아갈까 하고 방향을 잡았다. 김밥 군도 호텔로 갔으면 하는 눈치였다. 서서히 남쪽으로 걸어가다가 보니 동쪽으로 아름다운 거리가 있어 그쪽으로 방향을 꺾었다. 어차피 그리 가도 호텔로는 갈 수 있었다. 그 길은 군데군데 분수가 나오는 등 가족들이 가볍게 걸어 나와 휴식을 취할 수 있는 공간이었다. 그 길로 걸어 나오면서 분수에 손을 씻고, 벤치에 앉아 쉬다가 조금 기운을 차리자, 아까 본 정교회의 건물이 어디에 있는지, 혹시나 이 근처는 아닌지 궁금해졌다.

아까 요새 위에서 본 것을 대충 짐작하여 방향을 잡아 슬슬 걸어보았다. 블라디보스토크 시내에는 뜻밖에 단체 관광객들이 떼를 지어 몰려다니는데, 그중에는 한국인 관광객도 매우 많다. 걸어가다 보면 주위에 온통 한국말 하는 사람들이 있는 경우가 있다.

저쪽에서 한 무리의 단체관광객이 걸어오는데, 자세히 보니 한국 사람들이었다. 그 사람들이 저쪽에서 오고 있으니 저쪽에 뭔가 있음이 틀림없어 보였고, 나는 그쪽으로 갔다. 본의 아니게 블라디보스토크 거리 산책을 하게 되었는데, 한참을 걸은 후 마침내 아까 본 정교회의 황금색 지붕이 보이기 시작했다.

포크로브스키 교회. 근처 카페 프라가에서 쉬면서 한가한 한 때를 보낼 수 있다.

2015/ 8/ 5 17:23

포크로브스키(Pokrovskiy) 교회[9]

안에는 두세 분의 할머니들이 분주히 관리하고 있었고, 촛불을 바치는 남자, 두 손을 모아 기도하는 여자 등 종교적 기운이 건물 전체에 스며들어 있었다. 먼 거리를 걸어 온 탓도 있어 벽 쪽의 의자에 앉아 헉헉거리며 신심 가득한 사람들을 보고 있자니, 나도 기도를 해야 할 듯한 기분마저 들었다.

카페 프라가

불경스런 이방인은 조용히 건물을 빠져나와 주위를 다시 한 번 돌아보고, 길 건너편 카페로 갔다. 점심을 제대로 먹지 못해 저녁을 먹을까 했으나 김밥 군은 점심때 잘 먹었는지 배가 고프지 않다며 사이다를 먹자고 했다.

카페에 앉아 있으니 메뉴를 가져다주는데 영어 메뉴는 없고 러시아 말만 잔뜩 적혀 있었다. 사이다를 찾아야 하는데 이게 있을지 없을지도 알 수 없고 '시원한 음료'를 번역기로 찾아보았으나 신통치 않았다. 어쩔 수 없이 열심히 메뉴판을 샅샅이 읽다 보니 마침내 코카콜라를 찾았고 근처에서 스프라이트, 토닉 같은 놈을 찾았다. 사실 사이다라는 용어를 쓰는 나라는 별로 많지 않은 듯하다. 일본에서도 대개 사이다를 먹으려면 스프라이트를 시켜야 하는 형편이니 말이다. 어쨌든, 스프라이트 한 잔과 토닉 한 잔을 시켜서 호사스럽게, 아름다운 정교회를 바라보며 한가한 저녁을 즐겼다.

...

---

9 여기는 포크로브스키 공원의 일부인데, 원래 이 지역은 블라디보스토크의 외곽지역으로, 이 지역에 오랫동안 거주해 왔던 사람들의 공동묘지가 있던 곳이라고 한다. 1902년에 교회 건물이 지어졌고, 이후 소련 공산당 정권이 들어선 후 교회가 없어졌다. 2007년에 다시 옛날 스타일로 세워진 것이라고 한다. 건물은 그래서 아주 깨끗하고, 눈부시게 아름다우며, 양식은 옛 양식 그대로다. Pkorovsky는 러시아어로 '중보기도'라는 뜻이 있다.

호텔로 가는 길에 슬슬 저녁을 먹을까 고민을 하고 있었는데, 김밥이 빨리 호텔로 가야 한다고 했다. 빨리 가야 하는 이유는 단순한데, 화장실을 가야 하기 때문이었다. 러시아는 화장실을 보통 돈을 내고 써야 하니 얼마 하진 않지만 굳이 호텔까지 가자고 한다. 오늘은 내일을 대비하여 슈퍼마켓을 가야 하기도 했지만 일단 다 건너뛰고 방으로 갔다.

김밥이 볼일을 마치고 다시 저녁을 먹으러 나왔다. 주위를 걸어 다니며 본 기와집의 식당이 떠올라 그곳을 가보기로 했다. 며칠을 기름기가 많은 음식을 먹었더니 속이 별로 안 좋아서 그 집이 일식집이든 한식집이든 중식집이든 가보기로 했다. 가까이 가서 간판을 읽어 보니 스시 집이었다. 잘 됐다 싶어 안으로 들어갔고, 메뉴를 보니 세트가 있기에 적당한 것으로 주문해서 둘이서 잘 나눠 먹었다. 먹고 보니 양이 좀 작은 거 같아서 메뉴를 다시 달라 하여 추가 주문해서 먹었다. 환율이 싸져서 모든 게 싸게 느껴지는 것이 러시아이다. 잘 먹었는데 생각보다 많이 나오진 않았다.

슈퍼마켓

저녁을 먹고 블라디보스토크역 앞의 슈퍼마켓에 갔다. 아무래도 내일은 종일 운전을 해야 하는데 거리가 멀어서 중간에 점심을 못 먹을 가능성이 커서였다. 검은 식빵 한 봉지와 초코바 한 봉지, 물 한 병, 북어포 같은 것, 포도 한 상자를 샀다. 이 정도면 내일 중간에 아무것도 못 먹어 굶어 죽지는 않을 듯했다 장을 보고 방에 들어와, 아침에 하다 만 복사를 마저 했다. 다행히 남은 것은 많지 않아 금방 끝났다. 이후에 사진을 백업하고 일지를 적다 보니 어지러워져서 그냥 잤다. 요즘은 저녁에 늦게 깨어 있으면 머리가 어지러워지고, 그러고 나면 다음날 머리가 아파진다. 컨디션 유지가 중요하니 잠을 자야 한다.

내일은 종일 운전자로 빙의해야 하는 날이다.

내 차 타고 세계여행 _ 러시아 횡단 편

2015/ 8/ 7 17:

예수현성용 성당과 2차 대전 기념물. 기념물의 옆쪽으로 아무르(흑룡)강이 흐르고 있다.

Khabarovsk  하바롭스크

아직도 극동 지역을 벗어나지 못했다. 블라디보스토크에서 처음으로 차를 몰고, 800여km를 달려오게 되는 러시아의 도시로 흑룡강을 옆에 두고, 중국과 접경하고 있는 도시이다. 호텔 프런트의 아줌마는 중국말을 알아들었고, 식당에도 중국말을 알아듣는 중국인 2세가 식권을 팔고 있었다.

D+004, 하바롭스크로

2015년 8월 6일, 목요일, 맑음

어제 낮에, 정확하게는 점심때 커피를 마시지 못했고, 요새박물관을 내려와서 뽑은 캔커피가 뜨거워서 네 시가 넘어서야 마셨다. 벌써 머리가 지끈거리기 시작한 시점이었다. 그때부터 약간 컨디션이 떨어지기 시작했는데, 저녁을 먹고 호텔 와서 글을 좀 쓰다 보니 역시 컨디션이 안 좋아 다 중단하고 잠을 잤었다.

아침에 눈을 뜨니 아니나 다를까 머리가 지끈거렸다. 시계를 보니 다섯 시 반경. 손을 뻗어 가방을 뒤적여 타이레놀을 찾아 하나를 그대로 삼켰다. 빈속에 약 먹으면 안 될 것 같지만, 사실 별로 안 될 것도 없다. 먹고 빨리 머리가 안 아픈 것이 우선이다. 하나를 먹고 한 삼십 분을 있어 보았으나 큰 호전은 없어 다시 여섯 시 반경에 반을 더 먹었다. 머리가 아파도 오늘 출발을 늦출 수는 없어서 김밥을 깨우고 짐을 챙겼다. 어제 복사하려고 복합기까지 들고 와서 다시 들고 갈 짐이 한 보따리였다.

이것저것 다 챙겨서 일곱 시가 되기 전에 체크아웃하고, 차에 가 다시 짐 정리를 했다. 김밥이 만 12세가 안 되어 뒤에 앉아야 했기 때문인데 이런 식으로 짐을 처음 정리하는 것이라 잘될지 의문이었다. 다행히 들고 다니는 가방을 앞자리에 두니 꼭 맞게 정리가 됐다. 보조 배터리들도 전부 앞자리로 옮기니 오히려 뒤쪽은 조금 더 여유가 있는 듯했다.

만일에 이 구성에 어른 한 명이 더 있다면 도저히 이런 식으로는 안 되고, 아마 루프백이나 트레일러를 달아야만 이 차로 여행할 수 있을 것이다. 김밥 군과 나만 다닌다면 이 정도로 루프백이나 트레일러 없이 짐을 차 안에만 두고도 여행이 가능한 듯하다.

어쨌든 일곱 시가 되기 전에 차를 빼서 호텔을 나오게 됐다. 가다 보니 배에 선적할 때 블랙박스에 찍힌 동영상이 생각나 SD카드를 뽑아 노트북에 일단 옮겨 두었다. 용량이 커서 금방 되지는 않았다. 노트북에 복사하면서 내비게이션을 따라 블라디보스토크 시내를 빠져나가기 시작했다. 다행히 아직 출근 시간은 아니어서 그런지 그다지 복잡하지 않았다. 기차역 앞에서 좌회전할 때 어떤 신호에 가야 하는지 잘 몰라[1] 주저하자 뒤에서 경적이 울려서 좌회전한 것 외에는 특별한 문제없이 블라디보스토크를 빠져나왔다.

그다음부터는 내비게이션의 지시대로 가기만 하면 됐다. 내비게이션에 나온 거리는 무려 750㎞. 길의 상태도 알 수 없고, 만일 우리나라 고속도로라 하더라도 시속 100㎞로 달려도 일곱 시간 반은 걸릴 거리였다.

차는 웬일인지, 정말 미끄러지듯 잘 달렸다. 일단 기름은 한국에서 가득 채워 와서 500㎞ 정도는 달릴 수 있었으나 중간에 한 번 급유해야 하바롭스크까지 갈 수가 있었다. 다행히, 블라디보스토크를 벗어나기 시작하면서 두통도 없어졌다.

누가 나를 위협하지도 않았고 위험한 것도 없었다. 그저 차선을 따라 달려 나가기만 하면 되는 것이었다. 운전의 난이도를 따진다면 차라리 일본

---

1   부록 L '세계의 교통규칙' 참조.

에서의 운전이 더 힘들다고 생각될 정도로 차를 타고 가는 데는 아무 문제가 없었다.

조금씩 추월도 하면서 차를 달려가고 있었는데 아마 블라디보스토크에서 한 100㎞ 정도를 달린 지점이었던 것 같다. 내가 어떤 차를 추월한 직후에 마침 경찰이 나를 불러 세웠다. 차를 타기만 하면 한 번씩 불러 세우니, 이번에는 또 무슨 일인가 싶었다.

이번 경찰은 표정이 무척 밝아 다행이었다. 나도 밝게 맞이하며 창을 내리고, 순수한 표정으로 '네 말을 전혀 알아들을 수가 없다고 하하하' 이런 생각을 하고 있었다. 자기 면허증을 꺼내서 보여주면서 내 여권을 보여달라고 했다. 그래서 내 여권과 국제면허증을 주었다. 한동안 뒤적이더니 별말도 없이 다 주더니 그냥 건너편에 있던 자기 순찰차에 문을 닫고 가 버리는 것이다. 가라는 건지 말라는 건지. 하여간 그는 가버렸으니 나도 그냥 가버렸다. 뭔 일인지. 어쨌든 그때부터 좀 조심해야겠다 생각하며 가능하면 추월을 하지 않기로 마음먹었다.

아마 유라시아 횡단에 관해 관심이 있는 사람들은 어디서든 관련 글들을 본 적이 있을 것이다. 갑자기 움푹 파인 도로, 먼지가 풀풀 나는 비포장 도로, 앞에서 돌진하는 거대한 화물차 등등. 그 모든 것이 거기에 있었다. 정말 길에 폭탄이 떨어졌었나 할 만한 너비가 1㎡ 이상이 되어 보이는 움푹한 곳이 있어, 차가 거기 한번 쑥 빠지면 결국 앞바퀴가 투악 하고 튀어 오르며 차가 요동쳤다. 너비가 크면 클수록 요동이 심했다.

또한 도로를 희한하게 공사를 하는지 차 바퀴 폭보다 조금 넓고, 길이는 한 10㎡쯤 되는 구멍을 깊이 10㎝ 가까이 파 놓은 곳도 있는데(절개), 이런 곳에 하필 바퀴가 들어가면 바퀴 옆이 찢어지지 않을지 순간 당황하기도 한다.

도로공사를 하는 곳은 전부 먼지가 말이 아니다. 앞차가 날리는 먼지, 반대 차선에서 지나가는 차가 날리는 먼지가 순식간에 2~3초간 시야를 완전히 막아버리기도 한다. 러시아에서는 모든 차가 낮에도 전조등을 켜고 다녀야 하는데, 아마도 이런 이유도 있지 않나 싶다.

그리고, 포장 공사를 하면, 포장을 한 곳과 하지 않은 곳의 턱이 항상 있어서, 그걸 염두에 두지 않고 달렸다간 차가 갑자기 텅 하고 튀어 오른다.

그래도, 이 길을 달리는 차가 전부 SUV인 것은 아니다. 일본 차 Vitz 같은 소형차도 다니고, 오토바이도 다닌다. 오토바이에 비하면 내 차는 탱크라 할 수도 있다. 내가 이 여행을 결심하게 된 계기도 현대차 i30을 타고 떠난 가장의 글을 보고 나서다. i30도 다니는 길을 누군들 못가겠는가.

차의 메이커 중 다수를 차지하는 회사는 토요타(Toyota)가 아닌가 싶다. 한 80%의 차는 그것이고, 블라디보스토크에서 하바롭스크로 오는 길에서 확실하게 본 현대차는 싼타페 한 대였다. 다른 한 대는 불확실하다. 현대차는 아마 택시로 많이 팔렸는지, 이런 길에는 없다. 택시가 많은 대도시에 가면 있을지 알 수 없고,[2] 국산 차 중에 가장 흔한 것은 대우 버스이다.

만일에 누가, 길 외에 힘든 것이 무엇이었냐고 묻는다면, 그것은 졸음이었다. 아침에 일찍 일어나서 그런지, 오전 내내 졸려서 잠을 깨우기 위해 두세 번은 그냥 차를 세웠다. 오늘 중간에 페이스북에 사진이 올라간 것도 다 졸려서 잠을 깨우려고 차를 세워서 한 것이다.

주유

중간에 주유를 한 번 해야 했다. 내가 알고 있던 정보 중에, 주유소 간의 간격의 최대는 200㎞ 정도라는 정보가 있었다. 그래서 남은 가능 주행거리가 250㎞ 미만이 되면 나타나는 주유소에서 주유한다는 원칙을 세워 두었다. 블라디보스토크에서 출발하여 한 350㎞ 정도 달린 지점이 그 정도 되었었다. 그래서 나타나는 주유소에 들어가려 하니 막상 나타나지를 않았고 남은 주행가능 거리가 220㎞ 정도 될 때야 하나 나타났다.

---

2 대도시에는 많다. 러시아의 현대기아차의 점유율은 20%가량.

러시아의 주유 방식은 예전에 미국에서 경험했던 방식과 비슷했다. 일단 계산대에 가서 주유할 만큼 돈을 내고 주유기에 오면 기계가 작동한다. 러시아는 조금 다른 것이, 내가 갔던 곳은 주유기를 꽂고 방아쇠를 당기는 것만으로 끝나는 것이 아니고 옆에 다른 스위치도 켜 줘야 했다. 주유기 옆에 스위치를 사용자가 조작해야 하는데 그걸 몰라 멍하게 있으니 계산대 점원 아가씨가 와서 대신해 주고 갔다.

내가 이해가 안 된 한 가지는 디젤(Diesel) 기름에 대한 표기였다. 알파벳 D에 해당하는 글자를 하나 쓰고, 그 옆에 작은 T를 써 둔 것이다.[3] 왜 T를 써 둔 것인지 이해가 되지 않아, 그게 디젤인지 확인을 먼저 해야 했다. 한 삼주 동안 익힌 단어 중에 '저것'이란 단어인 '땀'을 써서, "땀 디젤(끝을 마구 올려)?" 하니, 고개를 마구 끄덕이며 "디젤, 디젤" 하는 것이었다. 하하하, 중국말보다 훨씬 쉬운 러시아어다. 하여간, 여기는 리터당 디젤유가 37루블 정도로, 우리 돈으로 740원 정도이니 정말 싸다. 그래서 러시아는 차를 타고 여행을 다녀야 한다.

호텔 연케(蓮花)

하여간 아침 7시에 출발하여, 거의 여섯시가 넘어 호텔에 무사히 도착했다. 무사히 도착하기까진 약간 어려움이 없진 않았다. 내비게이션이 일러 준 대로 다 오긴 했는데, 호텔이 안 보이는 것이었다. 그래서 근처에 차를 대고 지나가는 아줌마한테 "그지에 에따(여기 어디)?" 하고 물어보았으나, 팔로 주위를 이리저리 흔들더니 가버렸다. 주소는 맞는 것 같은데 자기는 잘 알 수 없다 뭐 그런 것 같았다. 가지고 있던 바우처에 좌표가 나와 있어 구글맵에 열심히 두들겨 보니 근처는 분명 맞았다. 지도의 건물 배치를 자세히 보니 지금 있는 곳의 약간 뒤쪽인 듯하여 그쪽으로 열심히 걸어가 보니

---

3 Дт. Т는 러시아어로 топливо, 즉 연료라는 뜻이다.

마침 호텔이 있었다.

재밌는 건 이 호텔의 이름인 '연케'라는 것은 한자에서 유래했다는 것이다. 마침 체크인을 하는데, 주위에 중국인들이 엄청 많았다. 옆에 중국인 부부가 있기에, 배운 중국말로 말을 걸어보니 하얼빈 산다는 부부였다. 재밌게도 손님이 중국인이 많으니, 러시아인인 프런트 아줌마는 중국어가 좀 되어서, 아예 내가 아는 중국어로 말하는 것이 모르는 러시아어나 영어를 쓰는 것보다 나았다. "Wait for a moment"는 이해하지 못해도 "덩 이샤(좀 기다려주세요)"는 그녀가 이해한다는 것이다. 그래서 막판에는 방 열쇠를 달라고 '방카… 자이 날'했더니, 급기야 그 아줌마는 은행 위치를 열심히 나에게 가르쳐 주고 있었다. '방카'는 러시아어로는 은행이니까.

저녁을 먹으려고 보니, 같은 건물에 식당이 하나 있었는데, 거기는 점원이 아예 중국인이어서, '워 야오 치판, 커이마(나 밥을 먹어야 하는데 가능해)?'했더니, '커이(가능)' 하면서 돈 계산을 해 주었다. 한 명당 280루블. 둘이서 저녁 먹는데 만 원도 안 들었고, 여기는 볶음밥, 김치, 전 등등이 반찬으로 있었으며, 후식으로 수박이 많이 나와, 김밥 군과 둘이서 게걸스럽게 먹어주고 나왔다.

여기 연케 호텔은 2박에 2,800루블인데 계산해 보면 우리 돈으로 56,000원 정도다. 욕실과 화장실이 공용이고, 에어컨이 없다. 물론 아침 식사도 없고. 하지만, 김밥 군은 샤워를 싫어하니 하지 않아서 좋아하는 듯하고, 나는 하고 왔는데, 별로 불편함은 없었다. 여기서 내일 돌아볼 곳까지의 거리는 2㎞ 정도 되는 듯하다.

D+005, 하바롭스크 돌아보기

2015년 8월 7일, 금요일, 흐리고 가끔 비

아침에 눈을 뜨니 날씨가 매우 흐려 보였다. 아침을 사다 둔 식빵, 포도로 대충 때우고, 차에 잠시 가서 커피 하루분을 타와서 마시고 있던 차에 소나기처럼 비가 엄청 퍼붓기 시작했다. 밖에 나가기엔 날씨나 너무 사나워서 날씨를 핑계로 오전에는 방에 좀 있기로 했다.

비는 오락가락하면서 방에 있는 것을 정당화해 주었고, 김밥 군은 침대에 널브러져 책 읽기 삼매경에 빠졌다. 나는 다음 숙박지를 결정하느라 인터넷에 접속해서 구글맵을 열심히 뒤졌다. 치타까지는 빨리 가는 게 좋을 것 같은데 거리가 만만치 않아서 세 번 정도는 중간에 잠을 자야 할 듯했다. 숙박지가 부킹닷컴 같은 데서는 전혀 나오지를 않는 게 문제였다.

구글맵을 열심히 뒤져서 하바롭스크에서 490㎞ 정도 간 곳인 부레야(Bureya)에 호텔이 하나 있는 것을 발견했다. 일단 거기를 하나 찍어 두고 스코보로디노(Skovorodino)를 그다음 숙박지로 하려고 하는데 구글맵에는 나오는 게 없었다. 『모터사이클 세계일주』에 하나 나오는 게 있는데 좌표만 있었다. 과연 좌표로 제대로 찾을 수 있을지. 어쨌든 정보는 그것 하나밖에 없는 상태고, 삼 일째는 부킹닷컴을 통해서 치타 인근의 도시에 숙박하는 것으로 예약했다.

12시가 되어 일단 점심을 먹으러 아래층에 있는 뷔페로 갔다. 밥값은 어제와 같이 1인당 280루블. 일찍 갔더니 닭다리가 아주 튼실한 게 많아서 두 개를 담고, 볶음밥이 어제 보니 맛이 있기에 가득 담았다. 김치도 역시 가득 담고, 중국식 채소볶음을 조금씩 담았다. 김밥 군도 나름 닭다리를 섞어 적당히 담아온 듯했다. 하여간 점심은 그렇게 잘 먹었다.

다시 방에 가서 양치하고 밖을 보니 나가볼 만할 정도로 보슬비 정도가 오는 듯해서 김밥 군과 나가보기로 했다.

하바롭스크역

하바롭스크역이 보통 하바롭스크 관광의 시발점이 된다. 보통은 기차를 타고 오는 경우가 많으니 그럴 것이다. 우리 호텔은 역에서 남동쪽으로 약 2㎞ 정도 떨어져 있어서 한참 걸어갔다. 도시에 머무르는 기간이 좀 되면 시내 대중교통을 알아보겠는데, 내일은 다른 데로 가니 그걸 알아볼 여유도 별로 없고, 희한하게 이 도시에는 택시 같은 것도 거의 안 보인다. 보통 버스를 적당히 타면 편하게 다닐 수 있는데, 아쉽다.

역 광장에는 이 도시를 발견했다고 하는 하바롭스크의 동상이 있다. 이 도시는 원래 있었겠고, 모스크바 사람들이 발견했다는 것일 것이다. 하여간 그의 동상이 역을 내려다보며 서 있다. 동상을 둘러보고 역 구내를 한 번 보려고 갔는데, 러시아 역에도 중국처럼 X-ray 검색대가 있어서 그냥 나왔다. 사회주의 국가에서는 다 이런지 알 수 없다.

내가 가진 여행 책자[4]에는 특이한 시계가 있다고 되어 있었지만, 보이진 않았다. 책은 중고를 산 거라, 환율도 아주 다르고, 내용도 많이 다른 듯하다.

레닌 광장

역에서 남서쪽으로 공원이 조성되어 있는데, 비가 와서 그런지 사람들은 거의 없었다. 보슬보슬 비가 왔다 갔다 해서 우산을 펼쳤다, 접었다 하니 불편하기 그지없었다. 미리 도시에 대한 공부를 안 해서 스마트 패드의 지도와 여행 책자의 지도가 어디가 어딘지 잘 이해가 안 되었는데, 다이나모 공원을 겨우 찾아서 책의 지도와 스마트 패드의 지도를 일치시킬 수 있었다. 다행히 찾아갈 레닌 공원은 다이나모 공원과 붙어 있었다.

레닌 광장의 북동쪽, 붉은 벽돌건물 앞에 레닌의 상이 서 있다. 크기는

---

4   중앙 M&B 편집부, 『세계를 간다21: 러시아와 구소련』, 중앙M&B, 2000

그리 크지 않았다. 레닌이 아직도 러시아 사람들에게 추앙받고 있는지는 잘 알 수 없지만, 상징적인 인물임에는 틀림없는 것 같다. 레닌의 상은 길 건너에 있는 레닌 광장을 굽어보고 있었고, 우리가 갔을 때는 광장은 썰렁했다. 날씨가 흐려서 그런 것 같은데, 분수도 꼼짝하지 않았고, 구석에 아이들을 데리고 나온 부부 주위로 비둘기들이 날아다니고 있어서 그나마 조금 공원 분위기가 났다. 날씨가 화창했다면 그 분위기를 좀 더 느낄 수 있지 않을까 생각하며, 다음 목적지인 콤소몰 광장으로 갔다.

콤소몰 광장

콤소몰은 과거 소련 시절에 만들어진, 일종의 청소년 친위 단체로, 일찌감치 공산주의 사상으로 투철한 청년들을 교육하고, 양성하기 위해 만들어진 조직이었다. 그런 조직을 위한 광장이 도시마다 만들어져 있으니, 여기에도 있다. 광장은 그리 크진 않으나, 석탑이 하나 서 있고, 그 위에 전사들이 또 조각되어 있다. 석탑에는 '극동지역의 전쟁영웅들'이라는 말이 키릴 문자로 새겨져 있다.

성모영면 대성당(Dormition Cathedral)

콤소몰 광장 입구에 성모영면 대성당이 아름다운 자태를 보이며 서 있다. 푸른색 지붕이 인상적이다. 이것은 아주 오래된 성당은 아니고, 2000년 2월에 만들어진 것으로, 러시아 정교회의 성당이다. 내부 구조는 정교회의 스타일대로, 큰 공간이 있고, 앞쪽에 예수와 성모, 그리고 각 성인의 모습이 새겨진 황금 판이 장대하게 붙어 있다. 그 앞에는 두 손을 모아 기도하는 여러 신도의 모습이 있다.

콤소몰 광장의 전쟁영웅 기념탑과 성모영면 대성당

극동 미술관

내가 가진 『세계를 간다』 시리즈의 여행 책자에는 오는 길에 극동미술관이 있다고 되어 있었으나, 오면서 봐도 그런 건물은 없었다. Triposo 가이드에는 군사 박물관(Military museum)이라 되어 있어 들어갔더니, 거긴 미술관이었다. 들어갔으면 표를 팔면 될 텐데, 뭔가 옵션이 있는 건지 전부 우왕좌왕했는데, 웬 할아버지가 나와서 영어로 통역해 주어 표를 샀다. 여기는 애는 공짠데, 사진 찍는데 무려 200루블을 내야 해서 냈다. 아마 그 돈을 안 냈으면 사진은 하나도 못 찍을 예정이었다. 안에는 미술관답게 중간에 표를 검사하는 사람도 있었다.

미술관에는 방 양을 데리고 와야 될 제대로 좀 볼 수 있는데, 사실 아는 사람이 별로 없었다. 루벤스 스쿨의 화가가 그렸다는 그림이 있었고, 그 외에는 지금 생각나는 것이 없는 것 보면, 이게 나의 한계다.

역사박물관과 향토박물관

미술관을 나와서 향토박물관이 있는 쪽으로 가니 한국말 소리가 들렸다. 입구에 들어가니 한국 사람들이 모여 이야기를 하고 있어, 여기가 향토박물관이냐고 물어보니, 표는 샀냐면서 저쪽에 있는 건물에서 표를 사서 두 군데를 보는 거라고 설명을 해 주었다. 그래서 일단 알려 준 대로 가니 거기서 표를 팔고 있었다. 먼저 간 건물이 역사박물관인 듯한데, 두 개의 건물이 내용이 조금씩 다르긴 했지만, 대체로 지역의 역사와 문화에 관한 전시를 하고 있었다. 지역박물관은 블라디보스토크에서 본 것과 비슷하게 처음에는 동물 박제가 전시되고, 그다음에 역사가 전시되는데, 같은 구조다. 여기는 매머드 박제가 있는 걸 보니 좀 더 큰 곳임이 틀림없다. 매머드 박제는 처음 보는 것이라 신기하긴 하다. 매머드 화석도 거대하게 전시되어 인상적이었다.

재미있는 것은 향토역사에 관한 많은 전시내용이 사진을 자세히 보면 거의 동양인이다. 지금의 러시아는 백인들이 지배하고 있지만, 향토의 주인은 대부분 동양인이었다는 사실을 박물관이 말하고 있었다. 여러 가지 주술적인 인형들, 사냥도구, 주거 도구, 전통 의복들이 전시되어 있어 흥미로웠다.

예수현성용(顯聖容, Tranfiguration) 성당과 2차 대전 기념물

아무르강을 옆으로 보면서 1㎞가량을 동남쪽으로 걸으면 내리막을 내려가서 찬란한 성당이 나타난다. 성당 근처에 가면 길이 약간 복잡해져서 헤매게 되는데, 더위에 길가에 있는 기이하게 생긴 자판기에서 35루블을 넣고 음료를 하나 빼 마셨다. 아주 어설프게 생긴 자판기인데 아주 단 과즙 음료가 컵에 나와 주위에 벌들이 날아다녔다.

이 대성당은 2004년에 완성되었고 전체 높이가 83m로 러시아에서 세 번째로 큰 교회라고 한다. 세 개의 황금빛 돔이 압도적이다. 앞에서 봤을 때 좌측에도 황금빛 돔의 나지막한 건물이 있는데, 신학교다. 교회 안으로 들어가면 높은 돔형 천정에 예수님의 얼굴이 그려져 있다. 전면에는 다른 정교회 성당과 마찬가지로 황금빛 박판에 예수, 성모, 여러 성인의 그림이 새겨져 붙어 있고, 두 손 모아 기도하는 신도들, 촛불을 밝히는 사람들의 모습이 보인다.

정교회는 누군가의 인도로 종교의식을 하는 곳은 아닌 건지,[5] 건물 내부 중앙에는 의자가 없고, 벽 쪽에 몇 개 정도만 있다. 신도들은 개인적으로 들어와, 혼자서 기도를 하다 나가는 모습이다.

성당을 나오면 좌측으로 아무르강이 흐르고, 그 전에 2차 대전 기념물이 서 있다. 처음에는 돈을 내고 들어가는 곳인가 했는데, 가보니 아마도 전사자들로 보이는 사람들의 이름이 새겨진 여러 벽들과 그 중앙에 타오르는 불꽃이 있는 기념물이었다. 거기에는 한 쌍의 남녀가 진지하게 그것들을 보며 이야기를 하고 있었으며, 중년의 부인과 손녀, 손자들로 보이는 가족도 진지하게 이름들을 찾아보고 있었다. 이런 형태의 이름들이 새겨진 벽은 서울 용산의 전쟁박물관에도 있었는데, 여기가 규모가 좀 더 큰 것 같다.

…

2차 대전 기념물을 둘러보고 콤소몰 광장 쪽으로 다시 올라갔다. 아까 광장을 자세히 보지 못해서 올라간 것이다. 기념물 주위를 다시 돌아보며 사진을 찍고, 서서히 호텔 쪽으로 방향을 잡아 걸었다. 아까 올 때 비해 사람들이 훨씬 많아진 느낌이었다. 가게 앞에는 전통 복장을 차려입은 남녀가 손님들의 눈길을 끌기 위해 춤을 추며 노래하고 있었다.

길에는 한 청년이 외로이 아코디언을 연주하고 있었고, 슈퍼모델 같은 여자들은 여기저기 걸어 다녔다. 러시아 여자들의 30% 정도는 몸매가 슈퍼

---

5   인도자는 미사가 있을 때는 나오신다. 당시에는 몰랐다.

내 차 타고 세계여행_러시아 횡단 편

모델급으로 늘씬늘씬한데, 다들 뭐 하는 분인지 궁금했다.

레닌 광장을 다시 지나 오게 되었는데, 아침에는 비가 왔으나 지금은 날씨가 맑게 갠 상태라 분수도 시원하게 물을 뿜고 있었고 사람들이 많이 나와 있었다. 아침과는 분위기가 완전히 달라져 날아다니는 비둘기들과 아이들, 그 아이들의 부모들이 행복한 모습으로 한때를 보내고 있었다. 레닌상 앞을 지나다 가판대에서 펩시콜라 한 병을 60루블을 주고 사서 마시며 더위를 식혔다. 8월의 러시아 극동은 생각보다 더웠다.

예수 승천 교회

아침에 기차역으로 가다가 길 건너편에 본 작은 교회가 생각나 그쪽으로 다시 가보기로 했는데, 알고 보니 그 교회가 예수 승천 교회였다. 호텔로 가다가 다시 역 쪽으로 한 500m를 가야 해서 다리가 좀 아프긴 했다.

교회는 벽 전체가 붉은색으로 칠해져 있었고 십자가가 있는 지붕은 금색으로 칠해져 있었다. 건물 안으로는 들어가 볼 수가 없었고 공사장에 쓰이는 트럭 한 대가 마당에 있었을 뿐, 사람의 흔적은 보이지 않았다. 마당에는 화려하게 꽃이 핀 화단이 정갈하게 단장되어 있어 한동안 거기 앉아 기력을 충전했다.

…

호텔로 돌아오는 길에, 내일 가는 길에 아침과 점심을 먹을 수 있도록 먹을 것을 좀 사야 해서 길에 있던 슈퍼마켓에 들러 흑빵 두 덩이, 오렌지 주스 한 병, 초코바가 여러 개 든 봉지 두 개를 샀다. 이 정도면 며칠간 식당을 못 찾아도 굶어 죽지는 않을 듯했다.

다시 호텔로 걸어갔다. 호텔은 무척이나 멀었다. 거의 8시가 되어 도착했기에 바로 식당이 있는 층으로 갔다. 혹시나 밥을 안 주면 밖에 있는 카페로 가면 되긴 했는데, 거기 밥이 먹을 만해서 그쪽으로 웬만하면 가고 싶었다. 다행히 밥은 주는데 밥값이 1인당 350루블이었다. 밥값이 많이 올랐지만 돈을 내고 밥을 먹었다. 볶음밥과 김치를 중심으로 잘 먹었다.

이렇게 하바롭스크에서의 일정이 끝났다. 내일은 숙소의 예약이 없는 상태로 올라가서 숙소를 구하고 하루 잠을 자야 했다. 낮에 많이 걸어서 그랬는지 샤워하고 나니 무척이나 피곤했다. 그래서 돈 쓴 것 정리만 조금 하고 그대로 잤다. 김밥 군은 일기만 쓰고 잤다.

 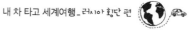

2015/ 8/ 8 18:3

예약 없이 찾아간 부레야 호텔 마당에는 코스모스가 피어 있었다.

Novobureyskiy
노보부레이스키

평소 여행은 숙소를 전부 예약을 해 두고 여행을 다녔었다. 이 여행을 준비하며 겪었던 첫 문제는 하바롭스크 이후, 치타까지는 숙소 예약이 안 된다는 것이었다. 구글 지도를 뒤져 찾아낸 숙소는 예약 없이 찾아간 첫 숙소였고, 이 도시는 위키백과에는 영어 설명조차 없는 도시다. 부레야 강변의 작은 마을은 겨우 7천 명 정도가 살고 있고, 하바롭스크에서 북서쪽으로 500㎞가량에 위치한다.

D+006, 노보부레이스키로 가는 길

2015년 8월 8일, 토요일, 맑음

엄청난 폭우 소리에 잠을 깼다. 새벽 두 시 반경이었던 것 같다. 맙소사. 이 시각에 잠을 깨 버리면 어쩐단 말인가. 어젯밤에 너무 일찍 자 버린 탓이기도 한 듯하다.

다시 잠이 들려고 누워 있어도 폭우 소리에 도저히 잠을 잘 수가 없고, 거기다 모기까지 출몰하며 나를 괴롭혔다. 도저히 그냥 잘 수가 없어 불을 켜고 일어나 앉아 모기를 잡아야 했다. 운 좋게 한 마리는 잡았는데 다른 한 마리는 잡지 못했다.

잠시 화장실에 갔다가 문을 닫아버리는 통에, 자는 김밥 군을 깨울 정도로 밖에서 문을 두들겼다. 와중에 다른 방 사람이 나올까 노심초사했다. 다행히 아무도 나오기 전에 김밥 군이 일어나 문을 열어 주었다.

새벽 세 시가 되어도 잠자리에 들지 못했다. 오늘은 여섯 시에서 일곱 시 사이에 출발하려 했는데, 이러단 잠을 전혀 못 자고 출발하고 말겠다 싶어,

어쩔 수 없이 가방에 보나링[1]을 하나 꺼내 삼켰다. 그래도 네 시 정도까지는 잠을 못 잔 듯하다. 이후 잠들어 일곱 시경까지는 잤고, 후에는 약 기운에 일어나기가 힘들었다.

간신히 몸을 일으켜 여덟 시 정도에 체크아웃하러 갔다. 나가니 프런트에 아줌마가 없었다. 어쩔 수 없이 일단 차로 가서 짐을 싣고, 차를 호텔 앞으로 가져온 후 다시 안으로 들어갔다. 그때는 아줌마가 있어서 카드키를 주고 체크아웃하겠다고 영어로 말했다. 그런데 아줌마가 뭐라 뭐라 말을 자꾸 하는데 도대체 무슨 뜻인지 알 수가 없었다. 아줌마도 답답해서 어딘가 전화를 했는데 여의치 않은 듯하고, 나는 다시 차로 가 스마트 패드를 들고 왔다. 구글 번역기를 쓰려 했는데 생각을 해 보니 키릴 문자 입력이 안 되는 상태였다.[2]

난감해 하다가 '체크아웃하겠습니다'에 해당하는 문장을 보여주니 아줌마 얼굴이 갑자기 밝아지며 "OK, OK" 하는 것이었다. 아마도 아줌마는 내가 나갔다 다시 들어온다는 것으로 이해를 했었던 것이 아닌가 생각된다. 어쨌든 그제야 의사소통이 되어 "다스비 다니아(안녕히 계세요)"를 해 주고 나왔다.

하바롭스크를 빠져나오는 것도 그리 힘들지 않았다. 내비게이션이 일러주는 대로 달리니 아무르강 다리가 나왔다. 아무르강은 한국과 중국에서는 헤이룽강이라고 부르는 강인데, 그 강의 폭 넓이가 한강보다 훨씬 넓어 보였다. 언뜻 보면 바다인가 싶을 정도로 넓었다. 그 위로 다리가 있는데, 1916년에 최초로 철교가 건설되었고, 이것의 길이는 2,590m로 한동안 아시아, 러시아제국에서 가장 긴 다리였다고 한다. 자동차 등이 다닐 수 있는 다리가 그 옆에 추가로 건설된 것은 1999년의 일이고, 이것은 길이가 3,890m에 이른다. 다리의 길이만 봐도 이 강의 폭이 한강보다는 넓다는 것

---

1 원래는 어지러움증에 쓰는 항히스타민제이나, 먹으면 약간 졸리기 때문에 수면 유도제로 쓴 것이다.
2 스마트폰에서 키릴문자 입력기를 추가하면 가능하다.

을 쉽게 알 수 있다.

다리를 건너고 나면 그냥 시베리아횡단 도로이다. 열심히 달렸다. 하바롭스크에서 오늘 숙박을 하는 부레야(Bureya)까지는 길이 매우 좋았다. 달린 거리가 490㎞에 이르는데, 비포장 구간은 20~30m 정도뿐이고, 전체가 아주 양질의 포장 상태를 유지하고 있다. 오늘은 경찰을 만나지도 않았는데, 오는 길에 경찰에 단속되어 있는 트럭은 한 대 지나쳐 왔다.

오늘도 주유를 한 번 하긴 했는데 주행가능 거리가 260㎞ 정도 남은 지점에서 주유소가 하나 있더니 이후에 다음 주유소 표지판이 100㎞를 더 가야 있다고 나왔다. 그래도 갈 수는 있으니 열심히 달렸다. 100㎞ 좀 덜 가서 하나 있긴 했는데 거기는 놓쳐 버렸고 결국 남은 주행거리가 100㎞ 대일 때 주유할 수 있었다. 오늘은 옆에 있는 스위치까지 제대로 작동해서 1,500루블을 냈는데 주유 금액이 1492.5루블이 나왔다.

부레야(Bureya) 호텔

오늘 묵을 숙소는 M58 도로 옆에 있는 노보브레이스키(Novobureyskiy)라는 마을에 있는 부레야 호텔[3]이다. 이 호텔은 구글맵에서 검색하면 이 지역에서 찾을 수 있는 유일한 호텔이었다. 사전 예약이 안 되어 일단 무작정 호텔로 차를 몰고 왔고, 주차한 후 프런트로 가서 스마트 패드로 빈방이 있냐고 물으니 미녀 아가씨가 묵묵히 고개를 끄덕였다. 스마트 패드로 하룻밤에 얼마냐 물어보니 2,262루블이라기에 "OK" 하고 여권을 주니 체크인이 됐다. 호텔은 밖에서 보기에도 매우 깔끔해 보였고 안에 들어오니 더 깔끔했다. 엘리베이터가 없어서 짐을 들고 올라가야 하는 것이 괴롭긴 했다. 특이점은 어제의 숙소나 오늘의 숙소나 에어컨이 없다는 것이다. 에어컨이 있는 곳은 너무 강하게 트는 경향이 있고 있어야 할 만한 곳에 없는

---

3 GPS 49.798939, 129.87217

곳도 좀 있다. 다행히 가지고 다니는 USB 선풍기를 틀어놓고 있으니 지낼 만했다.

이 지역은 매우 조용한 마을이었다. 좀 낡아 보이는 아파트들이 군데군데 서 있었다. 이런 마을이 있으면 근처에 시장이 있을 법한데, 어디에 있는지 알 수가 없었다. 호텔을 나와 무작정 안쪽으로 조금 들어가 보니 작은 슈퍼마켓이 하나 있었다.

러시아의 슈퍼마켓은 입구가 매우 작고, 문을 이중으로 쓸 뿐만 아니라 들어가면 우리나라 지하철 입구에 있는 차단장치까지 있다. 하여간 그런 곳에 들어가서 보니 사발면 같은 것들이 있는 것이 아닌가. 갑자기 사발면이 먹고 싶어져서 사발면을 두 개 사고 돌아보니 연어 훈제한 것 같은 것이 있기에 그것도 한 봉지, 김밥 군이 빵에 발라먹을 잼 한 병, 누텔라도 한 병을 사서 들고 호텔로 돌아왔다. 호텔로 오며 생각을 해 보니 라면에 밥 말아먹으면 좋을 거 같기도 해서 전기밥솥을 꺼내 쌀과 함께 들고 올라왔다.

이런 마을의 슈퍼(미니)마켓에서 한 끼의 반찬거리들을 쉽게 구할 수 있다.   2015/ 8/ 8 18:38

드디어 밥을 해 먹는 것이다. 1.5인분 정도를 하니 거의 순식간에 밥이 되었는데, 정작 물을 끓이는 포트가 성능이 별로라 라면 물을 끓이는 데 시간이 많이 갔다. 사실 전부 차에서 쓰는 기계들인데 전부 방 안에서 12V 전원 어댑터를 써서 했다.

밥도 하고 사발면도 끓이고 하여, 훈제 연어와 함께 비교적 거나한 저녁을 먹었다. 오랜만에 라면을 먹으니 또 속이 안정되는 듯하다.

...

오늘이 토요일이다. 일반적으로 이전의 여행은 빠르면 금요일 저녁에 시작되어 대부분 일요일에 끝이 났다. 내일이 되면 지금까지의 평균적인 여행 기간이 지나는 것이다. 컨디션은 블라디보스토크에 있을 때보다 좋아진 편이다. 일단 내가 만들어 마시는 커피를 마시니 머리가 덜 아픈 것이 좋은 것 같고, 운전하는 것이 돌아다니며 구경하는 것에 비하면 힘이 덜 드는 것 같다. 컨디션이 좋아지기 시작한 것이 블라디보스토크에서 하바롭스크로 오면서이다. 아침마다 운전해서 출근하던 버릇이 남아 그런지, 아침에는 운전을 해야 컨디션이 올라오는 듯하다.

2015/ 8/ 9 18:0

러시아는 어느 마을이든, 크든 작든 2차 대전 기념물을 만날 수 있고, 거기에는 그 마을에서 전쟁에 참전하여 산화한 사람들의 넋을 기리고 있다.

Skovorodino

스코보로디노는 중러 국경에 접한 도시로, 중국의 최북단에 해당하는 곳이다. 진정으로 시베리아라는 러시아의 행정구역은 이곳의 서쪽에서부터 시작되어, 이곳은 극동에서 시베리아로 들어가는 입구라 할 수 있다.

D+007, 스코보로디노로 가는 길

2015년 8월 9일, 일요일, 맑음

아침 일곱 시쯤에 눈이 떠졌다. 밤에 오랜만에 안 깨고 잘 잔 듯하다. 세수하고 천천히 짐을 챙겨 일곱 시 반쯤에 김밥 군을 깨웠다. 한 번 만에 부르면 깨는 김밥 군이 신기하기도 하고, 기특하기도 하다. 5~6세부터 계속 내가 깨워와서 그런지, 잠 깨는 건 순식간이다.

세수하고 대충 챙겨 체크아웃하러 나왔다. 오늘은 처음부터 스마트 패드로 '체크아웃하겠습니다'를 보여 주며, 키를 건넸다. 앉아 있는 아가씨는 어제의 아가씨는 아니지만 여전히 미인이었다. 아가씨인지 아줌마인지, 계산서를 안 주기에 '계산서를 주세요'를 보여 주자 싱긋 웃으며 계산서를 주었다.

"다스비 다니야(안녕히 계세요)."

서로 인사하며 밖으로 나왔다. 차에 덮어 두었던 커버에 빗물이 흥건했다. 밤에 비가 왔었던 것 같다. 여기는 날씨 변화가 심해서 비가 왔다 개었다 한다.

차에 짐을 대충 정리했지만, 짐이 점점 질서가 없어지기 시작하고 있다.

어제 밥을 해 먹기 위해 밥솥을 꺼냈는데 생각해 보니 계속 쓸 듯하여 가방 안에 넣지 않고 밖에 나오게 됐다. 꺼낸 밥솥은 같이 쓰는 커피포트와 함께 비닐봉지에 넣어 대충 뒤에 실었다.

차에 올라앉아 커피를 타고, 대충 빵을 떼어내어 김밥 군에게도 주었다. 방 안에서 먹어도 되긴 하지만, 아무래도 방에서 하면 시간 소비가 많은 듯하여 가면서 먹기 위해서 차 안에서 하는 거다(생각해 보니 방에서 빨리 해도 되지 않을까 싶긴 한데).

일곱 시 반쯤 출발을 하게 된 듯하다. 어제보다는 빨리 출발했지만, 오늘 갈 거리가 700㎞가 넘으니, 빨리 출발했다고 다는 아니다. 다행히, 비도 오지 않고, 길은 아주 좋다. 시속 100㎞ 정도는 충분히 낼 수 있다. 그 이상도 낼 수 있지만 혹시나 경찰에 걸릴까 봐 남들이 달리는 속도 정도로만 달렸다.

하바롭스크 이후는 길이 매우 좋아서, 우리나라 왕복 2차선 국도 수준은 되는 듯하다. 이 구간부터는 차도 별로 없어서 크루즈 모드에 시속 100㎞를 걸어두고 발은 편하게 놓았다. 이 정도 기능이라도 있으니 편한데 요즘 TV의 제네시스 광고에 나오던 조향 보조장치까지 있으면 손을 놓고 가만있어도 될 듯하다. 이런 식으로 크루즈로 한 시간도 갈 수 있었다. 아주 가끔 트럭들이 속도가 느려서 트럭 뒤에 접근하게 되면 크루즈를 풀어서 거리 조절을 한 후 기회를 봐서 추월할 때나 크루즈를 풀었다.

열두 시경에 거의 400㎞를 달릴 수 있었다. 남은 거리가 300㎞ 정도 남았으니 많이 달린 것이고, 주유도 이제 자신감이 붙어 200㎞ 미만이 되면 주유하는 것으로 바꿨다. 달리다 보니 오늘도 100㎞대에서 주유를 했다. 이번에도 1,500루블을 내고, 아주 조금 돌려받았다. 들어가면 뭐라 뭐라 하는데, 무슨 소린지 알 수 없다. 회원카드 있냐 뭐 그런 거 아닐까.

오는 길에 경찰에 걸린 한 대의 차를 보았다. 아주 난처해 하는 한 남자가 불쌍하게 경찰차로 걸어가고 있었다. 이렇게 경찰이 누군가를 잡은 걸 보면 약간 안도하게 된다. 남의 불행이 나의 행운인 것인지 차를 본 다음부터 크루즈 속도를 시속 90㎞로 줄였다. 아무래도 도시에 가까워지면 경찰이 있을 확률이 많은 법이다. 사실 오늘 잘 곳은 도시라고 하기엔 작은 곳이지만 그래도 왠지 경찰이 많을 것 같았다.

오늘의 경로는 대체로 평탄했지만, 특정 구간에서 고저의 굴곡이 큰 곳이 있어 말 그대로 차가 점프대를 올라간 듯 뛰는 일이 몇 번 있었다. 앞에 가던 차가 멀리 갔기에 따라가려고 시속 120㎞쯤으로 그 길을 통과하다 그렇게 됐다. 차가 정말 위로 붕 나르더니, 쿵 하고 떨어졌다. 덩달아 내 몸까지 자리에서 위로 튀어 올랐다 떨어졌다. 그런 일이 서너 번 있었다.

어떤 구간에서는 바닥에 구멍들이 좀 있었다. 다만 이건 오토바이에는 좀 문제가 되겠지만 투싼 정도 되는 차에게는 크게 문제가 될 만한 것은 아니었다.

목적지 숙소를 25㎞ 정도 남겼을 무렵, 내비게이션이 주요 도로에서 빠져나와 들어가라고 하는 길이 비포장도로였다. 지도를 보니 최단경로를 구한 것 같은데, 아무래도 이 길로 가다간 산을 넘을 듯한 기분이 들어, 다시 빠져나와 주요 도로를 타고 좀 더 갔다. 이 길로 간 것이 맞은 것 같다.

가스띠니챠 콤프렉스, 비자는 어디에?

스코보로디노는 중국과 러시아의 국경 중 가장 북쪽인 지점에 있는 러시아쪽 도시다. 도시라기보단 작은 마을이라고 하는 게 나을지 모르겠다. 들어올 때 보면 외곽에 공장이 있고, 기차역도 있긴 있다.

여기는 『모터사이클 세계일주』에서 좌표만 나오는 호텔이 있었다. 이 도시에는 구글맵에서도 전혀 호텔에 대한 정보가 없고, 부킹닷컴 등에서도 전혀 숙소의 정보를 찾을 수가 없었다. 오로지 정보는 그 책뿐이었다.[1] 책에 나오는 좌표만을 정보로 운전해 오니, 그 좌표 전에 다른 가스띠니챠(호

---

1 사실은, 맵스미에서 숙박업소를 찾으면 몇 개 나온다.

텔)가 하나 더 있었는데, 거기는 주차장이 없어 보였다. 그래서 좌표 위치까지 좀 더 가니 그 호텔이 있었다. 주차장도 그 앞에 있었다.[2]

기대와 걱정을 하면서 안으로 들어가니, 아가씨가 앉아 있는데, 약간 표정이 굳어 보여 걱정이었다. 어제처럼 스마트 패드로 빈방이 있냐고 물어 보니, 뭐라 중얼중얼하는데 뭐라는지 알 수가 있나. 그러다가 쪽지에 뭐라 적고 숫자 2900을 적어 주었다. 방값이 2900이란 뜻인 거 같은데 확인 차 "하룻밤 방값이 얼마인가요?"를 보여 주니 또 뭐라 중얼중얼했다.

그래서 구글 번역기를 들이밀었다. 서울을 막 떠나기 직전에 오프라인 번역기가 있다는 사실을 깨달아 내려받고 온 것인데 여기서 쓰게 된 것이었다. 그녀가 쓰는 것이 그대로 번역이 되어 나오는데, "방이 없다. 다른 데 찾아봐라" 뭐 그런 내용이었다. 아까 2900은 무슨 말이었나 하는 생각이 들었는데, 그녀가 또 번역기에 입력하여 번역된 것을 보니 'No by time'이라고 나왔다. 이게 무슨 말인가 싶었다.[3] 지금은 방이 없고, 때가 되면 있다는 말인지 도대체 알 수가 없어, 아까 2900은 무슨 뜻인지 물었더니, 그제야 따라오라더니 2층으로 가서 방을 하나 보여 주는데 엄청 좋은 방이었다. 그 방은 가격이 둘이 3600이었고, 그 옆방을 보여 주는데 더블베드가 있는 방으로 2900이라 했다. 김밥은 3600짜리가 좋다고 옆에서 촐싹댔으나, 굳이 그 방을 할 것은 없는 것 같아, 2900짜리를 가리키며 "에-따(이게)" 했다. 결국, 이 방에 묵게 된 것이다. 아마도 지금 생각해 보면, 자기가 처음에 방값을 2900으로 알려 주었는데 내가 하루 방값이 얼마냐고 물으니 내가 흥정을 하려는 것으로 생각하고 다른 선택의 여지가 없다느니, 다른 데 알아봐야 한다느니 한 것 같다.

결국, 체크인을 하기 시작했는데 또 뭔가 복잡했다. 러시아에서는 입국

---

2 GPS 53.975734, 123.92596. 귀국할 때는 이곳에서 숙박할 수는 없었고, 인근의 아무르 호텔에 숙박했다. 이곳은 와이파이까지 잘 된다. GPS 53.979089, 123.93359
3 번역기는 러한-한러 번역을 하는 게 아니라, 영러-러영 번역기를 썼다. 아무래도 이쪽이 정확도가 높을 듯하여 그렇게 했다. 하지만 역시 이해가 안 되는 번역이 나오는 때가 있다.

할 때 쓴 입국카드를 아주 중요하게 생각하는 듯한데, 번역기를 달라고 하더니 비자(Visa)가 어디 있냐며 또 물었다. 러시아와 한국은 상호 협정으로 비자 면제가 됐다고 번역기를 써 줬으나 아주 의아해하더니, 그 입국 카드를 펼쳐 보며 그게 비자라고 하는 것 같았다. 내가 생각하는 비자와 그녀가 생각하는 비자가 다른 것인지 이해가 잘 안 됐다. 하지만, 내가 그 입국카드를 가리키며 "에-따 비자(이게 비자냐)?" 하며 물어보니 맞는다며 고개를 끄덕였다.[4]

어쨌든 체크인을 했다. 다행스러운 것은 그녀가 이 복잡한 과정을 순순히 해 줬다는 것이다. 사회주의 국가 그 자체였다면 그녀가 이렇게 나를 위해 구글 번역기를 써 줄 필요는 전혀 없는 것이다. 막판에는 그녀가 스스로 번역기를 달라고 할 정도였다. 어디에나 도움을 주는 사람은 있는 법이다. 러시아는 그냥 사회주의 국가는 절대 아닌 것 같다. 분위기로 보면 중국보다 훨씬 고객 응대 수준이 높은 듯하다. 어쨌든 그녀는 매우 고마운 존재였다.

저녁을 먹으려고 보니 좀 더 있어야 저녁을 먹을 때였다. 나는 다섯 시에 도착했다고 생각했는데, 여기 시각으론 네 시에 도착한 것이었다.[5] 그래서 방에서 조금 더 앉아 쉬다가, 여섯 시가 되어 밖으로 나가 보았다. 아까 들어올 때 특별한 것을 보지 못하여, 차를 타고 돌아보는 것이 나을 것 같았다. 차를 타고 천천히 나가보니 '카페'라고 붙은 식당이 하나 있었다. 러시아는 '카페'가 식당이다. 식당을 하나 찾긴 했는데, 어제 밥을 먹으면서 생

---

4 한국과 러시아 사이의 협정에 의해 관광목적의 경우 비자 없이 1회 연속 60일간 체류할 수 있으나, 이런 사실을 지방의 호텔에서는 잘 알지 못하기 때문에, 무비자협정에 관한 러시아어 협정 사본을 가지고 다니다 보여 주는 것이 좋다. 외교부 홈페이지에서 내려받을 수 있다.

5 생각해 보니 지금 서쪽으로 달려왔고, 경도가 충분히 한국과 비슷한 지점이 되어 시간이 어떻게 됐나 궁금해졌다. 휴대폰의 시간을 보니 벌써 한 시간이 느려져 있었다. 블라디보스토크는 한국보다 한 시간이 빠른데, 이미 한국과 같은 시각으로 조정이 된 것이다. 그래서 프런트로 내려가 거기 걸린 시계와 대조를 해 보니 변경된 시간이 맞았다. 서쪽으로 종일 달린 결과 한 시간을 벌었다(어차피 돌아갈 때 다 까먹겠지만).

각해 보니 통조림 같은 것만 있으면 밥을 해 먹어도 맛있을 것 같아서 슈퍼마켓만 하나 찾으면 좋겠다는 생각이 들었다. 차를 타고 오는 길에 슈퍼마켓을 하나 발견했는데 가는 길이 애매해서 일단 차를 몰고 다시 호텔로 왔다.

일단 호텔에 차를 주차해 놓고 걸어가기로 했다. 천천히 걸어가 자세히 보니 시장 분위기가 나는 곳이 있었는데 제대로 장이 서 있지는 않았다. 아마도 오일장 같은 분위기인지, 신발가게 정도는 열려 있었다. 그리고 그 지역 앞에 슈퍼마켓이 하나 있는데, 여기는 알코올 및 음료수를 파는 곳, 생필품을 파는 곳, 음식류를 파는 곳이 각각 구분되어 입구가 따로 있고, 다른 가게처럼 구성이 되어 있었다. 한국처럼 한 입구를 들어가면 전체를 돌아볼 수 있는 구조가 아니었다. 지난번 블라디보스토크의 젬추지나 호텔 근처에도 슈퍼인 줄 알고 들어갔더니 술과 음료만 팔던 슈퍼가 있었는데, 딱 그런 형태였다. 이런 가게는 간판에 '알콜마켓'식으로 쓰여 있긴 하다.

다음 문으로 들어갔더니 비누, 플라스틱 용품 같은 생필품 쪽이라 다시 나왔고, 마지막으로 들어가니 음식류를 파는 곳이었다. 통조림을 찾아보니 여러 종류가 있어 대여섯 종류를 한 개씩 샀다. 물 한 병을 사고, 반찬류를 파는 곳이 있어, 작은 반찬 통에 담긴 것을 하나 사 보았다. 통조림 여러 개와 물을 사는데 우리 돈으로 팔천 원가량이 들었다. 저녁값치고는 싼 것이다.

저녁 먹기

호텔로 와서 차에서 밥솥을 꺼내 밥을 만들고 통조림을 따 보니 맛은 우리나라 고등어 통조림과 비슷한 맛이었다. 반찬은 팔보채 같은 맛이 나는데, 생선류가 좀 더 들어가 있는 듯했다.

도시를 이동하는 경우에는 점심을 차에서 간단하게 먹는다. 현재는 전날에 산 식빵 등을 차에서 주스와 커피를 가지고 먹는 것으로 하고 있다. 주유 직후에 잠시 차를 대고 먹을 준비를 충분히 한 후에 가면서 먹어도 되면 가면서 먹고, 정차해서 먹을 거면 정차해서 먹고 있다.

...

오늘 달린 거리는 총 720㎞이다. 길이 좋으니 하루 주행거리가 이 정도 되어도 낮에 호텔로 들어갈 수 있는 정도가 됐다. 아마도 서쪽으로 갈수록 길은 더 좋을 듯하다. 내일은 620㎞ 정도를 가면 예약해 둔 숙소가 있다. 숙소가 예약된 것이 아무래도 마음이 편하다. 호텔에 들어와서 다음 다음 숙박지인 울란우데의 호텔을 예약했다. 원래 주말에는 쉬기로 했는데 쉬지 못했으니 울란우데에서 3박을 하면서 좀 느긋하게 지내려 한다. 여기는 3박에 4,000루블 대를 잡았으니 엄청 싼 방이다.

II. 시베리아

체르니셰브스크
울란우데
슬류단카
이르쿠츠크
크라스노야르스크
노보시비르스크
옴스크

352 7763

러시아의 시골마을은 비포장의 넓은 길이 인상적이다. 오른쪽이 하룻밤을 지냈던 숙소.

Chernyshevsk 체르니셰브스크

다시 사전에 숙소를 예약할 수 있었던 첫 번째 마을이다. 묵묵한 할아버지가 맞이해 주던 숙소에는 마당에 텃밭이 가꾸어져 있었고, 마당 곳곳에는 아름다운 꽃들이 피어 있었다. 비포장 길에 어울리지 않게 광대해 보이는 마을 길은 이런 곳이 러시아의 민가의 모습이라는 인상을 심어주었다.

D+008, 시골 농가의 숙소, Inn Na Tsentranoy

2015년 8월 10일, 월요일, 맑음

평소처럼 잠이 깼다. 시간을 보니 여섯 시경이었다. 어제보다 한 시간 느려졌으니, 어제 기준으로 보면 일곱 시다. 시간대가 하루 단위로 달라지니 이것 참, 적응하기 어렵다. 육로로 이렇게 시차가 나보긴 처음이다.

일곱 시까지는 계속 잤다. 일곱 시쯤에 일어나 차에 가서 커피 세트를 들고 들어왔다. 오늘은 방에서 빵과 커피를 마시고 나가기로 했다. 오늘 주행 예정 거리가 620㎞ 정도로 길지 않아서, 그렇게 해도 될 듯했다. 커피를 들고 다니는 가방은 예전에 누가 준 건데, 그땐 이런 걸 도대체 어디다 쓰나 하고 처박아 두었다. 그런데 이런 데 쓰는 건가 보다. 커피 병과, 설탕, 소금 병을 한 개씩 집어넣으니 딱 맞아서 들고 왔다.

어젯밤에 차에 도난 경보기를 설치해 두었는데, 방에 올라와 김밥에게 경보기가 울렸냐 하니 울렸다고 한다. 하도 러시아에 차량 도둑이 많다 해서 가지고 온 것이다. 차량에 창 정도만 가려지는 커버를 씌우는데, 안에 인체 적외선을 감지하는 장치를 두고, 인체의 열이 검출되면 방에 있는 수신기로 신호를 보내주는 장치다. 누가 창의 커버를 열어보게 되면 열이 감

지돼서 신호가 울리게 되어 있다. 차와 방의 거리가 어젯밤처럼 가까우면 충분히 쓸 만했다.[1]

김밥 군은 일곱 시 반에 깨워 주스와 빵으로 아침을 먹게 했다. 누텔라 산 것도 있어서 그것도 열량에 보탬이 될 터였다.

나갈 준비가 되어 여덟 시 전에 체크아웃하러 나갔다. 나가니 오늘도 아가씨가 없어서 일단 차량에 짐을 적재하고 있으니, 아가씨가 어디 갔다가 들어오고 있었다. 우리를 보더니 여권을 다시 달라고 한다. 복사를 다시 해야 하는 모양이다. 여기는 외국인이 거의 오지 않는 데라 익숙하지 않은 듯했다. 다시 여권을 주니 복사를 또 했다. 마침내 나갈 준비가 되자 오늘은 알아서 계산서를 주었다.

"다스비 다니야."

인사를 하자, 무뚝뚝하던 아가씨의 얼굴에 미소가 피어올랐다. 블라디보스토크 젬추지나 호텔의 식당 아가씨들도 내가 그 말을 하면 웃던데, 그 말이 좋은 건지, 러시아 사람들이 그런 인사를 잘 하지 않는 건지, 하여간 그 말만 하면 대부분 웃었다. 외국인이 제대로 발음을 해서 그런 것인지. 하여간 인사를 한 뒤 출발했다.

시베리아횡단도로에서 안으로 한 10㎞ 들어가서 다시 나와야 했다. 길은 어제와 마찬가지로 그다지 특이점이 없었다. 단지 어제보다 길에 차가 더 없었다. 한참 동안, 아마도 한 시간 정도를 달려도 뒤에서 따라오는 차가 한 대도 없는 정도이다. 그러다 한 대쯤 쫓아오는 것은 순식간에 나를 추월해 가서 따라가고픈 마음도 별로 들지 않았다. 그저, 시속 100㎞에 크루즈 속도를 맞추고 꾸준히 가는 것이 가장 속 편한 일이었다.

---

1 여행 중 여기서 딱 한 번 썼다. 장치하는 것이 번거로워 더 쓰지 않았다.

한국에서 울산과 서울을 왕복을 해야 할 때 운전하다 보면 허리와 어깨가 아주 아팠는데, 여행 준비하던 한 달간 자전거를 열심히 타서 그런지 그런 현상은 없어졌다. 허리와 어깨는 전혀 안 아픈데, 지금은 손바닥과 손가락이 아프다. 바닥이 쓰리다고 할까. 운전을 주업으로 하시는 분들이 운전할 때 장갑을 끼는 이유가 있는 듯하다.

몇 군데서 차가 어제처럼 튀어 오르는 경우가 있었지만, 이제는 적응이 되어 차를 지그재그로 조금 움직여 주면 튀어 오르는 것이 덜하다는 것을 알게 됐다. 차가 균형을 유지한 채 적당히 지그재그 해주면 부드럽게 튀는 걸 방지할 수 있었다.

아슬아슬 주유

원래는 주행가능거리가 250㎞ 미만으로 떨어지면 주유를 하기로 했는데, 주행해 보니 주유소가 생각보다는 많은 듯했다. 그래서 200㎞ 미만으로 떨어지면 주유를 하기로 했다. 주행가능 거리가 230㎞ 정도 남았을 무렵에 주유소가 하나 있었는데, 이 상태면 주유 금액이 1,200루블 정도에서 끝날 거고, 그러면 내일 또 일찍 주유해야 할 것 같고 해서 좀 더 가기로 했다. 그런데 그 이후에 주유소가 정말 없는 것이다. 지도를 보니 인근에 마을 같은 것이 전혀 없고, 주위를 보면 점점 산인 듯한 분위기다. 여기는 대체로 평탄한 듯한 지형을 계속 주행을 하게 되는데, 한동안 고도가 조금씩 높아지는 듯하고, 길이 이전과 비교하면 좀 굴곡이 심하다는 느낌이 있었다. 이거 점점 산으로 들어가는 것인가 하는 생각이 들었다.

하지만, 주행가능 거리가 200㎞ 이상은 되니, 설마 이 안에 주유소가 없을까 하는 생각이 들어 그냥 주행을 해 나갔다. 그러다 150㎞ 미만으로 떨어지니 마음이 약간 불안해졌다. 그래도 설마 150㎞ 안에 주유소가 없을까 했는데, 정말 없는 것이다. 그러다 한동안 산에 올라간다 싶더니, 주유소 같은(?) 것이 하나 나타났다. 유종은 단 두 개, 주변을 보니 주유 탱크 세 개인가를 두고 주유소 같지도 않은 것이 하나 있긴 있었다. 그게 주행가능거리 100㎞ 지점이었다.

그런데, 디젤의 가격도 지금까지 본 것 중 가장 비싼 가격이기도 해서, 아마 이것 말고도 있지 않을까 하는 생각이 들어 거기를 지나쳤다. 지나치면서도 내가 이거 잘못한 거 아닐까 하는 생각이 조금씩 들고 있었는데, 주행가능거리가 점점 짧아질수록 불안해지기 시작했고, 급기야 주유등이 켜졌다. 원래 주행가능 거리가 100㎞ 정도에서 주유등이 켜지는 것인데 그게 켜졌고 주행가능 거리는 점점 짧아졌다. 오후 시간이라 기온이 30도에 육박하는데도 에어컨을 켜지 못한 채 정속 시속 90㎞ 크루즈에 맞춰 달렸다. 결국 주행가능 거리가 50㎞에 이르렀는데 그 순간에야 주유소가 하나 길 저 안쪽에 나타난 것이다. 마침, 우회전해서 주유소로 들어가는 순간에 주행가능 거리가 '一'로 바뀌었다. 지금 당장 나타나는 주유소에서 주유하라는 표시다.

결국 이 주유소에서 주유하니 1,940루블이 나왔다. 우리 돈으로 4만 원가량이다. 전체 구간 가운데 주유소 간 간격이 가장 긴 구간이 치타 가는 길에 있다고 했는데 아마 이 구간이 아니었나 싶다.

체크인

여기는 며칠 전에 부킹닷컴을 통해 예약한 곳이다. 스코보로디노 다음 목적지를 치타로 할까 하다, 주행거리가 너무 먼 듯하여 이 도시로 정해서 찾은 숙소가 여기다. 횡단도로를 열심히 달리다 옆으로 빠져나와 들어가는데 비포장도로였다. 다행히 목적지가 멀지 않아 비포장도로를 열심히 달렸는데 지도상으로 보면 체르니셰브스크라는 마을의 입구에 해당하는 곳이다.

숙소가 있는 건가 싶었는데 가다 보니 가스띠니챠 표지판이 어설프게 있긴 있었으나 대문이 잠겨 있었다. 여기가 거긴가 싶어 한참 동안 차를 주

내 차 타고 세계여행_러시아 횡단 편

차하고 부킹닷컴의 예약 내용을 살피고 있으니 웬 할아버지가 나와서 문을 두드렸다. 악수를 청하고 "바킹, 바킹?" 하는 것이다. 들어보니 '부킹닷컴' 얘기를 하는 것 같아서 "다(예)"라고 했다.

그러자 빨리 가자며 재촉하기에 안으로 들어갔다. 문을 열고 안으로 들어가면 아름다운 시골집이 나타난다. 주차를 할 만한 대문 뒤 공간이 있고, 거기서 좌측으로 꺾으면 텃밭이 너머에 있었다. 아름다운 꽃들이 피어 있는 정원 옆으로 걸어 건물 안으로 들어갔다. 더 안쪽에는 무슨 공사가 진행 중인지 인부들 둘이 계속 뭔가를 들어 나르고 있었다. 건물 안에 들어가 할아버지가 숙박 장부 같은 걸 들고 나와 여권을 보며 손으로 기재를 했다. 복사했는지는 알 수 없고 하여간 체크인은 다른 호텔에 비해 아주 간단했다.

이후 할아버지가 일일이 방과, 주방, 욕실 등을 보여 주고, 방에 TV까지 켜 준 뒤 조금만 기다리라더니 방에 커튼까지 손수 달았다. 우리가 생각보다 일찍 도착한 것이 틀림없었다.

잠시 후에 방에 앉아 혹시 시간이 또 바뀌었나 싶어 시계를 보니, 아니나 다를까 또 한 시간이 늦어졌다. 이제는 서울보다 한 시간 늦은 것이 되어 있었다. 연 삼 일째 시간이 느려지고 있었다. 나는 네 시에 도착했다고 생각했는데, 여기 도착 시간은 세 시인 것이다. 이럴 줄 알았으면 좀 더 달릴 걸 그랬다는 생각이 들기도 했다.

여기도 주차에 대해 좀 엄격해서 차가 안으로 들어오면 대문을 잠가 버렸다. 말이 통하면 차 문을 열어 달라고도 해 보겠는데, 그것도 귀찮아서 그냥 안에 있기로 했다. 너무 일찍 도착하여 시간이 많이 남았기에 차창을 좀 닦았다. 며칠 간 주행하면서 엄청난 곤충들이 차창에 충돌하여 비명횡사하며 여러 가지 흔적들을 남겼다. 차를 주차해 두니 온갖 곤충들이 거기에 꼬여 벌레들이 우글우글하다. 번호판 하며 앞쪽 흡기구 쪽은 총천연색이다. 무슨 색이 그리 다양한지, 이런 형태의 곤충들 잔해는 처음 본다. 흡기구 쪽은 어떻게 할 수는 없는 듯하여 가지고 온 분무기로 물을 뿌려 차

창만 닦았다. 그거라도 닦고 나니 좀 나아졌다.

저녁 먹기

여기는 마을이 막 시작하는 곳이라서 안쪽으로 한참 들어가면 뭔가 있을 법도 하긴 한데, 막상 나가려면 차를 끌고 나가야 했다. 생각해 보니 어제 사 둔 통조림도 남았고 해서 그걸로 저녁을 먹기로 했다. 어제처럼 밥을 하고 오늘은 캔을 두 개 들고 와서 따 보았다. 하나는 멸치 비슷한 놈이고, 하나는 참치 비슷한 놈이었다. 참치 비슷한 놈은 살코기가 선명하게 남아 있는 건 아니고 살이 부스러져 있는 것이 참치와는 다른 점이었으나 맛은 참치와 같았다.

연 이틀을 통조림으로 연명하였으나, 나름 이게 속이 편한 장점도 있다. 시장을 발견하기만 한다면 이제 찌개를 끓일 만반의 준비가 되어 있는데, 시장이 잘 안 보였다. 신선한 오이 같은 채소도 좀 먹고 싶었다.

내일의 주행거리 960㎞(?)

숙소에 체크인한 후에, 내일의 주행거리를 계산해 보고 깜짝 놀랐다. 무려 960㎞를 달려야 한다. 지도상의 직선거리를 보고 대충 결정한 것인데, 아까 말했듯 이 지역은 길이 매우 꼬불꼬불했다. 그래서 결국 그 전체 거리가 내 예상보다 엄청나게 긴 것이다. 내일은 과연 몇 시에나 들어갈지 알 수 없다. 혹시나 내일도 시간이 한 시간 지연된다면 도착시각이 그다지 느리진 않을 것 같기도 하지만.

떨린다. 내일의 주행.

2015/ 8/12 14:46

레닌광장의 레닌 두상은 세계 최대의 규모를 자랑한다.

Ulan-Ude

울란우데

울란우데는 브리얏 공화국의 수도로, 우리와 같은 모습을 한 사람들이 살고 있다. 몽골로 가는 길이 여기에서 시작되고, 몽골로 가는 여행자들은 남쪽으로 방향을 튼다. 북경에서 시작된 또다른 시베리아 횡단 철도는 울란우데를 지난다. 레닌 광장에는 세계 최대의 레닌 두상이 우리를 맞는다. 과거는 브리얏 민족의 땅이었으나, 현재는 레닌의 후계자들의 땅이 되어 있다.

D+009, 13시간 운전, 주유 두 번, 968km

2015년 8월 11일, 화요일, 맑음

잠을 깼는데 여섯 시도 안됐다. 이건 시차 때문이다. 어제 시간이 한 시간 지연됐기 때문에 이런 것이다. 김밥 군도 여섯 시도 안 됐는데 잠을 깨서는 책을 보기 시작했다. 이럴 줄 알았으면 더 일찍 나간다고 하는 건데. 어제 할아버지가 몇 시에 나가느냐고 묻기에 한 7:30에 나갈 거라고 했다. 차를 가지고 온 사람들이 손님들이어서 누가 먼저 나가냐에 따라 주차 순서를 조정해야 하기 때문인 듯했다.

시계로 여섯 시 반쯤에 완전히 일어나 아침을 빵과 커피로 먹었다. 빵을 먹으며 옆을 보니 어제 들어왔던 캠핑카 비슷한 놈은 벌써 없어졌다. 짐을 좀 실어둘까 하고 밖에 나가보니 늦게 온 차였던 것으로 보이는 낡은 승용차가 내 차 옆에 주차되어 있었다. 내가 언제라도 나가면 나갈 수 있는 상황이었다.

차에 짐을 싣고, 밖에 한 번 나가볼까 해서 대문을 열고 나가봤다. 러시아 마을의 특징은 길이 굉장히 넓은 반면에 집들은 꽤 낡았다는 거다. 여기도 마찬가지다. 집 앞의 길은 우리나라 왕복 4차선 길 정도로 넓지만 집들은 낡았다. 이 가스띠니챠는 그나마 손님들을 받기 위해서 깔끔하게 꾸며진 편이다.

어제 계속 음악 소리가 나던 집도 평범한 가정집인 듯했다. 거리에 사람들은 하나도 안 보이고, 간혹 저 멀리 길로 차들만 먼지를 내며 지나다녔다. 길은 우리나라가 1970년대 중반에 그랬던 것처럼 전부 비포장 길이다. 길이 넓으니 더 황량해 보였다. 여기는 마을의 입구로, 저 멀리 끝은 보이지도 않고 까마득해 보였다.

잠시 이리저리 산책하다가 다시 안으로 들어가려고 보니 문이 잠겨 있었다. 자동으로 문이 걸리게 되어 있는 구조였던 것 같다. 문이 잠긴 김에 좀 더 둘러 봐야겠다 싶어 약간 걸어 나와 보았으나 분위기는 거의 같다. 다시 숙소로 돌아가 김밥을 불러 보았다. 대문에서 부르면 들릴 정도인데, 통 나오지를 않았다. 대문 앞에 개는 대문 밑으로 고개를 내밀고 컹컹댔다. 대문 앞에 벨도 있었지만, 괜히 폐를 끼치는 듯하여 누르지 않았다.

한참 후에 김밥이 나왔다. 문을 열어보라고 했는데 쉽지 않았다. 뭔가를 눌러야 걸쇠가 풀리는 구조였는데 그걸 찾기가 처음에는 쉽지 않았다. 한참 후에 겨우 문을 열어 안으로 들어갔다.

7:10쯤이 되어 짐을 챙겨 밖으로 나왔다. 차에 짐을 싣고 있을 때 할아버지가 나오셨다. 카메라를 들고 사진 한 장을 찍자 부탁하니 손사래를 치셨다. 그래도 한 장만 하고 부탁하니 김밥 군과 함께 포즈를 취해 주셨다. 동네 할아버지 같은 분이다.

"스빠시바, 다스비 다니야!"

인사를 하고 숙소를 나섰다. 커브를 돌아 들어왔던 길로 나가는데 푸른 평원에 소 떼들이 뛰어놀고 있었다. 잠시 후에는 카우보이가 말을 타고 나타나 소 떼를 모는데, 우리가 가는 길을 가로질러 건너갔다. 여기는 이런 곳이었다.

차를 몰아 다시 시베리아 횡단 도로로 올라왔다. 길이 매우 좋았다. 오늘 갈 길이 960㎞가 넘어 속력을 좀 냈다. 시속 120㎞로 크루즈를 설정하여 빨리 달렸다. 그만큼 초반에는 길이 좋았다. 한 200㎞가량은 길이 너무 좋아 이런 식이면 일찍 도착하겠다 싶었다.

문제의 치타가 눈앞이었다. 예전에 오토바이를 타고 혼자 가던 일본인 오토바이 여행자가 치타를 가는 길에 숲속에서 캠핑하다 살해당한 일이 있다 하여, 시베리아 횡단을 하는 사람들에게 이 구간은 위험한 구간으로 알려져 있다. 그 문제의 치타가 눈앞인데, 비포장도로가 간간이 나왔다. 다행히 블라디보스토크에서 하바롭스크 구간에 비하면 바닥이 많이 정비된 비포장도로라 그나마 나았다. 구간의 길이도 그다지 길진 않았다.

치타를 지났다. 큰 회전 교차로에서 좌측으로 들어가면 치타고, 직진하면 우회도로였다. 문제의 치타를 지나 계속 달렸다. 이후부터 도로의 노면 상태가 좋지 않았다. 포장된 비포장도로라 할까. 차는 계속 진동을 해댔다. 차도 어제와 비교하면 많은 편이다. 차가 많으니 도로 상태가 나빠지는 것이다. 크루즈를 거의 못 쓰고 가속페달을 밟았다 뗐다 하며 갔다.

비포장도로가 몇 개 더 나왔다. 다행히 대부분 길진 않은데, 운 없게 큰 트럭과 교행하게 되면 이번에도 시야가 2~3초간 전혀 보이지 않았다. 이 구간에는 도로 공사가 많아서 인부들이 교행을 시켜주는 곳이 몇 군데 있었다. 이전에는 교행도 전부 운전자가 알아서 해야 했는데, 여기는 그래도 누가 봐 주기라도 했다. 거의 마지막쯤에 상당히 긴 비포장 구간이 있었다. 수 킬로미터는 되는 것 같은데, 그나마 바닥은 고르게 조정이 되어 있어 천천히 달리기만 하면 큰 문제는 없었다.

오돈(Odon) 호텔

울란우데 근방으로 오면 동양인들이 많이 보인다. 서양인보다는 한국사람과 흡사한 모습을 하고 있다. 울란우데는 몽골의 수도인 울란바토르와도 가깝다. 차가 들어가는 도시의 남쪽은 거대한 평야가 펼쳐져 있기도 하고, 기묘한 모양의 돌산, 산 위의 사슴 동상 등 어디선가 많이 본 듯한 지형이 나온다. 어디선가 본 듯한 지형은 바로 중국 투루판, 둔황 정도 되겠다. 로터리 중앙의 압살라 모양의 상이라든가, 사슴을 탄 남자의 모습이라든가. 이런 건 중국 서역에 가면 많이 보던 것이다. 여기는 아무래도 그런 문화권인 듯하다.

울란우데의 교통은 생각보다 복잡했다. 러시아에서의 운전 이래 가장 혼란스러웠다 할 수 있다. 내비게이션이 가라는 방향이 좌회전할 수 없는 신호체계인 곳도 있었다. 결국, 갈 수 있는 데로 가다가 적당히 유턴하는 방식으로 호텔을 찾아갔다.

호텔 입구에 벤츠가 한 대 입구를 막고 있어 근처에 적당히 주차하고 로비로 들어갔다. 여기는 리셉션이 방탄유리처럼 막혀 있어, 안에 있는 사람과는 유리를 통해서 대화를 해야 했다. 호텔 직원 아가씨도 우리와 모습이 같은 동양인인데, 다행히 영어를 매우 잘했다. 체크인하고 주차를 물어보니 호텔 뒤쪽으로 돌아가면 주차장이 있다면서 주차확인 카드 같은 것을 주었다. 마침내 13시간 운전 끝에, 968㎞를 달려 호텔에 체크인한 것이다.

차를 몰고 뒤로 돌아가니 큰 주차장이 있었는데, 주차장의 출입은 자유로운 편이었다.

방으로 올라가려고 하는데 보니 엘리베이터가 없었다. 아까 그 아가씨가 리프트가 없다며 미안해했다. 짐꾼을 불러 주겠다고 했는데 됐다 하고 들고 올라갔다. 3층이라 다행이었다. 방은 깔끔했다. 여기도 역시 에어컨 따위는 없었다. 방에 세면대는 있는데 샤워나 화장실은 공용이었다. 3박에 우리 돈 8만 원가량이니 뭐.

저녁을 먹으러 나가려고 로비로 다시 내려오니 중국요리집이 있었다. 그나마 혹시나 중국어가 통하지 않을까 기대하며 들어갔는데, 종업원은 전부 동양인인데 안타깝게도 중국어가 전혀 안 됐다. 스마트 패드를 꺼내 영러 번역을 했다. 결국 요리 두 개, 펩시콜라 한 병, 밥 한 그릇을 시켰는데, 나오는 걸 보니 양이 너무 많아 반도 못 먹었다. 우리 돈으로 무려 20,000원가량이었는데, 좀 아까웠다. 반찬 하나 밥 두 개만 시키는 건데….

내일은 최소한 오전에는 쉬어야겠다. 밥을 먹고 올라오자마자 침대에 누웠더니 눈이 스르르 감겼다. 김밥 군은 수학 문제를 풀다가 고꾸라졌고, 나도 자다 깨어서 김밥을 두들겨 침대로 보내고 불을 끄고 잤다. 일기고 뭐고 쓸 기운이 없었다.

D+010, 울란우데 돌아보기

2015년 8월 12일, 수요일, 흐리고 가끔 비

아침에 일곱 시가 넘어 잠이 깼다. 잠이 깼어도 일어나기엔 몸이 너무 무거웠다. 어차피 오늘은 굳이 일찍 일어나야 하는 일정이 없었다. 여차하면 종일 호텔에서 뒹굴까 하는 생각도 들었다.

어제 하도 피곤해서 휴대폰이니 스마트폰이니 하나도 충전을 안 하고 잤는데, 혹시나 나가게 되면 문제가 생길까 봐 잠시 몸을 일으켜 충전을 시작해두고 다시 누웠다. 한 여덟 시까지는 자고 싶었다.

여덟 시쯤 되어 자리에서 일어나 세수를 하고 커피를 타 남은 빵을 뜯어 먹었다. 원래 아침은 커피와 베이글을 먹던 거라서 이렇게 먹는 것이 마음도 몸도 편하다. 여덟 시 반쯤 김밥 군도 깨워 남은 빵에 누텔라를 발라서 주스하고 먹게 했다.

먹을 건 먹었어도 오늘 오전에는 쉬기로 했다. 그래서 먹고 양치하고는 다시 자리에 누워 쉬었다.

열 시쯤 되어 어제 찍은 사진을 백업하고, 어제 일지를 쓰고, 어제 쓴 돈들을 정리했다. 어제는 주유를 두 번을 하고, 저녁을 너무 비싸게 먹은 듯하다. 보통 식사 한 끼가 1,000루블을 넘은 경우는 없었다. 음식값은 러시아가 싼 듯하다.

정리 후에 바이칼 호숫가에서 한 번 자보라는 친구의 권유에 예정에 없던 바이칼 호수 숙박을 하나 잡았다. 원래는 지나가면서 잠시 호수 변에서 놀다가 바로 이르쿠츠크로 가려 했는데, 생각해 보니 거기서 하루 자는 것도 좋을 듯했다. 이르쿠츠크의 볼 것은 대체로 시내 중심부에 모여 있어 멀리 갈 필요도 없는 것 같고 호수 변에서 이르쿠츠크까지 거리도 얼마 안 되어 도착 당일도 돌아볼 시간은 있어 보여서 그렇게 한 것이다.

카페 사모바르[1]

점심을 먹으러 나가 보았다. 호텔 앞에 어제 보아 둔 카페가 하나 있어서 그쪽으로 갔다. 지하로 내려가는 식당인데, 우리 앞에 남녀 한 쌍이 먼저 들어갔다. 보아하니 여기는 계산대에서 먹을 걸 주문하고 앉아 있으면 가져다주는 모양이었다. 옆에서 주문하는 것을 지켜보다가 우리 차례가 되었는데, 영어가 되냐고 물어보니 "a little"이라는 답이 돌아왔다. 그래서 메뉴에 쓰인 걸 이것저것 물어보았는데, 묻다 보니 점원 아가씨가(생긴 건 우리와 같다) 한국어를 조금 아는 것 같았다. 그래서 한국어를 어디서 배웠냐 하니 대학에서 조금 배웠다 한다. '불고기'라는 단어를 아는 정도였고, 내가 이게 뭐냐 질문하면 네이버 검색기를 돌려서 가르쳐 줄 수 있는 수준이었다. 하지만 그 정도로라도 의사소통이 되니 아주 좋았다. 성공적으로 보르쉬, 밥, 채소 반찬, 과일 주스 등을 주문해서 잘 먹었다.

보르쉬는 러시아에서 우리나라 사람들이 된장찌개처럼 자주 먹는 음식이라는데, 고기, 채소를 넣고 끓인 찌개와 같은 음식이다. 고기가 들어가서 고기국물 맛이 난다.

러시아 식당에서는 물을 기본으로 주지 않는다. 여기는 특이하게도 그냥 물인 줄 알고 사면 탄산이 들어간 물이 많았다. 물이 희귀한 것인지, 김밥

---

1 Самовар, 사모 바르; 끓는 물에 차를 만들기 위한 장치.

과 둘이 밥을 먹으며 물도 공짜로 주는 한국이 좋은 나라라 얘기를 했다.

레닌 광장

점심을 먹고 방에서 양치한 뒤 커피를 한 잔 마신 후 나가 보기로 했다. 벌써 두 시 정도 됐다. 멀리 가기엔 시간이 모자란 듯하여 시내만 돌아보기로 했다. 먼저 갈 곳은 레닌 광장인데, 여기는 세계 최대의 레닌 두상이 있다는 곳이다.

러시아의 도시마다 레닌 광장이 있고, 거기는 레닌의 상이 서 있다. 간간이 빗줄기가 떨어지는 와중에 1㎞ 정도를 걸어서 GPS 지도를 보며 찾아갔다.

과연 거대한 레닌의 두상이 광장을 보며 있었다. 그 앞에는 사진 찍는 사람들이 몇 명 있었다. 레닌 광장 주변에는 항상 큰 건물들이 많다. 아마도 일부는 공산당 관련 건물일 듯하다.

레닌 두상은 1971년에 그의 생일을 기념하여 만들어진 것으로 무게가 42톤, 높이가 7.7㎜에 이르는 거대한 놈이다.

레닌 두상 옆에 앉아서 김밥 군과 레닌에 대해 잠시 얘기했다. 레닌 광장을 몇 도시에서 보면서 김밥도 레닌이 어떤 사람인지는 대충 알게 됐다. 볼셰비키 혁명을 일으킨 장본인이며, 현대의 러시아를 만들어 낸 사람. 이론은 마르크스가 만들었고 그는 실천만 했으니 그는 죄가 없는 것인가.

브리얏트 박물관

레닌 광장에서 남쪽으로 방향을 잡고 한 500㎜를 가면 큰 박물관이 하나 있다. 여기 살던 브리얏트인들의 문화에 관한 박물관인데 생각보다 규모가 컸다. 러시아에는 러시아 정교만 있는 게 아니고, 소수 민족이 원래 믿던 종교인 불교에 관한 전시가 많았다.

다만, 1층에는 아마도 세계대전에서 브리얏트인들이 어떤 역할을 했었는지에 관한 전시가 있었다. 러시아는 과거 세계대전에서의 역할을 잊지 않기 위해 많은 노력을 하는 듯하다.

2층에 불교 문화 전시가 있는데, 특이한 것은 몽골어로 된 대장경판, 불교 서적 같은 것들이다. 몽골어는 세로로 글씨를 쓰는 것 같은데, 어떻게 보면 흘려 쓴 한글 같기도 하고 한자 같기도 하다.

결국 브리얏트족은 몽골인들인 것 같다. 모습은 우리와 같은 사람들이다. 거리에서 만난 우리와 같은 모습의 사람들이 전부 외국어를 하는 모습은 특이하다. 우리 부자가 걸어 다녀도 별로 특이하지 않은 것이 이 도시의 장점이다. 그들은 우리가 그냥 그 동네 사람인 것으로 알 듯하다.

도시 역사박물관

브리얏트 박물관에서 다시 남쪽으로 한 500m 가면 작은 박물관이 있는데 러시아 말이 익숙하지 않으니 무슨 내용인지 알지 못하고 들어가게 됐다.

입구에서는 백인 아주머니가 맞아 주었는데, 거기는 그녀의 딸인 듯해 보이는 7~8세 소녀가 글자공부를 하고 있었다. 여기가 박물관이 맞느냐고 영어로 그녀에게 물어보니 맞다 하여 들어갔고 입장료를 내고 둘러보려 하니 그녀가 직접 안내를 해 주었다.

내용은 이 도시가 러시아인 과학자들에 의해 1666년경에 건설됐다는 것을 핵심으로, 주로 도시를 건설한 그 사람들에 관한 내용이었다.

오디기트리에브스키(Odigitrievsky) 성당[2]

다시 거기서 1km 정도를 남으로 걸으면 찬란한 성당이 하나 나타난다. 크게 두 동의 건물이 있는데, 양파 모양의 지붕은 아니지만 하얀 외벽과

2　이 성당은 그리스어로 Hodegetria(러시아어 Одигитрия)로 알려진 성모 마리아(Theotokos)의 이콘(성모 마리아가 아기 예수를 안고, 그를 오른손으로 가리키는)을 봉헌한 성당인데, 1741년에 건설이 시작되어 1785년에 완성된 성당이다. 소련 시절, 1929년 9월 6일, 브리얏트 몽골 ASSR 중앙 집행위원회 상임위원회의 결정으로 성당은 폐쇄되어 창고로 전환되었고, 마지막 대성당의 수도원장이었던 가브릴 마크셰프(Gavriil Makushev)는 1930년에 처형됐다. 이후, 소련 시절에는 쭉 반종교 박물관으로 사용됐다는 이력이 있고, 소련의 붕괴 이후 재단장됐다고 한다.

푸른 지붕, 그 위의 황금빛 첨탑이 인상적인 성당이다. 이 성당이 있는 지역이 울란우데의 구시가 지역이라 오는 길에 보이는 집들이 예스럽다.

운 좋게도 성당에 도착한 시점에 안에서 미사가 진행되고 있었다. 뒤쪽에 앉아 정교회의 미사에 참여해 볼 수 있었다. 사람들은 앞쪽의 이콘을 보며 전부 서 있고, 어디선가 하늘에서 들리는 듯한 굉장히 빠른 속도의 낮은 음조의 목소리가 울려 퍼지고 있었다. 아마도 성경을 읽고 있거나 기도하는 듯한 목소리인데, 그 목소리가 교회의 건물 안에서 공명을 일으켜 들리는 목소리가 너무나 아름다웠다.

간혹 다른 목소리가 함께 들리면 그 두 목소리는 화음을 일으키고, 끝부분에서는 노래하는 듯이 마무리를 지었다. 한 쌍의 남녀는 앞에 나가 성직자 앞에 서서 차례대로 뭔가 기도를 받고 있었는데 어떤 일이 일어나는 건지는 알 수 없었으나, 돌아 나오는 그 모습들이 비장했다.

재미있는 건, 여기 들어와 미사에 참여한 사람들의 모습을 보면, 길에서 만난다면 괜히 피할 것만 같아 보이는 사람들도 있다는 사실이다. 머리를 빡빡 민 거대한 체구의 남자, 좀 남루해 보이는 옷을 입은 퀭한 눈의 깡마른 남자, 마피아가 연상되는 날카로운 눈매의 콧수염을 기른 백인 남자 등. 이런 남자들도 혼자서 미사에 참여하여 두 손을 모으고 서 있는 모습이 신기하다.

일본의 신사에 갔을 때도 혹시 야쿠자가 아닐까 싶은 거대한 체구의 남자들이 신사에서 신관 앞에서 기도를 드리고 있는 모습을 보는데, 그럴 때마다 사람들에게 종교적 심성을 일으킬 수 있다면 대부분의 사회 문제는 해결되지 않을까 싶기도 하다.

마지막에는 성직자가 향불을 들고 다니며 미사에 참여한 모든 사람에게 향 연기를 뿌려 주는 것으로 미사가 끝났다. 우리는 다시 밖으로 나와 성당의 주위를 돌아보고, 호텔로 방향을 잡아 걸었다.

카페 부라그

호텔로 돌아오는 길은 생각보다 멀었다. 올 때는 여러 군데를 찍고 와 별로 먼 것 같지 않더니, 가는 길은 멀었다. 시각이 저녁 러시아워라 길에는 차들이 매우 많았다. 길에 다니는 차들을 보면 일본차인 혼다나 토요타가 많다. 현대차는 아주 간혹 보이긴 한다. 그중에 투싼이 많고, 간혹 아반떼 같이 생긴 차가 보이는데 솔라리스(Solaris)라는 이름을 달고 있었다.

호텔에 도착하여 방에서 잠시 쉬다 밥을 먹으러 갔다. 점심을 먹은 식당으로 가려 했는데 문이 닫혔다. 낮에만 영업하는 것인지, 잠시 황망해 하다 근처에 문을 연 부라그(Bulag)라는 다른 식당을 갔다. 말이 안 통하면 어쩌나 하는 것이 문제였다. 들어가서 아줌마에게 영어가 되냐 물어보니 안 된다 했고, 좀 젊은 아가씨를 대신 불러 주었는데 그녀도 영어는 안됐지만 잽싸게 영어메뉴가 있는 메뉴를 보여 주었다.

다행스럽게도 영어 메뉴를 보니 주문을 명확히 할 수 있었다. 낮에 먹은 보르쉬 대신 수프 중에 다른 것을 하나 시키고, 밥 두 개, 오이와 토마토, 과일 음료 두 종류, 빵 네 조각을 시켰다.

만들어져 나온 음식들은 전부 내 예상대로였는데, 오이와 토마토에 소금을 뿌려 주는 것이 특이했다. 특이하게 오이와 토마토는 주는 양이 매우 적다. 생각해 보면 점심때 먹은 채소 반찬도 가격이 꽤 비쌌던 것 같은데, 러시아는 채소가 대체로 비싼 듯하다.

오늘의 일정은 다 끝났다. 방에 올라와 방 양과 스카이프 통화를 하고, 잠시 일지를 적다가 피곤해져서 잠자리에 들기로 했다. 김밥 군은 나름대로 사진도 정리하고 혼자 좀 더 놀았던 것 같다.

D+011, 울란우데 둘째 날

2015년 8월 13일, 목요일, 흐림

내 차 타고 세계여행 _ 러시아 횡단 편

일곱 시쯤에 눈을 뜬 듯하다. 이젠 새벽에 깨는 일이 거의 없고 아침에 잠을 더 자고 싶은 상태가 되고 있다. 오늘은 일찍 나가기로 했건만, 더 자고 싶어서 좀 더 누워 있었다. 결국 여덟 시쯤이 되어 자리에서 일어나 커피를 타서 빵하고 먹었다. 김밥 군은 여덟 시 반까지 더 잔 듯하다.

어제 일지를 안 쓰고 자서 아침에 일어나 일지를 썼다. 와이파이가 잘 되는 편이지만 사진 한 장이 올라가는 데 5초가량 걸리는 속도다. 이전 블라디보스토크 겜추지나 호텔에 비하면 엄청 안정적이긴 하지만, 집에서 100Mbps에서 쓰던 것과는 천지 차이다. 사진만 다 올리고 가겠다고 하다 보니 아홉 시 반이 넘었다. 간신히 마무리하고 채비를 챙겨 차로 갔다.

차는 별 이상 없었다. 내비게이션을 맞추고 출발을 했다. 오늘 갈 거리는 30㎞ 정도라 크게 부담은 없었다. 다만 내비게이션 반응이 좀 느렸다. 시내에서 차는 이미 회전했는데 내비게이션은 회전하지 않아 헷갈릴 때가 많다.

이 호텔이 역 뒤쪽이라 철길을 가로지르는 것이 항상 불편하다. 철길을 가로지르는 길목은 한군데밖에 없는 듯한데, 그쪽으로 내려가다 보니 도로 공사로 길이 완전히 막혀 있었다. 예고도 없이 길을 완전히 막아버리니 난감했다.

어쩔 수 없이 완전히 유턴해서 반대로 올라갔다. 올라가서 좌회전해서 다시 좌회전하는 경로인가 본데, 여기는 앞이 파란불이면 적당히 좌회전하면 되긴 되지만 그래도 좌회전은 항상 불편하기 마련이다. 운전해서 좌회전을 한 번 했는데, 가다 보니 차 서류를 안 들고 온 것이 생각났다. 혹시나 경찰에 검문을 당하면 등록서류, 세관 서류를 보여줘야 해서 어쩔 수 없이 길에서 유턴해서 다시 호텔로 갔다.

서류를 가방에 넣고 다시 호텔을 나왔다. 내비게이션이 가라는 곳으로 가면 안 됐고, 좀 전에 왔던 길로 가야 했다. 그 방향을 잡은 다음은 시키는 대로 달렸다.

어제 들어왔던 길로 나가고 있었다. 한참을 나가서 시내를 벗어나니 시원한 초원지대가 펼쳐졌다. 시내에서 조금만 벗어나니 이내 길에 마음대로 걸어 다니는 소들이 보였다.

한 삼십 킬로미터를 시원하게 달려, 이보르긴스크(Ivolginsk) 쪽으로 우회전하여 들어갔다. 가다 보니 멀리 불교 사원으로 보이는 건물들이 나타났고, 그 앞에 주차장이 있었다.

이보르긴스크 다산 사원

여기는 라마교의 사원이다. 놀랍게도 이 절은 1945년에 지어졌지만, 가보면 수백 년은 되어 보인다. 중국의 건물은 짓자마자 수십 년은 되어 보인다는데, 여기 절이 그런 격이다. 그래도 여기는 러시아에서 라마교의 총본산이라 할 수 있는 곳으로, 러시아 지역 라마교의 수장이 계신 곳이다.

입구에 표 파는 데가 있긴 한데, 거기서 표를 안 사도 안으로 들어갈 수 있다. 하여간, 이 표를 샀으면 하나를 더 보고, 안 사면 하나를 곁에서만 보는 걸 나중에 알았다. 수많은 건물 중에 하나의 건물이 아마 라마교의 수장께서 계신 건물이 아닌가 싶다.

우리 앞에 들어간 덩치 큰 백인들을 따라 들어가자마자 왼쪽으로 꺾었다. 왜 꺾었는지는 모르지만 따라 꺾어 들어가니 그쪽은 이 절에서 가장 후미진 곳이었다. 들어가면 라마교의 마니차들이 있어서 돌려 볼 수 있는데, 중국에서도 많이 보던 거라 직접 돌려 보진 않고 앞에 가는 백인들이 돌리는 걸 열심히 촬영만 했다.

희한하게도 여기 절은 우리나라나 일본의 절과는 사뭇 분위기가 다르다. 절 마당은 황폐한 느낌이고, 건물과 건물 사이에는 잡초들이 무성하다. 승려들은 불법만 공부하지 마당의 잡풀 따위에는 전혀 신경을 쓰지 않는 듯하다. 잡초와 쓰러져가는 승방들 사이를 크게 디귿 형태로 걸어 올라가면 절의 중심부가 나타난다.

건물에 대한 설명은 모조리 러시아어 또는 티베트 말 같은 것으로만 적혀 있어 도대체 무슨 건물인지 알 수 없다. 건물이 크면 중요한 데인가 보다 한다.

홍미로운 건 일본이나 우리나라나 중국이나 절에 가서 뭔가 승려들이 뭘 하는 걸 구경하기는 힘든데 여기는 어제의 정교회처럼 행사하는 광경을 직접 볼 수 있다는 것이었다. 불당과 같은 곳에 들어가니 티베트 승려들이 입는 적색 장삼을 입은 승려들이 모여 앉아 염불하고 있었다. 다들 체구가 건장했다. 정교회의 성직자들도 다들 체구가 좋은데, 여기 승려들도 다들 체구가 튼실했다. 채식만 했는데 어떻게 저렇게 튼실한지 신기하기까지 하다. 그들 주위의 관광객인지 신도들이 앉아서 전부 심각한 표정으로 보고 있었다. 나 같은 어중이 관광객이 돌아다닐 곳이 아닐 것 같은 분위기다.

어중이 관광객은 슬슬 걸어 그들을 중심에 두고 한 바퀴 돌았다. 불당에 있는 불상들도 우리나라 불상에 비하면 날렵하게 생겼다. 인자하고 근엄함과는 다소 거리가 있어 보이는 표정들이다. 일부는 머리에 모자도 쓰고 있고, 일부는 채색도 되어 있다. 장엄한 황금색이 아니다.

스님들의 염불은 염불 그 자체. 어제 성당의 음성이 천상의 소리라면, 이 소리는 지하의 소리랄까. 초저주파의 음으로, 저음용 스피커가 바쁠 소리다. 박자 맞춰 쳐 주는 북소리가 장단이 척척 맞다.

그런 건물이 두 개쯤인가 있었고 몇 건물에는 승려 혼자서 독경을 하는 곳이 있었다. 간혹 카메라를 사용하면 안 된다는 방이 있었는데 들어가면 손짓을 해 주었다. 시계방향으로 돌아야 하는 모양이었다. 반시계방향으로 돌라치면 손짓을 했다. 매우 엄격한 곳이다.

그중에 가장 높고 화려해 보이는 건물이 있었는데, 표를 가진 사람만 들어갈 수 있었다. 그 표를 어디서 파는지 알 수 없어 들어가지 못했는데, 우리 앞에 가던 백인들도 못 들어갔다. 아마도 사후에 자연적으로 미라 형태로 보존되어버렸다는 Dashi-Dorzho Itigilov(1852~1927년)의 진신이 있는 곳이 아닌가 생각된다.

가다 보면 앞에 돌이 있고 그 뒤에 사람들이 줄을 서 있다. 뭘 하는 것인가 보면 멀리서 눈을 감고 와서 그 돌을 만진다. 무슨 행운이 온다는 돌인지 전부 눈을 감고 팔을 뻗은 채 걸어오다가 앞에 있는 돌을 만지려 한다.

한참 틀어지면 뒤에 서 있던 사람들이 방향을 잡아주는데, 쉽지는 않아 보였다.

우리는 입구로 걸어 나오면서 혹시 아까 표 파는 데가 있는가 싶어 한참 찾아보았으나 표를 어디서 파는지는 알 수 없었다. 표 파는 곳 같은 데가 있었으나 표 파는 사람은 없었다. 시각이 열 두 시가 가까워 왔고 남은 한 곳도 굉장히 넓은 곳이라고 해서 다음 장소로 이동하기로 하고 일단 차에서 식빵과 음료수로 점심을 먹었다.

이보르긴스크 다산 사원. 러시아는 다민족 국가로, 울란우데는 브리아트 민족이 주를 이루고, 그들의 종교는 불교의 일종인 라마교이다.

민속박물관(Ethnographic museum)

오늘의 두 번째 일정은 민속박물관이다. 민속박물관은 호텔에서 북쪽으로 10㎞쯤 가면 있는 곳이다. 그래서 절에서 다시 시내로 운전해 간 다음 그쪽으로 가야 했다. 그쪽으로 가는 것은 역시 생각만큼 쉽지 않았다. 한 번 내비게이션이 지시한 대로 못 가 한참 더 내려가다, 처음 올 때처럼 유턴하여 방향을 잡아 올라갔다.

내비게이션에 찍어 둔 목적지는 정확히 주차장이었다. 차를 주차하고 표를 사러 갔는데, 김밥의 표가 어른 표와 같은 값이었다. 더 싼 것이 있는 것 같았지만 그냥 그렇게 주는 대로 받았다.

생각보다 전시 내용이 실망스러웠다. 돌무더기를 모아두고 무덤이라느니 암각화라느니 했지만 암각화는 울산의 반구대 암각화만큼이나 잘 보이지 않았다. 생각보다 빨리 끝나버리겠다 생각하며 멀리 보이는 교회 건물 쪽으로 걸어가고 있었다.

중요한 것은 교회 건물 부근에서부터 나오고 있었다. 이후에 무려 40개 이상의 시베리아인들의 통나무집들이 전시되어 있는데, 그것들의 일부는 내부에 들어가 볼 수 있게 되어 있었다. 그래서 보는 데 시간이 오래 걸린다. 거의 세 시간 이상을 이 집, 저 집을 들어갔다 나왔다 한 후에 마지막으로 쌍봉낙타, 야크, 호랑이들이 전시된 동물원을 돌아보고 나왔다.

다행스럽게도 오후 세 시 정도에 일정을 마치고 호텔로 가는 길에 올랐다. 내일은 또 한 삼백 킬로미터를 가야 하고 해서 일찍 호텔에 가서 좀 쉬고도 싶었다.

저녁 먹기

저녁은 어제 갔던 부라그 카페에 가서 어제와는 조금 다른 메뉴를 시켜보았다. 수프에 어제는 보리 쌀밥이 들어 있었는데, 오늘은 면이 있었다. 나머지는 거의 같은데 아마도 보리쌀이냐 면이냐로 변화를 주는 듯하다. 샐러드도 양배추까지 들어간 것으로 시켜 보았다. 어제처럼 소금을 뿌려 주지는 않았으나 신선한 채소를 먹으니 좋았다.

오늘의 일정은 여기까지다. 차로 왔다 갔다 한 거리는 오늘도 100㎞ 정도는 되었고, 민속박물관에서 걸어 다닌 거리도 좀 되는 듯하다. 내일은 바이칼 호숫가에 숙박을 잡았다. 가서 유유자적하게 될 듯하다.

슬류단카의 숙소 앞에는 바이칼 호수가 펼쳐져 있었고, 뒤쪽으로는 시베리아 횡단철도가
지나가고 있었다.

Slyudanka

슬류단카

시베리아 횡단철도가 바로 옆으로 지나가는, 기차길 옆의 숙소에서 하룻밤을 보냈다. 바로 앞에는 바이칼 호가 마치 바다와도 같은 위용으로 넘실거리고 있었다. 숙소의 거대한 시베리아 개는 가끔 우리를 보고 으르렁거렸다.

D+012, 슬류단카 가는 길

2015년 8월 14일, 금요일, 맑음

느지막이 여덟 시쯤 일어난 듯하다. 오늘 갈 거리는 340㎞ 정도로 이전의 주행거리에 비해 상대적으로 매우 가깝기 때문이다. 이제 이 정도의 거리는 인근인 것처럼 느껴지는 지경이 됐다.

아침에 일어나 커피와 빵을 먹고 어제 덜 쓴 일지를 마저 썼다. 사진이 많아지니 이제 사이트별로 나누기로 했다. 사진은 기록의 의미로 걸어 다니며 계속 찍어대니 구도 같은 건 신경 쓸 수 없고, 다만 나중에 내가 어떤 경로로 걸었는지 기억해 내는 데 도움이 될 것이다.

일지를 다 올린 후에 가방을 챙겨 체크아웃하러 나갔다. 들어올 때 있던 직원은 없었고 후덕해 보이는 아주머니가 있는데 의사소통이 잘 안 됐다. 계산서를 받는 데 시간이 좀 걸렸지만 무사히 체크아웃했다.

주차장으로 가서 차를 빼서 내비게이션에 목적지를 세팅한 다음 출발했다. 어제의 공사장이 오늘은 열렸기를 기대하며 주행을 해 갔는데 오늘도 역시 막혀 있었다. 어쩔 수 없이 또 유턴해서 반대로 가다 내비게이션이 가르쳐 주는 옆길로 들어갔다. 비포장이지만 처음 호텔로 올 때도 이런 길로 왔었던 것이라 비슷한 곳으로 가니 차가 갈 수 있는 길이 나왔다.

울란우데를 벗어나는 것은 어렵지 않았다. 가끔 경찰이 서 있는 것을 보는데, 한참 내 차를 뚫어지게 쳐다본다. 번호판이 이상하니 그럴 것이다. 다행히 나를 불러 세우진 않았다. 아직도 길가에 사람이 서 있거나 차가 서 있으면 긴장이 되고 경찰이 이미 다른 차를 잡고 있으면 안도가 된다.

『모터사이클 세계일주』에도 앞에서 오는 반대편 차선에서 전조등으로 신호해준다는 말이 있는데, 실제로 그런 일이 있었다. 다만 여기는 모든 차가 전조등을 켜고 다녀야 해서 차가 노면 때문에 요동을 칠 때 마치 전조등을 비춰 주는 것 같은 효과가 생기는 것이 헷갈리게 한다. 그런 것을 보면 속도를 떨어뜨리는데 아닌 경우가 좀 있다. 오늘은 앞차가 확실히 전조등을 비춰 준 것을 보고 앞차가 하는 대로 속력을 떨어뜨려 천천히 가니 앞에 반대편 차선 쪽에 경찰이 서 있는 것이 보였다. 내 차는 주간조명등이 있어 굳이 전조등을 켜지 않아도 되지만 경찰이 있을 것 같을 땐 굳이 전조등을 켜 주기도 했다.

트로이치코예(Troitskoye) 교회[1]

울란우데에서 빠져 나와서 바이칼 호수 쪽으로 방향을 크게 틀어서 달리기 시작하다 보면 정교회가 몇 개 나타났는데, 그중에 가장 찬란하게 빛나던, 커 보이던 한 곳을 들어가 보기로 했다. 내 차로 다니니 내가 들어가 보고 싶으면 들어가 볼 수 있는 것이 장점이다.

여기는 트로이치코예라는 지명을 하고 있는데, 교회 앞은 길이 무척이나 넓었다. 러시아 시골 동네가 다 그런 거 같긴 한데, 여기도 마찬가지다. 교회의 크기가 마을의 크기에 비하여 과도하게 커 보인다. 허허벌판 같은 길 앞에 차를 적당히 대고, 건물 안으로 들어가 보았다. 처음에는 입구가 어

---

1 엄밀히 말하면 여기도 수도원이다. 정확한 이름은 Holy Trinity Selenge male Monastier. GPS: 52.119116, 107.177325

딘지 몰라 차로 뒤쪽으로 갔는데 막다른 길이 어서 한 번 밖으로 다시 나왔다. 입구가 공사 중이어서 다른 입구가 있나 생각했다. 공사 중인 입구 밑으로 해서 들어가면 교회의 건물이 보인다.

입구에서부터 공사가 한창이었다. 벌써 손질을 한 부분은 깔끔하고, 그렇지 않은 부분은 폐허 같았다. 본관 쪽은 손을 많이 본 듯하고 내부는 미리 공사가 된 듯한데 안을 들어가 볼 수는 없었지만 입구에 걸려 있는 화분들이 어느 정도 관리가 되고 있는지 알 수 있게 해 주었다.

정교회를 들어갈 때마다 생각하는 것은, 이 사람들이 소련 시절에는 어떻게 종교를 박해하는 데 동의하고 살아왔나 하는 것이다. 종교는 자생적이고 밟아도 밟아도 일어나게 되어 있는 것인데 어쩌면 그렇게 박멸하다시피 할 수 있었는지 신기할 따름이다. 황금빛 지붕을 보면서, 저런 걸 만들지 않으면 배고픈 민중에게 빵 한 조각을 더 줄 수도 있을 거라는 생각을 하는 사람도 있을 것이다. 하지만, 사람에게는 배부른 돼지가 전부는 아닌 것이다.

바이칼 호수

호텔에서 좀 달리면 바이칼 호수가 금방 나올 것 같더니 거리가 가깝다고 속력을 거의 안 내고 60~90㎞/h 정도로만 달렸더니 정오가 넘어도 호수가 나타나지 않았다. 점심도 먹어야 하는데 될 수 있는 대로 호숫가에서 쉬면서 먹으려고 하다 보니 한참을 갔다. 마침내 오후 한 시쯤에 바이칼 호수가 나타나기 시작해서 가장 먼저 호숫가로 갈 수 있는 지점에서 차를 꺾어 바이칼 호숫가로 갔다.

마침 차를 주차할 만한 곳이 있어 차를 대고, 빵과 커피, 주스를 챙겨 호숫가로 걸어갔다. 호숫가에는 저 멀리 일가족으로 보이는 사람들이 옷을 벗고 물속에 들어가 놀고 있었다. 호수는 일견 보기에 바다와 다르지 않았다. 호숫가에는 돌들이 많이 깔린 것이 마치 울산 몽돌해변과 비슷해 보였다. 파도도 치고 물새도 날아다녔는데 조금 다르다면 바닷가에서 많이 보이는 해변 곤충이나 게 따위의 생명체는 거의 보이지 않는 것이었다.

빵과 커피를 마신 뒤 양말을 벗고 물속으로 발을 담가 보았다. 발이 매우 시렸다. 저쪽에 물속에 몸을 담근 사람들이 신기하게 느껴질 정도로 발이 시렸다. 김밥 군은 발을 담글 엄두도 내지 않았다.

그렇게 삼십여 분 바이칼 호숫가에서 쉬다가 다시 오늘의 숙소로 향했다. 거기서 180㎞ 정도는 더 가야 숙소였다.

Coastal Inn

여기는 부킹닷컴을 통해 예약한 숙소인데, 하룻밤 1,400루블이었다. 무료 주차장(마당)이 제공되는 곳으로 하루 호숫가에서 유유자적하기에 좋은 곳이었다. 근처까지 가는 것은 별 문제가 없었는데 내비게이션에 찍어 놓은 지점까지 왔는데 문이 닫혀 있었다. 간판이 영어가 아니라 여기가 거기인지 몰라 한참 동안 헤맸다. 지도상의 지점은 너무나 확실하였기에 차에서 내려 큰 문 옆의 작은 문을 열어 보았다. 문이 열려서 안으로 들어가 보았다.

잠시 후에 주인으로 보이는 아주머니가 나왔는데, 영어가 하나도 안 됐지만 내가 예약한 손님이라는 것을 아는 듯했다. 차가 있다고 말을 해 주니 큰 문을 열어 주어 차를 마당에 주차했다.

스마트 패드로 예약확인증을 보여 주고 여권을 주며 절차를 밟았다. 아주머니도 뭔가 번역기를 써서 영어로 비용 1,400루블을 알려 주어 돈을 냈고 방을 안내받았다. 방은 내부가 깔끔하게 나무로 마감된 방으로, 침대에 앉으면 바이칼 호수가 보였다. 방 앞의 풀과 꽃들이 아름답게 단장이 되어 있고 마당에서 나무 계단을 내려가면 바로 앞이 바이칼 호수였다. 마당에는 그네 의자가 매달려 있어 김밥 군은 그네 의자 위에서 놀았다.

호숫가에 내려가서 이리저리 다니며 사진도 찍고 한가한 한때를 보내고 있다 보니 바로 뒤가 시베리아 횡단철도였다. 기차가 생각보다 아주 많이 다녔다. 상행선과 하행선이 있는데 끊임없이 화물 열차들이 왔다 갔다 했다. 기차가 한 번 지나갈 때마다 땅이 요동을 칠 정도였는데, 방에 가서 침대에 앉아 벽에 머리를 대고 있으면 머리가 울릴 정도였다. 호수가 운치는 있는데 여기는 완전히 '기차길 옆 오막살이'였던 것이다. 과연 밤에 잠을 잘 수 있을지 걱정이었다.

오후 다섯 시가 넘어가자 배가 고파졌다. 오늘은 여기서 밥을 해 먹기로 해서 밥을 했다. 김밥 군은 그네에서 놀고, 나는 밥을 하느라 바빴다. 언제쯤 김밥 군이 철이 들어 밥하는 걸 도울까. 필요한 것들을 찾으러 차로 왔다 갔다 몇 번을 하고 나니 배가 더 고파졌다. 밥을 하고 통조림 두 개를 꺼냈다. 김밥 군은 한국 소년답게 된장에 밥을 비벼 먹겠다고 했다. 나는 고추냉이를 꺼내 통조림을 찍어 먹어 볼 궁리를 했고, 그렇게 저녁을 먹었다. 참치 통조림같이 생겨서 샀던 캔 하나는 너무 맛이 없어 거의 먹지 못하고 버렸다. 아깝다.

저녁을 먹고 설거지를 한 후에 다시 마당을 산책하는데, 이 집에 사는 검은 개 한 마리가 쫓아다니며 으르렁댔다. 처음에는 겁을 먹더니 점점 사나워지려고 하고 있었는데, 마침 주인이 나타나 목줄을 매어버렸다. 불쌍한 놈. 계속 돌아다녔으면 밤에 화장실 갈 때도 공포에 떨었을 듯하다.

김밥 군은 설거지하러 갔다가 욕실의 문을 못 열어 한참 안에 갇혀 있었다고 한다. 처음에 나도 문을 열 수가 없었는데, 아줌마한테 여쭈어 간신히 열었다. 러시아 문은 대체로 당겨야 열리는 형식인데, 여기는 들어갈 때 밀고 나올 때 당겨야 하는 듯하다.

저녁을 먹고 다음 숙소를 알아보고 있었다. 내일은 이르쿠츠크에서 2박을 할 것이었다. 다음 숙박을 정하려고 보니 다음 도시인 크라스노야르스크까지는 거리가 1,000㎞가 넘었다. 이걸 어떻게 해야 하나 고민을 하고 있는데, 김밥 군이 와이파이 비번을 알려달라고 했다. 메가폰 3G 데이터가 얼마나 남았는지 알 수 없었지만 일단 그냥 알려 주었다. 그런데 아니나 다를까 좀 있으니 데이터 연결이 안 되는 것이었다. 데이터를 다 써버렸나 생각이 들어서 호텔 예약은 어떡하나 하다가 여러 가지가 복잡해져서 그냥

1,000㎞를 가기로 했다. 스마트 패드로 크라스노야르스크에 숙박을 잡아 버렸다. 스마트 패드로는 아주 느리지만 데이터 연결이 되긴 됐다. 아마 유리가 말한 데이터를 다 써버리면 느려진다는 그 현상인 듯했다. 결론적으로 이르쿠츠크에서 이틀을 자고는 1,000㎞를 달려 크라스노야르스크로 가게 됐다.

밤이 되니 쌀쌀했다. 방 안에 히터 같은 게 있었는데, 켜니까 좀 있으니 방이 후끈후끈했다. 김밥 군도 쓰러져 자려 하고, 나도 인터넷도 잘 안되고 하여 자야겠다 싶었다. 그때쯤 되자 이젠 더워서 겉옷을 다 벗고 자야 할 지경이 됐다. 새벽이 되면 추울 테니 그냥 자야지 하고 누웠는데 너무 더워서 하는 수 없이 히터 전원을 뽑고 방문을 조금 열어 시원하게 한 다음에야 잠을 잘 수 있었다.

블라디미르 왕자 교회. 이르쿠츠크에는 도시 곳곳에 아름다운 교회들이 산재하고 있다.

Irkutsk

일부에선 이르쿠츠크를 알혼섬에 가기 위한 전초기지쯤으로만 여기는 듯하지만, 이르쿠츠크는 러시아 제국 말 데카브리스트[1]의 유형지로, 시베리아의 파리라 불리는 문화도시로서 그 자체만으로도 돌아볼 가치는 충분하다.

D+013, 이르쿠츠크 첫째 날

2015년 8월 15일, 토요일, 맑음

어제 달린 거리가 얼마 되지 않았는데도 이제는 아침에 눈 뜨기가 힘들어졌다. 다행히 오늘 갈 길이 멀지 않아서 그냥 누워 있었다.

여덟 시쯤에 자리에서 일어나 커피와 포도로 아침을 먹었다. 어제 오면서 빵을 다 먹어버려 먹을 게 포도밖에 없었던 것이다. 김밥 군도 한 삼십 분 후에 일어나 세수하고 포도로 아침을 때웠다.

오늘 갈 거리는 100㎞ 정도이고, 숙소는 적어도 오후 두 시는 되어야 체크인이 될 테니, 미리 가 봐야 체크인도 못 할 듯하여 천천히 출발하기로 했다. 들어가는 길에 숙소에서 멀리 떨어진 지역을 한 번 돌고 체크인을 하고, 이후에도 시간이 있으면 좀 더 돌아봐야겠다고 생각했다.

열 시쯤에 아주머니께 인사하고 출발을 했다. 어제부터 갈 길이 멀지 않아서 천천히 운전해서 그런지는 모르지만, 길에 속도를 내기가 힘들게 느

---

1 Decembrist. 제정 러시아를 전복시키고 입헌군주제의 실현을 목표로 한 청년 장교들의 비밀결사 조직으로, 12월(데카브, декабрь, December)에 난을 일으켜 데카브리스트로 불린다.

껴졌다. 길이 커브와 오르막길이 많았다.

출발하자마자 주유를 한 번 하고 길을 가는데 이 부근에서부터 반갑게도 한국차가 많이 보였다. 물론 제일 많은 건 일본차지만 이전과 비교하면 기아 스포티지나 투싼, 아반떼 같은 차들이 확연히 많이 보였다.

이르쿠츠크에 가까워지자 차의 속력이 아주 느려졌다. 도시가 꽤 큰가 보다 하는 생각이 들었다. 처음 목적지를 즈나멘스키(Znamensky) 수도원으로 잡았는데, 목적지를 한 10㎞ 앞둔 지점부터 속도는 60㎞/h이었다. 그러다, 아예 5㎞ 전방에서는 차들이 줄지어 가고 있었다.

그러다 로터리를 하나 돌아서 앙가라강변을 달리다 보니 멋진 성당 건물이 보였고, 그 앞 도로에 주차해 둔 차가 보여 나도 거기 주차를 했다.

보고예브레니야(Bogoyavlensky) 대성당[2]

대로변에 앙가라강을 보며 서 있는 화려한 교회가 있었다. 겉에서 봐도 보기에 범상치 않은 교회이고 안을 들어가 보면 화려한 채색 프레스코 등으로 눈이 휘둥그레진다. 성당 안에서 사진을 촬영할 수 없는 건가 주위를 둘러보니 외국인인 듯한 남자 둘이 심각하게 토론을 하다 사진을 찍고 있어 나도 사진을 찍었다. 그리스 등에서 오래된 비잔틴 교회들을 돌아보았지만 많은 수가 잔해들이어서 교회가 이전에 어떤 모습인지 상상하기가 쉽지 않았다. 여기서 완전한 모습의 교회가 어떤 것인지 명확하게 알 수 있었다.

건물 내에는 이콘들 앞에서 두 손을 모으고 있는 신심 가득한 사람들이 있어, 함부로 카메라를 들이대기가 미안해진다. 이런 곳은 관광객보다는 신심 가득한 신도들이 더 많은 곳이다.

---

2 이 대성당은 이르쿠츠크 교구의 주 교회로, 1718년에 만들어졌고, 대지진과 1879년의 대화재를 이겨냈다고 한다. 하지만, 역시 소련 시절에는 파괴를 면치 못했고, 현재 남아있는 것은 18년간의 복구의 결과.

내 차 타고 세계여행_러시아 횡단 편

구원자 교회(Church of Our Savior)[3]

앞의 교회에서 길을 건너면 광장이 하나 있고, 그 광장의 중앙 부분에는 꺼지지 않는 불꽃이 타오르고 있다. 구글 지도에는 '레닌 훈장 기념물'이란 명칭이 붙여져 있는데 여기가 정확히 어떤 곳인지는 알 수가 없지만 아이들을 데리고 온 가족들이 그 앞에서 아이들에게 설명해 주는 듯 의미가 심장한 곳임에 틀림이 없었다. 러시아의 도시 어디에나 보이는 전쟁기념물이 아닌가 싶다.

그 한쪽에 또 다른 교회가 하나 있어 들어가 보았다. 이 교회는 이전의 것에 비해 화려하지는 않았으나 역시 신심 가득한 사람들이 여기저기 이콘을 보고 서서 두 손을 모아 기도하고 있었다. 이콘벽의 왕의 문 우측에는 구원자 예수그리스도의 이콘이 있어, 교회의 이름을 유추할 수 있다.

폴란드 로마 가톨릭 교회

다시 길을 하나 건너면 우리나라에서 보는 교회 건물 같은 것이 하나 있다. 여기는 들어가 볼 수는 없었는데, 현재는 교회라기보다는 음악당 같은 것으로 쓰이고 있는 듯했다. 러시아인으로 보이는 여자분 둘도 안내에 뭔가를 물어보더니 들어가 보지 못하여 아쉬운 듯 발걸음을 돌렸다.

앙가라강

발걸음을 돌려 차를 주차한 곳으로 걸어갔다. 길 건너에 바이칼 호수에 물을 대는 앙가라강이 유유히 흐르고 있었다. 강은 꽤 폭이 넓은 편이었다. 강가에는 한가로이 낚시하는 할아버지, 결혼 후 사진을 찍는 행복해 보이는 신혼부부들이 있었다. 한쪽에는 큰 배낭을 멘 여행자가 혼자서 강을

---

3 건물은 1706년에 건축되어 1710년에 봉헌됐다고 한다. 희게 칠한 석조의 종탑은, 꼭대기에 녹색의 돔과, 뾰족한 첨부가 있고, 꼭대기에는 황금빛 십자가가 있었다. 최초의 이르쿠츠크 요새가 있던 곳에 세워진, 시베리아 바로크 양식의 건물로, 13년에 걸친 복원 끝에 2006년에야 신자들이 사용할 수 있게 됐다고 한다.

내려다보고 있었고, 흰 수염을 늘어뜨리고 빵모자를 쓴 할아버지는 강에
긴 낚싯대를 드리우고 있었다.

강가에는 동상이 하나 서서 시가지를 바라보고 있는데, 아마도 이르쿠츠
크의 건설과 관계된 사람인 듯하다. 이 큰 강의 아래쪽에는 수력발전소가
있다고 한다.

즈나멘스키(Znamensky) 수도원

다시 차를 달려 1.5㎞ 정도 떨어진 수도원 쪽으로 갔다. 가는 길도 로터
리를 하나 지나야 했고 차가 많았는데 신호는 없는 곳도 있어서 쉽진 않았
다. 적당히 수도원 근처에 주차하고 수도원으로 걸어갔다.

수도원의 입구를 찾는 것이 이번에도 쉽지 않았다. 이상하게 자꾸 뒤쪽
으로 먼저 가게 되었다. 건물을 한 바퀴 돌고 나서야 입구로 들어갈 수 있
었다.

앞에는 또 동상이 하나 서 있는데, 러시아 혁명 당시 볼셰비키의 적군
에 맞섰던 백군의 총사령관 콜차크(Kolchak) 제독(1874.11.16.-1920.2.7.)이라
한다.[4]

입구를 들어가면 수도원답게 조용하다. 앞서가는 두 명의 아주머니를
따라 걸어가니 화단에는 머리에 보자기[5]를 쓰고 꽃을 손질하는 아주머니
가 부지런히 손을 놀리고 있었다. 잠시 거기서 숨을 고르다가 다시 아주머
니들을 따라 수도원 안으로 들어갔다. 여기는 시베리아에 만들어진 최초
의 여자 수도원이라 그런지 일하는 분이나 돌아보는 사람들 중에 여자 분
들이 많았다.

---

4   그는 1920년 2월 7일 적군에 체포되었고, 처형되어 앙가라강에 미리 파놓은 구멍 속으로 던져졌다고
    한다. 그의 동상은 2002년에 상트페테르부르크에 세워졌고, 여기 이르쿠츠에는 2004년에 세워졌다
    고 한다. 동상이 세워질 때는 이전 공산당 관계자들의 반대가 심했다고 하고, 동상이 세워진 곳이 그가
    처형된 곳이라 한다.
5   러시아에서는 머리에 보자기를 쓴 여인들을 많이 만나게 되는데, 종교적인 이유가 있는 것 같다. 수도
    원이나 성당의 안에서 일하시는 분들도 전부 머리에 보자기를 쓰고 있다.

내 차 타고 세계여행_러시아 횡단 편

여기도 어마어마한 프레스코화들이 벽면을 장식하고 있었고, 많은 사람이 두 손을 모은 채 이콘화들을 바라보고 있었다. 그중에는 이콘화에 일일이 입을 맞추는 사람도 있었다. 모든 사람이 입을 맞춘다면 어쩌면 시간이 지나면 표시가 날 수도 있겠다는 쓸데없는 생각도 들었다.

여기는 나 같은 외국인 관광객은 없는지 아무도 안에서 사진을 찍지 않아 나도 활발하게 사진을 찍을 수는 없었다. 들어올 때 특별히 사진 금지 표지는 없었지만, 차마 경박하게 사진을 찍어대기에는 내부 분위기가 너무 엄숙했다.

건물 밖으로 나오니 단체 관광객들이 와 있는 건지, 사람들이 매우 많았다. 우리는 조용히 수도원을 한 바퀴 돌아보았는데, 군데군데 무덤이 있고, 그 무덤의 주인이 누구인지 아는 사람들은 심각하게 무덤 주위에서 애도하고 있었다.

점심 먹기

Triposo에서 인근에 교회가 두 개가 더 있다고 해서 차를 그대로 두고 좀 더 걸었다. 그런데 교회는 없었고 시간은 한 시가 넘은 상태라 점심을 먹어야 했다. 어디 먹을 데가 있나 걷다가 보니 큰 마트 같은 곳이 있어 잠시 들어가 보았다. 하지만 벽지 등 인테리어와 관련된 것을 파는 거대한 몰이었다. 음식을 먹을 만한 곳은 없어서 그냥 나와 인근에 있는 다른 교회 쪽으로 걸어가는데, 세차장 인근에 식당 표지가 있었다. 근데 들어가려고 하자 식당이 잘 안 보였다. 이리저리 왔다 갔다 하니 세차장 직원이 나에게 뭐라고 하기에, 식당이 어디냐 물어보니 손짓을 해 주었다.

식당은 세차장 안쪽에 있었다. 밖에서 보면 식당인지 아닌지 알기도 힘든데 문을 열고 들어가니 멀쩡한 카페였다. 여기는 음식을 접시에 미리 담아 두고 골라가게 되어 있어 주문이 매우 편했다. 소금에 염장한 생선,[6] 염장 돼지고기 등 특이한 반찬이 있어 밥과 함께 골라 담았다. 가격은 둘이 합쳐 우리 돈 팔천 원가량인데 아주 푸짐했다.

염장 생선은 엄지손 한 마디 정도로 자른 염장한 생선인데, 맛은 마치 덜 마른 과메기 맛 같다고나 할까, 그것보다는 좀 짠데 아주 먹을 만했다. 염장 돼지고기도 1mm보다 약간 더 두꺼운 정도로 썬 돼지고기인데 매우 짰다. 옆에서 먹는 걸 보니 같이 주는 양파 썬 것과 겨자를 섞어 먹는 듯한데, 어쨌거나 그 자체가 굉장히 짠 거라 밥이나 빵과 함께 먹으면 좋을 듯했다.

러시아 식당은 물이 공짜가 아니고, 항상 음료수를 사서 먹어야 하므로 여기서도 과일 주스를 사서 먹었다.

미니 가스띠니챠

점심을 먹고 인근에 있던 교회에 잠시 갔었는데 거기는 아마도 복원 공사 중인 듯했다. 내부를 볼 수는 없었다.

차로 돌아와 내비게이션이 지시하는 대로 차를 몰고 갔는데 인근에 가서 숙소를 찾기가 쉽지 않았다. 결론적으로 보면 차를 제대로 위치에 주차하긴 했는데, 정확히 입구를 찾을 수가 없었다.

주위를 얼쩡거리다 젊은 경찰 대여섯 명이 대열을 맞추어 걸어오기에 스마트 패드의 예약정보를 보여 주며 이게 어디인지 물어보았다.[7] 경찰들은 신기해하면서 자기네들도 여긴가 저긴가 하면서 쑥덕이더니 우리를 데리고 이 골목 저 골목을 같이 다녔다. 직접 다른 가게에 들어가 물어보기도 했는데 결국 왔던 자리에 다시 오게 되었다. 그때 한 경찰이 여기인 듯하다고 알려준 곳으로 일단 들어가 보았다.

---

6 나중에 알게 되었는데, 이것은 염장 청어로 러시아식 실드(청어)라 불리는 음식이었다.
7 그지에 에따?

확인을 하러 올라가다 보니 사무실 같은 데가 있었고 남자가 한 명 앉아 있기에 여기가 가스띠니챠냐라고 물어보니("에따 가스띠니챠?"), 손짓과 말로 더 올라가라 했다. 꼭대기가 4층인데, 4층에 올라가니 아줌마가 한 명 PC 앞에 앉아 있었다. 스마트 패드를 보여 주었다. 숙소가 맞는 듯했다.

미처 경찰들한테 인사도 못 하고 올라왔는데 거기서 체크인 절차를 밟게 됐다. 아줌마가 가격을 찍어주는데 부킹닷컴에 예약한 가격보다 싼 가격이었다. 이 분은 아예 PC에 번역기를 띄워 대화를 하는데, 번역 상대국이 북한인 듯했다. 그런데 번역이 잘 안 됐고, 내가 스마트 패드의 구글 번역기를 들이밀자 그걸 쓰기도 했다. 주차는 하루에 100루블씩 내야 했는데, 그래도 부킹 닷컴보다는 200루블이 싼 것이었다.

여기는 방에 싱크대가 있는 아파트형 숙소로 밥을 해 먹기에는 좋은 곳이었다. 오랜만에 공용 화장실과 욕실이 아닌 곳이라 이전에 비해 좋은 숙소라 할 수 있었다.

방에서 좀 쉬다 어제의 일지를 좀 정리하고 저녁을 먹으러 밖으로 나갔다. 숙소 인근에 카페가 하나 있긴 한데, 길 건너가 시장이어서 먼저 시장을 구경했다. 여기는 과일과 채소만을 파는 곳인지 다른 것들은 없었다. 들어가는 길에 토마토나 수박을 사서 들어가야겠다고 생각했다.

근처에 큰 몰(Mall)이 하나 있어 들어가 봤는데, 여기는 사람이 거의 없었다. 식당이 있다 해서 3층까지 가봤으나 너무 썰렁해서 그냥 나왔다.

다시 호텔 근처의 카페로 들어갔는데 분위기가 좀 묘했다. 러시아 식당은 저녁이 되면 곡을 연주하는 등 분위기 있는 곳이 있었다. 하바롭스크에서부터 그랬는데 여기도 그랬다. 번쩍이는 불빛과 묘한 분위기를 가진 식당이었지만 손님은 별로 없었다.

메뉴를 들고 오는데 전부 러시아 말뿐이어서 뭘 먹어야 할지 고민에 휩

싸였다. 메뉴를 한참 읽다 유일하게 읽은 것이 '샤슬릭'이었다. 돼지고기[8]를 이용한 러시아 전통 음식이기에 한 번 시켜 보았다. 하나에 250루블씩이었는데 아래위로 한 개씩 시키고 빵과 스프라이트, 환타를 각각 주문했다. 빵과 음료가 먼저 나와 배를 채우고 있었는데 이후에 또 샤슬릭이 꽤 많이 나왔다. 러시아는 예상보다 음식이 많이 나오는 경향이 있다. 꾸역꾸역 먹어도 줄지 않아 일부는 혹시 나중에 먹을까 해서 화장지에 싸서 들고 나왔다.

저녁을 먹고 시장으로 다시 가서 토마토 3㎏을 샀다. 단돈 100루블이니 우리 돈으로 2,000원 정도였다. 그다음 슈퍼로 가서 내일 아침을 먹을 식빵과 음료수를 두 개 샀다.

D+014, 이르쿠츠크 둘째 날

2015년 8월 16일, 일요일, 흐리고 비

오늘도 여덟 시쯤 잠을 깼다. 하루 쉬기로 한 날이라 천천히 커피를 만들어 식빵과 먹고 김밥도 깨워 주스랑 빵을 먹게 했다.

여기 숙소는 밤에는 사진 업로드가 거의 안 됐기 때문에(아마 사용자가 많기 때문이 아닐까 싶다) 나가기 전에 어제 못 올린 사진들을 일지에 조금 올렸다. 여전히 와이파이로는 사진 한 장이 올라가는 데 5~10초가량 걸리고 있었다. 일본같이 인터넷을 일찍부터 써 왔던 나라는 방에서 유선랜을 쓸 수 있게 한 곳이 있는데, 러시아에는 전부 와이파이밖에 없었다. 유지보수가

---

8 꼭 돼지고기가 아니어도 꼬치구이를 전부 샤슬릭이라 한다. 다른 나라들에 비해 고기의 덩이가 크다.

쉽고, 가설비용이 현저하게 낮으니 이렇게 하는 것일 것이다.

어젯밤에는 천둥 번개가 치며 비가 왔는데 아침에도 여전히 비가 오고 있었다. 비가 많이 오면 오전에는 안 나가는 게 낫겠다는 생각이 들었다. 기온도 상당히 떨어져 8월에 거의 15도 수준을 보였다.

11시 반이 넘어서 점심을 먹기로 했다. 좀 일찍 먹고 사정이 좋아지면 언제라도 나갈 요량이었다. 어제 저녁 먹을 때 남겨 둔 샤슬릭 조각을 전자레인지에 데웠다. 여긴 전자레인지까지 있는 방이다. 샤슬릭을 한 조각씩 나눠 먹고 빵과 음료를 먹었다. 나는 커피, 김밥은 주스를 곁들이고 거기다 토마토를 적당량 먹어 주었다.

비가 조금씩 약해지고 하늘에 구름이 좀 걷히는가 싶더니 여전히 비는 오고 있었다. 그래도 가만있는 것이 아까워 우산을 받쳐 들고 나가 보기로 했다.

숙소의 근방에만도 가볼 만한 곳이 있으니, 살살 걸어 다니기로 했다. Triposo에 제일 먼저 나오는 것은 Sukachev Estate라는 것인데, GPS상으론 분명히 그곳에 왔으나 아무것도 보이는 것이 없었다. 19세기에 이르쿠츠크 시장을 지낸 사람이 살던 통나무집이라는데 그 부근에 통나무집은 있었지만 관람을 할 수 있는 상황은 아니었다. 그래서 일단 그곳을 지나 다음 목적지로 갔다.

예수 현성용 교회

하바롭스크에도 같은 이름의 성당이 있었는데 여기에도 있었다. 1795년에 건축이 시작되어 1811년에 완성된 바로크양식의 성당 건물이다. 성당 관람이 좋은 건 비용이 전혀 들지 않는다는 점이다. 우리나라의 대표적 관광지인 절들이 일일이 입장료를 받는 것과는 대조적이다.

비가 와서인지 사람들은 많지 않았고 내부는 공사가 한창이었다. 아마도 가장 중요하게 사용될 공간이 아직 공사 중인 듯했다.

데카브리스트 박물관, 볼콘스키(Volkonsky) 가(家)[9]와 트루벳스코이(Trubetskoy) 가[10]

교회에서 바로 보이는 건물이 범상치 않았다. 가까이 가보니 박물관이었다. 대강 데카브리스트 유배자들의 박물관인 것은 알고 들어갔다. 일단 건물 안으로 들어가서 어른 200루블, 아이 70루블에 표를 샀다. 여기는 두 군데 박물관이 있는데 두 군데 통합권을 사면 어른 100루블 할인을 적용받을 수 있었다. 그러나 당시엔 정확히 알지 못해 적용받진 못했다.

내부에는 그 시대의 생활 집기며 가재도구 등이 그대로 전시되어 있었다. 재미있는 것은, 여기는 직원들은 전부 할머니들인데 한 방을 들어갔다 나오면 그다음 갈 방을 일일이 안내를 해 주는 것이었다. 러시아 대부분의 박물관이 일단 위층을 보고 1층을 보게 안내를 해 준다. 유배자의 집이지만, 아마도 형이 끝난 이후에도 계속 후손들이 살았던 것 같고, 원래 귀족이었던지라 가재도구들은 전부 훌륭했다.

우리가 볼콘스키 가에서 막 나오려던 무렵에, 막 계단을 올라가면서 말하는 한국인들의 목소리가 들렸다. 노년의 부부가 둘이 시베리아 횡단열차를 타고 여행 온 모양이었다. 이르쿠츠크는 이후에도 다른 지역에서 한국인 청년 둘을 보았고, 한 성당 안에서도 한국인으로 보이는 사람들이 있었다. 그만큼, 이르쿠츠크에는 한국인들을 심심찮게 볼 수 있었다.

---

9   여기는 1825년 12월에 러시아 니콜라이 1세의 즉위에 반대하고, 입헌 군주제의 실현을 목표로 한 난(亂)의 종말에, 시베리아로 유배된 사람인 볼콘스키가 살았던 집을 그대로 박물관으로 꾸며 두었다.

10 볼콘스키 가에서 조금 떨어진 곳에 있었다. 여기도 전시 내용은 앞과 비슷하다. 트루벳스코이(Sergei Petr-v-ch Trubetskoy, 1790.8.29.-1860.11.22.)는 반란 이후 사형선고를 받았다가, 이르쿠츠크로의 추방으로 변경됐다 하고, 이후 여기서 살다가 러시아혁명 후인 1856년에 살아남은 다른 데카브리스트들과 함께 사면 됐다고 한다(볼셰비키의 적이 황실이었고, 황실의 적인 데카브리스트는 동지인 셈이다). 이후 1863년에 추방에 대한 회고록을 저술하여 발표했다. 그의 아내 예카테리나(Ekaterina)는 어제 갔던 즈나멘스키 수도원에 묻혀있다고 한다. 전시 내용 중에는 후손들에 대한 기록들이 있는데, 현재도 많은 수가 세계 각지에 퍼져 사는 듯했다.

카잔의 성모(Our lady of Kazan) 교회[11]

박물관 두 개를 돌아본 후, 버스 터미널을 지나 GPS 지도를 참고하여 북동쪽으로 난 길을 걸었다. 버스 정류장은 우리나라 시골에 있는 작은 간이 버스 정류장과 비슷했다. 가는 길이 좀 멀긴 한데 거리가 먼 것보다도 비가 와 길에 물이 고인 곳을 지나가는 차들이 물을 튀겨 대니 그게 고역이었다. 한 번은 완전히 물을 뒤집어쓰고 말았다. 비가 와서 그런지 차들도 이상하게 많아서 경찰들이 정리해야 할 정도였다. 길 하나를 건너면 교회인데 경찰이 있으니 혹시 무단횡단하면 안 될까 싶어 빙 돌아 세 번을 길을 건넜다.

데카브리스트 트루벳스코이와 그의 아내 예카테리나의 초상.
이르쿠츠크는 데카브리스트의 역사가 숨 쉬는 곳이다.

---

11 이르쿠츠크 카잔의 성모 교회는 1885년에 건축이 시작되어 1892년에 완공된 건물로, 신 비잔틴 양식이다. 붉은색 벽과 여러 개의 푸른 돔, 그 위의 황금빛 십자가가 인상적인데, 그 붉은 벽으로 인해 붉은 교회라고도 불린다. 1579년 7월 8일, 카잔의 소녀 마토료나의 꿈에 성모 마리아가 나타나 이콘의 위치를 알려 주었다 하고, 거기서 발견된 이콘을 교회로 옮기는 행사에서 두 소경이 치유되는 기적이 있었다고 한다. 원래의 이콘은 이반 4세의 명에 의해 이콘의 발견을 기념해 지어진 카잔의 성모 성당에 안치되어 있다. 1904년에 도난되어 유실됐다고 한다. 카잔의 성모는 몇 세기에 걸쳐 러시아 및 러시아 카잔의 수호성인이었고, 수많은 모사품이 각 성당에 봉헌되었는데, 여기 이 교회도 그중의 하나다.

교회 건물은 멀리서 봐도 입이 딱 벌어질 만큼 화려했다. 반면에 건물의 내부는 그대로 살아있는 교회다. 명을 다한 박물관의 교회가 아니고 그대로 살아있는 교회이다. 신자들은 이콘들 앞에서 두 손 모아 기도하고, 일일이 예를 다하고 있었다. 이런 데를 오면 나 같은 관광객은 민망할 정도다. 한참이나 성당 안에서 성스러운 기운을 온몸으로 받다가 나왔다.

블라디미르 왕자 교회(Prince Vladimir's Church)[12]

카잔의 성모교회에서 다시 북동쪽으로 1km 정도를 걸으면 다른 교회가 하나 나온다. 큰길을 따라 쭉 걷다가 북쪽으로 난 길을 따라 걸으면, 여기는 지도상으로 보면 집들이 좀 있는 것처럼 나오지만 막상 가보면 황량하다. 집이 있긴 있지만 그리 복잡한 도심이 아니다. 고즈넉하기 이를 데 없는데, 이럴 것 같으면 아예 차를 타고 올 걸 하는 생각이 들었다. 차를 끌고 오면 주차가 걱정되는데 이런 곳은 아무 데나 주차를 해도 큰 문제가 없을 듯하기 때문이다.

교회 가는 길을 걸어 보면 저택들이 좀 있다. 3~4층 되어 보이는 저택인데, 어떻게 보면 성 같기도 했다. 다가구인지 단일 가구인지 알 수는 없으나, 담벼락 안에 있는 것을 보면 단일 가구 같은데, 그러면 거의 성인 것이다.

이 지역은 그런 집만 있는 것은 아니고, 아파트도 있었다. 아파트는 약간 낡아 보이는 형태의 아파트다. GPS 지도를 참고하여 방향을 잡고 가는데, 아파트 단지 내를 가로질렀다. 교회가 저기 앞에 보이는데도 걷는 거리는 한참이었다.

겨우 방향을 잡아가니 또 입이 딱 벌어지는 교회가 나타났다. 좀 멀어서 올까 말까 했는데 꼭 왔어야 할 만큼 아름다운 교회였다. 하얗게 칠해진

---

12 교회는 1888년에 러시아의 기독교화 900주년을 기념하여, 대부분 상인이었던 개인들의 기부로 만들어졌다고 한다. 러시아 혁명이 일어난 후, 1922년까지는 수도원도 있었으나 폐지되었고, 결국 1928년에는 전체가 폐쇄됐다고 한다. 그러다, 1997년에 복원이 시작됐다고 한다. 그래서 현재의 내부는 간결하다 못해 허전할 정도이다.

벽 위에 다섯 개의 황금빛 양파 모양의 돔이 있고, 역시 황금빛의 팔각형 종탑 하나로 구성되어 있는 아름다운 교회다.

교회를 들어가 건물 주위를 한 바퀴 빙 돌았다. 입구를 찾으려 한 것인데, 이상하게 바로 입구가 잘 찾아지지 않았다. 결국 들어갔던 곳 바로 옆이 입구였다. 여기는 입구에 신발에 비닐을 씌우게 준비가 되어 있었다. 의자에 앉아 신발에 비닐을 덧씌우고 계단을 올라 본당 안으로 들어갔다. 여기는 내부가 간결하여, 황금빛 이콘 대신에 흰 벽을 그대로 드러냈고, 프레스코벽화 없이 선(禪)적인 아름다움을 자랑하고 있었다.

성십자가 교회(Krestovozdvizhenskaya Church)[13]

다시 숙소 방향으로 시베리아 스타일의 통나무집들이 있는 마을 사이를 걸어갔다. 시베리아의 동토가 녹았다 얼었다를 반복해서 토대가 기운 땅 위에 세워진 집들이 기우뚱한 채 서 있는 모습들을 많이 볼 수 있었다. 인적은 드물고, 가끔 집 안의 커다란 시베리아 개들만 우리를 보고 짖어댔다.

숙소 앞을 지나 계속 걸었다. 옛날에 보육원으로 쓰였던 건물에 관광안내판이 붙어 있기도 했다.

교회는 다른 박물관을 한곳 더 가다가 발견한 곳이었다. 박물관은 정작 볼 것이 없었고, 우연히 아름다운 교회에 이끌려 그곳으로 가보았다. 나지막한 언덕 위에 다른 교회들과는 조금 다른 외관이 금방 눈길을 끌었다.

저녁 시간이라 안에서는 미사가 진행 중이었다. 실내는 이전의 교회들에 비하면 낡아 보였지만 이 교회의 이콘벽과 실내 장식은 시베리아에 남아 있는 유일한 17세기의 실내장식이라 한다. 이전 울란우데의 오디기트리에브스키 성당에서 미사에 참여한 이래 두 번째로 다시 미사에 참여하게 되

---

13 이 자리에 교회가 처음 세워진 것은 1719년의 일이나, 석조 교회로 다시 지은 것은 1747년의 일이라 하고, 완성된 것은 1760년이라 한다. 외관은 정교회뿐만 아니라, 브리야트 민족과 불교의 상징들이 뒤섞여 있어 오묘한 느낌을 주는데, 이 느낌은 아까 걸어오면서 보았던 시베리아의 통나무집들과 비슷하다.

었는데, 이번에도 뒤편에 조용히 앉았다. 이전보다 일반인들의 참석은 적었다. 다만 관광객으로 보이는, 큰 배낭을 멘 사람들이 몇 명 왔다 갔다 했는데, 그중에는 한국 사람이 아닐까 싶은 사람도 있었다.

천상의 소리인 듯한 기도 소리는 이전과 비슷했다. 끝부분의 화음이 이루어지는 부분도 역시 비슷했다. 울란우데의 교회가 좀 더 목소리가 높고, 말이 빨랐던 것 같긴 한데, 어쨌든 듣고 있으면 저절로 정화되는 느낌이었다.

교회당 건물을 벗어날 무렵 한국말 소리가 들렸다. 그쪽을 보니 대학생으로 보이는 한국 청년 둘이 계단을 내려가며 대화를 하고 있었다. 근처를 지나가게 되면 말을 걸어 보려고 했는데, 그들이 더 빨리 횡단보도를 건너 우리가 갈 방향과는 반대쪽으로 가 버렸다. 우리가 있는 쪽이 도심부 중앙 같은데, 그들은 어디로 가는 것이었을까.

저녁 먹기

숙소로 돌아오는 길에 또 다른 교회를 하나 더 돌아보았다. 정보가 정확하지 않아 내력은 잘 알지 못한다. 근처에는 혁명전사들의 낡은 동상 하나가 서 있고, 개를 데리고 저녁 산책을 나온 중년의 남자가 있었다. 뒤쪽은 식물원인 듯하고 연인들로 보이는 남녀가 근처에 많았다. 여기서 내려다보면 이르쿠츠크 시내가 훤히 내려다보였다. 저 멀리 어제 본 교회들이 다 보일 정도였다.

천천히 숙소로 방향을 잡고 걸었다. 숙소에 가까워지면 시장이었다. 러시아 시장은 구역을 정확히 나눠 장사하는 듯한데, 이쪽에서 가면 옷과 잡화점이 나왔다. 근처를 지나다 보니 양꼬치구이를 파는 곳이 있어 들어가 볼까 했지만 김밥이 시큰둥하여 그냥 지나갔다.

결국 저녁은 아까 오면서 보아 둔 우동집 비슷한 곳으로 갔다. 가게 내부에 음식 사진이 있어 주문하긴 편했다. 어떤 음식이 나올까 걱정 반 기대 반으로 앉아 있다 받은 우동이라 생각했던 것은 중국 소고기 국물 면과 비슷했다. 내가 주문한 볶음면은 자장라면과 맛이 비슷했다. 음식이 많이 나올까 봐 걱정이 많은 김밥 군이 주문을 자제시켜 적당히 주문하게 됐다. 어쨌든 둘 다 적당히 먹은 듯하다.

샤워 커튼 사건

김밥 군을 샤워하라고 들어보냈다. 나도 옷을 거의 벗고 쉬고 있었는데, 누가 문을 쾅쾅 두드리는 것이었다. 대충 옷을 입고 문을 여니 약간 히스테릭하게 생긴 안경 낀 아주머니가 뭐라 뭐라 하는 것이었다. 영문을 몰라 보고 있으니 샤워실 문을 확 여는 것이었다. 다행히 김밥 군은 샤워를 거의 끝내고 막 나오려고 수건으로 몸을 싸고 있었다. 상황을 보아하니, 샤워 커튼을 안 치고 샤워를 하여 아래층으로 물이 흘러내린다고 하는 것 같았다.

집에도 샤워 커튼이 있고 김밥 군도 여행을 많이 다닌 편이지만 지금까지 샤워 커튼이 그다지 유용한 곳은 없었기에 신경을 쓰지 않고 샤워커튼을 욕조 밖으로 둔 채 샤워를 했던 것이다. 그러고 보니 물이 밖으로 나오면 갈 곳이 없어 보였다. 그 아줌마는 리셉션에 우리를 체크인해 줬던 그 후덕한 아주머니는 아니고, 다른 직원인 듯했는데 어제 저녁부터 우리가 누군지 의심의 눈초리로 보던 분이시다.

하여간 상황은 벌어졌고, 김밥 군에게는 나와서 옷을 입으라고 했다. 잠시 후에 그 아줌마가 대걸레 비슷한 걸 주면서 나보고 처리하라고 했다. 대충 그걸로 아래에 물을 닦다 보니 걸레도 짜야 할 상황이 됐다. 그 아줌마가 나갔다 오더니 물을 담을 버킷과 다른 더 큰 수건이 달린 대걸레, 고무장갑까지 들고 왔다. 아줌마는 가고 혼자서 대충 물을 정리하고 있으니 아줌마가 와서는 물 버킷과 큰 대걸레를 받아갔다.

저녁의 작은 사건이었다. 샤워커튼 교육을 미리 해야 했던 건데….

2015/ 8/18 9:25

크라스노야르스크는 시베리아의 공업도시로, 대도시다. 어렵게 만난 러시아의 미녀 아가씨가 숙소 체크인을 도와주었다.

Krasnoyarsk

크라스노야르스크

크라스노야르스크는 공업도시다. 1000㎞를 달려 도착한 거대한 도시는 아이러니하게도, 아름다운 호텔의 미녀만 인상에 남았다.

D+015, 크라스노야르스크로 가는 길

2015년 8월 17일, 월요일, 맑음

오늘은 그다지 할 말이 없다. 아침에 여섯 시 반에 일어나, 그때부터 마냥 달렸다. 목적지 크라스노야르스크까지는 무려 1,044㎞. 언제 도착할지 감도 잘 안 잡혔다.

짐을 챙겨 차로 와서 숙소를 나갔다. 원래 숙소구역의 입구에 차단기가 있었는데 차단기 옆으로 빠져나오면 됐다. 차단기 길이가 짧아서 관리하는 사람이 아무도 나오지 않았지만 그냥 나갈 수 있을 정도로 차가 작았다. 차가 작은 것의 장점이다.

어제 카잔교회로 가던 방향으로 차를 달려 수도원을 거쳐 북쪽으로 올라가 앙가라강을 건넜다. 도심을 빠져나오는 것은 그리 힘들지 않았는데 그래도 속도를 내기가 힘들었다. 계속 위성도시처럼 작은 도심들이 있어서 거기서 속력을 그다지 낼 수가 없었기 때문이다. 점점 서쪽으로 올수록 도시들의 크기가 커지고 도시의 수가 많아지면 지나가는 데 생각보다 시간이 오래 걸릴 것 같았다.

오전에는 그런 문제들로 시속 100㎞를 넘기기가 아주 힘들었다. 중간에서 식빵으로 점심을 때운 다음 오후 두 시가 넘어서야 시속 120㎞ 정도로 속력을 낼 수가 있었다. 그런 상태로 여섯 시까지는 달릴 수 있었다.

결국 예상 도착 시각은 적어도 아홉 시는 되겠다 싶었다. 그런데 저녁 여덟 시가 되었는데도 해가 거의 중천에 떠 있었다. 우리가 거의 서쪽으로만 달려서 해가 많이 길어졌다 생각이 되었고, 그나마 좀 다행이라 안도가 됐다.

차가 크라스노야르스크 시내로 들어가는 듯했는데, 다행히 아주 많이 막히지는 않았다. 내비게이션이 일러주는 대로 숙소를 찾아가는데, 이번 숙소는 잠만 자고 다음 날 떠날 거라 그다지 시내 쪽이 아닌 곳을 잡았더니 분위기가 아주 외곽다웠다. 차를 몰고 가는데 큰 소가 차 앞에 나타나기도 하는 그런 곳이었다.

미니호텔 마라캐시(Marrakesh)

한참을 달리니 내비게이션이 아파트 단지 비슷한 곳이 목적지라고 하여 일단 주차를 했다. 앞에 놀이터가 있고, 주위에는 차가 많이 주차되어 있는데 숙소를 찾기가 쉽지 않았다. 스마트 패드를 들고 천천히 건물 앞을 유심히 보니 겨우 우리가 찾던 숙소의 이름이 적힌 8절지 크기의 작은 안내판이 보였다.

입구에 전자키가 있어야 들어가는 곳이었는데 다른 사람이 들어갈 때 재빨리 들어갔다. 일단 어디가 사무실인지 알 수가 없어 무작정 엘리베이터를 타고는 거기 있던 분에게 숙소인 마라캐시(Marrakesh)가 어딘지 물어봤으나 잘 모르겠다는 분위기였다. 다행히 같이 탄 아이들이 4층이라고 말해주어서 일단 4층에 내렸다. 그런데 이놈의 엘리베이터가 좀 이상했다. 8층에 내리려던 아줌마들은 문이 안 열려 엘리베이터 통화기로 통화해서 문을 열어 내렸기에 우리도 문이 안 열리면 어떡하나 고민을 하며 스마트

패드 회화 앱에 '문 안 열려요'가 있는지 찾아보았다.[1]

4층에 내려 주위를 둘러보았으나 마치 원룸이 집약된 그런 숙소의 분위기로, 어디가 마라캐시인지 알 수가 없었다. 이리저리 다니다 보니 웬 남자가 나타나서 그 남자에게 스마트패드를 보여 주며 여기서 호텔 마라캐시는 어딘지 물어보았다. 안타깝게도 그는 영어는 전혀 안 됐는데 분위기를 보니 5층인 듯하다며 전화를 해 보라는 것 같았다. 안타깝게도 호텔의 전화번호는 아는 게 없었다. 전화번호는 부킹닷컴 안내 전화 외에는 없는 것이다.[2]

일단 그래서 엘리베이터를 타고 다시 5층으로 올라가 보았는데, 거기도 역시 인적이 없었고 여기가 거기라는 증거를 찾기가 힘들었다. 그러다 방에 붙은 작은 스티커를 자세히 보니 거기 'Marrakesh'라는 문구가 마침내 보였다. 그러고 보니, 일대의 방에 전부 그 스티커가 붙어 있는데, 한 방의 입구에 러시아어로 영어의 'Administration'이라고 생각되는 스티커가 붙어 있었다. 그 방의 문을 여는 손잡이를 돌려 보았으나 열리지 않았다.

망연자실하고 있는데, 생각해 보니 오늘 크라스노야르스크를 한 500㎞ 정도 남겨 둔 시점에 러시아 말을 하는 여자가 전화가 온 것이 생각났다. 처음부터 끝까지 러시아어로 뭐라 하는데 알아들을 수가 없어서 "in English, please"를 외쳐 준 기억이 났다.

뭔가 문제가 있다고 생각이 되어 전화를 해 봐야겠다는 생각으로 다시 차에 갔다. 부킹닷컴의 예약정보를 보아도 호텔의 전화번호를 찾을 수가 없어서 눈물을 머금고 부킹닷컴 안내센터로 전화했다. 번호가 02로 시작하는 번호라 처음에 '82'를 누르고 '82-2' 이런 식으로 눌렀더니 전화번호가 틀렸다고 나오는 것이었다. 그래서 그냥 02로 시작하는 번호를 눌렀더니 접속이 됐다.

---

1 이 앱은 미리 상황을 가정하여 만들어 둔 러시아어 문장과, 그것의 음성을 들려 줄 수 있었다.
2 전화기능이 없는 스마트 패드상에서는 부킹닷컴 앱에서 숙소의 전화번호가 아예 나오질 않았다. 전화 기능이 있으면 전화번호가 나오고, 바로 전화를 할 수 있다.

번호가 44로 시작하는 다른 번호도 있었는데, 이 번호도 번호가 틀렸다하고. 하여간 한국말로 상담해 준다는 번호로 연결했는데, 안내말이 한국말을 하는 상담원은 없으니 다른 상담원을 연결해 주겠다면서 연결이 됐다. 영어 발음이 영국식(?)인 남자 상담원이 연결됐다. 내 예약번호가 이건데, 체크인하러 와보니 아무도 없고, 사무실 문이 닫혔다고 말했다. 잠깐 기다려 보라며 자기가 관계자에게 통화해 보겠다고 했다. 하염없이 시간이 흘렀다. 차라리 내가 그냥 아무 데나 찾아가서 자는 게 낫지 않을까 생각을 하며, 국제전화비가 더 나오겠다는 생각이 들었다. 한참 후에 그가 다시 나타났는데, 관계자 통화를 했고, 한 시간 이내에 온다고 했으니 기다려 보라는 말이었다. 세상에.

그래서 체크인할 준비를 다 해서 숙소 들어가는 현관 입구에 진을 치고 앉아 기다렸다. 그때까진 미처 몰랐는데, 서쪽으로 오면서 다시 시간이 한 시간 지연되어 있어서 우리가 도착한 시점은 현지시각으로는 한 여덟 시쯤이었던 것 같다. 그 앞에 진을 치고 있으니 현관을 지키시는 할머니가 나타나서는 또 뭐라 뭐라 하면서 전화를 해 보라는 시늉을 했다. 그래서 또 스마트 패드 번역기를 꺼내서 전화했고 그 사람들을 기다리고 있다고 찍어주었는데, 글씨가 잘 안 보여서 또 한참 승강이를 했다. 다행히 지나가던 젊은이가 겨우 그걸 할머니께 읽어 줘서 진정되셨다.

15분에서 30분 정도 기다렸다고 생각했을 때 마침내 가죽 스커트를 입은 웬 쭉쭉 빵빵 미녀가 나타나서는 우리를 보며 뭐라고 하는 것이었다.

"마라캐시?"

하고 반색을 해주니 그녀가 고개를 끄덕였다. 마침내 호텔에 들어가게 된 거다. 그런데, 이 분은 왜 이리 미인인 것인가.

어쨌든 그 미녀를 따라 사무실로 올라갔다. 아까 갔던 그 문 닫힌 사무실이었다. 사무실에 앉아 절차를 밟는데, 영어는 전혀 안 됐고 또 뭐라 뭐라 하기에 또 구글 번역기를 들이밀었다. 얼마나 머물 거냐 뭐 그런 질문을 하기에, 그런 건 러시아어로 말해 줄 수 있어 말해주었다.[3] 여기는 보증금 (deposit)이 있어서 원래 생각했던 비용보다 두 배 금액을 미리 내야 한다기에 잠깐 놀랐다가(그래 봐야 2,000루블이 겨우 넘는다. 여긴 하루에 1,120루블 짜리 방이었다), 그간에 TV 보면서 배운 "Хорошо(허라쇼)"[4]를 외쳐 주니, 그녀가 "큭" 하며 웃었다. 그녀가 서류를 쓰는 동안 앞에 앉아 있다가 사진 한 장 찍어도 되냐고 물어보니 "노" 하며 고개를 푹 고꾸라뜨리는 모양이 웃겼다.

마침내 방을 안내받아 보니, 방값에 비하면 완전 대궐이었다. 넓고 깨끗한 것이 시내 중심부에 있었으면 최소 하루에 1,500루블 이상은 나올 방이었다. 방을 안내해 주자마자 그녀는 "다스비 다니야" 하고는 번개처럼 사라져 버렸는데, 미처 와이파이 비번을 물어보지 못했다는 것을 깨닫고 잠시 짐을 정리한 뒤 밖으로 나가보았으나 그녀는 이미 흔적도 없었다.

시간은 분명 다시 한 시간 늦춰진 것 같지만 이미 현지시각으로도 밤 열 시가 넘어 빨리 밥을 해 먹고 자야 할 때였다. 겨우 밥을 해서 통조림 두 개랑 토마토 남은 것 한 개씩을 먹고 빨리빨리 잠자리에 들었다. 일지 정리고 뭐고 할 기운도 없었다.

---

3 один день: 아진 젠(하루)
4 좋아요

2015/ 8/19 17:04

노보시비르스크의 레닌광장은
오랜만의 밝은 햇살 아래 찬란하게 빛나고 있었다.

Novosibirsk 노보시비르스크

노보시비르스크는 시베리아의 공업도시다. 과일가게의 아가씨는 정확한 한국어를 구사하여 나를 놀라게 하였고, 레닌광장은 오랜만에 밝은 햇살아래 눈부시게 빛나고 있었다. 혁명 전사의 기념물은 혁명의 당위성을 설명하려는 듯 엄숙했으나 그 앞의 소녀들은 춤 연습에 몰두하고 있어 아이러니를 보여주고 있었다

D+016, 노보시비르스크로

2015년 8월 18일, 화요일, 맑음

일곱 시 반쯤에 눈을 떴다. 어제 긴 주행을 하고 늦게 밥 먹고 잔 탓에 일어나기가 힘들었다. 어제의 그 울트라 미녀가 내일 몇 시에 체크아웃하냐고 묻기에 7:30에 간다고 했더니 8:00에 가는 게 어떻겠냐고 그랬다. 그러겠다고 했다. 보아하니 본인이 아침에 나와서 처리를 해야 하는데 너무 이르면 힘들기 때문인 듯했다. 내일 갈 길은 800㎞ 정도인 데다 힘들기도 해서 30분 늦게 일어나도 큰 문제는 없을 듯 싶었다.

7:30에 일어나 커피를 만들어 먹고 김밥 군에게도 빵을 먹으라고 해놓고 보니 7:55쯤 되었다. 방문을 두드리는 소리가 들렸다. 문을 열어 보니 어제의 그 미녀였다. 뭐라 뭐라 하는데, 자기 손목시계를 가리키며 사무실로 오라는 말 같았다. 알겠다 하고, 김밥 군에게 서두르라고 했다.

마침 보니 거의 여덟 시가 됐다. 시간도 참 잘 지키는 미녀다. 완전 'wake-up call' 아닌가. 하여간 약속대로 8시 되기 직전에 사무실에 갔더니, 책상 위에 이미 어제의 보증금(deposit)을 정리해 두었다. 어제보다 표정이 약간 굳어 있었는데, 돈을 주자마자 순식간에 또 "다스비 다니야" 하더

니 방 정리를 하러 씽 가버렸다. 나는 받은 동전을 동전 주머니에 넣고(복주머니 같은 걸 들고 다니게 됐다), 돈 정리를 하고 있었다. 그 미녀가 다시 나오기에 이때다 싶어 김밥 군과 기념 촬영을 부탁했다. 숙박객이 퇴실하며 기념 촬영 한 번 하자는데, 굳이 거부하겠느냐 했는데 그녀가 다행히 응해 주었다. 그래서 그 울트라 미녀의 사진이 남게 됐다. 하하하.

러시아 여성들의 옷을 보면 마치 금방이라도 파티에 나갈 듯한 차림새다. 2NE1의 노래 'Let's go party'가 연상된다. 부레야(Bureya)의 호텔에 묵을 때도 엄마와 아이는 완전히 공주같이 꾸민 가족이 투숙하는 것을 보았다. 금방이라도 파티에 갈 기세였던 것이다. 그녀의 복장도 그랬다. 어제 저녁부터 오늘 아침까지 마치 '이거 끝나면 파티 가요' 하는 듯한 복장이다. 하여간,

"다스비 다니야!"

노보시비르스크 가는 길

크라스노야르스크도 대도시였다. 시베리아 횡단도로 본선으로 들어가는 데 한참 시간이 걸렸다. 도시를 빠져나오는 데 30분 이상이 걸렸고 도시 외곽의 도로는 엄청난 폭을 자랑했다. 이 여행을 시작한 이래 이렇게 완벽한 도로는 여기가 처음이었던 것 같다. 크라스노야르스크 인근의 도로는 거의 우리나라 서울 부근의 경부고속도로 수준으로 길이 넓고 노면 상태도 좋은 편이었다.

도시를 빠져 나온 이후에도 길은 엄청 좋았다. 몇 군데 공사 구간이 있었지만, 길이도 길지 않을 뿐만 아니라, 노면 상태도 그다지 나쁜 곳이 없었다.

간혹 소들은 여전히 길가로 뛰어놀았지만, 이젠 그런 광경은 시베리아의 흔한 광경이 되고 있었다. 물론 어떤 순간 그 소들이 차로로 뛰어들기도 하는데 간혹 뒤차가 접근해 있어 속도를 줄이면 약간 위험한 느낌이 들기도 했다.

운전해 가다 보면 길가에 호수가 많이 보였다. 그 호수의 주변에는 녹색

풀들이 아름답게 자라고 있어 시간만 많다면 그쪽으로 내려가 한나절을 보내고 싶을 정도였다. 내려가서 사진을 찍는다면 누가 찍어도 아름다운 호수와 농가가 있는 사진이 나올 듯한 곳이 한두 군데가 아니었다. 시간이 많은 것 같지만 따지고 보면 또 시간이 없는 것이 나 같은 여행자다. 모순이다, 모순.

내비게이션이 지시하는 길이 간혹 도심을 관통하는 경우가 많았다. 내비게이션은 우회도로 대신 최단거리만을 계산하기 때문이다. 도심에 들어가게 되면 아무래도 긴장을 더 하게 됐다. 경찰도 더 많거니와, 러시아의 차들은 보행자를 우선시하여 길에 사람이 길을 건너면 급정거하는 경우가 많았기 때문이다. 보행자들이 제멋대로인 것이 아니라 보행자가 길을 건너려고 준비하는 듯하면 차가 그냥 서버리는 것이다. 그게 도심에서는 그냥 흔하게 일어나는 일이었다. 횡단보도가 아니라도 말이다. 게다가 앞차를 따라가다 보면 신호가 끝나버린 경우가 있는데, 미처 신호를 못 보고 앞차를 따라가다 보면 이러다 경찰에 걸리는 게 아닌가 할 때가 한두 번이 아니었다. 어쨌든 도심을 통과하는 건 스트레스였다.

노보시비르스크 전 200㎞쯤에 케메로보(Kemerovo)라는 도시가 있었다. 작은 도시가 아닌데 완전히 도심을 관통해야 했다. 한동안 꽤 긴장했었는데 다행히 경찰은 나를 부르지 않았다.

Romano House B&B

노보시비르스크를 북쪽에서 들어갔다. 여기도 지도를 보면 주도로로 숙소 근처까지 갈 수 있었는데, 내비게이션은 일찌감치 간선에서 빠져나와 혼잡하기 이를 데 없는 노보시비르스크의 도로를 달리라고 했다. 역 근처에는 항상 길목이 하나밖에 없고, 그 길목을 지나는 것이 무지 복잡했다. 왕복 8차선이 넘는 길인데, 차가 가득했다. 거의 20㎞를 엉금엉금 기어 숙소로 접근했다.

숙소 인근에서는 정말 희한한 경로를 제시하여 동네 안을 이리저리 돌고 말았지만, 간신히 숙소에 접근할 수 있었다. 다행히 숙소 인근은 상대적으로 한적한 곳이라 대충 차를 댄 후에 숙소를 찾을 수가 있었다.

여기도 영어는 전혀 안 됐지만, 체크인 하는 데는 문제가 없었다. 아줌마가 방값을 잘못 계산하였으나 금방 본인 실수를 인정하고 돈을 다시 계산하여 주었다. 주차는 숙소 앞마당에 하면 됐다. 차는 먼지를 뒤집어써서 내 차인지 아닌지 구분이 안 될 정도가 됐다.

일곱 시쯤 되어 저녁을 먹으러 나가려고 보니, 또 시간이 한 시간 지연되어 있었다. 오늘도 서쪽으로 800㎞를 달렸으니 그런 것 같다. 하루에 한 번씩 시간이 지연되니, 잠 잘 시간은 한 시간씩 늘어 좋지만, 반대로 돌아갈 땐 한 시간씩 줄어들 테니 생각해 보면 돌아갈 때 좀 힘들 것 같다.

저녁 먹으러 밖으로 나갔는데 식당이 잘 안 보였다. 식당이라 간판을 단 곳은 장사를 안 하고 있고 인근에 공원이 있어서 많은 사람이 저녁에 나와 있었다. 찾다 보니 다행히 인근에 식당이 하나 있었다.

식당에도 역시 영어가 잘 안 됐다. 다행히 직원 한 명이 아주 조금 영어를 했다. 영어 메뉴는 없었는데 구글 번역기를 써서 그와 의사소통을 할 수 있었다. 양고기 국, 샐러드 하나, 밥 두 개, 연어구이를 시켜 잘 먹었다. 우리 돈으로 이만 원가량 나왔다.

D+017, 노보시비르스크 첫째 날

2015년 8월 19일, 수요일, 맑음

느지막이 잠을 깨 줬다. 한 일곱 시 반까지는 확실히 잤고, 여덟 시 쯤에 일어났다. 밖에 나가서 차에 두고 안 가져온 커피세트를 들고 들어왔다. 커피를 타서 빵조각을 뜯어 먹고 있다가 8:30쯤에 김밥을 깨워 빵을 먹게 했다.

아침에 이전에 못 쓴 일지(블로그)를 적었다. 일지를 적어 둬야 내가 뭘 했는지 기억할 수 있기 때문이다. 예전에는 어떻게 그런 일을 잊을 수가 있지 하던 일들도, 이제는 언제 그런 일이 있었단 말인가 하는 상황이 되었음을 부인할 수 없다.

열 시쯤에 나갈 준비를 해서 나갔다. 먼저 갈 곳은 지역 박물관인데, Triposo의 지도를 참고하여 그 위치까지 걸어갔으나 도무지 그런 것이 있을 곳이 아니었다. 그래서 맵스미의 지도를 참조하여 보니, 그 위치가 아니라 1.5㎞쯤 떨어진 다른 곳에 있는 것으로 나왔다. Triposo의 정보가 가끔 틀린 것이 있다는 것을 이미 알았던지라 그다음 목적지로 갔다.

알렉산더 네브스키 대성당(Alexander Nevsky Cathedral)[1]

알렉산더 네브스키(1221~1263)는 러시아의 역사적 영웅이다. 러시아 전역과 러시아(또는 구 소련)가 영향을 미친 여러 나라에 그의 이름을 딴 성당이 있고, 그는 상트페테르부르그의 수호 성인이기도 하다. 러시아가 캅차크 한국[2]에 정복당해 있던 암울한 시기의 중세 러시아[3]를 대표하는 인물로, 현재의 독일과 스웨덴 지역으로부터의 공격을 막아 낸, 우리나라로 치면 이순신 장군쯤에 해당하는 것 같다. 그래서 그는 러시아 정교회에서 성인으로 추앙받고 있고, 많은 성당들에서 그를 그린 이콘을 볼 수 있다.

길 건너편에 서서 보면 황금빛 돔이 장관이다. 성당의 주변에는 항상 혁명전사들에 관한 기념물이 있기 마련인지, 여기도 그것이 있었다. 길을 건너 성당 건물로 들어가니 몇 명의 할머니들이 건물 안으로 줄을 지어 들어가고 있었다. 우리도 그 줄에 따라 들어갔다. 입구가 좀 좁다는 생각이 들

---

1 이 대성당은 1896년에 공사가 시작되어 1899년에 완공됐다고 하고, 이 교회는 시베리아 횡단 철도의 공사를 시작한 러시아의 차르 알렉산더 3세(1881~1894)를 기념하는 교회이기도 하다. 이 대성당도 1937년에는 소련 정부에 의해 폐쇄 됐다가, 1989년에 다시 열게 됐다는 역사를 가지고 있다.
2 칭기즈칸의 사망 이후 몽골은 네 개의 한국과 원나라로 쪼개졌다.
3 중세의 러시아는 현재의 우크라이나 일대의 나라였고, 현재의 시베리아를 포함한 광대한 영토는 한참 이후의 일이다

었는데 알고 보니 거기는 성당의 옆쪽 입구였다.

입구에 들어가자마자 카메라의 셔터를 눌렀는데, 나를 지켜보던 웬 중년의 남자가 성당관계자인 듯한 사람에게 가서는 나를 손으로 가리키며 뭐라 했다. 그런데 아무 일이 없었다. 나는 옆으로 들어갔기에 사진 촬영에 대한 아무런 안내를 보지 못해서 그렇게 한 것이었는데, 나중에 보니 정면 입구 부근에 무슨 안내가 있긴 했다. 하지만 전부가 러시아어라 잘 모르겠지만 그 내용이 촬영 금지 같지는 않아보였다.

러시아 정교회의 내부에는 파란색이 많이 쓰이고 있는데, 이 점은 조금 특이하게 느껴졌다. 보통 푸른색은 페르시안 블루(Persian blue)라 하여, 모스크에서 많이 쓰이는 색이라 그런 듯하다. 어쨌든 이 성당도 단순히 유적 상태의 성당이 아닌 신자들이 들어와 기도하는 살아있는 성당이었다. 지붕이 양파 모양이 아닌 비잔틴양식에 가까워서 러시아에서는 오히려 특이하게 느껴지는 성당이었다.

알렉산더 네브스키 대성당. 성당의 인근에는 2차 대전 기념물이 함께 서 있어, 나라를 위해 희생된 전사자들의 영혼을 달래고 있다.

한국말이 통하는 과일 가게

성당을 돌아 볼 때 이미 배가 고파오고 있었다. 성당을 나와 다음 목적지인 박물관 쪽으로 걸어가다 보니 과일 가게가 하나 있었다. 과일 가게 옆에는 음료수를 파는 작은 매점도 있긴 있었는데, 김밥이 토마토를 사먹자 했다. 여러 가지 과일이 있었지만 들고 먹을 만한 것은 그 정도인 듯했다. 선뜻 결정을 못 내리고 있는데, "뭘 드릴까요?"라는 한국말이 들렸다. 이게 무슨 소리인가 하면서 보니, 아가씨가 한국말을 하며 우리를 보고 있었다.

한국말을 들으니 반갑기도 하고 해서 안으로 들어가 봉투에 토마토를 담으며 어디서 한국말을 배웠냐고 물어보니 대학에서 배웠다고 했다. 봉투에 담은 토마토를 건네주자 정확하게 "오십팔 루블"이라며 숫자까지 정확하게 발음을 했다. 한국에 와 본 적이 있는지 물어봤는데 그런 적은 없다 했다. 그녀의 아버지인지 친척인지는 분명 러시아인인데, 그녀의 모습은 동양인에 가까웠다.

지난번 울란우데의 오돈 호텔 근처의 사모바르 카페의 그녀도 대학에서 한국말을 배웠다고 했는데, 이 아가씨의 한국말 실력은 거의 완벽에 가까운 정도였으니, 대학에서 한국말을 배우는 사람들이 꽤 있는 것 같다.

카페 상하이

토마토를 사서 천천히 걸어가다가 하나씩 화장지로 닦아서 먹으니 맛이 좋았다. 오늘따라 기온이 꽤 높아 오랜만에 다시 여름이 된 듯했는데 물 많은 토마토를 먹으니 좋았던 것이다. 배도 고픈데 잘된 것이었다. 걷다 보니 앞에 카페가 하나 나왔다. 이름을 보니 중국집인 듯했는데 김밥 군이 배고픈지 빨리 들어가자고 했다.

안에 들어가 영어가 되는지 물어봤으나 역시 영어는 안 됐다. 다행히 메뉴에 사진이 있었다. 일단 밥을 두 개 시키고 스프라이트와 콜라를 각각 한 병씩 시킨 뒤 밥을 먹고 마실 아메리카노 한잔과 김밥 군이 반찬으로 먹을 적당한 고기와 야채가 든 것을 하나 시켰다. 주문되어 나온 음식을 보니 딱 적당했다. 반찬은 소고기와 상추가 적당히 버무려진 듯했는데 야채도 먹고 고기도 먹으니 반찬이 두개인 것 같은 느낌이었다. 적당히 먹고 마시고 하니 점심값은 850루블 정도가 나왔다.

레리하[4] 박물관

카페 상하이에 들어가기 전에 State Art museum이 하나 있었으나 들어가지는 않았다. 사실 이 미술관에 관한 정보가 별로 없었고, 이런 곳은 들어가 보면 알지 못하는 작가들의 작품만 보다 나오게 되기 때문이다. 결국 이 미술관은 뛰어 넘게 되었고, 점심을 먹은 다음에 간 곳은 레리하 박물관이었다.

이 박물관도 안에 계시는 분들은 거의 전부 할머니들이었고 방 하나를 들어가고 나올 때마다 다음 방을 안내해 주셨다.

그림들은 보색의 대비가 매우 강하여 평면의 그림이지만 대상들이 밖으로 툭 튀어 나오는 듯한 느낌, 그림의 요철이 굉장히 대비되어 보였다. 이 외에 여러 불상들, 불교적인 수집품들이 전시되어 있었는데 전반적인 박물관의 느낌은 꽤나 세상과는 동떨어진 신비주의적 경향이 강했다.

지역 및 자연박물관

다음 목적지는 처음에 가려고 했던 지역 박물관이었는데 근처에 가서 아무리 건물을 돌아봐도 입구가 보이지 않았다. 입구인 듯 보이는 문은 잠겨 있었는데 건물을 두 번째 돌면서 그 건물에 열려 있는 어떤 입구로 가서 수위인 듯 보이는 할아버지께 박물관 입구가 어디냐고 물어 보았으나, 뭐라 뭐라 러시아어로 마구 말을 하는 통에 알아들을 수가 없었다. 구글

---

4 레리하(Nicholas Roerich)는 1874년 상트페테르부르크(St. Petersburg)에서 태어난 화가이자, 과학자(?)이자, 사상가였던 사람으로, 그의 미술관은 뉴욕에도 있다 한다. 그의 작품들은 인도와 불교의 영향을 많이 받았고, 그의 작품들은 신비주의적 성향을 띠고 있다한다.

내 차 타고 세계여행_러시아 횡단 편

번역기를 들이밀어 보았으나 계속 말씀만 하셨다.

어쩔 수 없이 퇴각하여 다시 돌다가 또 열린 문으로 나오는 아줌마한테 박물관 입구를 물어 보았는데 또 러시아어로 뭐라 말씀을 하셨다. 다시 구글 번역기를 들이밀었더니 한숨을 푹 쉬며 자판을 쳐 주셨다. 봤더니 박물관은 수리 중이고 자연부(여기는 지역부와 자연부가 있다)는 어디로 옮겼다며 주소를 적어 주었다. 어쨌든 매우 감사한 아줌마여서, "쓰빠시바"를 열심히 말해주었다. 옮겨진 주소까지 아시는 걸로 봐서는 그녀는 아마도 박물관의 직원이었던 것 같다.

레닌 광장, 오페라 및 발레 하우스

박물관 길 건너는 레닌 광장이고, 레닌 광장 뒤는 오페라 및 발레 하우스다. 레닌 광장에는 레닌과 혁명전사들의 동상이 서 있었다. 그 아래에서 노보시비르스크의 청소년들이 스케이트보드를 타며 놀고 있었다.

오늘 따라 날씨도 매우 화창하여 레닌의 동상과 전사들의 동상은 더 빛나 보였다. 궁금한 것은 그 밑에서 스케이트보드를 타는 청소년들은 레닌에 관해서 어떤 생각을 하고 있는지 하는 것이었다. 시간이 지나면 어떤 시절에는 역사적 영웅이었던 사람도 평가가 바뀌기 마련인 듯한데, 광장을 만들어 주어 스케이트보드 타기엔 좋다는 정도로 바뀐 건 아닌지 모르겠다는 생각도 들었다.

광장의 뒤로는 오페라 및 발레 하우스가 있었는데, 내부는 모르겠으나 외부는 공사 중이었다. 마치 비행접시와 같은 모양을 하고 있는 거대한 건물이었다.

레닌 하우스, 혁명 전사 기념물

광장에서 인접한 곳에 레닌 하우스가 있는데, 지금은 오케스트라의 연주장으로 쓰이고 있는 듯했다. 건물의 앞에는 여러 연주회에 관한 걸개가 걸려 있었다. 그 앞 바닥에 사람의 형상이 그려져 있었는데 무언지 궁금했다. 사람이 쓰러져 있었던 것인지….

레닌 하우스의 뒤편에 혁명 전사 기념물이 있다. 뒤로 난 정원을 따라 걸으면 혁명전사 기념물 앞으로 간다. 거대한 횃불과 그 앞에 혁명에 관한 부조가 있었다. 마침 우리가 갔을 때는 대여섯 명의 여자아이들이 모여 춤 연습을 하고 있었다. 혁명전사 기념물 앞에서 춤이라니….

어쨌든 이곳은 소련 시절에는 매우 중요한 장소였다고 하지만, 지금은 레닌하우스 뒤편에 숨겨진 춤 연습 장소 정도인 듯하다. 횃불의 뒤쪽으로 화단이 있고, 그 화단이 끝나면 혁명에 참여하였던 사람들의 흉상들이 줄을 지어 서 있어 비장함과 엄숙함을 자아내고 있었는데, 춤추는 여자 아이들과는 대조적이었다.

도스토예프스키는 젊은 시절 공상적 사회주의 정치 모임에 참석한 일로 인해 체포되어 옴스크에서 1850-1854년에 수형생활을 하였다. 이 도시에는 그의 문학박물관이 있다.

Omsk

옴스크

옴스크는 러시아에서 일곱 번째로 큰 도시로 인구가 무려 백 만이 넘는다고 한다. 시내에는 푸시킨의 이름을 땄다는 도서관과, 황금 빛 성당들을 만날 수 있다. 여기는 제정 러시아의 남쪽 요새이자, 시베리아 지역의 관문도시이며, 반볼셰비키 혁명군인 백군이 러시아의 수도로 선포했던 도시이다.

D+018, 옴스크로 가는 길

2015년 8월 20일, 목요일, 맑음

일곱 시 반쯤에 잠을 깼다. 오늘도 가긴 가야 하는데, 거리가 650㎞ 정도라 좀 게으름을 피웠다. 갈 길이 700㎞ 정도면 적당한 것 같고, 그 이상이면 힘들고, 그 이하면 마음이 편한 상태가 됐다.

커피를 만들어 빵과 함께 뜯어 먹고 나서 김밥 군은 옆에서 잠들었다. 나는 조용히 일지를 정리했다. 분명히 다니고 있을 때는 더 재밌는 생각들이 들었는데, 나중에 보면 무슨 생각을 했는지 기억이 잘 안 나는 것이 안타깝다. 내 기억을 모조리 기록해 둘 수 있으면 좋으련만.

여덟 시쯤에 김밥 군을 깨워 빵과 주스를 먹게 했다. 김밥도 겨우 정신을 차리고는 언제 갈 거냐고 물었다. 묻는 폼을 보니 당장 안 가면 노트북을 좀 보겠다는 눈치였다. 오늘은 한 아홉 시쯤 가자고 했다.

아홉 시까지 대충 일지를 정리하고, 짐을 싸서 내려갔다. 숙박 계산서를 받고 천천히 차를 출발시켰다. 그저께 들어올 때도 시간이 많이 걸렸는데, 오늘은 얼마나 걸릴지 걱정이 좀 됐다.

아니나 다를까 노보시비르스크 시내를 통과하여 시속 80㎞ 정도를 낼 수 있게 되기까지 거의 한 시간이 걸렸다. 역시 기차역 근처에서 차들이 회전형 로터리에 모여 뒤죽박죽이 되고 있는 것이 문제였다.

그 구간을 통과한 이후에도 속도가 그다지 나지 않았다. 시간과 달린 거리를 보니 100㎞를 달리는 데 거의 두 시간이 흐르고 있었다. 트럭들이 생각보다 많고 그것들이 속력을 많이 못 내니 그런 것 같았다.

경찰도 걱정해야 하고 해서 오전 내내 엉금엉금 가고 있었다. 열두 시가 넘어서야 겨우 100㎞/h쯤을 내고 있었고, 벌써 배가 고파졌다. 차를 댈 만한 곳에는 으레 다른 차들이 미리 대어져 있었다. 거의 한 시까지 달려서야 내가 차를 세울 만한 곳이 나타났다.

길가에 차를 대고 커피를 타서 또 식빵 조각을 뜯어 먹었다. 원래는 여기서 식빵을 먹고 후식으로 어제 먹다 남겨 둔 수박까지 먹으려고 했는데 이쪽 길은 비포장인데 하필 다니는 차가 많았고, 차가 한 번 지나가면 먼지가 심해서 도저히 수박을 먹을 상황이 되지 않았다. 결국 수박 먹는 것을 포기하고 그냥 갔다.

노보시비르스크에서 옴스크까지의 구간이 가장 풍경의 변화가 적은 곳이 아닌가 생각된다. 가도 가도 보이는 풍경이 대동소이하다. 쭉 뻗은 길이 있고, 좌우로 녹색 평야가 펼쳐지는데, 군데군데 나무들이 군집을 이루어 자라고 있다. 이런 풍경이 시간이 지나도 비슷하게 펼쳐졌다.

오후 두 시가 넘어서자 피로가 몰려 왔고, 차를 세워 좀 쉬어야 했다. 여전히 이 여행을 하면서 제일 힘든 순간을 꼽자면 운전하면서 졸릴 때다. 졸려서 운전대를 잡고는 잠에서 깨기 위해 온몸을 비튼다. 잠을 깨우는 가장 좋은 자세는 머리를 꼿꼿이 세우고 운전대에 몸을 완전히 밀착시키는 자세이다. 보기엔 좀 기괴하지만 이 자세가 잠을 깨는 데는 가장 좋다. 물론 차를 세우고 밖을 좀 돌아다니는 것이 최고다.

시베리아의 화장실

버스 정류장이 있고, 근처에 공터가 좀 있어 차를 세웠다. 차를 세우고 밖을 보니 푸른 초원의 풍경이 아름다워 사진을 좀 찍었다. 마침 바람이 살살 부는데 찬바람을 맞으니 갑자기 살짝 배가 아파졌다. 화장실을 가야 하나 하고 주위를 둘러보니 길 건너편 버스 정류장의 아래쪽에 화장실이 보였다. 러시아의 길가에 있는 무료화장실의 소문을 들어 알고는 있었는데 문화체험 차원에서 한 번 가볼까 하고 차에 가서 화장지를 꺼내 든 뒤 가봤다.

근처를 가면서 벌써 냄새가 심상치 않은데, 흠…. 도저히 인간으로 가서 발을 디딜 수 있는 곳이 아니었다. 저기서 볼일을 보느니, 차라리 그 뒤에 가겠다 하고 보니 그쪽도 마찬가지였다. 인간으로서 도저히 갈 수 없는 곳. 거기는 정말 불가항력적인 상황이 아니라면 도저히 갈 수 없는 곳이었다. 다행히 차로 다시 돌아오니 아프던 배도 안 아파져서 조용히 다시 운전을 시작했다.

가스띠니챠 아우라

경치는 끝까지 그대로였고, 마침내 여섯 시가 가까워져서 목적지 옴스크 근처에 도착했다. 나중에 밥 먹으며 안 사실인데 옴스크는 러시아에서 일곱 번째로 큰 도시로 인구가 무려 백만이 넘는다고 한다. 백만이면 울산광역시 정도는 된다는 얘기니 크긴 크다.

역시 시내를 한 20㎞ 정도 관통해야 했는데, 오다 보니 푸시킨의 이름을 땄다는 도서관도 지나고 황금빛 성당을 몇 개 지난 듯하다. 여기는 제정 러시아의 남쪽 요새이자, 시베리아 지역의 관문도시로서 발전을 했던 도시이고 볼셰비키 혁명 때 반대파에 섰던 백군이 러시아의 수도로 선포했던 도시라고 하니 도시가 고색창연한 것은 당연한 듯하다.

마침내 내비게이션이 가라는 대로 가니 숙소인 아우라(Aura) 가스띠니챠의 표지판이 있었다. 어디로 가라는 건지 잠시 애매하여 차에서 내려 걸어가보니 저쪽 구석에 가스띠니챠 표지가 보였다. 완전 구석에 있는 숙소였다. 리셉션에는 아줌마 두 명이 앉아 있었는데 역시 영어는 전혀 안 됐고,

오늘도 구글 번역기는 맹활약했다. 도대체 이걸 안 썼으면 일이 어떻게 됐을지 모르겠다. 구글 만세!

D+019, 옴스크 돌아보기

2015년 8월 21일, 금요일, 맑음

계속 이 얘기를 하려고 생각을 하다가 막상 글 쓸 땐 잊어버려서 처음에 쓴다. 같이 동해항에서 배를 탔던 사람들에 관한 얘기다. 같이 페리에 오토바이를 실었던 사람은 나와 김밥을 제외하고 다섯 명이었다.

그중 2개월 일정으로 여행을 시작했던 신혼부부는 블라디보스토크에서 급히 계획을 변경하여 울란우데까지 오토바이를 기차로 실어갔다. 시베리아 횡단 열차에 몸을 싣고 먼저 울란우데까지 가 있다가 뒤에 화물로 오는 오토바이를 받아 거기서부터 출발했다. 내가 치타 구간을 통과하던 무렵, 내가 울란우데에 도착하기 하루 전에 울란우데에서부터 오토바이를 몰고 서쪽으로 떠나 계속 앞쪽 길의 상황을 우리에게 전해 주고 어제 드디어 모스크바로 들어갔다고 연락이 왔다. 카잔 직전에 30㎞가 넘는 비포장 구간이 있다는 무시무시한 정보를 던져 주었다.

혼자 오토바이(스쿠터?)를 몰고 나타났던 건축과 4학년 학생은 블라디보스토크에서부터 오토바이를 열차에 실어 모스크바까지 바로 갔다. 어제가 그제가 드디어 오토바이를 받았다고 하고, 지금은 폴란드로 들어갔다고 연락이 왔다.

회사를 그만두고 4개월간의 여행을 떠난 두 명의 오토바이 친구는 치타 부근에서부터 오토바이가 하나씩 번갈아가며 문제가 생겼던 듯하다. 오토바이의 체인 부품이 도착하기를 기다리느라 치타에서 무려 3일을 있었다고 한다. 그렇게 간신히 수리를 하고 출발하여 이제 크라스노야르스크에 도착했다고 한다. 이 두 명의 오토바이는 BMW였는데, 중고로 대당 800만 원 정도에 샀다고 한다. 아무래도 중고라서 고장이 나는 게 아닐까 생각된다. 사실 신혼부부의 오토바이도 여러 가지 사정으로 급조된 중고 오토바이인데, 아무래도 달린 거리가 멀지 않아서 문제가 덜 생기고 있는 듯하다.

그에 비하면 주행거리가 이제 25,000㎞을 넘고 있는 내 차는 아직까진 아무런 문제도 일으키지 않고 있다. 모스크바 정도 가면 엔진오일을 갈고, 점검을 받아 볼까 한다. 그런데, 서비스센터는 어디 있는 건가.

…

여덟 시쯤 잠을 깼다. 이제는 이 시간에 일어나는 것도 꽤 힘들다. 조금씩 늦춰지는 시차에도 적응이 되고 있었다.

겨우 일어나 커피를 만들어 마시고, 식빵을 뜯어 먹고, 김밥 군을 깨웠다. 주스하고 빵을 먹으라고 한 뒤 일지 정리를 잠시 했다. 어제 정리하지 않은 영수증 정리를 했다. 도시를 계속 이동해 다니고 있으니 가끔 여기가 어느 도시인지 헷갈리기 시작한다. 어제 있었던 데가 노보시비르스크였는지 크라스노야르스크였는지 기억이 가물가물하다.

열 시쯤 밖으로 나갔다. 날씨가 꽤 쌀쌀했다. 둘 다 웃옷을 겹쳐 입고 나갔다. GPS를 참고하여 방향을 잡아서 가다 보니, 어제 차로 들어온 길을 거꾸로 가는 것이었다. 제일 먼저 가게 될 곳이 주립 도서관(State Library)인데, 그 전에 황금빛 양파 모양 지붕을 한 성당을 지나게 됐다.

성당은 그리 오래된 것은 아닌 듯하지만 모습 그 자체로 아름다운 성당이었다. 어제 들어올 때도 언뜻 보았는데 다시 보지 못할까 아쉬웠던 성당이어서 안까지 들어가 보았다. 이런 성당의 내부는 간결하게 아름답다. 어마어마한 이콘들이 걸려 있는 것은 아니지만, 그 자체로 엄숙함이 배어 나온다.

성당을 뒤로하고 계속 걷다 보니 길 건너편에 도서관이 있었다. 지하도를 통해 도서관 쪽으로 건너갔다.

주립 도서관

이 도서관은 시인 푸시킨의 이름을 땄다고 한다. 옴스크에서 가장 오래된 도서관이라고 하는데 그 규모도 아주 커 보인다. 먼저 보이는 것은 부조이고, 그 부조 앞에는 사진을 찍고 있는 중년의 남자가 한 명 있었다. 부조를 돌아 도서관의 앞으로 가면 청동상들이 도서관 난간에 서 있다.

도서관이 처음 만들어진 것은 1907년의 일이지만, 현재의 건물은 1982년에 건축된 것으로, 3.5m 높이의 청동상 여덟 개가 전면에 세워져 있다. 그중 중앙에 있는 것이 푸시킨의 상이고 좌우에는 러시아의 역사에 중요한 인물들의 상인데 그중에는 질량보존의 법칙을 발견한 미하일 로모노소프, 로켓 과학자 치올콥스키의 상도 있다.

성모승천 대성당(Assumption Cathedral)[1]

도서관에서 다시 남동쪽으로 200m쯤 가서, 지하도를 대각선으로 한 번 건너면 공원이 있다. 처음에는 나무 때문에 잘 보이지 않는데, 가까이 다가가면 찬란한 성당이 나타난다. 황금빛의 거대한 돔이 압도적이다.

여기는 러시아 각지에서 볼셰비키에 의해 순교한 성직자의 유품을 추모하기 위해 전국 각지에서 사람들이 몰려오는 곳이어서, 내부가 기도하는 사람들로 가득 차 있었다. 항상 그렇듯 나 같은 관광객이 출몰할 만한 곳은 아니다. 암암리에 조용히 사진을 찍고 조용히 밖으로 나왔다. 밖을 돌아보는 것만으로도 몸과 마음이 정화되는 느낌이었다.

---

1 건물의 건축은 1891년에 시작되었고, 봉헌된 것은 1898년의 일이다. 러시아 혁명 후에 폐쇄됐다가, 1935년에는 폭파되었었다고 한다. 현재의 건물은 2007년 7월에 원래의 설계대로 재건축된 것이라 한다.

내 차 타고 세계여행_러시아 횡단 편

성모승천 대성당. 황금빛의 거대한 돔이 압도적이다.

2015/ 8/21 15:23

도스토옙스키 문학 박물관

　원래는 루테란 교회를 찾아가는 길이었다. 성당에서 바로 남쪽으로 난 길을 찾아가는데, 교회 주위를 돌고 나니 방향 감각이 없어져 버렸다. 내가 저쪽에서 온 것인지 이쪽에서 온 것인지 도대체 알 수가 없었다. 여행 준비물로 나침반을 하나 샀었는데, 전혀 방향감각이 없는 나침반이어서 버리고(싼 중국제를 샀더니 결국), 막 서울로 올라올 무렵에 나침반 기능과 고도계, 온도계가 함께 있는 제품을 주문하려고 했었다. 전부 재고가 없다는 연락만 와서 결국 사지 못하고 왔는데 이럴 땐 정말 아쉽다.

　GPS 지도를 크게 확대하여 이리저리 걸어 보고 나서야 겨우 방향을 찾을 수 있었다. 찾은 방향으로 걸으니 아름다운 공원을 하나 지난 뒤에 동상이 서 있었다. 글자를 읽어 보니 도스토옙스키의 동상이었다. 그의 성명을 완전히 알지 못하여 확신이 좀 없긴 한데 아무래도 맞는 듯했다. 어제 상트페테르부르크에 계신 분이 여기가 그가 감옥살이했던 곳이란 정보를 주셨는데, 그 생각이 났다. 동상을 촬영하고 좁은 길 하나 건너에 보니 대포 몇 개가 전시되어 있는 건물이 있었다. 혹시 저기가 그 교도소인가 하며 가보았다. 건물 앞에 도스토옙스키에 대한 뭔가 설명이 있긴 있는데, 도저히 들어가볼 만한 박물관은 아닌 듯했다. 그 건물에서 다시 길을 건너보니 도스토옙스키와 관련된 박물관에 관한 안내가 있었고, 그 화살표를 따라가 보니 박물관이 하나 있었다.

이상하게도 러시아 박물관은 길가에 건물이 있어도 입구가 완전히 반대쪽에 있는 경우가 있었다. 여기도 길가에서 다시 안쪽으로 돌아가니 입구가 있었다. 문을 열고 "무제이(музéй)?" 하며 박물관이 맞는지 물어보니 또 러시아말로 뭐라 뭐라 했다. 일단 맞긴 맞는 듯하여 번역기에 'Admission fee?'를 찍어 번역해 주니 300루블이라고 적어 주기에 표를 샀다.

박물관은 도스토옙스키의 문학 박물관이었다. 일부 전시물에 영어 번역이 되어 있어서 알 수 있었다. 그가 감옥에 투옥되었던 상황, 함께 유배되었던 것들 등이 전시되어 있었다.

사실 나는 김밥 군의 나이 때부터 SF소설에 몰두했고 이후에는 각종 실용적 과학기술 서적 등에만 몰두한 나머지 도스토옙스키의 소설은 전혀 읽어 본바 없다. 하지만 그가 아주 유명한 소설가라는 것은 알고 있어 이 박물관이 뜻깊었다. 김밥 군은 뭐 이런 데가 다 있나 하는 듯했지만.

점심 먹기

루테란 교회는 끝내 찾지 못했다. 설명을 읽어 보니 아주 역사 깊은 교회는 아닌 듯하여 미련 없이 접고, 예상치 않던 도스토옙스키의 박물관을 본 것을 위안 삼았다. 이제 다리를 건너 박물관으로 가야 하는데 가기 전에 점심을 먹어야 할 듯했다. 방향을 잡아 길을 걷다 보니 러시아 관광객들이 모여 사진을 찍고 있었다. 그것이 뭔지 잘은 모르겠으나 나도 사진을 찍어 줬다.

지금 다리 쪽으로 걸어가는 이 길은 옴스크에서 가장 오래된 거리로, Liubinsky 거리라고 하는데, 건물들이 고색창연하다. 거리를 걷다 보면 내가 정말 오래된 거리를 걷고 있구나 하는 생각이 든다.

마침 다리를 건너기 전에 카페가 하나 있어 들어가 자리를 잡고 앉았다. 메뉴를 보니 아주 맛있어 보이는 생선 요리가 있어 그걸 하나 주문하고, 나는 밥을 하나 더 주문했다. 김밥 군은 고기를 먹겠다 하여 그걸 주문해 줬다.

생선 요리는 전에 이르쿠츠크의 세차장 뒤쪽에 있던 카페에서 먹은 것과 같은 종류였는데, 여기는 그 염장 생선을 5×5㎜ 크기로 자른 뒤 감자와 크림으로 버무려 놓았다. 짭짤한 생선과 달콤한 크림, 감자가 혼합되어 러시아에서 지금까지 먹은 음식 중에 가장 화려한 맛이었다. 맛있는 건 양이 적은 법이라 아쉽긴 한데, 그것과 밥 한 그릇을 먹고 나니 모자라지 않고 든든했다. 다행히 밥은 좀 많이 나왔기 때문이다.

Serafimo-Alexeyevskaya Chapel

1907년에 건축됐다가, 소련이 들어선 후 1928년에 철거되었고, 1994년에 복원된 교회당으로, 강가에 아름다운 모습을 드러내고 있다. 강을 건너기 직전에 있는데, 문이 열려 있어 내부를 들여다볼 수 있었다. 규모가 크진 않지만, 있을 건 다 있고, 여기도 관리하시는 분인 듯한 분들이 있었다.

러시아의 성당이나 교회는 대부분 소련 시절에는 폐쇄되었던 아픈 과거를 가지고 있다. 지금의 모습을 보면 어떻게 그 많은 사람이 그 시절에 그런 걸 받아들일 수 있었는지 의아하게 느껴지기도 한다. 하지만 우리나라에도 종교에 대한 심한 반감이 있는 사람들이 있다는 걸 보면 언제라도 그런 일들은 다시 일어날 수 있을 거라는 생각이 든다. 과격하고 자기 뜻을 관철하는 것에 일말의 의심이나 두려움이 없는 사람들이 권력을 잡으면 그런 일은 쉽게 일어나는 법이다.

이르티시(Irtysh)강

이 강은 러시아, 카자흐스탄, 중국에 걸쳐 있는 강이라고 한다. 길이가 무려 4,000㎞가 넘고, 결국엔 오비강으로 들어간다고 한다. 오비강은 북극 쪽 바다로 들어간다. 강가에는 한가롭게 유람선이 정박하고 있었다.

막 강을 건너려다 화장실이 보이기에 문화체험 차원에서 한 번 가봤다. 20루블을 내는 곳인데 예상 외로 괜찮았다. 수세식은 아니라 내용물이 보이긴 하는데 신기하게도 냄새가 전혀 안 났다. 밤에 쓰려고 둔 건지 타다 남은 양초도 남아 있었다. 전체가 플라스틱으로 만들어져 있어서 우리나라의 FRP 구조보다는 약해 보이지만 화장실을 굳이 그렇게 튼튼하게 만들 필요는 없지 않나 하는 생각도 들었다. 적당히 바람만 막아주고 밖에서 안 보이면 다인데, 굳이 FRP라니. 이런 면은 러시아 화장실이 나은 듯하다.

이상하게도 러시아 화장실에는 화장지가 제대로 걸려 있는 경우를 보기가 힘들다. 화장지 자체가 우리나라 화장지처럼 심을 넣어 감아 놓은 것 같지가 않고 대부분 근처에 적당히 놓여 있다. 다니는 호텔마다 다 그렇다. 여기도 화장지는 그냥 적당히 두고 있었다. 화장지 걸이를 만드는 것은 어려운 것이 아니고, 대부분 화장지 걸이가 있는데도 그렇게 하고 있었다. 이해하기 어려운 부분이다.

레닌 광장

러시아의 어느 도시에나 레닌광장은 있는 법이고 여기도 예외는 아니다. 이전에도 그랬는지 모르겠는데 여기는 레닌의 동상 아래에 아무런 설명이 없었다. 설명을 굳이 하지 않아도 다 알기 때문인지 사방 어디에도 설명이 없다. 동상의 뒤쪽으로는 작은 기도소가 하나 있고 옆으로는 혁명전사들의 기념물이 서 있었다. 여기는 돌아올 때 돌아보기로 하고 빨리 지나쳤다.

자연 및 지역문화 박물관

다리를 건너 계속 남쪽으로 걷다 보면 레닌 광장, 혁명전사 기념물 등을 지나 박물관이 나타난다. 이전의 도시 노보시비르스크에서 박물관을 보지 못하여 아쉬웠는데 여기는 보게 되어 다행이었다. 김밥의 입장권은 공짜였지만 사진 촬영용 표가 따로 있는 모양이었다. 하지만 그것에 관한 언급이 없어 사지 않았더니 안에서 뭐라 했다. 러시아의 박물관은 표를 각 부문별로 파는 것 같다. 몇 루블짜리, 몇 루블짜리를 한 명이 여러 장을 사는데, 사실 어디가 어디 표인지 내가 봐서는 전혀 모르겠고 방에 들어갈 때마다 표를 확인하곤 한다.

여기도 안에 계시는 분들은 대부분 할머니, 할아버지다. 수위 할아버지가 먼저 지하로 가라며 안내해 주었다. 지하에 가니 첫 번째 방은 곤충 표본을 전시하고 있었다. 손바닥보다 넓은 나비가 있긴 했지만 여기만 있는 건 아니어서 대충대충 보며 지나갔다. 표를 구별해서 살 수 있다면 자연과학부 표는 안 사고 싶다.

지하에 다른 방 하나는 지역 역사에 관한 방이다. 역사시대 이전의 유물들부터 전시되고 있다. 그중 기마 전사의 모형이 인상적이었는데 고구려 고분에 나오는 전사의 모습과 비슷해 보였다. 여기도 전시 내용은 동양적이다.

특히 1층 로비에 전시된 청동제 사자의 모형 아래에는 한자가 적혀 있다. 그 상을 만드는 데 기부한 사람들 또는 기념할 사람들의 이름일 것이다.

2층에 올라가면 거대한 매머드의 화석이 전시되어 있다. 러시아를 다니며 많이 보게 되는 것이 매머드 화석이다. 크기가 실로 엄청나다. 첫 번째 방에 들어가면 과학자들의 연구실을 재현해 놓은 것이 있다. 우리나라에는 과학관쯤에나 가야 이런 것이 있을까 말까 한데, 러시아에는 박물관에서 그런 걸 전시해 주고 있다. 이전에 도서관에도 중요 인물로 과학자들이 청동상으로 전시되고 있는 걸로 보아 러시아인들의 과학자에 대한 존경심은 엄청난 듯하다. 유물론적 사관에 따라 역사를 해석하니 그런 것이 아닌가 생각이 되기도 했다.

2층의 다른 방에 가면 이 지역과 가까운 카자흐스탄, 우크라이나 등과 관련 있는 전통복장, 생활도구 등이 전시되고 있어 흥미롭다. 과거에는 그 지역이 전부 소련의 땅이었으니 전시되고 있는 것이 당연한 듯하다. 지금은 소련이 아니지만 그대로 전시되고 있다는 사실이 흥미롭다. 그 방의 한 부분에는 과거 소련 시절 어린이들의 복장과 당시에 공부하던 책상들이 전시되고 있었다. 마치 우리나라 박물관에 1960~1970년대 학교 용품을 전시한 것과 비슷하긴 한데, 조금 다른 뜻이 들어있지 않나 하는 생각도 들었다.

성 니콜라스 카자크 대성당(St. Nicholas Cossack Cathedral)[2]

하나의 첨탑과 하나의 돔으로 구성되어 있는데, 첨탑과 돔은 전부 녹색으로 칠해져 있고 외벽은 파스텔 색조의 노랑과 흰색으로 칠해져 차분한 느낌을 준다. 내부의 이콘벽은 2단 정도인데, 재건된 것인지 예스럽지 않고 깔끔했다. 안은 생각보다 많이 밝았고 드문드문 신자들이 보였다. 한쪽에는 다른 성당들과 마찬가지로 어둠을 무찌르는 게오르기의 이콘 걸개가 걸려 있었다.

오후가 되면서 하늘이 더 맑아져 교회 안에 들어갔다가 나오니 눈이 부실 정도였다. 푸른 하늘에 옅은 구름이 걸려있었고, 하늘은 가을 하늘처럼 높아 보였다.

혁명 전사 기념물

레닌 광장의 남쪽에 이어져 있는 곳인데 올 때 안 보고 지나온 곳이다. 여기는 오는 사람은 거의 없었다. 깃발을 든 전사의 동상이 서 있고, 주위에는 화단이 아름답게 조성되어 있었다. 안쪽에 꺼지지 않는 영원한 불꽃

---

2 이 대성당은 시베리아에 남아있는 오래된 교회 중의 하나로, 1843년에 건축된 것이다. 건축될 당시 시베리아를 정복했던 카자크(원래는 현재의 우크라이나, 러시아 남부, 카자흐스탄 일대에 있던 군사 조직) 군단의 기부를 받았다고 한다. 소련 시절인 1929년에는 내부에 극장이 만들어졌고, 이후에는 음악당 등으로 쓰이다가, 1990년대에 와서 다시 종교 예배가 재개됐다고 한다.

내 차 타고 세계여행_러시아 횡단 편

이 타고 있고, 그 뒤에 전사들의 부조가 있다. 불꽃의 주변으로 혁명 전사들의 두상이 줄을 지어 서 있어 엄숙한 분위기를 자아낸다. 두상에는 이름과 생몰년이 기록되어 있다. 이들이 지금 깨어나 현재의 러시아를 본다면 어떤 생각을 할까 궁금해졌다.

저녁 먹기: 스시 바

갔던 길을 천천히 걸어 다시 숙소로 돌아왔다. 지하도에는 전자기타를 연주하는 청년이 혼자 연주를 하고 있었다. 걸어 올 때는 갈 때와 약간 다른 길로 왔는데, 그쪽에도 레닌의 동상이 있었다. 러시아의 도시엔 어디에나 레닌이 있는 것이다.

호텔에 돌아와서 잠시 쉬다가 저녁을 먹으러 나왔다. 어제와 같은 곳(어제는 근처의 청년이 혼자 운영하는 터키 케밥집에 갔다. 러시아에서 케밥이라니)에 안 가보려고 이리 저리 돌아다녀 보았지만, 식당이 근처에 없었다. 한참을 돌다가, 포기하고 같은 곳으로 가다가 보니 스시 바가 하나 있어 들어갔다. 러시아에는 뜻밖에 스시 바와 중국집이 많은 듯하다. 안타깝게도 아직 한국식 식당은 보지 못했다.

들어가 빈자리에 앉았는데, 한참 동안 아무도 오지를 않았다. 여유가 생겨서 그런지 요즘은 말이 안 통해도 별로 당황스럽지 않다. 아무도 안 와도 별로 신경을 쓰지 않게 됐다. 한참 스마트 패드로 소련의 역사를 공부하다 보니 웨이트리스가 나타나기에 그제야 메뉴를 달라고 했다.

"메뉴, 빠좔스따."

웨이트리스가 가져다준 메뉴를 보니 다행히 사진이 있었다. 양이 많아 보이는 세트메뉴는 없어서 초밥 몇 개를 시켰다. 사진을 보니 전에 본 돼지고기 염장 샐러드가 보이기에 그것도 하나 시키고 밥도 각각 하나씩 시켰다. 밥은 나온 뒤에 보니 초밥이었다. 나는 샐러드 나온 것과 밥만 먹어도 저녁이 될 정도였다. 김밥 군은 초밥을 초밥 반찬과 함께 많이 먹었다.

III. 우랄

튜멘

예카테린부르크

페름

352 7763

튜멘으로 가는 길은 눈부셨다.

Tyumen

튜멘은 튜멘주의 주도로, 60만 정도의 인구가 살고 있는 산업 도시이자, 러시아 국내 생산 원유의 60%, 천연가스의 80%를 생산하는 지역이다. 가는 길에 경찰을 만나 뇌물을 주고 풀려났으며, 호텔에는 '알고리듬'이란 수학적 이름이 붙어 있었고, 아름다운 아가씨가 복잡한 체크인 과정을 거쳐 마련해준 방은 유례없이 추웠다.

D+020, 튜멘[1]으로 가는 길

2015년 8월 22일 토요일, 맑음

옴스크를 벗어나는 것은 전혀 어렵지 않았다. 최근 몇 번 도시를 벗어나는 데 시간이 오래 걸린 것에 비하면 굉장히 빠르게 벗어났다. 이 정도로 가면 생각보다 일찍 도착할 수 있겠다는 희망이 돋았다.

주유를 먼저 해야 해서 도시를 벗어나자마자 주유를 했다. 옴스크의 다리를 건너서, E30으로 접어드는 길가에 기아차의 전시장이 있었다. 현대나 기아차를 타는 사람은 여기 가서 물어보면 차에 관한 많은 문제를 해결할 수 있지 않을까 생각했다.[2]

---

1   원래 다음 목적지는 예카테린부르크인데, 거리가 거의 900㎞가 넘어 중간에 잠만 자고 갈 도시를 하나 넣은 것이 튜멘이다. 옴스크에서는 600㎞가 조금 넘는 곳이니 아주 힘들 것 같지는 않았다.

2   이날은 내비게이션을 맵스미에서 iGo8으로 바꿔 보았다. 여기서부터는 iGo8에 지도가 있었기 때문이다. iGo8 은 내가 이 여행을 처음 꿈꾸던 5-6년 전부터 지도를 찾는 등 준비를 많이 한 앱이다. 처음에는 이걸 위해 ipaq이라는 PDA를 중고로 구매하기도 했고, 이후 다른 여러 스마트 패드를 이 앱을 위해 구매했었다. 내비게이션 전용이라 장점이 있지 않을까 생각했다.

결론적으로, 막상 사용해 보니 맵스미에 비해 그다지 나은 점은 없어 보였다. 시내에서 지도의 회전이 조금 기민한 특성이 있으나, 지금처럼 장거리 주행이 주가 될 경우에는 이것도 그다지 큰 도움은 아닌 듯하고, 결정적으로 방위표시 기능이 좀 미흡했다. 내비게이션 전용답게 각종 경고를 음성으로 알려

러시아의 경찰

이날은 차들의 정체가 굉장히 심했다. 공사 구간이 많고, 길에 차량의 수가 늘어났기 때문이었다. 공사장 부근에서 교행을 시키는데, 차가 많아서 한번 교행이 시작되면 그 길이가 매우 길어지고, 그러면 정체가 엄청 심해지는 것이었다.

열 시 반쯤 되었을 때의 일이다. 튜멘을 550㎞ 정도 남겼을 무렵인데, 어느 공사장을 지난 후 앞의 트럭이 너무 느리게 가고 있었다. 길을 보니 차선이 없어서 추월해도 되는 것이 아닌가 하는 생각이 들었고, 약간 커브가 있었지만 앞에서 차도 전혀 오지 않아 냅다 추월했다. 내 바로 뒤의 차도 나를 따라 추월을 했다.

그런데 추월하고 나서 보니 앞 길가에 경찰차가 있는 것이 아닌가. 아차 싶었는데, 아니나 다를까 경찰차에서 황급히 경찰들이 문을 열고 나오는 것이 보였다. 아니길 바랐지만 맞았고 결국 길가에 차를 세웠다.

뒤차부터 경찰이 접근하여 뭐라고 한 뒤 좀 있다가 경찰이 내 차에 왔다. 나는 사근사근하게 웃으며 그를 맞이했다. 미리 차량 서류, 면허증, 여권을 들고 있다가 그에게 순순히 주자 뭐라 뭐라 하는데 뭔 뜻인지 알 수 없었다. 그는 여권과 면허증을 들고 경찰차로 갔다. 뒷거울로 보니, 뒤에 잡혔던 차의 운전자는 경찰차에 탔다가 벌써 걸어 나와서 차를 몰고 가버렸다.

뭘 어쩌라는 건지 영문을 모르고 있다가 여권이 없으니 그건 찾아야겠고 해서 차 문을 열고 스마트 패드를 들고 경찰차로 갔다. 걸어가니 차에 타라는 몸짓을 했다. 러시아 경찰차는 차가 작다. 좁은 차 뒤에 앉아서 스마트 패드로 일단 미안하다고 적어 주자, 둘이서 그걸 보며 키득키득 웃었다. 분위기가 나쁘진 않아서 다행이었다. 그런데 그 이후에 무엇을 해야 하는지 알

주기는 하는데, 이걸 듣자니 오히려 짜증이 났다. 일일이 과속했다며 알려 주고, 각종 경고의 위치가 조금 안 맞는다는 생각이 들었다. 결정적으로 이날 저녁에 숙소의 위치를 제대로 알려 주지 않아서, 결국 영영 사용하지 않게 됐다.

수 없는 상황이 이어졌다. 분명 돈(뇌물)을 주고 나가면 될 거 같은데, 사실 어느 선이 적당한지도 잘 모르겠는 거다. 하바롭스크쯤에서부터 천오백 루블을 이런 상황에 대비하여 전대 앞에 따로 챙겨 두긴 했는데 그걸로 될는지 애매했다. 그리고 어느 타이밍에 주면 되는지도 알 수 없었다.

그러고 있다 조금 나이 많은 경찰이 밖으로 나가고, 젊은 경찰과 둘이 있게 됐다. 이건 좋은 일인데, 두 명을 동시에 설득하기란 더 어렵기 때문이다. 젊은 경찰이 아까 패드에 찍어준 걸 보니 앞지르기 위반을 한 거 같고, 이건 면허 박탈이다 뭐 그런 내용이었다. 스마트 패드에 내가 뭘 할 수 있냐는 내용을 찍어 줬더니 젊은 경찰은 어깨만 으쓱했다.

결국, 내가 전대에서 천오백 루블을 꺼내어 슬슬 문지르자 그가 쓱 보는 듯하더니 재빨리 그걸 받아서 돈 넣는 곳에 넣고는 아무 말 없이 여권과 면허증을 돌려주었다. 나는 재빨리 "쓰빠시바, 발쇼이(спасибо, Большое)"[3]라고 해 주고 내 차로 돌아가 재빨리 그 자리를 떴다.

경찰에 잡히지 않으려면 제한 속도와 추월 등에 유의해야 한다.

---

3 매우 감사합니다.

러시아 경찰은 무섭다고 소문이 나 있지만 어쩌면 단순한 건지도 모르겠다. 돈을 주면 아무 말 없이 그냥 보내주니 말이다. 만일 이게 정식으로 처리되면 매우 복잡하다고 한다. 문제는 어느 정도의 일에 어느 정도를 줘야 하는지가 모호하다는 점이다.

김밥 군이 내가 차에 돌아오니 내게 어떻게 됐냐고 물었다. 솔직히 돈을 주고 왔다고 말했다. 세상은 아주 바르게만 살 수는 없다는 것도 가르쳐 줘야 하기 때문이다.

호텔 알고리틈(Algoritm)

이후로는 얌전하게 달린다고 달렸다. 달려오면서 보니 이 길에는 유독 경찰이 많았다. 토요일 오후라서 놀러 다니는 차가 많아서 그런 건가 하는 생각도 들었다.

교차로 부근에서 앞에 달리던 차가 갑자기 방향을 휙 틀더니 차가 중심을 잃는 듯이 보였다. 어딘가 부딪혔는지 다른 차가 친 것인지 왼쪽 펜더 부분이 찌그러졌다. 내 바로 앞차는 아슬아슬하게 그 차를 비껴갔고 나도 다행히 비껴갈 수 있었다. 지나가며 보니 사람은 다친 것 같지 않았는데, 아찔한 순간이었다.

얼마 지나지 않아 내 차와 나의 앞차를 동시에 두 대의 차가 추월을 했는데 얼마 안 가 보니 그 차 중 뒤차가 경찰에 잡혀 있었다. 그 앞차는 어떻게 된 건지 모르겠다. 이미 돈을 내고 간 것인지.

이후에도 정체는 계속 이어졌다. 갈 길이 630㎞ 정도 남았는데 시간이 얼마나 갔는지 모르겠다. 오늘 튜멘까지만 가기로 한 것이 정말 잘한 일 같았다. 튜멘 시내도 다행히 그다지 시내가 막히는 것은 아니었다. 그런데 내비게이션이 가라는 대로 갔더니 숙소 같은 것이 안 보였다. 그래서 다시 맵스미를 꺼내 보니 그 위치에서 약간 뒤쪽이 숙소였다. 같이 GPS 좌표를 입력했는데 이런 결과가 나온 것이다.

호텔 주차장에 차를 주차했다. 가스띠니챠 표지를 보고 벨을 누르니 반응이 없었다. 한참 거기서 반응을 기다리는데 사람들 둘이 나오다 가스띠니차 입구는 뒤쪽이라며 손으로 가르쳐 주었다. 그 사람들이 아니었으면 또 고생할 뻔했다.

뒤쪽으로 가니 입구가 있어 들어갔다. 여기는 또 인형같이 생긴 아가씨가 리셉션에 있었는데, 여권을 주자 또 허둥지둥이었다. 스코보로디노에서처럼 비자에 관해 물었고, 이전에 어느 숙소에 있었는지를 물어 하는 수 없이 이전 숙소 서류를 모아둔 것을 차에 가서 들고 왔다. 그걸 가져다주어도 계속 허둥지둥인데, 이제 여기저기 전화를 해서 물어보기 시작했다. 다행히 그다지 표정이 딱딱하지 않았고, 우리도 이제 여유가 생겨 앞에서 그 아가씨가 일이 끝날 때까지 한가로이 기다렸다. 게다가 그녀는 엄청난 미녀였다.

이십 분쯤 지나 미녀의 일이 뭔가 정리가 되어 체크인되었다. 방은 좋았는데 이상하게 아주 추웠다. 우리는 시베리아를 막 벗어나 우랄 지역으로 들어왔는데 갑자기 시베리아의 본모습을 보는 듯했다. 그땐 몰랐는데 밤에는 더 추웠다.

일단 저녁을 먹어야 하고 낮에 고생도 하고 하여 그냥 방에서 밥을 해 먹기로 했다. 근처 슈퍼를 들렀다. 어떻게 사야 할지 몰라 토마토를 주워 담으며 근처의 예쁜 아줌마인지 아가씨를 흘깃거리고 있으니, 그 친절한 미녀가 하는 방법을 가르쳐 주었다. 무게를 달아 토마토의 가격을 입력하여 스티커를 받아 봉지에 붙이는 그런 작업이었다. 하여간 러시아 사람들 참 친절하다. 예쁜 사람이 친절한 것인지 러시아 사람이 친절한 것인지. 하여간 치즈 반찬과 토마토, 우유를 사와서 방에서 잘 먹었다.

방에서 와이파이는 되긴 했는데 속도가 좀 느렸고 방이 춥기도 해서 일찍 이불을 뒤집어쓰고 잤다. 하도 추워서 주방에 있는 커피포트를 들고 와 계속 물을 끓여 댔더니 습도가 엄청 높아졌다. 하여간 엄청 추운 방이었다. 이 방에서 가장 따뜻한 곳은 화장실이었다고 할까. 그런데 왜 이 호텔 이름은 'Algoritm'이었을까? Algorithm은 일 수행의 수학적 절차를 의미하는데, 말이 통했다면 왜 이름이 그런지 한 번 물어보고 싶었다.

키보드 기념물. 찬란한 햇살 아래의 도시는 눈부시게 빛나고 있었다.

Yekaterinburg

예카테린부르크

예카테린부르크는 우랄지역의 최대의 도시이며, 러시아에서 인구 순으로 다섯 번째로 큰 도시이다. 니콜라이 황제의 가족이 마지막 78일을 보냈던 이파체프가의 터에 지어진 성당과 온 가족이 총살당한 후 버려진 가니나 야마가 있지만, 오랜만에 찬란한 햇살을 받으며 돌아다녔던 아름다운 도시는 햄버거 가게의 유쾌했던 아가씨와, 키보드와 신용카드 기념물, 빅토르 최의 흔적으로 각인됐다.

D+021, 예카테린부르크 가는 길

2015년 8월 23일 일요일, 맑음

튜멘을 떠난 건 거의 열한 시쯤이었다. 밤에 커피포트로 물을 끓여내어 만든 수증기는 모조리 올라갔다 바로 떨어졌는지, 침대 옆에 물이 흥건할 정도였다. 이불을 뒤집어써야 겨우 잘 수 있었던 추운 방. 그나마 인터넷도 안정적이지 않아 뭔가 더 하고 있을 수도 없어서 빨리 체크아웃을 하려 했지만, 일찍 일어나는 것도 힘들었다. 이날은 삼백 킬로미터 조금 넘게만 가면 되니 그렇게 빨리 나갈 필요도 없는 날이었던 것이다.

체크아웃하고 차에 타니 그나마 따뜻했다. 기온이 뚝 떨어진 듯한데, 차의 온도계는 외부온도가 12도 정도라고 표시하고 있었다. 여긴 이미 여름은 끝난 듯하다. 차에 타고 난방 시트를(8월에!) 켜자 따뜻한 온기가 올라와 좋았다.

숙소를 예약할 땐 잠만 자고 갈 생각이었는데, 호텔에 와서 체크인을 할 때 보니 옆에 붙여 둔 관광 안내 포스터에 볼 곳이 꽤 있었다. 방에 가서 Triposo를 켜 보니, 여기도 'Top destination' 중 하나였다. 그래서 Triposo에서 가장 괜찮아 보이는 사이트 딱 한 곳만 둘러보고 가기로 했다.

구원자 교회(Church of the Saviour)[1]

일요일 오전이라 그런지 차가 거의 없었다. 튜멘도 꽤 아름다운 도시였고, 꽤 조용한 도시로 기억되고 있다. 숙소에서 성당까지는 2~3㎞ 정도 떨어져 있었고, 어렵지 않게 성당 옆 길가에 주차할 수 있었다.

여긴 압도적인 황금빛 돔이 있는 곳은 아니었으나 하얀 벽과 녹색 지붕, 그 위의 작은 황금빛 양파 모양의 돔과 십자가가 어우러진 성당이었다. 아쉽게도 내부를 들여다볼 수는 없었다. 막 성당 주위를 돌아볼 무렵, 우박이 내렸다. 우박이 크진 않았으나 지름이 2~3㎜는 되는 것들이 후드드 하고 떨어졌다.

길가의 묘소

튜멘에서 예카테린부르크까지는 E22 도로를 달렸다. 이 길은 어제와 비교하면 차가 많거나 정체가 심하진 않았다. 이 길의 특징은 기상이 정말 시시각각으로 변한다는 것이다. 하늘을 보면 파란 하늘인데 바닥은 조금 전까지 폭우가 쏟아진 듯하고, 앞에 파란 하늘이 보이는데 갑자기 폭우가 쏟아지곤 했다.

폭우가 쏟아질 땐 좀 더 세차게 내려 차나 좀 씻어 줬으면 좋겠다 싶었다. 차가 지저분하다는 이유로도 경찰이 잡을 수 있다 하여, 옴스크의 숙소에서 비가 올 때 잠깐 차를 닦아준 적이 있긴 있는데, 뒤와 우측만 겨우 닦았다. 그때도 앞 타이어의 압력을 점검하려고 하는 순간에 갑자기 폭우가 쏟아졌었는데, 이 지역은 정말 기상이 변화무쌍했다.

이전에도 가끔 그런 것이 보인 적이 있었는데, 길가에 보면 작은 묘지가 있는 곳이 있었다. 이전에 그리스를 여행할 때도 가끔 보면 '성소라는 것

---

1 이 교회는 1586년에 처음으로 목구조로 지어졌다가, 수차례의 화재 이후에 17세기에 석조로 바뀌었고, 러시아혁명 이후에는 몰수됐다가, 1930년에는 구치소로 사용되기도 했다고 한다. 그 이후 교회를 파괴하려다가 실패한 후에는 도서관으로 사용되기도 하였고, 현재는 튜멘박물관의 수장고로 사용되고 있으며, 2019년에 반환될 예정이라 한다(그래서 내부를 들여다볼 수가 없는 것이다).

이 있는 곳이 있었는데, 여기는 아예 묘비에 사진까지 있었다. 몇 번 그런 것을 보다 궁금해져서 마침 적당한 곳에서 한 번 길가에 정차하여 보았다. 1985년생의 묘소였다. 길의 이쪽과 건너편에 각각 하나씩 있었는데 같은 사람의 것이었다. 그리스에서는 사고가 난 지점에 성소를 만드는 정도였는데, 여긴 아예 묘소를 옆에다 만든 것 같았다.

이날은 김밥 군이 주행 중에 많이 잤다. 아마도 어젯밤에 추워서 잠을 잘 못 잔 듯하다. 어제부터 가지고 다니던 내복을 일찌감치 입혀 버렸다. 그러지 않고서는 감기에 걸리고도 남을 날씨가 되어 버렸다. 나도 점점 내복이 그리워지기 시작했다. 조만간에 내복을 꺼내 입을 듯하다.

베로야르스키 마을

예카테린부르크를 40~50㎞ 남겨둔 무렵에 베로야르스키라는 마을이 있는데, 황금빛 돔의 성당이 있어 또 잠시 차를 세웠다. 그 직전에 경찰이 있었는데 중앙선을 침범하여 교회에 주차하고 보니 경찰이 생각났다.[2] 다행히 경찰들은 왔다 갔다 하는 차에만 관심이 있었고, 나에게는 관심이 없었다.

외부의 황금빛 돔과 비교하면 성당 내부는 차분한 편이었다. 흰 벽과 앞쪽에 소박한 이콘들이 걸려 있었다. 인상적인 것은 세례에 사용되는 것으로 보이는 푸른색의 통이었다. 거대한 크기가 온몸을 담그고도 남을 만했다.

김밥 군은 성당에는 별로 관심이 없고, 마당에 있던 놀이터에 더 관심이 있었다. 아직도 성당보다는 놀이기구에 관심이 있는 나이이다.

막심의 아파트 호텔(Maksim Zhk Bazhovsky Apartments)

예카테린부르크의 진입은 아주 수월했다. 주요 도로가 잘 발달되어 있어 교통체증도 거의 없이 GPS가 가리키는 숙소의 지점까지 왔다.

그런데, 그 위치에는 거대한 아파트단지가 있었다. 이 수많은 아파트 건

---

2 중앙선 중에서도 가끔 점선이 있는 곳은 가로질러도 되는 듯한데, 실선에서는 침범하면 안 된다.

물 중에 어느 곳이 거기인지 도저히 알 방법이 없었다. 도착한 시각은 오후 네 시 정도인 것 같은데, 아파트 단지 안을 돌아다니다 삼십 분 이상이 지나고 있었다. 차를 대충 아파트 입구에 대놓고 숙소를 찾아다니는데 비가 오기 시작했다. 하필 그 순간에 날씨까지 변덕을 부리고 있었고, 우산은 차에 두고 내린 상태였다.

둘 다 옷에 달린 모자를 펼쳐 쓰고 처량하게 숙소를 찾아 돌고 있었다. 아파트 수위인 듯한 청년에게 부킹닷컴의 예약내용을 보여 주었지만 대충 이쪽일 거라는 정도 외에는 정보를 알 수가 없었다. 불행히도 이번에도 연락처가 없었다. 이때서야 이런 부류의 숙소는 미리 주인과 연락이 되어야 한다는 사실을 깨달았으나 때는 늦었다.

여러 아파트 건물 중의 한 곳을 들어가게 되었다(여기는 들어갈 때 전부 전자키가 있어야 하는 듯하다). 그나마 안이 따뜻했기 때문이다. 입구에 의자가 있어 거기 앉아 다시 부킹닷컴에 전화했다. 처음에 전화가 연결된 상담원이 발음이 꽤 좋았는데 내가 전화했던 번호는 한국말 상담원이 있다는 곳인데 영어를 쓰기에 한국말 되냐고 물어보니 한국말 상담원을 돌려주겠다 하여 또 한참을 기다렸다. 한국말 상담원을 안 바꿔도 되는데 하는 생각이 마구 들어 한참을 기다리다 끊고 다시 전화를 했다.

이번에는 발음이 매우 이상한 여자 상담원이 연결되었는데, 어쩔 수 없이 또 문제를 말했다. 그런데 이 상담원은 좀 답답한 면이 있어서 내가 여기가 대단위 아파트 단지이고, 내가 가야 할 곳의 정확한 아파트 번호를 알려달라고 하자 부킹닷컴 예약내용에도 나오는 번지수만 열심히 얘기하는 것이 아닌가. 내가 그건 알고 있고, 여기는 대단위 아파트 단지라 여러 빌딩이 같은 번호를 쓰고 있다고 반복해도 그 여자는 그 숫자만 열심히 말해댔다. 그래서 내가 소리를 꽥 지르자 이제는 혹시 한국말 상담원 연결해 줄까 하는 것이었다. 하도 답답해서 그럴 거면 그러라 했더니 한참 기다리다(정말 길었다) 결국 그 여자가 다시 나타나서는 한국 상담원이 없다면서, 자기가 주인에게 연락해 보겠으니 또 기다리라는 것이다.

어쩔 수 없이 또 긴 시간이 지나갔고, 한참 후 나타나서 하는 말이 남쪽 입구에 가게가 있는데, 그 앞에서 호스트를 만나면 그가 열쇠를 줄 거란다. 내가 그 가게 이름이 뭐냐 하니 '블랙 앤드 레드'라고 했다. 그런데 막상 가보니 '블랙 앤드 레드'가 아니고, 러시아어로 '브니에르'쯤 되는 발음이었다.

사실 그때는 남쪽 입구가 어딘지를 찾는 것조차 힘들었다. 비는 오고, 해가 안 보이니 방향을 더 알 수가 없었고, 단지 안을 뱅뱅 돌고 나니 방향 감각이 없어져 버린 것이다. 그때 하필 GPS 지도도 위성을 잡지 못해서 어디가 어딘지 알지 못하였고, 거의 단지를 한 바퀴 돌고 나서야 지도가 살아나 내가 남쪽 입구에 있음을 알게 됐다. 남쪽 입구 앞에 아까 말한 브니에르인가 하는 슈퍼마켓이 하나 있었고, 그 앞에서 우산을 쓰고 처량하게 서 있었다(남쪽 입구에 차가 있었고, 우산을 꺼내 왔다). 거기서 한참 기다리고 있으니 마침내 영어가 서툰 한 남자가 연락이 왔고, 한 오 분쯤 후에 그를 만날 수 있었다.

그를 따라 방으로 들어갔는데, 역시 아무런 표식이 없는 그냥 아파트였다. 전체가 25평 정도 되는 방 하나에 거실과 주방이 달린 구조였는데, 매우 깨끗했다. 러시아 여행을 한 이래 가장 크고 깨끗한 곳이었다고 말할 정도다. 욕실에는 삼성 세탁기도 있었으며, 무엇보다 와이파이가 가장 빠르고 안정적이었다. 체크인을 하고 나가는 날의 체크아웃 시각까지 정확히 정했다. 마침내 체크인한 것이다.

체크인을 다 하고 나니 벌써 일곱 시나 되어 있었다. 어디 밥을 먹으러 나갈 기운도 없어서 그냥 밥을 해 먹기로 했다. 여기는 그냥 아파트일 뿐만 아니라 칼, 도마, 밥그릇 등 모든 것이 다 있어, 밥 해 먹기에 딱 좋은 곳이었다.

D+022, 니콜라이 황가의 시신이 버려진

가니나 야마(Ganina Yama)

2015년 8월 24일 월요일, 맑음

오늘의 첫 번째 목적지는 제정 러시아의 마지막 황제인 니콜라이 2세의 시신들이 불태워져 버려진 가니나 야마다. 여기는 시내에서 북쪽으로 20km 정도를 가야 해서 Triposo를 참조하여 차를 타고 갔다. 가는 것은 그리 힘들지 않았는데, 가는 길에 예정에 없던 성당을 두 개나 내려서 보고 갔다. 관광지는 아니지만, 러시아의 성당은 다 너무 아름다워 그냥 지나치기가 힘들었다.

교회 1

여기는 내비게이션을 잠깐 잘못 이해하여 들어간 길에서 봤다. 다행히 부근에 차량 흐름이 거의 없어 적당히 길가에 차를 대고 돌아볼 수 있었다. 파란색의 외벽과 녹색의 지붕 그리고 꼭대기에 양파 모양의 돔, 그 위에 세 개의 가로 막대가 있는 십자가가 있는 교회이다. 정면의 이콘들은 화려한 성당에 비하면 소박하고, 내부 벽은 대체로 흰색으로 칠해져 있다. 정교회 벽에 걸린 이콘들 중 하나는 거의 항상 어둠을 무찌르는 게오르기여서, 정교회를 들어갈 때마다 그걸 찾아본다. 조금씩 그려진 모양이 달라 차이를 보는 것도 흥미롭다.

교회 2

아까의 교회에서 다시 5km 정도를 차를 몰고 가면 또 다른 교회가 나타난다. 여기는 벤츠(Benz) 영업소가 옆에 있다. 역시 주차하기에 큰 무리가 없는 곳이라 주차 후에 들어가 보았다. 여기는 입구로 들어가면 내부가 잘

내 차 타고 세계여행_러시아 횡단 편

보이지 않았는데, 안에 계시던 할머니가 일부러 안내해 주어서 안을 들여다볼 수 있었다. 여기도 역시 어둠을 무찌르는 게오르기의 이콘이 있다. 게오르기의 창에 찔리고 있는 용은 좀 우스꽝스럽게 생겼다.

김밥 군은 여기서도 교회에는 관심이 없고, 놀이터에만 관심이 있었다.

가니나 야마

교회를 떠나서 가는 길은 삼나무(?)가 울창한 숲속으로 나 있었다. 옛날에 아마도 니콜라이 황가의 시신을 버리러 갈 때는 이것보다 길이 좁지 않았을까 하는 생각이 들었다. 삼나무 길은 꽤 길게 이어지는데, 참 깊이도 들어갔다 싶었다.

이 길을 가는 차들은 대부분 가니나 야마에 가기 위한 차들이다. 내비게이션은 정확하게 주차장으로 안내해 주었고, 주차장은 아주 여유로웠다. 어디를 가든 주차장이 좋으면 마음이 많이 놓인다. 도착한 시각은 정오경이어서, 주차장에서 초코바를 한 개씩 까먹고 들어갔다.

니콜라이 2세의 황가는 이후 러시아 정교회에 의해 전부 성인으로 추존되었기 때문에, 여기는 전부 러시아 정교회의 성지라 할 수 있다. 입구에서 여성들을 위한 머리 보자기가 준비되어 있고, 안에는 여러 정교회 건물들이 들어서 있다.

입구에 들어가면 전체 조감도가 있지만 영어는 한 글자도 없다. 조감도 근처에 박물관이 있어 들어가 보았지만 1층의 기념품점만 운영하고 있어서 박물관은 들어갈 수 없었다.

다시 방향을 잡아서 걸어가면 니콜라이 2세의 흉상이 있다. 러시아 제국의 마지막이자, 로마노프 황가의 마지막 황제이다. 황제의 흉상의 대에는 황녀와 네 공주, 황태자의 부조가 새겨져 있다. 알렉세이 황태자는 죽임을 당할 때의 나이가 겨우 12세였다고 한다. 여기는 전부 슬픈 가족의 이야기다.

흉상 근처에 무덤 같은 곳이 있어 먼저 가봤는데, 생몰연대를 보아 여기를 만드는 데 힘썼던 사람들의 무덤 같았다. 여기는 황제와 가족들의 시신이 버려졌던 구덩이가 있다는데 그걸 찾아보는 것이 중요해서 그걸 찾고 있었다.

다시 방향을 잡아 걸어가면 지붕에 황금빛 양파 모양의 돔들이 있는 통나무 교회가 있다. 여기 있는 교회들은 전부 통나무로 지어져 있다. 입구에는 내부 촬영금지라는 표지가 있어 내부에서는 사진을 촬영하지 않았다. 교회 안의 이콘 하나는 다른 이콘들보다 조금 더 프레임이 화려한데, 성인으로 추존된 니콜라이 2세의 이콘이다. 그 앞에서 한 남자가 가족들로 보이는 그룹에 열심히 설명해 주고 있었다. 내부는 다른 성당들과 거의 비슷하다. 벽 전체가 통나무라 밝지는 않은 것이 다른 곳과 조금 다른 점이다.

밖을 나오면 니콜라이 2세의 자녀들의 동상이 서 있었다. 죽임을 당할 때 장녀는 22세, 막내 황태자는 12세였다. 김밥 군에게 나 때문에 네가 2년 후에 죽는다면 어떨 것 같으냐고 물었더니, 대답은 "어, 어…"였다. 대답하기 곤란하겠지. 이런 건 김밥 군의 상상의 범위를 넘는 것이다.

거기서 조금 걸으면 드디어 문제의 구덩이가 있다. 구덩이 앞에는 거대한 십자가가 서 있고, 구덩이 주위를 돌아볼 수 있게 길이 마련되어 있다. 구덩이는 꽤 깊다. 여기서 타다 발굴한 남은 시신을 남은 로마노프 황가와 황녀의 후손들과 DNA를 대조했고, 그렇게 시신이 여기서 불태워졌다는 것이 증명됐다고 한다.

막 구덩이를 돌아 나올 무렵, 큰 방송 카메라를 든 남자들이 또 나타났다. 아마도 다큐멘터리를 만들고 있는 모양이다. 언젠가 한 번 내셔널지오그래피에서도 이 황가의 시신을 찾는 것에 관한 프로그램을 본 적이 있었다.

여기는 총 일곱 개의 교회가 있었는데, 각각 황제와 황비, 다섯 명의 자녀들을 위한 것이라고 한다. 한 교회를 들어갔을 땐 수염이 덥수룩한 성직자 혼자서 주문을 외듯 향을 흔들며 기도를 하고 있었다. 이분은 아마도 평생 황가의 가족들의 명복을 빌고 있을 것 같다. 여기 있는 일곱 개의 교회는 전부 들어가 볼 수는 없다. 일부는 닫혀 있다. 돌아다니는데 날씨가 꽤 쌀쌀해서 꽤 힘들었다. 드론은 시시때때로 공중으로 날아올라 엔진 소리를 내고 있었다.

새벽에 잠이 깨어 2열로 지하실로 내려갈 때의 기분이 어땠을까. 내려갈 때 무슨 일이 일어날지 알 수 있었을까. 황제가 제일 먼저 총탄을 맞았다는데, 그걸 본 가족들은 어떤 기분이었을까. 굳이 어린 자녀들까지 그렇게 처참하게 없애버려야 했을까. 여기는 참으로 여러 가지를 생각하게 하는 곳이었다.

…

가나나 야마를 둘러보고 차를 탄 김에 숙소에서 좀 멀리 떨어진 지역을 돌아보고 숙소로 돌아가기로 했다. 시내를 오면 차를 주차하는 것이 조금 고민스러운 부분이긴 한데, 별 정보도 없이 올 때는 더 그렇다.

목적지는 그레이트 즐라토우스트 교회로 해서 내비게이션을 작동시켰다. 시내로 다시 들어오는 것은 나갈 때보다 더 쉬운 듯했다. 아무래도 목적지가 시내 쪽이니 주요 도로를 탈 수 있었다. 성당에 거의 가까워지니 차는 레닌 광장 앞을 지났다. 성당에서 멀지 않으니 레닌광장까지 다 보고 갈 수 있겠다는 생각이 들었다. 하지만 그 부근에는 경찰도 많았고, 차를 어디다 주차해야 할지 정말 애매했다. 광장 앞에서 우회전하여 들어가니 TGIF 같은 식당가가 있었는데 그 앞에는 주차 표지가 있었지만 가게 앞에 주차해도 되는지가 애매했다(해도 되는 것 같긴 했다). 결국 떠밀려 좀 멀리 가 버렸고, 어디선가 유턴을 해서 다시 교회 주위를 돌았다. 거의 교회에서 가까운 부근에 차들이 주차된 것을 보고 정차를 했는데 하필 그 부분에는 주정차 금지 표지판이 있었다. 물론 내 앞에도 차가 있었고, 뒤에도 차가 있었는데, 하필 표지판이 있으니 차마 주차를 할 수가 없었다. 인근에 식당이 하나 있는데 앞에 차단기가 있어 혹시 저기서 밥을 먹으면 주차를 할 수 있지 않을까 생각했는데 그것도 불확실해서 일단 그냥 차를 뺐다. 빼고 나니 그 자리엔 다른 차가 잽싸게 들어가는 게 창으로 보였다.

차를 몰아 가다 보니 좀 멀리까지 와 버렸다 싶긴 했지만 주차할 곳은 있었다. 후면 도로 같은 곳이었는데, 주차하긴 적당했다. 마음 편한 곳에 주차하고 걷는 게 아무래도 마음이 편하다. 주차하고 지도를 보니 그리 멀지는 않았다. 다만 이미 점심시간이 넘어 뭔가를 먹어야 할 시간이 되긴 했다. 김밥 군이 아주 어릴 적, 7~8세경에는 여행을 다니다 밥을 제때 못 먹으면 울곤 했는데, 그때 비하면 지금은 많이 컸다. 그냥 묵묵히 아무 식당이나 빨리 가자고 할 뿐이니까.

차를 타고 올 때의 방향을 고려하여 길을 가니 성 캐서린 예배당(St. Catherine's chapel)이 나왔다. 모양은 예쁜데 일단 겉모습만 보고 지나갔다. GPS에 방향을 의지해 강변을 따라 내려갔다. 맑았다가 흐렸다 하는 와중에 하늘이 너무 깨끗하게 보였다. 이 지역에 하늘이 청명하게 보이는 것이 가끔 퍼붓는 비 때문이 아닐까 생각한다. 멀리 하늘을 찌르는 마천루도 보이고, 수많은 연인들의 자물쇠가 채워진 다리가 있었다. 이런 풍습은 동서가 차이가 없는 듯하다. 자물쇠가 채워진 다리를 건너 걸어가니 저 멀리 원래 가려고 하던 교회가 보였다. 교회를 보기 전에 뭐라도 먹어야 해서 근처에 보이는 피자집 비슷한 데를 들어갔다.

샤우르마 가게의 유쾌한 아가씨

즐라토우스트 성당의 바로 옆에 있는 곳인데, 터키식 샤우르마를 팔고 있었다. 샤우르마 두 개와 김밥 군이 마실 물(콜라나 스프라이트가 없었다), 내가 마실 아메리카노 커피 한잔을 시켰다. 아가씨가 의사소통이 잘 안 되니 탄산수를 "푸슈—" 하며 유머러스하게 몸짓으로 설명해 주었다. 참 친절한 러시아 아가씨다. 이날은 여기서 점심 먹은 것이 돈 쓴 것의 전부인 날이었다.

그레이트 즐라토우스트 교회(Great Zlatoust Church)

이 성당은 우랄 지역에서는 한때 가장 높은 건물이었을 정도로 77m 높이의 종탑으로 유명하며 예카테린부르크의 스카이라인을 이루고 있다. 이 교회가 길모퉁이에 있고, 모퉁이를 돌아서 나가면 레닌 광장이 있는데, 교회를 파괴했던 이유가 레닌 광장으로 가는 길을 만들기 위해서였다고 한다. 재건할 때는 옛날에 찍어 두었던 사진을 참고했다고 하고, 그 사진은 지금도 교회 입구에 걸려 있다.[3]

레닌 광장

교회에서 레닌 광장을 가기 위해 천천히 길을 걸었다. 길을 걷다 보면 예카테린부르크에서 유명한 신용카드 기념물이 건물 벽에 있었다. 동으로 만든 손이 신용카드를 들고 서 있었는데, 신용카드의 번호는 '1234 5678 9010 1112'다.

대로변을 벗어나 길을 걸으니 중고책을 파는 가판대가 있었다. 가판대의 책은 전부 러시아어책뿐이라 살 만한 것은 없었다. 예카테린부르크의 이면도로에서는 허름한 아파트들을 많이 볼 수 있었는데, 건물들은 허름했지만 꽃들이 잘 가꿔져 있어 나름대로 운치가 있었다.

러시아 어느 도시나 레닌 광장이 있듯 여기도 당연히 있다. 성당을 부수고 지어진 광장이니 얼마나 장대한지 가보았다. 망토를 입고 손을 들고 서 있는 레닌이 을씨년스러웠다. Triposo에 의하면 뒤쪽에 니콜라이 2세가 총을 맞고 죽었던 자리인 Church on the blood가 있다고 하는데, 교회의 흔적은 없었다. 한참 동안 그 뒤를 이리저리 다니며 혹시 교회의 흔적이 있나 보았지만 그런 건 없었다. 내일 또 이 근처로 올 것이니 일단은 포기하고 숙소에 가서 검색해 보기로 하고 자리를 떴다.

레닌상 아래에는 한 어여쁜 소녀가 하얀색 이어폰을 끼고 긴 머리칼을 휘날리며 서 있었는데 누군가를 기다리는지 계속 그 자리에 서 있었다. 광

---

3 이 교회도 다른 러시아의 교회들과 마찬가지로 1930년에 파괴됐다가, 80년 후에 재건된 아픈 역사가 있다. 종탑은 1847년에 설계됐다가, 만드는 데는 30년이나 걸렸다고 한다. 교회의 이름은 349년 안티오키아에서 출생한 37대 콘스탄티노폴리스의 대주교 요한 크리소스톰(John Chrysostom)을 의미한다고 하고, 그는 정교회에서 성인으로 추앙받고 있는 인물이다.

장 앞으로 큰 길이 지나가고, 그 대각선에는 예카테린부르크 음악대학의 건물이 고색창연하게 서 있었다. 건물의 정면에는 황금빛 첨탑이 있는 시계탑이 있고, 그 꼭대기엔 황금빛 별이 빛나고 있었는데, 아마도 소련 시절에 만들어진 것 같았다.

빅토르 최(Victor Choi)의 벽화

빅토르 최는 한국계의 러시아 록가수로, 아버지가 한국인이다. 러시아의 젊은이들 사이에는 우상화되다시피 하여 도시 곳곳에 그를 기억하는 흔적들이 있다고 한다. 그는 인기가 하늘을 치솟을 때 불의의 교통사고로 생을 달리했다고 하는데, 우연히 여기서 그에 관한 벽화들을 볼 수 있었다. 한국 가수 윤도현 씨도 그에게 바치는 노래를 만들어 헌정했다고 할 정도이고, 한때 우리나라 다큐멘터리에도 소개된 적이 있는 듯하다. 상트페테르부르크에 묘소가 있다고 한다. 벽화 속의 그의 모습은 김광석을 닮기도 했고, 그 모습은 분명 아시아인이었다.

지하보도에서 발견한 한국계 러시아 기수 빅토르 최의 벽화.

2015/ 8/24 15:42

키보드 기념물

아까 건넜던 강변을 따라 쭉 내려가면 키보드 기념물이라는 것이 있다. 아까 본 신용카드 기념물도 특이하지만 이것 역시 특이하다. 무슨 의도로 만든 것인지 알 수 없는데, Qwerty 자판을 돌로 표현해 두었다. 기념물 자체도 볼 만하긴 하지만, 그걸 찾아가는 길이 매우 아름답다. 예카테린부르크의 청명한 공기 속으로 멀리 있는 마천루까지 선명하게 보일 정도의 길을 강변을 따라 걸었다. 강물 위로 햇살이 반사되어 반짝이고, 강 위로는 오리들이 유유히 헤엄치고 다녔다. 건너편 강변에는 할머니와 손자가 낚시하며 한가로운 시간을 보내고 있었다.

막심 아파트 호텔[4]

욕실에 세탁기가 있어 빨래를 한 번 했다. 세탁기는 삼성에서 만든 것이지만 글자가 전부 러시아 말이라 일일이 번역기로 해석을 했다. 합성섬유에 맞춰 대충 세탁하면 될 듯하여 빨래에 물을 적셔 비누칠하고 집어넣고 보니 전원연결이 안 되어 있었다. 한참 콘센트를 찾았지만 없어서 망연자실했다. 안 되면 샤워하며 손으로 다 빨아야 하는 건가 했다. 그러다 손에 묻은 비누를 씻다 보니 세면대 위에 콘센트가 하나 보였다. 결국 가지고 다니던 멀티탭을 연장하여 간신히 세탁기를 돌릴 수 있었다. 세탁기는 크기가 아주 작아, 두 번에 나누어 빨았다. 세탁은 잘 되는 편. 집에서 쓰던 세탁기에 비하면 사용이 간편했다.

선입금이 필요한 숙소

숙소에 돌아와, 일지를 쓰는 와중에 부킹닷컴에서 전화가 왔다. 카잔의

---

4 숙소가 있는 아파트 단지는 꽤 큰데, 여기 있는 건물들은 전부 같은 번지수를 쓰고 있었다. 부킹닷컴의 상담원이 여기 상태를 알 리가 없으니 그 번호만을 알려 주는 것이었다. 여기는 주인과 직접 사전 연락 없이는 절대 체크인을 할 수가 없는 곳이었다. 사전 연락이 필요한 곳은 숙소의 정책란에 안내되어 있으니, 반드시 사전에 연락해야 한다.

호텔 예약한 데서 하루 치 선입금을 해야 한다면서, 연락이 없어서 전화했다고 한다. 예약만 황급히 하고 자세한 걸 안 읽어 봤더니 선입금 고지 이메일이 이틀 전에 와 있었다. 현재 입금을 할 수 있는 상황이 아니어서 필요하면 신용카드로 보증금을 잡으면 안 되냐 하니, 부킹닷컴에서는 숙소에 알아보겠다고 했다. 그러나 결국 입금하지 않아서 예약이 취소되었고 하루 치 돈만 날리게 됐다. 너무 싼 데는 이런 게 안 좋은 듯하다. 숙소의 정책을 자세히 읽어보니 신용카드는 안 받고, 현금을 사전에 송금해야 한다는 내용이 있긴 있었다. 이메일함은 부킹닷컴 예약과 리뷰 요청 메일들로 가득하여 뭐가 뭔지 알 수 없었는데, 그 이메일은 러시아 이메일이었으니 내가 그걸 미리 읽어봤을 리도 없었다.

D+023, 예카테린부르크 둘째 날

2015년 8월 25일 화요일, 흐리고 비

예카테린부르크에서는 총 3박을 하기로 해서, 오늘이 두 번째 관광의 날이 되겠다. 어제 차 타고 많은 곳을 다녀서 오늘은 생각보다는 수월했다. 여덟 시쯤에 잠이 깨어 커피와 빵을 먹고, 아홉 시쯤에 김밥을 깨워서 열 시쯤에 나갔다. 전부 걸어 다닐 예정이었는데, 밖에는 빗방울이 떨어지고 있었다. 날씨가 마치 장마처럼 비가 왔다.

아파트에서 나가면서 차에 잠시 들러서 별일이 없는지 살펴보았다. 여기는 숙소는 아파트 단지 안이지만 차를 단지 안으로 들여놓을 수는 없기에 인근에 공터에 그냥 세웠다. 처음 출발할 때에 비하면 긴장이 많이 풀어져서 차에 특별한 대책도 하지 않고 그냥 세웠다. 거리가 멀어서 도난 방지장치를 해 봐야 별 도움이 안 되는 거리였기 때문이다.

Voznesenskaya Church

이 교회는 1792년에 세워진 러시아 정교회의 교회인데, 안내판 외에는 특별한 자료가 없었다. Triposo에도 나오지 않는 교회이다. 하늘색과 흰색의 벽과 높은 종탑, 그 위의 황금빛 돔이 인상적이다. 이 교회는 내부 벽역시 파란색으로 칠해져 있어 이채롭다. 앞쪽의 이콘들은 다른 교회와 큰차이가 없으나, 여기도 입구 쪽의 벽에 니콜라이 2세 황가의 가족들의 이콘이 걸려 있었다.

Rastorguyev-Kharitonov Palace

교회를 걸어 나오다 Church of All Saint 쪽으로 오다 보면 오른쪽에 고색창연한 건물이 한 채 있다. 가까이 가보면 안내판이 있는데, 18~19세기에 지어진 맨션(저택)건물이라 설명하고 있다. 지금은 아마 다른 용도로 쓰이고 있는 듯하다. 18~19세기에 지어진 건물이 지금까지 저렇게 보존되며, 현재도 쓰이고 있다는 사실이 매우 놀랍다.

Church of all Saints와 Church on the blood

여기는 니콜라이 황제의 가족이 마지막 78일을 보냈던 이파체프(Ipatiev)가의 터에 지어진 성당이다.[5] 입구에는 황가의 동상이 십자가를 배경으로서 있다. 찬바람이 횡횡 부는 오늘 같은 날씨가 그때의 상황을 설명해 주는 듯하다. 문을 들어서면 매우 어둡지만, 입구에는 기념품 가게들이 늘어

---

5 이파체프 가는 상인이었던 니콜라스 이파체프(Nicholas Ipatiev)의 개인 저택이었으나 볼셰비키에 의해 단 이틀 안에 집을 비우라는 통지를 받고 몰수당한 집이다(볼셰비키는 이런 식으로 자본가들의 재산을 빼앗아 노동자들에게 무상으로 나누어 주곤 했다). 그 집에는 높은 목책이 쳐진 후 니콜라이 황제와 가족들이 옮겨져 왔다. 백군의 구출 작전 가능성이 점차 커지자 볼셰비키는 황가를 처형하기로 하고 1918년 7월 17일 새벽에 모조리 처형했다. 1974년에 이파체프 가는 국가지정 기념물이 되었으나, 3년 후 1977년 9월 22일 보리스 옐친의 감독하에 소련 정부는 그 집을 철거하여 버렸다고 한다. 그러다가, 2000년에 현재의 교회 건축이 시작됐다고 하는데, 주 건물의 제단은 바로 그 처형이 일어났던 자리 위에 세워진 것이라고 한다.

서 있기도 하다. 다른 성당에 비해 긴 전실이 있고 제단 앞으로 가면 역시 엄숙한 가운데 기도를 드리고 있는 사람들이 있다. 그 오른쪽으로 가면 니콜라이 황제 및 자식들이 한 명씩 이콘으로 그려져 있었던 것 같다.

제단 앞으로 가보면 아마도 가나나 야마에서 발굴한 것으로 보이는 작은 탄화된 유골조각들을 마치 석가의 사리마냥 금 상자에 넣어 전시하고 있다. 지나는 사람들은 그것에 한 번씩 손을 대며 기도하고 있었다.

맥도날드 햄버거

생각보다 빨리 돌아서 점심을 먹고 나면 뭘 할지 살짝 고민이 들기도 했다. 도시가 커지면 적당한 먹을 것을 찾는 것이 더 힘들어지는 듯하다. 전통적인 러시아의 카페는 다 어디 가고 맥도날드[6]밖에 안 보이는지 모르겠다. 우리나라 맥도날드 메뉴에는 사진과 번호가 있어 주문이 편한데, 여기는 글자만 있었다. 게다가 세트메뉴가 보이지 않아 일일이 주문을 해야 했다. 다행히 '빅맥'을 읽을 수 있어, 그걸로 두 개를 주문하고 콜라와 커피를 한 잔씩 시켰다. 감자튀김은 어디 있는지 알 수 없어 못 시켰다. 집에 있을 때도 가끔 공휴일 점심때 맥도날드를 가던 버릇이 있어 오랜만에 고향에 온 듯했다.

숙소로 돌아가는 길

원래 점심을 먹고 이콘 박물관을 하나 보기로 했었으나, 찾을 수가 없었다. Triposo에 나오는 대로 가봤으나 그런 것은 없었다. 그래서 어쩔 수 없이 그냥 정처 없이 걷다가 Military District 쪽으로 방향을 잡아 걸었다. 가는 길에 푸시킨의 동상도 있었고, 또 다른 19세기 상인의 저택도 있었다.

---

6 러시아에 맥도날드가 처음 들어간 것이 1990년의 일이라 한다. 첫 점포는 모스크바에 열었다.

가니나 야마의 니콜라이 2세 황제 가족의 시신들이 버려졌던 구덩이.

길을 걷다 보니 어제 주차를 했던 장소 근처까지 와 있었다. 어제 본 성 캐서린 예배당이 길 건너에 있었다. 거기서 방향을 왼쪽으로 꺾어 Military District 쪽으로 걸었다. 그쪽으로 가니 우랄 주립대학(Ural State University) 의 웅장한 건물이 나타났다. 대학 건물은 입구가 신전과 같은 형태를 띠고 있었다. 빌딩이 있는 것인데, 우리나라 대학의 캠퍼스 같은 것은 어디에 있 는지 알 수 없었다. 거기서 좀 더 가면 에카테린부르크 역사박물관이 있었 는데, 하필 월화는 휴관이었다.

박물관을 지나면 Military District Headquarter인데, 입구에 장군의 동 상이 서 있고 건물의 정면에 폭격기, 전차 등이 새겨져 있었다. 이 근처에 서는 군인들이 행렬을 지어 걸어가는 광경을 흔하게 볼 수 있었다. Head-quarter의 주위는 군인들이 조를 짜 순찰을 돌고 있었다. 건물 옆쪽으로는 실제 전차들이 전시되고 있었는데, 그 규모가 상당히 커서 인상적이었다. 그걸 캠코더로 촬영하고 있으니 순찰하던 군인들이 지나가며 촬영은 하지 말라며 말하는데, 그 표정이 딱딱하거나 위압적이지는 않고 굉장히 친근하 게 느껴졌다. 러시아의 군인들도 평범한 관광객은 알아보는 듯했다.

페름 모스크. 러시아에는 정교회의 성당만 있는 게 아니다. 여기서 러시아에서 처음으로
이슬람교의 모스크를 만나게 되었다.

Perm

고생대의 마지막 여섯 번째를 칭하는 페름기는 러시아의 이곳의 이름에서 딴 것이다. 페름기 말에 대량멸종이 일어나, 공룡들이 자취를 감추게 된다. 동에서 서로 이동하며 처음으로 이슬람교의 모스크를 만나게 되고, 거대한 카마강을 마주하고, 시내에서는 늠름한 페름 베어를 만날 수 있다.

D+024, 페름으로 가는 길

2015년 8월 26일 수요일, 흐리고 간혹 비

여덟 시쯤 눈을 떴다. 오늘은 열 시에 체크아웃하기로 해서 평소처럼 커피와 빵을 먹고 일지 정리를 좀 하고 있었다.

아홉 시 반쯤인가 스마트 패드를 잠시 보다가 갑자기 맵스미가 안 되는 것을 발견했다. 목적지 페름에 지도가 없다면서 지도를 내려받아야 한다는 것이다. 시간이 열 시까지는 좀 있어서 다운받으면 되겠다고 생각했지만 어제도 분명 경로 계산이 됐었는데 갑자기 안 된다는 것은 뭔가 좀 이상한 것이다. 어젯밤인가 페이스북 앱을 업데이트하려다 실패한 일이 있는데 그것과 관련이 있는지 패드의 메모리 용량을 보니 남은 것이 전혀 없는 이상한 상황이 되어 있었다.

당연히 공간이 없으니 지도 다운이 안 되었다. 시간은 가는데 아무래도 지도 다운이 안 될 듯했다. 그래서 iGo8을 급히 실행시켜 목적지의 좌표를 입력했다. 주력으로 준비한 것이 여분이 된 상황이지만, 이거라도 되니 다행이었다.

열 시가 되자 막심이 나타났다. 잠시 내부를 둘러보고는 'All right' 하기에, '쓰빠시바, 다스비 다니야' 해주고 나왔다.

차로 가서 차량의 상태를 좀 보니 별 이상 없었다. 차에 타고 보니 기온이 8도밖에 안 됐다. 오늘은 거의 주행만 할 테니까 옷은 그냥 입고 가도 될 것 같았다. iGo8을 가동해 서서히 출발했다.

차는 레닌 광장 앞을 다시 지나갔다. 어제 들어올 때처럼 차는 그렇게 많지 않아 시내를 빠져 나오는 데는 큰 어려움이 없었으나, 역시 트럭들과 차들이 많았고 경찰들도 곳곳에 있어 아예 시속 80㎞ 정도로 꾸준히 달리기로 했다.

이렇게 달리고 있으니 뒤에 따라오는 트럭들이 내 차를 추월해 가곤 했지만 가다 보면 곳곳에 경찰에 잡혀 있는 차들이 있었다. 앞쪽에서 오는 반대 차선의 차들은 시시때때로 전조등을 비추어 경찰이 있음을 알려 주었다.

오늘은 꾸준히 날씨가 흐렸고, 간간이 빗방울이 떨어지기도 했다. 비가 오려면 세차게 와서 차나 좀 씻어 주었으면 좋겠다는 생각을 했다.

주유를 해야 했는데, 보통 주유 금액은 1,200에서 1,500루블 사이인데 잔돈이 없었다. 할 수 없이 오천 루블짜리를 들고 갔는데, 이 주유소는 밖에서 안이 전혀 안 보이는 구조였다. 돈 받는 사람의 얼굴을 알 수 없으니 오히려 마음이 편한 것 같기도 했다.

무명의 아파트 숙소: 2,900루블/2박

직전의 막심 아파트를 비롯하여 이후에 숙박할 카잔의 숙소 등에서 문제가 하도 많아서 전화비가 엄청 나오게 생겼다. 사실 여행을 하면서 전화를 해야 할 상황을 생각해 보지 않았고, 여행할 때는 당연히 세상과 단절된다고 생각하기 때문에 로밍 같은 건 별로 신경을 쓰지 않는데 예상 외 상황이 발생했다.

이전의 여러 여행에서 숙소가 문제가 된 적이 전혀 없어서 좀 안이했던 것 같다. 그래서 이번 숙소는 미리 여러 숙소의 정책을 꼼꼼히 읽어 보았다. 막심 호텔에 있으면서 발견한 것이 미리 도착 시각을 요청사항에 적어

내 차 타고 세계여행_러시아 횡단 편

주어야 한다는 것이었다. 이걸 하지 않았으면 아마 또 문제가 되었을 듯한데, 막심 호텔에 있으면서 요청사항으로 오후 4시에서 5시 사이에 도착할거라 알렸다. 그게 제대로 전달이 될지 의문이긴 했는데, 숙소 측에서 연락 전화번호까지 알려줘서 전화하는 방법까지 알아봤다.[1]

내비게이션이 지시하는 목적지에 도착했는데(iGo8이 이날은 정확히 목적지에 데려다주었다. 다만 중간에 새로 난 길을 알지 못했고, 숙소 직전에 전차선 아래를 지나며 GPS 신호를 놓치긴 했다), 창밖을 보니 숙소의 간판 따위는 어디에도 없었다. 내가 예상을 했기에 망정이지 안 그랬다면 또 당황하였을 것인데, 차 안에서 전화를 해 보려다가 혹시나 와 있는 게 아닐까 하는 생각에 차에서 슬슬 내렸다. 그때가 오후 4:20 정도였으니, 내가 알린 시각에 나는 거의 정확히 도착한 것이었다.

그랬더니 옆 차에 있던 깡마른 남자가 내리더니 자신의 핸드폰으로 구글 번역기를 돌려서는 'You live in this apartment'라고 보여주는 것이 아닌가. 나는 여기 사는 건 아닌데 그렇게 보여 주니 고개를 저으며 "No"라고 대답했다. 그도 아닌가 하며 혼자 중얼거리는데, 그 속에 들리는 말이 '부킹'이었다. 그래서 내가 "아 부킹닷컴, 예스" 했더니, 그제야 그도 "부킹닷컴!" 하는 것이었다.

뜻밖에 쉽게 만나게 된 것이다. 그를 따라 숙소로 올라가는데 참 기괴했다. 숙소는 무려 6층까지 올라가야 했는데, 올라가는 계단은 우리나라 60년대 아파트 같았다(내가 살아 보진 않았지만). 그런데 막상 문을 열고 들어가니 내부 실내장식은 꽤 괜찮아서 안도했다. 그는 들어가자마자 와이파이 비밀번호를 알려주고 TV를 켜주며 이놈은 워밍업이 좀 필요한 놈이라는 설명까지 구글 번역기를 돌려주었다. 참 구글 번역기는 이번 여행에 신적

---

1 러시아에서 국내에서 로밍된 핸드폰으로 전화를 하려면 부킹닷컴에서 제시하는 +7(러시아 국가 번호, 우리나라 +82에 해당)로 시작하는 전화번호를 7을 빼고, +8로 하면 되는 거라고 한다. 이런 방법도 여기 와서 알게 되었으니 나도 좀 한심한 면이 있다. 하여간 그런 준비를 하고 왔다.

인 존재인 듯하다! 숙박비를 주었고 그는 단순히 내 여권을 스마트폰으로 사진만 찍어갔다. 그 외에는 아무런 서류작업을 하지 않았다. 어차피 여기는 단 2박이라 외국인 등록이 필요한 것도 아니어서 내 입장에선 이러나저러나 아무 상관이 없는 것이고, 체크아웃하는 시각에 관해 나에게 묻기에, 금요일에는 500㎞ 이상을 가야 해서 아침 8시에 나가겠다고 했더니 우편함에 열쇠를 두고 가면 된다고 알려 주었다. 참 간편한 아저씨다 싶었다. 그는 그렇게 설명 후 두말없이 씽하고 사라졌다.

이 숙소의 창에서 보면 바로 옆에 멋진 성당이 있다. 창밖으로 성당이 보이는 곳이라니. 창이 앞과 옆이 있는데, 창 아래로 주차해 둔 차가 보이니 더 마음이 놓였다.

거룩한 삼위일체 성당

저녁을 먹으러 나가면서 잠시 아래에 있는 성당을 둘러보았다.[2] 보통 러시아 정교회는 오후 다섯 시에 저녁 예배가 시작되는 듯했다. 우리가 들어간 시각에는 예배가 한창이었다. 잠시 동안 다시 엄숙한 예배에 참여하여 낭랑한 기도 소리를 듣다가 나왔다.

저녁 먹기

일단 체크인은 잘했는데 근처에 식당 같은 것이 보이지 않았다. 교회를 둘러보고 한쪽으로 방향을 잡아 걸어 보았다. 이 방향으로 가면 모스크가 하나 나오는데, 거기까지 가보면 뭔가 있지 않을까 생각했다.

한참 걷다 보니 카페 표지판이 있어 갔는데 막상 카페는 영업을 안 하고

---

2 이 교회는 지역상인의 죽음 후, 그의 아들의 기부로 1849년에 건축이 시작되어 1850년 6월 9일에 봉헌된 성당이다. 이 교회도 역시 소련 시절에는 탄압을 받았고, 2차 대전 중에 붉은 군대를 위한 모금에 참여하는 등의 노력으로, 1944년 2월 28에 다시 종교활동을 할 수 있었다고 한다. 종탑의 높이가 84m에 이른다.

슈퍼마켓만 있었다. 슈퍼마켓에 들어가 보니 반찬류가 있어서 밥을 해 먹자 하고 반찬을 세 종류를 샀다. 생선을 된장에 절인 것과 비슷한 게 있어 두 개를 샀는데, 먹을 때 보니 돼지고기와 간을 다져 섞은 것이었다. 나머지 하나는 그릭 샐러드와 비슷하게 오이, 토마토, 치즈 등이 섞인 샐러드였고, 다른 하나는 마치 우리나라 물김치와 비슷한 신맛이 나는 채소 절임이었다. 러시아에는 아시아권에서 넘어온 음식이 있다는데 그런 종류의 샐러드였다.

하여간 오늘은 러시아에서 처음으로 통조림 없이 저녁을 먹은 날이었다. 이날 밥은 김밥 군이 물을 맞추었는데 물이 약간 적어 밥이 되게 되었던 것, 밥 양이 좀 많았던 것(내가 시킨 대로 세 컵을 다 부었다. 내가 할 땐 두 컵하고 나머지는 조금 덜 넣는다) 외에는 대체로 괜찮았다. 이젠 김밥 군이 밥도 하게 됐다. 하하하.

D+025, 페름 둘러보기

2015년 8월 27일 목요일, 흐림

오늘도 역시 여덟 시경에 커피와 빵으로 아침을 먹었다. 아침을 먹고 스마트 패드의 문제를 해결하기 위해 시간을 좀 보냈다. 패드를 정비한 후에는 향후 숙소를 좀 더 예약해서 이제 9월 8일 체크아웃 분, 즉 수즈달(Suzdal)까지 예약이 됐다. 아마도 모스크바는 9월 중순쯤에 가 있을 듯하고, 상트페테르부르크는 거의 9월 말경에 가 있을 듯한데, 때에 따라서는 상트페테르부르크는 다음번 여행(지금은 기약이 없다)에 가야 할지도 모를 듯하다. 어쨌든 9월 30일 이전에는 러시아를 떠나야 하니(한 번 나갔다 오면 다시 30일의 여유가 생기긴 하지만, 그땐 차를 타고 나갔다 올 수는 없다.[3] 차는 현재로부터 60일 후인, 10월 2일 안에 나가야 한다), 뜻밖에 시간이 많은 듯하지만, 별로 시간이 없는 그런 상황이다. 최소한 모스크바와 상트페테르부르크는 각각 1주씩은 체류를 해야 하기 때문에 그런 것이다.

아침에 서울에서 전화가 왔는데 받지 않았더니 문자가 왔다. 내가 쓰는 전화회사에서 왔는데, 최근에 갑자기 로밍을 너무 많이 쓴다며 온 거다. 사용량이 30만 원을 넘으면 송신이 차단될 수 있다고 한다. 보내온 사용량은 며칠 분의 숙박비에 해당한다. 차라리 숙박비를 좀 더 내고 문제가 덜한(물론 그런 문제를 사전에 알지 못한 것이 문제였다) 숙소를 고르는 것이 훨씬 현명하다는 생각이 들기 시작했다.

페름 모스크

열 시경에 숙소에서 나갔다. 오늘의 첫 번째 목적지는 모스크다. 러시아에는 라마교 사원도 있지만, 이슬람 사원인 모스크도 역시 있다. 이 지역은 인근의 타타르공화국[4]에 인접해 있다. 타타르공화국은 타타르인, 즉 튀르크계의 사람들로 이슬람 수니파에 속한다고 한다. 결국 이 지역에도 그 영향으로 모스크가 있는 것이다.[5] 모스크의 상징인 미네라트는 마치 정교회의 종탑과 같이 하나만 서 있어서 이것이 모스크인지 정교회인지 구별이 사실 잘 안 된다.

먼저 눈에 띄는 것은 벽에 쓰여 있는 아랍어들이다. 아마도 '알라만이 유일한 신이다' 정도 될 듯하다. 붉은 벽돌 건물 상단의 녹색 바탕에 흰 글씨로 쓰여 있다. 그 건물 옆으로 정교회 건물과 비슷한 건물이 서 있는데, 돔

---

3 사실은, 나갔다 와도 된다. 단지 조금 복잡할 뿐이다.
4 러시아의 행정 구역상, '공화국'이라는 곳은 자치도가 매우 높다. 따로 대통령도 있고, 헌법도 있다. 단지, 독립된 외교를 하지 않고, 군대만 없다.
5 이 모스크는 지역 타타르족 상인의 기부로 1902년에 건설됐다고 한다. 상당 기간 동안 이 모스크가 지구상 가장 북쪽에 있는 모스크였다고 한다. 이 건물도 역시 소련 정권이 들어선 기간에는 종교활동이 금지되었고, 공산당의 문서창고로 쓰였다고 하고, 다시 종교활동을 시작한 것은 1990년이라고 한다.

의 꼭대기에 십자가가 아닌 초승달이 걸려 있는 것이 정교회 건물과 다른 점이다.

창을 통해 안을 들여다보면 수염이 덥수룩한 성직자가 문 앞에 앉아 계신다. 분위기가 하도 엄숙하여 문을 열고 들어갈 엄두가 나지 않았다. 일반적으로 가장 들어가기가 어려운 종교시설이 모스크가 아닌가 한다. 중국 서역을 여행할 때도 들어가 볼 수 있는 모스크는 쿠쳐에 있던 모스크 외에는 없었던 것 같다. 쿠쳐 대사만 기도시설까지 들어가 볼 수 있었다. 서안의 청진 대사는 안마당까지는 들어가 보았으나 기도하는 홀까지는 들어가 보지 못하였었다.

카마강

페름은 카마강에 접해 있다. 이 강은 길이가 무려 1,805㎞에 이르고 볼가강으로 들어간다고 한다. 가끔 서울을 일컬어 대도시에 이런 큰 강이 있는 경우가 없다는 말을 들은 적이 있는데, 꼭 그런 건 아닌 듯하다. 서울만큼 인구가 많은 도시라는 수식어가 들어가야 하는 건지, 러시아에서 보는 강은 웬만하면 한강보다는 전부 넓어 보인다. 강변에 서서 보면 이게 강인지 바다인지 구분이 잘 안 갈 정도이다.

기차역 Perm 1

아까 보았던 Perm 1은 기차역의 바깥쪽 건물이다. 현재는 복원 공사 중인 듯한데, 기원이나 역사에 대해서는 정보가 부족하다. 페름 시내를 걸어 다니다 보면 근대역사에서 의미 있는 건물들에 대해 러시아어로 안내와 번호가 붙어 있는 표지판들이 있는데, 아마 지역 역사에서 중요한 건물 중 하나인 듯하다.

예고시카 공동묘지(Yegoshikha Cemetery)

여기는 18세기 중후반에 만들어진 지역의 공동묘지이다. 차를 몰아 여기까지 오면서 종종 공동묘지가 있는 것을 본 적이 있는데 한 번도 차를 세워 들어가 볼 수가 없었다. 차가 빨리 달리니 묘지를 인식하는 순간 이미 지나쳐 와 버리기 일쑤였기 때문이다. 각 나라를 다니며 묘지문화를 비교해 보는 것도 재미있다. 여기는 일본 고야산의 오쿠노인과 같은 곳이 연상되는 곳이었다.

그리 높지 않은 오르막을 조금 오르면 화려하게 채색된 성당이 하나 있다. 아마도 여기 묻힌 고인들의 명복을 비는 성당일 듯하다. 그것을 지나면 안내판이 하나 서 있는데, 전체 묘지에 특별한 번호가 붙은 묘를 안내하고 있는 듯하다. 아마도 지역에 유명했던 인물의 묘가 아닐까 생각한다.

특별히 누군가의 묘를 찾지 않아도 돌아보는 것만으로도 흥미롭다. 러시아인들의 묘는 참 간소한데 그냥 숲에 장을 지내는 숲장이 아닌가 싶을 정도다. 아마도 표지가 있는 아래에 시신을 화장한 것을 묻고 그 위에 표지를 세운 것이 아닌가 싶다. 그냥 숲속에 무질서하게 배열되어 있다. 그 위의 표지는 간단하게는 철재로 만든 것도 있고 좀 정성을 들인 것은 돌로 관 비슷하게 만든 것도 있다.

재미있는 것은 정교회 신자의 묘소에는 십자가가 있고, 이슬람교도의 묘에는 초승달이 새겨져 있다는 것이었다. 하나의 묘지에 이슬람교도와 정교회 신자가 같이 사이좋게 묻혀 있는 것이다.

점심 먹기

묘지를 돌아보기 전에 이미 배가 고팠는데 어디 들어갈 만한 식당이 없어서 일단 그냥 돌았다. 묘지를 돌고 나니 허기져 속이 쓰릴 지경이어서 보이는 데를 그냥 들어갔다. 안에 들어가니 뜻밖에 분위기 있는 식당이어서 잠시 놀랐다. 러시아의 식당은 분위기가 있어도 음식값이 그다지 많이 나오지 않는다는 것을 경험적으로 알게 되어 그대로 자리를 잡고 앉았다.

우리가 들어갔을 때는 안에 손님이 하나도 없어서 주문하기가 간편했다. 영어 메뉴는 없었지만, 메뉴를 보고 대충 읽을 수가 있어서 보르쉬를 하나 시키고, 내가 마실 커피 한잔을 주문하고, 김밥을 가리키니 알아서 과일 주스 하나까지 주문하게 됐다. 빵이나 밥이 있냐고 구글 번역기로 물어보니 있다고 해서 주문을 했다. 나는 빵과 밥 중 하나만 주문한 줄 알았더니 나중에 보니 둘 다 나왔다. 밥은 카레 맛이 살짝 나는 볶음밥이었는데, 이전에 빵을 많이 먹어 다 먹기가 참 곤란할 정도로 많았다. 재밌는 사실은, 우리가 음식을 막 먹기 시작할 때부터 손님들이 줄줄이 들어왔다는 사실이다. 줄줄이 들어온 손님들의 행태를 관찰하는 것도 재미있었다. 혼자 들어온 여자분은 끝까지 혼자서 점심을 드시고 나가셨고, 50~60대 남자 손님들도 조용히 들어와서, 조용히 얘기하다, 조용히 먹고는 나갔다. 참으로 조용한 식당이었다.

신기하게도 엄청난 양을 먹고 마셨는데, 밥값은 둘이 합쳐 우리 돈 오천 원 정도밖에 나오지 않았다. 커피가 진한 아메리카노가 한 잔 나왔는데 가격이 20루블이었다. 우리 돈 400원쯤인 것이다.

예고시카 공동묘지 입구의 교회는 정교회의 양식이지만,
묘지 안에는 정교회 신자의 무덤뿐만 아니라 이슬람교도의 무덤도 있다.

2015/ 8/27 11:48

지역 역사박물관

점심을 먹고 천천히 다시 카마강 쪽으로 걸어 갔다. 박물관은 강을 내려다볼 수 있는 대로변에 있다. 저택[6]을 개조한 듯한데, 역시 입구는 뒤쪽에 있어 헷갈린다.

전시장의 규모는 그리 크지 않아 짧은 시간에 돌아볼 수 있다. 전시 내용은 페름 지역의 과거와 현재까지인데, 먼 과거 한국의 전통 혼례에 쓰였던 것과 유사한 목조 기러기 등이나 전통 의복 등이 흥미로웠다. 중앙아시아와 지리적으로 가깝고 과거에는 우리와 비슷한 문화가 저변에 흐르고 있었던 것이 아닌가 싶었다.

오페라 및 발레 극장, 레닌 광장

페름의 오페라 극장은 역사가 매우 오래되어 1874년에서 1879년에 건설됐다고 한다. 오래된 만큼 규모가 그리 크지는 않지만, 러시아에서 손꼽히는 오래된 오페라 및 발레극장이라고 한다. 우리나라에는 오페라나 발레 전용 극장이 없는 것 같은데, 러시아에는 웬만한 도시에는 그런 것이 하나씩 있으니 참 신기하다. 문화의 깊이 차이를 군이 따지자면 이런 데서 따질 수 있지 않을까 싶다.

극장의 앞쪽으로 걸어가면 동상이 하나 서 있는데, 레닌이었다. 여기 걸어오면서 김밥 군과 이 도시엔 레닌광장이 없는 것 같다는 얘기를 하면서 왔는데, 아니나 다를까 여기 있었다. 규모가 그리 크진 않았지만 역시 좋은 자리를 차지하고 있는 레닌이었다. 광장에는 비둘기들이 많이 날아다니고 있었는데, 사람이 가면 먹이를 준다는 것이 학습되었는지 우리가 지나가니 비둘기들이 우리를 둘러쌌다. 그러나 아쉽게도 우린 줄 게 없었다.

---

6 건물의 첫 소유자로 니콜라이 바실예비치(Nikolai Vasilyevich Meshkov, 1851-1933)가 기록되어 있다 하나, 소유자는 많이 바뀌었고, 2007년부터 박물관으로 사용됐다고 한다.

페름 베어(Perm Bear)

외국인인 내가 굳이 이걸 볼 필요는 없을 듯했지만 가는 길에 있어서 봤다. 이 지역의 휘장이나 깃발엔 꼭 곰이 들어가 있고, 길에 오다 보면 곰이 나타난다는 표지가 있기도 했다. 여기는 앞길이 레닌대로이고, 시내의 중심부에 해당하는 곳이다. 걷고 있는 곰을 형상화하였고 무게가 2.5톤에 이르는데 2006년에 만들어진 것으로 페름시의 상징처럼 되어있다고 한다. 우리가 간 시점에도 러시아인 모녀들이 와서 곰을 배경으로 사진을 찍고 있었다.

한가한 오후

페름 베어까지 보고, 천천히 발걸음을 돌려 숙소로 향했다. 생각보다는 일정이 일찍 끝나 아직 세 시도 되지 않았다. 조금 일찍 숙소로 들어가 한가한 한때를 보내고 싶었다.

길가에서 주차단속 현장이 있었다. 견인표지가 있는 곳이었는데 주차된 차가 많았고 꽤 비싼 외제차도 인정사정없이 크레인 같은 것으로 들어 올려 차에 싣고는 가버렸다.

세 시가 되기 전에 숙소에 도착했다. 숙소인 아파트의 외관은 매우 낡아 보이지만 그 앞의 화단은 그래도 나름의 운치가 있었다. 누군가가 만들어둔 작은 나무집이나, 타이어에 심어둔 꽃들이 누군가의 정성을 떠올리게 했다.

숙소로 들어와서 저녁 먹을 때까지는 그야말로 쉬었고 저녁은 방에서 어제 사 둔 반찬들과 함께 밥을 해서 먹었다. 이 숙소는 밥을 해 먹기에 최적의 숙소였다.

IV. 볼가

카잔
니즈니노브고로드

352 7763

카잔 크렘린. 뒤로 아름다운 볼가강이 흐르고 있다.

Kazan

카잔은 인구가 115만인 타타르공화국의 수도이다. 카잔은 그 유명한 볼가강에 접해 있으며, 동에서 서로 이동하면서 처음으로 유네스코 세계문화유산인 카잔 크렘린이 등장한다. 그곳은 여기가 동양과 서양, 이슬람과 정교회가 만나는 곳이라는 것을 알려준다.

D+026, 카잔으로 가는 길

2015년 8월 28일 금요일, 흐리고 비

　오늘은 갈 길이 500㎞가 넘어 좀 일찍 출발해야 했다. 일곱 시경에 잠을 깨 커피와 빵을 먹고, 일곱 시 반쯤에 김밥을 깨워 빵을 먹게 했다. 원래 여덟 시에 나가기로 했으나 여기는 집주인을 만나지 않아도 나갈 수가 있어서 준비를 여유롭게 하고 방을 나왔다. 차에 짐을 싣고 시동을 걸어 출발하니 아직 여덟 시가 되지 않았다.

　어제 돌아다닐 때는 아주 간간이 빗방울이 떨어지곤 했었는데, 오늘도 하늘이 잔뜩 흐렸다. 어차피 오늘은 주행만 할 것이니까 비가 좀 와도 상관은 없겠거니 생각했다. 비가 적당히 와서 차도 좀 씻어주면 좋겠다는 생각을 하며 페름 시내를 빠져나갔다. 페름 시내를 빠져나가는 것 역시 그다지 힘들지 않았다. 올 때는 iGo8으로 왔지만, 나갈 때는 맵스미를 이용해서 나갈 수 있게 되어 다행이었다.

　오늘 가는 도시는 타타르공화국의 수도 카잔인데, 페름에서 카잔을 가는 것은 우랄산맥을 넘어가는 것이 된다. 우랄산맥은 남북으로 놓인 산맥으로 동서로 유럽과 아시아를 가른다. 한참을 달려가지만, 어느 순간에 산맥을 넘는지는 확실하지 않았다. 우리나라 대관령을 넘을 때처럼 어디가 정상이라는 것이 전혀 없었다.

열두 시 반경에 E22에서 살짝 들어간 곳에서 잠시 세워 점심을 간단하게 먹었다. 언젠가부터 비가 계속 내리고 있었다.

오후 한 시가 넘어서자 카잔이 200㎞ 정도 남았다는 표지판이 나타났다. 먼저 간 신혼부부의 정보에 의하면 카잔 150㎞ 전방에서 긴 비포장도로가 나타난다 했는데, 그게 언제인지 궁금해졌다. 며칠 전에 신혼부부가 보내준 또 다른 정보는 카잔을 간 다른 사람들의 경우에 그런 길이 없었다는 얘기였다. 아직 같이 출발했던 두 바이커들은 내 뒤에 있어서 내가 가보고 정보를 알려 주겠다 했는데, 나도 그게 궁금했다.

가기 전에 주유를 한 번 해야 될 듯했다. 주유 가능 거리가 200㎞대일 때 주유소가 하나 있었다. 비를 맞으며 주유를 해야 하는 곳이었다. 그래서 그냥 지나쳐 한참 더 가다 보니 주행가능거리 100㎞대에서 주유를 하게 됐다. 그래도 그 진창길 전에 주유하게 된 듯하여 마음은 좀 놓였다.

한 시 이십 분경, 창밖을 보니 완연한 농촌의 가을 풍경이 이어지고 있었다. 나무들은 벌써 노란 물, 빨간 물들이 들어가고 있어 지금이 팔월이라는 것을 잊게 만들 정도였다.

진창 길 40㎞: 페름-E22-카잔

가을 풍경에 잠시 빠져 있는 직후, 갑자기 노면이 험악해지기 시작했다. 이 길을 운전해 오면서 느낀 것은 지난 며칠간의 주행에 비하면 어느 순간부터 차들이 거의 없다는 것이었다. 마치 하바롭스크에서 울란우데 사이의 길들처럼 뒤에 따라오는 차도, 앞에서 오는 차도 거의 없는 것이다. 그게 어느 순간에 보니 길이 나뉘는데, 나만 내가 가는 길로 가고 다른 차들은 전부 다른 길로 가는 곳이 한 번 있었던 것 같고, 그 이후에는 차들이 거의 없는 것이다. 그래서 그런지 이 길에는 경찰도 없어서, 경찰차는 주행 중에 한두 번밖에 보진 못했다.

하여간 1:30경부터 노면이 나빠졌는데, 바닥에는 지름 30~50㎝ 정도의 구덩이들이 뻥뻥 뚫려 있었다. 최근에는 경찰이 무서워 시속 80㎞/h 정도로 천천히 달리는데 여기는 그렇게 달릴 수 있는 도로가 아니었다. 구덩이를 피하려고 핸들을 이리저리 돌려도 바퀴는 연신 구덩이에 들어갔다 나왔다 하며 충격음을 차체에 전하고 있었다. 이 길은 포장이 안 된 것은 아니나, 포장에 구멍이 뚫리면서 비포장도로인 듯한 느낌을 주는 도로였다. 물론 이런 길이 여기가 처음은 아니나 그 정도가 좀 심하다 싶었다.

이전엔 도로에 차가 좀 있어 차를 세워 그런 도로의 사진을 찍을 수가 없었는데, 이번엔 차가 없어서 아예 차를 세워 바닥의 사진을 찍어 보았다. 지도를 보니 카잔 숙소까지 170㎞ 정도가 남은 지점이었다.

그런 도로가 10분 정도 이어지더니, 이제 아예 비포장으로 바뀌었다. 초반엔 그럭저럭 그냥 비포장이다 싶더니, 마을로 들어가면서 완전히 진흙길로 바뀌고 있었다. 차들이 지나가며 노면에 깊은 홈을 파 버리고, 그 노면에 차 바퀴가 들어가거나 옆으로 삐져나온 진흙 위로 올라가면 차가 옆으로 미끄러지기 시작했다. 차의 속력을 뚝 떨어뜨려 시속 40㎞ 정도로 달리는데도 차는 연신 미끄러졌다. 결국 나도 그 신혼부부가 세 시간을 걸려 탈출했다는 길에 와 있다는 것을 깨달았다.

내 차는 그래도 사륜구동이 되는 차라 큰 걱정은 없었다. 천천히만 가면 어디든 갈 수는 있으리라 생각했기 때문이다. 차는 속도가 시속 40㎞ 이상으로 올라가면 미끄러지고 VDC[1]가 동작하며 불을 깜박였다. 후사경으로 보니 내 뒤로 승용차가 한 대 따라오고 있었는데 그 차도 참 힘들겠다 싶었다.

---

1 Vehicle dynamic control, 차량 자세 제어장치.

콘스탄티노브카(Konstantinovka) 마을

그렇게 달리다 거의 두 시가 가까운 무렵에 정교회 성당이 하나 길가에 보였다. 여느 러시아의 마을들처럼 이 길은 마을 사이를 지나는 길인데, 길이 꽤 넓고 그 길 전체가 진창이었다. 그 옆에 흰 벽의 푸른 양파 모양 지붕을 한 성당이 있어, 그 분위기가 참 묘했다. 어차피 시간은 많은 듯하고 바로 뒤에 차도 따라오니 신경이 쓰이고 하여 아예 길가에 차를 대고 그 교회나 둘러보고 가기로 했다.

잠시 차를 세우고, 밖을 나오니 비는 조금씩 계속 내리고 있었다. 교회를 한 바퀴 돌았으나 안에 들어갈 수는 없었다.

교회를 돌고 막 차에 타려고 하던 무렵에 어디선가 모스크의 기도 시간을 알리는 이맘의 소리가 들리고 있었다. 주위를 둘러보니 성당에서 얼마 떨어지지 않은 곳에 초승달을 지붕에 세워 둔 모스크가 하나 있었다. 성당 바로 옆에 있는 모스크, 여기는 그런 곳이었다.

…

다시 차를 출발시켰다. 길은 여전했다. 언제 이 길이 끝날지. 정보에 의하면 35㎞는 가야 한다고 했다. 차는 시속 30~40㎞ 정도로 달리고 있었다. 이 속도로 가면 한 시간이 걸린다는 얘기였다. 차가 조금 속력을 올리면 이내 옆으로 슬슬 미끄러졌고, 속력을 떨어뜨리면 그나마 전진을 하는 듯했다. 어느 순간에는 차가 거의 정지하는 건가 싶을 정도로 바퀴가 헛돌며 속력이 떨어졌다. 연신 차의 VDC 불빛이 번쩍거렸다. 확실히 사륜구동을 시작하면 차는 안정적으로 움직이는 듯했다. 그러나 조금 속력이 올라가면 사륜구동은 자동으로 해제되고, 그러면 차는 또 미끄러졌다.

한참을 가다 보니 내 앞을 갔던 차인 듯 싶은 차가 길 중간에 멈춰 있었고, 운전자가 보닛을 열고 안을 들여다보고 있었다. 고장이 난 모양이었다.

차는 몇 번 흙탕물을 완전히 뒤집어 써 창에도 구정물이 줄줄 흘렀다.

앞창은 와이퍼가 닦아 주지만 뒤 창과 옆 창은 대책 없이 흙탕물이 흘러내렸다. 비라도 좀 더 세게 와주면 좋으련만, 비는 그냥 대충 추적추적 내리는 듯했다.

2:39에 다리가 하나 나타났다. 저 다리를 건너면 이제 포장도로가 나오는가 싶었다. 거의 한 시간을 달린 시점이었다. 다리를 건너고 나니 차단기가 있는데, 이걸 누가 열어주는 건가 하며 차단기 앞에 그대로 있었다. 그랬더니 수염을 기른 중국 신장성에 살 듯한 남자가 나타났다. 뭐라 뭐라 하기에 스마트 패드를 내비게이션 거치대에서 빼내 'We go to Kazan'이라고 찍어 주었다. 그러자 그가 앞을 가리키며 이리저리 가면 된다는 듯한 몸짓을 보여주었다. 그래도 차단기를 안 열어 주기에 그에게 번역기의 자판을 보여주자, 그가 '130'이라고 찍어 주었다. 아 돈을 내라는 거였구나 하는 생각이 들어 130루블을 건네주자 두말없이 차단기를 열어 주었다. 여기는 다리 통행료가 130루블이었던 것이다.

그렇게 다리를 건너고 얼마 안 되어 포장도로가 나타났다. 도로가 움푹움푹 파이기 시작한 지 한 시간이 넘은 시점이었다.

이후부터는 길이 좋았다. 시속 80㎞ 이상은 충분히 낼 수 있는 길이 카잔까지 이어졌다. 경찰도 거의 없었다. 재미있는 것은 이 길가로는 모스크가 마을마다 보인다는 사실이다. 정교회보다 모스크가 더 많이 보이는 길이다. 드디어 타타르스탄 공화국에 들어왔다는 것을 길가의 모스크들로 알 수 있다.

페름 시각으로 오후 다섯 시경에 카잔 시내에 진입했다. 시내가 그리 복잡하지는 않았다. 입구에 기아자동차 서비스센터가 있는 것이 보였다. 러시아에는 현대자동차보다 기아자동차가 더 많이 팔린 듯하다. 아직 현대차의 전시장은 제대로 본 적이 한 번도 없는 듯했다. 모스크바쯤에 가면 서비스공장에 한 번 가서 점검을 받아야 하는데, 기아 서비스에 가도 되는 건지 알 수 없었다.

카잔 시내에 들어가자 이전까지 슬슬 오던 비가 갑자기 폭우가 되었다.

앞에 가는 차가 안 보일 정도로 비가 퍼붓기 시작했다. 이 비는 그칠 줄 모르고 내비게이션이 호텔 앞이라 한 곳까지 올 때까지 퍼부어 댔다.

카잔 익스프레스 호스텔&호텔(Express Hostel&Hotel)

내비게이션이 호텔에 다 왔다 하여 차를 길가에 정차하고 밖으로 나왔다. 그런데, 차 주위도 온통 물이라 차 문을 여는 순간 옆으로 차가 지나가며 물을 온통 나한테 뿌리고 가 버렸다. 기가 찼다.

간신히 차에서 빠져나와 호텔을 찾아보았다. 다행히 차 조금 뒤에 있던 건물의 꼭대기에 'Express Hotel' 간판이 보였다. 건물 안으로 들어가 보니 4층에 있다는 안내가 있어 엘리베이터를 간신히 찾아 올라갔다. 러시아 건물은 멀쩡해 보이다가도 안에 들어가면 실내장식이 이상한 데도 있는데, 여기도 그랬다. 엘리베이터를 타려면 뭔가 공사가 덜 된 듯한 곳으로 가서 타야 했다. 그나마 엘리베이터는 정상 작동했다.

4층에 내리니 호텔 입구가 번듯하게 있었다. 안에 들어가니 더 번듯했다. 내가 여권을 리셉션에 내밀자 "Kim?" 하며 알고 있는 듯이 말하기에 "Yes" 해 주었다. 간단하게 체크인이 되었고 열쇠를 받았다. 방에서 잠시 쉬다가 스마트 패드를 들고 나가 근처에 주차할 만한 곳을 추천해 줄 수 있는지 묻자 "맥도날드"라는 대답이 돌아왔다. 아까 그쪽으로 들어가려다 말았는데, 거기가 좋은 곳이었나 보다. 여기도 부킹닷컴에는 '근처 공영주차장을 무료로 이용할 수 있습니다'란 안내가 있는 곳이었다. 러시아는 주차장 운영을 그렇게 하는 듯했다.

나가서 차를 맥도날드 안으로 몰고 들어갔다. 가능하면 호텔 가까운 데면 좋을 듯하여 한참 차에 타고 가까운 곳에 자리가 생기길 기다려 보았는데, 가까운 데는 자리가 안 나서 약간 먼 쪽에 세웠다. 그래도 주차선 안에 주차하는 게 좋을 듯해서 그렇게 했다.

주차하고 방에 들어와 보니 아무래도 시간이 또 바뀐 듯했다. 리셉션에 나가 거기 걸린 시계들을 보고 있으니 아까 그 리셉션의 아줌마가 모스크

내 차 타고 세계여행_러시아 횡단 편

바 시계를 가리켜 주었다. 시간이 다시 두 시간 지연되어 우리는 여섯 시에 도착했다 생각했으나, 이제 겨우 오후 네 시였다.

시간을 벌어서 좋긴 한데, 한국과는 시차가 이제 여섯 시간이나 됐다. 방에 와서 스카이프로 방 양과 통화를 했다. 여기가 카잔이라고 설명을 해주며 호텔 창밖을 보여 주었다. 창밖으로는 카잔 크렘린이 보였다.

통화를 마치고 저녁 먹으러 내려갔다. 올라올 때 보니 구내에 식당이 하나 있어 그쪽으로 갔다. 다행히 메뉴에 사진이 있었다. 김밥은 또 샤슬릭을 먹겠다고 하여 그걸 시켜 주고, 나는 메뉴를 보고 밥과 국 하나, 빵(여기 빵은 서양식 빵이 아니라 낭이다)을 주문했다. 내가 메뉴를 읽으니 주문받는 아줌마가 신기한지 주문받는 걸 아주 신나 했다. 음식도 아주 적당하게 푸짐하게 나왔는데, 역시 러시아식은 싸서 둘이 푸짐하게 먹어도 만 원 정도였다.

D+027, 카잔 크렘린(Kazan Kremlin)

2015년 8월 29일, 토요일, 흐렸다 맑음

카잔은 인구가 115만인, 타타르공화국의 수도이다. 러시아 안에 웬 공화국인가 하겠지만, 러시아는 우리나라 도에 해당하는 오블라스트(Oblast)와 여러 공화국, 모스크바, 상트페테르부르크 같은 특별시들의 집합이다. 몇 개의 공화국에 속하는 곳이 여기 타타르공화국, 캅카스산맥 근처의 다게스탄 공화국, 여러 가지 일이 많은 체첸 공화국 같은 곳이다. 이런 공화국들은 러시아연방 내에서 자치권이 아주 크다고 한다. 카잔은 그 유명한 볼가강에 접해 있어서, 우리 숙소에서 조금만 가면 거대한 강이 흐르고 있다.

카잔에서의 첫 번째 일정은 카잔 크렘린이다. 크렘린(Kremlin)이란 말은 '성채'를 의미한다. 모스크바뿐만 아니라, 과거에 중요한 역할을 했던 일부

도시에는 크렘린이 있다.

열 시쯤에 호텔에서 출발했다. 숙소 창으로도 보이는 곳이라 걸어가면 되는 곳이었다. 차가 주차된 맥도날드 앞으로 지나가면서 밤새 차는 잘 있었는지 한 번 봐주고 갔다. 흙탕물을 뒤집어쓰고는 있지만, 별 이상은 없어 보였다.

인근에 큰 마트 같은 것이 있어 넓은 주차장이 있었다. 그 앞을 지나 길을 건너니 작은 아침 시장이 열려 있었다. 시장에는 꽃이며 어린 나무며 사탕 같은 것들을 팔고 있었다. 사탕 같은 것은 마트에 가면 다 있을 텐데 굳이 시장에서 내놓고 파는 이유를 잘 모르겠다.

다시 방향을 틀어 가면 웅장한 성채의 모습이 보인다. 높은 담벼락이 흰색으로 칠해져 있어 신비감을 더한다. 그 성채의 뒤로 푸른 지붕의 웅장한 모스크가 머리를 내밀고 있었다. 성벽의 이쪽과 저쪽 끝에는 망루가 있고, 망루의 꼭대기에는 깃발의 형상을 한 조형물이 서 있었다.

여기는 원래 타타르스탄의 성채가 있던 곳인데, 모스크바 공국의 이반 4세(1530~1584)가 타타르스탄을 정복한 후, 그 자리에 세운 성채이다. 이반 4세는 모스크바 인근의 작은 나라를 현재의 넓은 땅을 가진 러시아가 되게 한 토대를 마련한 황제로, 시베리아를 정복하여 동방으로 진출할 길을 열었고, 남쪽으로 타타르스탄을 정복하여 남쪽으로의 길을 열었던 인물이다.

시장을 지나면 길을 하나 또 건너 크렘린이 있는 지역으로 들어간다. 흰 성벽과 모스크를 올려다보며 방향을 잡아 걷는데, 주위를 둘러보면 관광버스들이 여기저기 보인다. 여기는 유네스코에서 지정한 세계문화유산 중의 하나로, 이번 여행에서 처음으로 만나는 세계문화유산이다.

입구를 향해 걸으면 안쪽에서 군악대의 웅장한 연주가 들렸는데, 밖에서는 안이 전혀 보이지 않으니 답답할 뿐이었고, 연주가 끝나기 전에 빨리 가서 봐야 할 텐데 하는 조바심이 들었다.

그런데 아무리 보아도 입구가 어딘지 알 수가 없다. 그저 드문드문 보이는 사람들이 가는 방향으로 따라가 보는데, 계속 성벽을 따라 아래로 걷는 것이다. 걷다 보면 마치 입구를 막아놓은 듯한 곳이 나와 이거 뭔가 잘못된 것인가 싶은데, 조금 돌아보면 거길 지나 아래로 내려가서 우측의 성벽 아래 입구가 있다.

입구에는 마치 감옥의 문과 같이 굵은 목재로 큰 문이 만들어져 있었고, 큰 문 아래에 난 작은 문을 통해 안에 들어가면 성채의 입구로 들어가게 된다. 안에는 매표소 같은 것이 있었지만 표를 팔고 있지는 않았다. 기념품을 파는 곳은 몇 곳 열려 있어 사람들이 물건들을 보고 있었다. 그곳을 지나가면 갑자기 주위가 밝아지며 밖으로 나가게 되는데, 그곳에는 예상치 못하게도 하나의 마을이 있었다. 성채 안의 마을이었다. 제일 먼저 보이는 것은 붉은 벽돌로 지은 약간 기울어진 소옘비카 탑이다.

소옘비카 탑(Soyembika Tower)[2]

전설에 의하면 이반 대제의 명에 의해 단 일주일 만에 만들었다는 얘기가 있고, 카잔의 여왕 소옘비카가 투신하여 이런 이름이 붙었다고 하는데, 정설과는 맞지 않는 얘기라고 한다. 어쨌든 여왕이 투신했다는 얘기를 들으면 슬프긴 하지만, 한때는 러시아가 침략을 당했으니 그럴 수도 있겠다는 생각도 들었다. 역사는 가해자와 피해자를 바꾸는 법이다.

건물의 꼭대기에는 제국 시절에는 쌍두독수리, 볼셰비키 시절에는 붉은 별, 현재는 초승달이 걸려 있어 이곳의 현재의 정체성을 명확히 하고 있다. 탑의 옆으로 타타르스탄 역사박물관이 있고, 탑의 아래에는 금색 해와 달로 장식된 철문이 있고, 그 철문 뒤로는 관청 같은 건물의 정원이 있지만 들어가 볼 수는 없었다.

---

2 칸(Khan)의 모스크라도 불리는 탑인데, 카잔의 상징과도 같다. 한때는 도시에서 가장 높은 건축물었고, 옆으로 조금씩 기울어 현재는 첨탑이 중심에서 1.98m 이탈될 정도로 기울었다고 한다. 여러 가지 기술을 동원하여 똑바로 세우기 위한 작업을 하여, 지금은 더 기울고 있지는 않다고 한다. 탑의 정확한 건축 연대는 알려지지 않았으나, 학자들은 다층의 탑이 러시아에 많이 조성되었던 17 또는 18세기로 추정하기도 하고, 일부는 1552년 전이라고도 한다.

수태고지 대성당(Annunciation Cathedral)

원래 여기는 타타르스탄의 성이 있던 곳이고, 당연히 모스크가 중심이겠지만, 이반 4세가 점령을 한 후에는 또 당연히 모스크를 허물고 성당을 지은 것이 이것이다. 정확하게 기원이 알려진 크렘린의 건물 중에는 가장 오래된 건물로 16세기에 벽돌이 아닌, 지역에서 생산되는 창백한 사암을 이용하여 차르가 모셔온 석공들에 의해 지어졌다. 이반 대제에 의해 5층짜리 종탑이 건설되었었으나, 소련 시절인 1930년에 해체됐다고 한다. 제정러시아를 엄청 싫어했던, 또는 시기했던 소련 정부의 면모를 알 수 있는 대목이다.

입구에는 공항에서 보는 검색대가 있는데 관광객 대부분은 금속을 소지하고 있어 별 의미는 없어 보인다. 앞에 서 계시는 분이 가방에 뭐가 들어 있는지 정도를 간단하게 보고 들어간다. 그는 사진 촬영은 하지 말라는 몸짓을 해 준다. 내부는 러시아에서 보는 여러 정교회의 성당과 같이 엄숙하고, 많은 정교회 신자들이 조용히 이콘을 보며 기도드리고 있다. 여긴 나 같은 관광객도 많아서 어쩌면 좀 마음이 편하기도 했다.

쿨샤리프 모스크(Kulsharif Mosque)[3]

작은 입구에 들어서서 앞에 있는 건물을 보다가 옆으로 고개를 돌리면 웅장한 모스크의 건물에 감탄하지 않을 수 없다. 네 개의 미나렛이 하늘로 치솟아 있고, 푸른 지붕의 건물이 아름답게 자리하고 있었다. 웅장한 건물 앞에서 셔터를 누르며 발을 떼지 못하다가 안으로 들어가면 신발 싸개를 사야 한다. 이전에도 성당에서 신발 싸개를 쓴 경우가 있지만, 여기는 3루블을 내야 한다. 어쨌든 둘이서 각각 3루블씩 내고 신발을 쌌다.

---

3 쿨샤리프는 이반 대제의 침략에 맞서 싸웠던 타타르스탄의 술탄이다. 원래의 모스크는 16세기에 있었던 것이나, 이반 대제가 타타르스탄을 정벌할 때 파괴됐다고 한다. 그 후, 이 모스크는 1996년 부터 10년간의 공사 끝에 2005년에 만들어진 것이다. 입장은 공짜인데 들어갈 때 신발을 덮는 비닐을 3루블을 주고 써야 한다.

이슬람교는 사람이나 동물의 형상을 만드는 것을 엄격히 금지하기 때문에 모스크의 내부는 그다지 볼 것이 없는 것이 특징이다. 여기도 그런데, 1층에는 그다지 볼 것이 없었다. 아랍어로 쓰여진 걸개들이 인상적이고, 구석에 한 사제가 유리로 둘러싸인 구역 안에서 쿠란을 암송하고 있는 것 또한 인상적이었다. 밖에서 보던 건물 크기와 비교하면 처음 들어간 곳은 그다지 넓은 곳은 아닌데, 사람은 매우 많았다. 한쪽으로 가면 이슬람문화박물관의 입구가 있어서 아래로 내려갔다.

여기는 따로 입장료를 내고 들어가지만, 불교박물관 등에서 보는 장대한 불상이나 황금의 불상 같은 건 없고 쿠란, 글씨 쓴 것 등이 전시되어 있다. 인상적인 것은 인체해부도다. 이런 인체해부도는 중국 서역에서도 보았고 서안에서도 본 듯하다.

이 모스크의 하이라이트는 난간이라 할 수 있다. 박물관 가는 쪽으로 계단을 올라가면 난간이 나오는데 올라가고 내려가는 사람이 매우 많은 곳이다. 올라가면 금빛과 여러 가지 농도의 페르시안 블루로 만들어진 아름다운 기하학적 문양의 돔 천장에서 눈을 떼지 못한다. 돔의 바로 아래에는 푸른 띠 위에 금색 아랍어로 쿠란의 구절을 써 두었다. 돔의 중앙에서는 아름다운 푸른 색 색유리로 만들어진 샹들리에가 늘어뜨려져 있고, 돔이나 돔의 아래쪽에는 아래 위로 긴 창이 있는데, 창에는 스테인드글라스가 장식되어 있었다. 창이 많아서 실내의 채광이 아주 좋은 편이었다.

망루

모스크를 나와 잠시 걸으면 성벽으로 올라가는 계단이 있는데, 성벽의 망루에 올라가 볼 수 있다. 여기도 어른은 60루블을 내고 올라간다. 올라가면 탁 트인 전망으로 크렘린과 카잔 시내를 내려다볼 수 있는데, 크렘린의 아름다운 전망을 보려면 올라올 만한 가치가 있다. 나무로 된 계단이 매우 가팔라서 조심해야 한다.

점심 먹기

타타르 역사박물관을 찾다가 열두 시가 넘어서 점심을 먹기로 했다. 밖으로 나가기엔 멀기도 하여 입구 근처에 있는 작은 가게에서 먹을 만한 것들을 샀다. 한 개씩 세 종류를 샀는데, 안에 든 건 거의 비슷한, 러시아식 만두라 할 수 있었다. 마실 것으로 나는 커피를 샀고 김밥은 물을 샀는데, 러시아 커피는 이런 데서 사 먹어도 굉장히 맛있다. 가격 또한 싸서 한 잔에 우리 돈 몇백 원 수준인데도, 우리나라 사오천 원 하는 커피보다 더 맛있었다.

스파스카야 탑(Spasskaya Tower)[4]

크렘린의 가장 남쪽에 위치한 흰색의 탑이다. 꼭대기에는 별이 올려진 것으로 보아 소련 시절에 한 것인 듯한데 아직 그대로다. 원래는 쌍두독수리가 있었을 것이다.

타타르스탄 박물관(Kremlin 내)

입구의 안내판을 보니 박물관이 안에 있는 듯하여 다시 소엠비카 타워 근처까지 돌아와 박물관을 돌아보았다.[5] 일대에서 발굴된 것으로 보이는 작은 도기들, 칼이나 도끼 등이 새겨진 작은 비석류, 타타르 전사들의 갑옷 등이 소규모로 전시되어 있었다.

주 출입구를 통해 밖으로 나오면 광장이 있고, 우측에 혁명전사들의 기념물이 있었다. 광장의 이름은 5월 1일 광장이다. 광장의 이름은 역사적으

---

4 스파스카야는 러시아 말로 구원자(Спасская)란 뜻으로, 이 탑은 종탑과 시계탑의 역할을 하고 있고, 그 아래로 주 출입구가 나 있다. 이쪽에 오면 전체의 평면도가 그려진 안내판도 있고, 중요한 사이트의 안내도 있다. 물론 입구를 따라 기념품 가게도 많다.
5 Triposo에서 국립 타타르스탄 역사박물관이 남쪽 입구에 있다 했는데 자세히 찾아보지 않아서 찾지 못하여 여기가 거기인가 하여 여기를 다시 온 것이다. 남쪽 입구에서 길을 건너면 큰 역사박물관이 있다. 여기는 규모가 조금 작고, 방이 1개뿐이지만 입장료는 120루블 정도 든다. 국립박물관을 보는 데 집중하는 것이 낫다.

로 수차례 바뀌었다고 한다. 광장의 주위로는 타타르스탄 국립박물관(크렘린 밖에 있는 것이다), 타타르스탄 의회(Duma), 시청사들이 모여 있다.

타타르스탄 국립박물관

크렘린의 남쪽 입구 길 건너편에 있다. 규모가 꽤 큰 편인데, 영어 안내는 전혀 없어 내용을 정확히 알기 어려운 것이 단점이었다. 석기시대부터 시작해서 2차 대전까지의 이 지역의 역사에 대해 전시하고 있다.

표트르 대제와 예카테리나 여제에 관한 전시가 꽤 있었는데 그게 인상적이었다. 특히 여제의 마차가 기억에 남는다. 생각보다 거대할 뿐만 아니라 목재로 정교하게 바퀴와 바퀴 축을 만들어 굴러가게 한 것이 신기했다. 이게 여제가 실제로 타고 다니던 것인지는 모르겠고, 여제의 것인지도 모르겠으나(글자를 제대로 해독할 수가 없어서…), 동화책에서나 보던 곡선이 많이 들어간 마차를 실제로 보는 것은 처음인 데다 그것이 어떤 식으로 만들어졌는지 잘 보여 주고 있는 마차였다.

…

다음 목적지를 찾아가는 길은 고풍스러웠다. 역사 깊은 유럽의 거리에 비할 바가 아닐지는 모르나, 가끔 관광객을 실어 나르는 마차들이 왔다 갔다 하는 이 거리는 내가 고도(古都)에 와 있음을 느끼게 했다. 그런데, 그런 길을 첨단의 스마트폰과 스마트 패드를 들고 위치를 찾아가며 걷고 있는 나의 모습이라니….

성 베드로와 바울 대성당(Saints Peter and Paul Cathedral)[6]

근처에서부터 관광객들이 꽤 보였는데, 특히 젊은이들이 많이 보였다. 건물은 1층과 2층으로 구분되어 있고, 1층부터 들어가 볼 수 있는데, 1층은 좀 허술해 보였다. 2층으로 올라가는 계단에는 머리에 보자기를 쓰고 우리를 뚫어지게 쳐다보던 한 여인이 앉아 있었으나 크게 개의치 않고 1층으로 들어갔다. 1층에도 기도실이 있었고 안은 좀 어두웠다. 거기를 나와 2층으로 올라갔다. 올라갈 때는 아까의 그 여인이 없었는데, 들어가서 보니 안쪽 의자에 앉아서 또 우리를 뚫어지게 쳐다보고 있었다.

2층의 내부는 매우 오래되어 보였는데 조각이 매우 세밀했다. 이콘벽이 무려 5단으로, 높이가 다른 성당들에 비해 꽤 높아 앞에 앉아서 보고 있으면 이콘에 압도당하는 느낌이었다. 성당을 계속 보다 보니, 점점 성당 내부에서는 사진을 안 찍게 되었는데, 여기서는 사진을 안 찍을 수가 없었다. 안 찍다 찍어 그런지 나중에 보니 사진이 흔들려 조금 아쉬웠다. 그만큼 실내가 어두웠다.

바우만(Bauman)가(街) 인근

이 인근은 예로부터 많은 은행, 공증인 사무소 등이 있던 상업 거리라고 한다. 현재에도 은행, 상점들이 많이 늘어서 있고, 무엇보다 젊은이들이 많이 다니는 활기찬 거리였다. 거리에는 전통복장을 한 사람들의 공연이 진행 중이었고, 주위에는 많은 사람이 지켜보며 사진을 찍고 있었다.

---

6 이 교회는 1722년에 건축되어 표트르(Peter) 1세(1682~1725년, 로마노프 왕조의 황제로, 루스 차르국을 러시아 제국으로 확장했다. 수도를 모스크바에서 상트페테르부르크로 옮기며, 러시아가 유럽 세계에 등장하는 계기가 됐다)에게 봉헌됐다. Naryshkin Baroque 라는 17~18세기에 모스크바에 유행했던 건축양식을 따라 건축됐다고 한다. 벽돌을 이용한 건축에 아주 세밀한 장식을 한 것이 특징이다.

이슬람 천년 기념 모스크[7]

타타르스탄인들은 대부분 이슬람을 믿고 있고, 그래서 이 도시의 구시가지에는 모스크가 많다. 오전에 크렘린을 돌아보고 시간이 많이 남아 여기까지 오게 되었는데, 사실 좀 멀었다. 오늘의 마지막 일정을 여기로 하고, 이쪽 편의 모스크까지 보기로 하여서 오긴 했는데 걸어오면서 많이 지쳐 안까지 들어가 보지는 않았다. 주위는 크렘린 주위에 비하면 많이 외진 편이고, 인적도 드물어 스산한 느낌마저 들었다.

꼭대기에 녹색의 돔이 있고, 돔 위에 초승달이 걸려 있어 모스크라는 것을 알 수 있지만 언뜻 보면 교회가 아닌가 싶은 모스크였다. 전체가 붉은 벽돌로 지어져 있고, 지붕만 녹색으로 칠해져 있었다.

숙소로 가는 길

거의 네 시가 되어 천천히 숙소로 돌아가기로 했다. 가는 길에는 곳곳에서 주차 단속하는 광경을 볼 수 있었다. 러시아에선 차를 전부 크레인으로 들어 옮겨버리는 방식이었다. 견인 표지판이 있는 곳에서는 인정사정없는 단속이 실행되고 있었고, 한 남자는 불쌍하게도 경찰에게 사정하고 있기도 했다.

큰길을 따라 걸어 왔는데, 호수에는 큰 분수가 물을 뿜고 있었다. 간간이 빗방울이 떨어지기도 했었는데, 분수를 보니 시원하긴 했다. 러시아는 어디나 도심 안에 공원이 있었고, 여기도 화단이 아름답게 정리되어 있었다.

작은 하천의 제방도 깔끔하게 정리되어 있었고, 아래에서도 분수가 물을 뿜고 있었다. 카잔이 타타르공화국의 수도답게 도심 환경정리에 꽤 신경을 쓴 듯했다.

---

7   이 모스크는 이 지역에 이슬람이 들어온 지 천 년이 된 것을 기념하여 지어진 모스크라 한다. 이 모스크가 설계된 것은 1914년이고, 1924년에서 1926년 동안에 건설됐다고 하고, 이것은 소련 시절에 건설된 유일한 것이라고 하는데, 1930년에는 결국 소련당국에 의해 폐쇄됐다가, 1991년에야 다시 종교활동을 할 수 있었다고 한다.

숙소 앞에 멀지 않은 곳에 카잔 기차역이 있었고, 큰 가방을 든 사람들을 어렵지 않게 볼 수 있었다. 기차역도 붉은 벽돌로 만들어져 아주 커 보였다.

방에 들어와 잠시 쉬다가 아래에 내려가 볶음밥과 국물, 빵 등을 시켜 저녁을 먹었다. 구내에 이 정도 식당이 있으니 참 편리했다.

D+028, 구시가지 모스크 순례

2015년 8월 30일, 일요일, 비바람

카잔은 북쪽에 신시가지가 있고, 남쪽이 구시가지이다. 전체 인구가 130만이 넘는 거대도시이다. 모스크바, 상트페테르부르크에 이어 다음에 갈 도시인 니즈니 노브고로드와 함께 러시아 3대 도시의 위치를 다투고 있다고 한다. 2013년에 유니버시아드 대회가 개최되었었고, 2018년에 러시아 월드컵이 열릴 도시이기도 하다. 이런 대도시이지만 구시가지는 여전히 구시가이다. 이런 현상은 우리나라도 크게 다르진 않으니 뭐라 할 순 없을 듯하다.

숙소를 나와 남쪽으로 걸어갔다. 가는 길은 바람도 조금 불고, 보슬비가 올락 말락 하는 쌀쌀한 날씨였다. 완연한 가을 분위기가 느껴지고, 거리에 사람들이 별로 없는 것이 이쪽의 특징이었다. 가는 길에 러시아 정교회들이 보였지만, 이제 일일이 들어가 둘러보지는 않게 됐다.

나중에 돌아오는 길에 중동 지역을 가게 되면 러시아에서 뭐하러 모스크를 보느라 시간을 보냈는지 모르겠다고 할 수도 있겠지만, 러시아에 모스크들이 이렇게 많다는 사실도 사실 여기 와서야 알게 된 사실이니, 이 지역의 모스크를 둘러보는 것도 의미 있겠다 싶었다.

Nurulla 모스크

제일 먼저 만나는 모스크다. 녹색의 뾰족한 미나렛이 서 있었다.[8] 이 모스크는 들어가서 둘러보았다. 들어갈 때 정교회와 마찬가지로 앞에 할머니가 한 분 계셨는데, 스마트 패드로 '들어가서 봐도 되나요?'를 찍어 보여 드렸더니 "빠잘스따" 하며 손으로 안내해 주셨다.

이 모스크는 오늘 돌아본 다른 모스크 중에 가장 실내가 아름다운 모스크였다. 연두색 칠을 한 벽에는 금색으로 세밀한 조형을 그려 넣고 있었다. 절대 동물이나 사람의 형상은 없었고, 입구의 스테인드글라스도 깨끗하게 닦여져 있어 아름다웠다. 기도실에는 몇 명의 남자들이 앉아 기도를 하고 있었다. 정교회처럼 여기도 개인적으로 아무 때나 와서 기도를 드리는 모양이었다.

종교 시설 중에는 모스크가 가장 검소해 보였다. 지금 다니는 모스크가 규모가 작아서 그럴 수도 있겠지만, 크렘린에서 봤던 모스크도 내부는 정교회나 우리나라, 일본, 중국에서 볼 수 있는 불교사원에 비하면 검소하기 이를 데 없었다. 거대한 불상, 거대한 금칠이 된 이콘 등은 찾아볼 수 없었다. 오로지 기도 공간만이 있는 모스크의 내부를 둘러보면서 어쩌면 종교 그 자체에 가장 중심을 둔 건 이슬람교가 아닌가 하는 생각도 들었다.

Marcanii 모스크

Nurulla 모스크를 들어갔다가 나와서 잠시 방향을 잃고 엉뚱한 방향으로 갔다. 지도를 보고 겨우 방향을 잡아 다시 걸었다. 이 부근에서부터 비바람이 몰아쳐 우산이 몇 번이나 뒤집어졌다.

---

8 이 모스크는 1845-1849 기간에 지역 상인의 기부로 건설이 됐다고 한다. 모스크는 2층 구조이다. 소련 시절인 1929년에는 이 모스크도 화를 입어 미나렛이 파괴되었었고, 1992년까지 아파트나 사무실로 사용됐다고 한다. 이 모스크가 다시 종교시설로 환원된 것이 1992년이며 1995년까지 복원공사가 시행되어 미나렛도 복원됐다고 한다.

이 모스크는 1766~1770년 사이에 카타리나 여제와 지역 유지의 기부로 건설됐다고 한다. 여기는 아쉽게도 건물 안에는 들어가 볼 수가 없었는데 마당에 큰 텐트가 있었고 그 안에서 신도들로 보이는 사람들의 집회가 열리고 있었다.

610루블짜리 점심

아침에는 빵과 커피 한잔을 마시는 게 다니 오전 열한 시 정도가 되면 항상 배가 고팠다. 운전할 때는 차에 있던 초코바 등을 먹는데, 이렇게 돌아다니면 약간 곤란해진다. 비도 오고 바람도 불고 배도 고파서 근처에 카페가 보이기에 시간이 조금 이르지만 들어가기로 했다.

식당 안에는 경찰들이 몇 명 자리를 잡고 앉아 점심 준비를 하고 있었고, 자리 대부분은 비어 있었다. 자리에 앉아 메뉴를 보니 사진이 있어 주문하는 것은 어렵지 않았다. 김밥은 밥을 먹겠다고 하여 밥같이 생긴 것을 시켜 주고, 나는 만두를 시켰다. 만두의 발음은 여기서도 '만티' 정도 되는데, 안에 고기가 아주 튼실하게 많이 들어 있어 먹으면 배가 부르다. 이 집은 특히나 다른 집에 비해 음식의 양이 많았다. 혹시나 해서 샤슬릭 하나도 시켰는데, 이것도 양이 꽤 됐다. 음료로 커피도 한잔 시켰는데, 러시아 식당은 어디나 커피 맛이 아주 좋고, 값이 싼 것이 특징이다.

우리가 들어갈 때는 자리가 거의 비어 있었는데, 음식을 먹고 있는 동안에 자리가 다 찼다. 비가 와서 사람들이 더 왔는지 나올 때쯤에는 앉을 자리가 없어 입구에 대기하는 사람들이 수두룩했다. 조금 늦게 왔으면 아주 곤란할 뻔했다.

Burnay 모스크

Triposo의 지도에 의하면 원래는 술탄 모스크가 먼저 나와야 하는데 지도상의 위치에 그 모스크가 없었다. 바로 근처에 이 모스크가 있어 먼저 둘러 보았는데, 아쉽게도 여기도 들어가 볼 수는 없었다. 붉은 벽돌조의 미나렛이 인상적인 모스크인데, 주변이 꽤 황량하고 지나다니는 사람도 거의 없는 곳이었다. 역사와 유래에 대해서는 아쉽게도 어디에도 기록이 없어 알 수가 없었다.

Acem 모스크

이 모스크는 오늘 간 모스크 중 가장 남쪽에 있었는데, 주위가 정말 황량했다. 여기까지 걸어오는 동안에 마주치거나 하는 사람은 한 명도 없었고, Triposo에 의하면 이 지역은 거의 타타르인들만 살고 있다고 한다.

이 모스크도 꽤 규모가 컸다. 연두색으로 칠한 벽과 미나렛, 세밀하게 그려진 조형들이 인상적이었다. 내부로 들어가면 깔끔하게 정돈된 실내가 돋보이고, 여기도 역시 개별적으로 기도하고 있는 청년들이 몇 보였다. 입구 위의 아름다운 스테인드글라스 아래로 메카의 방향까지 붉은 카펫이 깔려 있었고, 그 앞에 몇 명의 청년들이 침묵을 지키며 앉아 있었다.

Iske Tash 모스크

여기는 Acem 모스크에서 서쪽으로 가야 하는데, 역시 가는 길은 황량하기 이를 데 없었다. 길을 따라가는 길이 꽤 멀어 보여, 철길을 하나 건너면 빠를 것 같아 철길을 건너는 쪽으로 왔더니 건널목을 찾는 데 시간이 좀 걸렸다. 전부 전차선이라 괜히 아래로 갔다가 비도 오는데 감전될 거 같기도 해서 조심스러웠다.

철길을 건너고 나니 좀 사람 사는 곳 같았는데, 역시 모스크까지는 좀 황량한 길을 걸어가야 했다. 아쉽게도 이 모스크는 담벼락 근처로 접근조차 할 수 없었다. 멀리서부터 입구가 막혀 있어 멀리서 볼 수밖에 없었다. 아마도 이 모스크는 아직도 종교활동을 하지 못하고 있는, 창고 등으로 사용되고 있는 곳으로 보였다.

술탄 모스크[9]

Iske Tash 모스크를 돌아보고, 지도를 참조하여 다시 시내 쪽으로 방향을 잡았다. 걷는 거리를 단축하고자 아파트 단지를 관통하여 걸었다. 이 지역은 대체로 아파트도 좀 낡아 보였다. 구시가지는 다 그런 모양이다. 레닌광장도 작은 것이 있었는데, 동상은 없고, 벽에 레닌의 모자이크만 있었다. 비바람이 스산하게 몰아쳐 우산이 몇 번이나 뒤집혔는데, 나중에 보니 결국 우산살이 빠져 수리가 필요한 상황이 됐다.

Triposo의 사진을 참고하여 모스크를 찾았다. 앱의 지도와는 상당히 거리가 먼 곳이었지만, 모양을 봐서 이것이 그것임을 알 수 있었다.

안에는 몇 명의 청년들이 기도를 드리고 있었다. 둘러보고 나오는데 신발을 신는 곳에서(모스크는 신을 벗고 들어간다) 누군가 말을 걸었다. 처음에는 러시아말로 어디서 왔냐 해서 "유즈나 까레아(남한)"라 대답을 해 줬는데, 잘 못 알아듣고 영어로 재차 물어 대답해 줬다. 이 청년은 사마라[10]에 산다는 청년인데, 터키로 'Islamic education'을 공부하러 간다고 했고, 영어를 꽤 잘했다. 아쉽게도 이 청년이 가는 방향과 우리 숙소 방향이 완전히 반대여서 더 긴 대화는 하지 못하고 악수를 하고 헤어졌다.

저녁 시간

저녁은 어제와 같이 숙소에서 먹었다. 많이 걸어서 그런지 꽤 피곤하기도 하고 시차 문제도 있고 해서 초저녁에 쓰러져 잠깐 잠이 들었는데, 밤에 무슨 자동차 경주대회를 하는지 엔진의 굉음이 엄청났다. 어제 본 바이커들이 단체로 드라이빙을 하는 것인지 그 소음은 엄청나게 크게 들렸다. 카잔이 스포츠로도 유명하다는데 모터스포츠까지 유명한 것인지 모르겠다. 이로써 모스크 순례의 날은 끝났다. 피곤한 날이었다.

---

9 이 모스크는 1868년에 지역 상인의 기부로 건설되었고, 역시 소련 시절인 1931년에 폐쇄되었었다. 1990년에 미나렛이 복원되었고, 1994년에 종교시설로 환원됐다고 한다.

10 카잔에서 남쪽으로 200㎞ 정도 떨어진 도시로, 다시 남쪽으로 200㎞ 가면 카자흐스탄이다.

술탄 모스크, 카잔의 구시가지에는 모스크들이 곳곳에 산재하고 있다.

D+029, 카잔의 신시가지

2015년 8월 31일, 월요일, 맑음

카잔에 온 이후로 시차 문제가 좀 생겼다. 갑자기 두 시간이 늦춰져서 생긴 일이다. 아침이라고 눈을 뜨니 아직 여섯 시도 안 됐다. 이 시간에 일어나서 뭘 한단 말인가. 인터넷이라도 잘되면 일지 정리라도 하겠는데, 그마저도 잘 안 되고 있다. 생각해 보니 숙소가 좋을수록 인터넷은 잘 안 되는 것 같다. 그만큼 쓰는 사람이 많아서 그런 것인지, 아니면 많이 써서 이후에 쓰기 어렵게 만드는 것인지, 이전에 젬추지나 호텔에서부터 호텔이 비쌀수록 인터넷은 안 되는 경향이 있다.

밤 동안에 맵스미 지도 다운은 그나마 된 것 같아 다행이다. 맵스미를 보조로 쓰려다가 주력으로 쓰려고 하니, 이제 가는 곳마다 미리 라우팅(경로탐색) 정보를 받아야 하게 생겼다. 그나마 SD카드 용량은 커 다행이었다.

열 시쯤 나갔다. 오늘은 두 곳 정도만 볼 예정인데, 거리가 좀 멀어서 차를 타고 갈까 하다가, 걸어 다니면 우연히 만나는 것도 있어서 걸어가기로 했다. 차 타고 가기에 약간 모호한 거리이기도 했다.

맥도날드 뒤를 지나가면서 차가 잘 있는지 보았다. 방에서 들고 온 오이주머니를 차에 실어 버리며 보니 큰 문제는 없어 보였다. 그제 갔던 크렘린 앞으로 해서 올라가는데, 날씨가 좋아 크렘린이 파란 하늘과 대조되어 흰 벽이 더 빛나고 있기에 사진을 찍어 줬다. 아무래도 사진이 잘 나오려면 날씨가 좋아야 한다.

카잔은 볼가강과 접하고 있고, 크렘린 앞을 지나서 볼가강으로 들어가는 지류를 가로지르는 다리를 하나 건너야 했다. 다리의 길이가 거의 1㎞나 되어, 이게 사람이 걸어서 건널 수 있는지 의문이었는데, 앞에 보니 아주머니 한 분이 가고 있기에 따라갔다. 알고 보니 그 아주머니가 간 길로 가면 안 되었다. 그 옆으로 돌아가야 사람이 다니는 길이 있었다. 아주머니는 거리를 단축하려고 그렇게 한 것인가 본데, 결과적으로 걷는 거리는 많이 단축됐다.

다리 위로 올라가면 지류인데도 그 넓이가 보통이 아니었다. 한강보다 더 넓으면 넓었지 좁지 않았다. 그것이 볼가강으로 들어가는 것이다. 지도를 보면 볼가강은 그 지류보다 넓이가 다섯 배는 되어 보이고, 지도상으로도 카잔 옆으로 지나가는 부분의 강폭이 5㎞가 넘는 듯하다. 참 엄청난 강이다.

가는 거리가 상당한데, 다리를 건너는데 바람이 많이 불었다. 잠바에 달린 모자를 꺼내 쓰면 답답하고 벗으면 또 추웠다. 겨우 다리를 건너니 다리도 아프고 해서 버스정류장에 잠시 앉아 쉬는데, 앉아서 주위를 둘러보니 이쪽은 어제 다녔던 구시가와는 완전히 딴 판이었다. 우리나라 신도시 분위기인데, 길도 왕복 8차선은 되는 듯했다.

직선으로 난 길을 걷다 약간 굽은 길을 돌아 수도원 앞으로 가는데, 거기 현대 자동차 서비스센터가 있었다. 그간에 기아차 서비스센터는 몇 번 본 듯한데 현대차는 여기서 처음 본 듯했다. 일대에 여러 자동차 회사의 서비스 센터가 몰려 있었다.

키지체스키 수도원(Kizichesky Monastery)

걷다 보면 렉서스 센터가 있고, 그 길 건너에 수도원이 있었다. 붉은색으로 칠한 벽과 흰색으로 칠한 기둥이 대조되어 인상적이다. 문이 열려 있어 그대로 안으로 들어가면 작은 기도소들이 있고, 왼쪽으로 큰 건물이 있었다.[11] 소설가 톨스토이의 할아버지가 여기 묻혔다는데, 그걸 찾지는 못했다.

여기도 관광객이 없지는 않아서 혼자 배낭을 멘 아가씨 등을 만날 수 있었고, 노부부들도 손을 잡고 오는 곳이었다. 우리가 간 시점에 유아세례(?)가 안에서 진행되고 있어 지켜볼 수 있었다.

성당을 나와 동쪽으로 걷다 보면 기아자동차의 서비스 센터도 있어서, 이 일대에 오면 현대와 기아차는 문제를 해결할 수 있을 듯했다.

빅토리 공원

원래는 불가 모스크를 향해 가는 길이었다. 지도상에 공원이 하나 있어 이걸 대각선으로 가로지르면 거리가 짧아질 듯했다. 가보니, 공원 앞에 높이가 높은 기념물이 하나 서 있었다. 이것이 높이가 42m라고 하는데, 대조국전쟁[12]의 영웅들을 기리기 위한 것이라고 한다. 입구에 6·25 때 북한군이 소련에서 원조받아 남침에 사용했던 T-50 전차 등, 여러 전차와 전투기 등

---

11 여기는 1691년에 만들어진 수도원인데, 1690년에 Vvedensky 성당이 있었다가 소련 시절에 파괴됐다고 한다. 수도원의 이름인 'Kazichesky'는 성스러운 순교자란 뜻이라 한다.

12 大祖國戰爭. 러시아에서 2차 세계대전을 가리키는 말.

이 전시되고 있어 흥미로웠다.

점심 먹기

공원 뒤쪽으로 놀이 시설이 좀 있다가, 그 뒤쪽으로 거대한 몰(mall)이 있어서, 혹시나 그걸 관통할 수 있지 않을까 싶어 들어가 보았다. 그때가 마침 열두 시 십오 분경이어서 점심을 먹을까 생각하다 보니 맥도날드가 있어서 그쪽으로 갔다. 지난번에는 감자 칩을 주문을 못 했는데, 이번엔 그것까지 주문했다. 확실히 러시아식으로 먹는 것에 비해서 가격이 약간 비싼 편이었다.

불가 모스크

점심을 먹고, 몰의 뒤편으로 나갈 수 있을까 싶어 가봤으나 나갈 수가 없었다. 할 수 없이 앞으로 다시 나와 모스크에 가까운 쪽으로 몰 뒤쪽으로 가는 길을 찾아보았다. 다행히 그쪽으로 가는 사람들이 있어서 따라갔더니, 갑자기 숲속으로 가는 길이 나왔다. GPS 지도를 보니 그 길로 가면 되긴 될 것 같아 가는데, 길 양쪽으로는 늪지대인지 연못인지가 계속 나오고 있었다. 나중에 보니 작은 호수의 가운데로 길이 있는 곳인데, 가다 보니 저 멀리 모스크가 하나 보였다.

숲길을 빠져 나와 보니 예상보다는 조금 더 서쪽으로 빠져나와서 다시 동쪽으로 백여 미터를 걸으니 모스크가 나왔다. 아까 본 그 모스크였다.

안으로 들어가 보니 여긴 1층에 방이 많았다. 어떤 방에는 앞에 베일이 쳐져 있었는데, 아마도 여자용 방이 아니었을까 싶다. 역시 한쪽으로 남자들이 앉아 기도하고 있었다. 모스크는 어디나 안은 그다지 볼 것이 없이 단순한데, 여기는 메카를 향한 방향에 식물들이 잔뜩 전시되어 있는 것이 특이했다.

숙소로 가는 길

모스크에서 그대로 남쪽으로 쭉 걸으면 처음 건넜던 볼가강의 지류에 이르게 되는 것이었다. 그 길을 따라 쭉 걸으니 양쪽으로 아파트들이 줄지어 있었다. 우리나라 아파트보다 조금 낡아 보이는 아파트들이 있었으나, 전형적인 민가 지역이었다. 군데군데 슈퍼마켓에서 먹음직해 보이는 수박들을 팔고 있어 군침이 돌았다.

한참 걸어 강변에 도착했다. 강변 쪽으로 길을 건너 강을 따라 걸으니 강 건너 멀리 크렘린이 보였다. 지류지만 강의 너비는 서울 잠실 쪽 한강보다 더 넓어 보였다. 넓은 모래사장이 강 쪽에 펼쳐져 마치 사막과 같은 인상을 주고 있었다.

아침에 건너왔던 다리 쪽으로 가려면 또 1㎞ 이상을 걸어야 해서 또 하염없이 걸었다. 가다 보니 아침에 본 거대한 향로 조형물이 보여 그쪽으로 가 보았는데 역시 정체를 알 수 없었다. 일대는 공원이어서 가족 단위의 사람들도 보였고 그룹을 지어 나온 청소년들은 춤 연습을 하기도 하며 즐거운 한때를 보내고 있었다.

저녁 먹기

숙소에 돌아와 오늘 걸은 거리를 보니 15㎞가 넘었다. 오늘이 이번 여행에서 하루에 가장 멀리 걸은 날이 됐다.

여섯 시까지 쉬며 방 양과 스카이프도 하고 있다가 저녁 먹으러 내려갔다. 연 나흘을 같은 식당에 가는 것도 처음인데, 식당 아주머니가 아주 반갑게 맞아 주었다. 주문하는 것도 간편하고 맛도 좋아서 자주 다니게 된 듯하다. 푸짐하게 먹어도 둘이 팔천 원도 안 나왔다.

1 니즈니노브고로드 크렘린의 성벽에서 내려다보이는 볼가강의 경치는 일품 수 없다.

Nizhny Novgorod

니즈니노브고로드

니즈니노브로고르는 막심 고리키의 고향이자, 볼가강을 감상하는 도시이다. 크렘린의 담벼락에서 내려다 보이는 볼가강의 경치는 숨을 멎게 할 정도이다. 모스크바의 붉은 광장 앞 성바실리 성당 앞의 동상, 미닌과 포잘스키 중, 쿠즈마 미닌(Kuzma Minin)은 이곳의 상인이었다.

D+030, 니즈니노브고로드 가는 길

2015년 9월 1일, 화요일, 맑음

잠은 여덟 시쯤 깬 듯한데, 별로 일찍 일어날 만한 이유가 없었다. 인터넷도 안 되니 일지를 써 올릴 수도 없고, 오늘 갈 거리도 얼마 안 되어 일찍 가 봐야 체크인도 안 해 줄 거라 그냥 좀 누워 있었다.

그래도 아홉 시가 되기 전에 체크아웃했다. 나올 때 계산서를 달라 하니 그때 리셉션에 있던 아줌마가 말을 잘 못 알아듣고 머뭇거렸다. 전화를 어딘가 하더니 잠시 후에 원래 체크인할 때 계시던 아주머니가 나타났는데 거주지 등록증을 주는 게 아닌가. 계산서는 비용의 기록이기도 하고, 숙박의 기록이기도 하여 받으려고 한 것인데, 어쨌든 거주등록증이 있으면 충분한 것이었다. "쓰빠시바"를 외쳐 주고 받아 나왔다.

맥도날드 주차장에 있는 차로 갔다. 기온이 더 떨어진 건 아닌데 타이어 압력이 앞뒤가 조금씩 달라 보여 다시 전체적으로 압력조정을 해 줬다. 그런 와중에 웬 남루한 아저씨가 와서는 손을 벌리며 뭐라 해서 잘 모르겠다 했다. 외국인 관광객은 돈이 많아 보이는 건지….

카잔은 대도시이긴 하지만 도시를 벗어나는 것이 힘들지는 않았다. 길이 넓어서 그런지 아주 수월하게 빠져나가고 있었다. 이정표에는 이제 모스크바가 나오기 시작했고, 곧 볼가강을 건너는 다리로 올라섰다.

도시에 들어갈 때와 나갈 때는 항상 경찰들이 있는 법인데 여기도 마찬가지였다. 다리를 건너서 위쪽으로 도로인지 뭔지가 지나가는 커브 길에서 규정 속도가 50㎞/h 정도였는데 그 길을 60㎞/h 정도로 천천히 가고 있었다. 내 앞에도 차가 한 대 가고 있어서 속력을 낼 수도 없었고, 낼 이유도 없었다. 그런데, 막 그 길 아래를 지나가는 순간 앞에 이미 한 대를 잡고 있는 경찰이 황급히 손을 흔들며 내 앞차를 잡는 것이 아닌가. 내 앞차와 내가 속도 차가 크지 않은 듯한데, 앞에 가던 차는 황급히 갓길로 빠져 차를 정차하고 있었다. 운이 좋았다. 나에게는 아무 수신호가 없었다.

러시아의 마을이나 길 주변에는 조형물이 많다. 조형물은 주로 혁명에 관한 것인 듯하고, 그런 것들은 어디에나 길가에 많이 보였다.

주유를 한 번 했는데 기름값이 대폭 싸진 듯한 느낌이 들었다. 디젤 가격이 기존에 34루블 정도였는데 24, 27루블대가 나타나기 시작한 것이다. 한 주유소에 들어가 27루블대의 주유기 앞에 차를 대고 돈을 내러 가니 여자분이 EBPO 쪽으로 가는 게 어떠냐는 몸짓을 보였다. 이전에도 EBPO(유로, éвро) 표시가 있는 주유기가 있었는데 가격이 꽤 비싸 항상 일반을 써왔다. 그런데 여기는 EBPO가 이전 디젤 값과 같은 34루블이었다. 그래서 차를 그쪽으로 옮겼다. 뭐가 차이가 나는지는 아직도 모르겠고, 운전하는 데 달라진 것도 없었다.[1]

중간에 잠시 세워 빵으로 점심을 때운 후에, 천천히 달려서 세 시 반이 넘어 니즈니 노브고로드에 도착했다. 숙소 앞길이 약간 애매했던 것 외에는 별 어려움 없이 숙소에 도착했다.

---

1 우리나라에서 현재 생산되는 디젤엔진은 전부 유로5 또는 유로6 규격의 연료 품질에 맞춰 생산되고 있다. 그 규격 이하의 연료를 쓸 경우 매연 발생량이 많아져 엔진에 문제가 생길 수 있다. 돌아오는 길에 들른 이란에서는 유로4의 연료가 좋은 연료에 속할 정도로 이란은 정제기술이 떨어진다.

고리키 호스텔

고리키 호스텔은 2박에 3,000루블이 안 되는 곳이다. 방은 이코노미 더블룸이었는데, 방에 더블침대와 싱글침대가 하나 더 있어 김밥은 싱글침대에서 잤다. 천정이 높아서 답답하지 않아 좋은데, 다만 욕실과 세면장은 공용이었다. 방이 리셉션 바로 옆에 있어, 들어갔다 나올 때나 인사를 해 줘야 했고, 문 잠김이 되지 않는 문제가 있었다. 리셉션 바로 옆이니 그런 것 같기도 했고 큰 문제는 없었다. 이 방 옆에는 이층 침대가 여러 개 있는 다인실이 있었다.

인터넷은 그럭저럭 되는 곳이었는데, 속도가 빠르진 않았다. 여기는 공용주차장을 무료로 쓰는 곳인데 주차장에 차단기가 있어 마음이 놓였다. 리셉션은 전부 대학생 같은 아가씨들이 맡고 있었는데 이 중 일부는 아주 영어를 잘했고, 일부는 조금 해서 의사소통에는 문제가 없었다. 거주 등록비로 2인 500루블이 필요했다. 굳이 하지 않아도 되는데 호스텔 정책상 해야 한다고 해서 했고, 여기도 사증 면제협정에 관해 잘 몰라 설명을 해 줘야 했다.

2015/ 9/ 1 18:29

니즈니노브고로드는 막심 고리키의 고향이기도 하다.

크렘린

체크인을 세 시 반쯤 해서 일단은 방에서 좀 쉬었다. 쉬면서 시차가 많이 나는 가운데 일찌감치 방 양과 스카이프 통화를 했다. 통화를 마치고도 밖이 너무 밝아 좀 나가 보기로 했다. 방에만 있기엔 낮 시간이 아까운 것이다.

호스텔을 나가니 앞에 성벽이 보였다. 바로 앞이 크렘린이었다. 별다른 정보 없이 그냥 크렘린 안으로 들어갔다. 카잔에서 경험해 본 결과 일단 들어가서 뭔가를 찾으면 되는 것이었다. 들어가 보니 무기류 전시가 있었고, 그쪽으로 가다 보니 성벽을 올라가는 곳에 매표소가 있었다.

표를 사서 성벽을 따라 걸었다. 이쪽은 가만히 보니 성벽을 체험하는 곳인 듯했다. 무작정 성벽을 따라 걸었다. 중간에 작은 박물관이 있긴 하였지만 아주 인상 깊지는 않았다. 과자를 파는 곳이 있기에 과자 하나를 사서 김밥과 나눠 먹었는데, 아주 달콤하고 맛있었다.

성벽 밖으로 성곽의 안채를 조망해 볼 수 있는데, 맑고 투명한 공기를 통해 보이는 전망이 눈부시게 아름다웠다. 밖에는 단체로 온 어르신들도 보였고, 잘 정돈된 화단이 매우 인상적이었다.

성벽은 무척이나 길었다. 이러다 성벽을 완전히 한 바퀴 도는 것이 아닌가 생각됐다. 중간마다 나오는 안내를 보면 오후 다섯 시에 문을 닫는 듯한데, 시간도 얼마 남지 않은 듯했다.

그러다 문득 성곽 밖으로 눈을 돌리니 거기엔 눈부신 광경들이 펼쳐져 있었다. 바로 볼가강이었다. 성벽 아래로 아름다운 교회들이 줄을 지어 있고, 저 멀리 거대한 볼가강이 굽이치고 있었다. 대도시에 한강만큼 큰 강이 있는 도시는 서울뿐이라고 누가 말했던가. 여기도 인구는 백만이 넘는 도시인데, 볼가강은 한강이 상대되지 않을 만큼 큰 강이었고, 아름다운 강이었다. 볼가강을 '볼까 말까' 한다면 꼭 봐야 한다고 말할 수 있다.

니즈니 노브고로드는 크렘린, 아름다운 성당들이 즐비하지만, 모든 것을 압도하는 것은 아마도 아름다운 볼가강이 아닌가 싶다. 성당을 보다가도 볼가강이 보이면 눈길이 가고, 고택을 보다가도 볼가강에 눈이 간다. 그만큼 아름다운 강이 볼가강이다.

끝나지 않을 듯하던 성벽을 40여 분 만에 내려왔다. 내려와서 보니 완전히 반을 돈 것이었다. 출구를 나오는데 경비 아저씨가 약간 어둔한 영어로 또 뭐라 뭐라 했다. 여기가 어떻냐 뭐 그런 내용이어서 "So nice"라고 대답했던 것 같다. 아저씨한테 여기 둘러보려면 어떡해야 하나 물어보니 저 산을 다시 올라가야 한다 했다. 보니 옆으로 작은 산이 있었다. 또 그곳을 끙끙대며 올라갔다. 성벽은 산을 중심에 두고 돌고 있었다.

올라가면 또 혁명전사들에 관한 기념물과 오벨리스크가 있고, 하얀 벽의 성당과 관청 건물들이 아름답게 서 있다. 여기도 원래는 더 많은 성당이 있었다고 하는데, 지금은 몇 개 남아있지 않다

거리 풍경, 저녁 먹기

잠시 숙소 방에서 쉬는 동안에 뒤쪽이 무척이나 들썩이고 있어서 여기가 뭐 하는 곳인가 했었다. 크렘린을 나와서 지하도를 건너 그쪽으로 가보니 젊은이의 거리 같은 곳이 펼쳐져 있었다. 맑은 하늘이 청명하고, 아직 밝은 햇살이 내리쬐는 거리를 젊은이들이 활기차게 다니고 있었다.

길에는 악기를 연주하는 사람, 꽃을 파는 사람, 수공예품을 파는 사람들이 여기저기 있었다. 어디가 우리 숙소인가 보니 바로 옆이었다. 창이 열린 곳, 바로 거기였다. 밤에는 얼마나 들썩일지 조금 걱정이 되기도 했다.

여기저기 동상이 있는데 누군지 알 수 없었다. 고리키가 여기 출신이라는데 고리키가 아닌가 열심히 보았다. 가는 길에 시티은행이 보여 들어가 보았다. 아직 현금은 좀 있어서 모스크바에 가서 찾으려고 했는데 보이는 김에 돈을 좀 뽑았다. 한 번에 만 루블밖에 나오지 않는 게 문제는 문제였다. 영어로 메뉴도 나와서 어렵진 않았다.

가다 보니 교회 같은 멋진 건물이 있어 자세히 보았는데 은행이었다. 은행 건물을 어쩌면 저렇게 짓는 것인지 아니면 원래 교회였는데 은행으로

바뀌었는지 모르겠다. 소련 시절에 여러 교회가 다른 용도로 전용되었으니까. Triposo의 설명을 보니 이 건물은 단체로 예약해야 안을 둘러 볼 수 있다고 되어 있었다.

저녁을 먹을 만한 집을 찾아보다 우동집이 있기에 들어가 봤다. 가격이 생각보다 너무 비쌌다. 러시아식이 아닌 것은 다 생각보다 비싸서 우동 한 그릇에 팔천 원 정도였다(하도 싼 것을 먹다 보니, 이 정도도 이때쯤에는 비싸게 느껴졌다).

걷다 보니 저 끝에 큰 동상이 있어 가까이 가보았다. 벌써 걸어온 거리가 1㎞가 넘었는데, 자세히 보니 막심 고리키였다. 고리키의 동상은 역시 다른 동상과는 격이 다른 곳에 있었다. 고리키는 마치 레닌처럼 한 곳을 응시하고 있었다. 고리키의 작품을 단 하나도 읽지 않은 나조차도 고리키의 이름을 알고 있는 걸 보면, 고리키가 유명한 문학가임에 틀림이 없다. 사실 여기까지 걸어 온 것도 고리키의 동상이 있지 않을까 해서인데, 이제 봤으니 돌아갈 때였다.

고리키의 동상에서 건너왔던 길을 다시 오다 보니, 역시 레닌에 관한 조형물도 있었다. 레닌은 절대 사람이 많은 곳에서 빠지지 않는 법이다.

걸어 오다가 본 스시 바에 가기로 했다. 러시아엔 도시마다 스시 바가 없는 곳이 없다. 자리에 턱 앉아 있으니 아무도 오지 않았다. 자세히 보니 계산대에서 주문을 하고 음식이 나오면 받아가야 하는 곳이어서 가서 주문했다. 동양인과 서양인이 반쯤 섞인 듯한 아가씨가 주문을 받아 줬다. 스시를 먹으면 그간에 스트레스받던 위장이 좀 풀리는 느낌이다. 아무래도 스시도 러시아식이 아니어서 좀 비싼데, 둘이서 990루블이 나왔다.

D+031, 볼가강변 순례

2015년 9월 2일, 수요일, 맑음

여덟 시쯤에 잠을 깼지만, 커피 외에는 먹을 것이 없었다. 어제 저녁에 식빵이 다 떨어졌다는 것을 저녁을 먹고 숙소에 들어와서야 깨달았기 때문이다. 다시 나가기엔 힘들고 해서 그냥 자 버린 탓에 일찍 깨워봐야 먹일 게 없어서 김밥은 아홉 시까지 자게 두었다. 아침에 침대에서 일지 정리를 좀 하고 있다가 열 시가 되기 전에 나갔다. 나가서 먹을 것이라도 좀 찾아봐야 했기 때문이다.

여기는 블라디미르에 가기 전에 거리 조정을 위해 2박을 하는 곳으로, 오늘 온종일 돌아보고 내일은 블라디미르로 떠날 계획이다. 오늘은 볼가강변을 따라 둘러볼 곳들을 종일 둘러 볼 계획이었다.

숙소를 나오니 날씨가 참 좋았다. 러시아에 들어온 이래 최근은 날씨가 참 좋아 기분까지 상쾌해지는 듯했다.

숙소 인근에 주택박물관이라는 것이 있는데 들어가 보진 않았다. 주택박물관이라는 것은 대부분 소련 시절에 부자들의 집을 빼앗아 박물관으로 개조한 것들이다.[2]

길에는 노면전차가 돌아다녔다. 러시아에도 노면전차가 작은 도시에도 꽤 있는 듯했다. 노면전차의 길을 따라 계속 걸으니 파란색 양파 모양 돔 네 개와 중앙의 금빛 돔의 멋있는 정교회가 하나 있었다. 여행 초기 같으면 들어가 보고도 남을 교회였으나 들어가 보진 않고 지나쳤다. 그 교회를 지나고 나니 저 앞에 또 금빛의 돔이 있는 교회가 있었다. 어디에나 아름다

---

2 볼셰비키 혁명이 일어난 후 볼셰비키는 부자들의 재산을 몰수하여 이렇게 박물관을 만들고, 거기 살던 부자들에게 그 집에 작은 방에 살면서 박물관의 안내와 관리를 맡겼었다고 하는데, 아마도 이 집도 그런 운명이었던 듯하다. 일부에는 아마 프롤레타리아에 속하는 사람들이 들어와 살았을 것이다.

운 교회가 즐비한 곳이 니즈니노브고로드였다.

올리소브 가(Olisov's house)

이 일대에는 17~19세기에 지어진 건물들이 남아 있는 것이 많은데, 그중 가장 아름답다는 집이다. 볼가강이 내려다보이는 언덕에 자리를 잡고 있고, 바로 옆에는 17세기에 지은 교회가 하나 있었다.

사실 바로 옆에도 멋진 건물이 있어 어느 것이 그것인지는 가까이 가봐야 알 수 있었다. 가까이 가보면 계단을 올라가 볼 수는 있는데, 집 안을 돌아볼 수는 없었다.

주변은 약간 방치된 듯한 분위기로 차들이 많이 주차되어 있었고, 큰 개한 마리가 우리를 보고 공포에 떨며 짖어 대고 있었다. 러시아의 개들은 대체로 덩치는 크지만 겁이 많은 듯하다. 근처에 있던 17세기의 교회까지 둘러보고 나왔는데, 교회는 그리 크지는 않았다.

볼가강을 내려다 보며 아침을

걸어 오면서 가게를 들러 먹을 만한 것을 찾아보았는데 적당한 것을 발견하지 못하여 여기까지 오다가 다행히 인근에 괜찮은 슈퍼마켓이 있어 낭과 같이 생긴 빵을 두 장 사고 음료수를 한 병씩 샀다.

볼가강이 내려다보이는 난간에 둘이 앉아 빵과 음료수를 마셨다. 음료수는 요구르트 같은 것이었다. 숙소가 관광하기에는 참 위치가 좋은 듯한데 슈퍼마켓 같은 것이 잘 안 보인다는 것이 단점이었다. 사온 빵은 가루가 떨어지지 않는 것이, 식빵보다 오히려 더 좋았다. 먹는 것이 신통치 않아 보일지 모르지만, 먹으며 보는 경치는 너무나 아름다워, 이런 경치 앞에서 불경스럽게도 음식을 먹어도 되나 싶을 정도였다.

축복받은 성모 마리아의 성당[3]

아침을 먹은 곳에서 이 교회까지 내려오는 길은 아주 긴 계단을 통해서 내려오는데, 조금씩 내려올 때마다 세밀한 교회의 장식들이 점점 더 확실하게 눈에 들어왔다. 종탑 쪽을 통해서 본전에 들어가 볼 수 있다. 이 교회가 크렘린에서 내려다 보이는 아름다운 교회 중 하나다.

Rozhdestvenskaya 거리

이 거리는 강을 따라 나 있는 길로 19세기에 지은 아름다운 건물들이 즐비하다. 2012년에 보수되어서 반은 보행자도로로 이용되고 있고, 여러 축제가 이 거리를 따라 열린다고 한다. 재미있는 것은 길은 좁은데 큰 냉동고 등을 설치한 트럭들이 다니는 것이다. 높은 보도의 턱을 탱크처럼 넘어 다니는 광경을 흔히 볼 수 있다. 넘어 다니는 모습이 아주 자연스럽다.

하나님의 카잔 성모교회[4]

교회 안에 들어갈 수는 없었는데, 교회 앞에서 위쪽을 보니 또 다른 교회 하나가 보여 올라가 보았다. 오르막으로 20~30m 정도밖에 안 됐다. 이 교회도 역시 안에 들어가 볼 수는 없었는데, 정원에 작은 화단이 정성스레 정리되어 있었고, 약간 고지대라 지붕들 너머로 보이는 볼가강의 경치가 눈이 시리게 아름다웠다. 이름 있고 유명한 교회도 멋있지만 이런 작은 교

---

3 이 교회는 1697년에 건립이 시작되어 1703년에 완료되었지만, 봉헌은 1719년에야 이루어졌다고 한다. 바로크양식의 건축물인데, 위쪽에서부터 눈길을 끄는 교회다. 종탑 외에 본 건물은 보수공사가 한창이다. 1913년에 황제가 방문하여 보수가 시작된 적도 있다고 하는데, 소련 시절에는 허물기로 결정된 적도 있다고 한다. 다행히 허물어지는 것은 면했지만 박물관으로 전용되었고, 현재는 교회로 사용되고 있다고 한다.
4 현재의 교회는 1782년에 지어진 Yamaskaya 카잔 교회가 있던 곳 근처에 2008년에 건축된 것이다. 1938년부터 종교행사가 중단되었고, 이후에는 창고 등으로 사용되다가, 전쟁 기간에는 병원으로 사용되기도 했다고 한다. 이후 교회로 다시 사용하기 위해 당국에 요청하였지만 거절되었고, 박물관으로 사용될 뻔하였으나 이루어지지 못했다가 결국 소련 시절인 1960년 하반기에 파괴됐다고 하고, 그 자리에 전쟁 중 사망한 주민을 위한 기념비를 영원한 불꽃과 함께 건립했었다고 한다. 현재의 교회는 2008년에 조금 다른 곳에 새로 지은 건물이다.

회를 돌아보는 것도 고즈넉하니 좋았다.

미닌과 포잘스키 동상

하나님의 카잔 성모교회 앞쪽에 미닌과 포잘스키의 동상이 있다. 미닌과 포잘스키는 로마노프 왕조 직전의 동란의 시기에 폴란드 지역의 침공으로 나라가 혼란스러울 때 같이 나라를 구한 인물들로 현재는 러시아의 영웅으로 대접받고 있다. 드미트리 포잘스키는 귀족이었고, 현재 수즈달에 그의 묘가 있다. 미닌은 여기 니즈니노브고로드의 상인이었다고 한다. 이 동상의 원형은 모스크바 성 바실리 성당 앞에 있고, 여기 있는 것은 그것의 복제품이다.

...

볼가강변을 따라 크렘린 성채를 지나 서쪽으로 계속 걸었다. 벌써 점심시간이 되어 가는데 점심을 먹을 만한 곳이 잘 보이지 않았다. 여기는 볼 건 많은데 관광객이 먹고 살기가 꽤 힘든 도시였다.

가다 보니 시립미술관이 있었지만 들어가지는 않았다. 지역 미술관은 가봐야 재미가 별로 없기 때문이다.

루카비쉬니코프(Rukavishnikov) 가(家)

여기는 19세기에 지어진 지역상인의 저택으로, 주택박물관의 일종이다. 그냥 갈까 하다가 들어가 보았다. 아주 히스테릭하게 생긴, 고상한 척하는 중년의 여자가 리셉션에 앉아 있었는데, 우리를 보더니 한숨을 푹 쉬었다. 의사소통을 해 볼 시도조차 하지 않은 채 딴청을 피우다가 어딘가로 전화를 했다. 곧이어 한 청년이 나타났는데, 그가 영어로 "May I help you?" 했다. 그냥 박물관 둘러보려 한다 하니 이 표는 얼마고, 저 표는 얼마라고 하기에 표를 두 장 샀다. 어른과 아이용인데 표가 꽤 비쌌다. 둘이 합쳐 무려

370루블이니, 웬만한 한 끼 밥값이다. 보통 사립박물관은 다 비싼 법이다.

이 집은 이르쿠츠크에서 보던 데카브리스트의 집보다 훨씬 화려했다. 천정의 높이나, 가구의 화려함 등이 그 집들과는 비교가 되지 않았다. 볼셰비키들이 보기엔 아주 눈엣가시 같았던 집이었음에 틀림이 없었다. 이 집은 사진을 찍을 수 있는 곳이 제한되어 있는데, 응접실, 댄스홀, 입구홀 등이다. 다른 곳에는 집에 살던 주인의 가재도구, 니즈니노보고로드의 역사 등이 전시되어 있었다.

여기 있는 직원들은 리셉션의 여자를 빼면 대체로 친절하였고, 일일이 우리가 갈 방향들을 안내해 주었다. 대부분 할머니였다. 가장 인상적인 것은 댄스홀이었는데 한마디로 넓은 무도장이었다. 높은 천정과 넓은 공간이 무척 인상적이며, 천정에 과일들을 그려 놓은 것이 이채로웠다.

러시아는 아이스크림이 비싸다

부자의 집을 둘러보고 점심시간이 다 되었는데 적당한 카페가 보이지 않았다. 김밥 군이 목이 마른다 하여 가는 길에 보이는 아이스크림을 하나 샀다. 러시아는 물가가 생각보다는 싸서 아이스크림을 아주 듬뿍 퍼 담아 달라고 하고 가격을 물어보았는데 22라고 하는 것이 아닌가. 그럭저럭 그 정도가 아닐까 하고 22루블을 주자 정색을 하며 100루블짜리를 흔들었다. 이게 무슨 소린가 하고 122루블인가 하고 100루블을 주었는데, 다시 계산기를 탁탁 두드리더니 222라고 하는 것이 아닌가. 222이면 싼 집이면 점심을 먹을 값인데 바가지를 쓴 듯한 기분이었다. 하지만 곰곰이 생각해 보면 한국도 아이스크림이 비싼 것이 있고, 이 아이스크림도 그것하고 비슷해 보이긴 했다. 가격을 따져 보면 4천 원 가량인데, 러시아에서 대부분이 싸지만, 아이스크림은 매우 비싸다는 생각이 들었다.

예수승천 동굴(Pechersky Ascension) 수도원[5]

언덕에서 강 쪽으로 조금 내리막길을 따라 내려가면 상상 외로 큰 성채가 하나 보이고, 그 성채의 안에 수도원 건물들이 자리하고 있다. 바깥세상과 안쪽 수도원을 차단하는 높은 담벼락이 매우 인상적이라 요새와 같은 인상을 준다.

안에 있는 성당을 들어가 볼 수 있는데, 우리가 들어간 때에도 기도가 진행되고 있었다. 성직자가 낮은 목소리로 마치 주문을 외는 듯한 기도 소리가 약간은 음산한 느낌이 들 정도였다.

성당을 나와서 옆에 있던 건물이 박물관이어서 혹시나 하고 들어가 보았는데, 안에는 수도사인 듯한 분에 의한 단체 가이드 투어가 진행되고 있었다. 보통 절이나 성당에 부속된 박물관은 영어안내가 없어서 의미를 이해하기 힘든데(한국의 절도 사실 마찬가지다), 그 수도사인 듯한 분이 우리가 원래 있던 일행인지를 묻는 듯했다. 주위에서 아니라 하니 앞에 가서 장부를 막 적으려 했다. 아마도 차례를 기다리는 장부가 아닌가 싶은데, 안 그래도 나갈까 말까 고민하던 차라 그냥 나가기로 했다. 당장 급한 것은 점심을 먹는 것이었다.

밖에 나가면서 보니 입구에 작은 매점이 있었고, 들어가 보니 빵을 팔고 있기에 빵을 두 개를 사고, 컵에 담긴 음료를 석 잔을 샀다. 음료는 포도주스를 희석한 것 같은 맛이었는데, 빵과 같이 먹으니 먹을 만했다. 점심 값은 전부 합쳐 95루블이 나왔다.

---

5   부잣집에서 서쪽으로 2㎞ 정도를 걸으면 인적이 좀 드물어지다가 다시 버스 정류장이 하나 나오고 사람들이 살 만한 곳이 나오는데, 여기 수도원이 하나 있다. 여기 수도원은 1328-1330년 사이에 만들어졌다고 알려져 있고, 우크라이나의 수도 키예프의 동굴 대수도원(Kiev Pechersk Lavra)(우크라이나 말 neuépa(Pechery)가 '동굴'이란 뜻)에서 온 성 디오니시우스(St. Dionysius)에 의해 처음에는 동굴을 파서 수도를 했다고 한다. 1597년에 산사태로 무너진 적이 있었는데 다행히 아무도 죽지 않았었다고 하고, 소련 시절인 1924년에는 폐쇄됐다가 1994년에 다시 열었다고 한다.

예수승천 동굴 수도원

숙소로 돌아가는 길

수도원을 둘러보는 것으로 니즈니노브고로드에서의 일정은 끝났다. 한 2㎞ 되는 거리를 천천히 걸어 숙소로 돌아갔다. 가는 길에는 경제학에 관한 국립 연구대학(National research university higher shcool of economics), 미닌 대학교 등이 있었다. 가는 길에 슈퍼마켓을 본 것 같기도 하고 아닌 것 같기도 했다. 아마 보였더라도 숙소 근처에도 있을 것이라 생각하고 들어가지 않은 듯하다. 비상식량과 아침거리가 떨어졌기 때문에 빵을 사야 했는데 아직도 못 사고 있었다. 가는 길에 버스 정류장에 한두 번 앉아 쉬었다. 많이 걸을 땐 버스 정류장이 앉아 쉬기에 좋은 장소이다.

저녁 먹기

저녁을 먹으러 나갔는데 여전히 적당한 카페가 보이지 않았다. 여긴 젊은 사람들이 많아서 그런지 우리나라에서 말하는 카페 비슷한 것은 많다. 즉, 술이나 커피를 팔 듯한 곳은 많은데, 적당히 저녁을 먹을 만한 곳이 마땅치 않은 것이다. 이리 갔다 저리 갔다 하다 작은 가게 하나를 발견했는데, 샤슐릭과 빵을 팔고 있어 거기서 먹기로 했다. 국물을 하나 주문할 수 있으면 좋을 듯했는데 메뉴가 보이지 않아 주문하진 못했다. 샤슐릭은 돼지고기도 있고 닭고기도 있는 듯하기에 각각 두 개씩 샀다. 저녁값은 398루블이 나왔다.

저녁을 먹고 아침에 먹을 빵을 사러 숙소 뒤쪽의 길을 거의 고리키 동상 근처까지 갔었으나 슈퍼마켓이나 가게가 보이지 않아 돌아왔다. 다시 길을 건너 반대편으로 또 그만큼 가보았으나 역시 찾지 못했다. 낮에도 많이 걸어 피곤한데 밥을 먹은 것을 다 쓰고 있는 기분이 들었다. 기진맥진하여 그냥 내일 아침엔 차에 있던 오이랑 초코바를 먹자고 하고 들어오면서 그걸 들고 들어오는 것으로 결론을 내고 말았다.

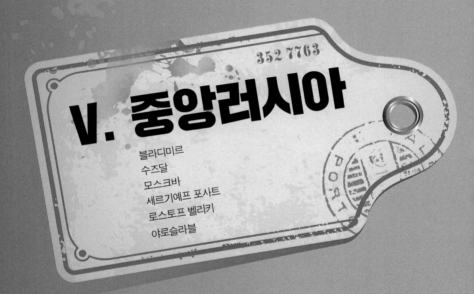

V. 중앙러시아

352 7763

골든 게이트. 수년간 구글 스트리트뷰를 돌려 보았던 그곳에 드디어 오게 되었다.

Vladimir

블라디미르

블라디미르는 황금의 고리에 속하는 도시 중 시베리아횡단 철도가 지나가는 도시다. 12세기 이래 발전하여, 모스크바를 건설한 유리 돌고루키의 아들 안드레이 보골륩스키에 의해 블라디미르-수 즈달 공국의 수도로 정해지며 황금시대를 누렸다. 블라디미르는 고대 러시아의 흔적이 남아 있는 역사적인 도시이다.

D+032, 황금의 고리로

2015년 9월 3일, 목요일, 맑음

여덟 시쯤 잠이 깼다. 오늘은 블라디미르로 가는 날이다. 체크인 시각이 오후 두 시 이후인데 가는 거리는 230㎞ 정도밖에 안 되어, 너무 일찍 나가 봐야 별로 좋을 것도 없었다. 어제저녁에 아침거리를 사러 저녁을 먹은 후 돌아다녀 보았으나 슈퍼마켓을 발견할 수 없어 먹을 것이라곤 비상식량으로 사 둔 초코바 한 개씩과 오이가 전부였다. 나는 그래도 커피는 마실 수가 있어서 커피 한잔을 만들고, 초코바 한 개를 먹은 뒤 여덟 시 반이 되어 김밥을 깨웠다.

김밥도 초코바를 먹게 하고, 일지 밀린 걸 썼다. 카잔에서 인터넷이 신통치 않아 밀린 게 너무 많게 되어 버렸다. 그간에 인터넷이 잘되었기 때문에 계속 쓰는 버릇을 들였는데, 막상 안 되니 안 쓰게 되어 버렸다. 오프라인으로라도 적어 두어야 하는데 할 수 있는 만큼만 하고서 나갈 준비를 했다. 잠시 세수하러 나갔다가 오니 리셉션의 아가씨가 여권의 입국카드를 다시 보여 달라 했다. 우리나라가 작년부터 러시아랑 무비자협정이 맺어졌는데,[1] 그런 걸 아직 모르는 숙박업소가 많다. 일일이 무비자협정이 체결되었다고 알려줘야 하는데, 숙박업소에서는 그럴 경우 어떻게 해야 하는지를 잘 모르는 것이다. 이런 경우에 아마도 출입국카드가 중요한 모양이다.

열 시경이 되어 짐을 챙겨 밖으로 나왔다. 열쇠를 받았지만 문은 잠기지 않는 열쇠였는데 일단 반납을 하고 거주지 등록증을 받았다. 숙박을 이틀만 해서 굳이 필요치는 않았지만, 업소 정책상 꼭 등록을 해야 한다고 해서 어쩔 수 없이 둘이 500루블을 내고 했다.[2] 어쨌든 등록을 한 번이라도 더 했으니 하지 않은 것보다는 나을 듯했다. 나오며 아가씨에게 차를 빼내야 하니 셔터를 열어 달라고 부탁했다.

막상 차에 와보니 뒤에 BMW가 한 대 주차되어 있어서 그 차를 빼야 했는데, 아가씨가 대신 전화해 주었다. 무사히 차를 뺀 뒤 아가씨한테 "쓰빠시바"를 외쳐주고 빠져나갔다.

내비게이션이 잠시 길을 착각하고 있었지만 어렵지 않게 도시를 빠져나가고 있었다. 도시가 꽤 커서 길이 막히는 것은 아니었지만 시간은 꽤 걸린 듯하다. 볼가강을 건너기 직전에 교통사고가 나 있었지만 다행히 지체는 안 되었다.

강을 건너 서쪽으로 달렸다. 어차피 시간은 많아서 속력을 그리 낼 필요가 없었다. 시속 80㎞ 정도로 달리니 뒤에서 트럭들도 나를 추월해 갔는데, 나는 추월하든 말든 그대로 천천히 갔다.

이번 구간은 공사도 없었고, 경찰도 그다지 많지는 않았다. 경찰이 별로 없으니 나도 앞에서 오는 차들을 별로 주의하지 않게 되었는데, 한참 생각 없이 가다 이러면 안 되지 하면서 다시 앞차들의 반응을 주시했다.

도심을 나오면서 슈퍼마켓에 세울 수 있으면 세우려 했는데 적당한 곳이 없어 결국 아무것도 사지 못하고 도시를 빠져나왔다.

---

1   2014년 1월 1일부터 시행.
2   카잔의 익스프레스 호스텔에서는 무료로 줬다.

시간이 흘러 점심을 먹을 때가 되었는데 생각해 보니 가다 보이는 카페에 가면 될 것 같았다. 그간에는 시간이 없어 들어가지 않았는데 오늘은 시간이 있으니 거기서 먹고 가면 되는 것이었다. 열두 시 반쯤에 나타난 카페에 들어갔다. 가능하면 한적한 곳으로 골라 들어갔다. 아무래도 이런 곳은 메뉴판이 부실할 것이기 때문이다.

길가의 카페

막상 들어가니 세상의 모든 피곤함을 등에 지고 계신 듯 지쳐 보이는 아줌마가 기다리고 있었다. 옆에 낭과 비슷한 빵을 주머니에 세 개씩 넣어 팔기에 일단 그걸 먹으면 될 듯하였고, 가능하면 보르쉬 같은 국물을 하나 시키려고 했는데, 메뉴를 아무리 봐도 그게 없었다. 나중에 보니 옆쪽에 다른 메뉴가 있었는데 그 메뉴를 보지 못하였던 것이다. 결국 김밥은 네스티를 먹겠다 하였고, 나는 커피를 주문했는데 커피가 에스프레소로 나와 양이 너무 적었다. 김밥의 네스티를 섞어 마시니 그런대로 괜찮았다. 어제 점심, 저녁이 대체로 부실했는데 그나마 오늘 점심은 좀 먹은 듯해서 다행이었다. 점심을 먹고 차에서 오이를 반 개씩 쪼개 먹으니 그만큼 맛있는 것이 없었다. 러시아에 와서 오이가 이렇게 맛있는 채소인지 새삼 깨닫게 되었다.

...

차는 어느덧 블라디미르에 접근하고 있었다. 20㎞쯤 전방에서 모스크바를 가려면 저쪽, 블라디미르는 이쪽인 길이 나왔다. 나는 블라디미르로 가고 있으니 그쪽으로 갔다. 한참을 달리니 서서히 도시가 나타났는데, 그다지 크지 않은 도시 같았다.

달리다 보니 옆으로 큰 성당 군이 나타났는데(여기가 보골류보보였다!), 잠시 세워 볼까 하다 그냥 달렸다. 한참을 더 달리니 저 앞에 유네스코 세계유산 중의 하나인 골든 게이트가 보였다. 거기다 우리 숙소가 바로 옆이었다.

차를 우회전하자 바로 숙소에 온 것인데, 자세히 보니 예약한 호스텔 간판이 보였다. 차를 길가에 잠시 주차한 뒤 작은 가방을 들고 리셉션에 들어가니 할아버지가 혼자 계시기에 "에따 호스텔?" 하고 여쭤보았다. "다, 다 (예, 예)" 하셨다. 잠시 기다리니 할머니가 나타났다. 또 여권을 열심히 들여다보다 "비자 비자" 하셨다. 할머니도 여권에 있어야 할 비자를 찾고 계셨던 것이다.

이런 일들이 반복되어, 어젯밤에 외교부 홈페이지에 들어가 한러 무비자 협정에 관한 서류의 PDF를 스마트 패드에 담았다. 그걸 보여 드렸다. 한참을 이리저리 보시더니 그제야 이해가 된 듯 처리를 하셨다. 그 와중에 옆에 계시던 할아버지가 "뽈리체 뽈리체"[3] 하며 운전하는 시늉을 막 하셨다. 뭔가 서둘러야 한다고 했는데, 차를 주차장에 넣어야 한다는 뜻 같았다. 그래서 김밥에게 돈을 잠시 맡겨 두고 나가 차를 주차장으로 넣었다. 여기는 전용주차장이 널찍한데 무료라 아주 좋은 곳이었다.

그렇게 체크인을 하고 나니 두 시 반이었다. 세 시까지는 쉬기로 하고 방에서 잠시 쉬며 인터넷이 되는지 확인하였는데, 인터넷은 이전보다는 빠른 듯했다. 그러나 방 양과 스카이프를 해보려 하였으나 연결이 되지는 않아서 저녁에 하기로 하고 일단 둘러보러 나갔다.

골든 게이트

이 문은 1158년에서 1164년 사이에 건축된 것으로, 블라디미르에서 유일하게 고대에 건축된 도시 관문의 유적으로 남아있는 것이다. 우리의 숙소가 이 문에서 채 30㎡가 안 되는 곳이라는 것이 신기했다. 세계문화유산 바로 앞에서 잠을 자게 되었다니.

---

3 полиция, 경찰.

여행을 막연하게 상상만 하고 있던 몇 년 전에 유네스코 세계문화 유산 목록을 보며 제일 먼저 여행을 시작하게 될 러시아의 유산들 목록을 쭉 살펴보았다. 그때 구글 스트리트 뷰로 이걸 본 적이 있었다. 이리저리 돌려보면서 저 길 건너에서 우리를 유심히 노려보던 일단의 러시아 스킨헤드들이 어느 순간 우리에게 접근하면 어떻게 할까 생각한 적이 있었다. 지금 그 자리에 감개무량하게도 와 있는데, 돌아보니 그런 사람들은 전혀 보이지 않았다.

예전에 중국에 처음 여행 갈 때 온갖 흉측한 루머들을 들은 적이 있고, 택시에 우리 가족들이 타고 내릴 때 누가 먼저 타고 내릴지 순서를 정한 적이 있었다. 막상 중국에 가서 느낀 건 그런 소문들은 소문일 뿐이라는 것이었고, 여기서도 마찬가지인 듯했다.

골든 게이트 바로 앞에 횡단보도가 있어 아침저녁으로 길을 건너게 되었는데, 나는 한국에서처럼 차가 오면 건너려 하다가도 멈칫 뒤로 물러서는데도 차들은 그대로 보도 앞에 섰다. 내가 멈칫하고 있으면 한참 서 있다 가곤 했다. 심지어 빨리 가라고 경적을 울리는 차도 있었다. 러시아인들이 길을 건너는 걸 보면 저러다 차에 받히지 않을까 싶을 정도로 무신경하게 전혀 속도를 줄이지 않고 걷던 속도 그대로 횡단보도로 진입하는데, 놀랍게도 차들은 전부 선다. 이게 어떻게 된 건가. 내가 이전에 들은 것은 다 무엇인가.

골든 게이트는 숙소의 문을 나서는 순간부터 내 눈에 들어왔다. 감개무량했다. 몇 년 동안 구글 스트리트 뷰를 돌려 보던 그곳에 내가 있다니. 골든 게이트의 골드는 지붕 꼭대기에만 있고, 전체는 흰 대리석이다. 여기는 '블라디미르와 수즈달의 백색 기념물군'이라는 제목하에 유네스코 세계문화 유산에 등재된 곳이다.[4]

---

4   원래 골든 게이트라는 것은 예루살렘, 콘스탄티노플, 키예프(우크라이나의 수도 키예프를 방문했을 때 이것의 원형인 골든 게이트를 돌아보았다) 같은 신성한 도시에 있었던 것이라는데, 블라디미르를 수도

성모승천 대성당(Svyato-Uspenskiy Kafedralnyy Sobor)[5]

골든 게이트에서 동쪽으로 난 길로 300미터쯤 내려오면 푸시킨 공원이 있고, 공원 안에 성당이 있다. 내부에 들어가면 이전에 보던 성당들과는 규모가 다른 압도적으로 거대한 공간이 나타난다. 전면의 이콘들 규모 역시 압도적이다. 북쪽 벽의 이콘들은 12세기, 천정의 이콘들은 15세기의 것들인데 전부 그림들이 생생하게 살아 있다.

밖에서 보면 다섯 개의 돔이 있지만, 내부에 들어가면 한 개의 거대한 공간이라 그 규모가 더 크게 느껴진다. 기둥들의 규모도 엄청나고, 그 엄청난 규모의 기둥에 전부 세밀한 이콘들이 그려져 있다. 안에는 검은 옷으로 몸을 감싼, 어쩌면 음산한 기운이 도는 수녀들이 천천히 움직이며 촛대를 닦고 있다. 일부는 앉아서 기도를 하고 있다. 내부는 촬영을 금지하고 있어 촬영하지는 못했다.

성 드미트리우스 대성당(St. Demitrius Cathedral)

우스펜스키 성당에서 북동쪽으로, 노란색의 박물관 반대편에 있다. 이 성당은 1194~1197 기간에 건설된 정교회 건물이다. 역시 하얀색의 대리석으로 만들어져 있고, 유네스코 세계 유산에 포함되어 있다. 내부는 곁방이 하나 있는 단순한 구조의 성당인데, 어쩌던 그리스에서 많이 보던 정교

로 정한 경건 왕 앤드류(Andrew, 모스크바를 건설한 유리 돌고루키의 아들로, 유리 보골륩스키로도 불린다. 어머니는 당시 야만인으로 인식되던 핀란드족 여자로, 숲속에서 길러져 키예프 문화에 대한 존증이 전혀 없었다 한다. 키예프공국을 무력으로 점령해 버린다)는 비슷한 것을 성의 관문으로 만들었다고 한다. 이 문은 1237년 몽골의 침입 때도 살아남아 현재에 이르고 있으며, 18세기에는 훼손이 심하여 예카테리나 2세(1729~1796, 로마노프 황조의 8대 황제로 원래는 독일인이다. 남편 표트르 3세를 폐위시키고, 스스로 황제가 되어 현재의 예르미타주 박물관을 만드는 등, 러시아 문화를 부흥시켰다)가 이것의 통과를 앞두고 1779년 정밀한 측량을 지시하고, 취약한 부분을 제거하고, 구조 보강을 위해 두 개의 둥근 옆구리 탑을 추가했다고 한다.

5   이 성당은 1158년에 한 개의 돔이 있는 성당으로 건설되었고, 1185년에 이미 네 개의 돔을 추가하는 공사가 시작되었다고 한다. 당시 키예프에 있던 성 소피아 성당을 따라 한 것이라고 한다. 14세기에는 러시아 정교회의 대주교가 있던 곳으로 전체 러시아에서 가장 중요한 정교회 건물이었다고 한다. 근처에 있는 종루는 1810년에 세워졌다.

회의 건물과 매우 흡사하다 할 수 있다. 성 드미트리우스는 그리스 테살로 니키에서 기독교가 공인되기 직전에 순교하였었다고 하고, 그 자리에는 성 드미트리오스(Agio Demitrios) 교회가 세워져 있다.[6]

전면 이콘벽이 없어서 더 그렇게 느낀 것일 수도 있지만, 시기적으로 그 리스 펠로폰네소스의 미스트라와 비슷한 시기이거나 약간 앞선 시기에 건 설된 것이다. 외벽의 아랫부분에는 조각이 없으나 위쪽 부분에는 매우 세 밀한 조각들이 있어 눈길을 끈다. 조각들은 다윗 왕의 생애, 알렉산더 대 왕 등에 대한 것이라고 하는데, 거리가 멀어서 명확하게 구분하긴 힘들었 다. 안에는 조각들을 일부 설명하고 있는 패널이 있지만, 전부 러시아어라 해독이 안 됐다.

입구에 그리스 테살로니키에서 가져 왔었다는 성 드미트리우스의 이콘 복제화가 전시되어 있는데 원본은 모스크바에 있다고 한다.

푸시킨 공원 안의 성모승천 대성당

2015/ 9/ 3 16:05

---

6 이곳은 2010년 그리스 2차 여행 때 방문했었다.

푸시킨 공원

우스펜스키 성당의 옆으로 넓은 공원이 있고, 공원의 한쪽 끝에 블라디미르의 동상이 있다. 동상 근처로 잔디밭이 펼쳐져 있는데, 젊은이들이 모여 잔디밭에 뒹굴며 햇볕을 쬐고 있었다. 여기서 동쪽을 보면 클랴즈마강이 흐르고 있는데, 강 주위로 숲이 울창하고, 러시아의 도시 대부분이 그렇듯 저 멀리는 사람의 흔적 없이 숲만이 펼쳐져 있다. 마치 사막의 오아시스처럼 사막 대신 숲으로 둘러싸인 가운데 도시가 있는 것이 러시아의 도시의 특징이다. 우리나라의 경우 대부분 산이 도시를 둘러싸고 있는 것과는 대조적이다.

블라디미르의 동상이 있는 부근에서 무료 와이파이가 잡혀 잠시 카카오톡도 쓸 수 있었다. 잠시 앉아 있다 보니 많은 중국인 단체관광객들이 왔다 갔다 하는 것이 보였다. 중국을 여행할 때 많이 보던 깃발을 들고 다니는 단체 여행객들이다. 해외에서도 같은 형태의 깃발을 들고 다니는 것이 신기했다.

전망대 쪽으로 가보면 저 멀리 클라제마강을 가로지르는 다리와, 강 옆을 달리는 시베리아 횡단 철도가 있고, 철도에는 마침 긴 화물차가 달려가고 있었다. 성모승천 대성당의 황금빛 돔들을 배경으로 깃발을 든 블라디미르 왕자 기마상과 그를 세례 준 성 표도르의 동상이 서 있었다. 블라디미르 왕자가 들고 있는 깃발에는 예수님의 얼굴이 그려진 것으로 보아, 러시아의 기독교화를 상징하는 동상으로 보였다. 그 주위에는 성모승천 대성당의 이콘들을 그린 중세 러시아 최고의 이콘 화가인 안드레이 유블레브의 동상이 서 있다. 그는 화판에 그림을 그리고 있는 모습이다.

공원 입구 쪽으로 나가니 대형 관광버스들이 속속 도착하며 엄청난 수의 중국인 관광객들을 실어 나르고 있었다. 10억이 넘는 인구가 경제력이 커지니 이제 전부 외국으로 나가고 있는 듯하다. 식당에 가면 나에게 "니하오" 하며 인사를 할 정도다. 좀 있으면 아마 중국어로 의사소통이 되지 않을까 생각했다.

공원의 입구 쪽 광장에도 삼면의 오벨리스크 형태의 기념물이 서 있었다. 이것은 블라디미르시가 만들어진 850주년(1108년 기준)을 기념하여 1958년에 세워진 것이라 한다. 한쪽에는 블라디미르(블라디미르 1세인지 2세 모노마흐인지는 알 수가 없었다)가 칼을 들고 앉아 골든 게이트를 보고 있다. 또 다른쪽은 성모승천 대성당 쪽을 보고 있는데 아마도 안드레이 유블레브가 아닌가 싶다. 다른 쪽은 현대 노동자의 모습인데, 트랙터를 손에 들고 있으며 블라디미르의 공업지대 쪽을 보고 있다.

성모 성탄 수도원(Monastery of the Nativity of the Mother of God)

숙소로 들어가려다가 근처에 있다는 수도원을 하나 더 둘러보기로 했다. 공원에서 더 동쪽으로 걸으면 나오는데, 공연히 뒤쪽으로 돌아가서 수도원의 담벼락을 완전히 한 바퀴 돌았다. 완전히 돌아 다시 앞으로 오니 입구가 있었다.

이 수도원은 12세기 후반에 만들어져서 러시아 정교회 역사에서 중요한 역할을 했다고 한다. 현재는 고대의 건물들은 남아 있지 않지만, 18세기에 만들어진 견고한 담벼락과 종탑들을 볼 수 있었다. 입구에 내부 촬영금지 표지가 있어 촬영하지는 않았다.

...

수도원을 돌아보고 천천히 걸어 숙소로 돌아왔다. 돌아오는 길에 메가폰 대리점이 하나 보이기에 들어가 스마트폰의 심(SIM)에 500루블을 더 충전했다. 500루블을 들고, 스마트폰에 'Recharge, please'를 러시아어로 번역하여 보여 주니 간단하게 충전이 되었다. 데이터를 많이 쓰고 있지는 않았으나, 스마트폰 앱을 이용해 내 위치를 실시간으로 지도에 표시해주는데에 주로 이용하고 있었다.

카페 우그리

숙소에서 길 건너편에 카페가 하나 있었다. 여기는 영어 메뉴판이 있어 주문하기가 간편했는데, 종업원들은 영어가 아주 익숙하지는 않았으나 열심히 주문을 받기 위해 노력하는 모습들이 역력했다. 샐러드 중에 그릭샐러드가 있어서 쾌재를 부르며 주문했다. 그릭샐러드가 러시아식에 비해 깔끔하고 갈증에도 아주 좋기 때문이다. 나는 '양파 만두'라는 요리를 시켰는데, 처음에 양고기 국물이 나와서 이게 끝인가 하고 한창 먹고 있다가, 아무래도 음식이 모자라는 듯하여 샤슐릭을 하나 더 주문하고 나니, 나중에 갑자기 만두가 왕창 나오는 통에 꾸역꾸역 먹느라 고생을 했다. 메뉴 중에 스시도 있어 두 종류를 각각 두 개씩만 주문했다.

D+033, 보골류보보(Bogolyubovo)

2015년 9월 4일, 금요일, 흐림

여덟 시쯤 잠이 깼다. 운전을 많이 한 것도 아닌데, 오랜만에 늦게 눈이 떠진 것이다. 시차에 점차 적응하고 있다는 징조다. 원래 아침에는 느긋하게 잠을 자야 정상인 것이지.

커피를 만들어서 먹으려고 하다 침대로 갔다. 침대에 커피를 두고 앉으려는 순간 이놈이 왈칵 시트 위로 쏟아졌다. 자는 김밥을 재빨리 깨웠다. 이거 잘못하면 시트 세탁비를 물어내게 생겼다. 최대한 빠른 손놀림으로 아래로 스며드는 것을 막으려고 노력해 봤지만, 시트, 이불, 베갯잇 등이 젖어 버렸다.

어쩔 수 없이 차례대로 끄집어내어 최대한 빨리 물로 헹궈냈다. 커피 물이 쑥쑥 빠져 나가는 것을 보니 맘이 조금은 놓이는데, 처리해야 할 양이

적지 않았다. 시트를 벗겨 부분 세탁을 열심히 하고 있는데, 방문 두드리는 소리가 났다. 리셉션의 할머니께서 올라오셔서는 여권을 좀 달라고 했다. 러시아와 한국이 작년부터 무비자협정이 체결되었지만, 러시아 숙박업소들은 아직 이런 걸 잘 몰라 어떻게 처리해야 하는지를 우왕좌왕하여, 숙박을 하다 보면 자꾸 여권을 좀 달라고 했다.

나도 하던 일이 있어 재빨리 여권을 건네 드리고 황급히 다시 일을 처리하고 있었다. 괜히 뭐라 하기 전에 빨리 마무리 지으려고 하는데, 또 할머니께서 오셨다. 뭐라 뭐라 하시는데 알아들을 수가 없어 번역기를 들이미니, 거기서 'name'이 번역되어 나왔다. 아무래도 거주지등록을 하려고 하는 모양이어서[7] 그전에 등록된 것을 보여 드렸다. 그랬더니 아주 흡족해하며 내려가시긴 했는데, 내가 할 일은 산더미였다.

아침에 그걸 처리하느라 시간을 보내고 나니 거의 열 시가 다 되었다. 대충 부분 세탁을 하여 잘 마를 수 있게 조치한 후에 아래로 내려갔다. 아침에 비가 오는 소리가 났었는데 나가 보니 비가 와 있었다. 리셉션에 주차 관리하는 할아버지께(여기는 전부 할아버지 할머니다) 주차장 문을 열어달라고 번역기를 보여 드리니 흔쾌히 문을 열어 주셨다.

오늘 갈 곳은 블라디미르에서 12㎞ 정도 떨어진 보골류보보라는 곳으로, 사실 들어올 때 여기를 지나왔다. 거기가 중요한 곳인지 그때는 알지 못했던 곳이다. 들어올 때 엄청난 성당을 봤는데, 여기 성당은 웬만하면 엄청난 경우가 많아 그냥 최근에 지어진 것인가 하고 왔더니 그게 유네스코 세계유산의 일부였다.

블라디미르에는 '블라디미르와 수즈달의 백색기념물군'이라는 이름으로 여덟 개 정도의 기념물들이 있는데, 어제 본 골든 게이트, 성모승천 대성당(Assumption cathedral), 드미트리우스 대성당(Demetrius Cathedral)이 전부 포

---

7 거주등록을 할 때는 숙박업소 직원들이 영문 이름이나 국적 등을 전부 키릴문자로 바꿔야 하는데, 그때 이전에 만든 거주등록증을 제시하면 그들에게 매우 도움이 된다.

함되고, 오늘 가는 두 군데도 전부 포함된다.

내비게이션을 켜 출발을 했다. 비가 추적추적 조금씩 내리고 있었다. 가는 길에 도로 공사로 길이 막혀 한 번 우회도로를 탄 것 외에는 별 어려움 없이 역시 어제 지나왔던 그 성당으로 가게 되었다. 성당 앞에 주차장이 있어 주차하고 안으로 들어갔다.

보골류브스키 젠스키 수도원

여긴 원래 성터가 있던 곳이다. 성터의 주인은 러시아의 중세를 연 블라디미르 대공국 시기(1168~1389)의 대공(Grand prince)[8]이었던 안드레이 보골류브스키(Andrey Bogolyubsky)이고, 그의 시절에 키예프(Kiev) 공국을 공격하여, 여기 블라디미르를 새 수도로 삼았다고 한다.

현재 성터 위에는 수도원이 들어서 있고, 과거 성벽의 일부가 남아 박물관으로 쓰이고 있다.

이 수도원 역시 규모가 어마어마하여 들어가면 압도당하는 듯한 느낌을 받는다. 어마어마하게 높은 천정과 거대한 기둥(아마 각 변의 길이가 2㎜는 되어 보인다)들이 아치형 천정을 받히고 있다.

벽에 그려진 프레스코들은 색깔조차 생생하고 세밀하게 묘사되어 있다. 어두운 가운데 수녀님들이 천천히 움직이며 촛대를 닦고 바닥을 쓸고 있다. 여기 계신 분 중 일부는 공포영화에 가끔 등장하는, 암울하고 공포스러운 수도원의 어떤 사람과 같은 복장을 하고 있다. 온몸에 검은색 옷을 걸치고, 머리에조차 검은색 모자를 쓴 그런 모습 말이다. 이런 생생한, 공포스런 복장을 한 사람들이 표정 없이 움직이고 있는 모습이 실제로 존재한다니 놀라울 따름이다.

하여간 이 수도원은 어제의 성당과 함께 그 규모가 압도적인데, 아쉽게

---

8 차르나 황제에 비해 작은 규모의 나라, 또는 지역의 왕에 해당한다.

도 사진 촬영은 하지 않았다. 나도 이제 하지 말라면 하지 않는 사람이 되어가고 있다.

포크로바 나 네를리 성당 가는 길

두 번째 목적지는 인근에 있는 포크로바 나 네를리(Church of the Intercession on the Nerl)[9] 성당인데, 내비게이션에 목적지를 입력해서 경로 계산을 하면 가는 길이 없다고 나왔다. 지도를 보면 길이 있는데 왜 없다는 것인지 의아해하며 지도를 보아가며 운전을 해 갔다. 주요 도로를 빠져나와 작은 길로 차를 몰고 가는데, 좌회전해서 보니 길이 문으로 막혀 있었다. 어떻게 해야 하나 고민했지만 아무리 봐도 다른 길은 없어 보였다. 그래서 차를 그 자리에 두고 걸어갔다 오려고 차에서 나와 그 앞으로 가보니 문의 좌우도 철조망으로 완전히 막혀 있는 것이었다. 아무래도 여기로 들어가면 안 되는 듯한 느낌이 들어 퇴각하면서, 다시 차에서 지도를 보니 아까 수도원의 자리에서 가까운 곳에 기차역이 있고, 기차역을 지나면 걸어갈 수 있는 길이 있는 듯했다. 차를 반대로 다시 몰아 그 기차역이 있는 곳으로 갔다.

기차역 앞에 차를 대고(주차장이 있었다) 보니 근처에 카페가 있다는 표지판이 보였다. 벌써 열두 시가 가까웠고 걸어가려면 한 2㎞는 걸어야 해서 점심을 먹고 가는 게 낫겠다 싶었다.

그래서 다시 걸어 나와 식당을 찾아보니, 아까 수도원 앞에 있었다. 처음부터 밥을 먹고 차로 갈걸 괜히 설레발을 친 기분이었다.

---

9   네를리 강가의 중보기도 교회.

포크로바 나 네를리 성당. 여름의 우기에는 주변이
완전히 물에 잠긴다고 한다. 애첩한 느낌이다.

2015/ 9/ 4 13:35

630루블짜리 점심

하여간, 식당에 들어가 메뉴를 보니 영어메뉴 따위는 없고, 전부 러시아
말이었다. 그래도 국물(soup)[10]은 하나 찾았다. 김밥이 콜라를 먹겠다 해서
하나 시켰고 나는 커피를 아메리카노로 한잔 시켰다. 주메뉴는 김밥에게
물어보니 파스타를 먹겠다 해서 파스타 두 개를 시켰다. 주문받는 아줌마
에게 "흘렙?"[11] 하고 물어보니 고개를 끄덕이기에 그것도 달라 했다.

주문은 제대로 되었고 수프는 먹기 좋은 닭고기 국물에 야채를 넣은 것
처럼 나와서 먼저 나온 빵과 같이 먹으니 맛이 좋았다. 파스타는 좀 짰는
데, 치즈가 아주 듬뿍 뿌려져 있었으며, 역시 커피는 맛이 좋았다. 러시아
는 아무리 식당이 허접해도 커피가 이 정도로 맛있으니 한국 식당은 정말
반성해야 한다. 아무래도 파스타가 러시아 음식이 아니라서 일반 러시아식
으로 먹는 것보다는 비싸게 나온 듯하지만, 아주 적당한 양을 잘 먹은 듯
했다.

---

10   суп.
11   хлеб, 빵.

포크로바 나 네를리 성당

점심을 먹고 다시 주차장으로 돌아가니, 우리 차를 관심 있게 보고 있던 남녀가 있었다. 번호판이 희한하니 보고 있었던 모양인데, 우리는 그분들에게 설명할 시간이 없어서 그냥 재빨리 지나쳤다. 우리가 그 차의 주인이라는 것을 아는 듯한 표정이긴 했다.

재빨리 육교를 건넜다. 육교를 내려오니 작은 길이 있는데, 지도상에 있는 그 길이었다. 여기서부터 약 1㎞ 정도가 풀만 나 있는 허허벌판이었는데 그 끝에 교회가 보였다.

보슬비가 오는 와중에 둘이서 터덜터덜 그 길을 걸어가는데, 저 앞쪽에서는 젊은 사람들로 구성된 단체 관광객들이 걸어 나오고 있었다. 언젠가부터인지 검은 개 한 마리가 계속 우리 주위를 빙빙 돌며 따라와 성가시게 했는데 한동안 떼어내려 했으나 어느 순간부터는 체념하고 동반자가 되기로 했다.

한참을 걸어 드디어 교회에 도착했다. 교회는 흰 벽에 어제 둘러 본 성 드미트리우스 교회와 비슷한 형태를 띠고 있었다. 교회의 내부는 그리스 미스트라(Mystras)에서 보던 교회와 비슷했다. 곁방 회랑이 하나 있는 단순한 구조에, 앞쪽에 이콘벽 등이 없는 구조였다. 시기적으로 보면 미스트라와 거의 비슷한 시기인 듯했다. 외벽에 있는 돌 조각들은 12세기에 만들어진 그대로라고 하니, 이걸 보고 있다는 것은 12세기로 시간이 연결되는 것과 같다.

여기는 네를리강과 클라즈마강의 합류 지점에 있는데, 여름이면 이 교회 주위가 전부 물에 잠긴다고 한다. 허허벌판 같은 곳이 전부 물에 잠기고 이 교회만 덩그러니 물 위에 떠 있는 형태가 되어 장관이라는데, 지금은 주위는 허허벌판이고 비도 부슬부슬 내리니 그 고적함이 이루 말할 수가 없었다. 덩그러니 혼자 서 있는 교회 건물이 결국은 역사의 뒤안길로 사라진 블라디미르 공국의 운명을 말하고 있는 듯했다.

보골류보보의 교회에서 다시 차를 몰아 숙소로 들어왔다. 차를 주차장 앞에 대자마자 안에서 보고 문을 열어줘서 아주 편하게 들어왔다. 방에서 잠깐 쉬며 보니 어젯밤부터 끊겨 버렸던 와이파이가 살아나 있어 반갑게 잠깐 인터넷을 봐 줬는데, 노트북을 켜자마자 다시 먹통이 되어 버렸다. 그래서 망연자실 있다가 박물관이나 가자고 하며 다시 나갔다.

역사박물관

어제의 그 성당들이 있는 구역을 지나가면 있는 곳이었다. 어렵지 않게 찾아가서 입장료 80루블을 내고 들어갔다. 박물관은 전체 2층이었고, 인근의 골든 링에 관련된 전시들이 많았다. 당연히 블라디미르 시내와 인근 보골류보보 등에서 발견된 것들을 비중 있게 전시하고 있었다.

첫 전시실에 전시된 것은 유럽지역에서 발견된 가장 초기의 호모사피엔스에 해당하는 유골인데, 블라디미르 외곽 클랴즈마강 가의 Sungir[12]에서 발견된 것이라고 한다. 탄소연대 측정법으로 2만 8천 년에서 3만 년 정도의 것으로 추정되고 있다고 한다.

골든 게이트 박물관

역사박물관을 보고 나서 그 뒤에 있는 교회를 보러 가던 길에 우연히 게이트에 박물관 문이 열린 걸 발견했다. 어제 위키백과를 읽다가 안에 박물관이 있다는 것을 알게 되었는데, 그건가 보다 하고 들어갔다. 입구를 들어가면 가파른 돌계단을 한참을 올라가는데, 거기에 가면 매표소가 있다. 블라디미르 박물관의 입장표는 박물관별로 차이가 없었다. 가격도 같고 모

12　4만~6만 년 전, 상부 구석기 시대의 유물들이 많이 발견되었다고 한다.

양도 같았다.

표를 사서 돌아보았는데 역시 몽골-타타르스탄의 침입을 방어했던 러시아인들의 영웅담에 관한 전시가 주를 이루고 있었다. 각종 갑옷, 무기류 등이 중앙에 전시되어 있고, 외곽으로 근현대의 군사와 관련된 전시들이 있다. 특이한 것은 제일 마지막에 우주복이 한 벌 전시되어 있는 것이었다. 아마도 이 지역 출신의 우주인에 관한 것이 아닌가 한다.

삼위일체 교회(Trinity church), 크리스털 박물관

골든 게이트의 바로 뒤에 붉은 벽돌집의 교회가 있다. 교회로 생각하고 들어갔는데 안에는 크리스털 박물관이었다. 한국의 백화점에도 가면 크리스털 조형물들이 있는데 여긴 정말 비싸 보였다. 우리나라 백화점에도 그런 것들이 가격이 엄청나던데 아마도 여기 있는 건 더 엄청날 듯했다. 박물관 안은 할머니들이 관리를 하는 듯한데, 한가로이 모여 앉아 대화 중이었다. 들어올 때 보니 사진 촬영금지 표시는 없었는데 그래도 혹시나 해서 조용조용 찍었다. 그런데 교회가 왜 크리스털 박물관이 되어 있는 것인가. 이것도 아마 소련 시절에 박물관으로 전용된 듯하다.

워터 타워

여기는 어제 본 관광안내판에 나온 곳이고, 인근이라 가본 것이다. 정확히 어떤 의미가 있는 곳인지는 알 수가 없었지만,[13] 꽤 높은, 나선형의 계단을 올라가면 꼭대기에 전망대가 있었다. 전망대에서 시내를 내려다볼 수 있나 본데, 안개가 껴 그다지 멀리 보이지는 않았다. 다시 내려와 3개 층의

---

13 워터 타워란, 인근, 보통 주위에 있는 강의 물을 인력 또는 기계의 힘으로 탑 위로 끌어 올린 다음, 관을 통해 마을이나 인근의 성, 궁, 교회 등에 물을 공급하는 장치를 말한다. 수도관을 U 자형으로 만들어 한쪽에 가득 차게 물을 부으면 반대측에도 그만큼 물이 올라오게 되어 있는 원리를 이용하는 것이다. 일종의 수도관 가압시설이라 할 수 있다. 기계펌프가 없던 시절에는 누군가 끊임없이 물을 퍼 올려야만 한다.

전시를 둘러보았는데, 아마도 이 도시의 역사에 관한 전시를 하는 듯했다. 상인들과 일반인들의 생활을 충별로 나누어 전시하고 있었다.

흥미로운 것은 과거 골든 게이트 주위의 풍경 사진인데, 우리나라 1970년대 서울 남대문 근처 사진처럼 한적한 곳으로 지금과는 사뭇 다른 광경이었다.

카페 우그리

어제와 같은 곳으로 저녁을 먹으러 갔다. 어제 주문을 좀 과하게 한 듯하여 오늘은 좀 자제하여 주문했다. 국물을 시킨 것은 거의 우리나라 닭백숙과 같은 맛이 나서 아주 먹기 좋았다. 김밥은 케밥을 시켰고, 난 뭘 시켰는지 기억이 안 난다. 우리가 각자 제대로 주문한 것을 먹었는지 아직도 알 수가 없다. 주문은 영어메뉴판을 보고 주문을 하니 주문받으러 온 남자 점원이 그게 뭔지 잘 몰라 시간이 한참 걸렸다. 결국 다른 여자 점원까지 가세하여 겨우 주문이 해결됐다. 전체 밥값이 855루블이 나왔는데 백 루블짜리 하나가 모자라 어쩔 수 없이 오천 루블짜리를 주며 "이즈비니체"[14] 해주니 별 말 없이 잔돈을 다 가지고 왔다. 젬추지나 호텔에 비하면 참 친절한 카페다.

밥을 먹고 내일 아침에 먹을 빵을 사러 또 한참을 돌아다녔다. 뜻밖에 관광지에 가까운 곳은 슈퍼마켓 같은 것이 너무 없어서 곤란하다. 거의 일대를 지그재그로 돌아다닌 끝에 겨우 하나 찾아 빵 두 봉지를 52루블을 주고 샀다. 이로써 알뜰하게 돌아 준 하루가 끝났다.

불안정한 와이파이의 해결책

김밥 군이 수학 문제를 풀고 있는 동안 인터넷이 안 되는 문제를 곰곰이

---

14 извините. 미안합니다.

생각해 보았다. 이전에 페름(Perm)의 아파트에 숙박할 때도 잘되다가 연결이 끊어지면서 안 되는 때가 있었는데, 그때는 방에 AP가 있어 껐다 다시 켜면 돼서 몇 번 그걸 반복했었다. 여기서도 아마 AP를 껐다 다시 켜면 될 듯하여 내려가서 주인한테 얘기해 볼까 하다가 보통 이런 곳은 복도에 그게 있다는 생각이 들었다. 밖에 나가 살펴보니 한쪽 구석 벽 위에 매달려 있는 AP가 있었다. 그걸 초기화하기 위해 몇 번 정수기에 물을 뜨는 척 밖에 나갔다가 오기를 반복하며 기회를 봐서 그걸 재시동시킬 수 있었다.

결국 다시 접속됐고, 이후부터는 스마트폰에서 USB로 테더링을 하여 노트북을 써도 인터넷이 안정적으로 되는 것을 발견했다. 내 노트북의 문제인지 통신사의 문제인지는 불확실하지만, 스마트폰 테더링이 그리 어렵지 않고, 핸드폰 충전도 동시에 되니 계속 이렇게 쓰기로 했다.

D+034, 유리예프폴스키(Yuryev-Polsky)

2015년 9월 5일, 토요일, 흐림

오늘은 블라디미르의 마지막 날이다. 일곱 시쯤에 눈을 한 번 떴다가 다시 자서 여덟 시쯤에 눈이 떠졌다. 커피하고 빵을 챙겨 먹고 오늘 갈 곳의 정보를 조금 복습했다. 오늘 갈 곳은 블라디미르에서 북서쪽으로 60㎞쯤 떨어져 있는 유리예프 폴스키라는 도시이다.

여기는 어제 갔던 보골류보보를 건설한 안드레이 보골륩스키(Andrey Bogolyubsky)의 아버지인 유리 돌고루키(Yuri Dolgoruskiy)에 의해 건설된 곳이다. 여기에는 성 게오르기 대성당(St. George[15]Cathedral)이 있는데, 몽골이 이 지역을 침략하기 전 가장 마지막에 건설되었던 성당으로 지금까지 남아있는 것이다. 그렇지만 명확하지 않은 이유로 유네스코 세계문화 유산의 목록에는 올라가 있지 않다.

아홉 시 반까지 일지 정리를 좀 하고, 주차장으로 나갔다. 마침 다른 분들이 나가려고 주차장 문을 열어 두어서 금방 나갈 수 있었다. 내비게이션을 따라 도시를 빠져나가는 것도 어렵지 않았고, 최소 한 시간 반에서 두시간을 예상했으나 가는 길에 차가 거의 없었고 길이 좋아서 거의 한 시간만에 도착했다.

도시는 생각보다 한산해서 도시라기보단 작은 읍내 정도 되는 곳이었다. 물론 읍내라고 하기엔 어마어마하게 넓은 길들이 우리나라 읍내하곤 좀 다르긴 했다. 차는 예정했던 주차장이 표시된 마을 입구에 주차하였고 거기서부터 지도로 500m 정도만 걸어가면 성당이 있었다.

대천사 미카엘 수도원(Monastery of Michael the Archangel)

주차를 하고 걸어가면 읍내 같은 곳이 나오는데, 옆쪽으로 성벽이 있고 성벽 안으로 전통적인 양식의 교회들이 있었다. 그 앞에는 동상이 하나 있었는데, 앞에 가서 자세히 보니 바로 이 도시를 건설한 유리 돌고루키의 동상이었다.

여러 정보를 종합한 결과 이 교회는 교회가 아니고 대천사 미카엘 수도원이다. 수도원 옆으로 나지막한 언덕이 있어 올라가서 보면 성벽 안에 교회 몇 채가 있는 것이 보인다. 완전히 통나무로 만들어진 것도 있고, 높은 종탑도 있다. 입구 부근에 양파 모양의 지붕을 여러 개 가진 큰 성당이 있는데 한창 보수 공사 중이었다.

---

15 영어 이름인 '조지(George=게오르기)'는 러시아어로는 '유리'에 해당한다. 이 이름은 우리나라에서 '철수'에 해당하는 정도로 흔한 이름에 속한다.

다시 언덕을 내려와 담벼락을 따라 걸어가다 보면 보수공사 중인 교회가 있고, 그 옆으로 들어가는 입구가 있어서 들어가 보았다. 들어가면 꽤 낡은 건물이란 것을 알 수 있는데, 앞에 매표소가 있지만 사람이 없어 그대로 지나쳐 안으로 들어가면 아까 언덕에서 보았던 그 성벽의 안쪽이다. 먼저 오른쪽에 교회가 있어 들어가 보았다.

내부는 흰색으로 칠해져 있고, 약간 둥근 사각뿔 형태의 천정에서 샹들리에가 늘어뜨려져 있다. 바닥에 드러누운 용을 긴 창으로 찌르고 있는 게오르기를 금실로 수를 놓은 휘장이 휘장대에 걸려있었다. 이콘벽은 그다지 화려하지 않게 간소하였고, 단수도 2단 정도로 보였다.

교회를 나오면 정원에 조금은 기울어진 종탑이 있는데, 둘이 75루블을 내고 올라가 보았다. 좁고 가파른 계단을 따라 오르면 꼭대기의 종 바로 아래 전망대까지 올라갈 수 있고, 거기서 아래뿐만 아니라 성벽 밖의 마을까지 훤하게 내려다 볼 수 있다. 종들은 큰 것 하나와 작은 것 여러 개가 매달려 있는데, 모두들 녹이 슬어 세월을 짐작하게 한다. 다른 층에는 간단한 전시실이 있는데 수도원의 미니어처와 옛날 사진들이다.

정원에는 목조교회도 하나 있는데, 1718년에 만들어진 게오르기 교회다. 원래는 이곳에 있던 것은 아니고, 인근에 있던 것을 1960년에 옮겨 온 것이다. 조립하는 데 못을 쓰지 않았다고 한다.

성 게오르기 대성당(Saint George Cathedral)[16]

원래 여기 온 이유는 이걸 보기 위해서였다. 다만 이건 블라디미르와 수즈달의 백색 기념물 중 하나지만 유네스코 세계 유산 목록에서는 빠져 있다. 수도원에서 100m 정도 남쪽에 있어서 슬슬 걸어갔다.

---

16 1230~1234 기간에 건설되었다. 몽골이 침략하기 전의 일이다. 완공되고 3년 후에 몽골이 침입해 왔는데 다행히도 살아남았다. 1460년에 완전히 무너진 일이 있었는데, 그때 재건을 하면서 외부의 조각들을 원래대로 복원할 수가 없었다고 하고, 결국 조각들의 의미가 퇴색되었다고 한다. 이후 시대를 거쳐오며 건물이 추가되기도 했었는데, 20세기에 보수를 하면서 추가된 건물들은 다 없애버렸다고 한다.

내가 보기엔 이 건물이 세계유산에 들어가지 않은 것은 실수가 아닌가 한다. 건물 밖에 서서 조각들을 올려다보면 블라디미르에 있는 성 드미트리우스 성당보다 더 뛰어나면 뛰어나지 못하진 않다. 아마도 목록에서 빠진 것은 1460년에 완전히 무너진 후 의미 없이 복원된 조각의 문제가 아닐까 한다. 안을 들어가기 전에 한참 동안 밖에 서서 벽에 있는 조각들을 올려다보았다. 조각 자체만 보면 블라디미르의 것보다 훨씬 세밀하고, 수도 많았다. 문외한인 내가 봐도 사도들, 사자를 닮은 짐승, 삼족오를 닮은 새, 날개를 단 수많은 천사들, 사이렌으로 보이는 동물들을 확인할 수 있었다.

내부는 하나의 방으로 구성된 십자형의 전형적인 정교회의 건물이다. 높은 천정에는 아직 선명한 프레스코들이 남아 있고, 바닥의 석재들도 문양이 뚜렷하게 남아있다.

까페 금송아지(Золотой телёнок)

대성당을 나와서 밥 먹을 만한 곳을 찾다가, 한 건물에 가스띠니챠가 있고, 거기 부속된 카페가 하나 있어 들어갔다. 간판에 금송아지가 그려져 있는데, 카페 이름도 러시아 말로 금송아지[17]였다.

카페 안에는 우리 말고 점심을 먹고 있는 남녀도 있었다. 아주머니가 가져오신 메뉴에는 온통 러시아 말만 적혀 있었는데, 이것도 자주 보다 보니 이제는 대충 감을 잡아서 비교적 빠르게 빵과 수프, 밥을 시킬 수 있었다. 김밥은 콜라 한잔, 나는 커피 한잔을 시켰다. 카페는 시골 카페라도 커피는 어떻게 이렇게 맛이 있는지 놀랍기 그지없다. 이 커피 맛에 비하면 우리나라 커피는 전부 행주 빨아 놓은 물이랄까.

---

17 1931년에 일(Ilf)과 페트로브(Petrov)가 쓴 소련 시절을 풍자한 소설의 제목과 같다.

성 니키타(St. Nikita) 교회와 중보기도 교회

카페에서 길을 건너 GPS로 방향을 잡아가니 길가에 꽃, 과일을 파는 행상들이 나와 있었다. 할머니들은 대부분 머리에 보자기를 쓰고 계셨고, 그 모습은 과거 소련과 동유럽의 분위기를 물씬 풍기고 있었다. 길 건너에는 레닌의 동상이 비교적 넓은 그 앞의 광장을 내려다보고 있었다. 그걸 지나 마을 안으로 들어가는 길을 한참 따라가다 보면 작은 하천을 건너는 다리가 하나 나오고, 저 멀리 붉은 벽돌로 지어진 높은 종탑과 그 옆으로 늘어선 다섯 개의 돔이 있는 교회가 보였다. 저 멀리 교회가 있지만 다리 위에는 수많은 연인의 자물쇠가 채워져 있었다. 교회의 믿음과는 또 다른 믿음이 있는 것이다. 그 다리 위에서 보는 교회의 모습이 무척이나 아름다워 한동안 발길을 그 자리에 멈춰 있었다.

교회는 종탑을 통해서 들어가 볼 수 있었는데, 유네스코 세계유산 급의 교회에 비하면 간소하고 소박한 편이었다. 여기는 종탑을 올라가 볼 수는 없었다. 이 교회들은 18세기 후반에 만들어진 교회들이고, 이 지역의 종교적 중심이 되고 있다고 한다.

블라디미르: 우스펜스키 크니야긴 수도원[18]과 성 니키타 교회

차를 몰고 돌아오는 길에 숙소에서 500m쯤 떨어진 곳에 있는 두 곳을 더 돌아보았다.

수도원 앞에 주차장이 있어 주차하고 GPS를 참조하여 앞에 있는 곳을 걸어가니 거기가 수도원이었다. 그때부터 비가 오기 시작했고, 우산을 가지러 차에 다시 갔다 왔다. 성당의 내부는 매우 어둡지만 규모가 세계유산 급이

---

18 1200년에 만들어져서 역사가 오래되었고, 유네스코 목록에 들어갈 뻔했으나 현재 들어가 있지는 않다. 수도원의 중심은 Assumption Cathedral이고, 이것은 13세기 초에 만들어진 것이다. 16세기 초에 재건되어 현재의 모스크바 양식의 모습이 되었고, 성당 내부에는 17세기의 프레스코들이 남아 있다고 한다. 이 수도원을 만든 것은 유리 돌고루키의 10번째 또는 11번째 아들인 Vsevolod의 아내인 Maria Shvarnovna이고, 그녀는 이 교회에 묻혔다고 한다.

라는 것을 알 수 있다. 프레스코가 생생하고 기둥들의 규모가 엄청나다.

수도원에서 얼마 떨어지지 않은 곳에 니키타 교회가 있다. 우산을 받쳐 들고 교회까지 갔으나 거기는 공사 중이었다. 높은 종탑과 연두색 벽이 인상적이었다.

카페 우그리

오늘도 우그리에 갔다. 오늘은 블라디미르의 마지막 날인데, 삼 일을 연속으로 가니 들어가자 직원들이 전부 밝게 아는 체를 했다. 재미있는 건 갈 때마다 다른 자리를 안내해 주는 것이다. 어제 앉던 자리도 있는데 매번 자리가 바뀌었다. 오늘도 영어 메뉴로 주문했는데, 내가 다 먹을 동안에 김밥이 주문한 것이 나오지 않았다. 영어로 'Baked meat'였는데 나오지 않아서 주문했던 아가씨에게 하나가 나오지 않았다고 스마트 패드를 보여 주었다. 매우 당황하며 영어를 좀 하는 다른 직원을 데리고 왔다. 그녀도 막상 말을 하려니 입이 안 떨어지는 듯했다. 결국 그녀가 한 말은 '기다릴 수 있냐'여서, 그럴 수 있다고 했다. 다행히도 시간이 좀 걸리긴 했지만, 주문한 건 다 먹을 수 있었다. Baked meat에 Meat은 도대체 어디 있는지 잘 보이진 않았지만 말이다.

중보기도 수도원. 수즈달의 목가적 풍경은 눈을 떼기 어렵다.

Suzdal

수즈달은 고색창연한 교회들이 마을 여기저기에 널려 있어 꼭 어딜 가려고 하지 않아도 천천히 걸어 다니며 오래된 도시를 느껴 볼 수 있다. 어느 교회를 찾아가고 하는 것은 단지 방향을 정해 줄 뿐이다.

D+035, 키덱샤(Kideksha)

2015년 9월 6일, 일요일, 맑음

오늘은 블라디미르 숙소를 떠나는 날이다. 어제부터 인터넷이 정상화되어 안정적으로 사용할 수 있었기에 오전에 일지 정리를 좀 했다. 오늘 숙소는 수즈달인데, 블라디미르에서 거리가 30㎞ 정도밖에 안 되기 때문에 너무 일찍 가면 체크인을 할 수 없었다. 그래서 숙소로 가기 전에 어딘가를 둘러 본 후에 가야 했는데, 그 첫 번째 장소는 수즈달에서 동쪽으로 10㎞ 정도 떨어진 키덱샤다. 여기에는 보리스(Boris)와 글렙(Gleb)의 교회라는 유네스코 세계문화유산에 등재된 교회가 하나 있다. 이 교회도 역시블라디미르와 수즈달의 백색기념물 군에 속하는 곳이다.

체크아웃하고 주차장에서 차를 빼내 내비게이션이 지시하는 방향으로 갔다. 일요일 오전이라 그런지 길에 차들이 거의 없었다. 도심을 빠져나오는 것이 이 날만큼 쉬운 날은 없었던 듯하다.

도심을 벗어나 북쪽을 향해 달렸다. 수즈달은 블라디미르에서 북쪽 30㎞쯤에 있는 도시다. 처음에 계획할 때는 황금의 고리를 돌아 모스크바로 들어가려고 했다. 그런데 계획을 하다 보니 모스크바 이후에 가야 할 곳들이 죄다 북쪽에 있어서 계획을 변경했다. 결국, 블라디미르에서 살짝 북쪽으로 갔다가, 바로 모스크바로 간 후에, 차례대로 북쪽에 있는 곳들을 돌아갈 것이다.

숙소에서 출발한 지 한 시간도 채 안 되어 수즈달과 키덱샤가 갈라지는 지점까지 왔다. 막 키덱샤로 방향을 틀어 가는데, 허리가 굽은 할머니 한 분이 손을 들고 서 계셨다. 차를 태워 달라는 것인데, 이전에도 이런 사람은 많이 만났지만, 할머니가 혼자 계시기에 태워 드렸다. 말이 안 통하니 어디까지 가는지 알 수가 없었다. 가다가 내릴 때가 되면 말씀하시겠지 하고 갔는데, 우리 목적지가 거의 다 왔는데도 할머니가 반응이 없으셨다. 어쩔 수 없이 우리가 가는 곳으로 방향을 틀기 직전에 차를 세웠고, 할머니는 하는 수 없이 거기서 내렸다. 갈 곳이 얼마나 되는지 알면 가겠는데, 어쨌든 좀 아쉬웠다.

보리스와 글렙의 교회[1]

할머니를 내려 드리고 좌회전하여 마을로 들어갔다. 이미 마을 입구에서 교회가 보였다. 길은 교회 바로 앞으로 나 있고, 그 길가에 주차해도 될 만큼 작은 마을이었다.

이 교회도 역시 백색 기념물 군에 포함되는 것으로, 전체는 흰색 대리석으로 만들어져 있다. 교회의 종탑은 언뜻 보아도 기울어져 있는데, 아마도 건조될 당시부터 기울기 시작한 것이 아닌가 싶다. 이것도 이탈리아의 피

---

1 블라디미르 1세의 아들 중 보리스(Boris)와 글렙(Gleb)이 있는데, 두 성인이 동시에 그려진 이콘화는 대부분 보리스와 글렙인 경우가 많다. 이들은 배다른 형제에 의해 암살당하는데, 죽기전에 '그리스도를 위하여 죽을 각오가 되어있다'는 말을 함으로써, 키예프 루시에서 최초로 시성된 인물들이다. 성인 보리스의 '보리스'는 전 러시아 대통령 보리스 옐친의 '보리스'와 같은 것이고, 러시아에는 한국의 '철수' 만큼이나 흔한 이름이라 한다. 게다가, 이 보리스가 독일에서 변형되어 '포르쉐(Porsche)'가 되었다고 한다. 이 교회는 1152년에 건축된 교회로, 역시 유리 돌고루키에 의해 만들어진 것이다. 이 교회도 네틀리 강변에 있어서 교회 뒤쪽으로 강이 흐르는 것을 볼 수 있다. 네틀리 강변은 돌고루키가 야영을 했던 곳이라 한다.

사의 사탑처럼 위쪽으로 올라갈수록 각도가 조금씩 달랐다.

원래의 지붕과 돔은 손실되어 이후에 간소하게 만들어진 것이라고 하고, 유리예프 폴스키의 성 게오르기 성당과 같은 외벽의 화려한 조각은 없다. 교회 안에는 '돌고루키의 아들 보리스의 묘'라는 표지판이 있다.

교회 건물을 빠져나와 뒤로 풀밭을 걸어가면, 뒤로 흐르고 있는 네를리 강이 있다. 군사들이 야영하기엔 좋아 보이는 곳이다. 교회를 한 바퀴 돌아 종탑 쪽으로 가보면 종탑 옆에 교회가 하나 있는데, 안에서는 행사가 진행 중이었다. 수염을 길게 기른 성직자가 앞에서 말을 하고 있었고, 사람들이 그 앞에 서 있었다. 지루함을 이기지 못한 듯 보이는 젊은 엄마와 아이는 밖에 나와 놀고 있었다.

그 옆에 앉아 보면 종탑은 아슬아슬하리만큼 기울어지고 있다. 종탑을 구성하는 벽돌들이 삐져나와 위험해 보일 정도였다.

수즈달의 교회 순례

키덱샤를 돌아본 후 서쪽으로 향했다. 목적지는 수즈달에 찍어 둔 크렘린 근처의 주차장이었다. 차는 아주 순조롭게 수즈달로 진입했고, 마을은 어제 갔던 유리예프폴스키처럼 조용하고, 한가했다.

차를 몰고 잘 가고 있는데, 내비게이션이 우회전하라고 해서 우회전을 했더니 앞에 서 있던 경찰이 손을 흔들었다. 이런, 경찰에 걸렸나 했는데, 그건 아니고, 손으로 교통표지판을 가리키며 들어오면 안 된다는 몸짓을 보였다. 교통표지판을 보니 위에는 뭔가 진입 금지 표지가 있다가 없어진 것 같았고,[2] 아래에는 마차표지가 있었다. 아마도 마차만 들어갈 수 있다는 말 같아서 나를 잡지 않은 것만으로도 감사하다는 마음으로 꾸벅 절을 해주고 유유히 갈 수 있는 곳으로 계속 갔다. 가다 보면 들어갈 수 있는 우회

---

2 이전까지는 붉은 원 안에 적색 수평선이 있어야 진입 금지 표지판이라 알고 있었으나, 수평 적색 선이 없는 경우 양방향으로 도로가 차단된다는 표시였는데, 몰랐다.

길이 있을 줄 알았는데 불행히도 없어서 한참 간 다음에 유턴해서 다시 마을로 돌아왔다.

아까 봤던 경찰이 우리를 또 보고 있었지만 뭐 다른 수가 없어 그 앞을 또 유유히 지나쳤는데, 가다 보니 교회가 하나 있고 차를 댈 만한 곳이 있기에 들어갔다. 마침 차 한 대가 빠져나가기에 그 자리에 차를 주차했는데 결과적으로 아주 좋은 자리였다.

수즈달은 고색창연한 교회들이 마을 여기저기에 널려 있어 꼭 어딜 가려고 하지 않아도 천천히 걸어 다니며 오래된 도시를 느껴 볼 수 있다. 어느 교회를 찾아가고 하는 것은 단지 방향을 정해 줄 뿐이다.

주차한 그곳에 있는 교회가 콘스탄티나 차르야 교회[3]였다. 거기서부터 차례대로 부활 교회(Voskresenskaya church),[4] 세례자 성 요한 교회(St. John the Baptist Church),[5] 베드로와 바울의 교회(Petropavlovskaya church)[6]를 돌고, 크렘린 쪽으로 걸어갔다.

차도에는 경찰 한 명이 속도계를 들고 지나는 차들을 단속하고 있었다. 마을 안에서는 제한 속도가 40㎞/h였다. 베드로와 바울 교회의 입구에는

---

3 1707년에 건립된 교회로 처음에는 통나무로 지어졌다고 한다. 이 교회는 다섯 개의 작은 돔이 지붕 위에 뾰족한 형태로 세워져 있는 것이 특징이다. 내부는 간소하다. 외벽은 흰색으로 칠해져 있고, 지붕들은 전부 녹색으로 칠해 두었다.

4 콘스탄티나 차르야 교회에서 길을 건너 대각선에 보이는 교회인데, 앞쪽에 큰 광장이 있고, 광장 주위로는 작은 장이 서 있었다. 이 교회는 나무로 지어진 교회가 불타버린 후, 그 자리에 1720년에 새로 지어진 교회이다. 이전의 것으로 발견된 종으로 미루어 보아 이 교회가 16세기 이전에도 있었을 가능성이 있다고 한다. 우리가 간 시점에는 문이 닫혀 있어 안을 들여다볼 수는 없었고, 대신에 그 앞을 지나가는 중국인 단체 관광객들의 대단한 행렬을 볼 수 있었다. 블라디미르 이래 엄청난 수의 중국인 관광객들이었다.

5 크렘린 쪽으로 들어가지 않고 계속 길을 따라 남쪽으로 걸으면 보수 공사 중인 교회가 하나 나온다. 이 교회는 1720년에 지어진 교회이다. 건물의 크기에 비해 작은. 원래는 은빛이었을 싶은 한 개의 양파 모양의 돔이 있고, 옆에 공사 중인 종탑이 있다. 주위는 온통 공사장 분위기이고, 역시 들어가 볼 수는 없으며, 보러 오는 사람도 없는 듯하다.

6 크렘린 쪽으로 걸어가다 보면 카페 등이 모여 있는 곳이 있고, 그 뒤쪽으로 교회가 보인다. 이 교회도 역시 들어가 볼 수는 없는데, 다른 교회들에 비해서 많이 정비된 모습이었다. 지붕에는 짙은 녹색으로 칠해진, 건물의 부피에 비하면 다소 작아 보이는 다섯 개의 돔이 솟아있었고, 건물의 외벽은 전부 하얗게 칠해져 있었다.

카페가 있었으나 영업을 안 해서 점심을 먹지는 못했다.

크렘린 쪽으로 가는 길

이 길에는 우리나라 유원지의 입구처럼 사람들이 많았다. 러시아인도 많고, 특히 중국인 단체 관광객이 많았다. 깃발을 든 인도자를 따라 사람들이 몰려다녔다. 이 길에 또 있는 것은 마차다. 관광객들을 실어나르는 마차인데, 손님을 기다리는 마차들도 많았고, 손님을 싣고 또각또각 다니는 마차도 많았다. 이렇게 마차들이 잘 다니도록 내 차는 못 들어오게 한 건데, 사실 이 구역에 차가 없는 건 아니다. 아마 경찰이 오기 전에는 차들이 들어온 듯했다.

중국인 관광객들을 보면서 잠깐은 저렇게 다니면 참 편하겠다는 생각을 했다. 아무 생각 없이 인도자의 깃발만 보고 따라가면 볼 곳이 나오니 참 편할 것 같기도 했다. 골치 아프게 메뉴판을 연구하지 않아도 음식이 나오니 그것도 편할 것 같고, 그러다가 문득 나는 왜 이렇게 다니고 있는 것인가 생각하기도 했다.

수즈달 크렘린에서 목조건축 박물관으로 가는 길에서 보이는
흐르는 물과 교회가 만들어 내는 풍경.

카페 1019

이쪽을 걸어 다니다 보면 레스토랑은 꽤 볼 수 있다. 내가 알기론 레스토랑은 시간이 좀 많이 걸리므로 들어가는 것이 꺼려져 들어가지 않았다. 레스토랑 외에는 러시아 앤티크 찻집이라는 형태의 간판이었다. 이전에 보던 단순한 카페를 찾으려고 계속 걸어 보았으나 크렘린에 거의 다 올 때까지 마땅한 게 보이지 않았다.

그러다 마침내 카페라는 글자가 있는 집을 발견하여 들어갔는데, 정식의 카페는 아니었다. 어쨌든 배를 채울 수 있는 걸 팔고 있었다. 전에 카잔 크렘린에서 먹은 것과 비슷한 만두 같은 것과 닭다리를 밀가루를 입혀 같이 구운 듯한 것이 있었다. 닭다리를 두 개, 만두 같은 걸 한 개 사서 나눠 먹었다. 음료는 나는 커피, 김밥은 네스티를 먹었다. 이런 집도 커피만은 굉장히 진한 맛을 내는 것으로 만들어 준다.

크렘린

점심을 먹고 바로 수즈달 크렘린으로 갔다. 입구에 들어설 무렵 정오를 알리는 종이 종탑에서 울리고 있었다. 크렘린 안에 들어가는 것은 무료이다. 안에 들어가면 좌측에 박물관 건물이 있고, 우측에 성모 성탄(Nativity) 대성당이 웅장하면서도 아름다운 모습을 자랑하고 있다.

박물관 쪽에 서서 성모 성탄 대성당의 전체 모습을 사진에 담아 보려 노력하였지만 잘은 안 되었다. 먼저 성당에를 들어가려고 입구에 갔더니 표를 사라고 했다. 표는 어디서 사냐고 하니 앞에 박물관으로 가라고 했다. 성당을 보고 박물관을 보는 것이 정리하는 데 나았지만 일단 가라고 하는 대로 갔다. 가서 표를 사니 성당 표와 박물관 표를 두 장 줬다. 박물관에 왔으니 먼저 박물관을 돌아보기로 했다.

박물관

박물관은 원래는 대주교의 궁이다. 십자가의 방은 넓은 접견실로 사용되던 것으로 17세기 러시아의 유물들이 전시되어 있다. 벽에는 역대 주교들의 초상화가 걸려 있고, 가운데에는 회의할 때 썼던 붉은색 천이 덮힌 테이블과 의자들이 그대로 전시되어 있었다. 인상적인 것은 구석에 서 있는 타일로 장식된 난로이다. 이전에 이르쿠츠크의 데카브리스트 박물관 등에서도 비슷한 것을 보았고 그것이 난로라는 설명이 있었지만 그게 어떻게 난로의 기능을 하는 건지 도대체 알 수가 없었는데, 이것은 뒤를 볼 수도 있게 되어 있어서 어느 정도 파악이 되었다. 아마도 뒤쪽에서 불을 떼어 난로 전체를 덥히게 되어 있는 듯했다.

이어져 있는 방은 수즈달의 역사가 전시되어 있는 복도였다. 복도 끝에 가면 17세기에 만들어진 종교행사에 사용되던 강물에 축복을 내리는 집모양의 덮개가 있었는데 인상적이었다. 강물 위의 언 빙판에 십자 모양의 구멍을 뚫고 그 덮개를 놓은 뒤 의식을 치른 듯 했다. 복도를 따라 전시된 유물 중에는 13세기 몽고군의 화살촉도 있는데, 우리가 알던 뾰족한 모양의 화살과는 다르게 생겨서 살상력이 꽤 커 보였다. 몽고군과의 전투 지역에 관한 지도도 붙어 있어 일대가 그런 역사의 현장이었음을 말해 주고 있었다.

성 니콜라스 교회[7]

박물관을 나오면 뒤쪽으로 오래된 목조 교회가 하나 있다. 더 뒤쪽으로는 목조 건축물 박물관이 있고 목가적인 수즈달의 풍경이 일대에 펼쳐져 있었다. 잠시 나무 벤치에 앉아 햇볕을 쬐며 쉬었다.

성모 성탄 대성당

1225년에 건축된 교회다. 밖에서 보면 네 개의 파란색 양파 모양의 돔이

---

7 성 니콜라스 교회는 원래 이 자리에 있던 것은 아니고 1960년에 유리예프 폴스키 지역의 글로토보 마을에서 옮겨 온 것이라 한다. 원래의 건축 연대는 1766년으로, 전형적인 통나무 집 형태이다. 이 교회가 인근에 있는 목조 건축물 박물관의 시초라 할 수 있다.

가운데 큰 양파 모양의 돔을 호위하고 있다. 외벽은 전부 흰색으로 칠이 되어 있어 파란색의 돔과 대조를 이루고 있다. 입구 부근에 있는 평면도를 보면 세 개의 앱스(Apse)[8]가 있는 십자가형 구조다. 아래층에 있는 프레스코와 흰색의 석조 조각은 원래의 것이 그대로 남아 있는 것이라 하고, 상층은 1445년 카잔 타타르의 침공 때 화재로 무너져서 1530년에 벽돌집으로 새로 지은 것이라 한다. 1750년에는 양파 모양의 돔이 추가되었다고 하는데, 파란색의 돔에는 황금빛의 별들이 빛을 발하고 있다.

실내로 들어가면 압도적인 부피의 공간과, 높은 황금빛 이콘벽을 쳐다보느라 고개가 젖혀진다. 실내는 13~17세기의 프레스코들로 치장되어 있다. 13세기의 아말감 도금법[9]으로 만들어진 황금 문, 17세기의 5단 이콘벽과 교회 도구들이 볼거리들이다. 천정에서 길게 늘어뜨린 샹들리에에는 양초 같이 생긴 등이 있어 실내를 밝히고 있지만 아주 밝지는 않았다. 이미 많은 사람이 실내에서 가이드의 안내를 받고 있었다. 벽 쪽으로 몇 개의 관들이 있는데, 여기에는 유리 돌고루키의 아들들이 장례되었다고 한다. 원래는 서쪽과 남쪽에 황금 문이 있었다고 하는데, 서쪽의 것은 1920년대에 파괴되었고 남쪽의 것만 남아 있다고 한다. 여기에는 예수의 생애, 대천사 미카엘 등이 세밀하게 표현되어 있다.

목조 건축 박물관

크렘린에서 작은 강을 하나 건너면 목조건축 박물관이 있다. 크렘린 안에 있는 성 니콜라스 교회를 크렘린으로 옮겨 오면서부터 일대의 목조 건축들을 모아 전시하고 있는 곳이다. 박물관는 박물관이지만 강가의 풍경이 아름다워 더 인상적인 곳이다. 강을 가로지르는 나무로 만들어진 다리

---

8 보통 교회 건물의 동쪽에 있는 반원 형태의 부분.
9 금을 수은에 녹여 아말감을 만들고, 아말감을 동관에 원하는 형태로 바른 후 열을 가해 수은을 날려 버리면 금이 원하는 형태로 남는다고 한다.

를 건너면 강과 어우러진 주위의 경치가 할 말을 잊게 했다. 멀리 있는 목조 교회, 강 위의 유람선이 수면을 대칭선 아래위로 아름답게 펼쳐져 있었다.

박물관 입장료는 어른만 250루블이었고, 16세 이하는 무료였다. 학교의 학생들이 단체로 왔는데 대부분은 무료로 입장한 듯했다. 이곳에는 두 개의 큰 목조 교회와 두 개의 풍차, 10채 정도 되는 농부들의 가옥들이 여러 블라디미르 지역에서부터 옮겨져 있다. 이곳이 조성된 것은 1960년대에서부터 1970년대 사이로, 18~19세기의 건축물들이다. 원래 이곳은 수즈달에서 가장 오래된 성 드미트리우스 수도원이 있던 자리라 한다.

나무로 다층의 교회를 만들어 둔 것이 매우 신기하고, 특히나 판자 조각들을 이용해 양파 돔을 만든 장인의 솜씨도 기기묘묘했다. 교회 내부에는 다른 교회들처럼 이콘벽은 물론이고 있어야 할 것은 다 있었다.

일반 가옥들은 이르쿠츠크의 야외박물관에서 본 집들처럼 우리나라의 시골집들을 연상케 하였는데, 여러 형태의 썰매들이 인상적이었다. 그리고 가장 안쪽에 18세기에 만들어진 두 개의 목조 풍차가 있었는데, 러시아에서 풍차를 보리라곤 생각해 본 적이 없어서 이것 역시 인상적이었다.

리조폴로젠스키(Rizopolozensky) 수도원

숙소가 있는 곳에서 비교적 멀리 떨어져 있는 수도원이어서 오늘 보고 가기로 했다. 지도를 참조하여 찾아가 수도원 뒤쪽의 공터에 차를 적당히 대놓고 들어갔다.

여기는 1207년에 만들어진 곳으로 수즈달에서 최초로 세워진 수도원이라고 한다. 무려 60㎡에 달하는 높이를 자랑하는 종루가 있는데, 100루블을 내고 올라가 볼 수 있다. 우리가 갔을 때는 사람이 아무도 없어 그냥 올라갔는데 위에서 만난 안에 있던 분이 돈을 내고 가야 한다며 내려올 때까지 우리를 기다리고 있었다. 그분이 관리인 같았다.

종탑은 비둘기들의 집과 같아 비둘기의 흔적이 엄청 많았고, 계단들이 아주 낡아 무너지지 않을까 불안했다. 사람들이 많이 한꺼번에 내려오면 바닥이 와장창 무너지지 않을까 고민이 될 정도였다.

올라가면 수즈달 전체가 내려다보일 만큼 경치가 좋다. 종탑은 낡아 보여도 아마 아래에서 자동으로 종을 칠 수도 있는 모양이었다. 전기모터 등이 장착되어 있었다.

알렉셰브스키 돔

이틀 간 숙박한 곳이다. 이틀에 3,600루블이고, 공용 욕실과 화장실을 쓴다. 방은 2층인데 화장실과 욕실은 1층에 있어 약간 불편하긴 했지만 숙소는 깨끗하고 따뜻했다. 마당에 사과나무가 있었는데 체크인할 때 한 바구니를 담아 주셔서 잘 먹었다. 여기는 조식이 제공되는데, 원하는 시간을 지정해 주면 아주머니가 방으로 가져다주신다. 우리는 여덟 시에 먹었는데 버터 바른 빵, 치즈, 우유 등등이 아주 푸짐하게 나와서 다 먹기 곤란할 정도였다. 차는 마당 안에 주차할 수 있어 아주 좋았다.

저녁은 숙소에서 200m 정도 떨어진 작은 카페에서 먹었다. 여기는 메뉴에 영어가 병기되어 있어서 음식의 내용을 명확히 알고 주문할 수 있어서 아주 좋았다.

D+036, 수도원 순례

2015년 9월 7일, 월요일, 흐림

아침 일곱 시 반쯤에 자리에서 일어났다. 아침 식사가 제공되는 시간이 여덟 시였기 때문이다. 어제 낮에 돌아다닐 때 단체 관광객을 보면서 아무 생각 없이 다니니 참 편하겠다고 생각한 적이 있었는데, 오늘 아침에 정해진 시각에 일어나서 아침 먹을 준비를 해야 하니 역시 일정이 미리 짜인 여

내 차 타고 세계여행_러시아 횡단 편

행을 다니는 것은 아주 편한 것은 아니라는 생각이 다시 들었다. 아무 때나 일어나 내 맘대로 가서 먹는 아침이 그리워지는 것이다. 이게 없다면 그냥 좀 더 잘 수도 있을 텐데 하는 생각이 들었다.

아침을 어떻게 먹는 것인지 사실 잘 알지를 못해서(말이 안 통하니 미리 물어보지를 못했다), 세수를 하고 1층 거실에서 스트레칭을 하며 좀 기다렸다. 그러고 있으니 주인아줌마께서 쟁반에 음식들을 담아서 방으로 올라가시는 것이 아닌가. 그래서 우리도 따라 올라갔다. 아주머니는 손수 밖에 있던 탁자를 방에 놓고, 의자까지 하나 더 들고 오셔서 세팅해 주고 나가셨다.

음식은 개별로 단지에 든 죽과 버터가 듬뿍 발라진 빵, 사과로 만든 잼, 치즈 등이 나왔는데, 사실 양이 좀 많았다. 매일 아침 이렇게 치즈 바른 빵을 먹어대면 살이 찔 것이다. 가끔 정교회 성직자들은 참 튼실해 보인다 생각한 적이 있는데, 매일 이렇게 먹으면 아마 그런 몸집을 가지게 되는 게 아닌가 생각한다.

아침을 먹고 숙소를 나왔다. 오늘은 수즈달의 북쪽에 있는 구역을 돌아볼 예정인데, 수도원이 큰 것이 하나 있고 작은 것들도 몇 개 있었으며, 교회가 몇 개 있었다. 그중에 유티미우스(Euhymius) 수도원은 유네스코 세계유산에 등재된 것인데, Triposo의 설명을 보면 거의 하루를 투자할 만큼 볼 것이 많이 있다고 되어 있었다. 그래서 마음의 준비를 단단히 하고 출발을 했다. 오늘은 전부 인근이라 걸어 다니면 되는 곳이었다.

중보기도 수녀원(Convent of Intersession: Pokorovsky Zhensky Monastery)[10]

숙소 창에서 보이는 곳이었다. 강박적으로 깨끗한 새하얀 담벼락과 하얀

---

10 여기는 여성 수도원으로 1364년에 만들어졌다. 그래서인지 희고 높은 담벼락에 둘러싸여 있는 곳이다. 수도원의 중앙에 중보기도 성당이 있는데, 이것이 들어선 것은 1518년이라고 한다. 성당의 내부는 벽화나 스테인드글라스 없이 흰색의 벽으로만 구성되어 간소하다. 내부는 네 개의 기둥으로 지탱되고, 3×3구조다.

색의 아치형 문을 지나 들어가면 잘 정돈된 정원이 나온다. 안내판에는 흡연, 고성방가 금지 등의 안내와 수녀님들을 촬영하지 말 것 등이 쓰여 있다. 인상적인 아치들로 지탱된 건물의 꼭대기엔 황금빛 돔이 십자가를 이고 있었다.

성 유티미우스(St. Euthymius) 수도원

중보기도 수녀원을 나와 담벼락을 따라 천천히 걸었다. 지도를 봐가며 다음 목적지인 성 유티미우스 수도원 가는 방향을 가늠하고 있었는데, 중보기도 수녀원의 뒤쪽 부근에 오니 작은 강 건너 언덕에 거대한 적갈색의 성벽이 보였다. 성벽의 형태가 완전히 크렘린인데, 저건 도대체 뭔가 하는 생각이 들어 지도를 다시 보니 그게 유티미우스 수도원이었다. 지도상에는 사이에 작은 강이 있어서 저기에 어떻게 가는 건가 하며 망연자실해지고 있다가, 지도를 확대해 보니 강을 건너는 곳이 한 군데 있어 그쪽으로 가보았다.

그쪽에는 작은 나무다리가 있어 강을 건널 수 있었는데 일대의 풍경이 그림과 같이 아름다웠다. 날씨가 좋았다면 더 눈부셨겠지만 날씨가 흐림에도 주변의 아름다움은 어제 맑은 날의 수즈달만큼이나 아름다웠다. 강을 건너 언덕을 올라가면서 중보기도 수녀원이 보였는데, 흰 담벼락으로 둘러싸인 수도원이 마치 착륙한 비행접시 같기도 했다.

위쪽에서 아이와 할머니 한 분이 내려오고 계셔서 그쪽으로 가면 되겠다 싶어 그 길로 따라갔다. 올라가서 보니 성벽의 옆으로 카페 같은 것이 있었고 카페에는 관광객으로 보이는 노인 한 분과 아가씨가 앉아 차를 마시고 있었다. 수도원의 입구를 찾아 걸어가는데 담벼락의 높이가 적어도 3-4㎡는 되어 보였다.

둥근 망루를 지나 마침내 카사(Kacca)[11]가 나타났는데 문 앞에 'closed'라는 팻말이 걸려 있는 것이 아닌가. 한참을 문을 당겨도 보고 밀어도 보았으나 문은 잠겨 있었고 우리처럼 앞에 왔다 돌아가는 사람들이 좀 있었다. 그 사람들은 이유를 읽을 수 있으니 금방 돌아가는 것 같은데 우리는 이유를 모르니 한참 서 있을 수밖에 없었다. 안에서 제복을 입은 경비가 한 명 나오기에 "Closed?" 하고 물어봤다. 팔로 X를 만들어 보이며 손으로 앞에 붙은 글씨를 가리켰다. 글씨를 못 읽으니 이런 게 아니겠냐며, 스마트 패드 번역 앱을 꺼내 글자를 번역해 보니 '월요일에는 휴무'라는 내용이었다.

오늘 하루를 온전히 투자할 만큼 가치 있는 곳이 휴무라니 망연자실이었다. 그런데 가만 생각해 보니 내일 모스크바로 가는 거리가 200㎞ 정도밖에 안 되니 아침에 보고 가면 될 듯했다. 그렇게 하기로 하고 돌아섰다.

Smolenskoy Icon Bozhiyey Materi 교회

이 교회는 Euthymius 수도원의 길 건너편에 있는 교회인데 정보도 없고 들어가 볼 수도 없는 곳이었다. 다만, 교회의 옆으로 길이 하나 있고 그 안에 유료주차장이 있어 내일 올 때 주차를 할 수 있겠다고 생각하고 자리를 알아보았다.

알렉산드롭스키 수도원

이 수도원도 알려진 정보가 별로 없었다. 이 수도원이 오늘의 마지막 일정이었는데, 도착했을 때 열두 시가 채 되지 않았었다. 수도원 앞에 앉아 한참을 쉬었다. 어차피 시간도 많고, 다음에 뭘 해야 할지 잘 떠오르지 않았기 때문이었다. 앉아서 보니 이 수도원도 정원이 아름다웠다. 수도원에 계시는 분들이 정원을 가꾸는 데 탁월한 재주가 있는 게 틀림없거나, 매일

---

11 매표소, 계산대. 영어의 Cashier에 해당.

정원만 가꾸시는 분이 있는 게 아닌가 생각되었다. 어느 수도원도 정원에 꽃이 피어 있지 않은 수도원이 없으니, 아마도 사시사철 꽃을 피우는 재주가 있는 게 아닐까 생각되기도 했다.

이 수도원도 내부는 간소했다. 엄청난 프레스코 벽화 같은 건 없었고 단순하게 흰 벽으로 되어 있었다. 기둥도 없는 단순한 내부 구조로 되어 있는, 간소 그 자체의 수도원 성당이었다. 밖에서 보이는 건물의 크기에 비해 내부 공간은 뜻밖에 작아서 어리둥절하기도 했다.

우리가 들어간 곳은 뒤쪽이었는데 앞으로 돌아 나오면 뜻밖에 또 넓은 수도원이라는 것을 알 수 있었다. 주위로 높다란 담벼락도 있어 수도원이 틀림없다는 생각을 하게 만든다. 앞으로 오면 높다란 종탑도 있어 수도원의 분위기를 북돋우고 있었다.

...

결국 일정을 여기서 끝내고 방에 가서 쉬기로 했다. GPS 지도를 참고하여 방향을 잡아 숙소로 걸어가는데, 아까 건넜던 강을 또 건너자면 연구가 좀 필요했다. 아까 왔던 곳으로 가자니 많이 걸어야 해서 조금이라도 빨리 가는 길을 찾아 걸었다. 걷다 보니 남의 밭을 한 번 가로지를 뻔했는데, 주인 할아버지가 못 가게 막아서 돌아 나왔다.

가는 길에는 우리가 돌아봤던 수도원들이 계속 다양한 각도에서 보였다. 각각이 배경이 되어 보이는데, 그 모습이 참 아름다웠다. 그냥 그림엽서 속에 들어와 있다는 기분이 들 정도다. 수즈달은 뚜렷한 목적 없이 걸어 다녀도 볼 만한 곳이라는 말이 새삼 이해가 되는 광경들이었다.

점심 먹기와 오후
숙소 인근에 다른 카페가 있었던 것 같은데 막상 가보니 없었다. 어제 저녁을 먹은 집에서 오늘 저녁을 먹을 생각이었기에 거기서 두 끼를 연달아 먹기가 쑥스러웠다. 다른 집을 찾아 근처를 돌아다녀 보았다. 다행히 멀지 않은 곳에 레스토랑이 하나 있었다. 원래 레스토랑은 시간이 오래 걸린다고 하지만 한 번 들어가 봤다. 어차피 시간은 많으니까.

그런데, 카페랑 별로 차이가 나지 않았다. 주문하는 것도 마찬가지였고 음식도 별 차이가 없었다. 음식 값마저 큰 차이가 없어서 어제 저녁 값이나 비슷하게 나왔다. 역시 밥과 단지에 든 고기+치즈+감자 같은 요리와 닭고기 국물 같은 것들을 시켜 잘 먹었다. 여기 커피도 역시 맛있었는데, 특이한 건 아래에 원두가 많이 가라앉아 있었다는 점이다.

점심을 먹고 숙소로 들어가니 한 시 정도였다. 일단 좀 쉬고 기운을 차려서 일지를 쓸까 하다, 이전에 카잔에서 비바람에 고장이 난 우산을 고치기로 했다. 그간에 공구함을 트렁크 아래에 넣어놓아서 트렁크 가방을 다 들어내지 않으면 그걸 꺼내기가 힘들었다. 오늘처럼 시간이 있을 때 하려고 미뤄뒀었는데 오늘 가방을 들어내고 공구 가방을 꺼냈다. 옷 가방을 내린 김에 내 양말을 몇 켤레 더 꺼냈다.

방에 가서 우산살을 고쳤다. 비바람에 살들을 연결하는 철심 한쪽이 뭉개지며 빠져버린 거였는데 그걸 다시 껴 넣는 일이었다. 바람이 얼마나 세면 철로 된 것들이 빠져 버리는지 모르겠다. 적당히 수리하긴 했는데 얼마나 버틸지는 의문이었다.

러시아식 삭힌 청어(се́льдь по русски)

방에서 쉬다가, 저녁을 먹으러 어제 갔던 숙소 근처의 카페로 갔다. 주문하기 전에 메뉴를 한참 연구해 보니, 메뉴에 청어(herring)가 재료인 요리가 있었다. 그간에 몇 번 맛본 삭힌 생선이 청어였던 걸로 결론을 내리고, 그 청어 요리를 주문했다. 청어가 러시아어로 '셀-드'인데, 소금에 절여 삭힌 청어를 먹기 좋은 크기로 잘라서 삶은 감자, 양파와 함께 내준다. 이걸 밥(러시아에서는 밥이 주요리는 아닌 듯하다)에 반찬으로 먹어도 되고, 검은 빵에 한 조각씩 올려서 빵과 함께 먹어도 된다. 청어 자체의 맛은 우리나라 음식에서도 비슷한 것이 있는데 정확히 뭐였는지 모르겠다.

북유럽 쪽에 가면 청어를 이런 식으로 삭힌 수르스트뢰밍이라는 음식이 있다고 하는데, 그건 냄새가 아주 지독하다고 한다. 그런데 이건 냄새도 그다지 많이 나지 않는다. 어쩌면 우리나라 생선 젓갈보다도 냄새가 나지 않았다. 그러나 그 부드러운 생선의 살과 짭조름한 맛은 일품이다.

D+037, 성 유티미우스 수도원을 돌아보고 모스크바로

2015년 9월 8일, 화요일 오전, 흐림

원래 오늘은 모스크바를 가는 날인데, 어제 못 본 수도원을 오전에 보고 가는 것으로 계획을 변경했다. 늦어도 저녁 먹기 전에는 모스크바에 도착하는 게 오늘의 목표였다. 어차피 수도원은 열 시부터이니 일찍 서두를 일은 없었지만, 아침을 오전 여덟 시에 먹는다고 해 두었으니 어쩔 수 없이 그 시각에는 일어나야 했다. 그 전에 일어나 욕실에 내려가서 세수하고 올라오니 탁자에 벌써 아침이 차려져 있었다. 어제 잘 안 먹은 치즈 덩이는 없어졌는데, 어제 다 먹은 버터 바른 빵은 더 늘었다. 어제도 사실 안 남기려고 먹느라 힘들었는데 더 주시다니… 이 날은 사진을 안 찍어 뒀는데 어제보다 음식이 더 나와서 또 배부르게 먹었다.

열 시가 거의 되었을 무렵에 짐을 챙겨 일단 차에 짐을 싣고, 예열을 하고 있으니 아주머니가 나오셨다. 문을 열어 줄까 하는 몸짓을 보이시기에 고개를 끄덕였고 창을 열어 키를 드리며 인사를 했다.

"쓰빠시바, 다스비 다니야."

내비게이션을 켜서 어제 찍어 둔 주차장까지 갔다. 가는 것은 그리 힘들지 않았고, 주차장에 차를 대니 할아버지가 뭐라 하시며 100루블을 흔드셨다. 100루블이 주차료인가 보다 하고 드리고 재빨리 수도원으로 걸어갔다.

주차장에서 수도원으로 걸어가는 길에는 어제부터 계속 보이던 한 젊은 남자가 있었다. 행색이 남루한 것도 아닌데 하릴없이 계속 그 길에 서서 히죽히죽 웃고 있었다. 혼잣말도 가끔 하곤 했는데 스멀스멀 진단명이 머릿속에 떠올랐다.

성 유티미우스 수도원[12]은 Tripos에 의하면 크기가 매우 크고(성벽을 밖으로 돌면 1㎞. 어제 돌았다), 10개의 독립된 박물관이 있어 매우 인상적이며(심지어 모스크바 크렘린을 넘어설 정도로), 온종일 시간을 보내기에 충분하다고 적혀 있어 참 고민스러웠다. 우리가 여기서 온종일 시간을 보내게 되면 모스크바엔 도대체 언제 간다는 것인가.

성 유티미우스 수도원   2015/ 9/ 8 12:19

---

12 이 수도원은 14세기에 만들어졌고, 바실리(Vasili) 3세, 이반 4세, 포잘스키(Dimitry Pozharsky, 동란시대에 폴란드의 공격에 대해 모스크바 공국을 구한) 가의 기부가 있었던 이후, 16세기에 중요한 곳이 되었다고 한다. 그 기간에 만들어진 건물이 성모 승천(Assumption) 성당, 종탑, 성벽, 망루, 일곱 개의 돔이 있는 예수 현성용 교회 등이다. 포잘스키의 무덤이 여기에 있다. 원래의 수도원의 이름은 성 유티미우스가 아니었으나, 첫 번째 수도원장의 이름을 따 그렇게 불리게 되었다고 한다. 이 수도원에는 1764년에 종교적 이단자를 수감하기 위해 만들어진 감옥이 있다. 이 감옥은 소련 시절에도 사용이 되었었다고 하고, 현재는 박물관으로 쓰이고 있어서 군사적 역사와 수감자들에 대한 전시가 이뤄지고 있다.

드미트리 포잘스키 박물관

매표소를 지나가서 가면 앞에 흰색의 성당과 같은 건물이 하나 있다. 단순한 또 다른 입구인가 싶어 지나치려 했는데, 앞에 가시던 분이 방향을 바꾸어 가기에 따라갔더니 안으로 들어가는 입구가 있었다. 매우 가파른 계단을 올라가면 여기도 박물관인데, 밖에서 산 통합권을 보여 주면 된다. 건물의 모양이나 평면도를 보면 세 개의 앱스(Apse)가 있는 구조의 성당인데 지금은 박물관으로 쓰이고 있는 듯하고 전시된 내용은 이 수도원의 역사에 관한 것, 종교에 사용되는 물품들이다. 박물관 이름이 '드미트리 포잘스키: 러시아인의 영웅'이니 그에 관한 유물들이라 할 수 있다.

복원센터

일부는 영화에 관한 내용인데 정확한 것은 모르겠지만 대부분은 복원센터이다. 복도를 따라 실제 복원을 하는 현장을 유리창 너머로 볼 수 있다. 방 안에서는 사람들이 실제로 복원을 하고 있었는데, 일부는 스마트폰을 보며 놀고 있다가 우리가 나타나면 갑자기 일하기도 했다.

한쪽 벽에는 복원 전과 후의 사진을 비교한 패널이 있다. 러시아 대통령인 푸틴도 여기를 다녀간 듯하다. 일부는 이미 복원된 것을 전시해 둔 것도 있고, 끝에 가면 복원 전의 작품인데 앞에 기부금을 모으는 상자가 있다. 아마도 돈이 차면 복원을 하려는 듯하다.

황금 유물관

감옥 구역으로 들어가서 우측에 있다. 주로 종교의식에 사용되었던 것으로 보이는 금붙이들이 전시되어 있다. 우리나라나 일본, 중국의 박물관에 가면 금붙이는 주로 불상이나 금관 등인 데 반해 여기는 각종 그릇, 향로 등 사람의 형상이 아닌 것이 많다는 점이 차이점이라면 차이점이다. 물론 이콘의 일부를 장식하는 금붙이도 있긴 하지만, 주로 접시, 그릇, 상자, 향로 등이다.

감옥

여기는 소련 시절까지 감옥으로 사용되었던 곳이다. 러시아 역사에서 유명한 데카브리스트 중의 한 명이 여기서 단식으로 사망하기도 했다고 한다. 현재는 일부는 감옥을 재현해 두었고, 일부는 군사에 관한 전시를 해두었다.

소련 시절의 계몽 포스터 등이 인상적이다. 레닌, 스탈린 등의 초상화가 들어간 포스터가 많았고, 하나는 한자가 새겨진 스탈린에 관한 휘장 같은 것이었는데 흥미로웠다. 이런 곳에는 개별 가이드들을 데리고 다니는 관광객들이 꽤 있는데, 일부는 영어로 가이드를 하고 있어 슬쩍슬쩍 들어 볼 수도 있긴 하지만, 대체로 발음들이 알아듣기가 힘들었다.

예수 현성용 교회와 포잘스키의 묘

교회 바로 옆에 포잘스키의 묘가 있다. 묘는 따로 있는 작은 건물 안에 있는 듯하다. 가이드 앱에 의하면 성당 벽에 있다고 했는데 조금 다른 것 같다. 국가적 영웅인 만큼 영묘가 따로 있는 것도 당연하다는 생각이 들었다. 모스크바 성바실리카 성당 앞에 있는 동상의 주인공 중 한 명이다.

교회에는 일곱 개의 돔이 있다. 그중 하나는 황금색이고, 나머지는 녹색이다. 내부에는 기둥이 네 개 있었던 것 같고, 내부 촬영을 특별히 제지하지는 않아 촬영할 수 있었다. 프레스코들은 1689년에 복원되었다고 하는데, 비교적 선명하게 남아 있었다. 전면에 이콘벽은 없다.

러시아 예술 박물관

성당 앞에 있는 건물이다. 여기는 러시아 예술에 관한 박물관으로 되어 있는데, 대체로 종교화가 전시되어 있었다. 대부분 이콘들이다. 그림들을 돌아 보고 2층 난간을 통해 밖으로 나오게 되는데, 여기서 성당과 종탑을 약간 높은 곳에서 조망해 볼 수 있었다.

성벽

성벽을 올라가서 걸어 볼 수 있는데, 아무도 올라간 사람이 없었다. 입구 쪽에서 우측으로 들어가는 길이 있었고, 거기서 성벽을 올라가 볼 수 있었다. 수도원이지만 성벽의 역할을 실제로 했던 것 같고, 무기인 듯한 단순한 도구도 몇 종류 전시되어 있었다.

모스크바강을 가로지르는 다리 위에서. 우측으로 크렘린의 붉은 벽이 보이고,
멀리 구원자 그리스도 교회의 황금빛 돔이 보인다.

Moscow

누가 서울에만 거대한 도시에 큰 강이 있다고 했나. 푸른 하늘의 솜털 같은 흰 구름과, 그 옆으로 보이는 크렘린의 붉은 벽, 모스크바강, 그리고 그 위의 범상치 않은 다리의 난간들이 만들어 내는 경치가 그림엽서에 나올 법한 광경이었다. 문득 사진을 마구 찍다가 김밥은 나를 보며 '뭘 저런 걸 가지고 사진을 찍고 난리지.' 하는 생각을 하고 있는 게 아닐까 하는 생각을 하게 되었다.

D+037, 모스크바로 가는 길

2015년 9월 8일, 화요일 오후, 흐림

　수도원 안에서 점심을 먹고 바로 모스크바로 출발하려고 했는데 카페의 메뉴가 그다지 맘에 들지 않았고 숙소 근처에 있는 식당에 가서 셀-드를 더 먹고 싶었다. 차를 몰고 다시 숙소 근처로 돌아와 셀-드를 시켜 점심을 먹고 출발했다.

　갈 거리는 218㎞ 정도밖에 안 되어서 두 시가 넘어 출발했지만 늦어도 세 시간 안에는 도착하지 않을까 기대했다. 30㎞ 정도를 남길 때까지는 잘 갔다. 크게 막힘은 없었지만 그래도 속력을 많이 내지는 않았다. 요즘은 시속 80㎞ 정도로 천천히 달린다. 아마도 규정 속도는 70㎞ 정도가 아닌가 한다. 표지판이 나타나면 그 정도로 속도를 떨어뜨려 달리기 때문에 시간은 생각보다 훨씬 많이 걸리고 있었다.

　모스크바는 중심부에서 방사상으로 길이 나 있고 동심원으로 다시 도로들이 나 있는데 나는 M27 도로로 거의 동쪽에서 진입하고 있었다. 모스크바에서는 차를 정비해야 해서 들어오는 길에 관련된 곳을 찾을 수 있을까 기대했지만 아쉽게도 전혀 보이지 않았다. 이전의 도시에서는 대부분 도시로 진입하거나 나오는 큰길 주변에 대단위 자동차업체들이 밀집되어 있었는데 여기는 그런 것이 없었다. 아마도 주요 도로가 한두 개가 아니어서 그런 것 같기도 했다.

목적지가 거의 20㎞쯤 남았을 때부터 차들이 거북이 걸음이 됐는데, 한참 가다 보니 앞에 사고가 나 있었다. 그걸 지나고 잠시 속도가 올라갔으나 다시 속도가 떨어졌고, 숙소까지 내내 속도가 잘 나지 않았다. 거리를 달릴 때는 우리나라 서울의 강남을 달리고 있는 느낌이었다. 경부고속도로로 올라와서 양재나들목 정도로 빠져나가 강남으로 진입할 때의 그 느낌이랄까.

차들이 많고 운전한 지도 오래되어 나는 피곤한데, 옆에 지나가는 BMW의 조수석에 탄 아가씨가 옆으로 지나가며 내 차를 스마트폰으로 찍고 있었다. 아마도 신기하게 생긴 번호판을 달고 있으니 뒤에서부터 찍은 것 같다. 번호판이 이상하니 앞이나 옆이나 지나가면서 뚫어지게 쳐다보는 사람들은 참 많다. 경찰들도 한동안 뚫어지게 쳐다보는데, 가끔은 긴장도 되었다.

아기오스(Agios) 호텔

모스크바에 오면 호텔에서 영어가 잘 통할 줄 알았다. 하지만 여기는 리셉션에 계시는 분들이 전부 할머니들로 전혀 영어가 통하지 않았다. 다행히 리셉션에 볼일이 있는 젊은 손님들이 옆에서 영어 통역을 해 주었다. 특히 세인트폴(?)에서 왔다는 청년이 통역을 아주 잘 도와줘서 많은 도움이 되었다.

여기는 전용주차장이 있다고 했는데, 사실은 그냥 호텔 주변에 주차하는 것이다. 그렇게 보안이 좋은 것은 아닌데 하루 주차비가 200루블이다. 차단기가 있는 곳이긴 하지만 아무나 차에 접근할 수 있어서 그런지 밤에는 번호판을 떼어서 방에 가져다 두라고 해서 그렇게 했다. 이런 내용도 말이 안 통해 고생을 하다 그 청년이 나타나 다 통역을 해 주어서 알아들은 것이다.

내 차 타고 세계여행_러시아 횡단 편

방은 길이가 길고 좁은 형태라 트윈 베드인데 침대가 발을 마주 보게끔 직렬로 배열되어 있었다. 대체로 깨끗한데 가장 마음에 드는 것은 지하의 식당이다. 여기는 투숙객이면 밥값이 20% 할인된다. 할인이 없으면 수즈달에서의 식당처럼 800루블대가 되지만 할인이 되면 600루블대로 떨어졌다. 게다가 '셀-드'가 있었다. 저녁은 당연히 셀-드를 주문해서 빵과 함께 먹었다. 그릭샐러드가 있어서 그것도 시켰는데, 러시아식 샐러드에 비하면 가격이 비쌌지만 내 입맛에는 딱이었다. 러시아에서 밥은 주식이 아니지만 우리는 밥을 한 개씩 시키고(다행히 여긴 밥이 비교적 많이 나왔다), 셀-드, 국물을 한 개씩 시켜 나눠 먹었다. 이렇게 먹으면 마치 한국에서 먹는 것처럼 먹을 수 있었다. 셀-드만 있으면 밥은 쑥쑥 넘어가는 것이다.

D+038, 모스크바 첫째 날

2015년 9월 9일, 수요일, 흐림

모스크바를 돌아보는 첫날이다. 지도를 참조하여 크렘린 방향으로 방향을 잡아갔다. 사실, 크렘린을 돌아보는 데 시간이 얼마나 걸리는지 전혀 알지 못하고 가는 거라 일정이 전부 안개 속이었다.

가는 길은 서울의 강남과는 조금 다른 느낌이다. 주위에는 별로 중요하지 않은 건물인 듯하지만 조형상들이 서 있기도 한데, 그중 하나는 특이하게도 여자 혁명전사가 긴 총을 들고 서 있는 것이었다. 많이 낡은 것을 보니 아마도 소련 시절에 만들어진 후 보수가 안 된 것 같았다.

다시 길을 가다 보면 좌측으로 난 길을 따라 저 멀리 고층 건물이 보이는데 외관이 특이했다. 스탈린이 좋아했던 스탈린 고딕양식의 건물이라고 한다. 성당이라 하기엔 창이 너무 많았다.

가는 길에 수도원이 하나 있다 하여 찾아보았으나 정확히 어느 것인지 알 수가 없었다. Triposo에 나오는 이름은 영어 이름이고, 간판은 러시아 어로 다른 이름인 경우가 많아 사진이 없는 경우는 찾기가 어려웠다. 조금 더 내려가니 시나고그(Synagogue)가 하나 있었다.

모스크바 시나고그

시나고그는 유대교의 교회라 할 수 있다. 규모가 꽤 큰 편이고, 우리나라에서는 본 적이 없어서 한 번 들어가 봤다. 여기도 들어갈 때는 금속탐지기를 거쳐서 들어가야 한다. 안에 들어가면 남자는 정수리를 가리는 모자를 써야 한다. 경비가 영어를 잘 못 해서 영어 하는 여직원에게 우리를 데려갔다. 그제야 우리가 관광객이란 걸 알고 돌아보게 해 주었다.

내부의 구조는 성당과 유사하나 차이점이라면 사람이나 동물의 형상은 전혀 표현되어 있지 않다는 것이다. 유사성을 따지자면 이슬람교의 모스크와 유사하다. 내부에 그려진 것은 금색으로 식물을 그린 것뿐이다. 의자들이 배열되어 집회는 앉아서 하는 것이 정교회와는 다른 것 같다. 좌우로 책상과 서가가 있고, 한쪽에서는 공부인지 토론인지를 하는 사람들이 모여 있었다. 2층까지 돌아볼 수 있다.

성바실리카 성당

크렘린까지 걸어가는 길에는 성당이 많았다. 모든 성자들의 교회(Church of All Saints)[1]라는 교회는 종탑이 기울어져 있다고 하는데 걸어가면서 봐서는 눈치 채기가 어려웠다. 앞으로 갈 곳들이 전부 유네스코 세계유산들이라 이제는 일부러 이런 데까지 들어가 보지는 않았다.

성바실리카 성당까지 오려면 가방 안을 보여 주고 금속 탐지기를 거쳐야

---

1 원래는 1380년에 목구조로 처음 지어졌다가, 1488년에 돌로 완전히 재건축되었고, 1687-1689년에 바로크양식으로 재건되었다고 한다.

했다. 이 일대는 중국인 관광객들이 다니는 사람의 1/3 정도는 되는 듯했다. 어디서나 중국 사람들을 만났고 심지어 그들이 나에게 중국말로 뭐라 하기도 하여 내가 한국 사람임을 밝혀야 할 정도였다.

"워 시 한궈런."

입장료 400루블을 내고 들어가 보았다. 내부는 현재는 성당의 기능을 하지 않는 듯하고 이전 이르쿠츠크나 블라디미르 등에서 느꼈던 성당의 느낌은 전혀 없었다. 전체는 박물관으로 사용되고 있어[2] 성당과 같은 아늑함이나 경건함은 잘 느껴지지 않았다. 이 교회는 이반 4세가 우리가 갔던 카잔에서 타타르스탄을 정복한 후 그것을 기념하여 만든 성당이라 한다. 수즈달의 골든 게이트 박물관에서 보았듯이 러시아는 오랫동안 타타르인들의 침략을 받아 왔으니, 그들을 정복한 것은 기념할 만한 역사적 사건이었을 듯하다. 여기 오는 많은 중국인도 과거에는 몽골의 지배를 받은 적이 있으니 그들도 비슷한 심정으로 이걸 보고 있을지 궁금하다. 내부는 여러 개의 구역으로 나뉘어 있는데 원래 그런 듯했다. 많은 패널과 유물들이 곳곳에 전시되어 있으며 많은 관광객이 돌아다니고 있었다. 겉모습만 정교회이지 안은 박물관인 곳이다.

성바실리카 성당의 앞에는 그 유명한 미닌과 포잘스키의 동상이 서 있다. 많은 사람이 성당을 배경으로 두고, 그 동상을 사진 찍고 있다. 미닌은 니즈니 노브고로드 출신의 상인이었고, 포잘스키는 블라디미르를 배경으로 한 귀족이었다. 둘은 동란의 시대에 폴란드족의 공격으로부터 러시아를 방어하여 러시아의 민족적 영웅이 되어 있다. 공산주의 이념을 포기한 러시아가 나라의 국가적·정신적 이념으로 러시아 정교회를 복원하고, 애국심을 고취하는 방편으로 미닌과 포잘스키를 선택했다고 한다. 서울의 광화문에 이순신 장군이 서 계신 것과 비슷하다.

---

2 이 모든 성당이 박물관으로 전용되는 사건은 소련의 초기에 일어났다. 많은 성당들이 종교시설로 다시 회복이 되기도 했지만, 여전히 박물관인 곳들도 많다.

점심 먹기

바실리카 성당 앞에 핫도그와 커피를 파는 곳이 있어 거기서 먹기로 했다. 여기 있는 사람들은 그래도 영어 단어로 의사소통을 하며 돈의 금액을 영어로 말할 수 있었다. 물가는 비싸서 조금 큰 핫도그 두 개와 커피, 스프라이트가 500루블 정도였다. 이전의 식비에 비하면 아주 비싼 편이다. 핫도그를 먹으며 왔다 갔다 지나다니는 사람들도 보고 책을 꺼내 잠시 볼 수도 있었다.

다음에 어디를 갈까 책을 보며 연구를 하다가 레닌의 묘를 둘러보기로 계획을 잡았다.

붉은 광장

성바실리카 성당 앞의 크렘린의 성벽 앞은 전부 붉은 광장이다. 조금 붉은 색을 띠는 성벽 외에 붉은 것은 그다지 없다. '붉은'은 옛 러시아어로 '아름답다'는 의미가 있었다고 하여, 붉은 광장은 결국 아름다운 광장이란 뜻이라 한다. 우리가 간 시점에 광장에는 세계 군악 연주회가 있었는데, 그래서 그런지 광장 안에 마음대로 들어갈 수가 없었다.

바실리카 성당을 등지고 서서 보면 왼편에 크렘린 성벽 앞으로 레닌의 묘가 있고, 우측의 대로변에 굼(гум) 백화점이 있다. 굼은 모스크바에서 가장 큰 백화점이라고 한다. 정면에는 붉은색이 인상적인 카잔성당이 웅장하게 서 있는데 지금은 역사박물관으로 쓰이고 있는 듯하다. 정교회가 국교인 러시아에서는 겨울이면 광장에 아이스링크가 만들어져 사람들이 얼음판 위에서 스케이트를 타고, 주변에 크리스마스 트리도 세워진다고 한다.

크렘린, 붉은 광장, 성 바실리카 교회

역사박물관

레닌의 묘를 찾아가는데, 그 입구가 어딘지 알 수가 없었다. 그래서 무작정 길을 내려가다가 서 있는 경찰들에게 물어보니 건물을 돌아가라고 했다. 여기를 나가면 또 들어올 때 체크를 해야 해서 참 귀찮았지만 나가야 한다니 또 나갔다. 가다 보니 옆에 카잔 성당이 역사박물관이었다. 이것이 박물관이면 그 규모가 엄청난 것인데, 이걸 보느냐 마느냐 잠시 고민하다 결국 보기로 했다.

박물관의 규모는 엄청났다. 방의 개수가 30개가 넘었다. 우리나라 국립박물관을 하루에 다 돌아보는 게 불가능하듯, 여기도 하루에 꼼꼼히 다 돌아보는 것이 가능하지 않다는 것은 금방 알 수 있었다. 하지만 제한된 일정이기에 어쩔 수 없이 또 돌았다. 여기도 내부 사진 촬영이 허용되어 사진은 많이 찍었는데 블로그에 다 올리진 않았다. 전시 내용이 시대적으로 혁명이 일어나기 전까지 정도인 듯하다. 볼세비키 혁명이나 세계대전에 관련된 내용은 없는 듯했다.

레닌 묘

박물관을 돌아보고 나오니 벌써 세 시가 넘었다. 우리는 아는 정보가 없으니 또 레닌 묘로 가보았다. 거기에 가려면 또 검색을 통과해야 했다. 지도상의 위치대로 레닌 묘 앞까지 갔는데, 그쪽으로 가는 통로가 전부 닫혀 있고, 앞에 있던 중국인 관광객들도 더 들어가지 않은 채 거기서 설명만 듣고 있었다. 어찌 된 것인가 하고 한참을 서 있다가 다시 책을 꺼내 보니, 여기는 오전 열 시에서 오후 한 시까지만 볼 수 있는 곳이었다. 게다가 금요일, 공휴일, 월요일에는 공개가 되지 않는다고 했다(이날은 월요일이었다). 망연자실하여 있다가, 내일 다시 오기로 하고 자리를 떴다.

아르바트가(街)

사실 여기는 일부러 구경하러 갈 수도 있는 곳이지만 나는 구경삼아 간 것은 아니었다. 내가 여기에 간 것은 현대자동차 스튜디오를 찾기 위한 것이었다. 모스크바에서 해야 할 일 중의 하나가 차를 정비하는 것이었다. 차가 특별히 문제가 있는 것은 아니나, 지난번 엔진오일을 교체하고 15,000㎞를 달린 상태라 이제 교환을 해야 했고, 한 달간 거의 만 킬로미터에 가까운 거리를 달려서 점검을 좀 받아봐야 하기 때문이었다.

다른 도시 같으면 서비스센터가 가끔 보일 텐데 여기는 들어올 때 그런 게 전혀 보이지 않았고, 내가 아는 것은 아르바트 거리에 현대자동차 스튜디오라는 차 전시관 같은 것이 있다는 것이 전부였다. 그래서 무작정 그걸 찾으러 아르바트 거리를 갔다.

여기는 우리나라의 서울 명동처럼 사람들이 많이 다녔고 카페, 기념품점들이 줄지어 있었다. 관광객들이 지나가면 호객꾼들이 다가오는 것도 같다. 그냥 재미 삼아 걸어 다녀도 재미있는 곳이다. 수많은 관광객을 여기서 마주치게 되는데, 한국인은 아주 아주 드물었다.

현대자동차 스튜디오

아르바트가를 처음부터 끝까지 걸었는데도 그놈의 스튜디오가 보이지 않았다. 망연자실해서 길 한쪽에 잠시 앉아 다시 인터넷 검색을 해 보았다. 지난번에 데이터 충전을 해서 인터넷이 된 것이 다행이었다. 다시 홈페이지를 자세히 찾아보니 아르바트가가 아니고 신아르바트가에 있다고 나와 있었다. 신아르바트가는 거기서 약간 북쪽으로 아르바트가에 거의 평행하게 나 있는 길이었다.

그래서 다시 그쪽으로 조금 올라갔다. 다행히 거기서 한 100m 가니 거기 있었다. 롯데호텔이 근처에 있고, 아르바트가에서 롯데호텔을 지나가면 보였다.

무작정 안에 들어가 보았다. 안에는 바닥을 청소하던 아주머니 한 분, 경비 복장의 한 분이 있었고, 내가 안으로 무작정 들어가니 저 안쪽에서 말쑥하게 차려입은 청년이 다가왔다.

영어가 되는지 물어보니 된다 해서 혹시 한국인 직원이 있냐고 물어보니 없다고 했다. 난 이런 데 오면 한국 사람을 한 명 정도는 만날 수 있을 것으로 생각했는데 전혀 아니었다. 어쩔 수 없이 내 사정을 설명했다. 나는 한국에서 왔고, 한 달 전에 블라디보스토크에서부터 투싼을 타고 여기까지 왔는데 엔진오일도 갈고 차도 좀 점검을 받으려고 한다. 서비스센터가 어디 있는지 모르겠는데 정보를 좀 줄 수 있냐고 했더니 문제없다고 하여 책상 옆에 둘이 같이 앉았다.

그는 인터넷으로 검색하며 러시아에서는 각 딜러가 크고 작은 서비스센터를 운영하고 있어서 그쪽으로 가면 된다고 했다. 내가 있는 숙소의 위치를 지도로 보여 주니 그 위치에 가까운 곳 두 곳을 인터넷으로 보여 주다가 인쇄를 해 주겠다며 어딘가로 들어갔다.

잠시 후 돌아와서 인쇄한 것을 주면서 혹시 자신이 예약을 해 줄지 물어봤다. 좋다고 하니 본인이 직접 전화를 했다. 내 차의 서류가 있냐고 묻기에 USB에 담긴 등록증의 사본을 패드로 보여 주었다. 그걸 보고 일일이 전화로 통화하여 결국 다음날 오전에 점검을 받는 것으로 예약해 주었다.

그의 이름을 미처 물어보지 못하였는데, 만 킬로미터 넘게 떨어진 곳에서 온 이상한 외국인에게 최선을 다해준 그에게 매우 감사하지 않을 수가 없다.

모스크바 지하철

숙소까지 가는 길이 2㎞가 넘어서 지하철을 타고 가기로 했다. 사실 한국에서도 대중교통을 잘 안 타봐서 서울에 오면 가끔 어리둥절하고, 시내버스는 전혀 타질 못한다. 내가 살던 울산에서도 시내버스를 타고 직장까지 출근 한 번 하려면 검색을 열심히 해 봐야 했는데, 여기서 지하철을 타자니 간단한 일은 아니었다.

어제 도착해서 모스크바 지하철 타는 법을 다른 사람의 블로그를 보고 연구를 하긴 하였으나 실제는 더 어려운 법. 일단 지하철 표 두 명분을 100루블을 주고 끊었다. 아이는 할인이 없는 건지, 애도 어른 비용 50루블을 내니 가슴이 아프긴 한데 말이 안 통하니 어쩔 수 없었다. 일단 표를 사서 어리둥절 스마트 패드를 읽고 있으니, 갑자기 웬 어여쁜 아가씨가 나타나서는 "May I help you?" 하는 것이 아닌가. "Oh, yes, I'm going to Kurskaya" 하니, 그 아가씨가 스마트폰으로 마구 검색을 하더니[3] 이리 내려가서 저리 간 다음(근처의 연결된 다른 역으로), 블루라인을 타고 어쩌고 저쩌고… 마구 설명을 해 주었다.

세상에 어디서 이런 천사들이 갑자기 나타나는지 알 수가 없다. 하여간 우리는 그녀의 설명을 충실히 따라 지하철을 아주 능수능란하게 타고 쿠르스카야로 왔다. 단 두 정거장이었지만 걸어왔더라면 엄청 먼 거리인데(평소에는 더 걸어다녔지만, 지하철이 있으니 지하철을 타고 싶었다) 순식간에 왔다. 지

---

3 모스크바에도 지하철 노선, 경로 등을 검색하는 앱이 있다. 대표적으로 Yandex Metro.

하철은 깊이가 매우 깊어 인상적이었고, 소음이 크다고 누가 블로그에서 말했던 거 같은데 서울 지하철이나 별 차이는 없는 듯했다.

저녁은 어제와 같이 숙소 지하에 있는 카페에서 셀-드를 시켜 밥과 함께 맛있게 먹었다.

D+039, 모스크바 이틀째

2015년 9월 10일, 목요일, 흐림

잠은 여섯 시 반쯤에 깼다. 이건 시차 문제가 아니고 나이 탓인 듯하다. 한국에 있을 때부터 여섯 시쯤에 한 번 잠이 깼었다.

오늘은 차량 정비 일정이 오전 10:30에 잡혀 있었다. 그때까지 차를 몰고 가기만 하면 되는데, 처음 가는 길이라 조금 걱정이 되기도 했다. 내비게이션의 경로를 보면 U턴을 한 번 해야 하는 것 같고, 구글 스트리트뷰로는 현대자동차가 안 보여서 찾는 것이 어렵지 않을까 걱정도 됐다.

준비를 해서 아홉 시에 나갔다. 리셉션에 차가 나간다고 말을 하니 전화를 해 주는 것 같았다. 차를 빼서 몰고 나가 차단기 앞에 서 있었는데, 한참을 기다려도 열리지 않았다. 다른 차가 들어오려고 반대쪽에서도 서 있기에 어쨌든 열리긴 하겠구나 하고 기다렸다. 오래 기다린 것 같았지만 사실 1~2분 정도 됐을 것이다.

내비게이션이 지시하는 대로 차를 몰고 갔다. 목적지는 현대 딜러 사이트(www.hyundai.ru/find-dealer)에서 숙소에서 가장 가까운 매장의 구글 지도 위치를 찍은 곳이다. 어제 스튜디오의 직원이 말하길 각 딜러의 매장에 가면 각각 어느 정도의 서비스센터를 운영하고 있다고 했다.

거리는 숙소에서 8㎞ 정도였다. 가는 길은 그리 어렵지 않았는데, 여러 개의 출구가 연속으로 나오는 로터리에서 한 번 방향을 잘못 들어가 경로가 잠시 뒤틀렸다. 하지만 몇 분 안에 정상을 되찾았다.

현대자동차 모스크바 아빌론(Avilon)

지도의 목표지점 가까이 왔을 때 현대자동차의 사인이 보였다. 일대에 BMW, VW 등 여러 자동차 회사의 딜러매장들이 있는데, 시내에서 제일 가까운 쪽이 현대의 매장이었다. 유턴하는 지점은 그리 힘들지 않게 되어 있어서 부드럽게 현대자동차 매장 앞에 주차했다. 타이어에 사제로 부착한 TPMS들을 제거하여 보관하고, 매장 안으로 들어갔다. 매장의 앞쪽은 우리나라 대리점 같은 구조로, 앞에 신차가 전시되어 있고 중앙에 여직원들이 앉아 있었다. 그쪽에 가서 영어가 되는지 물어보니 안 된다며 택시가 그려진 뭔가를 보여 주었다. 그것하곤 관계가 없다는 몸짓을 보여주니 "서비스?"라고 했다. 그렇다고 하니 안쪽으로 보내 주었다.

안쪽으로 가면 우리나라 가전 서비스 센터 같은 구조가 있는데, 책상에 번호가 붙어 있고, 엔지니어들이 앉아 있었다. 어제 스튜디오의 직원이 4번 직원에게 가면 된다고 해서 그쪽으로 가려고 하니, 오른쪽에 앉아 있던 직원이 영어로 "May I help you?"를 했다. 나는 4번에 예약이 있다고 하며 4번으로 갔는데 그 직원은 영어가 잘 안 됐다. 일단 다시 영어가 되는 그 오른쪽 직원에게로 갔다.

가서 내 여행에 대해 간단하게 설명을 하고, 엔진오일을 갈고 전반적인 체크를 해 주면 좋겠다고 얘기했다. 그 직원이 서류를 보여 달라 해서 서류 복사본 있던 걸 주자 아까 4번에 있던 엔지니어와 그 지점의 디렉터(디렉터인 것은 나중에 알았다), 앞에 있던 여직원이 전부 모여 이야기를 열심히 한참 했다.

그러고 있으니, 좀 있으니 풍채 좋은 아저씨가 다가와 자신이 여기 디렉터라며 인사를 했다. 외국에서 왔다고 디렉터가 인사도 하나 보다 했다. 하여간 자신은 영어는 조금밖에 못 해서 미안하고, 4번의 그 엔지니어 페블

내 차 타고 세계여행_러시아 횡단 편

로브 예브게니(Perlov Evgeniy)가 맡아 해 줄 것이며, 3만 킬로미터(당시 내 차의 주행상태는 29,800㎞였다)이면 이런 저런 걸 손봐야 한다고 했다. 비용은 얼마고 할인은 얼마인지도 알려 주었다. 원래 비용은 꽤 됐는데 할인이 꽤 돼서 우리 돈으로 삼십 만 원 안에 다 되게 되었다. 엔진 오일, 브레이크 라이닝, 연료 필터 등이 교체되어야 한다고 했다. 한국에 있었다면 아마 연료필터는 4만 정도에서 갈지 않았을까 싶긴 하다.

이런저런 절차를 거치는 바람에 열 시가 넘어서 페블로브가 자기와 함께 차에 가자고 했다. 그가 운전하고 우리가 뒤에 탄 채로 점검장으로 들어갔다. 그곳은 아주 깔끔한 실내 점검장이었는데, 외관을 살피고 엔진룸을 열어 엔진오일 등을 점검하더니 엄지손가락을 치켜 들어 상태는 좋다는 몸짓을 보여 주었고, 엔진룸에 흙탕물이 튄 걸 보고는 'off road'를 달렸냐 물어보아서 몇 번 그랬다고 했다.[4]

우리의 대화는 전부 구글 번역기를 통했는데, 그가 오후 2:30에 일이 끝날 거라고 하여 그때 다시 오기로 하고 우리는 시내로 나가 관광을 하기로 했다.

GPS 지도를 보니 한 1㎞ 가면 지하철역이 있어서 방향을 잡고 걸었다. 지하철역은 텍스틸쉬키 정도 되는 것 같은데, 거기서 지하철을 타고 크렘린이 있는 곳까지 갔다.

레닌의 묘

레닌 묘는 오전 10시~오후 1시까지만 개방이고, 금요일, 월요일, 공휴일에는 들어갈 수가 없어서 오늘 보지 않으면 일정이 좀 꼬일 상황이라 잘됐다 싶었다. 붉은 광장 주변에는 온통 검색 중인 경찰이 있었다. 들어갈 때도 한 번 검색을 해야 했고, 레닌의 묘를 가려면 다시 그 지역을 나온 다음에

---

4 엄밀히 말하면 비포장도로를 달린 것이지 오프로드(길이 아닌 곳)를 달린 건 아니다.

레닌 묘를 위한 검색을 받아야 했다.

우리가 갔을 때는 중국인 단체관광객이 이미 줄을 서 있어 엄청 밀리고 있었다. 어디를 가든 중국 단체관광객을 만나게 되면 시간이 지연될 수밖에 없는 것이다. 어쨌든 천천히 천천히 줄이 줄어들어 검색을 통과했다. 검색할 땐 몸의 금속을 최대한 가방에 넣은 후에, 공항의 검색대와 같은 금속탐지기를 통과하고 나와서 가방 안을 보여준다. 웬만하면 통과가 되게 되어 있는데, 김밥이 가방에 우산을 넣어 두었다가 가방을 열어 보여주는 상황이 한 번 생기긴 했다.

묘의 통로로 들어가면 오른쪽 크렘린의 벽에 사람들의 이름이 적힌 명패가 붙어 있고, 전나무가 심어진 곳에도 사람들의 이름이 적힌 곳이 있다. 여기는 레닌 부인의 묘도 있다고 했는데 어디 있는지는 알 수가 없었다.

그 길을 지나 레닌 묘의 바로 뒤쪽으로는 알 만한 사람들의 묘도 있었다. 스탈린, 브레즈네프 등 한때 소련 지도자들의 묘가 흉상과 함께 있다. 거기서 좌측으로 방향을 틀면, 다단 피라미드 형태의 묘가 있는데, 그 앞부터 아주 경직된 자세로 서 있는 경비병들이 있다. 사람들이 조금이라도 앞에서 지체할라치면 빨리 들어가라고 손짓을 했다.

안은 어두웠다. 계단을 조금 내려간 다음 우측으로 방향을 트는데 거기도 경비병이 서 있었다. 우측으로 돌면 조명을 받으며 누워 있는 레닌의 모습이 있다. 레닌은 오른손은 주먹을 쥐고, 왼손은 편 채 반듯이 누워 있는데, 밀랍인형이 아닌가 하는 생각이 들 정도다. 시신이라고 믿기는 어려울 정도로 완전한 모습으로 보존되고 있었다. 체구는 작아서, 키가 170㎝도 안 될 듯했다. 저렇게 작은 사람이 그런 인류사에 유례없는 혁명을 이끌었다니, 세상일은 체구가 문제가 아님을 다시 깨닫게 한다.

레닌의 주검 주위를 돌 때조차 한 치도 지체해서는 안 된다. 줄의 움직임이 조금이라도 느려지면 경비병들이 주의를 주었다. 그런데 내 바로 앞의 할머니가 발이 불편하고 야맹증이신지 걸음이 아주 느리셨다. 덕분에 나는 충분히 볼 수 있었다.

점심 먹기

레닌 묘를 돌고 나오니 열두 시가 거의 다 되었다. 오늘은 크렘린을 돌까 하였는데, 점심을 먹는 게 나을 것 같아서 어제 먹었던 소시지 가게에서 다시 같은 것을 사서 먹으며 여행 책자를 살펴보았다. 거기를 읽어 보는데 크렘린은 목요일은 개방하지 않는다는 정보가 있었다. 책이 옛날 것이라 혹시 바뀌었나 하고 Triposo의 정보를 보니, 거기도 개방하는 날이 Fri-Wed가 아닌가. 오늘은 볼 수가 없다. 일정이 잘 안 맞는다.[5] 빵을 먹으며 다른 유네스코 세계유산인 수도원을 갈까 하고 보니 여기서 지하철을 타고 가야 했다. 생각해 보니 붉은 광장이 어디 있는 건지 정확히 알지 못하여 책자를 앞뒤로 열심히 좀 더 읽어 보았다.

읽으면서 보니 레닌의 묘에 가면 고리키의 묘도 있고 부인의 묘도 있다고 기록이 되어 있었다. 그래서 결국 점심 먹고 다시 가보기로(공짜이기도 하고) 했다.

레닌의 묘에서 볼 수 있는 인물들

다시 방문한 이유는 고리키의 묘와 레닌 부인의 묘를 찾아보려는 것이었는데 끝까지 이 둘의 묘는 찾지 못했다. 이 안에도 들어가지 못하는 구역이 안쪽에 더 있어서 아마도 그 쪽에 있는 것이 아닌가 싶다.

하지만 크렘린의 벽에 구멍을 뚫어 벽장이 되어 있는 사람 중에는 꽤 유명한 사람도 있다. 대표적으로, 세계 최초의 유인 우주선에 탑승했던 유리 가가린(1934~1968)이다. 그는 세계최초의 우주인이 된 다음 소련의 국민적 영웅이 되었으나, 이후 시험 비행 중 사고로 젊은 나이에 사망했다.

그의 옆에 있는 사람은 가가린과 함께 비행기에 타고 있던 세레긴이란 조

---

5 사실, 크렘린은 규모가 커서, 아침에 가서 오후 늦게까지 봐야 할 정도다.

종사다. 가가린을 보고 서서 우측으로 두 번째는 코마로브라는 우주선 비행사로, 소유스 1호의 조종사다. 낙하산 문제로 재진입 후 지상과 충돌하여 사망한 세계 최초의 우주 비행 사망사고의 주인공이다.

이런 우주비행사들 외에도 세르게이 코로료브는 스푸트니크와 보스톡 계획을 지휘했던 로켓 과학자로, 미국과의 달착륙 경쟁을 지휘했던 인물이다. 크렘린 벽에 장례되어 있다.

또한, 소련의 원자탄 개발을 지휘했던 핵물리학자 이고르 쿠르차토프 역시 크렘린 벽에 장례되어 있다.

원래 미국인이었던 사람도 한 명 있는데, 찰스 루덴버그는 미국의 공산당 지도자였다. 크렘린 벽에 장례되어 있는 점이 특이하다. 미국 오하이오주 클리블랜드 출신이라 한다.

흉상으로 있는 묘는 대부분 공산당 지도자들이다. 브레즈네프의 측근으로 안드로포프 이후 서기장이 되었던 콘스탄틴 체르넨코(1911~1985), 스탈린의 동료였던 세이먼 부됴니(1883~1973), 소련의 정치인 클리멘트 보로실로프(1881~1969), 스탈린의 유력한 후계자였으나 급사했다는 안드레이 즈다노프(1896~1948), 볼셰비키 혁명에 적극 가담한 지도자로 위 종양 제거를 위한 수술대에서 마취사고로 사망하여 스탈린의 음모라고도 하는 미하일 프룬제, 소비에트 중앙위원회 의장을 지내고 스페인 독감으로 사망한 야콥 스벨도브, 내가 어릴 때의 브레즈네프만 소련 공산당의 서기장을 하는 것으로 알던 시절이 있었을 정도로 오래(1964~1982) 자리를 지켰던 브레즈네프(1906-1982), KGB의 전신인 체카의 창설자로 혁명 후 반혁명세력에 대한 무자비한 테러를 자행하여 무시무시한 KGB의 인상을 만든 인물이며 소련의 몰락 후 KGB 앞의 동상이 철거되었다는 펠릭스 제르진스키(1877-1926), 브레즈네프 이후 공산당 서기장이 되었던 KGB 의장 출신의 유리 안드로포프(1914-1984), 칼리닌 그라드라는 그의 이름을 딴 도시가 있는 러시아 혁명가 미하일 칼리닌(1875-1946), 레닌 이후 공산당 서기장이 되고 우상화를 전개한 후 한반도에 6·25가 일어나게 도운 장본인인 이름만 들으면 다 아는 스탈린(1878-1953), 흐루시초프와 브레즈네프 시절의 이데올로기를 담당했던 미하일 수스롭 등이다.

차량 찾기

레닌 묘를 다시 보고 나니 시간이 벌써 한 시 반이 넘어 있어서 두 시 반까지 가려면 지금쯤 돌아가야 했다. 정비 비용이 13천 루블이 넘어서 숙소 가방에 있던 현금을 좀 더 들고 나가야 하기도 했다. 그래서 지하철을 탈까 하다 한 정거장 밖에 안 되기에 그냥 걸어가기로 했다.

방에 와서 돈을 챙겨 2시에 다시 나갔다. 어제 갔던 쿠르스카야 지하철역 근처에 가면 한 번 갈아 탈 생각으로 아까 그 역에 가는 차가 치카로브스카야역에 있어 가봤는데, 아무리 봐도 그 치카로브스카야역이 안 보였다. 지도상 위치는 아파트단지 안이기에 들어가봤다. 결국 쿠르스카야역으로 가면서 다시 검색(Yandex metro)을 해보니 쿠르스카야역 내부에서 연결되는 역이었다.

표를 일단 샀는데 어디로 가야 치카로브스카야를 가는지 알 수가 없어서 입구 근처의 부스에 있는 아줌마에게 "그지에 치카로브스카야(치카로브스카야 어디에 있나요?)"를 했더니, 러시아말로 뭐라 하며 아래로 내려가서 죽 가면 된다는 몸짓을 보여 주었다. 아하, 그런 것이로군 하고, 또 엄청난 깊이의(정말 깊다) 터널 속으로 에스컬레이터를 타고 내려갔다. 김밥 군이 그 색깔이 저기 있다 하여 그 색깔을 따라갈 수 있었다. 결국, 중간에 한 번 갈아타서 자동차센터 근처 역까지 무사히 왔다.

역에서 나와서 아침에 온 곳이 맞는 거 같느냐고 김밥에게 물어봤다. 김밥은 맞는 것 같다고 하는데 아무리 봐도 방향이 내가 가는 쪽이 아닌 거 같았다. 결국 다시 90도로 방향을 꺾어 가니 그게 맞는 것이었다. 하여간 어딜 들어갔다 나오면 방향을 잡지 못하는 게 문제다.

원래 약속 시각이 2:30이었는데 도착하니 3:30이었다. 아침에 봤던 직원에게 다시 인사를 하니 다들 반갑게 인사를 했다. 다 됐냐고 물어보니 다

됐다고 했다. 엔지니어는 좀 있다 나타났다. 아마 다른 고객의 일이 있는 모양이었다. 나를 보더니 "10 minute"이라 말하고 다른 고객 일을 좀 처리했다.

네 시쯤 되어 드디어 나를 불러서 PC로 서류를 막 출력을 하고는 저쪽의 카싸(돈 내는 곳)에 가서 수납하고 오라기에 수납을 하고 돌아오니 또 명세서를 뽑아주었다. 한참 동안 그 작업을 하고는 같이 가자고 하여 차 있는 곳으로 갔다. 차는 한 달간의 시베리아 흙탕물이 완전히 사라져 환골탈태한 모습이었다. 물론 비용 안에 다 들어있겠으나 따로 내가 세차를 하지 않아도 되어 좋았다.

하여간 페를로프는 내가 주차장을 나갈 때까지 배웅해 주었고, "쓰빠시바"를 말해 주고 작별인사를 했다.

아마도 이런 형태의 매장이나 서비스 센터는 현대자동차 한국 본사와는 계약 형태로 운영되는 곳 같다. 우리나라의 수입차의 서비스센터나 딜러들도 엄밀하게 말하면 본사와는 별 관계가 없는 회사인 걸 보면 여기도 마찬가지가 아닌가 싶다(사실 한국의 현대차 서비스업소인 블루핸즈도 현대자동차 본사와는 계약관계일 뿐이다). 매장 중앙에 현대자동차의 인증(Certification)을 받았다는 인증패가 걸려있는 걸 보면 그런 걸 추측해 볼 수 있다. 그래서 이런 데를 가도 한국 사람은 한 명도 볼 수가 없는 게 좀 아쉽다. 이미 현대자동차 러시아는 러시아의 회사에 가까운 듯했다.

저녁 먹기

차를 받아서 타고 오면서 보니 타이어 압력이 기존보다 상당히 올라간 듯했다. 차가 통통 튀는 느낌이 들 정도였는데, 차는 이상 없이 잘 굴러갔다.

일단 숙소에 오니 네 시 반이 넘어 방 양과 스카이프 통화를 잠시 했다. 레닌과 공산주의, 사회주의 등에 관하여 공연히 이야기가 나와서 장황하게 이야기를 했다.

저녁은 항상 먹던 지하 식당에서 먹기로 했는데, 오늘은 국물을 조금 다르게 하기로 했다. 그래 봐야 20루블 비싸지는 것이라 가격은 어제와 거의 같았다. 러시아에서는 밥은 Garnish 항목에 있는데, 아마 맨밥을 이렇게 먹는 것은 우리 외에는 없는 듯하다. 러시아에서 밥을 주문하면 항상 다른 페이지의 고기 쪽을 가리키며 뭘 얹을 거냐고 묻는데 우린 항상 얹지 않고 밥만 먹었다.

이 식당은 밥과 셀러드, 그릭샐러드, 국물 한 그릇이면 거의 완전한 저녁을 적당하게 먹을 수가 있는 곳이라 아주 만족스러웠다.

D+040, 모스크바 사흘째

2015년 9월 11일, 금요일, 흐림

아침에 일어나는 시각이 점점 늦어지고 있다. 한 도시에 오래 있으면서 점점 게을러지고 있는 듯하다. 이제는 여덟 시 전에는 일어나기도 힘들다. 거의 아홉 시는 되어서 일어난 듯하다.

열 시쯤 돼서 밖으로 나갔다. 오늘은 그동안 못 돌아본 크렘린을 돌아볼 계획이었다. 크렘린은 목요일에는 돌아볼 수 없어서 어차피 어제는 안 되는 것이었다. 다시 걸어서 크렘린 쪽으로 왔다. 크렘린의 입구는 우리 숙소와는 반대쪽에 있어서 성벽을 돌아가야 했다. 매일 가던 방향으로 가자니 검색을 또 통과해야 해서 그동안 안 가본 남쪽으로 성벽을 돌기로 했다.

모스크바강 변

남쪽 성벽 쪽은 모스크바강 변을 따라 도는 것이어서 경치는 이쪽이 좋았다. 모스크바강은 그다지 넓은 강은 아닌 것 같았다. 저 멀리 세계에서 가장 높은 정교회 성당이라는 구원자 그리스도 성당이 황금빛 돔을 자랑하며 서 있었다. 이 성당은 1833년에 봉헌되었다가 1933년 소련 시절에 스탈린에 의해 완전히 파괴되었던 성당이다. 현재의 것은 그 자리에 이전의 모습대로 1990년에 재건된 것이라고 한다. 성당이 파괴될 때 모스크바 및 소련의 국민은 어떤 심정이었을지 참으로 궁금하다. 물론, 일부는 아주 속이 시원했던 사람도 있었을 것이다.

옆으로 모스크바강을 보면서 서쪽 끝까지 걸어갔다. 옆으로 차들도 많이 다녔지만 경치가 매우 좋았다. 멀리 구원자 그리스도 교회의 황금빛 돔이 보이는 길이 있었다. 남쪽 성벽의 서쪽 끝에 오면 차들이 많았다. 다시 북쪽으로 올라갔다. 북쪽 망루에 안으로 들어가는 사람들이 줄을 서 있는데, 여기가 무기고 박물관(Armory Chamber)의 입구였다.

크렘린

표를 파는 곳은 서쪽 성벽의 중앙 부근에 있는 유리로 된 건물이다. 입구는 남쪽 꼭짓점 근처에 있어서 줄을 서서 소지품 검사를 하고 들어갔다. 크렘린 안에 있는 이반 대제의 탑은 16세 미만은 입장이 안 되기 때문에 무기고(박물관)와 성당 쪽 표만 샀다. 전체 1,200루블인데, 16세 미만은 무료였다.

사전 정보가 없어 김밥이나 나나 메는 가방을 메고 줄을 서서 들어가려 했더니 입구에서 가방은 안 된다며 맡기고 오라 했다. 다시 표 사는 곳까지 가서는 근처에 있는 가방 맡기는 곳(흰 탑이 하나 있다)에 가서 가방을 맡겼다. 가방을 맡기고 오니 벌써 열한 시 오십 분이 다 됐다. 말이 좀 통하는 여자들은 경비에게 하소연해서 가방 안을 보여 주는 걸로 해결되기도 하는데 말 안 통하는 외국인 남자는 방법이 없다.

_무기고 박물관(Armory Chamber)

이름이 무기고(Armory Chamber)라 들어오면 무기들이 전시되어 있을 줄 알았더니, 들어와 보니 거대한 박물관이었다. 원래 16세기에 갑옷이나 병

장기를 만들어 보관하는 창고로 만들어졌으나, 1702년 표트르 1세의 명에 의해 박물관으로 바뀌었다고 한다.

전체 2층으로 되어 있는데 종교행사와 관련된 금붙이들뿐만 아니라, 세계 각지의 외교관들이 러시아제국에 선물한 온갖 진기한 그릇 같은 것들이 휘황찬란하게 전시되어 있다. 그뿐만 아니라 황실에서 사용하던 그야말로 보석으로 뒤덮인 황제의 의자라든가, 황실 행사에 사용되는 보석으로 뒤덮인 황관이라든가 진기한 것이 하도 많아서 보다 보면 이전에 여러 박물관에서 본 것들이 갑자기 빛을 다 잃어버리는 느낌이다.

여기에는 한 열 대 정도는 되어 보이는 마차들이 전시되어 있는데, 엘리자베스 여왕[6]의 수집품이라고 한다. 누가 선물로 준 것도 있고 본인이 모은 것도 있으나 본데 동화책에 나오는 신데렐라의 보석 마차는 간소하게 보일 정도이고, 바퀴의 지름이나 그 크기가 어마어마하여 도대체 몇 마리의 말이 끌었을지 궁금할 정도다.

이 박물관을 들어가는 입구 쪽에는 안에서 다시 표를 파는 곳이 하나 있는데, 250루블짜리 표다. 앞에 또 검색하고 들어가는 것 같은데, 여기는 뭐하는 데냐고 물어보니 다이아몬드 컬렉션이 있는 곳이라 하여 들어가지 않고 재빨리 나왔다. 안에 전시된 다이아몬드가 엄청나다고는 하지만, 밖에서 본 왕관들만으로도 충분하다 생각한 것이다.

박물관 전체는 촬영이 금지되어 있어 내부에서 사진은 찍지 않았다. 사진을 찍기로 한다면 아마 어마어마한 사진이 나올 수밖에 없는 곳이었다. 일부 관광객들이 사진을 찍다가 관계자들에게 제지를 당하곤 했다.

6　1709~1762년, 영국 여왕이 아니고, 표트르 대제의 딸로서 로마노프 왕조의 6대 황제가 된 엘리자베스 여제를 말한다. 평생 결혼하지 않았고, 모스크바 대학과 예술 아카데미를 만들고, 현재 에르미타주 박물관인 겨울궁전을 건축했다.

_성당군

대궁전을 지나면 아름다운 성당군이 나타난다. 대궁전 옆에 수태고지 (Annunciation) 대성당, 중앙에 성모승천(Assumption) 대성당, 우측에 대천사 (Archangel) 대성당이 있다. 성모승천 대성당과 대천사 대성당 사이에 이반 대제의 종탑[7]이 거대한 높이를 자랑하고 있다.

각각의 성당은 다 들어가 볼 수 있고, 내부에 한글로 된 안내 용지도 있어 반가웠다. 여기도 역시 엄청난 수의 중국인 관광객들이 있어, 한 번 그들이 나오기 시작하면 성당의 현관 앞에서 문을 잡고 한참이나 입구에 기다리고 있어야 했다.

간간이 비가 내렸다. 밖에 나와 있다가도 비가 내릴 때면 재빨리 교회 안으로 들어갔다. 내부는 역시 촬영이 금지되어 있어 사진은 없지만 한글로 된 설명 전단에 상세한 내용이 있어 그걸 읽으면서 이콘들을 하나하나 찾아보는 재미가 있었다.

재미는 있는데, 굶주리고 있다는 문제가 있었다. 이전 도시들의 크렘린에는 안에 뭔가 먹을 것을 파는 곳이 있었는데 여기는 그런 것이 전혀 안보였다. 입장표를 살 때 나눠준 지도(여기는 그나마 지도를 준다!)에도 먹는 곳에 관한 표시는 전혀 없었다. 들어올 때 이미 열두 시를 넘었고, 아침도 부실하게 먹은 마당에 점심도 완전히 거르고 있는 것이었다.

성모승천 대성당을 들어갔을 때는 한국인 단체 관광객들을 만날 수 있었다. 여행을 시작한 이래 블라디보스토크를 제외하면 한국인 단체관광객을 만난 것은 여기가 처음이었다. 사실 이르쿠츠크 이후 모스크바에 오기 전까지는 한국인들을 만난 적이 없었다. 여기는 단체 관광객이니 가이드가 있었고, 그 가이드인 분(모스크바 유학중인 한국인 학생)의 상세한 설명까지 들을 수 있었다. 크렘린 안에는 두 팀의 한국인 단체가 움직이고 있었는

---

7   이반대제의 종탑은 김밥 군이 16세 미만이라 올라가 볼 수가 없었다.

데, 중국인들과의 비율을 따져 보면 한 5%도 안 될 것 같았다.

_황제의 대포와 종

성당 군의 인근에 한 번도 발사된 적이 없다는 황제의 대포가 있다. 크기는 실로 엄청나서, 구경이 무려 89㎝에, 무게가 40톤이나 된다고 한다. 16세기 말에 주조되었다고 한다.

근처에는 황제의 종도 있었다. 만들 때 불이 나 달아오른 상태에서 불을 끄기 위해 물을 붓자 열팽창에 의해 종이 깨져 버렸다고 한다. 전체 200톤에 깨진 조각만 11톤이라는 거대한 종도 역시 단 한 번도 종소리를 내보지는 못했다고 한다. 200톤짜리 종을 어떻게 달아매는 것인지 신기한데, 인근의 종탑에는 비슷한 크기의 종이 매달려 있는 것이 보인다.

종 앞으로 큰 광장이 있는데 광장 쪽으로는 못 걸어 다니게 했다. 생각 없이 중앙으로 걸어가던 관광객들은 인근에 있던 경비병들의 제지를 받았다. 저 멀리 떼를 지어 다니는 중국인 관광객들의 대열이 보였다. 정말 대단한 사람들이었다.

천천히 걸어 출구 스파스카야 탑 쪽으로 걸어갔다. 걸어가는 도중에 단체 한국인 관광객들을 다시 만났다. 부자가 자유여행을 왔다는 사실을 알고는 약간 놀라는 눈치긴 하였으나, 모스크바까지 어떤 식으로 왔는지는 묻지 않아서 말하지 않았다.

스파스카야 탑 아래로도 출구가 있어서 그쪽으로 나가면 붉은 광장 쪽이었다. 탑의 꼭대기에는 별이 있는데, 원래는 쌍두 독수리가 있었다고 한다. 볼셰비키 혁명 이후에 별로 바뀐 것이다. 탑에는 1491~1585년 사이에 시계가 추가되어 모스크바의 공식시간으로 정해졌다고 한다. 탑 아래로 보면 붉은 광장의 굼 백화점과 그 바로 앞의 롭노예 메스토(Lobnoye Mesto)[8]

---

8 롭노예 메스토는 처형장으로도 알려졌지만, 실제로는 1530년에 만들어진 의식용 단상이다.

가 바로 있었다.

점심 먹기

결국은 세 시가 넘도록 점심을 먹지 못한 채 나오게 되었다. 우리는 주린 배를 움켜잡고 발걸음을 옮기고 있었고, 무엇이든 보이면 먹을 태세를 갖추고 있었다. 다행히 서쪽 성벽을 따라 올라오자 분수가 있는 곳 지하에 푸드 코트가 있었다. 여기도 들어갈 때는 금속탐지기 검사를 했는데 앞에 계시던 분이 그냥 들어가라고 했다. 이런 데까지 그런 게 있는 이유가 참 궁금했다.

안에는 다양한 음식을 팔고 있었는데 먼저 보이는 것이 스시롤이었다. 별 고민 없이 그걸 먹기로 했는데 가격이 후들후들했다. 스시라는 음식 자체가 러시아에서는 외국 음식이라 가격이 더 비싼 것인데, 각자 도시락 한 개씩을 사고 볶음면을 하나 추가한 후 김밥의 네스티 한 병을 추가하니 꽤 비쌌다. 나중에 내가 다른 곳에서 커피 한잔(90)까지 사서, 점심값은 총 1,135루블이 나왔다.

볼쇼이 극장

Manage 광장에서 계속 큰길을 따라 북동쪽으로 걷다 보면 혁명광장이 있고, 거기서 북서쪽에 볼쇼이 극장이 있었다. 극장을 구경할 게 아니라 안에 들어가서 발레를 봐야겠지만, 일단은 극장의 외관을 보는 것으로 하고, 지나갔다.

KGB

볼쇼이 극장 앞에서 계속 북동쪽으로 걸으면 루반크 광장이란 곳이 나온다. 광장인지 아닌지 좀 불분명하다. 로터리 한복판에 뭔가 있었을 듯한데 없는 화단이 하나 있는데, 여기가 KGB의 전신인 체카를 창설한 제르진스키의 동상이 있던 곳이다. 러시아혁명 당시 반혁명세력에 대해 무자비한

테러를 함으로써 정권의 안정에 기여한 인물이어서 레닌의 묘역 근처에 안장된 인물이지만, 소련이 해체되고 나서는 민중들에 의해 그의 동상이 철거되고 말았다고 한다.

이 건물이 KGB의 건물이란 건 지하철 안내도에 'Fedral Security Service of Russian Federation'이라는 설명으로 알 수 있고, 건물을 보고 서서 좌측 1층 벽에 안드로포프의 얼굴이 새겨진 석판이 있는 것으로도 확인할 수 있다. 안드로포프는 브레즈네프 사망 후 1982년에 서기장이 되었는데, KGB 의장 출신이다.

1층에 있는 방들은 전부 블라인드가 내려져 있거나 커튼이 쳐져 있어 밀실다운 느낌을 주지만, 근처를 경찰들이 에워싸거나 군인들이 경비하고 있지는 않아서 내 맘대로 가서 사진도 찍을 수 있었다.

…

KGB를 갔다가, 거기서 약 500m쯤 떨어져 있는 시티은행 지점을 찾아가 돈을 좀 찾았다. 러시아 시티은행 ATM에서는 한 번에 만 루블씩밖에 출금이 안 된다. 지난번 니즈니노브고르드에서는 다섯 번까지 인출이 됐는데 여기는 세 번밖에 인출이 안 되고 그다음부터는 인출정지가 되었다. 한국에 있던 카드 주인에게 문자메시지가 가서 인출제한이 풀린 뒤에는 다행히 필요한 만큼 인출이 됐다. 여기선 USD로는 출금이 되는데, 아직 Euro가 출금되는 것은 못 봤다. 러시아를 나가기 전에 유로를 준비해 두어야 하는데 상트페테르부르크에 가서 바로 유로 출금이 안 되면 환전을 해야 할 듯하다.

D+041, 모스크바 나흘째

2015년 9월 12일, 토요일, 흐림

오늘은 유네스코 세계문화유산에 등재된 노보데비치 수도원을 가기로 했다. 아침에는 역시 일찍 일어나지 못했고, 열 시가 넘어서 겨우 숙소를 떴다. 그리 힘들지 않게 지하철을 타고 한 번 갈아타서 목적지 역에 도착했다.

목적지 역에 도착하니 벌써 열한 시 반이 넘어서 뭔가 좀 먹어야겠다 생각했다. 어제 크렘린에서 하도 고생을 해서 일찌감치 먹고 들어가는 게 낫겠다 생각했다. 수도원 쪽으로 걸어가다 보니 먹을 만한 가게는 몇 개 있었고, 거의 수도원에 와서 겉에서 보기엔 좀 허름해 보이는 카페에 들어갔다.

점심 먹기

이 카페는 겉에서 보면 허름해 보이는데 들어와 보니 뜻밖에 깔끔했다. 손님은 한 명도 없었고 웨이터가 메뉴를 가져다주어 펼쳐 보았는데 가격이 상당히 비쌌다. 모스크바의 물가가 비싼 건 알고 있었지만 생각보다 비싸다는 느낌이었다. 그래도 우리나라 서울에 있는 식당과 비교하면 그리 비싼 것도 아닌 것 같기도 하다. 일단 여기도 셀-드가 있어서 그걸 하나 주문하고, 그릭샐러드도 하나 주문했다. 밥이 있어 두 그릇을 시키고, 국으로 닭고기가 들어간 것을 하나 주문했다.

셀-드는 우리 숙소 식당의 것과 맛이 비슷했고, 그릭샐러드는 치즈가 약간 더 부드러웠다. 닭고기 죽은 우리나라 닭백숙과 비슷한데 약간 시큼한 맛이 났다. 시큼한 맛이 나는 치즈가 들어간 것이 아닌가 한다. 음료로는 콜라와 커피를 주문했는데 전체 1,560루블이 나왔다. 우리 돈으로도 삼만 원이 넘으니 꽤 비싼 음식인 것이다.

노보데비치 수도원

밥 먹은 집에서 채 5분도 안 걸어서 수도원에 도착했다. 수도원은 주변에 공원이 있어 복잡한 도심과 구분되어 있다. 이 수도원은 Bogoroditse-Smolensky 수도원으로 알려져 있으며, 17세기 이후 그대로 유지되고 있어, 2004년에 유네스코 세계유산으로 지정되었다.

입구에서 표를 사면 세 군데를 들어가 볼 수 있다. 가장 큰 것은 스몰렌스키(Smolensky) 성당이다. 중앙에 있는 스몰렌스키 성당은 기둥이 여섯 개로, 전면에 5층으로 배열된 이콘들을 볼 수 있다. 5층 배열의 성당은 정교회 성당 중에 가장 급이 높은 성당으로, 보통 유네스코 세계유산으로 지정된 곳이 그렇다. 기둥이 여섯 개라는 것도 꽤 특이한 점이다. 보통은 네 개의 굵은 기둥으로 건물을 지탱하는 경우가 많다. 여기에서는 사진 표를 100루블에 사서 내부 사진을 많이 찍을 수 있었다.

스몰렌스키 성당을 나와서 주위를 돌면 정원에 묘가 많이 설치된 것을 볼 수 있다. 우리나라의 절에도 인근에 공동묘지를 설치하는 경우가 있지만, 시내에서 멀지 않은 곳에, 심지어 교회 건물 안에 관을 두는 것은 죽음에 관한 정의가 우리와 좀 다른 것이 아닌가 하는 생각을 하게 했다.

성당을 나온 후에 좀 혼란에 빠졌다. 분명히 들어올 때 세 군데를 돌 수 있다고 했는데 거기가 어딘지를 알 수가 없었다. 옆에 있는 우스펜스키 성당을 들어갔으나 거기서는 표를 뜯지 않았다. 우스펜스키 성당은 이콘 배열이 3단인 성당으로 많은 사람이 실제 기도를 하는 곳이었다.

여기를 나와서 화장실을 잠시 갔다가 주위를 다 둘러보아도 어딜 더 들어가야 하는지 알 수 없어서 표 파는 곳에 다시 가서 물어봤다. 그러자 표 파는 곳 우측 아래에 있는 곳으로 가야 한다고 알려 주었다. 그래서 이콘화들이 전시된 박물관 하나를 찾아서 둘러보았다. 거기를 나온 다음에 그 건물의 더 아래쪽에 있는 곳을 갔으나 문이 열리지 않아서 아닌가 보다 하고 나왔다. 그럼 나머지 하나는 어디라는 말인가 하고 다시 수도원을 한 바퀴 돌았다. 표 파는 분이 알려준 것이 망루 아래쪽이라고 설명하는 듯해서 망루마다 가보았는데 전부 입장하는 곳이 아니라고 설명하고 있었다. 하는 수 없이 아까 갔던 아래쪽으로 다시 가서 김밥에게 내려가 문 한 번 열어보라고 하니 거기서 나오는 사람들이 있었다. 아까 문을 잘못 열어 본 듯했다.

그 안에는 나폴레옹과 러시아의 황제 알렉산더 1세의 전투에 관한 전시가 있었다. 원래 이곳은 성벽이 있는 모스크바의 남쪽 방어선 중의 하나였던 곳이고, 나폴레옹은 이 수도원을 파괴하려고 했던 모양인데, 수녀들이 간신히 지켜냈다고 한다. 톨스토이의 소설 『전쟁과 평화』와 『안나 카레리나』에도 이 수도원이 나오는 모양이다.

노보데비치 수도원. 당시 종탑은 보수 공사 중이었다.

2015/ 9/12 12:46

우주 항공 박물관

수도원 다음으로 간 곳은 우주 항공 박물관이다. 지금까지 다니던 곳과는 아주 이질적이지만, 아주 흥미로운 곳이었다. 미국을 여행 가면 NASA 같은 곳을 가보곤 하는데, 여긴 박물관으로서 미국 NASA와 같은 감동을 줄 수 있는 곳이다.

모스크바 북쪽에 있으며, 앞에는 러시아 우주 과학에 기여한 로켓 과학의 선구자 치올콥스키, 세계 최초의 우주인 유리 가가린, 세계최초의 여성 우주인인 텔레시코바 등 많은 과학자의 동상들이 있어 그것을 둘러보는 것도 흥미롭다.

여기도 사진 촬영권을 사서 열심히 찍었고, 표값이 전혀 아깝지 않았다. 전체 1층과 반지하로 구분되어 있는데, 1층에는 스푸트니크 등 미국을 충격에 빠뜨렸던 세계최초의 인공위성의 1:1 모형 등 초기 우주개발 역사에서 미국을 앞서가던 시절의 것들이 전시되어 있다. 그다음 방을 가기 전에 영화관이 있는데 우주개발의 역사, ISS 등에 관해 설명을 해 준다. 일부는 영어 자막이 있고 일부는 없다.

그다음 방에는 스푸트니크 이전 로켓기술의 개발에 관한 역사가 전시되고 있고, 반지하로 내려가면서 현대 러시아 우주개발에 관한 것들이 나온다. ISS에 관한 부분을 가보면 참여하는 나라들에 대한 국기가 걸려 있는데 태극기도 있다. 신기하게도 북한도 참여하고 있어서 한국이 참여하고 있는 것이 아주 대단한 것은 아닌 듯하다. ISS에 탑승했던 우주인의 목록을 찾아보면 우리나라 이소연 박사의 이름도 가장 아래쪽에서 발견할 수 있다.

D+042, 모스크바 닷새째,
황실의 땅 콜로멘스코예(Kolomenskoye)

2015년 9월 13일, 일요일, 흐림

　어제 좀 늦게 나간 듯해서 오늘은 일찍 나간 것이 열 시 십오 분쯤이었다. 숙소를 나가면 오른쪽이냐 왼쪽이냐의 갈등이 항상 생겼다. 한쪽은 크렘린, 한쪽은 지하철 방향이다. 오늘은 지하철 쪽으로 가는 건데 역시 어느 쪽인지 확신이 별로 없어 김밥에게 오른쪽이냐 왼쪽이냐 물으니 오른쪽일 것이라고 대답했다. 나침반만 있어도 간단하게 가는 건데 항상 아쉽다.

　방향은 오른쪽이 맞았다. 한 1~2분을 걸으면 GPS 지도가 움직이기 시작하니 방향을 확인할 수가 있다. 그때부턴 능숙하게 방향을 잡아간다.

　오늘도 쿠르스카야역으로 왔다. 오늘 갈 곳은 콜로멘스코예다. 여기는 좀 넓은 곳이라는 정보는 있었으나, 얼마나 넓은지에 대해서는 아는 바가 없어서, 여기가 일찍 끝나면 어디를 가나를 고민하고 있었다.

　평소보다 약간 빨리 지하도를 건너니 지하도에 슈퍼마켓이 있는 게 보여 들어올 때는 여기서 빵을 사자고 얘기를 했다. 빵을 산 것이 다 떨어졌기 때문이다.

　그 길로 길을 건너 평소보다 미리 역 쪽으로 방향을 꺾어가니 거기가 전에 찾던 치카롭스카야역이었다. 결국 안에서만 연결되는 것이 아니었고 밖에도 역이 있긴 있었다.

　또 100루블을 내고 2인 표를 샀다. 50루블짜리 두 장을 주지 않고, 100루블짜리 한 장을 준다. 처음에 한 번은 두 장을 주더니, 이후엔 계속 그런다. 그래도 이제는 능숙하게 내가 들어간 후 김밥에게 표를 넘겨 들어오는 데 문제가 없다.

　지하철은 매우 빨리 달리는 듯하다. 거리가 먼데도 30분 이내에 도착했

내 차 타고 세계여행_러시아 횡단 편

다. 한 번 환승을 했는데도 그렇다.

지하도를 빠져나와 지도를 보니 한 500m~1km는 가야 하는 듯했다. 시간을 보니 벌써 열한 시가 넘었는데, 슬슬 배가 고파져서 김밥에게 점심을 먹을까 했더니 먹을 때가 아니라 대답했다. 그냥 먹으면 좋겠는데… 아무래도 안에 들어가면 상황이 어떨지 모르니 뭐라도 조금 먹는 게 나을 듯하여 핫도그 한 개를 사서 둘이서 반씩 나눠 먹었다. 혹시나 먹을 데를 못 찾을 때를 대비하는 것이다.

콜로멘스코예에 가까워지니 나무들이 많았다. 입구가 나타났는데 꼭 공원 같았다. 입구에 표 파는 데가 없어서, 그냥 안으로 들어갔다. 들어가는데 우리말 하는 사람 소리가 들려서 보니 30~40대의 여자분 둘이 들어가며 대화를 하고 있었다. 확실히 모스크바엔 한국 사람이 없지는 않은 듯하다.

여기는 그래도 대규모 중국인 관광객은 일단 입구에선 보이지 않았다. 입구를 들어가서 안내판을 보니 매우 넓었다. 게다가 한 구역은 한 1km나 떨어져 있어 저기도 봐야 하는 건가 하는 고민에 빠지게 했다.

여기는 모스크바의 남쪽, 모스크바강 가에 접해있다. 과거 황실의 땅으로 390헥타르의 광대한 땅에 황실의 교회, 저택 등이 밀집된 곳으로, 모스크바에 편입된 것은 1960년의 일이다.

우리는 일단 사람들이 많이 가는 방향으로 천천히 따라갔는데 별것이 나오지 않았고, 먼저 나오는 게 식당군이었다. 뜻밖에 안에 먹을 데는 많았다.

그런데 그쪽에서 고개를 들어 우측을 보니 처음에 안내 지도에서 보았던 세계문화유산에 등재된 교회의 지붕이 보였다. 우리가 너무 좌측(동쪽)으로 온 듯했다. 그래서 다시 방향을 바꾸어 그쪽으로 올라갔다.

한참을 걸어 올라가니 저 아래에 성벽이 있고, 성벽 사이로 문이 있었다. 문 쪽에서 왔어야 했는데 방향을 잘못 잡은 것이었다. 그래서 다시 문 쪽으로 내려가 보았다.

이 문은 위에 걸린 구원자 예수의 이콘 때문에 구원자 문이란 이름을 가졌고 1673년에 건축되었다고 한다.

문을 들어가면 우측에 빵 등의 음식을 만들던 건물의 터가 있는데, 마치 그리스에서 흔히 보던 고대 유적의 터 같은 느낌을 준다. 여기 있던 건물들은 1812년의 조국 전쟁(나폴레옹의 원정)[9] 이후에 파괴되었다고 한다.

다시 길로 들어오면 이 길은 Linden Alley라 하는데, 알렉산더 1세에 의해 조성되어 문에서 예수 승천(Ascension) 교회까지 이어진다. 이 길 옆에 예전에 통나무로 만든 궁전이 있던 자리가 있는데, 그 궁전은 현재는 복원되어 여기서 1km 떨어진 남쪽에 있다.

카잔의 성모 교회(Church of Our Lady Kazan)

먼저 들어가 본 곳은 카잔 교회이다. 이 교회는 17세기에 지어진 교회이다. 우리가 들어간 시점에는 아마도 정오 예배가 진행되고 있는 듯했다. 천상의 소리 같은 5명의 여자가 부르는, 고도의 화음이 이루어지는, 빠른 속도의, 마치 노래와 같은 기도가 이어지고, 간간이 굵은 목소리의 남성 성직자의 기도가 반복되고 있었다. 앞쪽 이콘이 있는 공간에 서서 그 예배의 진행을 아주 자세히 볼 수 있었다. 정교회의 예배를 보고 있으면 마치 영화에 가끔 나오는 고도로 신비한 어떤 종교의식을 보고 있는 듯한 느낌이 든다. 여성 중창단(?)의 소리가 끊임없이 울려 퍼지는 것도 그렇고, 성직자들은 거의 거대한 황금의 장옷을 입고 있는데 대부분 길게 수염을 기르고 있어 그 신비감을 더한다. 여자들은 전부 머리에 비련의 여주인공들처럼 보자기를 쓰고 있다. 이 보자기를 쓰는 방식이 우리나라 천주교에서 쓰는 방식과는 좀 다르다. 우리나라 1970년대 중반에 아주머니들이 보자기를 쓰는 방식, 즉 사각형 천을 대각선으로 접어 이등변 삼각형을 만든 다

---

9   대조국 전쟁은 2차 세계대전을 말한다.

음 긴 양쪽을 턱 아래로 질끈 동여매는 방식이다. 러시아의 많은 할머니들은 일상적으로 이렇게 보자기를 쓰고 다니는데, 이런 모습은 옛 소련 시절에 보던 가난했던 러시아의 영상들을 떠올리게 한다.

…

교회를 나왔더니 안에서 행사를 마친 성직자들이 전부 다 또 어떤 곳으로 가고 있었다. 일단 그분들이 가시는 것은 그냥 두고 우리는 그 교회를 마주 보는 곳에 다른 입구가 있어서 또 나가 보았다. 거기도 입구가 하나 있었고, 앞에 매표소(Kacca)도 하나 있었다.

예수승천 교회
다시 문을 하나 지나면 유네스코 세계유산으로 등재되는 데 결정적인 역할을 한 교회가 나타난다. 문이 특이하게 녹색의 뾰족지붕이 있는 것이었는데 17세기에 건축되었다고 한다.

문을 지나면 하얀색 건물이 나타나는데, 그 앞에 아까 예배를 마친 성직자들이 전부 가 계셨고 거기서 다시 예배가 진행되고 있었다.

하얀 교회 앞에 성 조지(George) 교회가 서 있는데, 여기는 안을 들여다볼 수는 없었다. 바로 뒤의 교회로 가보았다. 그런데 앞에서 표를 검사하시는 분이 있어 표를 사오라고 했다. 여기는 곳곳에서 표를 사야 하는 것인지, 전체를 통합하는 표는 없는 것인지 궁금했다.

하여간, 다시 표를 사서 교회로 와서 들어가 보았다. 먼저 계단을 올라가 보았는데, 교회는 전체가 흰색의 돌로 지어져 있었다. 이 교회는 바닥은 십자 형태이고 그 위에 팔각형의 건물이 올라간 뒤 지붕이 다시 팔각형으로 모이게 되어 있었다. 이런 형태는 그 당시로는 전통적인 정교회 양식과는 이질적이었던 것이었다고 하는데, 이 건물 이후에 이런 형태의 건물이 지어지기 시작했다고 한다.

이 건물에는 두꺼운 벽 사이로 용도가 명확하지 않은 좁은 창들이 나 있다. 대칭도 아닌데 몇 군데 창이 나 있다. 용도가 무엇인지는 알려지지 않은 듯한데, 아마도 환기를 위한 구멍이 아닐까 생각해 본다. 창을 통해서 보이는 것은 벽 외에는 없어서 채광창의 용도로는 부족해 보이고, 환기 외에는 특별한 목적이 없어 보였다.

콜로멘스코예 예수승천 교회와 종탑.
우측의 종탑에서는 아름다운 종 연주를 들어 볼 수 있다.

2015/ 9/13 12:28

워터 타워

교회의 옆에는 또 작은 탑이 하나 있는데 17세기 후반의 것이다. 들어가려니 또 표를 사야 한다고 했다. 그래서 어쩔 수 없이 또 표를 사러 갔다. 아마도 통합 표가 있었을 듯한데 내가 못 산 게 틀림없었다. 어쨌든 표를 사서 들어가 보니 여기는 수즈달에서 들어가 본 워터타워와 비슷한 곳이었다. 그 당시에는 그것이 왜 그런 이름을 가진 것인지 사실 알지 못하였는데, 여기서 내부에 안내된 설명과 모형들을 보니 이유를 명확히 알 수 있었다.

즉, 모스크바강에 인접한 이곳 아래에 우물이 있는데 거기서 물을 탑 꼭대기로 퍼 올리고 탑 꼭대기에서 아래로 긴 파이프를 통해 물을 흘리면 그 물이 일대에 있는 건물들, 즉 교회 안으로 수압 탑의 높이만큼은 흘러 들어갈 수 있다. 물탑의 높이가 교회의 높이 정도만 되면 물은 흘러가게 되어 있는 것이다.

모스크바강

교회에서 모스크바강으로 내려가 볼 수 있고, 여기서부터 한동안은 모스크바강을 따라 걸어 볼 수가 있다. 이 부근의 모스크바강은 딱 한강 정도의 폭인데, 강 위로 유유히 유람선들이 다니고 있었다.

일대에는 마라톤 대회 같은 것이 열리고 있어 마라톤복을 입고 뛰어다니는 사람들이 많았다.

우리는 점심을 먹어야 해서 근처에 먹을 것을 파는 곳에 가서 빵과 케이크를 각각 두 개씩 사고, 커피 한잔과 네스티 한 병을 샀다. 가까운 벤치에 앉아 모스크바강을 바라보며 먹었다. 좀 더 가면 카페가 있을 것 같기도 했는데 시간이 이미 많이 되기도 해서 먹긴 먹어야 했다. 이때까지 참은 것도 아침에 들어올 때 핫도그를 반씩 먹어서였다.

북쪽 목조 건축지구

점심을 먹고 강을 따라 북쪽에 있는 목조건축지구 쪽으로 갔다. 여기는 소련 시절에 여러 곳에 있던 목조건축을 수집해 놓은 곳이다. 거대한 통나무 교회들, 옛 귀족의 집, 물레방앗간 등이 모여 있는데, 일부는 들어가서 보려면 또 돈을 내야 했다. 러시아인들은 거의 돈을 내고 들어가지 않는데, 나도 표를 사 보려 하니 말이 전혀 통하지 않아 표를 사지 못했다. 표를 사는 데 가면 이런저런 서너 가지 표가 있는데 각각의 용도를 잘 모르니 뭘 달라고 할지도 모르겠고, 대충 의미를 파악해서 적당한 걸 주면 좋을 텐데 전혀 그럴 기미가 없는 것이다.

러시아에 와서 보면, 어떻게든 의사소통을 해 보려고 노력을 하는 사람이 있는 반면에, 미리 일찌감치 포기하고 아무것도 하지 않으려 하는 사람들도 보게 된다. 다수는 전자에 속하는데 일부는 후자에 속한다. 후자에 속하는 사람을 만나면 서로 힘들어지는데, 이번 경우에는 방법이 없어 그냥 곁에서만 보기로 했다. 다행히 내가 파악한 바로는 돈을 내고 들어가는 곳은 규모가 아까 워터타워보다도 작은 곳이었고, 대부분은 곁에서만 보게 되어 있었다.

통나무 궁전[10]

북쪽 구역에서 남쪽 구역까지 가려면 1㎞가량을 걸어야 하는데, 가능한 거리를 단축해 보고자 산길을 택해 걸었다. 가는 길은 정말 호젓한 산길인데, 소위 토끼 길이 나 있다. 가는 길에 샘, 목욕탕 같은 것들이 있고, 신기하게 생긴 돌들도 있는데, 그 위에는 명상하는 듯한 사람들이 앉아 쉬고 있었다.

한참을 걸어가면 마침내 주위가 탁 트인 공간이 나타나고 거기에 통나무 궁전이 서 있는데, 여기도 표 사는 것이 애매했다. 제일 위에 무려 350루블짜리 표가 있는데, 무슨 내용인지 몰라 번역기를 돌려 보니 통합표였다. 우리 앞에 부부가 그 표를 사기에 나도 따라 샀다. 그런데 그 부부는 바로 옆

---

10 알렉세이 1세(1645~1676년)는 황위 계승자를 위하여 일대의 목조 건축물을 다 없앤 다음에 카잔 교회 앞에 통나무로 궁전을 지었다. 미로와 같은 복잡한 구조와 250여 개나 되는 방 때문에 당시 세계 8대 경이 중 하나였다고 한다. 원래는 여름 궁전이었지만, 알렉세이 1세는 이 궁전을 매우 좋아했다고 한다. 로마노프 왕조의 6대 여황제 엘리자베타 페트로노바는 이 궁전에서 1709년에 태어났고, 알렉세이 1세의 아들인 표트르 대제도 여기서 유년 일부를 보냈다. 표트르 대제가 수도를 상트페테르부르크로 옮긴 후 이곳의 보수가 되지 않았다. 결국 예카테리나 여제는 1768년에 여기를 헐고 새로 적당한 석조 벽돌집으로 다시 지었다. 다행히 그 원래의 설계도가 남아있어 모스크바 정부는 완전히 재건축할 수가 있었고, 2010년에 마무리했다. 역사적인 기초를 보존하기 위하여 원래의 자리보다 남쪽에 지은 것만 다른 것이다. 1768년에 예카테리나 여제가 다시 지었던 것은 1872년에 없어져 일부 문과 외곽의 건물들만 남았다.

내 차 타고 세계여행_러시아 횡단 편

에 무슨 전시실이 있는데 거기로 안 가고 저 멀리 건물을 돌아갔다. 왜 안 들어가고 저리 자꾸 가는 건가 보고 있다가, 처음에 보이던 전시실로 그냥 들어갔더니 거기가 아니라며 뒤로 돌아가라고 했다.

다시 나가서 또 그 뒤에 있는 곳으로 들어가려 했더니 또 내려가서 뒤로 가라고 했다. 그 뒤에 또 다른 곳에 갔는데, 거기서도 뒤로 돌아가라고 했다. 제일 마지막은 할머니였는데, 참 답답해하면서 내려가서 뒤로 돌아가면 된다고 계속 말씀하셨다. 그 말대로 내려가서 뒤로 돌아갔는데, 거기는 아까 그 부부 중 부인이 혼자 올라가 보던 곳이었다.

안에는 주로 황실의 생활에 관한 것들이 주로 전시되어 있는데, 표트르 대제와 후에 여황제가 된 표트르 대제의 부인 등에 관한 전시가 많다. 일부는 왕자들의 교육에 관한 것들도 전시되어 있고, 이리저리 방을 돌아가면 욕실까지 돌아볼 수 있다. 욕실은 마치 사우나와 비슷하게 생겼다. 여기는 다행히 아래위로 올라가라 하지는 않는다. 가라고 하는 대로 따라 다니다 보면 끝이 난다.

제일 마지막에 나가는 문으로 나오다 보니 아까 들어가려고 했던 곳 중 하나인 듯했다. 아까 뒤로 돌아 나가라고 했던 분들은 아마도 제일 시작 부분으로 나를 보내려고 했던 것 같다.

밖에 나와서 궁전을 둘러보면 전체가 거대한 통나무 집이다. 아마 통나무 집으로는 내가 본 것 중에는 가장 큰 건물인 듯하다. 구조가 복잡해서 밖에서도 이리저리 공간을 돌아볼 수 있게 되어 있고, 이미 많은 사람이 구석구석을 다니며 사진 찍기에 바쁜 광경을 볼 수 있다.

저녁 시간

여기까지 다 보고 나니 이미 시간은 다섯 시 가까이 되어 있었다. 러시아에 온 이래 한 장소에서 이렇게 긴 시간을 보낸 것은 이번이 처음인 듯하다. 원래는 여기를 보고 시내에 있는 다른 곳을 하나 더 볼까 생각했는데 그럴 만한 여유가 전혀 없었다. 결국, 숙소로 돌아가서 저녁을 먹어야 해서 바로 지하철역으로 갔다. 다행히 이쪽에서는 지하철 입구가 가까워서 그쪽에서 한 번 갈아탄 다음 쿠르스카야역으로 올 수 있었다.

호텔로 돌아오니 벌써 여섯 시가 넘어서 식당에서 스카이프로 방 양에게 연결해 보았으나 벌써 자는지 연결이 안 됐다. 그도 그럴 것이 한국은 벌써 자정이 넘었기 때문이었다.

저녁은 평소에 먹던 것과 거의 비슷하게 주문했는데, 이날은 보르시를 주문했다. 보르시는 밥을 말아 먹기는 좀 힘들었다. 밥을 말아 먹는 데는 소고기 국물이나 닭고기 국물이 좋은 듯하다.

D+043, 모스크바 엿새째

2015년 9월 14일, 월요일, 흐림

오늘은 사실 어딜 가야 할지 잘 모르겠는 상태로 잠을 깼다. 어제 밤에는 피곤하여 좀 일찍 잤더니 여덟 시에는 눈을 떴다.

여행책자든 Triposo이든 어딜 봐도 월요일에 문을 여는 박물관은 없었다. 공업기술박물관 같은 데(이런 데를 뭐하러 가냐는 분도 있겠지만)를 가보고 싶은데 갈 수가 없었다. 그게 아니면 고리키의 집이나 근처에 체호프의 집 같은 데도 가보고 싶은데(내가 언제부터 문학청년이었나 싶지만) 갈 수가 없었다. 월요일은 박물관은 다 놀기 때문이다. 유일하게 찾은 것이 유대인문화박물관인데, 굳이 여기서 유대인문화박물관을 가야겠나 싶었다. 시나고그에 다녀왔으면 충분하지 않은가.

그래서 일지를 정리하며 계속 고민을 하다가 결국 고리키의 집과 체호프의 집을 지나 한 바퀴 돌며 산책하는 것으로 계획을 짰다. 김밥 군 입장에선 마냥 걸어대는 일정이니 힘들 법도 했다.

원래는 열 시에 나가려 했으나, 결국 열한 시 쯤에 나갔다. 크렘린 쪽으로 김밥 군에게 방향을 물어 걸어갔다(김밥이 나보다 조금 나은 듯하다). 지난번에 갔던 길인 크렘린의 북쪽 벽을 돌아가려면 검색을 거쳐야 하고, 서쪽 벽을 도는 건 지난번에 해 봐서 그 앞에 다리를 건너보는 방향으로 갔다.

원래는 이 다리를 건너 버리면 좀 돌아가는 꼴이 되는데, 다리 위에 올라오니 경치가 너무 좋은 것이다. 모스크바강이 내려다 보이고 그 위로 유람선이 떠다니며 우측으로는 크렘린이 보이는 전경이 내 눈앞에 펼쳐졌다. 누가 서울에만 거대한 도시에 큰 강이 있다고 했나. 모스크바에 있는 모스크바강에서 보는 모스크바의 경치는, 글쎄 모스크바 사람이 서울의 한강다리에서 보는 모습이 더 아름다울까. 나도 한때 한강철교를 기차로 건너며 가슴이 두근거린 적이 있긴 하지만, 그게 한강변의 경관이 아름다워서는 아니었는데, 여기는 정말 아름답다. 푸른 하늘의 솜털 같은 흰 구름과, 그 옆으로 보이는 크렘린의 붉은 벽, 모스크바강, 그리고 그 위의 범상치 않은 다리의 난간들이 만들어 내는 경치가 그림엽서에 나올 법한 광경이다. 문득 사진을 마구 찍다가 김밥은 나를 보며 '뭘 저런 걸 가지고 사진을 찍고 난리지' 하는 생각을 하고 있는 게 아닐까 하는 생각을 하게 되었다.

하여간, 다리를 건넜는데, 지도를 보니 한참을 돌아가는 것이었다. 이 다리에도 분명 한강대교, 마포대교 하듯 분명 이름이 있을 터인데 이름은 알 수 없었다(나중 어느 순간엔 알 것이다).

다리를 건너서 서쪽으로 걷다 보면 그쪽의 경관도 매우 아름답다. 오늘 따라 날씨가 맑아서 모든 것이 너무나 명확하게 보였다. 이 부분은 모스크바강이 둘로 나뉘어 가운데 섬 같은 형태로 만들어진 곳인데, 걷다 보면 저 멀리 표트르 대제의 거대한 기념비가 보였다. 평소 같으면 거기까지 가겠지만, 오늘은 돌아볼 곳도 멀어서 거기까지 가진 않았다.

다시 크렘린의 서쪽 성벽 쪽으로 방향을 바꾸어 걷다가, 다시 모스크바강을 건넜다. 강을 건너면서 서쪽을 보면 세계에서 가장 높이가 높은 정교회 성당인 구원자 그리스도 성당이 황금빛 돔을 자랑하며 서 있다. 멀리서 보아도 규모가 엄청나다는 걸 알 수 있어서 굳이 가까이 가보지 않아도 된다.

크렘린의 서쪽 성벽 쪽으로 방향을 틀어 가려고 횡단보도에 서 있다 보니 길 건너에 카페가 보여 들어가 점심을 먹기로 했다.

점심 먹기

모스크바는 어차피 물가가 비싸니 충분히 각오하고 들어왔으나, 역시 비쌌다. 메뉴를 보니 영어는 없는데, 사진이 있어서 소면처럼 보이는 ○○ 소면(러시아 발음이 '소면'이었다)을 시켰다. 나중에 나온 것을 보니 정말 잔치국수 같은 국수였다. 잔치국수면에, 심지어 국물도 우리나라 잔치국수와 비슷한데, 거기다 닭고기 같은 것이 몇 조각 두껍게 들어있었다. 신기하게도 맛있는 것은 양이 적다. 이 국수도 참 맛있었는데 양이 적었다. 한 그릇에 무려 300루블이 넘는 국수였다. 나머지는 수프 하나와 빵 네 조각이었고, 이 수프도 해물이 들어간 꽤 맛있는 국물이었다. 빵도 여기는 흑색식빵이 아닌 단단한 빵으로 꽤 맛있었다. 커피 역시 가격만 보면 우리나라 커피값의 반값이나 진한 맛을 내며 아주 맛있었고 종업원 역시 먹은 그릇은 재빨리 치워주는 아주 친절한 식당이었다. 음식을 다 먹고 나면 순식간에 치워줘서 아주 편하게 음식을 먹을 수 있는 것이 러시아 식당의 장점 같다.[11]

대 니키츠카야 거리

여기는 지난번 갔던 아르바트가의 북쪽에 방사상으로 나 있는 길이다. 가는 길에 국립도서관이 있는데, 도서관 앞에는 도스토옙스키가 서 있었다. 톨스토이처럼 누구나 이름을 들으면 고개를 끄덕이고 대부분이 인정하는 그런 문학가를 가지고 있다는 것이 러시아의 부러운 점이다.

그 앞에 지하도를 지나 계속 길을 걸으면 모스크바대학의 구관이 있고,

---

11 대부분의 유럽에서 이와 같이 다 먹기 전이라도 빈그릇이 있으면 미리미리 치워준다. 손님이 빨리 나가도록 재촉하는 것이 아니다. 우리나라 식당은 손님이 나가기 전까진 아무것도 안 치워 주는 것과는 아주 대비된다. 음식을 다 먹고 커피를 여유 있게 마시기에 아주 좋다. 그야말로, '카페'인 것이다.

주위에는 많은 대학생이 왔다 갔다 했다. 거기서 거의 서쪽으로 난 길로 따라 걸었다. 길은 넓지만 반쯤은 보행자 도로가 되어 있었다. 길가에 카페가 있고 밖에 나와 차를 마시거나 식사하는 사람들도 있었다. 이 일대에는 대학의 교수들, 지식인들이 많이 왕래한다고 한다.

가다 보면 타스통신사가 나타난다. 글자를 읽어보면 TACC, '타스'다. 어릴 때 뉴스를 들으면 소련 얘기는 전부 타스통신사에서 나왔었다. 통신사 앞인데, 앞에서는 여러 방송사에서 타스통신사를 배경으로 뉴스를 찍고 있었다. 아마도 오늘 타스통신에서 이런 얘기를 했습니다 뭐 그런 내용 같았다.

다시 한참 길을 걸으면 드디어 고리키의 집이 나타난다. 집 앞에 고리키의 집이라는 명패가 붙어 있다. 월요일이 아니면 안에 들어가 볼 수 있다는데 아쉽다. 고리키의 집은 생각보다 꽤 컸다. 고리키가 이미 유명해진 시점에 살았던 집인 듯했다. 저택이다.

고리키의 집에서 한 이삼십 미터 떨어져 길 건너편에 작은 공원이 있는데, 공원의 한가운데엔 톨스토이가 서 있다. 또 부럽다. 고리키의 집에서 얼마 안 되는 곳에 톨스토이가 있고, 사람들은 톨스토이 주위에 앉아서 이야기를 나누고 있었다.

거기서 또 한참을 가면 체호프의 집이 있어야 하는데 없었다. 화장실도 가야 했는데 화장실이 잘 안 보였다. 길 건너편에 보니 버거킹이 있기에 지하도를 건너갔다. 김밥에게 콜라 한잔 마시라고 사주고 나는 화장실에 갔다. 콜라를 마시지 않아도 가도 되긴 할 것 같은데, 그래도 좀 쉬기도 하려고 콜라를 한잔 산 것이다. 한잔의 여유도 필요했다.

거기 앉아서 책과 지도를 자세히 보니 내가 처음 생각했던 곳보다 약간 북쪽으로 올라가야 했다. 그래서 다시 방향을 잡아가니 거기 체호프의 집이 있었다. 내가 체호프를 잘 아는 것은 절대 아닌데, 어디서 들었는지 이름은 들어 알고 있었다. 버거킹에 앉아 찾아보니 원래는 의사였고 나처럼 젊어서 폐결핵도 앓았었다고 한다. 의대 다니면서 가족들 부양하느라 단편 소설을 열심히 써서 먹고 살았다고 한다.

트베르스카야 거리

체호프의 집에서 북쪽으로 방향을 잡아 걸으면 광장이 나오게 되어 있었다. 가는 길에는 주차단속이 있었는데, 벤츠를 들어다가 차에 싣고 가는데 벤츠에서 도난방지 장치가 삑삑거리고 있었다. 주인은 어딜 갔는지 한참 삑삑거리고 있는데도 나타나지도 않았고, 결국 불쌍한 차는 계속 삑삑거리며 주차단속 차에 실려 가고 말았다.

드디어 광장에 도착하면 우측으로 풍자극이 공연된다는 풍자극장이 있고, 그 옆에 차이콥스키 음악당이 있었다. 이런 데 오면 그런 데 가서 음악을 들어야겠지만… 궁전에 들어간다고 왕 흉내를 낼 필요는 없고, 성당에 들어간다고 신도가 될 필요는 없지 않은가. 궁전을 둘러보듯, 성당을 둘러보듯 음악당을 둘러보면 되는 것이다. 돈 안 내서 못 들어가면 겉만 보면 되고.

광장 이름은 옛날엔 마야스코프 광장이었고, 지금은 개선광장이라고 한다. 광장에는 혁명 시인 마야스코프가 하늘을 보며 서 있는데 그의 이름은 사실 금시초문이었다. 내가 체호프와 고리키를 아는 것만 해도 다행인데, 어찌 마야스코프까지 알겠는가. 하여간 나는 그런 형편이고 여기서 보면 풍자극장이나 차이콥스키 음악당이 더 잘 보여 사진을 찍어주었다. 광장에는 그네가 있는데 왜 있는지는 모르겠으나 있으니 젊은 남녀들이 그네를 타고 놀고 있었다. 그네 타고 놀고 있으니 사진 찍는 사람도 또 많았다.

이쪽에는 관광안내소가 있었는데(내일 모스크바를 뜰 참인데 이제 이런 걸 보다니 참, 나 원…) 들어가서 무료로 주는 지도를 한 장 받았다. 받고 보니 설명이 하나도 없어서 별 도움은 안 됐다.

여기서 이제 크렘린 쪽으로 쭉 내려가는 건데, 가다 보니 푸시킨이 서 있었다. 푸시킨 머리에 비둘기도 있는데 아랑곳하지 않았다. 동상이니 당연한 것이었다. 푸시킨의 옆으로 큰 건물이 있는데, 《이즈베스티야》라는 국가 기관지를 만들어내는 곳이라 한다. 푸시킨의 뒤쪽으로 쑥 들어가면 모스크바에서 가장 큰 극장이라는 '키노 러시야'가 있다. 광장 주변에는 사람들이 한가로이 앉아 얘기를 나누고 있었다. 광장 주변에서 심각한 얘기를 하는 사람은 별로 없어 보였다.

거기서 다시 지하도를 하나 건너서 크렘린 쪽으로 간다. 한 번 내려갔다 올라오면 또 방향을 잃는다. 올라와서 푸시킨을 찾아야 겨우 방향을 잡을 수 있었다.

마지막 광장이 자유의 광장이다. 여기의 주인은 돌고루키다. 우리가 갔다 온 저 유리예프 폴스키를 만든 그분인데, 이분이 여기 모스크바도 만들었다. 모스크바에 처음으로 크렘린을 쌓은 분이 이분이시다. 돌고루키가 튼튼해 보이는 말을 타고 서 있는데, 이 동상은 모스크바 건설 800주년을 기념한 것이라고 한다.

돌고루키 동상의 길 건너편이 모스소비에트인데, 2층에 기둥이 여덟 개인가 서 있고 위에 게오르기가 있다. 여기가 시청 같은 곳이라고 한다. 여기가 시청이라면 시청은 꽤 규모가 작은 것 같다. 서울시청보다 더 작아 보인다.

그 건물에서 크렘린 쪽으로 보면 1층이 붉은 화감암으로 만들어진 건물들이 두 개 있는데, 이 붉은 화강암은 나폴레옹이 모스크바에 가져온 것이라고 한다. 나폴레옹이 침략할 때는 승리할 것으로 예상하고 이 돌로 오벨리스크를 만들려고 했다고 하는데, 전쟁에 지는 통에 버리고 간 것으로 그 벽을 만들었다고 한다.

계속 크렘린 쪽으로 걸어오면 길 건너편에 지구의가 돌아가고 있는 중앙전신국이 보이고, 그 맞은편으로 다시 긴, 넓은 길이 있는데 거기 예술좌 건물이 있다. 그 예술좌의 꼭대기에 보면 갈매기가 그려져 있는데, 체호프의 '갈매기'를 공연하여 대성공을 거두어서 갈매기가 그곳의 상징이 되었다고 한다. 그 예술좌 건너편 카페 구석에 체호프의 동상이 서 있다. 과거의

폐결핵 환자여서 그런지 그도 꽤 말랐다.[12]

모스크바의 마지막 저녁

이로써 모스크바 거리 탐방이 끝났다. 마지막으로 그 거리에 앉아서 차나 한잔 마실까 했으나 김밥이 비싸다며 그냥 가자고 했다. 알뜰한 김밥이다. 뭐 먹자면 그냥 먹자고 하는 경우가 드물다. 옛날에 나도 그랬는데, 그 유전자는 그대로 유전되었음이 틀림없다.

그래서 그 아낀 돈으로 지하철을 타고 가기로 했다. 거기서 한 정거장인데 걸으면 2km는 될 거리였다. 지하철이 지하에서 연결된 역을 찾아야 해서 꽤 복잡했다. 지하에서 역을 찾으며 걸은 거리도 상당한 것 같은데, 어찌어찌해서 겨우 한 정거장 타고 왔다.

저녁은 매일 먹던 호텔 지하로 갔는데, 오늘은 마지막 날이라 특별히 같이 먹을 고기를 시켰다. 거기에 나는 닭고기 치즈 퓌레, 김밥은 돼지고기로 만든 무언가를 시켰다. 아줌마가 오늘은 밥을 안 먹느냐며 재차 물어서 안 먹는다고 했다. 맨날 밥을 먹었기 때문인 듯했다. 다른 집 같으면 많이 나왔겠지만 여긴 20% 할인이라 700루블대에서 끝났다. 모스크바에서의 마지막 만찬이었다.

---

12 나도 1988년에 폐결핵 치료를 받았고, 이후 체중을 늘리는 것이 매우 어려웠다.

성 세르기우스의 삼위일체 대수도원

Sergiyev Posad

세르기예프
포사트

라도네즈의 세르기우스는 중세 러시아의 수도사로, 수도을 개혁한 영적 지도자였다. 모든 러시아의 수도사들의 정신적 지주였던 그는 이곳에 묻혀있다. 또한 이곳은, 전 세계에 몇곳 없는 러시아 정교회의 대수도원인 성 레르기우스의 삼위일체 대수도원이 있는 곳이다.

D+044, 세르기예프 포사트 가는 길

2015년 9월 15일, 화요일, 맑음

 일곱 시 반쯤에 잠이 깼다. 오늘은 원래 여덟 시쯤에 출발을 하려고 했는데 어제 새벽까지 밀린 일지를 다 쓰느라 좀 늦게 잤더니 아침에 일어나기가 힘들었다.

 새벽에 열심히 쓰고 막 마지막 업로드를 하려는 순간 노트북에서 이상한 소리가 들리더니 블루 스크린이 떴다. 망연자실하여 뭔가 다시 복구할 엄두를 못 내고 그대로 접고, 임시저장이 좀 되어 있기를 간절히 빌며 그대로 쓰러져 잤다.

 아침에 눈을 뜨고 노트북을 켜 보았다. 정상적으로 켜지지는 않았다. 부팅 직전에 셋업을 한 번 들어갔다가 나오니 다행히 다시 부팅되었다. 이놈은 여행 시작 직전에 새로 사 들고 나온 건데, 가끔 부팅디스크를 찾지 못한다는 메시지를 내곤 했다. 언젠가 왕창 망하지 않을까 걱정이었다.[1]

---

1 하지만, 여행 마칠 때까지 이런 현상만 몇 번 더 반복되었을 뿐 큰 문제는 일어나지 않았다.

다행히 부팅 후에 블로그에 들어가 보니 임시저장이 거의 마지막 순간까지 되어 있었다. 그걸 그대로 불러와서 일지를 포스팅했다. 이제 밀린 것은 없는 것이다.

여덟 시가 되어 커피를 만들어 먹고 김밥을 깨웠다. 김밥이 정신을 차리고 옷을 입는 동안에 먼저 가방과 차 번호판을 들고 내려가 가방을 차에 싣고 번호판을 달았다.

다시 방으로 가니 김밥이 준비되어서 바로 체크아웃을 했다. 차에 가서 내비게이션을 장착하여 출발했다. 오늘 먼저 갈 곳은 세르기예프 포사트로, 모스크바 북쪽 75㎞ 정도 되는 곳이며 황금의 고리 중 하나의 도시다.

모스크바는 역시 큰 도시여서 빠져나오는 데는 시간이 좀 걸렸으나, 잠시 환상도로를 탄 후에 북쪽으로 뻗은 방사상으로 난 도로를 타고 도시를 빠져나왔다. 중간에 도로 공사가 있어 병목현상이 잠시 생기긴 했으나 대체로 무난했다.

도시를 벗어나서는 시속 80㎞ 이상은 꾸준히 낼 수 있었다. 10:30쯤 되니 저 멀리 황금빛 돔들이 몰려 있는 지역이 나타났다. 곧이어 내가 미리 지도를 보고 찍어 둔 주차장들이 있어 주차했다. 150루블 정액이었다. 이렇게 돈을 내고 주차를 해 두는 것이 편하다. 안에 들어가서 얼마나 있어야 할지 전혀 알 수가 없기도 하고 말이다.

성 세르기우스의 삼위일체 대수도원(Trinity Lavra of St. Sergius)

주차장에 차를 대고 올라가면서 왼쪽으로 이미 황금빛 돔들이 보이고 있었다. 입구를 찾아 올라가면서 보니 광장에 사람들이 많이 있는데 거의 전부 중국 단체관광객들이었다. 마치, 여기는 중국 관광객들에게 완전히 점령된 곳이라는 느낌이었다.

입구 앞에 한 가족의 동상이 있는데, 이 수도원을 만든 성 세르기우스 라도네즈(St. Sergius Radonezh, 1314~1392)와 그의 부모 키릴과 마리아, 그리

고 그의 형제들의 동상이다.[2]

북쪽의 입구로 들어가니 우측에 조촐하게 레닌의 동상이 있었다. 다른 곳에 비하면 아주 소박하였고, 구석에 있어 별로 관심을 끌지도 못했다.

성벽이 보이고, 입구 쪽으로 가다 보면 아마도 성 세르기우스인 것으로 보이는 동상이 있다. 입구 쪽으로 가니 표 검사를 하고 있는데, 일대에는 전부 중국인들이었다. 아마 표를 받는 분들도 내가 중국인이라고 생각할 것이다. 표 사는 곳이 어디냐고 물어보니 반대쪽에 있다고 했다. 광장을 가로질러 표를 사러 가니 여기는 김밥이 무료가 아니었다. 16세 이하는 일괄 290루블인데, 어른하고 30루블밖에 차이가 나지 않았다. 게다가 사진 표도 100루블이었다.

어쨌든 다시 표를 사서 입구로 가서 입장했다. 역시 안에도 중국사람들이 점령하고 있다. 사방에 중국말이 들렸다. 문을 들어가면 우측에 푸른 양파 지붕을 이고 있는 우스펜스키 교회가 있다. 이건 모스크바 크렘린에 있는 것과 거의 같은 모양이다. 그 모양을 본 따 만들었다고 한다.

이때 벌써 시각이 11시쯤 되어 뭘 좀 먹는 게 좋을 거 같아 근처에 파는 빵을 하나 샀다. 30루블짜린데, 반씩 나눠 고픈 배에 약간 채워 넣었다.

_성모승천 대성당[3]

중국 사람들을 피해서 먼저 우스펜스키[4] 교회 아래쪽에 있는 곳으로 들어갔다. 여기는 묘지 같다. 王자 구조인데, 좌우 끝에 각각 관들이 안치되

---

2 라도네즈의 세르기우스는 중세 러시아의 수도사로 수도원을 개혁한 영적 지도자였다고 한다. 모든 러시아의 수도사들의 정신적 지주가 이분이라고 한다.

3 여기에 수도원이 처음 들어선 것은 1345년 성 세르기우스에 의해 목조 교회가 들어서면서부터였다. 수도원의 중심에 있는 우스펜스키 교회는 이반 4세의 명에 의해 크렘린의 성모승천 대성당(Assumption Cathedral)의 모양을 본떠 1585년에 완성된 것이지만, 크렘린에 있는 것보다 더 크다. 중세 러시아의 이콘화가 안드레이 류블료브(Andrei Rblev; 블라디미르에 그의 동상이 있었고, 그의 고향이 여기다)나 Daniil Chyorny 등의 프레스코가 그대로 남아 있다고 한다. 내부 기둥은 전체 여섯 개며, 전면 이콘은 5단으로 그 격은 최상급이다.

4 러시아어 우스펜스키(Успéнский)는 성모승천이란 뜻으로, 영어로 Assumption, Dormition과 같다.

어 있다.

다시 밖으로 나와 옆으로 도니 성당의 입구가 있었다. 모스크바 크렘린의 성당도 정면으로는 들어가지 못하고 옆으로 들어가더니 여기도 마찬가지다. 내부도 역시 중국사람들이 점령하고 있다. 러시아 사람들은 전부 가쪽으로 조용히 앉아 있고, 가운데를 돌아다니는 사람은 전부 중국사람이다. 그중에 김밥과 나만 한국사람인데, 러시아분들 눈에는 우리도 중국사람으로 보일 것이다.

정면의 5단 이콘들이 교회의 격을 말해주고, 중앙에 보이는 네 개의 굵은 기둥이 전체 건물을 떠받치고 있다. 앞쪽 전면 이콘화 뒤쪽에 두 개의 기둥이 더 있는 듯하다. 입구 쪽 벽에 거대한 프레스코들이 있는데, 의미는 잘 알 수가 없었다. 구석에는 역시 대리석으로 만들어진 석관들이 안치되어 있었다.

밖으로 나와 마주한 푸른 하늘과 맑은 공기가 인상적이었다. 어둠에 익숙해졌던 눈이 부셨다. 교회 앞에는 우물 위에 지붕이 있었는데 물이 흘러나와서 사람들이 손을 씻기도 하고 마시기도 했다. 역시 중국사람들이 대다수였다.

대성당의 아래쪽 지하나 성당 안에 석관들이 많이 있지만, 정작 성 세르기우스의 무덤은 여기 있지 않고, 인근에 있는 삼위일체 교회의 아래에 있다고 한다. 성모승천 대성당 앞의 성령강림 교회 뒤쪽인데, 그쪽은 보수 공사 중인지 가림막으로 가려져 위쪽의 금빛 양파 모양 돔만 겨우 보이고 있었다.

_종탑과 그 부근

높이 88㎡를 자랑하는 종탑은 모스크바 크렘린에 있는 이반대제의 종탑에 비해 3㎡가 더 높고 무려 30개의 종이 있다고 하는데 한 번도 울리진 않았다고 한다. 여기는 원래 무게 65톤의 차르 종이 있었는데 1930년 소련 시절에 스탈린에 의해 파괴되었다고 한다. 현재의 것은 2004년에 주조된 72

톤짜리다.

종탑의 뒤쪽으로 돌아가면 성 조시마(Zosima)와 사바티우스(Sabbatius)[5]의 교회가 하얀 외관을 자랑하고 있다. 붉은빛이 도는 벽의 스몰렌스크(Smolensk) 교회와 대조를 이룬다. 종탑과 교회를 보며 뒤쪽으로 돌면 그 뒤에는 모스크바 신학교의 건물이 길게 자리하고 있다.

…

계속 한 바퀴 돌면 입구 쪽이 나오고, 문 위에 있는 적록이 섞인 벽이 특이한 교회는 세례자 요한 교회이다. 들어온 문을 통해 밖으로 나오면 역시 거기도 중국사람들이 사방에 있다. 여기가 중국인지 러시아인지 모를 정도다.

점심 먹기

천천히 걸어 식당을 찾아 걸어가고 있었다. 주차장을 나와 걸어오면서 식당 같은 것을 본 듯하여 그쪽으로 걸어갔다. 밖으로 나가는 길목에 전통적인 방식으로 실을 찾아 수공예품을 만드는 할머니가 있었다. 할머니가 쓰는 기계는 박물관에서 많이 보던 것들인데 그걸 그대로 쓰고 계셨다. 어릴 적 교과서에 나오던 방망이 깎는 노인[6]이 생각나게 하는 할머니였다.

이 고장은 러시아의 전통 인형인 마뜨료시카의 산지로 유명한데, 가게에서 그것들을 많이 팔고 있었다. 여행의 종반부라면 여기서 사가겠지만, 아직 여행이 많이 남아 사지는 않았다.[7]

지하도를 지나갔다가 그쪽에는 식당이 없어, 다시 나와 올라가니 레스토랑이 하나 있었다. 레스토랑은 약간 비싼 느낌이 있는데 메뉴를 보니 역

---

5 두 분 다 백해(白海)의 슬로베스키 섬의 수도원을 만든 성인들. 슬로베스키 섬의 수도원들도 유네스코 세계문화 유산이다. 근처로 갔을 때 이미 바다가 얼어 있어 가는 배가 끊겨 갈 수 없어 일정에서 빠졌다.
6 1974년에 출판된 수필가 윤오영(1907-1976)의 글로, 중학교 국어 교과서에 실렸었다.
7 후반부 우크라이나 리비우에서 많이 샀다.

시 비쌌다. 200루블대 음식은 찾기가 힘들었다. 여기는 메뉴 중에 라면이
나 된장국 같은 게 있었는데 김밥은 라면을 먹겠다고 했다. 무려 400루블
이 넘었다. 나는 셀러드 하나와 만두를 두 개 시켰는데 만두가 생각보다 작
아 빵을 추가 주문해야 했다. 그릭샐러드보다 일반 채소 샐러드가 약간 싸
서 그걸 하나 시키고 된장국을 추가했다. 전체 가격은 러시아 음식 역사상
가장 비싼 1,600루블가량이 나왔다.

…

　나가는 길에도 흰 벽의 교회들이 두 개 있어 그걸 보고 나갔다. 내부는
들어가 볼 수가 없는 곳이어서 보는 것은 금방이었다. 푸른 하늘을 배경으
로 있는 하얀 벽의 교회가 참 멋진데, 저 하얀 벽이 유지되려면 공기가 깨
끗해야겠다는 생각이 들었다.
　천천히 주차장으로 걸어가는데, 여기도 역시 1941~1945년 기념물이 있
었다. 영원히 꺼지지 않는 불꽃이 활활 타고 있었다.

체르니곱스키 스케테(Chernigovsky Skete)[8]

　세르기예프 포사트에서 두 번째 장소로, 마지막 일정은 여기다. 수도원에
서 동편으로 2㎞ 정도라 차를 몰고 갔다. 여기도 앞에 주차장이 있는데 무
료 주차였다.
　스케테(Skete)라는 것은 원래 은둔하여 수도하는 수도사들이 은거하는
집을 말하는데, 여기는 수도원처럼 규모가 컸다. 다른 사람들이 들어갈 때
조용히 뒤따라 들어갔다.

8　이 스케테가 처음 만들어진 것은 1847년의 일이고, 처음에는 동굴을 만들어 수도했었다고 한다. 기부
　된 체르니곱스카야(Chernigovskaya)의 이콘이 많은 기적을 보여 그것이 여기의 상징이 되었다고 한
　다. 1922년에는 역시 소련 정권에 의해 문을 닫고, 이후 감옥, 양로원, 학교 등으로 사용되었고, 1990년
　에 대수도원으로 다시 반환되었다고 한다.

중앙에 교회가 하나 있고 그 안을 들어가니 3단의 전면 이콘벽이 있고 실내에 기둥이 없어 널찍했다. 왕의 문 우측 두 번째는 주교로 보이는 이콘이 있었고, 전면 이콘의 왼쪽에 게오르기의 이콘이 서 있었다.

하나의 돔으로 지붕을 덮고 있어 돔이 매우 거대한데, 돔의 네 꼭짓점에 예수와 각각 다섯 명씩의 사람들이 그려져 있었다. 이 다섯이 누구인지는 잘 모르겠는데, 아마 성 세르기우스와 그의 가족들이 아닐까 생각되었다.

전면을 보면서 우측의 문 위에는 니콜라이 2세와 가족들이 주교를 만나는 광경이 그려져 있었다. 중앙의 상단 돔에도 보면 니콜라이 2세의 가족 같은 프레스코가 그려져 있었다.

내부를 돌아다녀 봐도 동굴의 흔적은 찾을 수가 없다. 다만 교회 주위에 지어진 건물들이 지상보다는 약간 아래로 내려가 있는데, 그게 이전의 동굴들 위에 지어진 흔적이 아닌가 생각된다.

스케테를 나오면 강이 있고 오리들이 많이 헤엄치고 있어 아주 평화로워 보였다. 강 옆에는 나무로 만든 작은 공간이 있어 가보니 사람들이 물을 받고 있었다. 아마도 인근 주민들이 식수로 쓰고 있는 것이 아닌가 생각되었다.

Motel Auto

세르기예프 포사트에서의 일정은 끝났고, 숙박을 위해 다시 차를 몰았다. 다시 80㎞쯤 가서 있는 페레슬라블 잘레스키(Pereslavl Zalesky)가 오늘의 숙소다. 여기는 숙소들을 찾아보니 생각보다 전부 가격들이 비쌌다. 2,000루블 아래면 좋고, 비싸도 2,200루블 이하로 숙박하고 있는데 그런 것들이 없었고, 있는 것은 사전에 선입금을 해야 하고 해서 어쩔 수 없이 외곽의 모텔에 숙박하기로 했다. 차를 타고 들어가 주차를 하기로 했다. 어차피 주차 요금은 비싸 봐야 100~200루블 또는 공짜이니 그편이 싼 것 같았다.

길가의 모텔이라 찾기가 아주 쉬웠다. 다만 들어와서 보니 와이파이가 되지 않는데, 숙소의 시설 내용을 자세히 보니 공용공간에서만 와이파이가 무료라고 되어 있는 것이다. 바쁘게 한꺼번에 여러 숙소를 예약하다 보니 미처 확인을 못 한 것인데, 덕분에 조용히 밤을 보내게 될 듯했다.

그러나 조용한 밤을 보내려다가 무언가 발견했다. 내 방에서 한참 떨어진 계단 내려가는 곳에 소파가 있는 공용공간이 있었고, 그 아래가 카페인데 카페에서 날려 주는 와이파이를 받아 쓸 수 있었다. 카페에 내려가 저녁을 700루블대로 먹고 와이파이 비번을 물어와서 와이파이를 쓰는데 속도가 아주 느렸다. 그러고 보면 모스크바 와이파이가 참 좋았던 것 같다. 게다가 공용공간에 전기 콘센트가 하나도 없어 차에 두었던, 지금까지 한번도 안 쓴 대용량 충전 배터리 장치(원래는 차량 점프 스타트용)로 노트북 전원을 썼다. 그걸 여행 끝까지 쓸 일이 있을까 했는데 마침 쓰게 되었다.

D+045, 페레슬라블 잘레스키(Pereslavl Zalessky)

2015년 9월 16일, 수요일, 흐림

아홉 시쯤 잠을 깼다. 어제 일지도 다 썼고, 아침에 별로 할 일은 없어서 천천히 일어났다. 커피를 만들어 먹고, 김밥을 깨워 빵을 먹게 했다.

인터넷이 안 되니 특별히 할 일은 없어서 일찍 나가기로 했다. 9시 반이 되기 전에 나가 차를 탔다. 오늘은 차로 시내를 들어가 주차를 하고 돌아보는 거다.

내비게이션으로 목적지를 보니 7㎞가량 됐다. 이 도시에서 잠을 잔 것은 유네스코 세계유산으로 등재된 곳이 한 군데 있어서다. 예수 현성용 대성당(Transfiguration Cathedral)이 그건데, 내비게이션으로 목적지를 잡고 근처에 있는 주차장으로 운전해 갔다. 가다 분위기를 보니 굳이 예정한 주차장에 가지 않아도 될 정도라 적당히 마을의 길가에 주차했다.

예수 현성용 대성당

차를 내려 방향을 잡아 걸어가니 근처에 있는 알렉산더 네브스키 교회가 먼저 눈에 들어왔다(처음에는 이것이 그것인지 알지 못했다). 교회 옆에 공사 중인 건물이 하나 있었는데, 자세히 보니 이것이 그것이었다.

이 건물은 블라디미르와 수즈달의 백색기념물 군에 포함된 교회인데, 현재 전면 보수공사 중이라 전혀 돌아볼 수 없는 상태였다. 앞에는 알렉산더 네브스키(돌고루키로 생각했는데 아니었다)의 흉상이 서 있었고, 옆으로는 유리 돌고루키가 쌓은 토성이 있었다. 이 도시 역시 유리 돌고루키가 토성을 쌓으면서 시작된 것이다.

어쨌든 가장 중요한 유적을 더 볼 것이 없는 상황이 되어 버려 황당했다. 이럴 줄 알았으면 일박만 하고 가는 건데, 공연히 2박을 했다는 생각이 들었지만 이런 상황을 미리 알 수는 없는 법. 사실 근처에 있던 교회도 꽤 오래되어 보였는데, 정보가 없어 일단 거기는 돌아보지 않았다. 근처에 지역의 돌아볼 곳들에 대한 안내지도가 있어 자세히 보니 근처에 14세기에 만든 수도원이 있었다. 여행 책자에도 Triposo에도 가볼 만한 곳으로 나와 있어서 그쪽으로 가기로 했다.

성 니콜라스 수도원

여기는 예수 현성용 대성당에서 남서쪽으로 500m가량을 가야 한다. 내려가다 보면 돌고루키가 쌓은 토성을 가로질러 가는데, 토성은 모스크바와 야로슬라블을 잇는 도로에 의해 싹둑 잘려 있다.

수도원을 가는 길은 한적했다. 가는 동안에 사람 한 명 지나가지 않았다. 우리를 보다가 지레 놀라 짖어대다 도망간 개 한 마리가 하나 있긴 있었다. 짖을 때까진 무서웠는데 갑자기 도망을 가버렸다. 대체로 러시아의 개들은 겁이 많은 것 같다.

수도원에 가까워지니 황금빛 양파 지붕 다섯 개가 나타났다. 다섯 개뿐 아니라 종탑에도 세 개가 더 있었고, 주위에는 수도원 특유의 높은 담벼락이 둘러싸고 있었다. 수도원 인근에는 파란색의 양파 돔을 한 교회가 하나 더 있었는데 방치된 듯했다.

먼저 수도원을 들어가 보았다. 조용하기 이를 데 없었다. 안쪽에 한 노인이 마당을 쓸고 있을 뿐이었다. 여기도 역시 정원에 아름다운 꽃들이 피어 있고, 종탑 옆으로는 묘지가 들어서 있었다.

좀 걸었더니 다리가 아파서 화단 옆 둘레석에 앉아 여행 책자를 펴 보고 있었더니, 아까 마당을 쓸던 할아버지가 지나가면서 뭐라 뭐라 말씀을 하셨다. 어디서 왔냐 물으시는 듯하여 한국(유즈나 까레아)이라고 말씀드렸으나, 잘 못 알아들으셔서 몇 번을 반복하자 알아들으신 듯했다. 이분은 '서울', '부산'이란 지명을 알고 계셨고, 우리는 '울산'이라고 말씀드렸다. 울산과 부산이 가까운 곳인 것을 아시는 듯했다. 뭔가 우리에게 더 정보를 주고 싶어 하는 듯하였으나 의사소통 곤란으로 아쉬워하시며 가셨다.

아마도 제일 큰 것이 수태고지(Annunciation) 성당인 것 같은데, 여기는 기둥이 무려 8개나 되었다. 전면의 이콘은 4단이나 되었고, 벽은 프레스코 없이 흰 벽 그대로였다. 왕의 문 오른쪽 두 번째에는 아마도 성 니콜라스로 보이는 이콘이 있었고, 왼쪽 전면에 게오르기의 이콘이 서 있었다.

수도원을 나와 옆에 있던 파란 지붕의 교회를 가보았다. 여기는 크게 두 동의 건물이 있는데 벽이 전부 하얗게 칠해져 있었다. 지붕에는 한 개의 소박한 양파 모양 돔이 올려져 있었다. 주위에는 사람들이 다니지 않는지, 마당에는 풀이 많이 나 있고, 들어갈 수 있는 문은 없었다. 일부는 복원 공사를 하는 듯도 했다. 이 옆에 작은 호수가 있어 약간은 비현실적인 풍광을 만들고 있었다.

알렉산더 네브스키 교회

이 교회는 제일 처음에 갔던 예수 현성용 대성당의 인근에 있는 곳이었다. 그때는 거기가 어딘지 몰랐으나, 수도원에 앉아 책을 보니 가볼 만한 곳이라는 것을 알게 되어 다시 가보았다. 어차피 그다음부터는 차를 타고 움직이는 것이 나을 듯하기도 하여 다시 그쪽으로 갔다.

이 교회는 붉은 벽과 녹색의 양파 모양의 지붕들로 특징 지을 수 있다. 두 동의 건물이 있는데, 하나는 박물관처럼 사용되고 있어 들어가면 네브스키의 흉상이 있었다. 더 들어갈 수 있는지는 알 수가 없었다.

다른 건물은 성당으로 사용되고 있는데, 매우 간소하여 전면의 이콘은 2층 높이에만 있었고 벽은 프레스코 없이 나지막하게 흰색으로 칠해져 있었다. 인근에 종탑도 있었으나 역시 거의 방치되다시피 하여 주위에는 풀들이 많이 나 있었고 문은 잠겨 있었다.

점심 먹기: 586.6루블

열두 시가 채 안 되었으나 인근에 카페가 있어 점심을 먹기로 했다. 영어 메뉴는 없었으나, 샐러드와 빵, 국물 하나, 콜라와 커피를 주문해서 맛있게 먹었다. 확실히 모스크바에서와는 달리 적당하게 먹어도 절대 천 루블이 안 넘을 뿐 아니라, 와이파이도 비밀번호 없이 사용할 수 있었다.

Cunning과 Wit 박물관: 어른 100, 아이 50루블

점심을 먹고 나오다 보니 재미있는 박물관이 있어 들어가 보았다. 마당에 통나무를 재밌게 깎아 색칠해 놓은 것이 눈에 띄었다. 박물관은 좀 이상하긴 한데, 표 파는 곳을 가면 온갖 잡동사니들을 모아 두었다. 도깨비시장과 같은 분위기다.

쨍하게 생긴 남자가 표를 팔고 있었고 구경은 저쪽 건물로 가라고 했다. 옆으로 가니 한쪽은 기념품을 파는 곳이었고 반대쪽이 전시실 같았는데 불이 꺼져 있었다. 우리가 표를 보여 주자 와서 불을 켜 줬는데, 역시 방에는 온갖 잡동사니들이 전시되어 있었다. 불을 켜준 아줌마가 와서 직접 시범을 보여준 건 병을 기울이면 돌아가는 오르골이었다. 그런 것이 두 개 전시되어 있었고, 나머지는 온갖 잡다한 생활도구였다. 이 방 하나가 박물관 전부인데, 참으로 이상한 박물관이었다. 신기하게도 우리가 나갈 때 여자분 세 분이 구경을 오고 있었다.

김밥 군이 말하길 박물관이 아닌데 박물관인 척 하는 게 아마 Cunning 과 Wit인 것 같다고 하였는데, 그 말이 맞는 것 같다.

고릿스키(Goritsky) 수도원

아침에 주차해 두었던 차로 가서 차를 몰고 갔다. 남쪽으로 2㎞ 정도 가는 곳인데, 현재는 수도원이 아니고 박물관으로만 쓰이고 있는 곳이었다.

내비게이션이 가라는 곳으로 가니 꽤 험한 비포장 오르막길이어서 지도를 참고하여 좀 덜한 비포장길로 갔다. 올라가서 보니 포장길로 오는 곳도 있었다. 여기는 앞에 무료로 주차할 수가 있었다.

높은 담벼락을 보니 수도원으로 쓰이던 건물이 맞았다. 이 수도원은 원래는 14세기에 건축되었다고 하는데, 지금 남은 것들은 전부 17~18세기의 것이라고 한다. 수도원은 1788년에 문을 닫았고, 1919년에 역사박물관으로 문을 열었다고 한다.

안에 들어가니 할머니가 앉아 있는 매표소(Kacca)가 있는데, 표가 단돈 20루블이었다. 뭐 이리 싼가 하고 일단 하나를 샀다. 그 표를 들고 앞에 입구 근처에 성당을 들어갔더니 별문제 없이 돌아볼 수 있었다. 아주 간소한 기도소였다.

밑으로 내려오니 인근에 흉상이 하나 서 있었는데, 유리 돌고루키였다. 이 도시를 만든 장본인이다. 그 뒤로는 또 작은 호수가 하나 있었고 그 일대에는 사과나무들이 심겨 있었는데 바닥은 온통 떨어진 사과들이었다. 크기가 작은데 깨끗한 것은 주워 먹어볼 만한 정도였다.

먼저 앞에 보이는 교회를 가보려고 앞에 가니 표를 사 오라고 했다. 아무래도 아까 산 20루블짜리는 그냥 주위를 둘러보는 표 같았다. 아까 산 그 매표소 옆에 큰 매표소가 있었다. 거기 가보니 무려 여섯 사이트를 도는 통합 표가 450루블이었다. 김밥은 250루블짜리를 사야 했다. 결국 표를 사서 또 가보았다.

여기도 원래는 교회였는데, 이쪽은 순수하게 박물관으로 쓰이고 있었다. 누군지 알 수 없는 사람들의 인물화가 있었고, 종교에 사용된 것으로 보이는 여러 도구, 성경책들이 전시되어 있었다. 건물의 크기에 비해 전시 내용은 그다지 많지 않았는데, 모스크바의 역사박물관이나, 크렘린의 무기고 박물관에서 너무 어마어마한 것들을 보고 와서 큰 흥미가 생기긴 않았다.

다음으로 간 곳은 우스펜스키 교회였다. 여기는 순수하게 교회 형태가 그대로 유지되고 있었다. 내부는 하늘색과 흰색으로 칠해져 있어 산뜻한 느낌을 주었다. 전면의 이콘은 3단밖에 안되지만, 평면의 이콘이 평범하게 걸려 있는 것이 아니라 이콘의 프레임이 매우 세밀하게 조각되어 있어 인상적이었다.

그다음은 종탑인데, 경사가 급한 계단을 올라야 한다. 종이 있는 곳까지는 올라갈 수 없지만, 올라갈 수 있는 곳까지 가면 도시를 조망할 수 있다. 멀리 이 도시가 접하고 있는 플레시체보호수가 마치 바다처럼 보이고, 아래로 보이는 풍경은 울긋불긋 물든 나무들이 가을이 왔음을 알려주고 있다. 종탑은 언제나 올라가 볼 만한 가치가 있다.

그다음에 간 곳은 표에 '100 let'이라 적혀 있는 곳인데, 작은 박물관이다. 아마도 누군가의 수집품들이 아닌가 싶은데, 특이한 건 동양의 불상도 하나 있다는 것이다.

마지막은 그림들이 전시된 그야말로 박물관인데, 생각보다 전시된 것들이 많아 돌아보는 데 시간이 많이 걸렸다. 처음에는 이콘들이 있다가, 뒤에 가면 자연과학에 관한 것들도 전시되어 있다. 이콘들 중에는 성경의 창세기에 관한 것이 인상적이었고, 영웅 게오르기의 일생에 관한 이콘도 인상적이었다. 그림 전시의 후반부에 가면 아마도 러시아 근대 화가들의 작품

들이 전시되고 있었는데, 아는 사람이 없고 아는 게 없으니 그냥 보고 지
나가게 된다.

전시의 끝부분에 자연과학에 관한 내용은 처음엔 직물에 관한 것으로
시작해서 망원경, 현미경 등도 전시되고 있다. 전시 내용이 많아 볼 것이
꽤 많은 곳이다.

고릿스카 수도원 종탑에서 보이는 풍경. 종탑은 언제든 올라가 볼 가치가 있다.   2015/ 9/16 13:39

표트르 부주교 사원

박물관에서 한 1㎞ 정도 가는 곳에 있었다. 내비게이션이 안내하는 곳으로 갔더니 뒤쪽으로 담벼락 때문에 들어갈 수가 없었다. 그래서 지도를 참조하여 밖으로 나와서 큰길을 따라가니 입구가 있었다. 입구에 차를 대고 올라갔다.

여기는 역시 조용한 곳이었다. 정원에는 꽃들이 피어 있고, 떠들썩함이란 없는 곳이었다. 들어가 볼 수 있는 교회는 하나인데, 전면에 이콘도 없고, 기둥도 없으며, 흰 벽만이 있었는데, 관리하는 분 한 분이 혼자 촛불을 밝히고 있었다. 밖으로 나오면 푸른 지붕의 조금 큰 교회가 있지만 들어가 볼 수는 없었다.

표트르 대제의 보티크

호수 옆에 표트르 대제가 어릴 때 보트를 만들고 놀았던 것을 전시한 박물관이 있다고 하여 가보았다. 여기도 입구에서 15루블짜리 표를 사서 들어갔는데, 이런 건 왜 사는지 알 수가 없었다. 그냥 안에 들어가려는 사람의 표인가 생각했다. 주차는 길 건너 넓은 무료주차장에 할 수 있었다. 주위에 카페들이 많이 있어 우리나라 고속도로 휴게소 같았다.

오르막을 올라가면 건물이 나오는데 매표소가 저쪽에 있다고 알려 주었다. 매표소에 가면 표를 파는데 전체 표를 다 사면 280루블이었다. 여기도 둘러볼 곳이 다섯 군데 정도 되었다.

먼저 매표소에 있는 곳도 둘러보는데, 큰 배를 전시하고 있었다. 이 배는 아마도 전투함을 축소한 듯했다. 안에는 표트르 대제에 관한 초상 등이 전시되어 있었다.

여기서 내려오다 우측을 보면 갑자기 현대식 대공포와 미사일들이 전시된 곳이 있었다. 갑자기 이런 게 왜 있는지 모르겠지만, 또 가서 한 번 봐주었다.

다음은 '로툰다'다. 이 안에는 표트르 대제의 초상과 표트르 대제의 부인의 초상 등이 전시되어 있었다.

그다음은 아까 처음 올라올 때 보았던 건물인데, 이 안에 표트르 대제가 실제로 손수 만들었다는 배가 전시되어 있었다. 그때 만든 배가 어떻게 지금까지 남아있는지 신기하다. 그냥 보면 작은 어선같이 생겼다.

마지막으로 한 곳이 어딘지 몰라 고민을 하다 기념품점 쪽으로 갔는데, 거기 있던 분이 뒤쪽에 전시가 있다고 해서 가보았더니 거기가 마지막 전시실이었다. 호수와 인근의 생활에 관한 전시 같았다.

박물관을 내려와서 주차장으로 가다 보면 큰 호수(Lake Pleshcheyevo)가 보이는데, 가까이 가보면 매우 아름다워서 말 그대로 비현실적인 호수를 볼 수 있다. 멀리서 볼 때와는 완전히 다른, 현실의 것이 아닌 듯한 호수가 앞에 있었다. 바이칼 호수는 파도가 치고 있어 바다 같은데, 이 호수는 표면이 유리표면처럼 잔잔했다. 인근에 작은 낚싯배 몇 대가 있었는데, 그 광경이 현실 같지 않아, 초현실주의 화가 달리의 그림이 떠올랐다.

저녁 먹기

오전에는 아마도 세 시쯤이면 호텔로 돌아가 있지 않을까 생각했는데 뜻밖에 많이 돌아본 하루가 되었다. 호텔까지 오니 네 시 반이었다. 방 양에게 스카이프를 해 봤으나 어쩐 일인지 연결이 되지 않았다. 다섯 시경에 카카오톡으로 대화하다 다시 스카이프를 해보니 되기에 통화를 잠시 했다.

여섯 시에 다시 호텔 아래 식당에 가서 저녁을 먹었다. 어제 먹은 볶음밥을 두 개 시키고, 국물 하나, 닭고기 하나, 콜라 하나, 빵 네 조각을 시켜 나눠 먹어, 전체 442루블이 나왔다. 확실히 모스크바보다는 생활비가 적게 들고 있다.

크렘린 안 성당 안에서의 공연은 벽들이 만들어 내는 공명이 예사롭지 않았다.

Rostov Veliky

로스토프 벨리키는 인구가 3만 명 정도 된다는 작은 도시지만, 이름의 '벨리키(Veliky)'는 크다는 뜻이다. 모스크바에서 야로슬라블로 가는 M8 도로에 있고, 모스크바에선 200㎞가량 떨어져 있으며, 황금의 고리에 속한 도시로, 네로(Nero) 호수에 접하고 있다.

D+046, 로스토프 벨리키 가는 길

2015년 9월 17일, 목요일, 맑음

여덟 시 반쯤 자리에서 일어났다. 평소처럼 커피를 끓여 마시고, 빵을 뜯어 먹고, 김밥을 깨웠다. 오늘은 원래는 야로슬라블로 바로 가려고 계획했었는데 어젯밤에 자세히 보니 중간에 로스토프 벨리키도 잠깐 보고 가면 될 듯했다.

아침에 일지를 쓰고 하는 것이 없으니 아홉시 반이 되기 전에 체크아웃하고 밖으로 나갔다. 내비게이션을 세팅해서 바로 출발했다. 목적지는 60㎞ 정도 되었다.

도심을 통과하지 않으니 아주 빨리 진행이 되었고, 거의 열 시 무렵에 이미 목적지에 접근하고 있었다.

로스토프 벨리키는 인구가 3만 명 정도 된다는 작은 도시지만, 이름의 '벨리키(Veliky)'는 크다는 뜻이다. 모스크바에서 야로슬라블로 가는 M8 도로에 있고, 모스크바에선 200㎞가량 떨어져 있으며, 황금의 고리에 속한 도시로, 네로(Nero) 호수에 접하고 있다.

구세주 성 야곱(Spaso-Yakovlevsky) 수도원

첫 번째 목적지는 수도원이다. 이 수도원은 로스토프의 성 야곱에 의해 1389년부터 시작되었다고 한다. 바로 앞에 무료로 주차할 수 있는 곳이 있었다.[1]

차에서 나오니 인근에 구걸하는 사람이 한 명 있었고 근처에는 기념품 같은 걸 파는 사람들도 있었다. 나는 수도원의 입구를 향해 걸으며 셔터를 눌렀다. 수도원은 담벼락이 길었고, 담벼락 밖에도 교회가 하나 있는 듯했다.

입구를 들어서면 1794~1802년에 만들어진 로스토프의 성 드미트리 교회가 있다. 외부는 흰색으로 칠해져 있고, 전면 기둥 12개는 이오니아식이며, 측면의 기둥은 코린트식으로 화려했다. 외벽 상단에도 세밀한 부조가 장식되어 있었다. 내부는 하늘색으로 화려한 느낌을 주고, 돔에도 입체적인 장식이 있었으며, 돌아가며 십이사도가 그려져 있었다. 전면의 이콘은 안 보였는데 돔은 매우 컸고 내부 기둥은 없었다.

건물 주위를 한 바퀴 돌아보니 최근에 외벽을 희게 새로 칠했는지 칠감이 바닥에 많이 떨어져 있었다. 측면의 박공 부근에도 부조가 조각되어 있었으며, 좌우로 천사들의 상이 측면을 지키고 있었다.

다음에 있는 건물은, 로스토프의 성 야곱 교회이다. 이 교회는 큰 돔이 있는 건물에서 이어져 양파 모양의 돔이 있는 건물인 성녀 마리아 대성당과 이어져 있다. 내부는 흰 벽 그대로이며, 전면의 이콘은 4단이고 벽에 프레스코는 없었다. 돔은 높이가 낮은 원추형이다. 외벽은 이오니아식 기둥으로 장식되고 있고, 전면 외부에 프레스코벽화가 그려져 있으나 많이 훼손된 상태였다.

안쪽 성벽 쪽으로 성벽을 올라가 볼 수 있는데, 올라가면 예상하지 못했던 광경이 펼쳐진다. 입장료는 한 명당 100루블이었다. 김밥 군은 공짜일

---

1 이런 주차장은 맵스미에 주차장 표시되어 있는 곳을 찾아보면 나온다.

지 아닐지 몰라 100루블을 드렸더니 전혀 거스름돈이 남지 않았다. 아이에게도 똑같이 100루블을 받는 것이었다. 좁고 가파른 계단을 올라가면 수도원 내부가 잘 보이는데, 성벽을 짧게 걷다가 위로 올라가는 나무계단을 올라가면 호수가 나타나는데, 놀라운 광경이다. 호수가 있다는 것을 그때까지 까맣게 잊고 있다가 바로 옆에 이런 호수가 있다는 것을 거기 올라가는 순간에 깨닫게 된다. 이 호수 위에는 호수 변에서 가까운 곳 물 위에 풀들이 군데군데 머리를 내밀고 있는데, 그 광경이 신비롭다. 역시 파도는 치지 않으나, 바람이 있어 잔잔하게 수면이 진동하고 있었다.

성벽을 따라 걸으며 수도원을 내려다보면 참 평화롭고 한가로운데, 문득 이렇게 한가롭게 지내도 되는가 하는 생각도 들었다.

구세주 성 야곱 수도원은 네로 호수 변에서 아름다운 경관을 만들고 있다.

점심 먹기

로스토프 벨리키는 10세기경부터 발전하다가, 13세기경에 몽골이 침입하면서 쑥대밭이 되어버렸다고 한다. 이후에 다시 발전한 것은 17세기에 크렘린이 생기면서부터라고 하는데, 그 크렘린이 현재도 남아 있어 가보았다.

차를 몰고 지도에 찍어 둔 주차장의 위치까지 가니 무료주차장이 있었고, 그 앞에 카페가 몇 개 있었다. 아직 정오는 안 됐지만 크렘린을 들어가기 전에 점심을 먹고 가는 것이 좋을 듯하여 카페에 들어갔다.

여기도 영어 메뉴는 없었는데, 메뉴가 이전 것들과는 꽤 구성이 달랐다. 메뉴도 지방별로 비슷하고, 다른 지방에 가면 구성이 영 달라지는 것 같다. 샐러드 중에는 토마토가 들어간 것을 시켰다. 그나마 토마토의 러시아 말인 '포미돌'을 알고 있어서 그걸 찾는 것이다. 이것도 올리브 기름으로 버무려 주는 것과 마요네즈로 버무려 주는 게 있는데, 여기는 구분이 없어서 가만있으니 올리브 기름으로 버무린 게 나왔다. 자세히 보니 그릭샐러드 같았다.

김밥은 밥을, 나는 빵과 고깃덩어리로 만든 단지를 하나 시키고 국은 닭고기 국물 같은 걸 하나 시켰더니 양이 적당했다. 음료는 콜라와 커피를 각각 주문했다. 러시아의 커피는 어디를 가나 역시 맛있었다.

크렘린

점심을 먹고 크렘린으로 갔다. 입구는 공사 중이었는데, 공사현장의 아래로 들어가니 매표소가 있었다. 보아하니 또 통합표가 있고, 개별표가 있는데, 번역기를 돌려서 통합표를 달라고 했다. 가는 데 마다 통합표에 대한 표현이 조금씩 다르다. 어떤 데는 '콤플렉스(комплексный)', 여기는 '예드늬(Единый)', 또 다른 곳은 또 다른 표현이 있었던 것 같다. 일일이 번역을 해 봐야 아는데, 그거라도 할 수 있으니 다행이긴 했다.

여기도 크렘린인 만큼 볼 것이 많았다. 단, 문제는 영어 안내가 전혀 없다는 것이었다. 표를 살 때부터 영어 안내는 없었고, 들어가서 있는 안내판에도 없었으며, 표 뒤쪽의 안내에도 영어가 없었다. 게다가 통합권에 나오는 이름과 안내판에 그려진 것의 표현이 달라서 어디가 어딘지 도대체 감이 잡히지 않았다.

먼저 입구를 들어가서 왼쪽에 보면 화려한 노란 빛이 도는 벽의 건물이 있는데 대부분이 사무실이었고 안에 가니 괜찮은 화장실이 있었다. 그 건물의 옆쪽에 전시실이 하나 있는데 그건 나중에야 알았다.

거길 나와서 재림교회 쪽으로 갔다. 여기는 유일하게 영어 안내가 있는 곳이었다. 앞에서 표를 검사하고 안에 들어가면 또 좁은 계단을 벽 사이로 올라간다. 갑자기 적갈색 안료로 칠해진 프레스코가 있는 복도에 도착하는데, 이 안쪽에 교회가 있었다. 푸른색과 적갈색의 프레스코가 담벼락 전체를 뒤덮고 있다. 조금 있으니 여자 한 명과 남자 두 명의 공연이 시작됐다. 아마도 성가를 부르는 듯한데, 화음이 보통이 아니었다. 성당의 내부 벽과 조화된 공명이 예사롭지 않았다. 한참 동안 전부 그 공연을 보고 서 있었다. 공연이 끝나자 일부는 앞에 있는 기부함에 기부금을 냈다.

거기서부터 차례대로 성벽 위를 걸어보는데, 성벽을 반쯤 돈다. 미음(ㅁ)자 성곽을 거의 반을 돌아 내려오게 되는 것이다.

성곽을 내려와서 아까 들어갔던 입구의 옆의 다른 입구로 들어가면 뒤쪽에 있는 우스펜스키 교회 쪽으로 가게 된다. 이 교회는 외관은 그렇지 않은데 내부는 황폐했다. 전면의 이콘은 거의 떨어져 나가 있고 아래쪽은 강철빔으로 받쳐 두고 있어서 교회라는 공간의 느낌과는 아주 이질적이었고, 벽에 있는 프레스코는 훼손이 매우 심했다. 그러나 이콘벽의 뒤쪽까지 돌아볼 수 있어서 교회의 구조를 이해하는 데는 더 도움이 되었다. 전면 이콘벽의 뒤쪽에는 관들이 몇 개 놓여 있었다.

사원을 나와 좌측에 보니 들어갈 수 있는 작은 입구가 있어 가보았는데, 여기는 통합권이 있어도 또 표를 사야 했다. 알고 보니 종탑을 올라가는 것인데, 어른은 100, 아이는 50루블을 내야 했다. 표를 사서 또 올라가 보았다. 좁고 가파른 벽돌로 된 계단을 올라가면 꼭대기는 종탑이다. 여기는 열한 개 정도 되는 종이 매달려 있는데, 큰 것은 정말 어마어마하게 컸다. 종을 쳐다보다가 눈을 돌리면 멀리 호수가 다시 시원하게 펼쳐져 보이고 있었다.

사실 여기서 내려오고 나서는 그다음에 어디를 가야 할지 막막했다. 표에는 아직 갈 데가 몇 군데 더 있었는데, 어디가 어딘지 알 수가 없었기 때문이다. 그래서 지금까지 안 가본 곳을 가보았는데, 여기는 안에 여행자를 위한 가스띠니챠도 있는 모양이었다.

걸어가다 보면 우측으로 올라가는 곳이 있어 올라가면 앞뒤로 있는 건물에 갤러리가 있었다. 하나는 이콘 및 일반 박물관였고, 다른 하나는 성질이 좀 모호한 박물관이었다. 이쪽에도 교회가 하나 있었는데 여기도 역시 적갈색이 주를 이루는 프레스코가 있었다. 사진 촬영을 위해서는 아마 다시 돈을 내야 하는 듯해서 사진을 찍진 않았다.

이후에는 정말 보물찾기하듯 볼 곳을 찾아다녔다. 말이 통하면 물어보겠는데 말이 잘 안 통하니 참 답답했다. 어떤 곳에 가니 3D로 박물관 전체를 안내해 주는 영상장치가 있었는데, 거기 계신 분에게 표를 보여주며 여기는 어디냐 물어보니 다 가르쳐 주셨다. 덕분에 한곳은 찾아갈 수 있었는데 나오면서 마지막 한곳은 결국 찾지 못했다. 모든 것을 다 돌아보겠다는 것은 욕심일지 모른다.

시간도 이미 세 시가 되었기에 그만 보고 야로슬라블로 뜨기로 했다. 크렘린이란 곳은 항상 볼 것이 넘쳐나는 곳이다.

코스모스 호텔

야로슬라블까지는 다시 60㎞ 정도를 더 가는데, 도로는 아주 좋아서 전혀 어려움이 없었다. 야로슬라블은 중앙 러시아 지역에서 모스크바 다음으로 큰 도시라고 하는데, 인구는 60만 정도밖에 안 된다.

내비게이션이 지시하는 곳으로 가니 호텔의 입구가 있었다. 문 앞에 차를 대놓고 체크인을 하려고 차에서 내려 몸만 걸어 들어가자 갑자기 문이

스르르 열려서 다시 차를 몰고 안으로 들어갔다.

건물 앞에 주차를 해 두고 안으로 들어가 체크인을 했다. 체크인은 됐는데 여기도 역시 말이 전혀 통하지 않았다. 할아버지 한 분이 나중에 방을 안내해 주셨는데, 번역기를 써도 이렇게 의사소통이 안 되기는 처음이었다. 뭔가 도움을 주시려 말씀을 하시는데 거의 이해하기 힘들었다.

호텔 안의 카페는 오후 네 시경에 문을 닫았다고 했다. 저녁을 먹으러 밖에 나가보았으나 식당이 없었다. 피자집은 하나 있었고 길가에 통닭을 파는 곳은 있었지만 그걸 매일 사 먹을 수는 없는 일이었다.

그래서 결국 방에서 밥을 해 먹기로 하고 마트에 가서 반찬거리를 샀다. 다행히 반찬거리는 좋은 게 많아서 염장 생선 한 팩과 채소, 치즈 샐러드 하나를 사서 왔다. 밥을 하려고 하는데 그 할아버지가 또 나타나서는 또 뭐라 뭐라 도움을 주시려 하는데 피곤하기도 하고 해서 알아서 하겠다고 하고 보내드렸다. 보아하니 호텔 안에 요리하고 먹을 수 있는 곳이 있다는 걸 알려 주려 하셨던 것 같다.

세례자 요한 교회. 약간 외진 곳에 있고, 이콘벽의 훼손은 심하지만 프레스코는 잘 남아있는 편이다.

Yaroslavl

야로슬라블

야로슬라블은 유네스코 세계문화유산으로 지정된 역사를 자랑하는 구시가지도 있지만, 세계 최초의 여성 우주인을 배출한 도시이기도 하다. 텔시코바의 코스모스 박물관도 방문해 보자. 구시가지는 걸어 다녀도 되고, 차가 있다면 차를 타고 가도 된다. 볼 만한 곳에는 무료로 차를 댈 만한 공간은 다 있다.

D+047, 구시가지 순례

2015년 9월 18일, 금요일, 맑음

여덟 시 반쯤 일어난 듯하다. 더블베드가 있는 방인데 이불이 생각보다 크기가 좀 작아서 발이 삐져나오는 정도였다. 밤에는 약간 추웠다.

아홉 시에 김밥을 깨우고 어제 올리지 못한 일지를 적었다. 인터넷이 밤이 되면 현저하게 느려져서 사진을 올리기가 매우 힘들었는데, 오전이 되니 좀 나았다.

열 시에 나가려 했으나 사진이 다 올라가지 않아 시간이 좀 더 지연되었다. 결국 열 시 반쯤 대충 마무리하고 나가게 되었다. 언젠가는 인터넷 연결이 아예 안 되는 때도 오긴 올 것인데, 그때는 어떻게 할 것인가…[1]

GPS 지도를 참고하여 방향을 잡아 걸었다. 오늘은 구시가지를 천천히 둘러 볼 계획이었다. 사실 가지고 있는 Triposo와 책의 정보가 조금씩 차이가 있어 어디에 중점을 둘지 오리무중이었다가 숙소에서 가까운 쪽부터

---

1 여정 중, 이란과 투르크메니스탄에서 그랬고, 이 부분은 여행을 마치고 나서 도중에 따로 써둔 기록을 토대로 작성했다.

천천히 걸어가며 볼 수 있는 만큼 보기로 했다.

성 니세타스 교회(Church of St. Nicetas)[2]

이 교회는 높은 천정의 돔은 없고, 입구가 마치 큰 터널 같은 느낌이었다. 프레스코 없는 벽은 흰 벽 그대로 남아 있고, 전면의 이콘은 1단이다. 예수님 이콘 옆은 아마도 성 니세타스의 이콘인 것으로 보인다.

밖에 나오면 붉은 벽돌로 만든 종탑이 인상적인데, 좀 낡아 보였고, 아주 튼튼해 보이지는 않았다. 종탑 근처로 접근은 할 수 없는 상태였고, 돔의 반짝이는 황금빛과는 대조적이었다.

예수승천 교회[3]

이 교회는 입구를 들어서면 다른 교회와는 다르게 매우 밝은 느낌을 준다. 교회를 관리하는 사람들이 매우 활기차게 일하고 있고, 책, 기념품 등을 입구에 아주 잘 정리하여 마치 쇼핑몰에 온 듯한 느낌을 준다.

교회 본당으로 들어가면 어디선가 많이 본 듯한 인상의 교회가 있는데, 기부자가 그리스의 상인이라 그런지 내부 구조는 전통적인 그리스 정교회의 형태를 닮았다. 네 개의 기둥이 건물을 지탱하고 있고, 천정의 돔이 높다. 안타깝게도 벽의 훼손이 매우 심하여 사람이 닿을 만한 높이의 벽화는 남아 있지 않으며, 키보다 위의 벽화는 좀 남아 있으나 역시 훼손은 심한 편이다. 전면의 이콘벽은 1단으로 간소했다.

---

2 이 교회는 목조 교회로 1511년부터 있어왔던 것으로 알려져 있고, 1647년에 석조로 다시 지어졌지만, 일대에서 가장 가난한 교회였다고 한다. 성 니세타스(335~414, 로마 시대의 주교로 현재의 세르비아, 루마니아 지역에서 활동했다)의 이콘이 보물이었으나, 현재는 예술박물관에 전시되고 있다고 한다. 혁명 후에는 교회는 문을 닫아야 했고, 벽화들은 팔렸다고 한다. 표트르 대제 연간에 세워진 종탑이 여전히 서 있는데, 소련 시절에 이것이 높이 때문에 군사적으로 중요했기 때문이라 한다.

3 1584년, 바실 콘다키(Basil Kondaki)라는 부유한 그리스 상인의 기부로 이 자리에 처음으로 교회가 지어졌다고 한다. 1745년부터 있던 종탑은 20세기에 들어서 주저앉았다고 한다. 이 교회도 소련 시절에 끊임없는 손상을 받았고, 이후 이런저런 용도로 쓰이다가 교회로 반환된 것은 2000년 후반이라고 한다. 중앙의 양파 모양 돔과 주위에 네 개의 녹색의 돔이 있는 교회다.

즈나멘스카야 탑

예수승천 교회에서 동쪽으로 계속 걸어가다 보니 길 건너에 광장이 있고, 사람들이 한가하게 앉아 책을 읽거나 대화를 나누고 있었다. 거기에 뭔가 다른 용도의 건물인 듯한 하얀 건물이 있는데 그것이 즈나멘스카야 탑이다.

앞으로 돌아가 보면 입구가 있고, 좁은 계단으로 올라가면 교회의 전면으로 들어가게 된다. 내부는 1단의 이콘이 있는 교회 같은 곳인데, 예수님 이콘 옆의 이콘은 날개 달린 천사의 모습인데 즈나멘스카야의 모습이 아닌가 한다.

이 탑의 아래로는 사람들이 다니는데, 우리가 지나갈 때는 여기서 한 키 큰 남자가 바이올린 연주를 하고 있었다.

점심 먹기

즈나멘스카야 탑 앞에서 다시 길을 건너면 보행자 도로가 나오고, 그 길에는 각종 기념품들을 파는 가판이 서 있다. 마트료시카 등 여러 가지 기념품들이 나와 있어 볼 만하다. 이 길을 따라가다 보면 17세기경에 만들어진 교회들이 나온다. 들어가 본 교회는 3단의 이콘이 있는 교회로, 벽은 프레스코 없이 흰 벽 그대로였다.

길을 가다 보면 카페들도 늘어서 있고 길가에 탁자들이 나와 있어서 앉아서 커피나 차, 맥주를 마시는 사람들이 있다. 우리도 점심을 먹을 때가 되어 좀 한가해 보이는 곳에 자리를 잡고 앉았다.

메뉴는 역시 영어는 없었고 한참 읽고 내용을 파악하여 간신히 주문했다. 여기는 빵이 네 개가 나와서 좀 나았는데, 샐러드는 전부 절이 형태로 나와서 대부분 맛이 셨다. 나는 닭고기 국물, 김밥은 솔얀카[4]를 시켰다.

---

4   солянка, 토마토와 고기를 넣어 끓인 러시아의 대표 국물.

밥은 각각 한 접시씩에 감자튀김 하나, 커피, 콜라를 시켜 먹었다.

예언자 엘리야 교회[5]

점심을 먹고 지도를 참고하여 계속 동쪽으로 걸으니 넓은 광장이 나왔는데, 소비에트 광장이었다. 광장의 서쪽에는 시청으로 보이는 건물이 있고, 그 건물을 마주 보며 광장을 건너 녹색의 양파 돔을 이고 있는 교회가 엘리야 교회였다.

이 교회는 입장료를 내고 들어가야 했는데, 100루블짜리 사진표도 사서 마구 사진을 찍어 줬다. 전면의 이콘이 무려 5단으로 최상급의 교회이고, 내부는 17세기에 그려진 장엄한 프레스코들이 벽면을 가득 채우고 있다. 전면 이콘 중 예수님의 옆은 아마도 예언자 엘리야인 것 같다.

본전의 옆으로 다른 방이 하나 더 있는데, 여기도 벽 전체가 프레스코들로 장식되어 있었다. 이 방에서 자세히 벽을 보면 프레스코 벽화 위에 다른 석고가 덧발라져 있고, 그것을 떼어내면 프레스코가 보인다. 왜 이렇게 됐는지 물어볼 수도 없어서 아쉬웠다.

니콜라 나딘(Nicholas Nadeina) 교회[6]

엘리야 교회에서 북쪽으로 방향을 잡고 걸어갔다. 어린이들이 단체로 어딘가로 가고 있었고, 주위에는 결혼식 사진을 찍는 부부들이 여기저기 보

---

5 전설에 의하면 예언자 엘리야의 축일에 키예프 대공국의 야소슬라블 1세가 곰을 사냥하고 지역을 점령했다고 하여 야로슬라블의 첫 교회는 성 엘리야에게 봉헌되었다고 한다. 현재의 교회는 1647~1650 연간에 건축되어 현재는 도시의 대표적 관광지로도 유명하고, 많은 사람들이 방문하는 곳이라 한다. 네 개의 석조 기둥이 있는 흰 벽의 교회는 꼭대기가 다섯 개의 녹색 양파 모양의 돔으로 장식되어 있고, 종탑과 돔탑이 모두 이어져 있는, 야로슬라블 17세기 건축의 전형이다.

6 이 교회는 야로슬라블에 처음 건축된 석조교회로, 동란의 시대(류리크 왕조가 끝나고, 1613년 로마노프 왕조가 성립하기 직전, 내정의 혼란과 폴란드, 스웨덴의 침공을 받던 시기)가 종식된 후 지역 상인 나데이 스베쉬니코프(Nadey Sveshnikov)의 기부로 만들어졌으며, 도시의 다른 성 니콜라스에 봉헌된 교회와 구별하기 위해 이름이 이와 같이 붙여졌다. 야로슬라블의 17세기 교회 예술을 보여주는 중요한 교회로, 내부의 프레스코들은 1640-1641년 동안 20여 명의 화가들에 의해 그려졌고, 바로크 양식의 이콘벽은 1751년에 설치되었다.

였다.

좀 걸어가면 볼가강으로 나가기 전에 교회가 하나 있다. 여기도 역시 입장표를 사야 했는데, 입장표보다 사진표가 비쌌다. 100루블이었는데 샀던 사진표 중 제일 비쌌다. 사진표가 아주 비싼 이유는 들어가 보면 알 수 있다.

이콘벽은 2단인데, 이콘이 빈 곳이 몇 군데 있었다. 교회의 내부는 진하게 남아있는 푸른색이 인상적이었고, 천정 돔의 프레스코는 많이 훼손되어 잘 보이지 않았지만 그 외의 프레스코들은 놀랍도록 잘 남아있어서 사진표를 사지 않았다면 아주 마음이 아팠을 것이다.

볼가강

야로슬로블 옆으로도 볼가강이 지나간다. 불행히도 야로슬로블은 중앙 러시아에서 모스크바 다음으로 큰 도시이며, 공업 도시인지라 공기가 그다지 맑다는 느낌은 들지 않았다. 그래서 볼가강의 전망도 약간 탁해 보이는 것이 단점이다. 그렇지만 역시 많은 신혼 부부들이 볼가강을 배경으로 사진을 찍고 있는 것을 볼 수 있었다.

로제스타바 흐리스토바 교회

볼가강 변을 따라 북쪽으로 올라가다 보이는 교회인데, 여기는 들어가 볼 수가 없었다. 주위에는 해설자와 함께 온 두 사람이 해설을 듣고 있었다. 이 교회는 종탑이 특이한데, 비대칭의 흰색 종탑이다. 인근에는 꽃이 피어 있는 정원이 있었다. 정원을 돌아가며 종탑을 올려다보았다.

브라고베셰니야 교회

이 교회는 교회의 본전에는 들어갈 수가 없었고 종탑 아래에 있는 곳만 들어가 볼 수 있었다. 내부는 간소했고, 이콘은 1단밖에 없었다. 바깥 정원에 꽃들이 많이 피어 있었다.

...

이제는 왔던 길을 거꾸로 걸어 다시 소비에트 광장으로 가서, 스파소 프레오브라젠스키 수도원으로 갈 계획이었다. 천천히 길을 걸어가는데, 뜨겁던 여름 8월에 시작했던 여행이 어느새 가을에 접어들었음이 실감 나게 바닥에는 노랗게 물들어 떨어진 낙엽들이 뒹굴고 있었다. 그러고 보니 이미 9월도 중순이 지나가고 있었다. 러시아에서 체류할 수 있는 날도 이제 초읽기에 들어가고 있으니 감회가 새로웠다.

낙엽이 떨어진 길을 걷자니 마음이 싱숭생숭해졌다. 계속 서쪽으로 달려 집에서 점점 멀어지고 있다는 생각이 드니 울적해졌고, 이러다 정말 집에는 돌아갈 수 있을까 하는 걱정이 스멀스멀 올라왔다. 내년 이맘때쯤이면 집에 있을 것이 분명한데, 그때는 어떤 기분이 들까 하는 생각이 떠올랐다.[7]

아까 왔던 예언자 엘리야 교회를 다시 돌아 방향을 잡아 걸으니, 공원이었다. 러시아는 땅이 넓어서 그런지 도시마다 큰 공원들이 여기저기 있어서 사람들이 여유롭게 앉아 이야기도 하고 책도 보고 한다. 공원이 넓고 외진 곳이 없으니 이상한 일들이 일어날 틈도 별로 없어 보인다.

스파소 프레오브라젠스키(Spaso-Preobrazhensky) 수도원[8]

오늘의 마지막 일정이다. 이 수도원은 볼가강으로 들어가는 코트로슬

---

7 '그때는 참 기분이 착잡했었지'라는 생각을 하고 있었다.
8 Спасо Преображения; Savior Transfiguration; 구원자 예수 현성용의 뜻. 이 수도원이 정확히 언제 만들어졌는지는 확실하지 않지만, 13세기부터 있었던 것으로 알려져 있다. 강의 둑에 건설되어 있어 종교적인 역할뿐만 아니라, 방어 진지의 역할도 했을 것으로 보인다. 야로슬라블 왕자가 머무른 적이 있었고, 현재는 정원에 묻혀 있다. 야로슬라블이 모스크바 공국에 편입된 이후에는 이반 대제가 자주 들러 기도하는 곳이 되었고, 그가 기증한 선물들도 많다고 한다. 동란의 시대에는 도시가 폴란드에 점령된 기간 동안 한 달간의 포위 공격을 이겨냈다고 한다. 이후 미닌과 포잘스키가 의용군을 조직하여 몇 달간 수도원에 머무르며 마침내 모스크바를 구출하기 위해 떠난 곳이 여기다. 동란의 시대가 끝난 1621년에서 1646년 사이에 많은 보수가 이루어졌고, 현재의 성벽은 대부분 그때의 것이다. 1787년에는 대주교의 거처로도 이용되었고, 1918년에는 다른 수도원들과 마찬가지로 폐쇄되었으며, 이후 소련 시절 여러 비종교적인 용도로 사용되었다고 한다.

(Kotorosl)강의 북쪽에 접해 있다. 가는 길에도 여러 교회가 보인다.

이 수도원도 입장표를 사야 하는데, 영어 안내는 전혀 없어서 입장표의 구성표를 한참이나 들여다보다 마침내 통합표에 대한 정보를 찾았다(무려 600루블!). 그래서 통합표를 달라고 했는데 못 알아들었는지 그 표가 없는 것인지 나열된 것 중에서 고르라는 제스처를 보여주었다. 그래서 그걸 다 살까 하고 계산을 해 보니 천 루블이 넘었다. 그래서 어쩔 수 없이 항목을 일일이 번역을 해 보니 대부분이 박물관이고, 박물관이 아닌 것이 성당과 종탑이었다. 어제의 경험으로 미루어 볼 때 이런 곳에서 박물관을 다 돌아보는 것은 큰 의미가 없는 것 같아서 성당과 종탑표만 샀다. 그러고 나니 300루블대에서 끝났다.

먼저 성당을 가보았다. 성당은 입구에서 파는 사진 표가 100루블인데, 잔돈이 없어서 안 사고 그냥 봤다. 건물은 네 개의 기둥으로 지탱되는데 전면의 이콘은 없다. 그리스 오시오스루카스 수도원과 비슷하게, 전면의 돔 상단에 성모 마리아가 그려져 있고 천장 돔에 예수그리스도의 모습이 있었다. 그 주위에 있는 두 개의 돔이 천정의 돔과 삼위일체를 이루고 있었다.

성당을 나와 옆에 있는 종탑으로 갔다. 앞에 계시던 분이 유심히 표를 검사한 후 위로 올려보내 주었다. 다시 좁고 가파른 계단을 올라 종탑으로 올라갔다. 종탑을 거의 올랐다 생각되어 열심히 사진을 찍고 있으니 위에서 내려온 분이 위에 더 있다며 올라가라고 했다. 다시 더 좁은 계단을 올라가니 마침내 종탑의 꼭대기였다. 사실 야로슬라블의 구시가지 전체가 세계유산으로 지정되었다고 했을 때 왜 그런지 이해하기가 좀 어려웠는데 여기서 내려다보니 왜 그런지 알 수 있었다. 도시 곳곳에 고색창연한 교회들이 들어서 있었고, 그 모습이 볼가강과 조화를 이루어 아름답기 이를 데 없었다. 누구든 이 종탑에서 도시를 내려다보게 된다면 여기가 유네스코 세계유산에 등재된 사실에 대해 고개를 끄덕일 것이다.

2015/ 9/18 15:5

호텔로 가는 길

걸어 온 거리가 꽤 되어 돌아가는 길은 2㎞ 정도 되었던 것 같다. 수도원에서부터 GPS 지도를 참조하여 천천히 걸었다. 걷다 보면 역시 가을이 되었음을 주위의 가로수들이 말해 주고 있었다.

천천히 걸어보면 역시 러시아에는 공원이 많다는 것을 새삼 알 수 있다. 가다 보면 또 공원이 나와 공원을 가로질러가고, 또 가로질러 간다. 아파트 단지 인근에는 대형 공원이 있었고 그 안에는 놀이터도 있어 아이들과 엄마들이 한가로이 시간을 보내고 있었다.

횡단보도를 건널 때마다 러시아인들의 보행자에 대한 태도를 보며 놀라게 된다. 우리는 막 신호가 빨간 불로 바뀌어 버린 횡단보도에 그냥 섰는데, 서 있던 차들이 움직이지 않았다. 우리보고 가라는 듯하여 재빨리 길을 건너자 그제야 차들이 움직이기 시작했다. 우리나라에선 이게 상상이나 가능한 일인가? 러시아 사람들이 한국에 온다면 차에 치이지 않을까 생각이 되었다.

D+048, 야로슬라블 이틀째

2015년 9월 19일, 토요일, 맑음

거의 아홉 시가 되어서 잠을 깼다. 어제 좀 걸어서 그런지 아침에 일곱 시경에 잠이 한 번 깬 후에 그대로 잠을 자 버린 것이다.

일어나 커피를 만들어 먹으며 김밥을 깨우고 일지를 썼다. 인터넷이 어제 오후에는 잘됐는데, 밤이 되니 급격히 상태가 나빠져서 결국 마무리를 못 했다.

열 시에 나가기로 했으나 결국 열 시 반쯤 되어 나가게 되었다. 오늘은 차를 타고 강의 건너편에 있던 교회 두세 개와, 좀 떨어진 곳에 있는 여성 최초의 우주인 텔레시코바의 박물관을 찾아가기로 했다. 우리가 묵고 있는 호텔의 이름이 '코스모스(ко́смос)'[9]인 이유도 텔레시코바가 여기 야로슬로블 출신이기 때문일 것이다.

첫 번째 목적지로 설정한 곳을 가보았는데 뭔가 볼 수 있는 것이 없었다. Triposo에 나오는 곳인데, 거기도 설명이 애매모호하였다. 가보니 담벼락 안에 이전에 교회로 쓰였던 생선창고(교회가 생선창고로 쓰이는 것이다) 외에는 확인할 수 있는 것이 없어 다음 목적지로 바로 갔다. 여긴 아마도 소련 시절에 강탈당한 교회가 여전히 종교시설로 환원되지 않은 곳인 듯했다.

차를 몰고 마을을 막 벗어나던 무렵, 두 소녀가 각각 말을 타고 유유히 옆을 지나가고 있었다. 뒤에 가방을 멘 모습이 마치 말을 타고 하교하는 학생들 같아 보였다. 러시아에서 종종 보던 모습이긴 하지만, 여전히 신기한 광경이었다.

---

9   Cosmos, 우주.

막 주차장을 찾아가던 무렵, 우리 옆을 지나던 낡은 차 안에 있던 청년들이 우리 차가 외국에서 온 차인 것을 알고는 손을 흔들고 엄지손가락을 치켜들며 한동안 난리를 치다 지나갔다.

세례자 요한 교회[10]

원래 예정했던 주차장은 들어갈 수 없는 곳인 듯해서 가다가 적당한 곳에 차를 대놓고 걸어갔다. 거리가 한 백여 미터쯤 되는 곳이어서 크게 부담은 없었다. 앞에 가보니 주차할 곳은 많았는데 공연히 주차장을 찾느라 고생한 듯했다.

교회는 녹색의 돔 부분을 제외하면 전체가 붉은 벽돌로 지어져 굉장히 고풍스러웠고, 교회가 있는 위치가 꽤 외진 곳이라 현재는 교회로 활용되는 것은 아닌 듯했다. 여기도 입장표보다 사진표가 더 비싼 곳이다. 내부의 전면 이콘은 하나도 남아 있지 않지만, 다행스럽게도 프레스코들은 남아 있다. 프레스코들은 요한의 일생과 예수님에 관한 성경 내용을 그리고 있다. 제일 꼭대기 천정 돔의 그림은 거의 지워져 알아보기가 힘들었지만, 입구에서 우측 벽면에는 예수님의 세례에 관한 것으로 보이는 프레스코를 어렵지 않게 확인할 수 있었다.

우리가 들어갔을 때는 다른 사람들이 하나도 없어서 우리가 별스런 데온 것인가 했는데, 나올 무렵에 몇 팀이 더 왔다. 안을 둘러보고, 밖으로 나와 교회 주위를 돌아보았는데, 높은 종탑까지 잘 나오게 사진 찍기가 쉽지 않았다. 오늘따라 하늘이 파랗게 개어 청명한 하늘에 붉은 종탑이 대조되어 아름답게 보였다.

---

10 이 교회는 코토로솔 강변에 1671-1687 기간에 건축되었고, 당시에는 이 근처가 꽤 부유한 곳이었다고 한다. 교회에는 총 15개의 양파 돔이 있고, 크게 세 개의 그룹으로 구분되고 있다. 7층의 45미터짜리 종탑은 1690년경에 만들어졌다고 한다.

표도로브스카야(Fedorovskaya) 교회[11]

요한의 교회에서 다리를 건너는 큰길을 가로질러 조금 걸으면 다섯 개의 녹색 양파 돔이 있는 또 다른 교회가 있다. 현재도 활발히 교회의 역할을 하고 있고, 전면의 이콘은 5단쯤 되는 것 같다. 어떻게 세어보면 6단인데, 가장 높은 수준이 다섯 개이니 5단이 맞는 듯하다. 이 교회가 어떤 역할을 했었는지 대략 짐작이 가능한 부분이다.

이 교회 정원에는 놀러 온 건지 기도하러 온 건지 모를 가족들이 많았다. 어린아이들이랑 와서 교회의 정원을 한가하게 산책하며 시간을 보내고 있는데 참 여유로워 보였다.

점심 먹기

다음 목적지는 다시 차를 타고 한 30km가량 이동해야 해서 점심을 먹으려고 보니 바로 인근에 카페가 하나 있어 들어갔다.

카페와 바(bar)가 양쪽으로 있는데 카페 쪽으로 가니 바 쪽으로 가라 해서 그곳으로 갔다. 여기도 영어 메뉴는 없었다. 그래서 메뉴를 한동안 분석해 보니 청어 절임인 셀드, 그릭샐러드, 밥, 감자튀김, 우리가 자주 먹던 솔얀카 국과 닭고기 국물이 있었다. 밥은 두 개, 나머진 한 개씩 시켰다. 음료는 콜라 한 병과 커피를 주문했다.

음식들은 대체로 예상대로 나왔는데, 오늘은 김밥 군이 닭고기 국물을 먹겠다고 해서 그걸 주고 내가 솔얀카를 먹었다.

---

11 이곳은 1682-1687 기간에 건축되었고, 근처 코스트로마(Kostroma; 야로슬라블에서 볼가강을 따라 동쪽으로 50km가량 가면 있는, 인구 28만 가량의 도시다)에서 발견된 기적을 일으킨 테오토코스 표도로브스카야(Theotokos Fedorovskaya)의 이콘에게 봉헌된 교회이다. 이 교회는 소련 정권에서 가장 먼저인 1987년에 정교회에 반환된 교회로, 2010년까지는 야로슬라블-로스토프 지역의 대성당의 역할을 했다고 한다.

코스모스 박물관

이 박물관은 야로슬라블의 서쪽 30㎞ 정도에 있다. 가는 길은 전형적인 농촌 사이의 길이다. 양쪽으로 광활한 러시아의 농지가 펼쳐져 있고, 광경은 참으로 목가적이다. 한참을 달리다 보면 코스모스 박물관의 표지가 나온다. 사실 이 박물관의 정확한 위치[12]를 알기 위해 두세 시간을 웹서핑했었다.

박물관 앞에는 적당히 주차할 공간이 있다. 주차하고 걸어 들어가니 역시 아무도 없었다. 나중에 우리가 나올 때는 사람들이 꽤 오고 있긴 했으나 우리가 간 시점에는 아무도 없었고 여기도 입장표보다 사진표가 더 비싼 곳이었다. 전체 1층 밖에 없고 방도 단 하나다. 한쪽에는 텔레시코바의 비행에 관한 언론 보도 등이 전시되어 있고, 한쪽에는 텔레시코바가 귀환할 때 탔던 캡슐이 전시되어 있다.

거기에 연결된 작은 집이 있는데, 아마 텔레시코바가 살았던 집과 방이 아닌가 생각된다. 거기에는 텔레시코바 가족들의 사진도 있다.

러시아를 돌아보면서 느끼는 건 러시아가 굉장한 강대국이었으며 이런 슈퍼스타들을 가지고 있는 나라라는 점이다. 유럽을 뒤흔든 나폴레옹과 일전을 치뤄 격퇴한 나라도 러시아고, 독일 히틀러의 공격을 막아낸 것도 러시아다. 세계 최초의 우주인도 러시아인이고, 세계최초의 여성 우주인도 러시아인이니, 러시아가 참 대단한 나라는 대단한 나라인 듯하다. 거기다, 세계최초의 공산주의 나라이기도 했으니….

---

12 GPS: 57.680067, 39.469661

...

　야로슬라블로 들어오는 도중에 중세 폐허의 유적이 있다는 곳이 있어서 지도에 표시하고 가보았으나 허허벌판 외에는 아무것도 없었다. 차로 더 가보려 해도 거대한 트럭들이 파놓은 엄청난 깊이의 고랑이 있어 결국 더 가지 못하고 차를 돌렸다(아무리 이 차가 SUV라도 도심형 SUV일 뿐이다). 결국 별소득 없이 그냥 호텔로 돌아왔는데, 그때가 오후 세 시경이었다.

　오늘은 일찍 정리하고 쉬기로 했다. 내일은 좀 일찍 체크아웃하고 나갈 예정이다. 갈 길이 오랜만에 300㎞가 넘는다.

VI. 북서러시아

352 7763

키릴로프
페트로자보츠크
벨리키 노브고로드
스트라야 라도가
상트페테르부르크

키릴로프로 가는 길에 있는 볼로그다 크렘린 내
소피아성당의 종탑에서 보이는 풍경.

2015/ 9/20 11:42

Kirillov

겨우 8만 정도의 사람들이 살고 있는 시베르스코예 호숫가의 작은 도시는 15세기와 16세기에 걸쳐 수도원과 함께 성장하였다. 키릴로 벨로제르스키 수도원은 한때 북서러시아에서 가장 큰 수도원이었고, 지금도 거대한 성벽으로 둘러싸인 채 과거를 말해주고 있다.

D+049, 볼로그다(Vologda)

2015년 9월 20일, 일요일, 흐림

오늘은 체크아웃하고 약 300㎞ 떨어진 키릴로프(Kirillov)로 가는 날이다. 최근에 멀리 달리지 않았던지라 일찍 8시에 나가려고 했는데 잠이 깬 것이 8시였다. 그것도 일어나는 것이 꽤 힘들었다. 처음엔 시차 때문에 일찍 일어나더니 이젠 현지에 완전히 적응을 해버렸다.

겨우 일어나 커피를 만들어 빵과 함께 먹으며 김밥을 깨웠다. 김밥도 천천히 빵을 먹었고 나는 짐을 챙겼다.

체크아웃하고 차에 올라타니 그래도 아홉 시는 안 됐다. 야로슬라블을 떠나는 것은 간단했다. 일요일은 러시아의 도시들이 대체로 한산한 편인데, 여기도 마찬가지였다. 볼가강을 건너 금방 도시를 벗어나 쭉 뻗은 길로 달렸다.

바로 키릴로프로 가는 건 아니고 중간에 볼로그다(Vologda)에서 좀 둘러보고 갈 참인데, 볼로그다까지는 약 200㎞ 정도 됐다. 이 정도면 열 한 시에 도착하기는 힘든 거리였다. 볼로그다는 야로슬라블에서 북쪽으로 올라간다면 5~6시간을 투자할 만한 곳이다.

여유를 가지고 천천히 운전해 갔는데 대부분의 차가 나를 추월해 가기에 나도 속력을 좀 높였다. 다행히 경찰은 모스크바를 떠나면서부터는 굉장히 드물어졌다.

가는 길 주변의 나무들은 완연한 가을의 모습을 띠고 있었다. 여름에는 짙푸른 가로수들이 있었는데 이제는 노랗게 빨갛게 물들고 있었다. 열한 시가 조금 넘어 볼로그다의 시내로 방향을 틀었고, 곧 목적지 근처에 차를 세웠다.

볼로그다 크렘린, 소피아성당[1]

볼로그다에도 크렘린이 있긴 있었는데, 크렘린을 보고도 미처 알지 못했다. 크렘린의 밖에(안쪽이었을 수도 있다) 소피아 성당이 있는데 소피아 성당만을 본 것이다.

주차하고 걸어가니 성벽의 입구는 보이지 않았고, 넓은 광장이 있었다. 앞에 성당의 입구인가 싶은 곳이 있어 가봤는데 미술관의 입구였다. 들어가려다 다시 나와서 뒤로 돌아가니 성당이 있었다. 앞에 매표소가 있어 가보니 성당과 종탑표를 팔고 있었다. 두 개 다 사려고 했는데 성당 쪽은 뭐라고 얘기를 하더니 종탑표만 줬다.

표를 사서 성당으로 가보니 예배를 하고 있어서 먼저 종탑에 가기로 했다. 종탑에는 지금까지와 비교하면 가장 넉넉한 계단이 있었다. 넓은 계단을 오를 수 있었는데 결국 꼭대기 근처에서는 다시 폭이 좁고 경사가 가파른 계단으로 변했다.

꼭대기에 올라가니 볼로그다강을 배경으로 도시가 내려다보였다. 최근에는 날씨가 맑아 높은 곳에 올라가면 전망이 참 좋다. 요즘에야 드론이나

---

1 소피아 성당은 1568~1570년 사이에 건축되었고, 이반 대제의 명에 의해, 모스크바 크렘린의 우스펜스키 성당을 본떠 만들었다고 한다. 이반 대제는 1571년에 갑자기 볼로그다를 떠나며 이 성당을 없애버리라는 명령을 내리기도 했다는데, 이후에 철회하긴 했다고 한다. 결국, 성당이 봉헌된 것은 이반 대제의 아들 대인 1587년이었다고 한다.

헬기가 있어 공중에서 보이는 풍경을 보는 방법이 많겠지만, 옛날에는 이렇게 높은 종탑에나 올라야 도시를 내려다볼 수 있었을 테니 그땐 종탑이 꽤 귀한 것이었을 듯하다. 이 종탑은 높이가 무려 78m로 현재도 볼로그다에서 가장 높은 건축물이라 한다.

종탑을 내려오다 보면 교회가 보이는 창가에 동전이 던져져 있는 것을 볼 수 있는데, 이런 것도 일종의 믿음의 표현이 아니었나 싶다.

종탑을 내려와서는 성당 쪽으로 가보았다. 마침 예배가 끝날 무렵이어서 그런지 그냥 들어갈 수가 있었다. 일부는 밖으로 나오고 있었고, 안에 들어가니 소프라노 음색의 여성 기도자의 높은 기도 소리가 울려 퍼지고 있었다. 조용히 뒤쪽 의자에 앉아 그 소리를 들으며 교회 안을 둘러보았다.

전면에는 5단의 이콘들의 배열이 있었는데, 파란색 바탕에 그림이 그려져 있고 금색 칠을 한 프레임들이 인상적이었다.

볼로그다 성모승천 산 수녀원(Gorne-Uspensky convent)[2]

성당 근처에 적당한 카페가 없어서 일단 다시 차를 타고 다음 목적지인 수녀원으로 갔다. 내비게이션에 찍어 둔 위치 근처에 차를 댈 만한 데가 있었고, Triposo의 사진과 비슷한 건물이 보여서 주차를 하고 들어갔는데 건물 주위가 전부 묘지였다. 여기는 묘가 참 많은 수녀원이구나 하며 계속 걸어가는데 Triposo에 나오는 사진과 건물이 약간 다르고 묘가 너무 많은

2　이 수녀원은 1590년에서 1924년까지 운영되고, 19세기 말에 촬영된 사진을 보면 담벼락이 완전히 남아 있고, 중앙의 성모승천 교회와 근처의 교회들이 완전하게 남아 있었다는 것을 알 수 있다. 소련 정권인 1918년에 수녀원이 폐쇄되었지만, 몇 명의 수녀들은 여전히 1924년까지 남아 있었다 하고, 완전히 축출된 후에는 수녀원 인근의 가정집으로 옮겼다고 한다. 이후에는 교도소나 군대 주둔지로 사용되었으며, 1995년 다시 종교시설로 반환되어 이듬해부터 예배가 재개됐다고 한다. 성모승천 교회의 역사는 수녀원의 역사보다도 더 길다. 최초의 교회는 목조 교회로 볼로그다에서 가장 오래된 건물 중의 하나였지만, 이 건물은 이후에 화재로 없어졌고, 이후 또다시 목조 교회가 지어졌고, 후에 석조 건물로 재건축되어 수도원의 교회가 됐다. 돔 위의 십자가들은 원래는 금도금 되어 있어서 교회를 금 십자가라고 불렀다고 하지만, 1761년의 화재로 금가루가 다 떨어져 그 이름을 잃게 됐다고 한다. 현재는 거의 검은색의 십자가가 그대로 있다.

것이다. 그래서 지도를 다시 보니 일대에 묘지표지가 지도에 보였다. 아무래도 공동묘지에 온 듯했다.

그래서 뒤로 돌아 나가 다시 차를 타고, 지도상의 정확한 지점까지 차를 몰고 가니 그제야 Triposo에 나오는 사진과 같은 건물이 나왔다. 여기는 수녀원이긴 한데 중앙에 우스펜스키 성당 외에는 뚜렷하게 남은 건물이 없었다.

여기는 이콘이 4단이었지만, 교회가 문 닫을 1924년에는 금박으로 치장된 5단의 이콘벽이 있었다고 한다. 우리가 갔을 때는 안에서 아주 작은 규모로 예배가 진행 중이었다. 프레스코는 없이 흰 벽만 남았고, 입구에 게오르기의 이콘이 걸려 있었다.

교회의 주변에는 이전에 건물이 있었던 흔적들이 남아 있었다. 폐허 위로 벽돌들이 뒹굴었고 그 위로 풀들이 자라나 있었으며 풀들 사이로는 김밥 군의 손바닥만 한 버섯들이 고개를 내밀고 있었다.

구원자 프리럿스키(Spaso-Prilutsky) 수도원[3]

볼로그다의 마지막 일정은 여기다. 내비게이션이 가리키는 곳으로 가려면 아까 왔던 크렘린 근처를 다시 돌아와야 했다. 왔던 곳을 지나 강을 하나 건너야 하는데, 다리를 들어가는 것이 쉽지 않아 주위를 다시 한 번 돌아 간신히 다리를 건넜다.

---

3 이 수도원은 원래 페레슬라블 잘레스키의 니콜스키(Nikolsky) 수도원 수도원장이었던 드미트리 프리
   럿스키(Dmitry Prilutsky)가 과밀해진 수도원을 떠나 옮겨 와 연 곳이다. 처음 목조 교회와 몇 건물을
   지었을 때에는 볼로그다 시내에서 좀 떨어진 곳이었다고 한다. 모스크바 대공이 영역을 확장하던 14세
   기에 이 지역의 중요성이 커졌고, 이반 대제의 부모인 바실리 3세(1479-1533, 모스크바 대공국의 대공
   으로, 영토를 확장했다)는 아이가 없어 아내와 여러 수도원을 순례하던 중 1528년에 이곳에 들르기도
   했다고 한다. 중앙에 있는 교회는 1537-1542년에 건축되었고, 볼로그다에서는 최초의 석조 건축물이
   었다고 한다. 이 교회는 옆으로 다른 건물과 이어져 있는 것이 특이하다.

대충 먹은 점심

근처에 가면 성벽 아래에 주차할 곳은 많았다. 먼저 점심을 먹으려고 차에서 내려 보니 근처에 먹을 수 있는 곳이 있다는 광고가 보여 그쪽으로 가 보았다. 광고가 있는 집으로 들어갔는데 빵 같은 것 외에는 안 보였다. 집 밖에 샐러드와 만두 사진이 걸려 있어 그걸 찍어 보여 주었는데 다 없다고 했다. 안에 뭔가 있긴 있는 것 같았는데 뭐가 있는지 알 수가 없어서 그냥 나왔다.

차라리 사놓은 빵에 콜라를 하나 사서 점심을 때우는 게 나을 듯 보여, 근처 가게에서 콜라 하나를 사서 다시 차에 왔다. 나는 커피를 만들어 빵과 함께 먹었고 김밥은 콜라와 빵을 먹었다. 걸려 있는 광고에는 샐러드와 만두가 있는 듯이 광고를 해서 오게 해 놓고선 아무것도 없다고 하니 기분이 나빴다. 차라리 그냥 갔다면 빵과 커피를 사 먹었을 듯하다.

...

사실 여기가 크렘린이라고 생각했다. 성벽이 굉장히 높았기 때문이다. 그런데 알고 보니 수도원이었다. 입장권을 살 필요도 없었고, 안에 들어가니 수도원이 맞았다.

중앙에 있는 교회 내부에는 4단의 이콘이 있는데, 특이하게 왕의 문 옆의 이콘이 예수님의 이콘이 아니었다. 돔에도 프레스코나 모자이크 등 그림이 없었고 대신 전면 상단에 예수님의 이콘이 있었다. 벽은 프레스코 없는 흰 벽이고, 돔은 4개의 기둥으로 지탱되고 있었다.

교회를 나와 정원을 걷다 보면 성벽을 올라가는 계단이 있는데, 여기는 무료로 성벽을 올라가 볼 수 있었다. 성벽을 올라가면 뒤로 볼로그다강이 보이고, 앞으로는 아름다운 수도원의 정원이 펼쳐져 있는 것이 보인다. 성벽을 무료로 올라가게 해 주는 수도원은 여기가 처음인 듯했다.

성벽을 내려와서는 천천히 정원을 가로질러 밖으로 나와, 아까 성벽 위에서 본 볼로그다강가로 나가 보았다. 강물 바로 앞까지 갈 수 있었는데, 그 옆에는 두 남자가 술병을 들고 쓰러져 자고 있었다. 거기서 조금 떨어진 곳의 둑 위에는 가족들이 나와 일요일 오후를 즐기고 있었다. 그쪽에서 보는 성벽의 전망은 마치 그림엽서의 사진과 같이 아름다웠다.

키릴로프로 가는 길

오늘 숙소는 볼로그다가 아니고, 거기서 북쪽으로 다시 100여㎞ 떨어진 키릴로프이다. 지도에서 보면 모스크바에서 출발한 M8 도로는 볼로그다에서 계속 북동쪽으로 올라가는데, 내가 갈 곳은 북서쪽이다. 그래서 지도로 보면 간선도로에서 빠져나오게 되는 것이라 길의 상태가 조금 걱정이 됐다.

아니나 다를까 볼로그다에서 잠시 비포장도로를 타기도 했는데, 그건 마을 안이라 그랬던 것 같고 주요 도로에 올라와서는 길이 좋다가 볼로그다에서 20~30㎞ 지나자 노면의 상태가 좀 나빠졌다. 그때부터 도로 공사 구간이 3~4개 나왔고, 전부 교행이 됐다. 교행은 다행히 아주 길게 가지는 않았고 평균적으로는 시속 80㎞ 이상은 유지할 수 있었다. 그래서 생각보다는 빠른 오후 네 시경에 목적지 숙소에 도착하여 체크인했다.

여기는 원래 주차요금이 하루 100루블씩 있었던 것 같은데, 웬일인지 그 얘기도 안 하고 차를 주차했다. 또, 부킹닷컴 내용상에는 조식이 포함된 것 같은데, 그 안내도 없었다. 사실 조식을 먹는 게 약간 불편한 감도 없진 않아서 말을 안 하기에 가만히 있었다.

가장 나쁜 것은, 여기는 1층에 내려가야 겨우 와이파이가 된다는 사실이다. 모스크바를 떠나오면서 점점 삶의 질이 떨어지고 있었다. 인근에 카페가 없는 게 벌써 4일째이며, 내일도 없을 것이다. 연 4일째 방에서 밥을 해 먹고 있었다. 이 동네에는 마트가 딱 한 개 있었는데, 반찬도 좀 부실했다.

D+050, 수도원 순례

2015년 9월 21일, 월요일, 흐림

새벽에 노트북에서 이상한 소리가 나서 깼다. 원래 MP3 음악을 틀어 놓고 잤는데, 어느 순간부터 잡음만 들리고 있었다. 가서 보니 블루스크린이 떠 있었다. 음악을 트는데 블루스크린이 뜨다니…. 뭔가 심상치 않은 듯했지만, 별 대책은 없어서 조용히 꺼주고 그냥 잤다.

아홉 시쯤에 일어났다. 노트북을 켜 보니 다시 부팅되긴 했다. 여행 끝날 때까지 버틸지 모르겠다. 사진 백업은 계속하고 있었다.

커피를 만들어 빵과 함께 먹었다. 조식이 포함됐다는 말은 어떻게 된 건지 모르겠다. 아무 연락이 없으니 그대로 먹던 것이나 먹었다. 김밥도 깨워 빵하고 주스를 먹게 했다. 어제 산 주스가 무슨 맛인지 알 수가 없었다.

오늘은 딱 두 개의 수도원을 돌아보기로 했다. 하나는 페라폰토프 수도원으로 이 도시에서 잠을 잔 이유다. 유네스코 세계문화유산에 등재된 수도원인데, 중세의 수도원으로 보존이 잘 된 곳이라고 한다. 나머지 하나는 여기 키릴로프에 있는 수도원인데, 어제 저녁에 앞까지 잠깐 가보니 규모가 꽤 큰 듯했다.

새벽부터 빗물 떨어지는 소리가 나더니 창밖을 보니 비가 오고 있었다. 열 시쯤 되어서 나갔다. 차 문을 열어 달라 하여 차를 몰고 나가니 비가 오고 있었다. 페라폰토프 수도원을 가는 길은 내일 체크아웃해서 나갈 길의 초입인데, 도로 표면이 그다지 좋진 않아서 속력은 80㎞ 정도가 한계일 듯했다.

페라폰토프 수도원[4]

수도원 직전에 마을이 하나 있었고, 마을 안에 과속 방지턱이 많았다. 살살 가지 않으면 차 안의 모든 것들이 뒤집어지듯 소리를 냈다.

수도원 앞에 차를 댈 만한 곳은 많았기에 그냥 적당한 풀밭 위에 주차했다. 생각보다 규모가 아주 크진 않은 것 같았다.

입구 앞쪽에 서서 잠시 전경을 둘러보고 있는데, 저쪽에서 사람들이 줄을 지어 나오며 기도 비슷한 걸 하고 있었다. 맨 앞에는 검은 옷을 입은 성직자로 보이는 분이 선두로 서있었다. 왼쪽에서 나와 앞쪽에 있는 성당 입구에서 잠시 또 뭔가를 하더니 안으로 다들 들어갔다.

거기 서있으니, 아까 그분들과 같이 있던 사람 중 한 명이 바쁘게 우리 쪽으로 와서 인사를 하고는 안으로 들어갔다. 닫혀 있던 교회의 문을 열고 들어간 건데, 우리를 위해 바쁘게 온 듯했다. 따라서 2층에 있는 교회를 올라가 보았는데, 간소한 곳이었다. 이콘은 1~2단쯤 되어 보였다. 잠시 둘러보고 다시 내려왔다.

세계문화유산이라 표를 사야 될 것 같은데 어디서 파는지 알 수 없었다. 이게 러시아의 특징이다. 수도원이면 혹시 공짜가 아닐까 하는 막연한 기대를 하며 일단 성당같이 보이는 곳으로 갔다. 옆으로 돌아가니 소 한 마리와 말이 풀밭에 놀고 있고, 그 옆으로 촬영팀 같은 사람들이 촬영 장비들과 함께 몰려 있었다.

그쪽으로는 입구가 없어서 다시 돌아와 보니 작은 입구가 있어서 무거운 문을 열고 들어갔다. 거기 있는 사람이 표를 보자는 것 같았다. 다시 밖으로 나와 보니 아까 사람들이 우르르 들어간 곳 쪽에 매표소가 있었다.

---

4 이 수도원은 성 페라폰트(St. Ferapont)에 의해 1398년에 시작된 수도원으로 중세의 화가인 디오니시우스(Dionisius; 1440~1502, 중세의 러시아 프레스코 화가로, 모스크바 크렘린의 성모승천 교회의 이콘들을 그렸다)가 그린 프레스코들이 온전하게 남아있는 것으로 유명하다. 프레스코는 성모수태 성당의 벽면을 장식하고 있으며 러시아 중세 교회 벽화가 남아있는 유일한 곳이라고 한다. 이반 대제의 기간에는 상당한 특권을 부여받았었고, 차르가 자주 순례를 오기도 했다고 한다. 1924년 소련 시절에는 다른 교회들과 마찬가지로 결국 폐쇄되었고, 1975년에는 박물관으로 전용이 됐다.

매표소에서 통합표를 샀다. 김밥 군은 무료라 하여 안 사고 사진표까지 샀다. 여기는 교회 같은데 들어오니 박물관이었다. 전면 이콘은 1단이었고, 프레스코가 없는 흰 벽이 있었다. 사실 프레스코는 그 흰 벽 아래에 있는 듯했다. 입구 쪽에 흰 벽을 걷어내니 프레스코화가 나타난 곳이 있었다. 아마도 소련 시절에 덮어버린 게 아닌가 생각됐다.

김밥 군이 표를 안 사도 되니 통합표를 샀고, 결국 이 방 저 방 다니며 여러 박물관을 돌게 됐다. 여기도 이콘 박물관이 있었고, 종교 용품 박물관도 있었다.

디오니시우스가 그린 벽화가 있다는 건물에 들어가면 동영상을 틀어주는데, 음성은 영어로 나와서 조금은 알아들을 수가 있었다. 듣고 나서 교회를 둘러보는데 김밥 군이 내가 미처 못 들은 것(아마도 복원 과정에 관한 설명이었던 것 같다)을 설명하여 잠시 놀라주기도 했다. 돈 내고 영어 공부한 보람이 있긴 있는 것 같다.

수도원 밖에는 호수가 펼쳐져 있다. 이 호수 이름도 페라폰토프다. 주변은 여지없이 가을 풍경인데, 나뭇잎들이 노랗다 못해 빨갛다. 아까 촬영팀들이 있던 곳 주변에 가니 안에 있던 것보다 더 많은 인력이 밖에 있었다. 도대체 뭘 하는 건지 알 수가 없었다.

페라폰토프 수도원은 중세의 러시아 프레스코 화가 디오니시우스의 프레스코로 유명하다.

차 안에서 점심을

수도원 주변을 잠시 걷다가, 다시 숙소 근처로 차를 몰아 돌아왔다. 하늘에서는 빗방울이 떨어졌다 안 떨어졌다 하고 있었다. 점심을 먹어 보려고 먹을 만한 곳을 찾아보았지만, 적당한 곳이 전혀 보이지 않았다.

점심을 먹고 돌아보기로 한 키릴로 벨로제르스키 수도원 앞에 차를 세워두고 점심을 먹기로 했다. 주차장은 적당한 곳이 있어서 차를 대고, 차안에서 빵과 커피, 주스를 먹고 수도원에 들어간 때가 오후 한 시경이었는데, 그때가 하필 직원들이 점심을 먹는 시간이었다.

키릴로 벨로제르스키(Kirillo-Belozersky) 수도원[5]

이 수도원은 우리 숙소에서 걸어서 갈 수 있는 곳이다. 여기도 통합표를 사게 되었는데, 김밥 군이 공짜라 500루블짜리 한 장만 사면 됐다. 여기도 역시 어디부터 들어가야 하는지가 막막했다. 러시아에서 처음 표를 샀을 때 안내 전단 같은 것을 볼 수 있는 곳은 모스크바 크렘린이 유일하다. 그 이후에는 전부 보물찾기하듯 볼 곳을 찾아다녀야 한다.

어딘가 들어가려고 보니 앞에 안내가 걸려 있는데 해석해 보니 점심시간이란 뜻이었다. 그게 두 시까지였다. 그래서 어쩔 수 없이 뒤쪽(우리가 들어간 곳 기준)에 있는 호숫가로 갔다. 그런데 호숫가가 절경이다. 날씨가 맑았다면 더 좋았겠지만 자연의 오리들이 한가로이 호숫가를 헤엄치는 것을 보고 있자니 여기가 외국은 외국이다 싶었다. 그때, 어디선가 나타난 강아지 한 마리가 옆에서 계속 졸졸 따라다녔는데, 먹을 걸 달라는 눈치였지만 줄 게 없었다.

---

5 수도원은 라도네즈의 성 세르기우스의 제자였던 벨로제로(Beloozero; Белоозеро, 러시아 말로 하얀 호수라는 뜻)의 성 키릴에 의해 1397년에 시베르스코에(Siverskoye) 강가에 문을 열었고, 크게 두 개의 구역으로 나뉘어 있다. 수도원은 전체 732㎡에 달하는 성벽으로 둘러싸여 있고, 성벽의 두께는 7㎡에 이르며, 이곳은 북러시아에서 가장 큰 수도원이었다고 한다. 이 성벽은 1654~1680년에 건설됐다고 한다.

두 시가 넘어 다시 안으로 들어가 보니 이제야 문들을 열고 있었다. 제일 큰 교회는 문제가 있는지 들어갈 수가 없었고, 옆에 있는 작은 교회는 들어갈 수 있었다. 이콘은 3단 정도의 교회였다.

이후는 박물관의 연속이었다. 그중 하나는 종루였는데 높이가 꽤 됐고 올라가니 주위의 아름다운 경관이 그대로 눈에 들어왔다. 수도원이나 성당을 간다면 가장 효율적인 것은 성당과 종탑을 보는 것이다. 나머지는 사실 보고 나서도 다 잊어버리게 되지만 성당 자체와 종탑은 돈을 내고라도 꼭 돌아보고 올라가 보는 것이 좋다.

제일 마지막쯤에 들어간 곳은 수도사들이 기거하는 집을 박물관으로 만든 곳 같았다. 작은 방들이 복도에 연이어 나란히 있었다. 방은 좁았으나 천정은 꽤 높았고, 하얗게 칠해진 벽면들이 인상적이었다.

…

어쨌든 예상외로 볼 게 많아 두 시간 정도를 돌았다. 네 시가 벌써 넘었다. 처음에 페르판토프 수도원을 나올 땐 오후 세 시 정도면 방에 가 있지 않을까 생각했는데 두 번째 수도원이 생각보다 볼 게 많았던 것이다.

내일 갈 길이 오랜만에 500㎞가 넘으니 일찍 들어가서 쉬는 것도 좋을 듯해서 일찌감치 숙소로 돌아왔다.

촬영팀

저녁을 먹고 방에 있는데, 누가 방문을 두드렸다. 문을 열어 보니 키가 자그마한 아가씨가 영어로 차를 좀 옮겨 줄 수 있느냐고 물었다. 가능하다고 하고 나가면서 얘기를 해 보니 낮에 페라폰토프 수도원에서 촬영하고 있던 팀의 일원이었다. 거기서는 영화를 찍고 있는데, 트럭이 주차장으로 들어와야 한다고 했다.

내가 차를 옮기고 보니 낮에 거기서 본 거대한 팬(fan)이 트레일러에 끌려 뒤로 들어왔다. 저 팬은 뭐 하는 거냐고 물어보니 바람을 일으키는 것이라고 한다. 배우가 바람 속을 걸어가는 장면을 찍었다나…. 하여간 이후에 거대한 트레일러도 들어왔었는데 좀 있다 다시 나간 듯했다.

숙소의 와이파이 상태

한국에서는 호텔 같은 곳에 가서 인터넷을 써 본 적이 없으니 어떤지 모르겠는데, 러시아의 와이파이는 굉장히 비대칭적이다. 무슨 말이냐 하면 다운로드는 어느 정도 되는데, 업로드 속도는 정말 느린 것이다. 옛날에 우리나라에 ADSL이 처음 도입되었을 때 그게 상향과 하향의 속도가 다른 인터넷 방식이었는데, 그런 방식을 쓰고 있는 것 같다. 지금까진 그래도 그럭저럭 시도하면 되긴 되었는데, 이 숙소의 와이파이는 1층의 로비에 내려와야 할 뿐만 아니라, 사진 한 장조차 올라가지 않는 속도였다. 숙소를 한꺼번에 열흘 치를 정하면서 와이파이가 공용공간에서만 가능한 곳을 거르지 못한 듯하다. 사실 이 부근은 선택의 여지가 별로 없기도 했다. 예약되는 곳이 별로 없었고, 실제로 와 보니 호텔 같은 건 별로 보이지도 않았다. 다음 이틀은 방에서 와이파이가 된다는 곳이고, 그다음 3일은 또 공용공간에서만 되는 곳이다. 언젠간 아예 인터넷이 안 되는 곳이 나올 것인데 거기에 비하면 좋다고 해야 할지 모르겠다.

키지섬 역사지구의 목조교회

2015/ 9/23 14:38

Petrozavodsk

페트로자보츠크

페트로자보츠크는 키지섬으로 가는 도시이다. 핀란드 사람들이 주로 살고 있는 까를리야 공화국의 도시로, 옛 소련시절 국영여행사였던 인투리스트가 까를리야 호텔로 바뀌어 있고, 영어에 능숙한 직원들이 섬으로 가는 표를 예약도 해준다.

D+051, 페트로자보츠크로 가는 길

2015년 9월 22일, 화요일, 흐림

숙소에 인터넷이 잘 안 되어 생기는 장점은 일찍 잔다는 것이다. 블로그를 쓸 때 옛날 아주 초기에는 사진을 골라서 첨부했었다. 그러다 보니 그 고르는 시간이 오래 걸리고 고민이 되어 언젠가부터는 찍은 사진을 다 올리는 것이 습관이 되어 있었다. 여기 러시아에서도 그러고 있는데, 그러다 보니 사진 업로드에 시간이 오래 걸렸고 그러다 보면 늦게 자게 되는 경우가 좀 있었다. 그런데 인터넷이 안 되면 일찌감치 다 포기하니 일찍 자게 됐다.

어제는 열 시쯤부터 잠자리에 누워 있다 김밥보다 먼저 잠에 든 것 같다. 그랬더니 아니나 다를까 새벽 여섯 시부터 잠이 깼고, 좀 더 자자고 하다가 여덟 시가 됐다는 소리를 듣고(내 핸드폰은 시각을 말로 알려 준다) 잠자리에서 일어났는데, 다시 시각을 보니 일곱 시였다. 일어난 김에 커피를 만들어 빵과 함께 먹고 김밥을 깨웠다. 오늘은 갈 길이 좀 멀어 여덟 시에 나가기로 했는데 가능할 듯했다.

먹을 걸 다 먹고도 여덟 시까지는 시간이 남아서 침대에 좀 누워 있었는데 별로 하는 것도 없는 것 같아 그냥 나가기로 했다.

차에 가보니 어제 없어졌다고 생각했던 거대한 영화촬영팀의 트럭이 내 차가 있는 구역에 들어와 있었다. 옆 공간을 보니 아슬아슬하게 내 차가 빠져나갈 수는 있을 듯했는데, 김밥에게 여유를 보라 하고 조심조심 뒤로 후진해서 빠져 나갔다. 다행히 큰 문제없이 나갈 수 있었다. 촬영팀은 아마도 아침에는 일찍 나가진 않는 듯했다.

리셉션에 가서 체크아웃하고 문을 열어 달라 하여 별문제 없이 나갔다. 나가면서 마을을 떠나기 전에 마트에 잠시 들렀다. 오늘 갈 길이 멀고, 중간에 어떻게 될지 모르니 먹을 걸 사가야 해서 마트에 들러 빵 한 덩이를 샀다.

주유소는 어디에

마을을 빠져나오는 건 어려운 것이 전혀 없었고, 페라폰토프 수도원 쪽으로 달렸다. 주유를 해야 했는데 마을 인근에 있던 주유소는 가격이 좀 비싼 듯했고 수도원 가는 길의 주유소가 가격이 좀 싼 것 같아 그쪽으로 가기로 했다. 이때 주행가능 거리가 200㎞는 안 되었고, 150~180㎞ 정도였다. 그런데 찍어 둔 주유소를 본 순간 내가 이미 지나가고 있었다. 가다 보면 또 있겠지 하는 생각이 들어 그냥 갔다.

그런데 한참을 달렸는데도 주유소가 나오지 않았고, 어느덧 주행가능거리가 100여㎞ 정도로 떨어졌는데, 그때 주유소가 하나 보였다. 그런데 그 주유소에는 디젤 주유기가 한 대밖에 없었고, 거기에 트럭 몇 대와 SUV들이 줄을 서있었다. 이거 좀 기다려야 하나 그냥 가다 보면 또 있지 않을까 하는 생각이 잠시 교차했다. 하지만 차들이 줄을 서는 데는 이유가 있을 거란 생각이 들어 나도 그 줄에 섰다.

앞에 트럭들이 있어서 시간이 꽤 걸렸는데, 내 차례가 되어 주유하니 1,200루블이 싹 다 들어갔는데도 한 칸이 모자랐다. 그만큼 내가 많이 달렸던 것이다.

하여간, 그 이후에는 주유소가 거의 120㎞나 떨어져 있었다. 거기서 주유를 하지 않았다면 어쩌면 중간에 차가 설 수도 있는 상황이었다. 모스크바를 떠나 이미 200㎞ 이상 북쪽으로 올라오니 마치 시베리아에서처럼 다시 주유소 간의 간격이 멀어지기 시작했다. 이와 동반하여 경찰들의 수도 현저하게 줄었다. 종일 달리면서 경찰을 단 한 명도 보지 못했다.

처음 타보는 페리

목적지를 140㎞쯤 남겼을 시점에 갑자기 앞에 강이 나타났다. 이 강의 이름은 스비리강. 전혀 예상하지 못했던 것인데, 앞에 다리가 있나 차에서 내려가 보니 다리 같은 건 없었다. 지도를 보니 경로가 강을 S자로 건너가고 있었는데, 자세히 보니 페리였다. 그곳은 페리 선착장이었던 것이다. 앞에 고물 승용차가 한 대 서있기에 거기 뒤에다 차를 대놓고 있자니 좀 있다 다른 차 한 대가 내 뒤에 섰다. 거기서 내린 남자가 나에게 뭐라 뭐라 러시아말로 묻기에 내가 영어 할 줄 아느냐고 영어로 물어보니 갑자기 조용해졌다. 그러더니 혼자서 어딘가로 가기에 따라가 보니 페리 시간표와 요금표가 있었다. 시간표를 보니 페리가 막 떠난 듯했다. 내가 오자마자 앞에서 배가 한 대 갔는데 그게 페리였던 것이다. 오는 길에 점심을 안 먹었으면 바로 타고 가는 건데, 점심을 먹느라 30분 차에서 보낸 탓이다. 시간표를 보니 한 시간 간격으로 페리가 있어 기다리면 타고 가겠는데, 옆에 있는 요금표는 아무리 봐도 무슨 소린지 알 수가 없었다.

내 뒤에 온 아저씨도 잘 모르겠는지 뒤에 다른 차들이 서니까 그곳의 아저씨한테 물어보고 있었다. 나만 모르는 게 아니었다.

그런데 주위를 둘러보니 어디선가 많이 본 듯한 경치였다. 여기는 바닷가는 아니지만 물가에 집을 지어 고깃배들이 들고 나기가 쉽게 만들어 둔 가옥들이 있었다. 일본 교토부의 이네우라와 비슷해 보였다. 다만 조금 허술할 뿐이었다. 다만 바다가 아니고 호수라 오리 떼들이 또 물 위에서 놀고 있었고 그림과 같은 경치를 완성하고 있었다. 여기에 적당한 스토리만 입힌다면 관광객들이 들끓을 곳인데 하는 생각이 머릿속을 스쳤다.

러시아에는 땅이 커서 그런지 거대한 개들은 어디를 가나 있다. 그다지 사납지 않아서 다행인데 거대한 셰퍼드 한 마리가 주위를 왔다 갔다 하며 누가 먹을 것 안 주나 고민하고 있었다. 근처에 작은 음식점인지 매점인지가 하나 있었는데, 그쪽을 갔다가 이쪽을 갔다가 하고 있었다.

시간이 지나면서 페리를 기다리는 줄은 점점 길어졌는데 어쩌다 내가 줄의 첫 번째가 되어 있었다. 30분쯤 되니 저편에 갔던 배가 다시 차들과 손님들을 싣고 이리로 왔고, 차례대로 차들과 손님들이 내렸다.

선원 한 명이 내가 서 있던 그 줄이 아니고 옆줄로 들어가는 거라고 손짓을 해서 자리를 옆으로 옮겼다. 그래도 여전히 내가 선두였다. 요금은 어떻게 내는지도 모르겠는데 선두라니. 한 시 오십 분이 되니 선원들이 이쪽 차가 들어가는 차단기를 열고, 나보고 들어오라는 손짓을 했다. 돈도 안 내고 일단 타는 거다. 지시하는 대로 바지선에 차를 실었다. 이 배는 정확하게 말하면 페리가 아니었다. 바지선에 차를 싣고 뒤에서 배가 바지선을 미는 구조였다. 내가 선두로 차를 싣고, 뒤에 차례대로 차들이 올라탔다. 마지막으로 거대한 버스가 천천히 올라탔다.

두 시가 좀 넘자 바지선이 조금씩 회전하는 것이 느껴지며 어지럽기에 재빨리 차에 있던 약을 꺼내 반을 깨 먹었다. 주위가 돌기 시작하니 약간 어지러웠다. 시선을 좀 멀리 두면서 컨디션 조절을 했다. 동영상 촬영기를 꺼내 주변을 찍고 있으니 할머니가 요금을 받으러 오셨다. 얼마를 내야 하는지 몰라 스마트폰의 계산기를 꺼내 할머니께 들이미니 170이라 찍어 주시기에 170루블을 냈다. 싸다.

배는 한 십 분 만에 반대편 선착장에 도착했고, 이어 차례대로 차들이 내렸다. 제일 먼저 탄 나는 제일 나중에 내리게 됐다. 그래도 내리는 데 시간이 오래 걸린 건 아니었다.

성공적으로 강을 건너서 가는데 여기서부터는 길이 모호했다. 이게 포장길인지 비포장길인지 알 수가 없는 길이 이어졌는데, 그냥 자갈을 단단하게 다져둔 길이라는 느낌이었다. 차에는 아래로부터 계속 진동이 올라왔다.

이후부터의 길의 풍경은 이전과는 꽤 달랐다. 길의 폭이 좁아졌고, 나무들도 침엽수들이 많아졌다. 마치 산속을 차로 달리는 기분이었다. 일본의 타카야마나 나가노 지역을 가면 많이 보던 길이었다. 차 안 환기구로 들어오는 공기에는 강력한 피톤치드가 느껴졌다.

속도를 크게 낼 수는 없었기에 60~80㎞/h로 계속 달리며 작은 마을들을 관통해 지나갔다. 작은 마을들의 모습은 꼭 우리나라 시골 같기도 했는데 조금 다른 것은 가끔 가다 교회가 하나씩 있는 것이었다. 그 교회들은 이전 여러 도시에서 둘러보았던 목조건축 박물관에서 보았던 나무로 만든 목조 교회들이었다. 박물관에서 보던 통나무 교회들이었는데, 여기는 실제로 기능하는, 살아있는 교회였다.

페트로자보츠크로 가는 길에 페리를 기다리던 곳의 풍경.

2015/ 9/22 13:14

페트로자보츠크 까렐리야 호텔

정오 무렵만 해도, 오후 두 시 정도면 숙소에 가 있지 않을까 생각했는데, 페리를 기다리기도 했고 비포장도로들이 연속으로 나오는 통에 결국 네 시가 넘어서야 페트로자보츠크에 도착했다.

여기는 내일 키지섬으로 갈 표를 구하는 게 중요해서 바로 까렐리야 호텔로 갔다. 내비게이션에 찍어 둔 지점으로 가니 호텔이 있었다. 이 호텔은 지금까지 우리가 묵었던 호텔과는 확연히 다르게 거대하고 번듯한 5성급 호텔의 자태를 하고 있었다. 리셉션에 가서 키지섬 배표를 사러 왔는데 어디서 파냐 물어보니(영어로, 여긴 영어를 다 알아듣고 말한다. 와!), 안에 들어가서 끝에 있는 방에 가라고 했다. 가보니 사무실이 하나 있었고(간판 안내 따위는 없다), 그 안에 제복을 입으신 여자분 둘이 앉아 계시기에 표 파는 데가 어디냐 물어봤다. 그분들이 사무실을 가리키기에 그곳으로 들어갔다.

내일 가는 거냐고 묻기에 그렇다고 했다. 혹시 예약했냐고 물어서 전에 이메일을 보냈다고 말했다(한 1~2주 전에 여기 올 수 있는지 문의 메일을 보냈었다. 겨울이 되면 아예 배가 안 간다기에). 신기하게도 그분이 PC 화면의 예약자 명단을 보는데 내 이름이 있어서, 저게 나라고 말해 주었다. 그 이메일의 답장(영어)에 예약이 됐다고 하기에 나에 대해 아는 것도 없는데 뭘 예약했다는 걸까 생각했지만 진짜로 예약이 되어 있었다. 하여간 뱃삯은 아주 비쌌다. 둘이 왕복에 4,125루블이다. 아이는 50% 할인했는데도 그렇다고 했다. 맙소사…. 그래도 표를 샀으니 내일 아침에 항구에 가기만 하면 됐다.

표를 사서 항구에 한 번 가봤다. 차를 주차할 곳을 미리 봐 두기 위해서다. 항구 바로 앞에 주차장이 있어 거기다 주차를 하고 갔다 오면 될 듯했다. 주차는 까렐리야 호텔 주차장을 써도 될 듯했다.

호텔 첸트랄늬

2박을 할 곳은 호텔 첸트랄늬로, 항구에서 2㎞가량 떨어져 있었다. 항구에서 가능하면 가까운 곳을 예약하려 했으나, 가격이 좀 더 높아서 여기다 예약을 했다. 처음에는 숙소에서 항구까지 걸어갈 생각이었는데 차를 타고 가도 될 듯했다. 숙소 주차장이 전용에 무료였고 아주 널찍하여 마음이 편했다. 방도 넓고, 무엇보다 조명이 아주 밝아서 좋았다. 인터넷도 아주 안정적인 듯했다. 근처에 한 100㎜만 걸어나가면 카페가 있어 밥 먹는 데도 불편함이 없었고, 근처에 슈퍼마켓도 있었다.

여기도 체크인할 때는 내 비자를 한참 동안 찾고 있었다. 아직도 작은 호텔은 한국이 러시아와 무비자협정이 체결됐다는 것을 모르고 있어서 항상 여러 설명을 해 줘야 한다. 무비자협정에 관한 서류를 외교부 홈페이지에서 PDF로 받아 스마트 패드로 보여 줘도, 이런 경우 어떻게 해야 하는지를 직원들이 잘 모르는 것이다. 그래서 항상 어딘가로 전화해서 문의를 하고 나서야 체크인이 됐다.

D+052, 키지섬(Kizhi island) 중세 역사지구

2015년 9월 23일, 수요일, 맑음

오늘이 러시아에 들어온 지 52일째 되는 날이다. 러시아 무비자 체류기한의 연속 최대가 60일이고, 그게 10월 1일이다. 원래는 9월 30일에 러시아를 뜨려고 했었는데, 상트페테르부르크의 일정을 하루 늘리려고 10월 1일에 떠나는 것으로 했다. 결국 60일을 꼭 채워 떠나는 것이다. 무비자 체류할 경우 국경을 넘어갔다 들어오면 다시 30일 체류할 수는 있지만 내 차는 10월 2일 안으로 러시아를 떠나야 하는 일시수입상태라 더 연장할 수는

없었다.[1]

어젯밤에 숙소에 들어와 드디어 핀란드 숙소를 예약했다. 예약하면서 숙소의 가격에 후들후들했다. 숙박 비용이 최소한 러시아의 2.5배 이상은 되는 듯했다. 원래 이 여행의 시작이 올해 4월쯤이 아닐까 생각했고, 그래서 북유럽에 들어가면 캠핑을 하면서 숙박비를 절약할 수 있을 거라 생각했다. 하지만 북유럽에 들어가는 시점은 이미 10월이 되게 생겼고, 호텔 방 안에서도 추운 형편이었기에 캠핑하다가는 얼어 죽을 것 같았다. 그래서 숙소를 예약하려고 가격을 보니 덜덜 떨렸다. 비싸도 너무 비쌌다.

일곱 시 반쯤 잠이 깼다. 잠이 깼지만 특별히 할 일은 없어서 여덟 시까지 누워 있었다. 여덟 시에 일어나 커피를 만들어 빵과 함께 먹고 김밥을 깨웠다. 시계를 보더니 너무 일찍 일어났다며 킬킬거렸다.

오늘은 아홉 시 반쯤 나가자고 했다. 배는 열한 시 반에 떠나지만, 미리 가서 적당한 곳에 차를 주차해 두어야 하기 때문이다. 숙소에서 항구까지는 3㎞쯤 되어서 걸어가도 되지만 체력안배 차원에서 차를 타고 가기로 했다.

시간이 되어 차를 타고 나갔다. 어제 보아둔 자리에 차를 주차하고 근처 안내소 같은 곳에 바우처를 보여 주며 어디서 기다리느냐고 물어보니 뒤쪽을 가리켰다. 거기는 보니 키지섬 가는 티켓을 판다고 적혀 있었고, 대합실 같이 만들어져 있었다.

안에 들어가서 보니 여러 가지 안내가 있었다. 키지섬에서도 표를 사야 하는데 그 표의 가격이 얼마인지를 잘 몰라서 표 파는 분에게 물어보았다. 다행히 여기는 이런 분들도 어느 정도는 영어가 되었다. 그런데 표값을 물어보니 뱃삯을 말했다. 바우처를 보여 주며 나는 바우처는 있다고, 안에 표가 얼마냐고 물어보니 400루블이라고 대답했다. 다행이었다. 이걸 굳이 물어본 것은 안내에 2,000이란 숫자가 적혀 있는 걸 보고 뱃값이 예상보다

---

1 차량의 경우 다시 입국하면 다시 일시수입 상태가 갱신되어 다시 60일의 기한이 주어진다.

비싼 것인가 싶었기 때문이다.

열 시가 넘어도 대합실에 사람들이 별로 없어 가는 사람이 별로 없나 생각했다. 여기는 9월 중순까지는 하루에 여러 차례 배가 있는데, 지금은 단 한 차례 밖에는 배가 없다고 한다. 11:30에 출발하고, 키지섬에서 15:45에 출발하는 것이 유일하다. 가는 데 1.5시간이 걸리고, 섬에서는 2.5시간 정도를 있을 수 있다.

항구에 정박한 배를 보면 연두색으로 칠해진 배가 타고 갈 배인 것 같은데, 두 세대쯤 보였다. 배에는 전부 'Hotel Karelia'라고 적혀 있는 걸 보면 전부 호텔에서 운영하는 듯하다. 이 배 외에도 크고 작은 배가 많은데, 이 배들이 전부 겨울에는 논다니 참 아까울 것이다.

사람들이 11시부터 미리 배 앞에 가서 줄을 섰고, 우리도 조금 있다 나가서 줄을 섰다. 줄을 서고 보니 사람들이 꽤 많았다. 11:15부터 승선이 시작됐다. 배를 탈 때 바우처를 수거하고 대신 번호가 적힌 목걸이를 나눠 주었다. 나중에 다시 돌아올 때 인원 체크를 하는 듯했다.

배에 타서 창가에 적당히 자리를 잡았다. 자리는 여유가 많은 편이었다. 11:30이 되어 항구를 떠나기 시작했다. 잠깐 뒤로 움직이더니 이내 속력을 내서 앞으로 달리기 시작하였고 선수가 위로 들리는 것이 느껴졌다. 배가 달리는 곳은 언뜻 보면 바다 같이 넓지만 사실은 호수로, 이름은 오네가(Onega)다.

선수를 들고 빠르게 달리던 배 안에서 일정하게 느껴지는 진동 때문인지 나는 어느샌가 잠이 들었고, 한참을 자고 일어나 보니 벌써 한 시간을 달려서 열두 시가 넘었다. 김밥을 깨워서 가지고 온 빵을 점심으로 먹으라 했다. 나도 커피를 만들어 빵과 함께 먹었다.

한 시경, 키지섬 항구에 도착하였고, 차례대로 다 내렸다.

항구 선착장에서 매표소까지 다시 나무가 깔린 길을 걸어갔다. 우측으로 멀리 목조의 큰 교회가 보였다. 드디어 키지섬[2]에 온 것이다.

매표소에 사람들이 몰려 표를 사고 있는데, 가격표를 보니 어른은 400 루블, 김밥은 공짜였다. 표를 사서 안으로 들어갔다. 사람들이 가는 방향으로 따라가니 앞에 거대한 목조교회가 보였다. 이 교회가 키지섬에서 가장 큰 목조 교회인 예수 현성용 교회이다. 단일 목조건축으로 최대였던 것은 모스크바의 콜로멘스코예에 있는 궁전이지만, 교회로서는 여기 있는 것이 내가 본 목조 건물 중 가장 큰 듯하다.

예수현성용 교회

키지섬에서 가장 크고 인상적인 교회는 수리 중인 예수현성용(러시아 발음으로는 프레오브라젠스카야) 교회였다. 나무로 만들어진 교회가 마치 공중에 떠 있는 듯했다.

교회는 작은 나무판자들을 장인의 교묘한 솜씨로 둥글게 이어 붙여 만든 양파 모양의 돔이 무려 22개가 있고, 가장 높은 곳의 높이는 37m에 이르러, 아시아에서 가장 높은 목조 건물 중의 하나라고 한다(가장 높은 것은 중국이나 일본의 목탑이 아닐까?). 나무판자로 만든 돔은 자연적인 것인지 색을 칠한 것인지 확실하진 않지만 은은한 은색을 띠고 있다. 교회 전체가 나무로 지어진 탓에 겨울에도 안에서 난방이 되지 않았기 때문에 여름에만 예배를 드렸다고 한다.

이 교회를 지은 목수는 건축 기간 내내 단 한 개의 도끼만을 썼다고 한다. 교회를 다 지은 후에 그는 그 도끼를 호수에 내던지며 '그만한 것도 없

---

2 키지섬은 북서 러시아 카렐리야 공화국의 오네가 호수에 있는 섬으로, 길이는 7㎞, 폭은 500m 정도 되는 길쭉한 섬이다. '키지'라는 이름은 이곳에 살았던 카렐리야인과 벱스인(벱스어를 쓰는 핀란드계통의 소수 민족)들의 말로 '제사를 지내는 곳'이란 뜻이라고 한다. 그 사람들에게 이 섬은 성스러운 곳이다. 14~15세기에 노브고로드(중세 러시아의 공화국의 하나로, 1437년에 모스크바 공국에 흡수된다. 다음에 갈 벨리키 노브고로드가 수도다)가 영역을 넓히면서 러시아 정교를 받아들이게 되었고, 이 섬에는 자연스럽게 교회들이 들어섰는데, 그 결과 현재는 중세 목조 건축물들이 남아 있는 야외 박물관이 됐다.

었고, 거기 견줄 만한 것도 없을 것'이라고 한마디 했다 한다. 건축 당시 러시아 목수들은 예수현성용 교회라는 이름이 붙은 교회를 목조로 지을 때는 못을 쓰지 않는 것을 관례로 지키고 있었다. 그래서 이 교회는 전체가 못 없이 잘 짜인 목조구조이다. 기본은 8각의 구조에, 사방에 네 개의 2층 구조가 덧붙여져 있다. 내부 제단은 1716년 6월 6일에 설치됐다는 명문이 내부 십자가에 새겨져 있다고 하는데, 안에 들어가 볼 수는 없었다.

그 중간에 종탑이 있고, 종탑 역시 목재로 만들어져 있다. 우리가 갔을 땐 문이 닫혀 있어 못 보는 건가 했는데, 여행 책자에는 여기는 한 번에 다섯 명 밖에 못 올라가니 빨리 줄을 서라고 설명이 되어 있었던 곳이다.

중보기도 교회[3]

먼저 그 옆에 작은 교회를 들어갔다. 이 교회는 러시아 말로는 포크로브스카야[4] 교회다. 교회 내부는 전면에 이콘벽이 있어 다른 곳과 같지만, 벽에 프레스코 대신 이콘들이 걸려 있었다. 이콘벽은 19세기 말에 유실됐다가 1950년대에 원래대로 복원했다고 한다. 프레스코가 그려진 교회들의 벽과는 달리, 나무로 된 벽에 이콘들이 걸려 있는 것이 완전히 다른 형태의 교회의 느낌을 주는데, 여기 걸려 있는 이콘을 보자면 마치 절에 있는 만다라를 보는 듯하다. 그림이 그려진 것도 어떻게 보면 약간 동양적이랄까, 평범한 서양식 그림이 아니라서 이전에 보던 정교회들과는 느낌이 사뭇 달라 보인다.

여기는 뜻밖에 단체관광객이 많아서, 안에는 설명을 듣고 있는 학생들과 어른들이 매우 많았다. 결국, 전부 우리와 같은 배를 타고 와서, 같은 배를

---

3 17세기 후반에 섬에 있던 모든 교회들이 화재로 불타 없어진 후 처음으로 만들어진 교회라고 한다. 건축되던 때는 1694년으로, 당시에는 한 개의 돔만 있는 교회였고 이후 재건축을 거쳐 1764년 현재의 모습대로 9개의 돔을 가진 형태가 됐다고 한다. 이 교회는 예수현성용 교회를 대신하여 10월에서 이듬해 부활절까지 예배를 했다고 한다. 내부에 난방장치가 있다는 뜻이다.

4 중보기도.

타고 나갈 사람들이었다.

종탑

교회를 나오니 아까는 닫혀 있던 종탑의 문이 열려 있어 그쪽으로 갔다. 마침 위에서 내려온 관리 아가씨가 있어 안에 들어가려 한다고 하니 300루블이라고 했다. 종탑 중에는 가장 비싼 종탑 같았다. 김밥은 공짜라 둘이 300루블만 내고 올라갔다.

여기도 종탑이라 올라가는 길은 가파르고 좁았다. 꼭대기까지는 30m로, 예수현성용 교회보다는 높이가 살짝 낮지만, 올라가면 아래로 교회의 구조가 아주 잘 내려다 보였다.

꼭대기에 올라가니 종들이 여러 개 걸려 있었고 주위가 훤히 다 보였다. 올라가서 보면 섬이 그리 크지는 않은 것을 알 수 있다. 올 때는 여기서 주어진 시간이 단 두 시간이라 걱정이 되었는데, 위에서 내려다 보니 두 시간이면 충분할 듯했다. 위에는 우리 외에도 남녀가 한 쌍이 올라와 사진을 찍고 있었지만, 동시에 올라와 있는 사람이 다섯을 넘지는 않았다.

중세의 농가들

교회를 나와 농가 쪽으로 걸어가면 오리들이 물에 있다가 따라온다. 여기도 사람들이 지나가며 먹이를 던져 주니 습관이 된 듯하다.

걸어가면 몇 채의 농가가 나오는데, 일부는 아마도 다른 지역에서 옮겨온 듯하다. 집 안에는 마치 인형이 아닌가 싶은 사람이 앉아서 전통적인 방식으로 천을 짜고 있었다. 말없이 천을 짜고 있고, 그 옆에는 그룹인솔자가 설명하고 있으니, 그 천 짜는 분은 마치 로봇 같았다.

이 집들을 돌아보며 그간에 박물관에서 보던 넓적한 판자 조각의 용도를 알게 되었다. 뭉쳐진 양털들을 묶어 두고 실을 뽑아낼 때 쓰는 도구였다.

농가를 나와 가다 보면 양파 모양 돔 지붕에 쓰이는 판자를 깎는 것을 직접 보여 주는 분이 있다. 통나무를 잘라 만들어내는 솜씨가 대단하다.

양파 돔의 동그란 구조는 전부 저런 나무를 잘라 다듬어 만든 것이다. 지금은 거기다 그림을 그려 기념품으로 팔고 있었다.

이후에도 여러 채의 농가들이 더 있었다. 일부는 외양간, 일부는 대장간, 일부는 탈곡장, 일부는 사우나, 일부는 풍차 등이다. 여기는 핀란드계의 사람들이 많이 살고 있어 사우나는 꼭 집집이 있는 듯하다.

대천사 미카엘 교회

계속 걸어가다 보면 18세기 후반에 건축된 대천사 미카엘의 교회가 있다. 이 교회는 원래 여기 있었던 것이 아니고, 까렐리아의 레리코제로(Lelikozero)라는 마을에 있던 것을 1961년에 옮겨 온 것인데, 전체가 소나무로 만들어진 목조 교회이다. 여기서는 10분 간격으로 종 연주를 들을 수 있었다. 이런 종 연주는 모스크바의 콜로멘스코예에서도 들은 적이 있는데, 그 소리가 참으로 천상의 소리마냥 들린다. 앞에 벤치가 있기에 그곳에 앉아 한참 종소리를 듣다가 다시 다음 장소로 갔다.

…

미카엘 교회 이후에는 사람들이 별로 없었다. 다들 큰 것만 보고 나가는지, 이후에 있는 농가들은 다 둘러보지 않는 듯하다. 아직 시간이 있어서 차례대로 계속 돌았다. 대부분은 농가이고, 풍차가 몇 대 있었다.

가다 보니 우측에 바지선이 한 척 물 위에 있었고, 불자동차가 한 대 서 있었다. 여기 있는 건축물들은 전부 나무로 만들어진 것이라, 불에 아주 잘 탈 듯하다. 그래서 불자동차가 있는 듯하다.

저녁 시간

천천히 목조 건물들을 다니며 돌아보면 항상 멀리 예수 현성용 교회와 중보기도 교회가 보였다. 예수 현성용 교회는 중간 부분이 마치 분리된 듯

공중에 떠 있는 모습이 신기했다.

2:50쯤에 천천히 선착장 쪽으로 걸어 돌아왔다. 우리가 돌아올 때 안쪽에는 이미 대부분의 사람들이 떠나고 없었다. 선착장 쪽에는 안에 간단한 먹을거리를 파는 식당이 있어서 음료수와 먹을거리를 조금 사서 배를 채웠다. 오전에 섬으로 올 때 배 안에서 조금 먹긴 했지만 그래도 배가 조금 고팠다.

세 시 반쯤에 다시 승선이 시작되었고, 아침에 나눠 주었던 번호표가 있는 목걸이를 반납하면서 한 명씩 배에 올랐다. 그렇게 왔던 인원을 모두 데리고 다시 돌아가는 것이다.

배에 오르자 이내 배가 출발했고, 우리는 피곤한 나머지 곧 잠에 빠졌다. 잠을 깨니 벌써 페트로자보츠크로 도착하고 있었다.

배에서 내려 아침에 주차해 둔 차를 타고 숙소로 돌아와 저녁을 먹을 때까지 쉬었다. 오랜만에 서울에 있는 방 양과도 잠시 스카이프로 통화했다. 이제 꽤 시차가 많이 나서 서울은 이미 한밤중이었다.

저녁은 어제 갔던 근처의 카페로 다시 가서 적당한 것들로 다시 골라 먹었다. 근처에 적당한 식당이 있는 것이 참 편리하다.

크렘린 안의 러시아의 천년 기념물. 러시아의 천 년간의 주요 인물들이 등장한다.

Veliky Novgorod

벨리키는 '크다'는 뜻이고, 노브고로드는 '새로운 도시'란 뜻이지만, 고대 러시아의 최초의 수도로 기능하였던, 러시아에서 역사 깊은 도시 중 하나이다. 중세, 북해와 발트해 연안에서 교역을 위한 동맹체, 한자동맹의 일원으로 성장하여, 도시 곳곳에 중세 상업 교역의 흔적이 남아 있다.

D+053, 벨리키 노브고로드 가는 길

2015년 9월 24일, 목요일, 맑음

어젯밤에는 피곤해서 아무것도 더 하지 못하고 저녁을 먹고 들어와서 쉬다가 잔 듯하다. 역시 내가 운전을 하는 것보다 남이 운전하는 것(배)을 타고 다니는 것이 더 피곤했다.

아침에도 여덟 시가 지나서 눈이 떠졌다. 어제 사진은 다 업로드를 해 두어서 아침에 부랴부랴 일지를 정리해서 마무리 지었다. 원래는 여덟 시경에 나가려고 했는데 이미 늦은 것 같았다. 오늘은 중간에 들릴 데 없이 가기만 하면 되니까 좀 늦어도 될 것이라 위안했다.

아홉 시에 체크아웃하고 차에 짐을 실은 뒤 근처 슈퍼에 잠깐 갔다. 오늘도 가는 길이 어떨지 모르니 점심거리를 미리 사 둘 필요가 있어서다. 어제 들어올 때 사 두었어야 하는 건데, 아침 먹을 게 있다는 것만 생각하고 있었다. 아침에 마음이 급해서 그랬는지 문 연 가게를 보지 못하고 한참을 갔다가 되돌아오면서 슈퍼를 다시 찾았다. 며칠 전에 갔던 그 집이었다. 낭빵은 부스러기가 적기 때문에 두 개를 샀다. 남으면 내일 아침에 먹으면 되는 것이다.

내비게이션을 준비해서 출발하니 벌써 아홉 시가 넘었다. 갈 길은 505㎞ 정도였는데, 도시를 빠져나가는 것이 생각보다는 길었다. 최근에 너무 쉽게 빠져나가곤 해서 조금 더 걸리니 꽤나 길게 느껴졌다.

도시를 빠져나간 후에는 길은 대체로 평탄했고, 이 경로에는 특별한 특이점이 없었다. 경치는 점점 시베리아횡단 도로의 모양 그대로였다. 다시 시베리아로 온 듯한 느낌이 들었다.

아홉 시 반에 주유소에 들러 주유를 했다. 여기는 디젤 스탠드가 두 개라 줄이 길지는 않았지만 줄이 없지는 않았다. 지갑에 루블이 1,150이 있어 이걸로 전액 주유를 했다. 주유하고 남은 돈은 체크인할 때 쓸 5,000루블짜리밖에 없게 됐다.

여기서부터는 상트페테르부르크의 표지판이 나타났다. 가장 먼 도시가 그걸로 나왔다. 그 길로 한참을 달렸지만 열두 시가 됐는데 반도 못 달린 상태가 됐다.

결국, 열두 시 이십 분쯤에 옆길로 잠깐 빠져 차를 세우고 점심을 먹었다. 점심은 아침에 산 빵과 커피다. 김밥은 주스하고 먹었다. 한 십여 분 먹고, 다시 길을 갔다.

한 시 삼십 분 경, 드디어 상트페테르부르크 쪽 길에서 빠져나와 모스크바 이정표를 따라가기 시작했다. 여기서 길이 공사 중이라 약간 헷갈려 길을 잘못 들었다가 유턴을 해서 제대로 길에 들어갔다. 여기서 한동안은 길이 좋지 않았다. 아무래도 주요 도로가 아니기 때문인 듯했다.

한 시 사십 분경 크렘린을 하나 지나가게 되었다. 차를 길가에 잠시 세우고 나가 보았다. 근처에 가니 표를 파는 곳도 있었다. 그 당시에는 거기가 어딘지 몰랐는데, 숙소에 와서 보니 여기가 스트라야 라도가(Straya Ladoga)의 크렘린으로, 러시아 최초의 수도였던 곳이라고 한다. 8세기에 세워진 곳으로 초기 200년간 동유럽에서 중요했던 도시였다. 이 사실을 그때 알았다

면 좀 더 둘러보고 오는 것인데, 아쉬웠다.[1]

A115에서 E105(상트페테르부르크-모스크바)로 들어오자 길이 엄청 넓어지고 좋아졌다. 그래도 속력은 많이 내지 않았다. 모스크바 근처로 오니 다시 경찰들이 보이기 시작했다. 오면서 두세 번쯤 경찰들이 서있는 것을 지나쳐 왔다.

B&B Hotel Center

벨리키노브고로드의 북쪽으로 들어오니 차들이 많아지고 정체가 많이 됐다. 도시를 거의 북에서 남으로 관통을 하는 셈이 됐다. 숙소는 그리 어렵지 않게 찾을 수 있었는데, 주차장은 건물 주변에 그냥 방치되다시피 하고 있어 풀이 자라고 있었고 숙소의 입구는 도로의 이면에 있었다. 러시아는 대체로 입구가 도로의 뒤쪽에 있는데 왜 이럴까?

원래 이 숙소는 공용공간에서 와이파이가 된다고 했는데, 방 바로 앞이 공용공간이라 그런지 방에서도 인터넷이 됐다. 공용 욕실과 화장실이지만 바로 앞이라 별 불편함은 없었고, 무엇보다 방값이 하루에 1,100루블이니, 3박에 3,300루블이어서 좋았다. 가지고 있던 오천 루블짜리를 드리니, 곤란해 하더니 내일 거스름돈을 가져다주겠다고 하셨다.

사실 여기도 체크인이 아주 매끄럽지는 않았다. 도착하기 15㎞ 전쯤에 전화가 한 번 왔는데 안 받았더니 여기서 온 것이었다. 도착해서 문을 열 수가 없어 메가폰 유심을 끼운 핸드폰으로 전화를 하니 주인아주머니가 나타나 체크인을 할 수 있었다.

우리를 보더니 음성인식 구글 번역기를 써서 보여 주는데, 한자가 떴다. 동양인을 보면 전부 중국사람인 줄 알고 그런 것이었다. 그러고 보니 휴게실에는 중국인으로 보이는 사람들이 좀 있었고 그들과도 눈인사를 했는데

---

1 결국 돌아보았다.

그들도 아마 내가 중국인으로 보이는 듯했다. 숙소의 아주머니는 내 번역기로 내가 한국 사람이라고 알리고 나서야 번역 모드를 바꿨는데, 러-한 번역은 영 신통치가 않아서 무슨 말인지 알기가 매우 힘들었다.

여기는 인근에 적당한 카페가 보이지 않아, 근처에 있던 작은 슈퍼마켓에서 생선 절임과 같은 반찬을 사와서 밥을 해 먹을 수밖에 없었다. 그나마 그 가게라도 있는 것이 다행이랄까.

D+054, 크렘린과 성당 순례

2015년 9월 25일, 금요일, 흐림

일곱 시쯤에 잠이 한 번 깼다. 생각보다 밤에는 추워서 잠이 깬 듯하다. 낮에는 20도를 넘더니 밤이 되면 쌀쌀한 것이 환절기가 된 듯하다. 어제 저녁엔 다른 방의 남자가 기침을 해 대더니 숙소에 감기바이러스가 퍼졌을 듯했다.

그냥 여덟 시까지는 누워 있었다. 아침에 너무 일찍 일어나 봐야 특별히 할 일도 없는 듯하고, 오늘 아침에 거스름돈을 준다고 했는데 너무 일찍 나가버리면 그것도 못 받을 듯 해서 좀 더 있었다.

여덟 시에 일어나 커피를 만들어 빵과 먹었다. 여덟 시 반쯤에는 김밥을 깨워 빵을 먹게 했다. 아홉 시쯤에 나가볼까 하고 있었는데, 돈 줄 아줌마가 오지 않았다. 이 숙소의 단점을 하나 꼽자면 화장실과 욕실이 딱 하나라는 사실이었다. 사람이 많으니 쓰기가 좀 힘들었다.

결국 아홉 시에 나갔다. 오늘은 걸어서 크렘린과 일대의 교회들을 돌아볼 생각이었다. 얼마나 넓을지 감이 잘 오지 않았는데 볼 것이 좀 많은 하루였다.

사실 이 도시는 거의 전역이 유네스코 세계문화 유산으로 지정된 것이나 다름없다. 목록에 포함된 것이 방대한데 우리나라의 경주를 생각하면 이해하기 쉬울 것이다. 그런 도시를 단 이틀을 가지고 다 돌아본다는 것은 불가능하다고 생각됐다.

데시아티니(Desyatinny) 수도원

제일 먼저 간 곳은 여기다. 여기는 현재는 수도원으로 사용되고 있진 않다. 데시아티니(Desyatina)라는 이름의 근원도 정확하게 알려지지 않았고, 단지 과거 데시아티나(Desyatina)라는 왕자가 땅을 기부하였을 거라는 설이 있는 정도이다.

이 수도원은 역사 속에서 부침을 거듭해 왔는데, 결국 1919년에는 소련 정부에 의해 수도원을 비우라는 명령이 떨어졌고, 1920년에 마침내 수녀원이 문을 닫게 됐다고 한다.

현재는 2차 대전 때 파괴된 이래 복구된 것이 거의 없는 지경에 이르고 있어, 입구의 문과 담벼락은 남아 있으나, 문을 들어서면 처참히 파괴된 교회의 흔적만이 있다.

우리가 갔을 때는 중고등학생으로 보이는 아이들이 교사의 설명을 듣고 있었다. 담벼락 안에는 사무실로 사용되는 건물이 있었다. 그 건물 안으로 들어가는 사람들은 교회 주위에 설치된 묘지와 십자가 등에 성호를 긋고 기도 후 들어가고 있었는데 그 모습이 자못 비장해 보였다.

크렘린

여기에도 크렘린이 있다. 벽의 높이나 길이가 굉장히 길어 보이는데, 무려 1,487m에 이른다고 한다. 크렘린의 주위로는 깊고 넓은 해자가 있었던 것 같은 구조가 있으나 현재 물은 없다.

우리가 접근한 곳은 남쪽 부근이라 서편 중앙에 있는 입구 쪽으로 한참을 걸어 올라갔다. 입구 쪽에 가면 경찰들이 많이 보이는데 안에 중요한 건물들이 있는 것 같았다.

크렘린의 입구에서 나오는 대로를 따라가면 승리의 광장이 있고, 광장 건너편에 거대한 현대식 건물이 있는데, 국가기관 같다. 성문을 들어갈 때는 표를 사지 않고 그냥 들어가는데, 안에도 역시 경찰들이 많이 있었다. 경찰뿐 아니라 학생들도 교사들과 함께 여기저기 많이 보였다.

입구 우측에 영원히 꺼지지 않는 불꽃이 타오르고 있고, 그 앞에도 경찰이 한 명 서있었다.

_러시아의 천년

크렘린의 중앙에 있는 청동조형물인데, 1862년에 알렉산더 2세의 명에 의해 만들어진 것이다. 여기에는 러시아 역사에서 중요한 인물 129명의 형상이 부조 또는 소조로 조각되어 있다. 군주, 성직자, 장군들, 예술가 등이 표현되어 있는데, 가장 먼저 알아볼 수 있는 건 나폴레옹을 격퇴한 알렉산더 1세다. 그 외에는 러시아 땅에 처음으로 나라다운 나라를 세운 류리크, 시인 푸시킨, 러시아를 유럽에 데뷔시킨 표트르 대제 등을 찾아볼 수 있다.

이 동상은 나폴레옹이 진격해 왔을 때 해체하여 프랑스로 운반해 가려 했으나, 이내 러시아가 이 도시를 수복하여 되찾았다는 이야기가 있다.

_성소피아 성당[2]

러시아의 천년에서 더 안으로 들어가면 이 도시의 얼굴이라 할 수 있는 성소피아 성당이 있다. 중앙에 하나의 돔만이 황금빛을 띠고 있어 더 인상적이다. 네 개의 은빛 돔이 황금빛 돔을 호위하고 있는 형상이다.

---

2 이 성당은 야로슬라블 1세의 아들 노브고로드 공 블라디미르가 노브고로드 최초의 석조 성당으로 1045년에서 1050년에 지었다. 성소피아 성당의 이름은 키예프에 있는 같은 이름의 성당의 장엄함을 재현하기 원했던 소망의 표현이라고 한다. 키예프의 성소피아 성당은 결국 터키 이스탄불의 아야 소피아 성당을 본뜬 것이다. 이 모든 것들은 우크라이나와 터키를 돌아볼 때 각각 돌아보았다.

러시아 건물의 입구는 종잡을 수가 없다. 일단 바로 보이는 문을 열어 봤으나 열리지 않았고 왼쪽으로 돌아보기로 하며 작은 문을 통해 옆으로 나가니 왼쪽으로 높은 종탑이 보였다. 오른쪽에 성당의 문이 있었는데, 그 문에 장식된 조각이 놀라웠다. 옛날에 만들어진 것이 아닌 것처럼 표면이 매끈한 청동의 조각이 위에서 아래까지 칸을 나누어 이어져 있었다. 여기가 서쪽 입구이며, 성당의 실제 정문이다.

정문은 그곳이지만 그쪽으로 들어갈 수는 없었다. 다시 교회를 돌아 북쪽으로 가야 입구가 있다. 여기도 유료인 것 같은데 안에서 표를 팔지는 않아서 그냥 들어갔다. 전면의 이콘은 4단이었고, 벽의 프레스코화들이 비교적 잘 보존되어 있었다. 하지만 천장 돔의 프레스코는 심하게 훼손되어 알아볼 수가 없었다. 전면 왕의 문 우측 두 번째의 이콘은 아마도 성소피아 같았다. 그리고 그 앞에는 1170년 유리 돌고루키의 아들 안드레이 보골륩스키가 이 도시를 공격할 때 도시를 지켜주었다는 기적의 동정녀 이콘이 따로 서 있었다.

우리가 들어간 시점에는 좌측 부분에서 엄숙한 예배가 진행되고 있었다. 입구 부근의 아치 천장과 벽에는 성경 창세기가 그림으로 표현되어 있는데, 아담과 이브가 농사를 짓고 있는 것에서 끝난다. 한참을 입구 쪽에서 프레스코들을 올려다보다가 밖으로 나왔다.

_종탑과 성벽 걷기

성당에서 나와서 동쪽으로 걸으면 성벽 위에 흰색 종탑 건물이 있다. 여기는 유료로 성벽을 걷는 표와 통합권이 있는데 어른은 150루블, 아이는 80루블이다. 종탑은 이전의 높은 종탑들에 비하면 그다지 인상적이지 않았다. 높이도 낮거니와, 이날따라 안개가 끼어 일대가 잘 보이지도 않았다. 내부에는 15세기경부터의 종들이 전시되어 있었는데, 우여곡절을 겪은 종들이었다. 특히 소련 시절에 종을 부숴서 금속으로 팔아버리는 일들이 있었다고 하는데 그때 사람들은 종을 지키기 위해 많은 노력을 했었다고 한다.

종탑을 나오면 밖으로 나가서 성벽으로 올라가라는 안내를 해 준다. 옆으로 건물을 돌아가면 성벽을 오를 수 있다. 전체 1.4㎞가 넘는 성벽을 다 걷는 것은 아니고, 강가의 부분만 걸어본다. 성벽 위에서도 역시 안개 때문에 시야가 좋지 않았지만, 가까운 강가에 모래사장이 있어 여름에는 물놀이를 할 듯하다. 망루 두 개를 지나가는데, 첫 번째 망루에는 전사들이 벽 속에서 튀어나오는 듯한 형상을 표현해 두고 있고, 두 번째 망루는 매점이었다. 매점까지만 갈 수 있었는데, 학생들과 인솔교사가 와서 매점 뒤쪽으로 좀 더 가볼 수 있었으나 거기까지였다.

_안드레이(Andrey) 교회

종탑에서 멀지 않은 곳에 작은 교회가 있다. 15~17세기의 교회인데, 사실 입구에서 보이는 것이 전부지만 여기도 입장권이 있다. 원래 어른이 50, 아이는 무료인 것 같은데, 학생용 30루블짜리를 표 파는 분이 주었다. 너무 볼 게 없으니 그런 것 같았다. 벽에는 프레스코의 파편들만이 남아 있는데, 마치 그리스 미스트라의 교회들을 보고 있는 느낌이었다.

이 교회 주위에선 중국인으로 보이는 아가씨들 두 명을 만났다. 아마도 그녀들은 우리가 중국사람이 아닌가 생각하는 듯했는데, 굳이 한국사람이라 밝힐 필요는 없을 듯하여 그냥 지나갔다. 일본인이나 한국인은 이런 작은 도시에선 거의 보이지 않았다.

상업 지구 교회들

크렘린의 동쪽 문을 통과해 강을 건너면 역사적 상업지구가 있고, 여기에 여러 역사 깊은 교회들이 몰려 있으며, 그중 많은 교회들이 유네스코 세계문화 유산 목록에 올라가 있다. 이 도시는 과거 한자동맹[3]에 가입하여

---

3 Hanseatic League. 1150~1650년 사이에 북해와 발트해 연안의 도시들을 중심으로 한 무역동맹. '한자(Hansa)'는 독일의 고어로 '무리', '떼', '세력' 등의 뜻이 있다.

무역업이 융성했던 도시로, 일대는 무역항인 셈이고 여기저기 한자동맹에 관한 기념물들이 서 있기도 하다.

먼저 강변에 보이는 것은 코트야드(Courtyard)의 벽인데, 현재는 복원 공사가 한창이었다. 마치 그리스의 수토아(Stoa) 같은 곳인 듯하다. 그 뒤에는 2차 대전 기념 오벨리스크가 서 있고, 그 뒤쪽으로 교회들이 줄지어 있었다.

여기는 교회 옆에 교회가 있고, 그 앞뒤로도 교회가 있는 곳이다. 일본에 가면 절 마을이란 지역이 여기저기 있어서 절 앞에 절이 있고, 그 옆에도 절들이 연속으로 있는 곳이 있는데, 여기는 교회가 그렇게 배열되어 있다. 이웃들이 전부 교회인 곳이다.

여기 있는 교회 중 가장 오래된 것이 성 니콜라스 교회인데 11세기에 지어진 것이다. 아쉽게도 이 교회는 금요일에는 들어가 볼 수 없는 곳이었고, 나머지들은 들어가 볼 수 있었다. 일부는 벽화가 보존되어 있고, 일부는 파편을 복구하여 두고 있는데, 복구가 많이 되어 있지는 않은 듯하고, 일부의 교회 주위는 풀이 무성하여 마치 폐허 같은 느낌이었다.

현관 타워 박물관[4]

실내 시장 현관 타워 박물관은 둘러 볼 수 있었다. 용을 창으로 찌르고 있는 게오르기의 이콘이 다양한 모양으로 전시된 것이 흥미로웠다.

게오르기 교회

이 교회는 Triposo에는 게오르기 교회라고 나오지만, 공식적인 이름은 아마도 구원자 예수 현성용 교회인 듯하다. 석조 교회가 만들어진 것은 1345년인 듯하고 그로부터 35년 후에 프레스코로 치장됐다고 한다. 모스

---

4 이곳은 17세기에 있었던 실내 시장의 유적으로, 유일하게 남아있는 건물이다. 타워는 석조로 1692~1700년 사이에 지어졌으며, 동쪽에서 시장을 들어가는 입구로 사용됐다고 한다. 원래 꼭대기에는 쌍두독수리가 장식되어 있었는데, 지금은 철퇴같이 생긴 걸로 교체되어 있다. 안에 전시실은 세 개가 있고, 11세기에서 19세기까지의 기독교와 관련된, 주로 금속제품들이 전시되어 있다.

크바 공국의 대공 드미트리 돈스코이[5]가 군대를 이끌고 침공한 14세기 후반에 화재로 천장과 벽 위쪽의 프레스코들이 손상되었고, 이후 18세기에 벽 전체를 희게 회벽으로 덮어버렸다고 한다.[6]

교회의 내부는 복구되어 재조합된 프레스코들이 흰 벽에 걸려 있다. 처참하게 파괴되었던 파편들을 긁어모아, 말 그대로 모자이크를 복구한 것과 같다. 그 프레스코 중 하나가 게오르기이고, 무덤 속의 예수 등이다. 프레스코들이 전시된 공간은 바닥을 나무로 마감한 깔끔한 박물관과 같다.

점심 먹기

레닌 광장 인근에 카페가 있었는데, 셀프서비스 하는 곳[7]이어서 그런지 가격이 아주 쌌다. 둘이서 오랜만에 300루블대에서 점심을 먹을 수 있었다. 밥과 간을 다진 것 같은 고기류, 샐러드를 한 접시씩하고, 콜라와 커피를 마셨다. 우리가 들어갈 땐 사람들이 별로 없었는데, 우리가 들어간 후에 주위가 꽉 찼다. 러시아인들은 커피를 별로 마시지 않는지 거의 대부분의 사람이 과일 주스에 점심을 먹고 있는 것이 특이했다.

즈나멘스키 대성당

여기는 원래는 전체가 수도원이고, 교회는 수도원의 교회로 보인다. 보존이 잘 된 거대한 담벼락에 둘러싸인 수도원과는 다르게 담벼락이 그다지 높지도 않았다.

---

5 1350~1389년 이반 2세의 아들로 모스크바 공국의 대공이 되어 후에 1380년 쿨리코보(Kulikovo)의 전투에서 캅차크 칸국을 몰리쳤다. 이 당시만 해도 모스크바 공국은 캅차크 칸국의 지배를 받고 있었으며, 돈스코이의 승리 이후에도 완전히 독립한 것은 아니다. 완전한 독립은 이반 4세에 가서야 이루어진다. 러시아의 시조에 해당하는 류리크와 함께 돈스코이는 러시아의 천년상의 상단에 등장한다.
6 프레스코가 재발굴된 것은 1910~1912년, 그리고 1921년의 복구 기간이었다. 이후 2차 대전 기간에도 폭격을 당해, 1962년까지 프레스코는 거의 복구할 수 없을 것이라고 알려져 있으나, 1965년부터 복구가 시작되어 오늘에 이르렀다고 한다.
7 보통 이런 곳은 '스토로바야(Столовая)'라는 명칭을 쓰지만, 여기는 그냥 '카페'라고 간판이 걸려 있었다.

내 차 타고 세계여행_러시아 횡단 편

현관 위에 있는 지붕의 박공에도 프레스코가 그려져 있어, 이렇게 방치되기 전의 수도원이 어떤 모습이었을지 대강 짐작하게 해 준다. 그 아래 열려 있는 문을 통해 마당 안으로 들어갔지만 인적은 없었다.

마당 안에는 길지 않게 풀이 자라고 있었지만 관리되고 있다는 느낌은 아니었다. 좌측에는 양파모양의 돔을 하고 있는 교회 건물이 있고, 반대측에는 종탑이 있었다. 종탑은 교회와 전체의 벽을 이루는 건물들로 이어져 있었다.

교회 쪽으로 가보니 올라갈 수 있는 계단이 있었고, 계단 위쪽에서부터 의외로 프레스코들이 아주 생생하게 남아 있었다. 게다가 교회 안에 들어가니 예상 밖에 관광객으로 보이는 사람들도 우리처럼 벽과 천정을 올려다보고 있었다. 남아 있는 프레스코가 밖에서 보이는 교회의 모습과는 너무나 달랐던 것이다.

이 교회는 1688년에 만들어진 교회로, 원래는 1169년부터 있었다고 한다. 교회의 이름인 즈나멘스키(Znamensky)는 '기적의 동정녀(virgin of the sign)'란 뜻으로, 아까 크렘린 안의 성 소피아 성당 안에서 보았던, 이 교회에 잠시 있었던 동정녀 마리아의 이콘에서 유래한다. 1169년 수즈달에서 군대가 쳐들어 왔을 때[8] 한 화살이 그 이콘을 맞췄고 그때 이콘이 눈물을 흘렸다고 한다. 직후, 수즈달에서 쳐들어 온 군대는 자기네들끼리 싸우기 시작했고, 노브고로드는 무사할 수 있었다고 한다.

---

8 유리 돌고루키의 아들 안드레이 보골륩스키에 의한 원정. 노브고로드 지역은 당시 공화제로, 지도자를 스스로 해고할 수도 있었다. 보골륩스키는 지역을 복속시키려 했다.

예수현성용 교회[9]

이 교회는 즈나멘스키 수도원 맞은편에 있는 교회다. 회게 칠해진 벽에 한 개의 흑회색 양파 모양의 돔이 있는 교회로, 1374년에 만들어졌다.

이 교회는 특이하게도, 2층에 해당하는 곳으로 올라가 볼 수 있는데, 올라가 보면 복원된 이콘들이 군데군데 전시되어 있고 위쪽 돔에 가까운 곳의 프레스코들이 아주 가까이 잘 보인다. 교회는 상당한 복원을 거쳐 현재의 모습에 이르고 있다는 것을 교회 안을 둘러보면 명확히 알 수 있다.

현재 크렘린 안의 소피아 성당에 보관된 기적의 동정녀 이콘도 원래는 이 교회에 있던 것이라고 한다. 수즈달군의 포위 공격 때 대주교 일야(Ilya)가 일시적으로 즈나멘스키 교회로 옮겼었다고 한다. 17세기 후반까지는 그 교회에 계속 있었고, 소련 시절에는 박물관에 있다가, 현재는 소피아 성당의 이콘벽 앞에 전시된 것이다.

상업 지구 밖 교회들

계속 북쪽으로 강변을 따라 걸어 올라가면 교회들이 여기저기 있다. 이 중에는 이름을 알 수 있는 곳도 있으나 알 수 없는 곳도 있다. 천천히 걸어 이 교회 저 교회를 기웃거리고 다녔다. 제일 마지막 교회는 혁명 30주년 기념 공원 근처의 교회였다. 대부분의 교회는 안을 들어가 볼 수 없었고, 일부는 아예 교회로 기능을 하지 않는 게 아닐까 싶어 보이기도 했다.

---

9   교회의 중심에 높이 돔이 있고, 돔에는 1378년에 그려진 만물의 창조자가 그려져 있는데 아주 높다. 전면에 해당하는 곳에 이콘벽이 없고, 단 하나의 돔과 그 아래의 사각형의 방으로 이루어진 구조가 고전적인 비잔틴 양식에 가깝다. 만물의 창조자는 그리스 이콘 화가인 테오판네스(Theophanes)의 작품으로, 안드레이 류블례프의 스승이다. 그는 비잔틴제국의 수도 콘스탄티노플, 즉 현재의 터키 이스탄불에서 태어나 콘스탄티노플 대학을 졸업하고 1370년에 노브고로드로 왔다고 한다.

...

원래는 여기보다 더 북쪽에 있는 수도원까지 가려고 했으나 길이 애매했다. 강을 따라 올라가려 했는데, 목적지를 따라 강변의 늪지대를 걸어가다 보니 개인 사유지를 들어가야 하는 듯했다. 어찌어찌해서 거기까지 갔는데, 안에서 들어오지 말라며 50~60대로 보이는 남자 둘이서 손을 흔들며 소리를 쳤다. 그래서 어쩔 수 없이 돌아 나왔는데 신발은 이미 진흙에 빠져서 엉망이 되어 있었다.

다시 혁명 30주년 기념 공원으로 돌아와 천천히 숙소 쪽으로 방향을 잡고 걸었다. 공원에는 알렉산더 네브스키의 동상이 서 있었다. 벤치에 잠시 앉아 지친 다리를 쉬며 강 건너를 바라보니 아침에 돌아온 크렘린이 위용을 드러내며 펼쳐져 있었다.

천천히 걸어 아침에 건너지 않았던 다리를 건너 크렘린 앞을 돌아 숙소로 돌아왔다. 신발이 늪에 빠져 물에 대충이라도 헹궈줘야 했다.

D+055, 역사적 기념물군 순례

2015년 9월 26일, 토요일, 흐림

노브고로드의 마지막 날이다. 어제는 낮에 많이 걸어서 그런지 피곤하여 일지를 완성하지 못하고 잤다. 아침 여덟 시쯤에 일어나 일지를 쓰기 시작했다. 하루에 왔다 갔다 하는 곳이 많으니 글 쓰는 것도 힘들었다.

어제 저녁에 숙소에 들어오니 숙소가 쥐죽은 듯 고요했다. 아무리 방 밖을 다녀봐도 사람 한 명 보이지 않았다. 숙소 전체에 우리만 있는 것 같았다. 덕분에 휴게실이나 주방에도 가보고 이리저리 왔다 갔다 했다. 사람들은 밤늦게 거의 자정이 되어 한두 명이 들어온 듯한데, 아침에 보니 동양인 같은 남자도 있긴 있었다.

열 시에 나갔다. 오늘은 도시 외곽에 있는 것들을 차로 둘러볼 예정인데 둘러볼 곳들이 총 열 군데 정도 되어서 너무 많은 듯도 했다. 게다가 이 도시에는 차가 건널 수 있는 다리가 도시 북쪽에 두 군데밖에 없는데, 많은 곳이 강의 이쪽과 저쪽의 남쪽에 있어서 경로가 아주 비효율적일 수밖에 없게 되어 있었다.

아침에 화장실을 잠시 간 사이에 주인아줌마인지 아가씨인지가 와서 지난번의 거스름돈을 김밥에게 주고 갔다. 거기다가 간식을 먹으라며 빵과 요구르트 등을 싸 주었다. 이건 체크인할 때 받은 건데 아직 안 먹고 있었더니 아예 방으로 가져다주셨다. 원래 이런 건 서비스 항목에 없는 것 같은데 감사할 따름이다.

아침에 먹을 빵은 있는데 어쩔까 하다가 그 간식 중에 빵과 음료수를 챙겨 나가기로 했다. 아무래도 점심때 어떻게 될지 통 알 수가 없기 때문이다.

베드로와 바울의 교회[10]

첫 번째 목적지로 도시의 남쪽 경계에 있었다. 차로는 2㎞ 정도 되는 곳이다. 내비게이션 지도의 안내에 따라 도착하니 공동묘지 입구였다. 아마도 안내를 자세히 읽지 않았다면 또 당황했을 듯한데, 입구를 조금 들어가니 공사 중인 건물이 보였고 그것이 그 교회임을 알 수는 있었다. 주차장에는 묘소에 참배를 온 것으로 보이는 사람들이 몇 보였다.

안으로 들어가 보니 불행히도 돔이 가림막으로 가려져 전혀 구분되지 않았고, 현재 상태가 교회인지 그냥 건물인지조차 알 수 없었다. 단지 건물

---

10 이 교회는 1192년에 만들어진 곳인데, 베드로 묘지 안에 자리 잡고 있다. 원래는 베드로와 바울 수도원의 일부였으나, 수도원이 1611년의 스웨덴의 지배 시절에 약탈당한 이후에 다시 회복되지 못하였고, 마침내 1764년에 없어져 버렸다고 한다. 수도원이 없어진 이후 교회는 공동묘지의 교회가 되었고, 수도원의 건물로는 유일하게 남은 것이 되었지만, 점차 황폐화되어 갔다.

내 차 타고 세계여행_러시아 횡단 편

뒤쪽의 앱스(Apse)가 돌출된 것으로 이것이 교회임을 알 수 있는 정도였다. 이렇게 오늘의 첫 번째 목적지인 유네스코 세계문화유산 탐방은 금방 끝 나버렸다.

알카즈스키(Arkazhsky) 수도원[11]

베드로와 바울의 교회에서 다시 2㎞ 정도 남쪽으로 떨어진 곳에 있는 곳이다. 길을 가다 보면 황량하게 혼자 서 있는 교회의 건물이 보인다.

차를 달려가다 보면 교회를 중앙에 두고 길이 Y자로 나뉘는 곳이 있는 데, 그곳을 지나치면 더 이상 차를 댈 만한 곳이 없었다. 그래서 차를 돌려 다시 그곳으로 와 적당한 곳에 주차하고 걸어갔다. 걸어가는데 큰 개 한 마리와 강아지 한 마리가 있었는데 들어가려고 하면 강아지가 난리를 쳐 댔다. 처음에는 아주 사납게 밖으로 뛰쳐나와 안으로 들어갈 수가 없었다. 안에는 그 개들의 주인으로 보이는, 거기 근처에 사는 사람들이 있었는데 개 줄이 없으니 그들도 방법이 없어 보였다.

하는 수 없이 풀숲을 돌아 교회의 뒤쪽으로 묘지들을 헤치고 빠져나가 교회에 접근했는데, 어차피 교회 안에는 들어가 볼 수가 없는 상태였다. 간 신히 근처 입구에 있는 프레스코들을 보는 것으로 만족하고 돌아 나와 차 를 탔다.

페린 예배당(Peryn Chapel)[12]

이 교회는 1220년에 만들어진 교회로, 지도를 보면 섬에 있는 것이 아닌 가 싶지만, 실제로 가보면 섬은 아니고, 좁은 길로 연결되어 있다. 앞에는

---

11 이 교회는 원래는 수도원 일부였으나, 현재는 수도원 없이 교회만 남아 있다. 수도원이 만들어진 것은 1153년이고, 그 중심에 있던 교회가 현재 남은 성모승천(Assumption) 교회다. 현재의 교회는 1188년 에 세워진 건물이라고 한다.

12 여기는 페린 스케테(Peryn Skete)의 일부인데, 18세기에 없어진 수도원이 있던 자리다. 원래 이 자리 에는 슬라브족의 전설의 신 페룬(Perun; Перун, 천둥과 번개의 신)을 모시던 사당이 있었던 자리였 다고 하고, 예배당의 이름은 거기서 따온 것이다.

주차장이 있어 차를 주차하고 들어갈 수 있다. 차를 대고 나가니 제복을 입은 남자가 인사를 했다. 경비인지 경찰인지는 모르겠지만 나도 인사를 했다. 입구에 나무로 얼기설기 담이 만들어져 있는데, 사람이 들어가는 문이 좁고 낮게 만들어져 허리를 굽혀야만 들어갈 수 있게 되어 있다. 교회를 들어갈 땐 몸을 숙이라는 뜻일 것이다.

넓은 마당의 가운데 하얀 벽의 교회가 있다. 교회는 돔이 하나인 구조로, 하얀 벽에는 세로로 좁다란 창문 몇 개만 뚫려 있다. 작은 건물 안으로 들어가니 머리에 보자기를 쓴 아주머니가 관리하고 계셨고 영어로 된 안내장을 하나 주셨다. 이런 데를 다니며 이런 걸 준비한 곳은 여기가 유일한 듯하다. 안내장에는 영어로 역사를 비롯한 자세한 설명이 되어 있었다.

이 교회는 폭과 넓이가 각각 8m 정도밖에 안 되는 작은 건물이다. 예전 그리스를 갔을 때 작은 교회들을 많이 보았는데, 그런 허물어진 교회가 원래는 이런 모양과 형태였을 것임을 추측해 볼 수 있었다.

유리에프(Yuriev) 수도원[13]

일대에서 가장 큰 규모를 자랑하는 곳이다. 주차장에 차를 대면 수도원다운 높은 담벼락 너머로 교회들의 돔이 보이기 시작한다. 뜻밖에 높은 종탑이 앞에 있어 수도원의 규모를 짐작하게 한다. 종탑 아래 입구로 들어서기 전에 멀리 보이는 십자가찬양 교회의 다섯 개의 푸른 돔이 눈길을 끈다.

높은 종탑의 아래로 들어서면 우측으로 긴 건물들이 있고, 그 끝에 구원자 교회의 돔들이 보인다. 수도원 안에 있는 나무들은 전부 노란색으로 물

---

13 전설에 의하면 1030년에 처음으로 목구조의 수도원이 만들어졌다고 하고, 믿을 만한 기록에는 1119년에 석조 교회가 만들어진 것이 기록되어 있다고 한다. 중앙에 있는 게오르기 교회는 노브고로드에서 가장 큰 것에 속하고, 세 개의 은빛 돔이 있는 것이 특징이다(보통은 다섯 개의 돔, 즉 예수와 네 명의 사도가 있다). 중세의 프레스코 일부가 남아있으나 대부분은 1902년에 다시 그린 것이다. 이 수도원도 여섯 개 중의 다섯 개의 교회가 소련 시절인 1928년에 파괴되었고, 1929년에는 폐쇄되었다. 2차 대전 중에는 독일과 스페인의 군에 점령당했고 많은 손상을 입었다고 한다. 1991년에 러시아 정교회로 반환되어 현재에 이르고 있다.

들어있고, 스산하게 부는 바람이 가을이 이미 온 것을 확인시키고 있는 듯했다. 안으로 더 걸어 들어가면 좌측으로 게오르기 교회가 보이는데, 꼭대기에는 은빛 돔이 세 개뿐이다. 건물의 부피가 생각보다 크고, 돔이 세 개뿐이라 모양이 다소 특이하다. 이 수도원의 이름 유리에프는 결국 이 교회의 이름에서 따온 것이다. 러시아어 발음인 '유리'는 영어로는 죠지(George)이고, 그리스어 발음으로는 게오르기에 해당한다.

먼저 게오르기 교회에 들어가 보았다. 이미 많은 사람이 들어와 있었는데 아마도 단체 관광객들인 듯했다. 전면의 이콘 없이 금빛 프레스코들이 선명하게 벽을 장식하고 있었다. 천정의 돔에는 세상 창조자의 모습이 그려져 있고, 정면 상단 돔에도 역시 비슷한 형상이 그려져 있었다. 입구를 들어가 우측 벽면에 용을 창으로 찌르고 있는 게오르기의 프레스코가 있었다. 그리고 천정에서부터는 아래로 화려한 샹들리에가 매달려 안을 밝히고 있었다.

게오르기 교회를 나와 좌측에 보면 지붕이 있는, 성수가 솟아나는 우물이 있으나, 물은 보이지 않았다. 구원자 교회를 가기 위해 건물 뒤를 돌아 입구 쪽으로 걸어갔는데, 우리보다 먼저 간 부부가 입구의 문을 열어보았으나 열리지 않았다. 여긴 아마도 게오르기 교회만 들어가 볼 수 있는 듯했다.

다시 돌아 나와 게오르기 교회의 뒤쪽으로 돌아 십자가찬양 교회 쪽으로 걸어갔다. 이쪽에도 역시 가을의 모습이 완연하다. 교회 앞에 도착하여 보니 문은 열려 있으나 아무도 이쪽으로 오는 사람이 없었다. 아무도 안 가는 곳은 못가는 곳인 경우가 많아서 굳이 들어가지 않고 종탑 쪽으로 다시 올라왔다.

종탑을 막 나갈 무렵 학생들의 단체가 또 한 무리가 들어왔다. 어딜 가나 학생들 무리가 많은 도시다.

가을이 완연했던 유리에프 수도원

즈베린(Zverin) 수도원

보호브(Volkhov)강의 서편에 있는 마지막 목적지다. 여기를 갈 무렵에는 비가 많이 왔다. 비가 많이 와서 그랬는지 목적지를 찾는 것도 약간 어려웠다. 처음 차를 대고 간 곳은 수도원의 뒤쪽쯤이었고 문이 열려 있지 않았다. 문 아래로 안을 보니 경찰차들이 몇 대 있었다. 지금은 수도원이 아니고 경찰서로 바뀌었나 싶어서 가려다 혹시나 해서 Triposo를 읽어보니 분명히 지금도 수도원 운영을 하고 있다고 했다. 다시 갔더니 그제야 그 뒤쪽에 있는 수도원을 찾을 수 있었다.

여기 수도원은 큰 교회 하나와 작은 교회 하나가 중심이다. 1148년에 처음으로 문헌에 언급이 되기 시작한다. 수도원의 이름은 이 수도원이 있는 지역에서 유래한다. 러시아 말로 '즈베르(зверь)'는 짐승이란 뜻으로, 숲이 우거졌던 이 지역을 지칭했다고 한다.

큰 교회는 건물의 양식이 꽤 절충되어 있다. 오래된 것은 아니고 1899~1901년 기간에 건축됐다. 이름은 포크로브스키[14] 대성당이다. 이콘은 1단이었고, 프레스코는 없었으며, 천정의 돔은 꽤 컸다. 실내는 잠시 뒤쪽에 앉아 비를 맞아 지친 몸을 쉬기에 좋았다.

다시 밖에 나가면 작은 교회가 있는데 시므온(Simeon)[15] 교회다. 여기는 입구에서 입장료를 받는다. 희한하게 영어로 적힌 안내에는 110루블인데, 러시아어로 적힌 곳에는 60루블이라 적혀 있어서 그것만 받았다. 오늘 입장료를 낸 곳은 다 그랬다.

여기는 1467년에 건축된 단일 돔의 작은 교회인데, 15세기의 프레스코가 남아있는 곳이다. 안에 들어가면 안내하시는 할머니가 손전등을 빌려주어

---

14 중보기도.
15 누가복음 2:25~28 예루살렘에 시므온이라 하는 사람이 있으니 이 사람은 의롭고 경건하여 이스라엘의 위로를 기다리는 자라 성령이 그 위에 계시더라 그가 주의 그리스도를 보기 전에는 죽지 아니하리라 하는 성령의 지시를 받았더니 성령의 감동으로 성전에 들어가매 마침 부모가 율법의 관례대로 행하고자 하여 그 아기 예수를 데리고 오는지라 시므온이 아기를 안고 하나님을 찬송하여 이르되.

내부를 조명을 비추어가며 볼 수 있다. 군데군데 황금빛 프레스코의 물감들이 남아있다. 15세기의 황금 물감인 것이다.

안토니에브(Antoniev) 수도원

여긴 어제 걸어가려다가 길이 막혀 가지 못했던 강의 동편에 있는 곳이다. 점심을 먹을 때가 되었지만 여기만 보고 점심을 먹으려고 그대로 갔다. 즈베린 수도원에 들어갈 때부터 비가 많이 왔는데 나와서도 그랬다. 어차피 걸어갈 만한 데도 아니고 해서 차를 몰고 갔는데 가는 내내 폭우가 쏟아졌다. 무사히 도착해서 적당히 주차하고 들어갔다.

이 수도원은 1122년에 완성된 곳이다. 성모 수태 성당이 중심인데, 이 성당은 유리에프 수도원의 게오르기 교회와 마찬가지로 구조가 약간 독특하다. 여기도 세 개의 돔이 있는데 그중 하나의 돔은 중앙, 나머지는 외곽에 아주 비대칭적으로 설계되어 있다. 그뿐만 아니라 전실이 굉장히 넓고 주돔의 아래에도 창이 비교적 많아 채광이 아주 좋다. 덕분에 프레스코들이 아주 잘 보인다.

성인들의 행적 기록에 의하면 이 수도원은 로마에서 태어나 정교회 수도자가 된 안토니(Anthony of Rome)에 의해 만들어졌다. 로마에서 정교회에 대한 박해가 시작될 무렵, 바닷가의 돌 위에 서서 기도를 하던 중 불어 닥친 폭풍에 의해 그 돌을 타고 노브고로드로 오게 됐다는 전설이 있다(믿거나 말거나). 성모 수태 교회의 입구 오른쪽 아래에는 난데없는 납작한 바위가 하나 있는데 그 돌이 안토니가 로마에서부터 타고 왔다는 돌이다. 성 안토니는 결국 성모 수태 성당의 바닥 안에 잠들어 있다.

점심 먹기

원래 의도했던 것은 아니나 점심 무렵에 어제 점심을 먹은 곳의 근처까지 오게 되어 어제 그 카페로 갔다. 카페를 다시 찾는 것은 어렵지 않았고, 오늘은 밥과 닭고기 퓌레와 커피, 콜라, 샐러드를 시켜 먹었다. 가격은 역시 둘이 320루블이었다.

볼로토보(Volotovo) 교회[16]

우리가 도착한 시점에는 문을 열고 있지 않아 들어가 볼 수 없었는데 안내에 보면 전화번호가 적혀 있었다. 보고 싶으면 전화를 하라는 말 같기도 했지만 굳이 전화까지 하진 않았다.

예수 현성용(Transfiguration) 교회

여기는 푸른 언덕 위에 붉은 벽돌로 지은 십자가 형태의 교회가 인상적인 곳이다. 그리스에서 보았던 가장 전형적인 비잔틴 양식의 교회에 가깝지 않나 싶다. 길가에 대충 차를 대놓고 언덕을 천천히 걸어 올라갔다. 올라가는 사람은 우리뿐으로, 관광지와는 거리가 멀어 보여 정교회의 고요함이 더 잘 느껴지는 곳이었다.

이 교회는 1345년에 건축된 것으로 14세기의 프레스코로 유명하다. 여기도 역시 문이 닫혀 있지 않을까 했지만 신기하게도 문이 열려 있었고 안에 표를 파는 할머니도 계셨다. 입장권을 사서 들어가 보니 역시 전형적인 그리스에서 보던 비잔틴 교회의 형태였다. 남아있는 프레스코는 입구 좌우측과 기둥 아래쪽에 조금 남은 것이 전부였고 손상이 심했으나 복구의 손길이 아주 많이 미친 곳임을 알 수 있었다.

안에서 한참 있다 나왔지만, 교회 밖에는 여전히 아무도 없었고, 우리만 언덕 위를 서성이고 있었다. 고요한 교회가 서늘한 공기 속에 서있었고, 교회를 한 바퀴 돌아 교회 전체의 광경을 눈에 담고 천천히 차로 돌아왔다.

---

16 여기는 1352년에 건축된 교회다. 단일의 돔이 있는 교회인데, 2차 대전 때 완전히 파괴됐다가 복구되어 오늘에 이르고 있다. 원래는 그리스 프레스코 화가의 작품이 전해져 내려오던 곳이었다고 한다.

...

원래는 하나를 더 보려고 했으나 가는 길이 공사 중으로 막혀 있어 더 갈 수는 없었다. 그곳도 야로슬라블에서처럼 중세 마을의 폐허라는데 현재의 도로가 이미 폐허였다.

오는 길은 왔던 길을 되돌아오는 것이었다. 노브고로드는 도시를 가로지르는 강을 건너는 다리가 도시의 북쪽에 두 군데밖에 없어 다리를 건너려면 왔던 길을 다시 오는 수밖에는 없었다. 가가린[17]대로를 달렸다. 다리를 건너 크렘린을 끼고 돌아 다시 숙소로 돌아왔다. 들어오는 길에 마트에 들러 반찬 두 개를 사서 방에 와서 밥을 해 먹었다. 오늘도 우리가 들어온 시점에는 숙소가 텅텅 비어 있었다.

---

17   소련시절 보스토크 1호를 타고 우주로 올라간 세계 최초의 우주비행사.

크렘린 안의 게오르기 교회. 몽고의 침임 전에 건축된 것으로 내부에는 12세기의
프레스코가 남아있다고 한다.

Staraya Ladoga
스트라야 라도가

바랑기아인 류리크가 라도가 호수에 인접한 이곳에 성을 쌓으면서 러시아의 역사는 시작됐다. 서기 862년 이곳에서 시작된 작은 나라가, 현재의 러시아라는 사실을 깨닫는 순간 반만 년의 역사를 가진 한국에서 온 나는 어안이 벙벙해졌다.

D+056, 스트라야 라도가(Straya Ladoga) 산책

2015년 9월 27일, 일요일, 흐림

노브고로드를 떠나는 날이었다. 밤이 되면 추워서 아침 일곱 시경이 되면 잠이 깨고 있다. 여덟 시까지 이불을 뒤집어쓰고 있다가 억지로 일어났다. 어제도 피곤해서 일지를 마무리 짓지 못했다. 그래서 일찍 일어난 것이다. 아무래도 왔다 갔다 한 곳이 많으면 쓸 게 너무 많아진다. 사진이 다 기록하지 못하는 내용을 잊어버리기 전에 기록해 두는 것이라, 기억할 양이 많아지면 쓸 것도 많아졌다.

일지를 정리하고 나니 아홉 시가 좀 넘었고 열 시쯤에 체크아웃을 하기로 했다. 그런데 이 숙소는 직원이 상주하는 것이 아니어서 도대체 어떻게 체크아웃하는지를 알 수가 없었다. 미리 전화하거나 어제 그 번호로 메시지를 보냈어야 하는 건데, 어제는 열 시 경에 아가씨가 나타나 잔돈과 간식거리를 주고 간지라 오늘도 그러지 않을까 생각하며 가만있었다.

그러나 열 시가 가까워도 아무도 나타나지 않았다. 일단 차에 짐을 싣고 밑에서 전화를 걸었다. 처음부터 현지 유심으로 전화(유리의 설명에 의하면 이 지역에서 전화하면 비싸다고 했다) 통화를 했기 때문에 그것으로 전화를 걸었는데 아무래도 자다 받은 목소리였다. 영어로 체크아웃한다고 했는데 알아들었는지 알 수 없었다. 전화를 끊고 또 기다리다가 문자 메시지를 보냈다. 한 십 분쯤 후에 답장이 오기를, 문에 열쇠를 두고 가면 된다고 했다(나는 영어로 보냈고 답장도 영어로 왔다). 그래서 문에 열쇠를 꽂아 두고 나왔다. 물론 "Thank you" 메시지를 보냈다.

노브고로드를 빠져나오는 것도 그다지 힘들지 않았다. 주유를 해야 해서 주유소에 들어갔는데 여기는 기름을 넣어주는 사람이 있었다. 어차피 돈을 내러 계산대에는 가야 했기에 간 김에 디젤이라고 알려줬다. 1,200루블을 줬는데, 아저씨가 "fully?"와 같은 말을 한 듯해서 고개를 끄덕였다. 그래서 나중에 영수증을 달라고 하니 기름이 더 들어갔다면서 돈을 더 달라고 했다. 아마도 잔여 거리가 100㎞대라서 기름이 더 들어간 것 같았다. 그래서 잔돈 있던 걸 다 꺼냈더니 여자 점원이 알아서 가져갔다.

곧바로 상트페테르부르크로 가기엔 거리가 너무 가까웠다. 190㎞ 정도 나와서 바로 가면 두 시전에 도착해 버릴 예정이었다. 그래서 지난번에 지나왔던 스트라야 라도가를 들렀다 가기로 했다. 그렇게 되면 약 100㎞ 정도가 추가되는 것이었다. 원래는 노브고로드에서 볼 것이 남으면 아침에 좀 더 둘러보려 했는데 볼 것이 남지를 않았던 것이다.

상트페테르부르크 가는 E105 도로에 올라갔다가 다시 북동쪽으로 올라갔고 어렵지 않게 근처에 도착해서 길가에 적당히 주차를 했다.

크렘린

여기는 바랑기아인 류리크[1]가 처음으로 성을 쌓은 곳이라고 한다. 8세기경부터 발달하기 시작했고, 마을은 길가에 작게 펼쳐져 있다. 류리크는 여

---

1   러시아(Russia)라는 나라 이름도 류리크(Ryurik)에서 기원한다.

기에 있다가 우리가 3일간 있던 노브고로드로 근거지를 옮겼고, 초기 200년간은 동유럽의 역사에서도 중요한 곳이었으나 현재는 잠자는 작은 마을일 뿐이다.

크렘린 길가에 있는 길가 주차공간에 차를 대고 안으로 걸어 들어갔다. 표 파는 곳으로 가니 여기도 통합권이 있었다. 150루블짜리로 샀다. 벌써 점심때가 되어서 들어가기 전에 차에 가서 어제 숙소에서 준 빵을 먹기로 했다. 지도에는 근처에 카페가 있는 것처럼 보였는데 영업을 하지 않았다. 올 때 본 주유소의 카페도 장사를 하지 않고 있었다.

점심을 대충 때운 후에 크렘린으로 들어갔다. 문 근처에 계시던 할머니가 표 검사를 했고, 성 안으로 들어가니 중앙에 흰 벽의 게오르기 교회가 있었다. 그 앞에 나무로 된 작은 교회도 있었는데 이름을 알 수는 없었다. 여기도 단체 관광객이 꽤 있었다. 먼저 성벽 안으로 들어가 박물관을 돌아보았다. 안에는 선사시대부터 전시가 되어 있고 2층에 올라가면 알렉산더 네브스키와 이 지역의 관련성 등을 설명해 주는 전시들이 있었다. 2층에서 성벽 쪽으로 걸어나가면 성안이 훤히 내려다보였다. 성은 한쪽은 보코브강에 접해 있어 그쪽에는 벽이 없었다. 끝 쪽까지 성벽을 따라 걸어가면 안쪽은 다시 박물관인데, 여기를 발굴한 것에 관한 기록이 전시되어 있었다.

성벽을 내려와 교회 쪽으로 가보았다. 하얀 벽의 게오르기 교회는 12세기 후반의 것이다. 몽골이 침입하기 전의 건축물로 남아있는 것, 12세기의 프레스코가 남아 있는 것으로 굉장히 중요한 유산이라 한다. 아쉽게도 안쪽은 들어가 볼 수 없었다.

교회를 돌아보면 성 안에서 볼 수 있는 건 거의 없다는 걸 알 수 있다. 교회의 반대편에는 현재 발굴 중인 것으로 보이는 계단이나 담벼락의 흔적이 보인다.

스트라야 라도가의 크렘린은 러시아의 역사가 시작되는 곳이다.

2015/ 9/24 13:43

성 니콜라스 수도원[2]

크렘린에서 500m가량 떨어져 있는 수도원이다. 1240년부터 운영을 한 모양이다. 앞에 큰 주차장이 있어 주차하고 들어갔다. 현관에는 '775'라는 숫자가 적혀 있는데, 이는 창건으로부터의 연대를 의미한다. 2010년에는 770주년을 기념하였었다.

수도원은 보코브강 변에 지어져 있어서, 주차장에서 보면 잔잔하게 흐르는 강과 강변의 경치가 몹시 아름답다. 앞에 있는 건물은 비교적 새로워 보이는 건물인데 뒤쪽에 종탑 옆에 있는 건물은 아마도 전쟁통에 손상을 많

---

2 전해지는 얘기에 의하면 이 수도원은 1240년 알렉산더 네브스키가 네바(Neva)강 전투(스웨덴과의 전투. 네바강은 라도가 호수에서 발원하여 상트페테르부르크를 서울의 한강처럼 지나 핀란드만으로 들어가는 강이다)에서 승리한 것을 기념하고, 이곳 스트라야 라도가에서 참전한 사람들을 기념하기 위해 지어졌다고 한다. 보코브강의 강둑에는 여기 저기 병사들의 무덤이 있다고 하는데 나는 정확히 확인하진 못했다. 이 수도원도 소련시절인 1927년에 폐쇄됐다고 한다. 다행히 수도원 공동체 자체는 1937년까지 살아 있었다고 하고, 기술학교, 농기계 창고, 호스텔 등이 운영되다가, 마침내 2002년 12월 26일에 다시 수도원으로 열었다고 한다.

이 입은 듯 보였다.

수도원의 입구에 있는 건물은 초기 기독교의 교부이자 37대 콘스탄티노폴리스 대주교를 지낸 요한 크리소스토무스(John Chrysostom)를 기념하는 교회이다. 17세기에 있던 구교회의 자리에 1860~1873년 사이 새로 지은 교회라 아주 완벽히 오래되어 보이진 않고, 내부에는 요한 크리소스토무스의 일화를 그린 프레스코가 남아있다.

건물을 나와 천천히 정원을 거닐어 보면 꼭대기에 녹슨 회색빛 양파 돔을 이고 있는 다 찌그러져가는 건물이 있는데, 이 건물이 이 수도원의 중심인 니콜라스 교회이다. 한쪽 기둥은 위쪽의 무게에 옆으로 터져 나올 듯한 기세였고, 교회의 길 건너에는 프레스코의 파편들로 보이는 조각들이 무더기로 쌓여 있었다. 현재 복원을 하는 모양인데 앞에 걸려 있는 사진을 보면 한때는 멀쩡하게 수도원의 중심이었을 법한 성당이었다.

우스펜스키 수도원

크렘린에서 북쪽으로 약간 올라간 곳에 있는 수도원이다. 길 건너에 공원이 있어서 거기다 주차를 하고 들어가 보았다. 안에 우스펜스키 성당이 있다. 12세기 중후반에 만들어진 것이라고 한다. 아까의 니콜라스 수도원은 남자 수도원인 반면에, 여기는 여자 수도원이다.

수도원 안으로 들어가면 좌측에 닭장이 있었는데 여기에는 부모들과 함께 온 아이들이 놀고 있었다. 안으로 들어가면 정면에 하얀 벽의 교회가 보이지만 안으로 들어가 볼 수는 없었다. 이 건물이 우스펜스키 성당이다. 내부에는 900년이 넘은 프레스코가 남아 있다고 하는데 이것은 하절기 주말에만 개방된다고 한다.

정원에는 여러 가지 동물들의 형상이 풀들 사이에 놓여 있었는데, 개 한 마리는 진짜인지 가짜인지 구별이 되지 않을 정도였다.

교회 뒤쪽으로 가면 거의 무너져 버린 붉은 벽돌의 건물이 처참하게 그대로 놓여있어 이 지역도 전쟁의 참화가 심각했음을 알 수 있다. 아마도 수도원이 번창하던 시절 이곳에서 수도를 하던 사람들이 쓰던 건물인 듯했다.

상트페테르부르크로 가는 길

마지막 수도원을 둘러보고 러시아에서의 마지막 도시인 상트페테르부르크로 달렸다. 결국은 페트로자보츠크에서 들어왔던 길을 완전히 거꾸로 가게 됐다. 중간에 단축 경로로 가보려 했으나 내비게이션이 가르쳐 준 길에는 큰 바위가 놓여 있어 진입할 수가 없었다. 결국, A115를 타고 그대로 E105까지 가서 서쪽으로 방향을 잡았다.

처음에는 길이 좋았다. 다만, 길에는 차가 아주 많았고 그 많은 차가 굉장히 빨리 달렸다. 경찰들은 몇 있었으나 빨리 달리는 차들을 잡거나 하지는 않았다. 그냥 서서 담소를 나누고 있는 것이었다. 처음에는 이러다 한 시간 만에 호텔에 가겠다 생각했다.

그러나 어찌 된 일인지 상트페테르부르크의 56㎞ 전방부터 차들이 정체되기 시작했다. 정체의 원인은 전혀 알 수 없었다. 계속 달려왔으나 사고도 없었고 단지 도시의 20㎞ 전방에서 공사를 했었나 하는 흔적이 있을 뿐이었다. 어쨌든 거기서 수㎞의 정체가 있었다. 이후 다시 시속 80㎞ 정도를 낼 수 있는 길이 있다가, 다시 20㎞ 전방에서부터 또 정체됐다. 어느 나라나 일요일 오후에 도시로 들어가는 것은 보통 일이 아니구나 하는 생각이 들었다.

길이 하도 정체되어 15㎞쯤에서 주요 도로에서 벗어나 좀 한산한 길로 가보려 했는데, 막 그 길로 들어설 무렵 내비게이션이 창에서 떨어졌다. 점점 기온이 떨어지니 여행 시작한 이래 60일 가까이 단 한 번도 떨어진 일이 없었던 것이 떨어진 것이다. 그 틈에 그 길로 들어가는 것을 놓치고 계속 도시로 들어올 수밖에 없었다. 설상가상, 떨어지던 내비게이션이 기어를 쳤는지 기어가 수동모드로 들어간 모양이다. 그걸 모르고 가속 페달을 밟았더니 엔진 회전수만 올라가고 차가 안 갔다. 잠시 차가 고장이 났나 생각했으나 곧 기어가 잘못 들어간 것을 깨닫고 가슴을 쓸어내렸다.

슈퍼 호스텔(Super Hostel)

목적지가 한 5㎞ 남았을 무렵, 신호등에 걸려 정차하고 있을 때 숙박 예정이었던 숙소의 이름을 찾아보느라 부킹닷컴 앱을 켰다. 그런데 상세정보를 읽어 보다가 경악하고 말았다. 주차장이 없다는 것이 아닌가! 차를 가지고 다니며 첫 번째로 확인할 사항이 주차장 유무인데, 어찌 된 일인지 그게 없다는 것이다. 내가 잘못 클릭했나 싶어 몇 번을 다시 봐도 주차장이 없는 그 숙소가 내 숙소였다.

아무래도 여러 숙소를 열흘 정도의 기간을 두고 한꺼번에 예약을 하면 실수가 생긴 듯했다. 이번 예약할 때 제일 마지막에 한 곳이 여기인데 마지막에 확인을 잘못한 것이다. 내가 꼭 봐야 할 내용이 주차, 선입금 필요 유무, 와이파이 사용 여부, 숙박비용 등이고 그때 분명 주차가 안 되는 숙소를 거른다고 걸렀는데도 이 모양이 된 거다.

설상가상 목적지에 다 왔는데 아무것도 안 보였다. 게다가 주위는 온통 견인표시가 있는 곳이었고 엄청나게 번잡한 길가였다.[3] 어디다 잠시 주차를 하고 알아볼 수가 없었다. 할 수 없이 주위를 몇 번 돌고, 어쩔 수 없이 근처에서 100㎜ 이상 떨어진, 다른 차들이 주차를 좀 해 둔 곳에 일단 주차를 좀 했다. 가방을 끌고 숙소가 있는 근방으로 갔다. 그런데 분명 근처에 왔는데도 아무것도 안 보였다.

이리 돌고 저리 돌았는데도 안 보여서 결국 근처 호텔에 들어가 이 호텔은 어딨느냐고 물어보니 번지수를 보며 옆으로 가면 있다는데 가봐도 없었다. 분명 들어가서 보면 있다고 했는데 호텔은 없고 반대쪽 길로 나오게 되어 있었다. 거기서 김밥을 잠시 기다리게 하고 혼자서[4] 이리저리 또 돌아봤으나 없었다. 또 다른 호텔에 들어가 물어보니 또 이리저리 가보라고 했다. 다행히 영어가 좀 통하니 이런 거라도 물어볼 수는 있었다. 그러다 다

---

3   여기가 네브스키 대로였다.
4   같이 움직이려면 가방을 다 들고 다녀야 해서 김밥 군에게 가방을 보라고 하고, 혼자 움직이는 게 빨랐다.

시 김밥이 있는 데로 왔는데 생각할수록 참 기가 찼다. 이런 건 부킹닷컴에 물어봤자 방법이 뾰족한 것도 아니어서 전화는 하지 않았다. 다시 김밥을 근처에 세워두고 또 혼자 돌았다.

아까 처음에 물어본 호텔에서 번지수로 95번지라 했고, 그 번지수에 왔으나 분명 아무것도 없어 95번지 건물에 있는 식당이 있기에 안에 들어가 거기 일하시는 아저씨께 영어가 되냐고 물었다. 자기는 영어를 주로 쓴다며 물어보라기에 이 호텔이 어디냐고 물어봤다. 그랬더니 바로 옆에 문을 열고 들어가면 된다고 하는 게 아닌가! 허 참, 그래서 나와서 아무 표시도 없는 문을 열고 들어가 근처 우편함을 보니 찾던 호텔 표시가 있었다!

몇 층인지 표시도 없어 5층쯤 올라가니 호텔이 있었고, 밑에서 엘리베이터를 타고 올라온 사람들이 들어갈 때 들어가서 체크인을 했다. 방값의 첫날밤은 미리 신용카드 결제가 되어서 나머지만 현금결제를 하면 됐는데, 혹시 주차장을 추천해 줄 수 있냐 하니 매우 곤란해했다. 자신의 상급자와 통화를 하는 듯하더니 하루에 1,200루블씩 무려 4,800루블을 내라는 것이 아닌가. 여기는 4박에 방값이 6,400루블인 곳인데, 주차비가 4,800이라니!

원래 주차가 안 되는 곳에 내가 실수로 예약을 잘못한 것이니 어쩔 수 없었지만 그냥 싼 데를 좀 추천을 해 달라니 그러는 것이다. 그래서 할인 좀 해주면 안 되냐고 하니, 방을 좀 싼 걸 하면 가능은 한데 부킹닷컴에 연락을 다시 해야 한다는 것이다. 그래서 그냥 내가 알아서 하겠다고 하고 체크인만 했다.

그리고 나가서 김밥을 데려와서 방문을 열고 들어가려는데 방문 고리가 뚝 하고 빠져 버렸다. 뭐 이런 황당한 일이 있나 하며 옆에 그 아가씨에게 문고리가 떨어졌다고 했다. 그 아가씨는 자기가 와서 해보다 안 됐는지 시설관리자에게 전화를 했다. 그때가 이미 일곱 시가 넘었기에 배도 고프고 해서 일단 밥을 먹으러 간다고 하고 나갔다. 방문 고리를 내가 고장 냈다고 하지 않은 게 다행이란 생각도 들었다.

일단 차가 걱정되어 차 근처로 가서 근처에 있는 카페에 들어갔다. 거기 앉아서 상트페테르부르크에 사시는 지인의 지인 분(그때까지 일면식이 전혀 없던)에게 메신저로 시내 주차에 관해 문의를 드리니 웬만하면 유료주차장을 찾아보는 게 좋다 하셨다. 그래서 안 그래도 근처에 있던 맵스미로 찾은 주차장에 가보겠다고 하고 재빨리 밥을 먹고 가봤다.

나는 원래는 거기가 그냥 공영 무료주차장일 거라 생각했는데, 가보니 유료주차장이었다. 차를 세우고 하루 주차비가 얼마냐 물어보니 600루블[5]이라 했다. 호텔에서 말한 값의 반인 것이다. 그래서 4박에 2,400루블을 주고 주차를 했다. 그나마 다행이었다. 방값이 그나마 싸기 때문에 주차비를 다 합해도 이전에 모스크바에서의 숙박(거긴 호텔전용 하루 주차가 200루블)에 비하면 저렴했다.

숙소의 방 자체는 좋았다. 아침에 예정에 없던 무료 식권까지 줬다. 부킹닷컴에는 분명 조식이 포함되어있지 않았는데 말이다. 게다가 휴게실에 가면 커피도 공짜로 준다니, 허 참.

---

5   2015년 9월 당시 환율로 한화 12,000원가량.

상트페테르부르크를 러시아제국의 수도로 정하며 러시아는 마침내 유럽에 등장한다.
그 주인공 표트르 대제.

Saint Petersburg

상트페테르부르크

표트르 대제가 유럽으로의 진출을 선언하고 모스크바에서 이곳으로 수도를 옮긴 이래 볼셰비키 혁명으로 제국이 문을 닫기 전까지 제국 러시아의 수도였던 곳으로, 네바강이 유유히 흐르고, 알렉산더 네브스키의 영혼이 도시를 지키고 있다. 에르미타주 박물관 하나만으로 1주일을 지낼 수 있는 이곳에, 나에게 주어진 시간은 출국날까지 합쳐 단 4일이었다.

D+057, 네브스키 대로 순례

2015년 9월 28일, 월요일, 비오고 흐림

상트페테르부르크에서의 아침이 밝았다. 어제도 일지를 못 쓰고 자서 여덟 시쯤에 일어나 일지를 써서 올리고 아홉 시까지 기다렸다. 여기는 아홉 시부터 아침을 준다니 그걸 먹고 나갈 참이었다.

아홉 시에 김밥 군을 깨워 2층으로 내려갔다. 엉뚱한 곳으로 한 번 들어 갔다가 안내를 받고 반대편 쪽으로 들어가니 거기가 식당이었다. 음식은 크림 스프, 치즈 케이크, 차 등이 나왔다. 아쉽게도 커피는 없었는데, 커피 는 우리 숙소의 휴게실에 가면 있다고 했으니 거기 가서 먹기로 했다.

비교적 아침으로 먹기에는 괜찮은 것들이었고, 다시 숙소로 올라와 휴게 실로 가니 리셉션에 계시던 분이 거기서 아침을 드시는지 앉아계셨다. 그 분께서 커피추출기도 눌러 주셨다. 비교적 맛있는 커피가 나왔다. 거기 앉 아 커피 한잔을 마시고 방으로 왔다.

오늘은 월요일이고 대부분의 박물관이 오늘은 문을 닫는 날이라, 박물 관이 아닌 곳들을 골라 가봐야 했다. 그래서 오늘은 숙소의 앞길을 따라 동으로 한 번, 서로 한 번 걸어보려고 계획했다. 마침 숙소의 앞길이 네브스키 대로였다.

나가기 전에 지인(사실 이분도 난 오프라인에서 뵌 적은 없고, 방 양은 뵌 적이 있다)의 지인 분께 오늘의 일정을 상의하고자 연락드렸다. 상트페테르부르크에 오면 연락을 하라고 하셔서 어제 주차에 관한 긴급질문을 드렸고 오늘 다시 연락드린 것이다. 고맙게도 저녁에 저녁을 사주시겠다고 했다. 이런 감사할 데가.

나가니 비가 추적추적 오고 있었다. 우산이 카잔 이래 문제를 일으켜서 수즈달에서 한 번 수리했으나 최근에 결국 살이 하나 부러져 버려 평범한 수선으로는 재생이 어렵게 됐다. 그래도 간신히 펴고 다닐 수는 있어서 그걸 폈다. 김밥은 김밥 우산을 펴고 걸었다. 사실 지갑에 현금도 거의 바닥이 나서 천 루블도 없는 상태인데, 간 곳에 입장료가 있으면 어쩌나 걱정을 하며 걸어갔다.

밝은 햇살이 있으면 더 아름다웠겠지만, 빗속의 상트페테르부르크도 아름다웠다. 고색창연한 건물들과 어우러진 도시는 꽤 활기차 보였다. 어쩌면 지금까지 다닌 러시아의 도시 중에 가장 활기차 보이는 곳이 아닌가 싶기도 했다.

한참을 걸어 내려가니 알렉산더 네브스키의 동상이 길 끝에 서 있었다. 우리가 걸어온 길은 이 사람의 이름을 딴 것이다. 우리나라로 치면 을지문덕 장군이나 강감찬, 이순신 장군쯤 되지 않을까 싶다. 이분이 이 도시의 수호성인이며 그 뒤쪽에 있는 대수도원은 이 분의 이름을 딴 것이다.

네크로폴리스(Necropolis)

수도원에 들어가기 전에 묘지가 하나 있는데, 여기에 우리가 이름을 들으면 알 만한 사람들이 많이 묻혀 있다. 먼저 18세기 묘지 쪽으로 가보면 여기는 질량보존의 법칙[1]을 발견한 사람 중 1인인(한국에선 라브와지에만 알려져 있다) 로모노소프, 오일러의 법칙[2]으로 유명한 수학자 오일러(상트페테르부르크에서 대학교수로 일하다 돌아가심), 푸시킨의 부인인 란스카야(N.Lanskaya) 등이 묻혀 있다. 그 외에도 작가, 건축가, 조각가 등도 있는데 나는 잘 모르는 분들이다.

그 맞은편의 묘지에는 예술가들이 주로 묻혀 있는데 대표적인 인물이 도스토옙스키, 카람진(N.Karamzin), 글링카(M.Glinka), 차이콥스키다.

각각의 묘지를 보물찾기하듯 찾아보는 것이 이곳 나름의 재미인데, 각각의 묘도 예술이다. 그리스의 박물관을 가면 많은 전시물 중 상당수가 묘비인 경우가 많은데 여기도 다양한 조각과 각기 다른 형태의 묘를 볼 수 있다. 어쩌면, 우리나라는 왜 그렇게 천편일률적인 모양의 묘를 쓰는지 의아해지기 시작한다. 게다가 여기는 각기 묘의 면적이 그다지 넓지 않았다. 당대에 이분들이 돌아가실 때는 그다지 유명하지 않아서 그랬을 수도 있겠지만, 하여간 묘의 넓이는 그다지 넓지 않았다.

알렉산더 네브스키 대수도원

다른 수도원이 영어로는 'Monastery'로 불리는 반면에, 여기는 'Lavra', 즉 대수도원으로 불린다. 일반적인 수도원보다는 그 격이 높은 것이다.[3] 이곳에는 표트르 대제의 명에 의해 알렉산더 네브스키의 유해가 블라디미르에서 옮겨져 안장됐다.[4] 그때가 1724년 11월 12일이다. 이후 네브스키는 새 수도 상트페테르부르크의 수호성인이 됐다. 실제 네바강 전투가 벌

---

1 화학반응 전과 후의 질량은 변화가 없다.
2 다면체들에 대해 면의 수와 꼭짓점의 수를 더한 값은 모서리의 수에 2를 더한 것과 같다. 이 외에도 그가 해결한 한붓 그리기 문제는 러시아 칼리닌그라드의 실제 다리를 배경으로 한다.
3 러시아 정교회에서 대수도원으로 지정된 곳은 단 세곳으로, 이곳과 우크라이나 키예프의 페체르스크(Pechersk) 대수도원, 세르기예프 포사트의 라도네즈의 성 삼위일체 대수도원이 전부다. 키예프의 대수도원도 돌아보았다.
4 현재는 에르미타주 박물관에 그의 은제 관만이 남아있다.

어진 곳은 대수도원에서 19㎞ 정도 떨어진 곳이라고 한다.

수도원의 입구에는 외국인의 경우 150루블, 외국 학생이나 어린이는 100루블을 'Contribution' 해 달라는 안내가 있었으나, 나는 현금이 거의 바닥에 이르러 기부를 하지 않았다. 'ARE TO MAKE'를 해석하자면 'must'에 가까우니 입장료를 내라는 말이긴 했다.

수도원은 지금껏 우리가 돌아보았던 수도원에 비하면 거의 현대의 수도원에 가까울 정도로 정비가 잘 되어 있었다. 바닥은 아스팔트로 깔려 있었고, 어느 구석도 고색창연함은 찾아볼 수 없었다. 게다가 많은 사람들이 삼삼오오 몰려다니고 있어 지금껏 보아왔던 수도원들의 고즈넉함은 찾기 힘들었다.

다만, 정교회의 수도원답게 여자들은 다수가 머리에 보자기를 쓰고 있는데, 그 모습이 과거 소련 시절 소련의 거리풍경이라며 보던 사진에 나오던 모습과 다름이 없어 여기가 한때는 소련이었음을 일깨워 주고 있었다.

성당의 내부에도 참배하는 사람들이 매우 많았다. 다들 경건하여 여행자가 사진을 찍기에는 부담스러워서 결국 내부에서는 사진을 찍지 못했다. 내부는 외부와 마찬가지로 완벽하게 정비되어 있었고, 현대 교회의 내부라 해야 할 정도였다.

이 수도원도 볼셰비키 혁명 후에는 어쩔 수 없는 운명에 처했고, 약탈을 완전히 막을 수는 없었다고 한다. 결국 1931년에서 1936년 사이에 완전히 폐쇄되었고, 건물들은 이후 여러 정부 기관의 사무실로 사용됐다고 한다. 그러나 지역 신자들의 끈질긴 노력 끝에 1955년에 마침내 성 삼위일체 성당이 정교회로 되돌려졌고, 예배가 다시 열린 것은 1985년 성 삼위일체 성당 뒤쪽의 성 니콜라스 교회에서라고 한다.

네브스키 대로

수도원을 보고 이제 다시 대로를 따라 서북서로 걸었다. 대로를 따라 다시 걷는 것이다. 이쪽으로 쭉 가면 끝에 네바(Neva)강이 있는데 거기가 에르미타주 박물관이 있는 곳이다.

사실 아까 네크로폴리스에서 입장료로 300루블을 내고, 남은 현금이 단 돈 350루블이었다. 그것도 마지막에 대수도원 앞에서 250루블을 받는 사람이 없어서 그냥 들어갔다가 나와서 350루블이 남아 있었다. 어제 예상외의 주차비 2,400루블이 나가버렸고, 이전에 키지섬에서 예상외로 뱃삯이 비싸서 큰돈이 한꺼번에 나가버리는 통에 아주 아슬아슬하게 버틴 게 됐다. 노브고로드에 있으면서 현금이 떨어질 듯하기도 하였고 숙소 근처에 마땅한 카페도 없어 3일을 계속 밥을 해 먹었는데 그나마 그때 돈을 좀 아껴서 이 정도라도 남은 것이었다. 안 그랬으면 아마 상트페테르부르크 와서 주차비도 못 낼 뻔한 것이다. 아예 돈이 떨어지면 근처 아무 ATM이나 가서 수수료를 내고 돈을 뽑기는 했겠지만 그래도 시티은행에서 뽑는 게 좀 이익은 이익이니 그렇게 버텨온 것이다.

다행히 위치를 찾아 지도에 표시해 둔 지점이 대로변에 하나 있었다. 김밥은 걸어오는 내내 은행이 있기는 한 거냐며 확인을 해댔다. 돈 떨어지면 밥 굶을까 걱정인 김밥 군, 어릴 땐 여행 다니다 배고프면 울던 때도 있긴 있었지….

걸어오다 보니 다시 우리 숙소의 앞을 지나게 되었는데, 지나면서 보니 입구에 A4 크기만 하게 'SuperHostel'이라는 우리 숙소의 이름이 붙어 있는 것이 보였다. 알고 보니 보이는데, 모르고 보면 정말 안 보이는 것이다. 최소한 건물에 뭔가 간판다운 간판이 있을 줄 알았는데 전혀 없었고 그게 전부였다. 어제 분명히 이 앞을 최소한 두 번을 지나갔으나 그걸 보지 못했다. 절대로 그런 것일 거라고는 상상을 못 했던 것이다. 지금 보니 분명히 번지수도 맞는 건물에 있었다.

우리 숙소를 지나 계속 걸었다. 가다 보니 광장 중앙에 오벨리스크가 서 있는 보스타니야(Vosstaniya) 광장이 나왔다.

보스타니야(Vosstaniya) 광장

원래는 근처에 즈나멘스키(Znamensky) 교회가 있어서 그 이름을 따 즈나멘스키 광장이었다고 한다. 볼셰비키 혁명 이후 광장의 이름은 봉기 광장(Uprising square)으로 바뀌었고, 교회는 지하철역 공사를 위해 1940년에 없어졌다고 한다. 로터리의 중심에는 원래는 알렉산더 3세의 기마상이 있었다고 하나 1937년에 다른 곳으로 옮겨졌고 현재는 승리의 날 40주년을 기념하여 1985년에 세운 영웅 도시 오벨리스크가 서 있다.

광장에 접하여 모스크바행 기차가 출발하는 모스크바역이 있어 여행용 가방을 끌거나 멘 사람들을 많이 볼 수 있다. 역 옆으로 가면 지하철역[5]의 입구가 있다.

스토로바야가 싸다!

지도에 표시해 둔 은행은 예상대로 있었고, 큰 문제없이 현금을 찾아낼 수 있었다. 여기는 5,000루블짜리는 없어서 천 루블과 오백 루블로만 돈이 나왔다. 내일이나 모레쯤에는 유로로 환전하기 위해 현금을 더 뽑아야 하는데, 천 루블짜리로만 뽑으면 돈 부피가 커질 듯했다.

돈을 찾았으니 점심을 먹을 수 있게 되었는데, 은행을 찾아오면서 보니 셀프서비스하는 식당인 스토로바야가 있다는 간판이 있었다. 은행을 오던 길로 되돌아 내려가야 하긴 하는데, 그래도 밥값은 쌀 게 분명하니 가보기로 했다. 어제저녁에 먹은 것도 별로 없는데 천 루블에 육박하는 금액을 내고 나니 돈을 좀 아껴야겠다는 생각이 든 것이다

생각보다 거리가 멀지는 않아서 큰 문제없이 찾아갔고, 나는 밥과 닭다리 하나, 차가운 국물 하나를 시켰고, 김밥은 밥과 고기와 채소가 다져진 것, 치즈같이 생긴 덩어리, 콜라를 시켰다. 점심값은 총 480루블이 나왔다.

---

5 2017년 4월 3일, 상트페테르부르크의 지하철역 여러 곳에서 폭탄 테러가 일어났다. 보스타니야 광장역도 그중 하나인데, 다행히 이곳은 폭발물이 터지진 않은 채 발견됐다.

내 차 타고 세계여행_러시아 횡단 편

사실 스토로바야가 셀프서비스하는 식당이란 건 가지고 다니는 여행 책자에 나오긴 했는데, 여기가 밥값이 싸다는 걸 제대로 인식한 건 여행 두 달이 되어서, 여기 이 도시에 와서이다. 이전 도시들에도 스트로바야라는 간판을 본 적이 있었는데, 그런 곳이 식당이라는 걸 제대로 인지하지 못했다.[6] 만일 좀 더 일찍 알았다면 훨씬 더 값싸게 끼니를 해결할 수 있었을 듯하다.

예카테리나 여제의 동상

계속 네바강 쪽으로 걸어가면 분홍빛 담벼락을 자랑하는 고색창연한 건물이 하나 나타나는데, 벨로셀스키-벨로제르스키 궁[7]이다. 안에는 들어가 보지 않고 아름다운 겉모습만 보며 지나갔다.

알렉산드리야 광장에는 예카테리나 2세의 동상이 서 있고, 그 아래에는 그를 모시던 9명의 귀족이 둥그렇게 둘러 앉아 있다. 광장의 뒤쪽으로는 알렉산드리아 극장이 있다. 광장에는 아마도 예카테리나 여제를 본뜬 듯한 옷을 입은 여자와 귀족의 옷을 입은 남자가 어슬렁거린다. 아마 돈을 받고 사진을 찍어주는 분들인 듯하다.

여제의 발아래에 앉아 있는 아홉 명의 귀족 중에는 아마도 그녀의 정부(情夫)가 있지 않을까 싶은데, 누군지는 도저히 알 수가 없다. 어쩌면 그 아홉 명 전원이 그녀의 정부였을지도….

알렉산드리아 극장의 뒤쪽으로는 로씨가(Rossi Street)라는 거리가 있다. 건축가 카를로 로씨(Carlo Rossi)[8]의 작품으로 그의 이름을 땄다고 하는데,

---

6 하지만, 지인의 지인님의 평에 의하면 우리는 계속 싼 것만 잘 찾아다니며 먹고 있어 신기했다고 한다. '마켓플레이스'라는 곳도 셀프서비스하는 곳으로, 가격이 싸다고 한다.
7 1747년에 제정 러시아의 귀족의 저택으로 처음 지어져서, 1847년에 개보수를 거쳐 로코코(Rococo) 스타일로 만들어진 건물이다. 1907년에는 국유화되었고, 1991년까지는 지역 소비에트 소유의 건물로 지역 문화센터로 사용되었으며, 현재는 작은 음악회 등이 열리는 곳으로 사용된다고 한다.
8 1775~1849년. 이탈리아에서 태어난 러시아 건축가로, 상트페테르부르크와 주변에 여러 고전적인 건물들을 남겼다. 에르미타주 박물관의 제너럴 스탭빌딩이 그의 작품이다.

양편의 건물의 높이와 길의 폭은 22m, 길의 길이는 220m라고 한다.

카잔 교회

교회는 1801~1811년 사이에 건축이 되었고, 운명적으로 1812년에 나폴레옹에 대한 전쟁 승리의 기념관이 됐다. 쿠투조프 장군[9]의 묘가 안에 있고, 밖에는 그의 동상이 있다.

재미있는 사실 하나는 내가 들고 다니는 2000년 7월 5일 7판 인쇄한 『세계를 간다』 여행책에는 이 교회가 무신론을 선전하는 교회라고 나와 있다는 것이다. 성당 안에 나폴레옹에게 탈취한 107개의 군기가 장식되어 있다고도 되어 있지만, 지금은 그런 건 없었다. 지인(지인의 지인을 여기서 실제로 뵙게 되어 '지인'이 됐다)의 말에 의하면 이미 오래전에 일반적인 정교회 성당으로서 기능하고 있다고 한다.

성당의 규모는 엄청나다. 광장을 아우르는 반원형 열주들이 광장을 감싸고 있고, 그 뒤로 돔이 있는 건물이 있다. 이곳 광장에도 중세의 치장을 한 남녀가 사진 찍을 사람을 기다리고 있었다.

내부 공간 역시 밖에서 보는 것처럼 웅장했고 19세기에 만들어진 성당이라 아주 고색창연한 맛은 없지만 그 규모가 압도적이다. 전면의 이콘은 겨우 1단으로, 규모에 비하면 교회 자체의 정교회에서의 격은 높지 않은 듯했다.

안에는 관광객도 많았지만, 정교회의 신자들은 여전히 엄숙하게 기도하고 있었다. 나 같은 관광객도 성당 안에 들어가면 조용해지고 사진 촬영도 마구 하지는 않게 만든다. 그래도 많은 관광객은 열심히 사진도 찍고 있고 비디오 촬영도 하고 심지어 플래시를 터뜨리기도 한다.

---

9 1745~1813년. 1812년 나폴레옹의 침공 때 모스크바를 버리는 전략을 펼쳐 결국 나폴레옹을 물리쳤다. 러시아에서는 이 전쟁을 조국 전쟁(Patriotic war)이라 부른다. 대조국전쟁(2차 대전) 기간에 소련 정부가 만든 훈장 중 최고의 훈장이 쿠투쵸프 훈장으로, 현재의 러시아에서도 최고의 훈장이다. "모스크바는 잃어도, 러시아는 잃을 수 없다"는 말로 유명.

성당에서 나오면 맞은편으로 피의 구원자 교회가 멀리 보였다. 모스크바의 성바실리카 성당을 본뜬 모습이라 하는데, 돌아올 때 들러볼까 했다.

…

카잔 교회를 지나 계속 걸으니 운하를 하나 건너, 드디어 에르미타주 박물관이 있는 구역으로 들어가게 됐다. 박물관은 내일 보기로 하고, 구 해군성 쪽으로 방향을 잡아 걸었다. 찻길에는 관광객들을 위한 것으로 보이는 마차도 또각또각 소리를 내며 달리고 있었다.

해군성 건물은 황금빛 뾰족탑을 꼭대기에 두고 전체적으로 황금빛을 띠고 있었다. 아쉽게도 건물 안으로는 들어가 볼 수 없어서 근처 벤치에 앉아 잠시 쉬었다.

표트르 대제 청동 기마상

이것은 원래 독일인인 예카테리나 2세가 자신의 정통성을 강조하기 위해, 자신이 표트르 대제의 계승자임을 천명하기 위해 세운 동상이라 한다. 동상의 표트르 대제는 게오르기와 같이 말발굽으로 용을 밟고 있다. 그런데 그 용은 의외로 가느다래서 만들다 청동이 부족했던 게 아닌가 생각이 들었다.

1770년부터 주조가 시작되어 1782년에야 마침내 완성됐다고 한다. 2차 대전 기간에 도시가 독일군에 포위되었을 당시는 주위에 모래주머니 등을 둘러 동상을 보호하여, 폭격과 포탄을 이겨내고, 무려 900일간을 버텼다고 한다.

이사크 성당[10]

표트르 대제의 동상을 보고 성당의 황금빛 돔을 보면서 걸어 나오면 찾기는 쉽다. 러시아의 많은 건물들처럼 앞쪽에 입구가 없다. 옆쪽에는 입장권 사는 데가 있기에 표를 사서 뒤쪽으로 보이는 곳으로 들어갔다. 물론, 그쪽이 앞이라고 주장할 수도 있긴 하겠지만.

표는 김밥 것까지 합해서 300루블이었다. 전자식 체크기를 밀고 들어가면 입구다. 문을 열고 들어가면 거대한 공간이 나타나는데, 그 규모가 엄청나다. 엄청난 벽화들과 금으로 장식된 샹들리에 등에 어안이 벙벙해질 정도다. 역시 관광객들은 사진 찍기 바쁜데, 그 와중에도 엄숙한 신자들은 진지하게 기도하고 있다. 찍은 사진에는 사람들이 별로 없는 것처럼 보이지만, 사실 공간이 아주 넓어서 많은 사람들이 분산되어 있는 것이다. 군데군데 단체 관광객들이 모여 해설자의 설명도 듣고 있었다.

이런 건물이 아쉬운 것은 너무 건물이 새것 같아 현대 건물에 와 있는 느낌이 든다는 점이다. 모든 것을 다 보여주는 것이, 뭔가 찾아볼 여지가 별로 없는 것이 좀 아쉽다. 볼 것은 많은데 찾아봐야 하는 것은 별로 없는 느낌이랄까.

지인 분 식구들과의 저녁

감사하게도 지인 분께서 저녁을 함께하자고 아침에 연락을 주셨다. 그래서 오늘은 그분들과 저녁을 함께 하게 됐다. 숙소에 들렀다가 근처에 있는 '한국 식당'에 가게 됐다. 아까 숙소로 돌아올 때 그 한국 식당과 같은 이름의 식당이 있어 들어가 보았는데, 안에 있던 직원들은 '고려인'이었다. 생김새는 한국인과 같지만 한국말을 전혀 못 했다. 여기가 거긴가 하고 물어보

---

10 아브라함의 아들 이삭에 봉헌된 것이 아니라 표트르 대제의 생일과 그의 축일이 같은 그의 수호 성인인 달마티아의 성 이삭에게 봉헌된 성당이다. 이 성당도 소련 시절에는 박물관으로 썼다고 하는데, 길이가 111.2m, 폭이 97.6m, 높이가 무려 101.5m나 되어 시내 여기저기서 다 보인다. 1818년부터 건축이 시작되어, 무려 40년간 공사가 진행됐다고 하고, 돔에는 금이 100kg 이상 쓰였다고 한다.

앗으나, 여기가 아니고 우리 숙소 근처의 같은 곳이라 했다.

숙소에 와서 삼십 분 쉬다가 약속 장소로 갔다. 다행히 맵스미 검색에 그 식당이 나왔고, 아까 식당 직원이 알려준 곳과 같은 곳이었다. 그분들이 먼저 나와 계셨다. 젊은 부부신데, 러시아에서 유학부터 시작해서 사신 지가 하도 오래되어 얼마나 사셨냐는 질문에 한참을 계산하다 결국 정확히 몇 년인지는 말해주지 못하셨다. 하여간 한국 분들이 러시아말로 식당 직원들과 대화하는 걸 보고 있으니 참 신기했다.

나는 된장국을 시키고 김밥은 특이하게도 미역국을 시켰는데 각 나라 음식도 현지에 가면 현지화되는 것처럼 오묘한 맛이 났다. 밥은 한국 밥과 비슷했고, 김치도 김치였다. 참으로 오랜만에 맛보는 김치이다. 마지막으로 김치를 먹은 것이 하바롭스크에서였던 것 같다.

그분들께 유학 시절부터 해서 러시아에서 길 가다 여권을 검사당한 이야기, 버스에서 갑자기 경찰들이 나타나 수금을 해 가던 이야기, 아는 사람이 동네 깡패들에게 두들겨 맞아 사경을 헤맨 이야기 등등 10여 년 전의 무시무시했던 전설 같은 이야기들을 들었다(지금은 아니다). 부부의 말에 의하면 KGB출신의 푸틴이 대통령이 되면서 괄목할 만큼 치안이 확보되었고 덩달아 경제가 나아지면서 좀 안정이 된 듯했다.

아이들은 둘 다 한국말을 무척 잘했다. 심지어 초등학교 2학년의 아이는 로봇 태권V도 알고 있었고, 김밥 군과 그림 그리기를 하며 나름 즐겁게 놀았다. 부부도 역시 여행을 꽤 많이 했던 것 같은데, 특이하게도 그리스를 마음의 고향으로 느끼고 있다는 것이 나와 공통점이었다. 그리스의 황량한 돌산과 뜨거운 햇살 등을 보며 감동했던 얘기들을 한참 떠들며 공감대를 형성하고 나니 시간이 훌쩍 가 버렸다.

감사하게도 헤어질 때 에르미타주 박물관의 연간 가족회원 카드를 주셔서(물론 다시 드려야 했다) 박물관을 무료 입장하게 됐다. 무료일 뿐만 아니라 급행으로 들어갈 수도 있다고 한다! 헤어지실 땐 김밥 군에게 선물까지 주셨는데, 러시아 사시는 분께 마트료시카를 사 드릴 수도 없어서 한국에 오

시면 융숭한 대접을 하겠다고 말로 때우고 말았다.[11]

러시아에 온 이래, 블라디보스토크에선 한국 사람들의 말소리를 길가다가도 들을 수 있었다. 이르쿠츠크에서 한 부부를 보았는데 두 분이 너무 진지해 말을 붙일 수가 없었고, 전에 봤던 두 명의 대학생은 다가가려는 순간 신호등 불빛을 보고 뛰어 가버렸으며, 모스크바 크렘린에서 겨우 단체 한국인 관광객을 만나 몇 마디 말을 해 본 게 다다. 정말 거의 두 달 만에 김밥 군 외의 사람과 한국말을 해 본 것이었다. 다행히 말이 잘 됐는데, 어쨌든 참 즐거운 시간이었다. 다시 한 번 감사를 표한다.

D+058, 에르미타주 박물관
(Hermitage museum) 첫째 날

2015년 9월 29일, 화요일, 흐림

상트페테르부르크에서 4박을 해서 뭘 볼 수 있을까 하는 것이 여기에 오기 전부터의 나의 생각이었다. 나는 에르미타주 박물관만으로도 일주일을 지낼 수 있을 것이라고 생각하고 있었다. 그래서 이 도시를 들어 올 때 이미 많은 부분을 포기했었고 그래서 일찍 들어오지도 않았다. 가능성이라도 있었다면 아마 오전에라도 들어와서 주차하고 다시 나가지 않았을까(물론 와서 주차가 안 된다는 사실을 알고 경악을 했겠지).

지인 분께서 어제 만나고 헤어지며 박물관의 연간 회원권을 주셔서, 나의 일정은 이미 정해진 것이나 마찬가지였다. 아 물론, 강 건너 어디도 가보

---

11 우리가 귀국하기 직전에 이분들도 잠시 한국으로 귀국하게 되었고, 이후 채 1년이 안 되어 다시 베네수엘라로 발령이 나 떠나게 됐다. 떠나기 직전에 서울에서 한 번 뵙고 저녁 식사를 대접했다.

면 내 취향에 꼭 맞을 거라 하셨지만, 이미 나는 알고 있었다. 거기 갈 시간은 아예 없을 것이란 것을.

우리나라 국립중앙박물관도 하루에 다 돌아보는 것은 불가능한데 여기를 어떻게 다 돌아본단 말인가. 그리스 아테네 국립박물관도 이틀을 돌았다(거기는 그걸로 되긴 됐다). 그리고 보면 동경국립박물관을 하루에 돈 것이 신기하긴 하다. 거기 볼 것이 별로 없었나? 아마 어딘가 공사를 하고 있었던 것 같다. 하여간, 박물관이 하나 나타나면 나의 일정은 거기서 꽤 지연되는 것이 지금까지의 관례였던 고로 사실 이것 하나만으로 그 이후의 일정은 없다고 보아야 하는 것이었다.

아침에는 지하철을 타고 갔다. 트롤리나 버스를 타는 게 더 빠를 것 같긴 한데 아는 게 없으니 탈 수가 없었다. 맵스미에 박물관 가까운 어드미랄테이스카야역을 종점으로 하고, 출발점은 프로샤드 보스타니야역[12]으로 해서 경로를 검색했더니 한 번 갈아타서 갈 수 있었다. 길을 보면 바로 갈 수도 있을 것 같은데 경로가 잘 나오지 않아서 그냥 그렇게 갔다. 역에 내리니 박물관이 바로 길 건너쯤이었다.

궁전광장이 보이면 가슴이 뻥 뚫리는 것이 아니라 숨이 턱 막힌다. 이게 전부 박물관이란 말인가 하는 생각이 온몸을 짓누르는 것이다. 이걸 도대체 언제 다 본단 말인가 하는 걱정이 엄습하고, 여행자의 고뇌에 빠져 버린다. 볼 게 적으면 안도감이 들고, 볼 게 너무 많으면 절망감이 든다. 얼마나 모순적인가. 하지만 실상이 그렇다. 다른 사람은 안 그런가?

지인님이 알려 준 대로 중앙으로 들어가는 문에는 이미 사람들이 많았다. 박물관 내 사진 촬영 여부를 알아보려고 매표소로 가보았는데(촬영권이 있으면 사려고 갔는데 없었다), 이미 줄이 거기도 길었고, 그곳을 지나 표의 바코드를 찍고 들어가는 입구에도 줄이 길었다. 그냥 웬만하면 정규 입구로

---

12 이 역 역시 2017년의 상트페테르부르크 지하철 테러가 일어난 곳으로, 여기서도 설치된 폭발물이 발견됐다.

들어가 보려 했더니, 이렇게 가다가는 안 될 듯했다. 그래서 지인님께서 알려 준 대로 그룹 입구로 갔다. 좀 전에 그룹이 다 들어갔는지 입구가 텅텅 비어 있어서 바코드를 찍고 금방 들어갈 수 있었다. 내가 바코드 찍는 요령을 잘 몰라 잠깐 지연되긴 했지만, 안내해 주시는 분이 도와주어 큰 문제가 없었다. 다만, 옆으로 들어왔더니 어디가 어딘지 알 수가 없어 좀 헤매긴 했다.

일찍 들어와서 입구를 찾은 다음에 층별 안내지도를 찾아서 들고 가다 보니 오디오 가이드가 있기에 두 개 신청했다. 입장료를 안 내서 마음에 여유가 있었다. 나중에 하다 보니 한 개만 해도 됐을 듯했지만 한 개씩 했다. 이걸 하는 통에 시간이 꽤 더 늦어진 듯한데, 그래도 알차게 듣고 있으니 주마간산하는 것보단 훨씬 나은 듯했다.

여기에는 레오나르도 다 빈치의 작품이 두 점 전시되어 있다. 그 앞에는 많은 사람이 모여 그림을 보고 있고, 끊임없이 단체 가이드 투어 그룹이 나타나기 때문에 조용히 그림을 감상하기는 꽤 힘이 들었다. 그 밖에 이름만 들으면 알 만한 화가의 작품들이 수두룩하다. 라파엘로, 렘브란트, 루벤스, 반다이크 등 미술에 문외한이라 할 수 있는 나조차도 학교 다닐 때 미술 시간에 들어 알고 있는 화가들의 작품들이 전시되어 있었다. 그래서 군이 미술 애호가를 대동하지 않아도 심심치 않게 돌아다닐 수가 있었다.

특히나, 루벤스의 수많은(정말 많다) 작품들을 볼 때는 『플랜더스의 개』의 주인공 네로가 그토록 보고 싶어 했던 루벤스의 그림을 보고 있다는 생각이 들어 감개무량했다. 네로는 왜 그렇게 루벤스의 그림을 보고 싶어 했는지, 어떤 것을 보고 싶어 했을지 궁금했다.

각 전시실에는 번호가 붙어 있긴 하다. 문의 위쪽에 붙어 있는데, 그것과 대조할 수 있는 안내지도의 글자는 아주 작다. 점점 원시(遠視)가 되어가고 있는 내 눈에는 그 글자들이 잘 안 보였고, 내가 있는 현재의 방이 어디에 있는지 찾는 것이 매우 힘들었다(지금 이 글을 쓰고 있는 이틀째에 써 본 방법 중 괜찮은 것은 스마트 패드로 찍어 사진을 확대해서 보는 것이다. 어두운 전시실에서도 잘 보인다).

　게다가 그 안내지도를 그리던 사람도 훌륭한 경로를 만들어 내는 데는 포기했는지, 오디오 가이드를 위한 추천 경로가 있지만 그 경로에 일부 전시실은 빠져 있었다. 최신의 그래프이론을 동원해봐야만 아마도 한 붓 그리기가 가능할(불가능할지도)지도 모르겠다. 그 정도로 경로는 복잡하다. 결국 몇 번은 왔던 경로를 되돌아가야 전체를 볼 수 있을 듯한데, 이리저리 돌다 보면 결국 내가 가던 길이 어디인지를 잊어버리고 길을 헤매게 됐다.

점심을 못 먹은 이유

　표를 사서 들어와서 바로 그 층에서부터 보는 것은 아니고, 중앙 계단을 한 번 올라온 다음부터 보게 경로가 짜여 있는데, 정작 뭔가를 먹을 수 있는 카페는 올라오기 전에 있고(이 사실도 나중에 숙소에 와서야 알았다. 언뜻 본 듯도 했는데 위에 있을 때는 확신이 없었고 내려갔다가는 제자리로 못 돌아올 것 같았다), 위에서 아래로 내려갈 수 있는 곳이 몇 군데 있는 것 같지도 않았으며, 일부는 올라갈 수만 있는 곳이 있었다. 처음 가본 나 같은 사람은 내려갈 엄두가 나지 않는 곳이었다. 그래서 결국 우리는 점심을 먹지 못하게 됐다.

　오후 세 시 무렵까지는 오디오가이드 번호가 있는 것은 전부 설명을 들으며 보고 있었는데, 그렇게 보다 보니 그 시각까지 2층의 반도 못 보고 있었다(1, 3층은 전혀 안 본 상태). 기가 찼다. 이러다간 내일이 되어도 한 층도 못 보겠다는 생각에 미치자, 이러면 안 되겠다는 생각이 들었고(이 상황에서 먹을 시간을 뺄 수도 없었고), 그때부터는 오디오 가이드가 있는 곳만 보고 지나가기 시작했다.

　하지만 그마저도 시간이 엄청나게 걸린다는 걸 깨닫고 어느 순간부터 듣다가 다른 곳을 걸어가고 있자니, 뒤에 김밥 군이 울상이 되어 있었다. 대충 상황은 짐작이 가는데 왜 그러냐고 물어보니(한 번에 대답도 잘 하지 않는다), 설명이 끝나지도 않았는데 자꾸 가서 못 들어 그런다고 했다. 그럴 줄 알았다. 아마도 지금까지 잘 참았지만 서너 시가 되도록 굶고 있으니 전두

엽 기능이 뚝 떨어져 본성이 나오는 것이었다. 어릴 때부터 글자도 모르는 주제에 전부 다 설명을 해내라고 할 때부터 무슨 일이 일어나고 있는지는 알고 있었지만 참 기가 찬 노릇이었다.[13] 어쩔 수 없이 너는 충분히 듣고 오면 된다고 하였고, 나도 어쩔 수 없이 속도를 좀 줄였다.

다시 스토로바야

그렇게 다섯 시까지 마지막 부분은 빛의 속도로 넘어갔다. 다행히 루벤스 이후에는 이름만 봐도 알 만한 사람은 반다이크 정도밖에는 없었다. 신기하게도 프랑스에는 유명한 화가가 없는 것인지, 프랑스 예술 부분에서는 아는 사람이 하나도 없어서(독일도 그랬다), 그나마 넘어가기 좋았다.

그러다 결국 오늘 돈을 찾아 환전도 해야 하고 해서 다섯 시에 나가기로 하고 나왔다. 일단 시티은행에 가서 돈을 찾아야 해서 열심히 또 걸어서 내려가고 있었는데, 가다 보니 스토로바야가 하나 보여서 밥부터 먹자고 하고 들어갔다. 다들 박물관 갔다가 굶주렸는지 여섯 시도 안 됐는데 사람들이 많았다.

여기는 수박이 있었다. 수박 네 조각과 밥과 닭다리 한 개씩을 시켜 열심히 먹었다. 하도 배가 고파 메뉴를 더 고르고 할 시간도 별로 없었다.

신기하게도 보통은 점심때 커피를 마시지 않으면 오후에 두통이 생기는데, 이날은 두통이 생기지 않았다. 숙소 휴게실에서 아침에 커피메이커에서 뽑아 먹는 커피가 좋아서 그런지 그나마 그때까지 밥을 먹지 않고 관람을 할 수 있었던 듯하다.

---

13 2004년생인 김밥 군은 6세였던 2009년에 처음으로 그리스로 여행을 갔었는데 박물관에 갈 때마다 전시물에 대한 설명이 패널에 적혀 있으면 영어였지만 해설을 다 해 줘야 했다. 이후에도 어디든 박물관에 가면 마치 의무가 있는 듯 모든 전시물들을 꼼꼼히 자신이 성에 찰 때까지 보지 못하면 울곤 했다. 일종의 강박증이라 볼 수 있다. 본인은 나중에 다시 올 수 없을 테니 그렇게 해야 할 것 같았다고 한다. 또한, 끼니를 거르게 되면 나나 김밥 군이나 자제력이 많이 떨어진다.

유로 환전

저녁을 먹고 나니 좀 나았다. 완전히 기운 빠진 시체처럼 걸어 다니다 밥을 먹고 나니 둘 다 정신이 좀 돌아오는 듯했다. 일단 시티은행에 가서 추가금액을 좀 더 뽑았다. 역시 천 루블과 오백 루블로만 돈이 나와 돈뭉치 두께가 두꺼워졌다. 돈을 찾아서 바로 시티은행 창구에서 환전이 되는지 물어봤다. 돈이 없어서 안 된다고 했다.

사실 지금 환전을 왜 해야 하느냐면, 차를 타고 다니기 때문에 국경에서 EU지역 자동차보험(그린 카드)[14]을 들어야 하기 때문이다. 알고 있던 정보에 의하면 현금으로 보험료를 내야 한다고 해서 지금 환전이 필요한 것이다.[15] 그렇지 않다면 유로를 쓰는 곳에 들어가서 다시 ATM 출금을 하면 되는 것이었다.

어쨌든 돈뭉치를 들고 또 시티은행을 나왔다. 은행은 대로변에 많으니 큰 문제는 없었다. 제일 많이 보이는 은행이 쓰비에르뱅크(Сбербанк)이기에 그곳으로 들어갔다. 입구의 안내에 환전(money exchange)이 되냐 물어보니 된다며 번호표를 뽑아줬다. 여기 번호표는 번호만 찍히는 게 아니고, 업무별로 앞에 알파벳이 붙어 찍혔다. 번호표 전광판에 그 알파벳까지 함께 몇 번 방으로 가라는 표시가 나오는데, 환전하는 창구는 독립된 부스처럼 되어 있는 곳이었다.

내 차례가 되어 돈다발을 들고 창구에 가서 돈을 건네 주고 얼마인지 대답해 줬다(영어로). 잘 못 알아듣기에 종이에 써 줬다. 그런데 러시아는 아라비아 숫자 7이 우리가 쓰는 것과는 좀 다르게 중간에 수평으로 바를 그어야 했다.[16] 내가 처음에 그냥 7이라고 적으니 그것도 몰라보는 듯해서

---

14 부록 B-16 참조.
15 그러나, 결국 이 환전은 큰 의미가 없었다. 내가 통과한 러시아-핀란드의 국경에는 보험을 파는 곳이 없어 국경에서 보험을 들지 못했다. 모든 국경에 보험을 파는 부스가 있는 것은 아니다.
16 마치, 러시아 정교회의 십자가는 일반적인 십자가 아래에 우상향하는 작대기가 하나 더 있는 것과 비슷하다.

다시 거기다 수평으로 하나 더 그어주니 알아먹었다. 하여간 희한하게 잔돈은 하나도 안 주고, 딱 900유로를 받았다. 7,000루블 뭉치가, 얇은 900유로로 바뀌어버린 것이다.[17]

저녁도 먹고 환전도 하고 할 건 다 했다. 러시아 은행은 우리나라와 비교하면 업무시간이 꽤 길어서 그나마 가능한 일이었다. 은행 창문에 적힌 글들을 대충 보면 저녁 일곱 시까지도 어떤 업무는 하는 듯하다(원래 이래야 하는 거 아닌가? 우리나라 은행은 너무 일찍 일이 끝난다).

D+059, 에르미타주 박물관 둘째 날

2015년 9월 30일, 수요일, 흐림

상트페테르부르크를 순수하게 돌아볼 수 있는 마지막 날이었다. 어제 환전 등의 일을 마무리 지었기에 오늘은 완전히 하루를 박물관 돌아보는 데만 쏟을 수 있었다. 지인님의 정보에 의하면 오늘은 밤 아홉 시까지 관람을 할 수 있는 날이라 박물관에 모든 시간을 쏟기로 했다. 사실 종일 여기에 시간을 투자해도 내가 여기를 다 둘러볼 수 있으리란 자신은 애당초에 없었다.

여덟 시쯤 잠이 깨서 미처 정리하지 못한 일지를 정리했다. 박물관의 사진은 너무 많아서 사진을 올리지 않기로 했더니 정리하는 것이 의외로 간단해졌다. 정리를 마치자마자 재빨리 밖으로 나갔다(그 사이에 밑에 식당에 내려가 아침을 먹었다). 어제와 마찬가지로 지하철로 가서 지하철을 타려고 했

---

17 실제 6개월분의 그린카드 비용은 390유로/6개월이었다. 확인한바에 의하면 국경에선 더 비쌀 가능성도 있다. 영국, 아일랜드도 해당돼서 일단 3개월은 솅겐 지역, 나머지 3개월은 영국과 아일랜드용.

에르미타주 박물관. 나는 이곳에서만 일주일을 보낼 자신이 있었지만, 나에겐 시간이 없었다.　2015/ 9/29 10:27

다. 그런데 막 지하철역을 들어설 무렵 카메라를 안 가지고 왔다는 것을 깨달았다. 다시 방으로 돌아갈까 하다가 디지털 캠코더의 사진 촬영 기능을 이용하기로 하고 그냥 가기로 했다.

어제와 마찬가지로 박물관 광장에 도착하여 캠코더로 사진을 찍어 보았다. 왠지 생각보다 잘 안 찍히는 듯했다.

오늘도 옆쪽으로 해서 기다림 없이 안으로 들어갔다. 두 번째 오니 그나마 방향을 찾는 것은 좀 나은 듯했으나 여전히 오디오 가이드 받는 곳까지 찾아가는 데 시간이 오래 걸렸다. 오늘은 오디오 가이드를 하나만 하기로 했다. 하나만 해도 둘이 듣기에 충분한 것 같았다.

일단 2층으로 올라가 3층으로 올라가는 계단을 찾아보았으나 쉽게 찾아지지 않았다. 역시나 어제처럼 헤매고 있었다. 계단을 찾기 위해 이리저리 다니다 보니, 우리가 있는 곳이 어딘지조차 알 수가 없는 상황이 되어가고 있었다. 김밥이 뭔가 좀 아는 듯이 얘기를 하기에 내가 따라갈 테니 가보라 했다. 김밥 군이 앞에 서서 이리저리 걸어가더니, 어제 마지막 부근에 봤던 곳으로 방향을 잡은 듯했다. 뭔가 단번에 갈 수 있으면 좋으련만, 거의 전시실을 빙글 돌고 있는 느낌이었다.

가다 보니 역대 황제들의 초상들이 걸려 있는 긴 전시실을 걷고 있었다.

이 부분은 어제 주마간산하기 시작했던 평행한 복도의 쌍이었다. 다 지나갈 게 아니라 안 본 건 보고 가자며 속도를 좀 천천히 했다. 니콜라스 2세와 그 황비의 초상이 끝 부근에 걸려 있었다. 로마노프왕조의 끝이 그 복도의 끝이었다.

마침내 그 부근에서 위로 올라가는 계단을 찾았고, 위쪽으로 올라갔다. 계단을 올라가자 어디에서 많이 본 듯한 것들이 나타났다. 바로 비잔틴의 유물들이었다.

비잔틴 전시관

아무래도 카메라의 캠코더 기능을 도저히 쓸 수가 없어 김밥의 카메라를 빌리기로 했다. 캠코더의 카메라는 실내에서는 도저히 쓸 수 있는 놈이 아니었다.

3층 전시관의 시작을 비잔틴 전시관에서 시작하게 됐다. 아쉽게도 이 전시관의 많은 부분은 사진 촬영이 불가능했다.

그러나 재미있는 것은 11~12세기 비잔틴 시대의 이콘 전시실의 상당수의 이콘들이 그리스의 아토스산에서 가져온 것이라는 것이었다. 그리스 할키디키 반도의 세 개의 반도 중 가장 동쪽에 있는 것이 아토스(Athos)산이다. 그 산에는 정교회의 수도원이 여럿 있는데, 몇 개는 러시아 정교회 소속이었다. 그곳들 중 성아타나시오스 대수도원(Lavra of St. Athanasios), 바토페디 수도원(Vatopedi monastery), 성앤드루의 스케테 내 성삼위일체(Holy Trinity) 교회 등등에서 가져온 이콘들이 전시되어 있어 흥미로웠다. 아토스산은 2010년 그리스를 두 번째 방문했을 때 크루즈로 몇 시간 돌아 본 곳이었다.

중동 지역

비잔틴 전시실이 끝나면 이어서 중동 지역의 전시실이 이어지는데 이란, 시리아, 이라크 등 우리가 지금은 가볼 수 없는 지역의 유물들이 전시되어 있어 안타까운 심정을 가슴에 품고 돌아보게 된다. 이란은 어쩌면 가볼 수도 있겠지만,[18] 시리아는 몇 년 전까지만 해도 가볼 수 있었는데 지금은 갈 수가 없게 되었으니[19] 이런 안타까운 일이 있을까. 시리아의 팔미라 성전이 미처 내가 가보기도 전에 IS에 의해 흙먼지가 되어버렸다는 소식들을 들으며 인류의 문화유산은 이런 식으로 조금씩 사라져 간다는 것을 알게 됐다.

점심을 먹자

어제는 정말 굶어가며 돌아보았는데, 오늘은 올라오면서 카페의 위치를 미리 파악하고 올라왔다. 올라오면서 열한 시쯤 미리 가서 사람들 몰리기 전에 점심을 먹도록 하자고 했는데, 돌아보다 문득 들린 스마트폰의 시계 알람 소리가 열두 시였다. 화들짝 놀라 이게 어떻게 된 일인가 하며 보던 걸 접고 내려가기로 했다. 내려가려면 왔던 길을 그대로 돌아가는 방법밖에는 없어 또 그 먼 길을 빙 돌아 내려갔다.

카페에는 샌드위치 종류를 팔고 있었고, 콜라와 커피를 주문할 수 있었다. 자리를 잡고 앉아 샌드위치와 커피를 마시고 있으니 좀 살 것 같았다. 어제도 이렇게 했으면 그렇게 굶지 않았어도 되었을 텐데 어제는 다시 원래 자리로 돌아갈 수 있다는 확신이 별로 없어 엄두가 나지 않았고, 카페가 있다는 확신도 별로 없었다.

일본관

점심을 적당히 먹고 원래 보던 비잔틴관으로 돌아가기 위해 열심히 방향을 잡아 걸었다. 처음 간 곳으로 간다고 갔는데, 결국 올라가 보니 거기가 아니고 아시아 전시관 쪽이었다. 결국 원래 자리로 돌아오지는 못한 것이다.

---

18 이란은 차로 들어가기 위해서는 까르네(Carnet)라는 세관을 통과하기 위한 차량 서류가 필요하다. 이 때까지도 그것을 위한 구체적인 절차를 실행하고 있지 않았고, 그 가능성에 대해서도 확신이 없었다. 결국은 이란을 통과해 돌아왔다. 부록 O 참조.
19 IS에 의해 길이 막혀 버렸으니, 갈지 말지에 대해 아예 고민을 하지 않게 해 준 점도 있긴 있다.

안내지도를 보니 우리가 온 곳을 다 보고 지나가면 비잔틴관이 나올 듯했다. 어차피 아시아관도 보긴 해야 하니 여기서부터 보아나가기로 했다. 먼저 나온 곳은 일본관이다.

일본은 이미 수차례 갔다 와서 여기서 일본전시를 또 볼 필요는 없었으나 호기심에 살펴보았다. 일본 역사의 아주 작은 부분, 일본 문화를 아주 살짝 볼 수 있는 19세기 정도의 그림들 몇 점과 사무라이들의 칼과 갑옷 등이 전시되어 있었다.

인상적인 건 우에스기 겐신과 타게다 신겐[20]의 겨루기 그림과, 카미카제란 말의 기원이 되는 몽골군의 일본 원정이 태풍으로 실패하는 그림 등이었다.

중국관

중국관 이전에 인도관도 있었지만, 여기 아시아관에서 엄청난 충격을 안겨준 전시물들에 비하면 인도관은 아무것도 아니었다. 나는 이전에 중국 서역 지방인 소위 실크로드의 도시들인 쿠쳐, 투루판, 둔황 등을 다녀온 적이 있었다. 그 당시 많은 석굴의 벽은 휑하니 뜯겨 나가 있었고, 석굴의 관람은 휑한 벽과 목 떨어진 불상들을 보는 것이 상당 부분을 차지했다.

나는 그 많은 벽화와 고서들이 프랑스인 펠리오에 의해 반출되어 현재는 프랑스 루브르 박물관에 다량 소장되어 있고, 또 다른 원정대에 의해 영국의 대영박물관에 상당 부분 있으며, 또 상당수는 일본의 오타니[21]원정대에 의해 일본 니시혼간지 옆의 무슨 대학 박물관에 상당수가 있고, 교토 국립박물관에도 상당수가 있다는 사실을 알고 있었다. 그래서 일전에 일본에 갔을 땐 그 전시물들을 둘러보고자 니시혼간지를 일부러 두 번씩이

---

20 일본의 전국 시대 말기의 유명한 장수들이다. 비록 전국 시대를 통일한 것은 같은 시대의 인물인 오다 노부나가를 거쳐, 결국은 도요토미 히데요시였지만, 인격적인 면 등에서 일본인들의 많은 존경을 받는 인물들이다.

21 교토 니시혼간지(西本願寺)의 젊은 주지였다.

중국 투루판 베제클리크 천불동의 문수보살 프레스코.
11세기. 중국 서역에서 사라진 많은 유물중, 상당수를 에르미타주 박물관에서 만날 수 있다.

나 찾아갔는데 그 당시는 그게 절 전시실에 있다고 생각했었던 것이라 직접 보지는 못했다. 하필 당시에는 교토박물관도 본관이 공사 중이라 전시물들을 보지 못하였었다.

　일본 오타니 원정대의 소장품들은 신기하게도 1/3이 한국의 국립중앙박물관에 소장되어 있는데,[22] 그걸 보러 울산에서 일부러 서울 나들이를 한 적이 있었다. 그걸 보면서 다시 중국에 있던 때를 떠올리곤 했고, 혹여나 중국이 해외 문화재 반환을 압박하면 한국은 어떻게 대응할 것인가를 혼자 생각해 본 적이 있었다.

　그러나 여기 에르미타주박물관의 중국관은 서역 현지와 한국의 국립중앙박물관 서역관도 이미 꼼꼼히 봐서 서역의 작품들은 왠만큼 보았다 자부하는 나도 어안이 벙벙해질 수밖에 없었다. 지금까지 보아온 둔황, 쿠처, 투루판의 유물 중 심지어 중국 서역 현지에서도 본 적이 없는 것 같은 것

22　오타니가 당시 조선 총독에게 선물로 주었던 것이 일제의 패망 후 그대로 남게 됐다.

들이 전시되어 있었다. 작은 조각이 아니라 아주 정교하게 벽들을 떼어내어 엄청난 면적을 자랑하는 벽화들을 몇 개의 방에 걸쳐 전시하고 있었다. 러시아의 세르게이 올덴버그(Sergey Oldenburg, 1863~1934년) 원정대에 의한 것들인데, 정말 어마어마한 양이다.

사실, 중국의 이 유물에 대해 루브르박물관과 대영박물관에 대한 내용은 알고 있었으나, 여기의 내용은 미처 알지 못했었는지, 아니면 내가 잊었었는지 모르겠다. 하지만, 여기를 발견한 것만으로도 여기에 온 이유는 충분히 설명된 듯하고, 보상을 받은 것이다. 나머지를 전혀 못 본다 해도 전혀 아쉽지 않을 수 있을 정도로 말이다.

…

이후에도 국내에서는 본 적이 없는 이란, 시리아와 같은 나라들의 전시가 같은 층에 있었는데, 나중에 보니 이것들은 이븐바투타[23]의 여행들과 관련된 특별전시들이었다. 그래서 일부는 사진 촬영이 금지되고 있었다.

그런데 3층을 다 보는 동안에 우리가 거금 450루블을 주고 빌린 오디오 가이드는 단 한 번도 사용되지 않았다. 이러다 오늘 한 번도 못 쓰고 반납하는 게 아닌가 하는 생각이 들었으나, 그렇다고 일부러 2층에를 가는 것도 웃기니, 우리는 다시 1층으로 내려갔다.

지상층

1층, 즉 지상층(Ground floor)에도 흥미로운 것들이 어마어마했다. 소그드, 박트리아 등 그간에 이름만 들어왔던 서아시아, 중앙아시아 고대국가들의 유물들이 즐비했다. 가볼까 생각은 했었지만 시간도 안 되고 현재는

23　Ibn Battuta, 1304~1368년, 아랍의 여행가로 아프리카, 아라비아반도, 이란을 비롯한 중앙아시아, 중국까지 여행을 하고, 여행기를 남겼다.

우리 정부의 여행안전 분류상 철수권고지역으로 되어 있는 캅카스 산맥의 다게스탄 지역 유물들도 있었다. 그래서 이 모든 것들을 좀 더 시간을 두고 모든 설명까지 다 읽어 보며 음미해 볼 수 있는 시간이 모자라는 것이 너무나 아쉽고, 안타까웠다.

고대 이집트관

네 시 반경에 처음 내려간 지역을 다 돌았고, 다음에 반대편으로 가야 하는데 그 길이 또 만만치 않았다. 이리저리 찾다가 결국 위로 다시 올라가 옆으로 간 다음에 중앙계단을 다시 내려와 옆으로 가니 마침내 가려던 100번째 방이 나왔다.

여기는 고대 이집트관이었다. 이 방에는 영어 안내문이 전혀 없었다. 아마도 그냥 보면 무엇인지는 대충 알 수 있기 때문일 것이다. 여러 미라와 미라의 관들, 비석들이 전시되어 있었다. 이것들도 굉장히 흥미로웠지만 볼 것은 너무 많고 시간은 없으니 또 안타까웠다.

저녁 먹기

그러다 다섯 시가 되어 저녁을 먹기로 했다. 오늘은 아홉 시까지 돌 예정이어서 충분히 먹어 두기로 한 것이다. 다시 점심때 갔던 카페로 가서, 점심때 먹은 것과 비슷한 샌드위치와 콜라로 저녁을 먹었다. 다섯 시경에 먹은 이유는 혹시나 여섯 시가 되면 카페가 문을 닫지나 않을까 해서였다.

그리스-로마관

다시 이집트관을 찾아 들어가 다시 한 번 더 돌아보고 그리스-로마관으로 들어갔다. 그리스관에 들어오니 모든 것들이 친근했다. 데메테르,[24] 페

---

24 농사의 신으로, 그리스 엘레프시나(Elefsina)에 신전이 있고, 비밀스런 의식으로 유명하다. 그 의식은 한때는 올림피아제전에 버금갈 정도였다고 한다.

르세포네, 큐피드, 제우스, 디오니소스, 판(Pan)[25] 등등 모두 옛 친구들을 다시 만난 기분이 들었다. 석관을 보면 석관인지 알고, 묘비를 보면 묘비인지 알 수 있었다. 무엇이 무엇인지 알고 있으니 더 반가웠다. 부담 없이 마음 편하게 돌 수 있는 곳이 박물관에 있다는 것은 참 행복한 일이다.

거기서부터는 그 층이 전부 그리스와 로마의 유물들이었다. 그래서 마음 내키는 대로 천천히 보다 보니 그 층이 끝이 났다.

다시 2층

이후 남은 시간이 두 시간가량 있어서 그동안 전혀 안 쓴 오디오 가이드도 쓸 겸, 어제 주마간산한 것들도 다시 볼 겸 2층으로 올라가기로 했다.

2층의 프랑스 미술실부터 다시 오디오 가이드의 설명이 있는 것들을 시간이 되는 대로 차례대로 들어나갔다. 어느 순간이 되어 보니 주위에 김밥과 나만 방에 서서 오디오 가이드를 듣고 있었다. 그러다 문득, 그 시간까지도 가끔 우리말로 오디오 가이드를 듣는 사람들이 지나가곤 했다. 대체로 주위에 사람들이 없으니 오히려 오디오의 소리를 높여 편하게 들을 수 있어 아주 좋았다. 그렇게 우리는 거의 아홉 시가 되도록 오디오 가이드를 들으며 2층의 끝까지 다 돌 수 있었다.

---

25 Panic 이란 단어의 기원이 된다.

D+060, 다스비 다니야, 러시아!

2015년 10월 1일, 목요일, 흐리고 때로 비

오늘로서 러시아 체류 60일째, 오늘은 반드시 러시아 국경을 넘어 출국하여야 하는 날이다. 러시아 무비자 체류 가능일은 최대 90일이나, 90일을 체류하려면 60일째에 출국한 직후에 다시 입국할 경우의 이야기다. 그렇게 하여 체류일을 연장할 수는 있지만, 나의 경우는 차량이 러시아 일시 수입 상태라, 그 기한이 10/2이므로 어쨌든 출국을 하여야 했다.

오전 7시에 황송하게도 지인님께서 호텔 앞까지 오시겠다 하여 염치불구하고 호텔에서 기다렸다. 에르미타주박물관의 회원권을 돌려 드려야 했기 때문이다.

원래는 8시쯤에 체크아웃하고 나가려고 했는데, 왠지 몸이 무거웠다. 사실 육로로 차를 가지고 국경을 넘어 본 적이 없어서 이것 자체가 스트레스였는지 밤에 잠이 잘 오지 않았다. 새벽에 잠이 깨다 말다 하다가 거의 뜬 눈으로 밤을 새운 듯하다. 어제도 박물관에서 시간을 많이 보냈고, 숙소에도 늦게 들어와 피곤했는데 밤에 잠을 잘 못 자 더 피곤했다.

일곱 시에 호텔 밖에 나가 어슴푸레한 광경을 보고 있으니 러시아를 떠난다는 것이 굉장히 아쉽게 느껴졌다. 이번 여행의 시작이 이 나라에서 한데다 광대한 도로를 무상으로 제공해 주었기에 러시아에 감사하지 않을 수 없었다.[26] 이렇게 길을 열어주지 않았다면 어떻게 이런 여행이 가능했겠는가. 아름다운 상트페테르부르크의 네브스키 대로 앞에서 한동안 이리저리 걸으며 러시아의 새벽을 눈에, 마음에 담았다.

지인 분을 만나 카드를 반납하고, 염치없게도 한동안 먹을 간식까지 받

---

26 유상으로 달리는 곳도 있냐 하겠지만, 이란은 그런 의미에서 유상으로 달린 것으로 볼 수도 있다. 중국은 더 비싸다.

왔다. 언젠가 다시 만날 것을 기약하며 지인분과 헤어지고 방에 올라와 있다가 잠시 휴게실에 가서 커피를 한잔 마시고, 8:30에 체크아웃하러 나갔다. 그런데 직원이 없었다. 여기는 가끔 직원이 없는 경우가 있어서, 거기서 또 한 십여 분 이상을 기다린 듯하다. 한참을 기다리니 직원이 나타났기에 열쇠를 건네주고 숙소를 나왔다.

여기 호텔에 들어온 뒤로 엘리베이터는 올라올 때만 탔다. 내려갈 때는 한 번도 타보지 못했다. 이상하게도 호텔의 현관문을 열고 나가면 항상 맞은편 구역의 앞에 가서 버튼을 눌러도 아무 반응이 없었던 것이다. 그래서 그냥 걸어가자면서 내려갔었다. 어제 에르미타주를 갔다 올라오면서 김밥과 얘기를 해 보니 거기는 엘리베이터가 아니고 맞은편 구역의 현관인 것 같다는 생각이 들었다. 맨날 남의 집 벨을 누르다 내려갔던 것이다. 오늘은 처음이자 마지막으로 내려가는 엘리베이터를 타고 내려갔다. 건물 안에 들어오면 도대체 정신이 없어진다.

호텔을 나와 주차장으로 갔다. 주차장 관리 직원에게 주차 카드를 넘겨주었다. 반갑게 웃으며 인사를 하고 차를 타고 나왔다. 원래는 상트페테르부르크에 머무르며 한 번쯤은 차를 타고 나갈 일이 있을지 모른다 생각했는데, 전혀 그렇지 않았다. 주차장을 나오며 시계를 보니 벌써 8:50이나 되어 있었다.

내비게이션이 안내하는 대로 차를 몰고 갔다. 주차장을 처음 알아볼 때 지인 분이 말씀하시길 숙소의 북쪽 부근에는 주차할 수 있을지 모른다 했는데, 실제로 많은 차가 겹겹이 대로변에 주차되어 있어서 그 길을 빠져나오는 것도 만만치 않았다. 그 길을 나오면 곧 네바강을 건너게 되었다. 네바강에서 한강을 남쪽에서 북쪽방향으로 건너 강변북로로 들어가듯 회전을 하여 대로를 타고 북서쪽으로 달렸다.

회전한 직후에는 대로에서 도시로 들어가는 차들이 뒤엉켜 잠시 혼잡했으나, 이내 길이 뚫려 빠른 속도로 달릴 수 있었다. 이 길을 달릴 때는 마치 강변북로로 일산 쪽으로 달리는 것과 느낌이 비슷했다. 우측으로는 삼

성전자의 광고판이 있었고, 글자가 크게 보였다. 거리를 다녀보면 삼성 휴대폰을 쓰는 사람이 참 많은데, 삼성은 러시아에서도 통하긴 하는 듯했다. 가다 보면 기아자동차의 건물도 있고, 군데군데 한국 기업들이 진을 치고 있어 한편으로 감개무량 했다.

대로에서 크게 한번 우회전을 하고 나니 제한속도가 시속 110㎞인 도로가 나왔다. 러시아에서 이런 도로는 본 적이 없는데, 이건 완전히 고속도로였다. 이 길의 이정표에는 '스칸디나비아 M10'이라고 적혀 있었다. 그 길로 쭉 가면 스칸디나비아반도로 들어가는 것 같았다. 두 번 요금소가 있어 각각 50루블씩을 냈다. 러시아에서 처음이자 마지막 보는 유료 도로였다. 그렇게 우리는 러시아와 핀란드의 국경을 향해 내달리고 있었다.

352 7763

부록

Travel to Russia

여기 기술된 내용들은 자동차 세계여행에 관한 네이버 카페인 '내차 타고 세계여행'[1]의 FAQ에 정리되어 있는 내용들이다. 카페의 자료는 최신정보들로 계속 갱신되고, 시간이 지나면 여기 기술된 내용들이 바뀔 수 있으니 카페에 가입하는 것이 도움이 된다.

A. 내 차를 러시아로 가져가는 방법

2018년 3월 현재, 한국에서 러시아 블라디보스토크로 운항하는 카페리는 DBS 페리가 유일하다. 페리회사의 홈페이지[2]에서 필요한 모든 정보를 얻을 수 있다.

한국을 나갈 때 차량은 일시수출입이라는 절차를 통해 세관을 통과하고, 2년 내에 그대로 돌아오면 입국할 때 관세가 면제된다. 차를 가지고 나간 후, 차량을 외국에서 판매하거나, 사고로 멸실되었을 경우에는 귀국 후 각 경우에 따른 소명 절차가 필요할지도 모른다. 차가 돌아오지 않으면 DBS 페리에서 연락이 갈 것인데, 외국에서 팔아버렸다거나, 사고로 폐차했다면 귀국해서 차량의 말소처리를 해야 할 것이다. 그렇지 않으면 계속 차량세를 내야 한다. 이 경우 관세는 입국할 때 수입되는 물품에 대해 내는 것이므로, 관세의 문제는 아닌 듯하다. 또한, 말소처리를 하는 데 필요한 서류가 있을 테니, 그런 계획이 있다면 미리 알아보고 나가야 할 것이다.

A-1. 예약

최소한 출발 1주 전에 사전 예약을 해야 하고, 성수기인 7, 8월에는 한 달 전에 예약할 필요가 있다. 모든 서류는 이메일로 회사에 보내고, 사전에 직접 회사나, 항구에 갈 필요가 전혀 없다. 종이서류는 디지털카메라로 촬영하거나, 스캔하여 보내면 된다.

회사의 홈페이지에서 직접 예약은 안 되지만, 이메일로 예약할 수 있다. 일단 예약 문의 이메일을 보내면 필요서류를 리스팅한 이메일을 보내 주기 때문에, 그에 따라 준비하면 되고, 이것이 본격적인 여행준비의 시작이다.

---

1   http://cafe.naver.com/mycar2go
2   http://dbsferry.com

구분	2륜차		2륜차 이상			
	<500cc	≥500cc	승용	SUV/RV	승합	캠핑카
동해 ↔ 사카이미나토	$300	$400	$400	$500	$600	$700
동해 ↔ 블라디보스토크	$400	$500	$500	$600	$700	$800
사카이미나토 ↔ 블라디보스토크	$500	$600	$600	$700	$800	$900

표 2_차량별 편도 운임(2018년 3월 기준)

표 2의 운임은 편도[3] 차량 운송비이고, 이 비용은 동해항에서 출발하는 날 아침에 직접 페리사에 결제하지만(카드결제 가능), 운전자를 비롯한 승객의 탑승권 비용은 예약 시 바로 입금해야 한다. 승객 탑승권의 경우 운전자 1인은 단체실인 경우 30% 할인된다(2015년 기준 155,400원). 그리고 러시아에서의 차량의 통관비와 러시아 차량 보험비는 러시아에서 차를 받을 때 통관대행사에 직접 지불한다.

이메일주소: dbsferry@dbsferry.com
전화번호: 02-548-5557 / 033-531-5611

블라디보스토크에서 동해로 귀국할 때도 같은 방식으로 예약하는데(예약 시 이메일을 교환했던 분에게 보내거나 위의 주소로 이메일을 보내면 알려주는 블라디보스토크 담당자 이메일로 보내면 된다), 귀국 시에는 통관 대행사를 먼저 만나 차량을 통관시키고(월요일), 러시아를 출국하는 날(동절기 기준 수요일 또는 화요일) 아침에 항구 터미널에서 예약정보를 이용해 탑승권을 받고 바로 승선하면 끝이다. 차량은 세관창고에서 알아서 선적한다.

귀국 시 차량 운임은 한국에 도착 후 입국하여 페리사 직원을 만나 지불한다. 통관을 위한 서류(다시 러시아 입국 시 받은 차량의 세관서류)를 미리 사진 복사본을 만들어 이메일로 통관대행사에 보내 두는 것이 좋다.

A-2. 운항일정

동해항에서 블라디보스토크로의 출발시각은 연중 일요일 오후 2시로 변화가 없으나, 그 외에는 차이가 있다.

---

3 왕복의 경우 20% 할인이 있으나, 장기 여행에서 돌아오는 날짜를 출발 전에 확정하기는 어렵다. 왕복 운임은 홈페이지 참조.

	동해 → 블라디보스토크		블라디보스토크 → 동해	
	출발	도착	출발	도착
하절기(3-11월)	일요일 2pm	월요일 1pm	수요일 2pm	목요일 10am
동절기(12-2월)	일요일 2pm	월요일 3pm	화요일 5pm	수요일 2pm

A-2 가져갈 수 없는 차

여행을 위해 장기로 해외로 나가는 차량은 '일시수출입'이라는 조건으로 반출되어, 반출일에서 2년 안에 귀국하게 되면 다시 입국할 때 관세가 면제된다.

하지만 모든 차량이 일시수출입의 대상이 될 수 있는 것이 아니다. 앞의 표에 나오는 바와 같이 일시수출입하는 차량통관에 관한 고시에 의거하여 자가용 승용차, 소형승합차, 캠핑용 자동차, 캠핑용 트레일러, 이륜차인 경우에만 가능하다(표 3, 4).

제2조(적용범위) 이 고시는 다음 각 호의 차량에 적용한다. 다만, 제1호 및 제2호의 경우에는 별표 1의 (이하 "협약"이라 한다)체약국 자동차만 해당한다.
1. 일시 출입국자가 본인이 사용하기 위하여 출입국할 때에 반입하는 자가용 승용차·소형승합차 (일시 수출차량에 한정함)캠핑용자동차, 캠핑용트레일러 vv이륜자동차(이하 "승용차 등"이라 한다)
2. 수출입 물품을 우리나라와 외국에서 내륙운송하기 위한 냉장차, 냉동차, 활어 운반차 등 특장 차(트레일러를 포함하며, 이하 "특수차량"이라 한다)
3. 우리나라와 자동차의 상호운행을 내용으로 하는 양해각서 등을 체결한 국가의 자동차로서 다음 각 목에 해당하는 경우
   가. 환적화물을 자동차에 적재한 상태로 반출입하여 내륙 운송하기 위한 자동차(이하 "복합일 관운송차량"이라 한다.)
   나. 별표1 제2호에 따른 화물 자동차 또는 특수 자동차(트레일러를 포함한다)
4. 및 의정서에 따른 피견인차량(이하 "한중복합운송협정차량"이라 한다)
5. 국가간 교역 활성화를 위하여 관계 중앙행정기관의 요청에 따라 국토해양부장관이 지정·고시한 피견인차량(이하 "지정차량"이라 한다)

표 3_일시수출입하는 차량통관에 관한 고시 2조 적용범위

차종: 화물용
    - 코란도스포츠, 엑티언스포츠, 무쏘스포츠
    - 스타렉스3밴/5밴, 봉고(요즘 나오는 봉고는 전부 화물용이다)
    - 포터, 트럭 캠퍼

차종: 중대형 승합차
    - 그랜드 스타렉스, 그랜드 카니발
    - 코란도 투리스모 11인승 이상
    - 중대형 버스 : 16인승 이상으로 캠핑카로 정식 구조변경 되지 않은 것

표 4_대표적으로 일시수출입이 안 되는 국산 차량들

내 차 타고 세계여행_러시아 횡단 편

화물차

차량등록증상 차종이 화물용(소형 화물/대형 화물)으로 분류되는 표6의 차종들, 즉 화물차량은 일시수출입 대상에서 제외된다. 최근 국내에서는 화물차인 트럭을 캠핑카로 구조변경한 경우(트럭 캠퍼)가 많은 듯한데, 그럴 경우 차량등록증상에 승합, 캠핑용 자동차로 변경이 되지 않는다면(구조변경 항목에 표기) 일시수출을 통해 외국으로 나가는 것은 불가능할 것이다. 또한 차명 뒤에 '밴', '스포츠'가 붙으면 해당 차량은 차종이 '화물차'가 되어 일시 수출입이 안 된다.[4]

자동차 관리법 8장 55조 튜닝의 승인대상 및 기준을 보면 2항 3에 '자동차의 종류가 변경되는 튜닝'은 승인되지 않는다고 되어 있다. 자동차의 종류에는 승용, 승합, 화물, 특수, 이륜이 있는데, 원래 화물차는 캠핑카가 속하는 '승합'으로 자동차의 종류가 변경될 수가 없기 때문에 차종이 '화물차'인 트럭캠퍼가 일시수출입의 대상에서 제외되는 것이다.

그런데 화물차 신차가 등록되기 전, 정식 구조변경 업체에서 캠핑카로 구조변경을 하게 되면 '화물차'가 아닌 차종으로 등록될 수가 있고,[5] 이 경우에는 페리사와 세관에서 개별 판단을 해 준다고 하여 가능성이 있다. 이 경우에는 반드시 미리 페리사에 차량등록증 사본과, 차량의 사진을 보내어 일시반출 가능여부를 확인하여야 한다.

중대형 승합차

또, '소형'이 아닌, '중형' 또는 '대형 승합차(대형 버스)'도 불가능하다. 자동차 관리법 3조에서 10인승 이상[6]이면 승합차로 분류되고, 승합차 중 길이가 4.5m가 넘으면 중형 승합차가 된다.

원래 차종이 승합차인 소형 버스나, 그랜드 스타렉스나 그랜드 카니발 같은 중대형 승합차는 그대로는 일시반출이 될 수가 없고, 승인을 받은 업체에서 합법적으로 캠핑카로 구조변경 후 튜닝승인이 되어야 일시반출이 가능하다.

캠핑용 자동차나 캠핑용 트레일러는 차량등록증상에는 '승합차'로 표기되고, 2014년부터 승합차는 캠핑카로 구조변경이 허용되어 있다. 그래서 중대형 승합차도 정식으로 캠핑카로 구조변경되어 차량등록증까지 정리(캠핑카 표기)가 되면 일시수출입이 가능할 것이다.

B. 차로 러시아를 횡단하실 분을 위한 요약

블라디보스토크에서 모스크바까지는 대략 9,300㎞ 정도 된다. 상트페테르부르크를 지나 핀란드로 넘어오면 10,000㎞가 넘는다.

4 　차종이 승용차인 '제네시스 쿠페' 같은 소위 스포츠카는 가능하다.
5 　'이동형 사무실'로 등록이 된다고 한다.
6 　9인승 이하는 길이와 무관하게 '승용'이다.

여행을 준비하시는 분에게 먼저 드릴 좋은 소식은, 여러분들이 걱정하고 있는 것보다 더 심각한 문제는 없다는 것이다. 쉬운 여행은 아니지만 생각보다 어렵진 않고 걱정의 많은 부분은 과거 소련 시절에 유래한 어두운 과거의 정보에서 기인한 것이다.

러시아는 전반적으로 유럽에 가깝고, 유럽에서의 일반적인 규칙들, 예를 들어 교통규칙들이 그대로 통용된다고 보면 된다. 다만 소련 시절의 잔재로 남아있는 것이 거주지등록 정도 되겠는데, 여행 60일 내내 거주지 등록을 신경 쓰는 사람이나, 보여줄 수 있냐(내 놓아라가 아니다)고 한 사람들은 숙박업소의 리셉션 정도였다. 그 어떤 경찰도 내게 거주지 등록에 관해 물어보거나 서류를 내놓으라고 한 적이 없다.

러시아를 횡단하기 위해 계획할 때, 블로그를 검색하거나 책을 읽어봐도 알 수 없었던 내용이 좀 있었다. 60일 간 직접 러시아를 횡단하면서 그때 가졌던 의문들을 거의 다 풀 수는 있었고, 뒤에 비슷한 일들을 계획하시는 분들을 위해 여기에 정리해 둔다. 지금 다 정리하지 못하는 것도 생각나는 대로 계속 추가할 생각이다.

단, 이 책의 내용은 러시아 횡단에만 국한되는 내용이다. 유럽이나 중동지역에 관한 또 다른 내용이 있다.

B-1. 보조 연료통이 필요한가: 아니오

차량의 경우 연료탱크의 크기는 최소 40ℓ는 되고, 가득 주유하면 최소 500㎞를 갈 수 있다. 하바롭스크에서 치타 구간도 최소 150㎞만 가면 어떤 형태든 주유소가 있기 때문에, 주유를 걱정할 필요는 크게 없다. 다만, 현재의 주행가능거리가 얼마 정도인지를 가늠한 다음에 주행가능거리가 200㎞ 미만이 되면 주유하는 것이 좋다. 최악의 경우 150㎞ 이내에 주유소가 없을 수 있기 때문이다.

주유소의 구간 거리가 긴 곳은 치타직전 200㎞ 구간과, 모스크바 북쪽에서 키릴로프-페트로자보츠크 구간이다. 이 구간에서도 150㎞가 지나면 주유소는 반드시 있다.

그런데 독일에서 10ℓ짜리 연료통을 하나 샀다. 간혹 거스름돈이 나오지 않는 주유기(핀란드에서 그런 일이 있었다)가 있어서 그런 곳에서 남는 기름을 담아두는 데 유용하였고, 선불 주유소에서 돈을 내고 남은 연료를 담아두었다가 비상상황에서 쓸 수 있어서 편했다. 물론 거스름돈을 받아도 하지만, 이렇게 담아 두면 비상상황에 쓸 수 있어 마음이 편하긴 했다.

B-2. 차량의 정비: 현대, 기아, 쌍용 등의 정비는 수월

국산 차든 외국 차든 대도시에 진입하는 입구 부근에 대부분 딜러의 전시장이 있는데, 현대와 기아의 경우에는 그 전시 매장의 일부가 서비스 센터이다. 아마 쌍용도 마찬가지고 외제 차도 마찬가지일 것이다. 서비스는 거기서 받을 수 있다. 최소 전날에 방문하거나 전화로 예약을 하면 다음날에는 서비스를 받을 수 있다.

블라디보스토크에서부터 러시아를 관통하기까지 가장 많이 보이는 차량회사를 꼽으라면 토요타다. 그중에 가장 인상 깊은 차는 토요타 랜드크루저인데, 튼튼하게 생긴 SUV로, 비포장도로에서도 제일 신나게 달리던 놈들이었다.

러시아에서 현대차의 딜러망을 찾는 사이트: http://hyundai.ru/find-dealer

B-3. 러시아에서의 식비 및 생활비: 어른 1인, 11세 1인의 경우

숙박비는 부킹닷컴(Booking.com)을 이용할 경우 하루 800~2,500루블 사이에서 구할 수 있었다. 모스크바에서의 숙박비가 가장 비쌌고, 치타 직전의 할아버지가 운영하는 농가 민박이 800으로 가장 쌌다. 대부분은 일박에 1,000~2,000루블 사이에서 구할 수 있다.

식비는 둘이서 300루블에서 1,500루블까지 다양했는데, 셀프서비스하는 가게가 싸다. 셀프서비스하는 식당은 '카페'란 이름을 단 경우도 있지만(러시아의 일반 식당의 명칭이 '카페Cafe'다), 전문적으로는 '스토로바야'다. '레스토랑'이라 붙은 곳은 조금 더 격식이 있다지만, 작은 도시의 경우 카페랑 운영하는 방식이 크게 다르지 않았다.

식비를 절약하는 방법은 밥을 해 먹는 것이다. 작은 전기밥솥을 준비하여 방에서 밥을 하고, 반찬으로 근처 마트에서 샐러드류와 생선 절임, 통조림, 야채를 사서 적당히 먹으면 된다. 밥하는 것이 귀찮으면 식빵이나, 덩어리 빵, 낭과 같은 빵을 사서 샐러드나 생선 절임 등과 먹으면 된다. 마트에서 반찬류를 사서 밥을 해 먹을 경우 100루블 미만으로 한 끼를 해결할 수 있다. 때에 따라 숙소 근처에 식사할 수 있는 곳이 전혀 없는 경우가 있기 때문에, 그럴 때를 대비해서라도 밥을 해 먹는 것을 고려할 필요가 있다.

간혹 초밥집이 보이는데, 한국에서도 먹던 것이라 입맛이 맞는다면 대안이 될 수 있지만 둘이 들어가면 최소 900루블 이상은 나온다. 중국집의 경우 자장면 같은 건 없고, 정통 중국식 요릿집이라 생각하면 되는데, 각각 반찬류를 한두 개 시키고, 밥(러시아 발음은 '리-스PNC')을 주문하면 한국식으로 먹을 수 있다. 좀 큰 도시에는 맥도날드와 버거킹이 있는데 여기서 한 끼를 먹을 경우 러시아식 음식을 파는 가게에서 먹는 것에 비하면 약간 더 비싸게 먹는 것이라고 봐야 한다.

식당에서의 팁 문화

1997년 유학 생활을 시작하여 블라디보스토크, 모스크바, 상트페테르부르크 등등에서 외교관으로 생활하시다, 2016년 6월에 귀국하신 분의 설명에 의하면 다소 격이 있는 식당(레스토랑 수준)에서 한 테이블에 한 가족이 식사하고 50~60달러 이상 나오는 식당이 아니라면 팁을 신경 쓸 필요는 없다고 한다. 특히나 이런 문화도 모스크바, 상트페테르부르크 정도에서나 있는 것이고 그 외의 도시에서는 신경 쓸 필요가 전혀 없다고 한다. 준다 해도 5% 정도이고 안 준다고 예의에 어긋난 것은 아니다.

식당에서 밥값 계산 및 행동요령

셀프서비스가 아닌 식당에서는 밥을 다 먹고 계산을 하려면 점원을 보며 "숏 , 빠잘스타" 하면 고개를 끄덕이며 계산서를 가져다주는데, 계산서대로 돈을 영수증철에 꽂아주면 알아서 잔돈을 바꿔준다. 처음에 가져온 계산서는 빼서 보관하면 된다. 일부 식당에선 돈을 계산한 후에 다른 영수증을 또 가져다준다.

셀프서비스하는 식당에서는 음식을 고르고 식판에 담아가서 계산대에서 바로 계산을 한다. 이 경우는 다 먹고 식판을 퇴식구까지 가져다 놓아야 한다.

스트로바야의 경우 일반적으로 음식을 진열해 놓고 그중에 고를 수 있게 해 둔 곳이 있고, 그런 것 없이 점원이 있는 계산대 앞에서 보여주는 메뉴판에서 고른 뒤 돈을 계산하고 테이블에 앉아 있으면 식판에 음식을 담아다 주는 곳이 있다. 이런 곳도 다 먹으면 식판을 퇴식구에 가져다 둔다.

일반 카페에서는 식사를 끝내고 계산서를 받아서 앉은 채로 돈을 내는데, 이것은 유럽이나 미국의 방식과 같다.

B-4. 러시아의 유료 도로: 거의 없다

핀란드까지 오는 도중에 카잔 근처의 다리를 건널 때 130루블을 한 번 냈고, 상트페테르부르크에서 핀란드를 들어갈 때 각각 50루블씩 두 번을 낸 것이 전부다.

B-5. 주차

구글 지도를 사용할 경우 지도상에 건물의 형태가 거의 없는 곳이라면 차를 타고 가면 주차할 곳은 많다. 지도상에 도로만 복잡하게 있는 곳이 그런 곳이다.

대부분의 수도원과 교회의 앞에는 주차할 수 있는 곳이 있어서, 도심이라도 차를 가지고 가도 되는 곳이 많다. 특히 중심부에서 조금만 떨어져 있으면 대부분 주차가 가능한 곳일 경우가 많다.

그러나 주위 표지판을 잘 봐서 견인표지가 있는 곳은 절대 주차하지 말아야 하고, 숙박을 결정할 땐 반드시 주차 가능 여부를 따져봐야 한다. 숙박지 결정의 첫 번째 순위는 주차 가능 여부가 되는 것이 옳다. 유럽 도시들에 비하면 러시아는 그래도 주차 공간이 많은 편이고, 주차장이 있으면 거의 무료다(유료인 곳도 있긴 있다).

B-6. 주유 및 기름값

디젤과 휘발유는 가격 차가 거의 없다. 디젤의 가격은 33~45루블/ℓ 정도이다. 휘발유는 옥탄가별로 디젤보다 약간 싸거나 조금 비싼 정도에서 결정된다. 디젤의 경우 Euro(Ebpo)5 규격에서부터 아주 저급의 기름까지 있어, 가격 차가 많다. 심지어 25루블/ℓ 정도의 디젤유도 있다.

주유는 전부 셀프이고, 몇 군데는 서비스맨이 있어서 주유를 해주었다(서비스맨이 있어도 직접 계산대에는 가야 한다). 먼저 안에 있는 계산대에 주유할 만큼 돈을 주고(디젤의 경우 1,200루블 정도를 주면 40ℓ 정도 들어간다), 주유 스탠드 번호를 손가락을 펴 보이든, 글자를 종이에 쓰든, 말로 알려주든 알려준다. 그다음 나와서 주유기를 꽂고 방아쇠를 당기면 안에서 조작을 해서 자동으로 주유가 시작되거나, 주유기 옆에 있는 복귀 버튼을 한 번 눌러 주면 된다. 간혹 디젤 스탠드가 한 개뿐이면 '디-젤'이라고 말해주었다. 끝나면 안에 들어가 들어간 만큼 정산하여 잔돈과 영수증을 받아 나오면 된다. 영수증을 받으려면 "숏 , 빠잘스타" 하면 된다.

B-7. 디젤의 품질에 관하여

러시아의 주유소에 가면 Ebpo(euro) 표시가 있는 디젤과 없는 디젤을 같이 팔고 있는 경우가 있다. 나는 싸다고 일반 디젤을 골라 넣었는데, 여행 초기에는 큰 문제가 없을지 모르지만 여행 후반부에 가면 결국 엔진에 문제가 생길 수 있다. 특히 우크라이나 등 동유럽의 디젤유의 질이 안 좋다는 얘기가 많다. 내 차는 슬로바키아, 폴란드를 거쳐 우크라이나에 들어간 후, 우크라이나에서 결국 엔진경고등이 떠서 귀귀 시까지 문제가 해결되지 못했다. 심각한 엔진 출력 저하가 일어난다. 우크라이나 현대자동차의 엔지니어가 연료의 품질 문제에 기인한다고 말하였으니, 기름값이 싼 러시아에서까지 굳이 싼 기름을 넣으려고 하지 말고, Ebpo 디젤이 있다면 이걸 넣는 것이 장기적으로는 낫다는 생각이 든다. 지금 같으면 당연히 그렇게 할 것이다.

B-8. ATM

ATM을 찾는 것은 그리 어렵지 않다. 주위를 둘러보면 매우 많다. 시티은행의 경우에는 시티은행 홈페이지에 들어가면 ATM이나 은행의 위치를 찾을 수 있는 페이지가 있으니, 그것을 참고하면 된다. 맵스미 같은 지도에도 은행 검색을 한 후 잘 찾아보면 시티은행은 찾을 수 있다.

시티은행 현금카드의 경우 니즈니노브고로드에서 한 번, 모스크바에서 한 번, 상트페테르부르크에서 두 번 돈을 뽑았다. 한 번에 만 루블을 뽑으니 2015년 8~9월 동안 우리 돈으로 한 번에 18만 원이 좀 넘게 나갔고 수수료는 1,500원 정도가 나갔다. 시티은행 현금카드의 경우 한 번에 만 루블이 최대 인출금액이라, 오만 루블을 뽑으려면 다섯 번 찾아야 한다. 단, 3회 이상 연속 찾으면 인출이 정지되는 수가 있다. 만일 지점이고 본인이 카드 소유자면 창구에 가서 해결해야 할 것이다. 카드 소유자가 국내에 있으면 국내에서 해결해 주어야 한다. 니즈니노브고로드에서는 5회 인출이 됐고, 모스크바에선 3회 인출 후 정지가 되었다.

시티은행의 경우 홈페이지에 가면 러시아 전역의 지점과 ATM의 위치를 알 수 있다.

B-9. 치안

러시아의 치안은 아주 좋은 편이다. 거리 곳곳에 경찰들이 서 있고, 지하철역에도 에스컬레이터 사이마다 관리 감독하는 사람들이 서 있다. KGB 출신의 푸틴이 대통령이 된 이래 경제도 나아졌지만 가장 괄목할 만한 점은 치안이 좋아진 것이라고 한다.

일부 매체들이나 과거의 정보에 의존하여 겁먹을 필요가 전혀 없다. 우리나라에서도 어처구니없는 사건들이 계속 일어나고 있다. 관광하기 좋다는 호주의 멜버른이나 시드니에서도 한국 유학생들이 무참히 어처구니없이 살해됐다는 보도가 있지만 우리 국민 누구도 호주가 위험한 곳이라 생각하지 않는다. 한국인이 가장 많이 죽어 나가는 외국을 꼽자면 요즘은 필리핀이 아닌가 생각된다.

B-10. 도로의 사정

러시아의 도로 사정은 그다지 좋은 편은 아니다. 혹독한 겨울이 있어, 녹았다 얼기를 반복하기 때문일 것이다. 여행을 시작하는 초입이 블라디보스토크에서 하바롭스크 사이인데, 이 구간에서의 경험으로 인해 전체 구간이 더 안 좋게 느껴진다. 전혀 익숙하지 않은 상황에서 한국에서 잘 경험하지 못하는 도로를 운전하여야 하기 때문이다. 블라디보스토크-하바롭스크 구간에는 공사 구간과 비포장도로가 많다. 비포장도로는 큰 트럭들이 다닌 결과 크게 지름이 1m에 가까운 구덩이가 파지기도 한다. 이런 구덩이에 차바퀴가 빠졌다 나올 때 차에 큰 충격이 가해진다.

도로 공사장에 일부는 포장이 되어 있고 일부는 안 된 구간이 있으면 비포장 구간에서 포장 구간으로 들어갈 때 서행하지 않을 경우 엄청난 충격이 자동차에 가해진다. 포장된 곳과 안 된 곳과의 턱이 있기 때문이다.

포장된 도로인 것 같지만, 노면이 전혀 고르지 않아 비포장도로와 비슷한 경우가 꽤 있다. 이건 특정 구간에 국한된 얘기는 아니고, 전반적으로 적용이 되는 얘기다. 그렇지만 대체로 하바롭스크를 지나고 나면 처음의 당황스러움은 꽤 사라지고, 어느 정도 시베리아의 도로에 적응이 될 것이다. 이후 구간은 그럭저럭 달릴만한 길들이 쭉 이어진다. 다만, 부분마다 도로 공사장이 나타나는데 공사장은 비포장도로들이다. 군데군데 교행이 되는 구간도 있지만 대체로 그 교행 대기는 길지 않다. 서행하지 않을 경우 차가 점프대에 오른 것처럼 뛰는 경우가 몇 번 있으나, 60㎞/h 정도로 달리면 큰 문제는 없다.

크라스노야르스크에서 예카테린부르크 구간은 길이 매우 좋은 편이다. 그러나, 페름(Perm)에서 카잔(Kazan)을 가는 길에는 40㎞ 정도의 비포장 구간을 만나게 된다.[7] 이 구간에는 비가 오는 경우가 많고 길은 진창이라 차가 미끄러질 정도이며 지나다 보면 멈춰선 승용차도 볼 수 있지만, 일반 승용차라고 해서 못 가는 길은 아니다.

카잔을 지나고 나면 모스크바까지는 경찰들이 많아져서 과속, 추월에 주의하여야 한다.

시베리아 횡단 도로는 지속적인 유지 보수, 새로운 포장이 진행되고 있기 때문에 시간이 지날수록 상태는 좋아진다. 여기서 지금 어렵다고 언급된 부분이 영원히 어려운 길이 절대로 아니다. 언젠가는 언제 그랬냐 싶게, 전부 포장도로가 되어 있을 수도 있다.

---

7   2016/9/8: 최근 이 구간을 통과한 분의 정보에 의하면 이 구간도 포장이 됐다고 한다.

내 차 타고 세계여행_러시아 횡단 편

B-11. 운전 예절 및 교통 단속

결론적으로 말하면 유럽과 완전히 같다. 한국 사람으로서 초반에 적응이 안 되는 것은 좌회전인데, 러시아에서는 좌회전 금지 표지가 없다면 녹색불에서 전방에서 오는 차량 흐름을 봐서 갈 수 있을 때 좌회전을 하면 된다. 좌회전 신호가 따로 있을 땐(신호기 옆에 화살표) 그 신호에 따라가면 된다. 주의할 것은 우회전도 전방 녹색불이 켜졌을 때만 해야 한다는 것이다. 또, 우회전 전용 신호가 있을 때는 그것을 보고 우회전해야 한다.

유럽과 마찬가지로 황색 불이면 정지하여야 하고, 횡단보도가 아니더라도 사람이 도로를 건너면 차가 서주는 것이 예의이다. 빵빵거리거나, 속도를 올려서 지나가거나 해서는 사고가 나기 쉽다. 러시아 사람들은 주위를 둘러보지도 않고 그대로 도로를 가로지르는 경우가 많다. 그래서 도심에서는 앞차의 꽁무니를 바짝 따라가지 말아야 한다. 왜냐하면 앞차는 언제든지 급정거할 가능성이 있기 때문이다.

시베리아 횡단도로에는 가다 보면 아주 큰 회전교차로들이 나오는데, 여기서는 제한 속도가 50㎞/h이다. 빠른 속력으로 달려오다가 회전 교차로의 반경이 워낙 커서 속도를 굳이 줄일 필요가 없어 보이지만, 여기는 분명 제한 속도가 50㎞/h이고, 경찰이 곳곳에 있다. 과속에 특별히 주의하여야 한다.

도로 공사 구간에 막 포장이 된 도로일 경우 차선이 전혀 없는 경우가 있는데, 이런 경우에는 가능한 앞지르기를 하지 않는 것이 좋다. 특히나 커브 길에서는 앞지르기를 하지 않는 것이 좋다. 앞에 트럭이 갈 경우 시야가 완전히 가려지는데, 트럭이 천천히 갈 때는 그만한 이유가 있는 법이다. 천천히 간다고 이상하게 생각하여 추월하다 보면 과속 단속에 걸리게 된다.

경찰이 많은 곳은 마을의 입구와 출구, 마을의 내부이다. 내비게이션 지도를 봐서 마을에 접근했다 싶으면 속도를 줄이는 것이 좋다. 일반적으로 시베리아 횡단도로의 제한 속도는 70㎞/h이나, 울란우데 이전 구간에는 경찰이 거의 없어서 도로 사정에 따라 120㎞/h 정도로 달려도 큰 문제는 없다. 그 이후 구간에서는 단속이 있을 가능성이 크다.

B-12. 교통 경찰에 단속된 경우

최대한 상냥하게 대하는 것이 좋다. 상대방도 외국인이라는 것을 알면 굳이 골치 아픈 일이 생기는 것은 피하려 할 것이기 때문이다. 노상에서 경찰에 단속되면 경찰차 뒤에 타게 되는데, 거기서 기회를 봐서 '뇌물'을 주는 것이다. 뭐든지 하지 않으면 차 안에는 적막만이 흐를 것이다. 뇌물의 적정 금액이 얼마인지는 모르겠으나, 앞지르기 위반이 된 경우에 1,500루블을 주고 나왔다. 주고 나면 일사천리로 여권과 함께 '석방'될 것이다(198쪽).

상트페테르부르크에 사시는 지인 분들의 말에 의하면, 과거에는 여권에 500루블씩을 항상 꽂고 다녔었다고 한다. 어디서든 경찰이 튀어나와 불심검문이라도 하면 그걸 빼가고 여권을 돌려주곤 했다는 얘기가 있었다.

상트페테르부르크에서부터 여경들을 많이 보았는데, 여경들도 '뇌물'이 통할지는 알 수 없다. 어쨌든 이런 문제는 공식처럼 되는 일은 아니고, 상황을 봐가며 잘 처리할 수밖에는 없는 일인 듯하다. 무엇보다 알아둘 점은, 과속하거나 불법적으로 앞지르지 않고 주차위반만 하지 않으면 경찰들이 굳이 잘못한 게 없는데 해코지 하지는 않는다는 사실이다.

B-13. KOR 표지판과 영문 차량번호판

나는 KOR 표지를 블라디보스토크에서부터 헬싱키까지 단 한 번도 부착하지 않았고, 아무도 뭐라 하지 않았다. 이런 형태(Euro oval)의 스티커는 러시아 차들이 가끔 달고 다니는데, 크기는 내가 생각한 것보다 훨씬 작았다. 보통 러시아 차량이 달고 있는 것은 어른 손바닥만 한 것이다.

차량 번호판은 달아야 하니까 달긴 한다는데, 글자의 폰트 같은 건 크게 신경 쓸 것이 못 된다 (소문자를 번호판에 쓰는 경우는 없다. 소문자를 쓰면 영국 무인 주차장 같은 데서 자동인식이 잘 안 된다). 번호판은 원 번호판을 떼고 다는 게 아니라, 그 위에 덧대어 다는 것이다. 우리나라 번호판에 한글이 쓰이고 있기 때문에 하는 것이다. 영어를 쓰는 나라에서는 이런 절차가 필요 없다.

방수[8] 라벨지에 레이저 프린터로 출력하여(40 MU 7275 같은 형식), 번호판 규격(가로형 52×11cm)으로 자른 5mm 두께의 포맥스에 붙였다. 포맥스는 필요하면 휘게 할 수도 있다. 프린터 출력은 A4 라벨지에 한 번에 할 수는 없으므로, 두 번 나눠서 적당히 연결되도록 디자인하면 된다. 뒤쪽에 쿠션을 붙여서, 케이블타이로 원 번호판에 묶었다. 뺄 때는 포맥스를 구부려 빼내면 된다.

러시아 번호판과는 확연히 다르고, 우리나라 번호판은 눈에 띄게 되어 있다. 번호판은 될 수 있는 대로 언제든지 쉽게 떼어낼 수 있게 해 두는 것이 좋다. 모스크바 숙소에서는 혹시 모르니 번호판을 떼어 방에다 보관해 두었다가, 차를 쓸 때 다시 붙이라는 조언을 듣고 그대로 했다.

동유럽 등에서 국경을 지날 때는 국경 경찰들이 위에 덧댄 번호판 아래의 원래 번호판을 보고 싶어 하므로, 볼 수 있게 하는 방법이 필요한데, 포맥스로 해 두면 휘어져서 아래를 보는데도 큰 문제가 없다. 이렇게 만든 번호판은 여행이 끝날 때까지 별 문제 없이 사용되었고, 지금은 집에 기념으로 보관되고 있다.

B-14. 언어 문제

결론부터 이야기하자면, 의사소통의 난이도는 중국보다는 쉽다는 것이다. 지금까지 나의 여행 역사상 가장 의사소통이 어려운 곳은 중국이었다. 북경, 홍콩 같은 대도시야 호텔에서 영어가 되기도 하지만 서안의 서쪽으로 가기 시작하면 영어가 되는 곳은 거의 없기 때문이다. 중국어의 문제는 읽을 수가 없다는 것인데 읽을 수가 없기 때문에 식당에 가서 메뉴를 봐도 뭘 달라고 말을 할 수가 없어서 묵묵히 메뉴를 손으로 찍고 손가락으로 개수를 표시해 줄 수

---

8   일반 라벨지에 출력하여 투명 시트지를 붙여도 된다. 방수 라벨지를 써도 시트지를 붙이는 게 내구성을 높이는 길이다.

밖에 없었다. 물론 한자를 봐서 그 내용을 알 때의 이야기다. 한자를 봐서 소고기인지, 돼지고 기인지, 면인지, 밥인지 정도를 알면 그렇게 할 수 있고, 그게 안 되면 그냥 무작위로 찍어 주 문하는 수밖에 없다.

러시아의 경우는 다행히 키릴문자를 이용하여 발음할 줄 알고, 한글로 러시아 음식의 이름 을 알고 있으면 메뉴를 봐서 읽어 주문할 수 있다. 예를 들어 '보르시', '샤슬릭' 같은 단어를 알 고 있다면 메뉴에서 비슷한 걸 찾아서 손으로 가리키며 '에따 아진(문법상으로는 '아진 에따'가 맞다 고 한다)' 하면 '이거 하나' 하는 식으로 주문할 수 있다. 숫자는 '아진(1)', '드바(2)', '뜨리(3)', '취뜨 리(4)' 정도만 알면 음식의 개수를 말할 수 있다. 주유소에서는 스탠드 번호가 이 수를 넘어가 면 손으로 표시해 주면 된다. 물론 두 손을 써야 할 수도 있긴 하지만 되긴 된다.

그런 식으로 해 보니, 블라디보스토크에서부터 이미 중국에 있을 때 보다는 의사소통이 원 활했고 거의 일본에서 의사소통할 때보다 약간 불편한 정도(일본어는 고등학교 정규교육 때 배웠다) 로 필요한 의사소통을 할 수 있었다. 이 정도를 위해서는 키릴 문자로 단어를 발음할 줄 알면 되고, 아주 기본적인 단어들, 즉 에따(이것, 여기), 땀(저것, 저기), 스꼴리꼬(얼마) 등등을 알면 생존 에 필요한 정도의 의사소통이 가능하다. 여행 시작 전 삼 주 정도, 유튜브의 고등학교 방과 후 교재를 이용하여 공부하였다.

의사소통이 가장 많이 필요한 경우가 식당인데, 식당에서 필요한 것은 음식의 종류를 아는 것이었다. 러시아에서의 메뉴를 보면 찬 음식, 더운 음식, 보조 음식(Garnish), 샐러드, 수프 식 으로 되어 있다. 이것들이 뭐로 만들어졌는지가 메뉴 아래에 적혀 있는데, 그 내용을 알면 주 문할 수 있다. 가령 감자, 닭고기, 소고기, 토마토 등의 단어를 알고 있어야 한다. 본인이 원하 는 음식을 주문하려면 본인이 좋아하는 재료가 들어간 걸 주문하면 되는 식이다.

이것저것 해 봐도 안 되면 구글 번역기를 쓴다. 러시아사람도 우리가 러시아어를 모를 거라 생각하고 구글 번역기를 쓰는 사람들이 있다. 일부는 우리가 중국사람인 줄 알고 중국어로 번 역해서 보여주기도 한다. 구글 번역기는 오프라인 패키지를 다운하면 인터넷이 되지 않아도 번역할 수 있어 매우 편리하다. 한-러 번역은 의구심이 들어 영-러 번역기를 사용하였다. 가능 한 한 문장을 명확하고 간결하게 쓰면 의사소통이 잘 된다.

B-15. 시차로 인한 득과 실

러시아는 동서로 넓은 나라이다. 동서로 이동을 하게 되면 시차가 생긴다. 우리는 차로 이 동하면서 시차가 발생하는 경험을 거의 못해보기 때문에 이것을 간과하고 여행 일정을 짜게 되는데, 목적지에 도착해 보면 예상한 것과 다른 시각에 도착하는 경우가 발생하기 시작한다. 이것은 시차 때문이다. 다행스럽게도 여행을 시작하는 초기에는 항상 서쪽으로 이동하게 되 기 때문에 예상보다 이른 시각에 도착하게 된다.

우선 여행을 시작하는 블라디보스토크는 한국보다 한 시간이 빠르다. 그러다가 하바롭스 크를 지나 서쪽으로 달리기 시작하면 시간이 점점 늘어지기 시작한다. 초기에는 여러 가지 적 응이 아직 안 되어 장거리 주행을 꺼리면서 500~600㎞ 정도만 달리게 되었는데, 그러나 여전히 시차가 발생했다. 체크인을 하고 보니 오후 네 시에 도착했다 생각했는데 실제로는 세 시 정도밖에 안 되어 있었다. 대낮에 체크인하는 것이다. 물론, 일찍 체크인하고 쉴 수 있어 좋긴 한데, 해가 떠 있는 시간이 아까워지기 시작한다.

조금씩 주행에 익숙해져서 주행거리를 늘려나가다 보면 하루 주행거리가 1000㎞에 육박하는 경우가 있는데, 이렇게 되면 하루 만에 시차가 한 시간씩 생긴다. 이르쿠츠크에서 크라스노야르스크까지가 1,000㎞가 넘는데, 내 예상으로 밤 아홉 시가 넘어서야 겨우 숙소에 도착했다 생각했으나(늦었다고 생각), 겨우 여덟 시 정도였다.

이런 걸 잘 이용하면 서쪽으로 달릴 때는 하루에 100㎞ 정도씩을 더 갈 수 있다. 한 시간을 더 달리는 것이다. 그렇게 되면 출발지에서 예상했던 곳에, 원했던 시각에 도착할 수 있다.

그러나 반대로 나중에 동쪽으로 돌아올 때는 예상보다 시간이 빨리 흐르게 된다. 그러므로 돌아올 때는 거리를 100㎞씩 줄여야 예상한 시각에 숙소에 도착할 수 있을 것이다.

이걸 정확하게 하려면 도착 예정지와 출발지가 시차가 있는지를 알아야 한다. 사실, 삼성 갤럭시 스마트폰의 안드로이드 4.3에서 제공하는 세계시각 시스템에 문제가 있어, 그걸로 맞추면 시간이 제대로 맞지 않는다. 심지어 기지국에서 제공하는 시간을 써도 맞지 않는다(왜 그런지 이해가 잘 안 된다). 결국 도착할 때마다 호텔에 가서 시계를 보는 수밖에 없었다. 이 문제는 러시아가 최근에 시간 영역의 변경을 자주 해버렸기 때문인 듯하다. 그나마 정확한 것은 네이버에서 시간을 검색해 보는 것이었다. 서쪽으로 가면서 시간이 점점 늘어져, 모스크바에 가면 한국에 비해 여섯 시간이 느려진다.

동쪽으로 달리는 여행

일부 여행자는 미국으로 가서 미국에서 유럽을 갔다가 유럽에서 시베리아를 횡단해서 돌아오겠다는 계획을 짜기도 한다. 이 경우, 주로 달리는 방향이 동쪽이 된다.

그런데 동쪽으로 종일 달리면 어떤 일이 벌어지는지 생각해 볼 필요가 있다. 차를 몰고 종일 동쪽으로 달리게 되면 해가 짧아진다. 해는 서쪽으로 달리기 때문이다. 하루에 1,000㎞ 정도 달려 버리면 시차가 생겨 한 시간 정도 손해를 보게 된다. 그만큼 쉴 시간이 줄어든다. 지금 생각하면 아무것도 아닐 듯하지만, 실제로 여행을 해 보면 꽤 심각하다. 숙소에 도착하여 시간이 한 시간 더 가버렸다는 걸 아는 순간 갑자기 기운이 쭉 빠질 정도로 허탈하다.

여행을 준비할 때는 이런 게 현실로 잘 안 느껴지겠지만, 중반부를 지나가면 이런 것들이 크게 느껴지는 때가 있다. 유럽에선 일광절약제가 시행될 때와 해제될 때도 스트레스가 있다. 실시될 때는 한 시간 잃은 기분인데, 해제될 땐 한 시간 얻은 느낌이다.

같은 돈 내고 가는데 매일 시간을 까먹는 여행을 할 것인가 벌어가는 여행을 할 것인가는 본인이 선택할 일이다.

내 차 타고 세계여행_러시아 횡단 편

김씨 효과(Kim's effect)

서쪽으로 얼마나 빨리, 얼마 동안을 달리면 하루를 더 길게 지낼 수 있나를 계산해 보기 위해 간단하고 엄밀하지 않은 산수계산을 해 보자.

지구의 지름은 대략 적도에서 12,756.2km이다. 그러나 시베리아횡단 도로는 대체로 북위 55도에 있다고 볼 수 있고, 북위 55도에서 지구의 둘레는 아래와 같이 계산된다(C: 원둘레, D: 지름, Dearth: 지구 지름, rN55: 북위 55도에서의 지구둘레의 반지름, CN55: 북위 55도에서의 지구 둘레, Vsun: 태양의 지표면 속도).

$$C = D \times \pi$$
$$r_{N55} = \frac{D_{earth}}{2} \times \cos(55°) = 3,658.3km$$
$$C_{N55} = r_{N55} \times 2\pi = 22,986.0km$$

태양은 24시간을 걸려 같은 지표면의 지점으로 돌아온다고 생각하면, 북위 55도에서의 지표면에서 태양의 속도는 다음과 같다.

$$V_{sun} = C_{N55}/24h = 957.7km/h$$

즉, 북위 55도에서 태양의 지표면에서의 속도는 957.7km/h로 꽤 빨라, 여객기 정도의 속도지만 유한한 속도이고 만일 자동차가 100km/h 정도의 속도로 서쪽으로 달리면 태양이 지표면을 달리는 속도의 10% 이상의 속도로 해를 쫓아가는 것이 된다. 그래서 대략 10시간을 100km/h 정도로 달리면 해지는 시각이 한 시간 이상 지연되어 하루가 25시간보다 길어진다 할 수 있다.

이런 효과는 위도가 높아질수록 커진다. 적도에서는 시속 170km/h 정도로 달려야 같은 효과를 볼 수 있다.

B-16. 차량 보험

러시아는 입국할 때 통관 대행사에서 일괄하여 3개월 분의 차량 보험에 가입해 준다. 보험의 내용은 운전자 전용에, 우리나라에서 책임보험 정도에 해당한다. 보험료는 8,453루블(투싼, 2015/8월 기준 3개월 치)이었고, 이외에 항구처리비 2,500루블과 대행료 5,000루블이 추가되어 통관 대행사 지불 총액은 15,935루블이었다.

그린 카드

유럽에서는 자동차 보험을 그린카드라고 부르고, 그린카드 협약에 가입한 여러 나라를 한 번 보험에 가입하여 커버할 수 있다. 그린카드는 의무사항이 아닌 것은 분명하다. 나는 러시아에서 핀란드로 들어갔고, 핀란드 국경에서는 그린카드에 관해 묻지 않았다. 카드의 존재 여부를 묻지 않는 국경의 경우 보험을 파는 곳도 없다.

쉥겐 지역 내에서는 국경이 의미가 없으니 카드의 존재 여부에 대한 질문이 있을 리 없다.[9] 결국 핀란드를 통해 유럽을 들어간다면 유럽에서 그린카드 없이 다닐 수 있다. 나의 경험으로는 선진국에 해당하는 국경에서는 그린카드의 소지 여부를 질문받지 않았다. 영국이 그렇다. 핀란드도 마찬가지다. 아일랜드는 영국과 여행에 관한 협약이 있어 쉥겐조약국이 아니지만, 국경 검문조차 없다.

그렇지만 우리보다 못 사는 나라의 국경, 즉 러시아나 에스토니아, 라트비아 같은 데로 들어가면 그 국경에서 그린카드의 존재를 물을 것이다. 이런 곳에서는 거기서 그린카드를 사면 되는데, 그게 본인이 가는 곳을 다 커버하고 있는지는 살펴볼 필요가 있다. 일부 국가에서 산 것은 아일랜드에서 인정받지 못하는 경우가 있고, 보스니아나 마케도니아도 자동차 보험은 그린카드라고 하지만, 그건 그 나라에서만 통용되는 것이다. 일반적으로 르노-시트로엥의 리스 차량의 경우 보스니아와 마케도니아를 간다면 미리 말해야 한다는 내용이 있는데, 이 나라들은 아마도 일반적인 유럽의 자동차보험 연합과는 별개로 운영하는 듯하다.

어디서 가입하나

보험은 구입하는 그 나라에서만 유효한 것이 일반적이다. 유럽의 그린카드는 특별한 경우이고, 그 외의 모든 나라의 보험은 그 나라에서만 유효하다. 그리고, 해당 나라에 들어간 후에 살 수 있다. 보통 국경을 통과한 직후에 보험을 파는 부스나, 가게가 있다.

국경에서 가입하지 못하는 경우

그러나, 모든 국경에서 보험을 쉽게 구입할 수 있는 것은 아니다. 내가 들어간 핀란드의 국경만 해도 보험을 파는 곳이 없었다.[10]

---

9   경찰에 어떤 일로든 단속된다면 질문을 받을 것이다.
10   국경은 국경별로 사정이 다르다. 러시아-핀란드 국경 중에도 보험을 가입할 수 있는 곳이 있다.

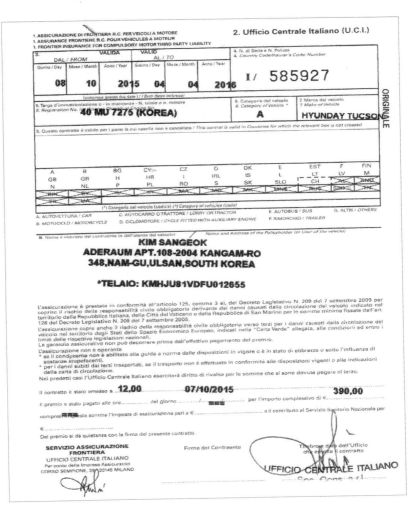

그림 1_인터넷으로 가입한 유럽용 그린카드 증서. 실제 색상은 그린보다 핑크에 가깝다.

(유효 국가: A: Austria, B: Belgium, BG: Bulgaria, CY: Cyprus, CZ: Czech Republic, D: Germany, DK: Denmark, E: Spain, EST: Estonia, F: France, FIN: Finland, GB: UK, GR: Greece, H: Hungary, HR: Croatia, I: Italy, IRL: Ireland, IS: Iceland, L: Luxembourgh, LT: Lithuania, LV: Latvia, M: Malta, N: Norway, NL: Netherlands, P: Porgutal, PL: Poland, RO: Romania, S: Sweden, SK: Slovakia, SLO: Slovenia, CH: Swiss)

나는 그린카드의 경우 인터넷에서 이탈리아 업체[11]의 것을 카드결제로 구매했고(390유로/6개월), 이메일로 증서 사진(그림 1)이 와서, 그걸 컬러 인쇄해서 들고 다니다가 국경에서 요구할 때 보여 주었다. 원본은 없느냐는 질문을 받게 되는데 그로 인해 시간이 좀 지체된다. 크로아티아 국경에서 그걸 검증했는데 시간이 한 시간 정도 걸렸다. 정확히 어떻게 검증했는지는 알지 못하는데, 아마도 업체에 전화한 것이 아닌가 생각한다.

내가 여행 중 그린카드에 관해 소지 여부를 질문받은 국경과 결과는 아래와 같다. 여기 언급되지 않은 국경에서는 그린카드에 관해 묻지 않았고 보험에 가입하지 않은 채로 운행을 했다. 인터넷에서 구매했던 그린카드 종료 이후, 보험 없이 운행했던 국가는 우크라이나, 루마니아, 불가리아, 그리스, 조지아, 우즈베키스탄(출국할 때 구매), 러시아(귀국할 때 구매)다.

○**불가리아 → 마케도니아**: 마케도니아용 그린카드를 구매해야 한다. 최소가 2주 단위, 50유로
○**몬테네그로 → 보스니아**: 보스니아 그린카드를 구매. 최소 1주, 30유로
○**보스니아 → 크로아티아**: 그린카드 존재 여부를 확인했다. 인터넷에서 구매한 사진복사본에 대해 검증을 한 시간에 걸쳐서 했다.
○**크로아티아 → 슬로베니아**: 그린카드 존재 여부 확인. 크로아티아에서 한 시간 검증했다고 말하고 통과. 통과는 한 30분 이상 걸렸다.
○**불가리아 → 그리스**: 그린카드가 있냐고 물었으나, 기존의 것은 종료된 상태라 구매해야 한다고 말했다. 그러나 파는 곳이 없어서 결국 없는 채로 통과했으나, 조건은 다시 불가리아 국경으로 오지 않는 것이었다. 다시 불가리아로 간다면 그린카드를 사서 오라고 했다. 나는 터키로 갈 거라 했다.

C. 347일간의 비용

조건은 아래와 같다.

○2인[어른+12세(출발 시 만 11세) 어린이], SUV 한 대를 타고 여행
○러시아를 횡단한 후, 유럽, 터키, 이란, 중앙아시아를 거쳐, 다시 러시아를 통해 귀국

여행 내내 지출된 여행 경비는 'Mint T Wallet'이라는 앱을 이용하여 기록했다. 아쉽게도 유료 버전을 사지 않아서 주로 발칸반도지역과, 이란, 중앙아시아 나라들의 비용은 유로나 달러의 당시 환율로 환산되어 기록되어 있다(유료 버전에서는 모든 나라의 통화 단위로 직접 비용을 입력할 수 있으니, 가능하면 유료 버전을 이용하시기 바란다).[12]

---

11 http://greencard.mototouring.com
12 블로그나 카페에서 전체 내역의 파일을 다운받아 앱에서 백업 파일을 읽어들이면(설정-가져오기) 그 내역을 볼 수 있다.

여행 일정 중에, 핀란드 헬싱키, 영국 런던, 크로아티아 자그레브, 귀국 직전의 러시아 블라디보스토크에 있던 기간 중 한국에 있던 가족이 합류하여, 가족이 전부 모여 생활했던 기간이 있는데, 이 기간의 경비는 완전히 입력되어 있지 않다. 또한, D+144일, 영국에서 텅 빈 주차장에 있던 쇠봉을 들이 받고 앞 범퍼 및 전조등이 탈락된 사고 후 수리 비용은 경비에 포함되어 있지는 않다. 이 경우는 일반적인 경우는 아니라 제외했다. 그 외에 일반적인 차량 정비비는 전부 차량-기타 항목에 기록되어 있다.

앱에는 예산을 먼저 등록하게 되어 있는데, 내가 등록한 금액은 4,000만 원이었다. 당시 전체 일정을 300일을 예상하였고, 내심 속으로는 그 안에 여행이 끝날 것이라 예상했었다. 그러나 결과적으로 여행은 300일을 훌쩍 넘어 347일이 되었고, 경비는 예산을 초과했다.

앱에 기록된 전체 지출 금액은 43,507,338원이다. 1개월당 400만원가량을 쓴 셈이다. 비용은 D+000부터 기록되기 시작했으니 여행 준비에 들어간 금액은 빠져 있다. 그 내용은 여행 준비 단계의 포스팅을 참조하면 된다.

전체 경비에서 중 가장 큰 비중을 차지하는 것은 1,675만 원가량 지출된 숙박비다. 만일 차에서 숙박을 해결한다면 이 비용을 줄일 수 있는 것이고, 이 비용 아래로 캠핑카나 카라반을 구입하여 운영하는 것은 충분히 가치가 있다 할 수 있다. 숙박은 대체로 부킹닷컴(Booking.com)을 이용하여 주차와 와이파이가 가능한 조건으로 가능하면 저렴한 수준에서 선택하였다. 북유럽과 영국의 숙박비가 비쌌고 나머지 지역에서는 대체로 2인 1박당 한화 4만 원 이내에서 해결이 가능했다. 전부 독립된 방이거나 집 전체이고, 호스텔의 베드만을 이용한 경우는 없다.

두 번째로 큰 비중을 차지하는 것은 식비로, 780만 원가량이다. 식비 안에는 식당에서 음식을 사 먹은 비용뿐만 아니라, 결국은 먹어버릴 재료들을 슈퍼마켓 등에서 산 것도 포함되어 있다. 슈퍼마켓에서는 쌀을 비롯한 거의 음식 재료들만을 샀다. 이런 것들이 식비 안에 다 포함되어 있다.

세 번째는 교통비인데, 여기에는 스웨덴에서 뷔스비(Visby)섬에 갔다올 때 쓴 항공비, 유럽과 러시아에서 탔던 페리비, 지하철 비, 버스비, 블라디보스토크-동해 페리비 등이 포함되어 있다. 이란 까르네 비용, 여러 차례의 통관 비용 등도 여기 포함되어 있는데, 이건 좀 부적절한 것 같기도 하다.

네 번째가 주유비인데, 500만 원가량으로 전체의 11퍼센트 정도 된다. 영국과 북유럽에서는 연료비가 많이 들었지만 그 밖의 나라에서는 대체로 우리나라보다는 기름값이 쌌다.

다섯 번째가 입장료인데, 모아보니 생각보다 많다. 입장료에는 터키에서의 벌룬 투어, 각 지역에서 가끔 참여한 투어비 같은 것도 포함되어 있다. 뭔가를 보거나 체험하기 위해 들어간 금액은 전부 입장료에 포함되어 있다.

여섯 번째 차량-기타 항목에는 차량에 들어간 금액이 전부 포함된다. 세 번의 엔진 오일 교체 및 경정비, 인터넷으로 구입한 그린카드비, 각 지역에서 나라별로 구입한 차량 보험비, 통관비, 우즈베키스탄에서의 타이어 교체비, 서스펜션 조정비 등이 포함되어 있다. 그러나 차량을 배로 운송하는 비용은 교통비에 들어가 있다.

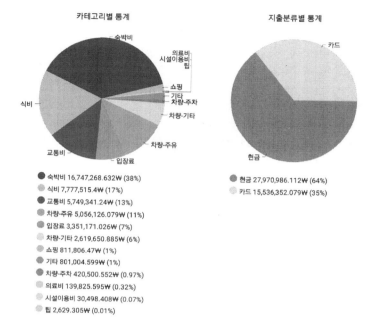

그림 2_앱에 기록된 여행 기간의 지출 내역 통계

C-1. 신용카드

전체 비용 중에는 환전 수수료와 카드 수수료는 빠져 있다. 카드를 이용한 것은 카드 이용으로 구분되어 있긴 하지만, 수수료까지 계산하기에는 여력이 부족했다. 아마 전체 비용에서 10% 정도를 더 추가하는 것이 실제 사용경비와 비슷할 것이다.

신용카드는 VISA 기능이 포함된 현대카드를 이용했고, 이 카드가 가장 활용성이 높았다. VISA 신용카드 기능이 있는 시티은행의 체크카드는 경우에 따라 숙박업소에서 결제가 안 되는 경우가 있었고, Maestro 기능이 있는 신한은행 글로벌 캐쉬 카드는 아주 드물게 결제가 되는 경우가 있긴 했지만 대체로 현금인출 용도로만 썼다.

D. 한국 운전면허 인정 국가

이 문제는 사실 모르고 있는 것이 여행을 계획하고 있는 분들에게 더 도움이 될지도 모른다. 마치 러시아의 거주등록제도를 엄밀하게 말하면 전부 무시하고 있는 것과 마찬가지로 이것도 마찬가지이며, 최악의 경우에도 추방당하거나 뇌물을 쓰고 나오면 되는 문제가 아닌가 생각한다.

D-1. 제네바 협약

우리가 국제 운전면허로 외국에서 운전을 할 수 있는 것은 제네바협약에 우리나라가 가입했고, 그 협약에 가입한 나라들은 상호 운전면허증을 제한된 기한 안에 인정을 해 주기 때문이다. 문제는 그 제네바 협약에 가입된 나라가 우리가 알고 있는 전 세계가 아니라는 사실이다. 대표적으로 중국이 그렇다. 그래서 중국에서 우리가 자유롭게 렌터카를 운전할 수 없는 것이다. 제네바 협약국은 표와 같다(표 5).[13]

제네바 협약국
아시아(19개국): 한국, 뉴질랜드, 라오스, 말레이시아, 방글라데시, 베트남, 스리랑카, 싱가포르, 오스트레일리아, 인도, 일본, 캄보디아, 키르기스탄, 타이완, 태국, 파키스탄, 파푸아뉴기니, 피지, 필리핀, (홍콩, 마카오)
유럽(36개국): 교황청, 그리스, 네덜란드, 노르웨이, 덴마크, 러시아, 루마니아, 룩셈부르크, 모나코, 몬테네그로, 몰타, 벨기에, 보스니아, 불가리아, 사이프러스, 산마리노, 세르비아, 스웨덴, 스위스, 스페인, 슬로바키아, 아이슬란드, 아일랜드, 안도라, 알바니아, 영국, 오스트리아, 이탈리아, 조지아, 체코, 터키, 포르투갈, 폴란드, 프랑스, 핀란드, 헝가리
아메리카(15개국): 과테말라, 도미니카공화국, 미합중국, 바베이도스, 베네주엘라, 아르헨티나, 아이티, 에콰도르, 자메이카, 칠레, 캐나다, 쿠바, 트리니다드토바고, 파라과이, 페루
중동/아프리카(32개국): 가나, 나미비아, 나이지리아, 남아프리카공화국, 니제르, 레바논, 레소토, 르완다, 마다가스카르, 말라위, 말리, 모로코, 몰타, 바베이도스, 베냉, 보츠와나, 부르키나파소, 세네갈, 시리아, 시에라리온, 아랍에미리트, 알제리, 요르단, 우간다, 이스라엘, 이집트, 중앙아프리카공화국, 짐바브웨, 코트디부아르, 콩고, 콩고공화국, 토고, 튀니지

비엔나 협약국
아시아(11개국): 베트남, <u>몽고</u>, <u>우즈베키스탄</u>, 인도네시아, <u>카자흐스탄</u>, 키르기스탄, <u>타지키스탄</u>, 태국, <u>투르크메니스탄</u>, 파키스탄, 필리핀
유럽(41개국): 그리스, 네덜란드, 노르웨이, 덴마크, <u>독일</u>, <u>라트비아</u>, 러시아, 루마니아, 룩셈부르크, <u>리투아니아</u>, 모나코, 몬테네그로, <u>몰도바</u>, 벨기에, <u>벨라루스</u>, 보스니아-헤르체코비나, 불가리아, 산마리노, 세르비아, 스웨덴, 스위스, 스페인, 슬로바키아, <u>슬로베니아</u>, <u>아르메니아</u>, 알바니아, <u>에스토니아</u>, 영국, 오스트리아, <u>우크라이나</u>, <u>마케도니아</u>, 이탈리아, 조지아, 체코, <u>크로아티아</u>, 터키, 포르투갈, 폴란드, 프랑스, 핀란드, 헝가리
아메리카(10개국): <u>가이아나</u>, 멕시코, 바하마, 브라질, 에콰도르, 우루과이, 칠레, <u>코스타리카</u>, 쿠바, 페루
중동/아프리카(23개국): 가나, <u>기아나</u>, 남아프리카공화국, 니제르, <u>라이베리아</u>, 모로코, <u>바레인</u>, 사우디아라비아, 세네갈, 세이쉘, 아랍에미리트, <u>아제르바이잔</u>, <u>이라크</u>, 이란, 이스라엘, 중앙아프리카공화국, 짐바브웨, <u>카타르</u>, 케냐, 코트디부아르, 콩고공화국, <u>쿠웨이트</u>, 튀니지

표 5_제네바 협약국과 비엔나 협약국(밑줄: 비엔나 협약 단독)

---

13 https://en.wikipedia.org/wiki/International_Driving_Permit

안타깝게도, 중앙아시아에 속하는 투르크메니스탄, 우즈베키스탄, 카자흐스탄, 타지키스탄은 제네바 협약국이 아니고 심지어 중동의 이란도 아니다. 놀랍게도 유럽의 독일과 크로아티아도 아니다. 흔히 시베리아횡단 후 그린카드가 싸다고 들어가는 라트비아도 아니다.

내가 들어갔던 나라 중 제네바 협약국이 아닌 나라는 아래와 같다.[14]

○**유럽:** 독일, 아르메니아, 우크라이나, 마케도니아, 크로아티아,
○**중동&중앙아시아:** 이란, 투르크메니스탄, 우즈베키스탄, 카자흐스탄

하지만, 결국 대부분의 서방국가들은 뒤에 설명된 양자협정과, 상호 조약으로 특별한 절차 없이 국내에서 발행된 국제운전면허가 그대로 인정된다. 독일, 마케도니아, 크로아티아, 라트비아 같은 나라들이 그렇다.

D-2. 비엔나 협약

제네바 협약에 가입국이 아닌 나라는 어디에 가입되어 있는가 하면 비엔나 협약에 가입해 있다. 그 나라들은 표와 같다(표 5).[15]

양쪽에 다 가입한 나라도 있다는 걸 알 수 있고, 독일과 크로아티아는 이쪽에 가입하고 있다. 중동의 이란, 중앙아시아에 속하는 나라와 몽골은 이쪽에 가입해 있다. 우리나라도 1969년 12월 29일 협약에 서명을 하긴 하였으나, 당시 소련을 비롯한 나라들의 우리 정부(남한)의 국가 대표성에 대한 이의제기로 협약 가입국 지위를 얻지 못한 것으로 보인다.

D-3. 정식으로는?

쉥겐조약을 회피하기 위해 양자협정을 이용할 수 있듯, 조약 가입과 무관하게 양국 간에 양자협정이나 조약을 체결하여 면허를 상호 인정한 국가들이 있고, 그것들은 아래에 정리되어 있다.

한국 운전면허 인정국가(지역)

외교부 해외여행안전 홈페이지인 0404.go.kr에 한국의 운전면허가 인정되는 국가와 지역이 표로 정리되어 있다.[16] 나열된 국가들은 제네바 협정, 양자 간 협정 또는 약정으로 우리나라 운전면허가 인정된다. 다만, 일부 나라에서는 해당국에서의 번역 공증이 필요한 경우가 있다(표 7). 이 표에도 여전히 미궁으로 남는 나라가 있긴 있는데, 한국인들이 차나 바이크를 몰

---

14   여행 당시에는 보스니아도 아니었던 것 같다.
15   http://www.unece.org/fileadmin/DAM/trans/conventn/CP_Vienna_convention.pdf
16   2017/9월 현재 표에 지역 분류상의 오류가 있다.

고 가기도 하는 중앙아시아의 타지키스탄이다. 타지키스탄은 비엔나 협약국이나 여전히 우리 나라와는 운전면허의 상호인정에 관한 협약이 없다. 다만, 타지키스탄은 반드시 통과를 해야만 하는 나라는 아니다.

국가/지역
아시아(26개): 네팔, 뉴질랜드, 대만, 동티모르, 라오스, 말레이시아, 몰디브, 미얀마, 바누아투, 베트남, 브루나이, 사모아, 스리랑카, 아프가니스탄, 오스트레일리아, 우즈베키스탄, 일본, 카자흐스탄, 캄보디아, 쿡아일랜드, 키르기스탄, 키리바시, 태국, 통가, 투르크메니스탄, 파푸아뉴기니, 팔라우, 피지, 필리핀, 홍콩
아메리카(24개): 과테말라, 니카라과, 도미니카공화국, 도미니카연방, 멕시코(아구아스깔리엔떼스주, 과나이후이또주, 게레로주, 뜰락스깔리주), 바베이도스, 바하마, 브라질, 세인트루시아, 세인트빈센트그레나딘, 세인트킷츠네비스, 아이티, 안티구아바부다, 에콰도르, 엘살바도르, 온두라스, 우루과이, 칠레, 캐나다, 코스타리카, 트리니다드토바고, 파나마, 페루,
미국: 메릴랜드주, 버지니아주, 워싱턴주, 매사추세츠주, 텍사스주, 플로리다주, 오레곤주, 미시간주, 아리조나주, 아이다호주, 앨라배마주, 웨스트버지니아주, 아이오와주, 콜로라도주, 조지아주, 사우스캐롤라이나주, 아칸소주, 테네시주, 하와이주, 펜실베니아주, 위스콘신주, 오클라호마주
유럽(39개): 그리스, 네덜란드, 덴마크, 독일, 라트비아, 루마니아, 룩셈부르크, 리투아니아, 마케도니아, 몬테네그로, 몰타, 벨기에, 보스니아-헤르체고비나, 불가리아, 사이프러스, 산마리노, 세르비아, 스위스, 스페인, 슬로바키아, 아일랜드, 아제르바이잔, 알바니아, 영국, 오스트리아, 이탈리아, 조지아, 체코, 크로아티아, 터키, 포르투갈, 폴란드, 프랑스, 핀란드, 헝가리
중동(16개): 레바논, 바레인, 리비아, 모로코, 사우디아라비아, 아랍에미리트, 알제리, 예멘, 오만, 요르단, 이라크(아르빌), 이란, 이스라엘, 카타르, 쿠웨이트, 튀니지
아프리카(35개): 가봉, 감비아, 기니, 기니비사우, 나미비아, 나이지리아, 니제르, 라이베리아, 르완다, 마다가스카르, 말라위, 말리, 모리셔스, 모리타니, 보츠와나, 부르키나파소, 상투메프린시페, 세네갈, 세이셸, 시에라리온, 스와질랜드, 앙골라, 에리트레아, 에티오피아, 우간다, 잠비아, 적도기니, 중앙아프리카공화국, 짐바브웨, 차드, 카메룬, 카보베르데, 코트디부아르, 콩고, 콩고민주공화국

표 6_한국 운전면허 인정국가(지역) 총 140개 국(밑줄: 비엔나 협약 단독 가입국)

대한민국 정부와 주재국 간의 운전면허 상호협정이 2015년 12월 24일부로 발효됨에 따라 주재국에서 대한민국 운전면허증으로 운전하기 위한 절차를 안내드립니다.

1. 대한민국 국민은 (1) 유효한 한국 운전면허증을 소지하고, (2) 우즈베키스탄공화국 영역 내에서 거주허가를 가지고 있어야 합니다. 2. 한국 운전면허증 앞뒤면 사본에 대한 공증 및 대한민국 법무부 아포스티유 인증서를 발급받습니다.
※ 법무부 아포스티유는 서울 종로구 종로5길 68 코리안리 빌딩 4층(외교부 여권과 건물)에서 받을 수 있습니다. 3. 발급받은 아포스티유 인증서와 한국 운전면허증을 가지고 주재국 공증사무소에서 우즈벡어로 공증을 받습니다. 4. 상기와 같은 조건하에 대한민국 운전면허증은 해당 운전면허증 소지자의 필기 또는 실기 시험 응시를 요구함 없이 우즈베키스탄공화국 영역 내에서 발급한 우즈베키스탄 운전면허증과 동일한 효력을 갖는 것으로 인정됩니다.(협정 제1항, 제2항) 5. 기타 사항은 대사관 252-3151 3, 김용현 영사, 이철우 행정원에게 문의 바랍니다.

표 7_대한민국 정부와 우즈베키스탄 정부 간의 운전면허 상호 인정 및 교환협정에 대한 안내

우즈베키스탄

우즈베키스탄은 비엔나 협약국이며, 한국과 면허를 상호인정해 주기로 하였으나, 면허를 인정받기 위해서는 절차가 필요하다. 알려져 있는 절차는 여행자를 위한 것은 아니고 주재원이나 유학생 등 현지에 주소를 가진 사람을 대상으로 한다. 현지에서 현지어로 번역하여 공증하는 절차가 필요해서 여행자 입장에서는 어렵다(표 7). 알고 보면 러시아를 비롯한 CIS 국가들에는 동네 곳곳에 공증사무소(Notary/нотáриус/노타리우스)가 많긴 많다. 뭐든지 공증을 해야 하는 듯하다.

우크라이나

우크라이나와는 2017년 2월 현재 상호 운전면허인정 협정을 추진 중이다. 2017년 초에 회의 예정이라 관련 문서를 찾을 수 있지만, 이후의 내용은 아직 없다.[17]

몽골

2015년 10월 이전까지는 90일 미만 단기체류 시 국제운전면허로 운전이 가능했으나,[18] 2015년 10월 몽골의 교통안전법개정으로 공식적으로는 한국에서 발행한 운전면허증과 국제운전면허증으로는 몽골에서 운전이 불가능하다. 따라서 한국인이 몽골에서 운전을 하기 위해서는 현지 운전면허증을 발급받아야 하는데, 운전면허증을 발급받기 위해서는 관광비자가 아닌 체류자격(거주증)이 있어야 하고 일정기간 운전교육을 받은 후 필기시험과 실기시험을 통과하여야 한다.

하지만 이런 변화를 국경 근무자들은 정확히 모르기 때문에, 현재도 차량으로 입경하고 있다. 입경을 확신하지는 말자. 입경이 가능하면 여행을 하고 안 되면 포기하면 된다. 여행은 계획보다는 상황에 맞는 적절한 대응을 하는 것이 중요하다.

카자흐스탄 내 자동차 운전 관련 대사관에서 공지한 내용을 알려드립니다.

1. 주카자흐스탄 대한민국대사관은 카자흐스탄 외교부와 우리 운전면허증 사용에 관한 협의를 하여, 카자흐스탄 외교부로부터 우리 운전면허증을 공인된 번역본(카자흐어 또는 러시아어)과 함께 소지할 경우 카자흐스탄 영토에서 개인 목적으로 차량운행이 가능하다는 답변을 공식적으로 통보받았습니다.

카자흐스탄 내 자동차 운전관련 참고하시기 바랍니다.

2. 우리 운전면허증 사용 관련 다소 혼선이 있었음에 대하여, 양해를 바랍니다.

표 8_주카자흐스탄 대한민국 대사관 운전면허증 관련 안내

---

17 외교부 보도자료 2016-12-08일자
18 https://www.facebook.com/permalink.php?id=192928334070531&storyfbid=611073695589324

카자흐스탄

CIS 국가에 대해서는 거의 비슷한 방식을 사용하고 있는 듯한데(표 8),[19] 사실상은 이런 절차 없이 운전하고 있다.

E. 국제운전면허의 범위

최근 차량을 반출하여 유라시아횡단 여행을 계획하고 있는 경우에, 승용차나 SUV가 아닌, 소형 버스나 트럭을 개조한 캠핑카, 카라반을 이용하는 경우가 많아지고 있는 듯하다. 같이 가는 가족이 많은 경우 유용한 선택이 될 수 있으나, 출국하기 전에 반드시 짚고 넘어가야 할 점이 국제운전 면허의 범위에 관한 것이다.

실제 2015년에 소형 버스를 개조한 차량을 반출하였으나, 1종 보통 면허만을 소지한 채 출국하여 러시아 횡단은 하였으나 핀란드입국에 문제가 생겼던 경우가 있다. 운전자 혼자 부랴부랴 국내로 들어와 1종 대형면허를 취득한 후 다시 출국한 사례가 있었다. 아마도 다른 경로를 통해 유럽 진입을 시도해도 같은 문제가 발생할 것이다.

결론적으로 말하자면, **운전석 외에 8개(승객의 수는 차량등록부에 명기되어 있다) 이상의 좌석을 가진 버스나(D), 3.5톤 이상의 트럭(C)을 개조하였거나, 피견인차가 있는 경우는 운전자가 '1종 대형' 면허를 소지하여야 한다.** 그래야 국제면허증상 적절한 운전 범위인 'category C/D'에 도장을 받을 수 있다.

적절한 면허가 없다면 먼저 그 면허를 취득한 후에야 운전에 적절한 국제면허증을 발급받을 수 있다. 이는 국내 1종 보통면허의 경우 15인승까지의 승합자동차 운전이 가능한 반면에 국제면허증의 category C/D의 허가 기준은 '1종 대형' 면허에서나 가능하기 때문에 생기는 문제이다.

그림 3_ 여행 내내 가지고 다닌 국제면허증. 1종 보통면허는 'B'에 도장을 받는다.

---

19 http://cistoday.com/카자흐스탄내-자동차-운전-관련-안내문대사관-공지/

E-1. 구조 변경 시 고려 사항

만일에, 11인승 승합차[20]를 구조 변경할 경우 엄밀히 말하면 문제가 생길 수 있다. 국내에서는 11인승을 1종 보통 면허로 운전할 수 있지만, 1종 보통 면허로는 'category B'에 도장을 받게 되는데, 11인승이면 국제면허는 'category D'에 도장이 필요하기 때문이다. 합법적으로 구조 변경을 해서 등록증상에 승차 정원이 8인 이하로 표기된다면 큰 문제가 없겠다. 물론 공차중량도 3.5톤 이하여야 한다.

그러나 비합법적 구조 변경이면 차량의 등록증상에는 여전히 11인승으로 표기되어 있을 터이니 문제의 소지가 있다. 그런데 영문 차량등록증은 정해진 규격이 없어서 승차 정원을 굳이 표기하지 않을 수 있지만 일부 국경(예: 폴란드-우크라이나)에서는 오히려 국문 차량 등록증을 보기도 하는 것이다. 만일 국경의 직원들이 차량의 크기 등을 봐서 일반적이지 않다 판단이 되면 문제가 생길 수 있고, 증빙서류를 요구할 텐데, 그때 적절한 서류를 증빙할 수 있어야 할 것이다.

가장 간단하고도 확실한 해결책은 국제면허증상에 'category D'에 도장을 받을 수 있도록, 1종 대형 면허를 취득하는 것이다.

F. 국경 통과에 관한 안내

한국은 삼면이 바다인 반도 국가이고, 유일한 육로인 북쪽은 휴전선에 막혀 있어, 육로를 통하여 국경을 넘는 경험을 해 볼 수 없다. 여행을 시작할 무렵 육로 국경을 통과해 본 경험이 전혀 없었기 때문에 어떤 절차를 통해 국경을 통과하는지 궁금하기도 하고 자료가 너무 없어 불안했던 기억이 있다.

기본적으로 육로 국경 통과도 공항을 통한 출입국과 크게 다르지 않다. 다만, 차량이라는 크고 비싼 물건과 소지품들이 많아서 세관의 통과에 시간이 조금 더 걸릴 뿐이다.

F-1. 기본 원칙과 팁

국경을 출입할 계획이 있다면 구글에서 '나라1 나라2 border crossing' 따위로 검색해 보면 어떤 국경이 더 수월한지, 어떤 국경이 열려 있는지 등등의 정보를 좀 찾을 수 있다. 위키백과의 국경 정보는 대체로 맞다.[21] 다만, 난민 사태 등으로 국경의 개방 여부에 변동이 있을 수

---

20 엄밀하게 말하면 11인승이면 '중형'승합차에 속해 일시반출을 할 수 없을 가능성이 많다. 그러나, 합법적으로 캠핑카로 구조변경하면 일시반출 할 수 있다. 10인승 이상이 승합차이고, 길이가 4.5m가 넘으면 중형에 속한다.

21 예: https://en.wikipedia.org/wiki/Land_border_crossings_of_Turkey

있기 때문에 최신 정보를 찾기 위해 노력해야 한다. 기본적으로 필요한 서류는 여권, 차량의 등록증, 차량 세관서류(일부 국가), 출입국카드(일부 국가), 차량 보험증서(일부 국가), 현금보유명세 (우즈베키스탄) 등이다.

❶ 국경 통과는 아침 일찍: 특히, 발칸반도에서 시작해서 중동, 중앙아시아 국경들은 반드시 가급적 이른 아침에 절차를 시작하여야 한다. 구글 검색을 통해 본인들이 출입국 할 국경이 몇 시에서 몇 시까지 운영이 되는지 반드시 파악하기 바란다. 유럽의 국경들은 시도 때도 없이 통과가 가능할지 모르지만, 중동과 중앙아시아의 국경들은 늦게까지 운영하지 않는다.

❷ 통과 여부 확인: 예를 들어, 터키와 아르메니아 사이에는 통과할 수 있는 국경이 없으나, 지도에는 옛 정보가 표시되어 있다. 지도만을 참고하여 통과할 수 있는 국경 사무소가 있다고 생각하지 말고, 국경 통과가능 여부는 사전에 확인하기 바란다.

❸ 자가운전 차량 통과 여부 확인: 지도상에 국경 사무소가 표시되어 있다고 해서, 그 국경으로 차량이 통과할 수 있다는 보장은 없다. 차량을 통과시키기 위해서는 차량을 검색하기 위한 설비나 인력이 갖추어져 있어야 하기 때문인 듯하다. 또한, 정기 승객용 차량은 통과할 수 있어도 자가운전 차량은 통과가 안 되는 곳도 있다. 사전에 그 국경이 자가운전 차량 통과가 가능한지 검색 등을 통해 반드시 확인하기 바란다.

❹ 한산한 국경과 복잡한 국경: 인근에 국경이 여러 개 있으면 그중 한산한 곳과 복잡한 곳이 있다. 구글 검색을 해 보면 평들이 좀 있다. 기본적으로 화물차가 많이 다니는 국경은 시간이 많이 걸린다.

❺ 여유를 가질 것: 처음 해 보면 당연히 긴장하겠지만, 자꾸 해 보면 여유가 생기긴 한다. 어쨌든 나는 보내줄 때까지 기다릴 수 있고, 어디든 머리를 대면 잠을 잘 수 있다는 여유를 가져라. 우리가 할 일은 기다리는 것 외에 특별한 건 없지 않나 생각된다. 아니면, 『미애와 루이의 여행』에서처럼 차를 몰고 사무실로 돌진하는 방법도 있다. 단, 여유를 가지려면 국경 절차를 일찍 시작해야 한다.

❻ 영어는 간단히: 국경에 근무하는 사람들도 러시아권에서는 영어를 전혀 못 할 수 있고, 한다 해도 그들의 영어 수준도 기초 수준을 벗어나기 힘들다. 그래서 우리가 영어를 쓸 때도 간단한 영어를 사용해 주어야 한다.

❼ 증빙 서류 준비는 철저히: 영국처럼 까다롭다는 곳이나, 우즈베키스탄처럼 말이 많은 곳은 말을 하다 보면 자꾸 뭔가를 보여 줘야 한다. 말보다는 증빙서류를 주는 것이 간단하고 믿을 만하다. "왜 이런 서류까지 가지고 다닙니까?"라는 질문을 받을 정도로 준비하면 문제가 없다.

F-2. 유럽의 국경들

유라시아 횡단 여행을 시작하는 러시아에 입국할 때는 대행사가 도와주기 때문에 특별한 어려움이 없지만, 러시아를 나갈 때부터는 혼자서 다 처리해야 한다. 다만, 첫 번째 국경을 통과해 보면 이후에는 다 비슷해서 특별히 어려울 것은 없다.

일단 유럽에 진입한 이후에는 쉥겐 지역 내에서는 국경 절차가 전혀 없다. 비쉥겐 지역인 영국이나, 기타의 나라로 나갈 때나 국경 통과 절차가 있다. 영국은 비쉥겐 지역이고, 아일랜드 공화국은 쉥겐 후보 지역이라 원칙적으로는 두 나라 사이에 국경 절차가 있어야 하지만, 두 나라 사이의 관광에 관한 협약에 따라 국경 절차가 없다. 재미있는 것은, 영국에서 도버해협을 건너 프랑스로 넘어올 때도 영국 측에서 절차가 있을 뿐, 프랑스 땅에서는 절차가 전혀 없다는 사실이다. 반대로 일부 국경에서는 출국하는 출경 사무소가 생략되고, 바로 다음 나라의 입국 사무소가 있는 경우가 있기도 하다.

헝가리에서 세르비아로 넘어오면서 쉥겐 지역을 나오게 되는데, 이때부터 국경 절차가 본격적으로 시작되지만 발칸반도는 그래도 유럽이고 이곳의 절차는 대부분 간단해서 한 시간을 넘는 경우가 거의 없다. 유럽 지역에선 우크라이나에 들어갈 때 두 시간 걸린 것이 가장 길었다.

우리나라의 고속도로 톨게이트와 같은 시스템이 있고, 차를 대고 여권과 차량 서류를 직원에게 건네주면 간단한 질문과 대답하는 것이 끝이다. 질문은 대부분 "어디를 가는가?", "어디에서 왔는가?" 등이다. 유럽 지역의 그린카드에서 제외된 국가를 입국하면, 입국 사무소 직후에 있는 판매점에서 자동차 보험을 가입한다.

영국은 입국이 다소 까다롭긴 하지만, 차로 세계여행 다닐 정도의 사람이면 최소한 불법체류할 사람으로 보진 않을 것이다. 그래도 일반적으로 준비할 것들을 준비하는 것이 매끄럽게 출입국하는 지름길이다.

크로아티아의 스플리트와 두브로브니크 사이에는 보스니아의 땅이 있어서 두 지역을 왕래할 때는 국경을 통과하게 되고, 정식의 출입국 절차가 있다. 그러나 스플리트에서 두브로브니크를 왕래하기 위해서 보스니아의 땅을 잠시 달릴 때 보스니아의 자동차 보험이 필요한 것은 아니다.[22]

크로아티아에서 오스트리아를 갈 때는 크로아티아에서 슬로베니아를 들어갈 때 쉥겐 지역으로 들어가게 되는데 거기서 출입국 절차가 있다. 슬로베니아와 오스트리아 사이에는 특별한 국경 절차가 없다. 두 나라가 쉥겐 지역이기 때문이다. 쉥겐 지역의 국경에는 과거 국경이었던 흔적이 있는 경우가 있다.

터키에서 아르메니아를 가려면 중간에 조지아를 통과해서 갈 수밖에 없다. 터키와 아르메니아 사이에는 통과할 수 있는 육로 국경이 없기 때문인데, 하루 만에 조지아를 들어갔다가 나가서 아르메니아로 입국했다. 아르메니아의 도착비자는 국경에서 만들 수 있다.

---

22   최근 이곳에서 자동차 보험을 언급하며 뇌물을 받고 보내준다는 얘기가 있었다.

F-3. 중동/중앙아시아의 국경들

중동과 중앙아시아의 국경에 들어오면 그간 유럽에서의 국경들이 수월했다는 것을 느낄 수 있게 된다. 그나마 이란을 들어갈 때는 대리인이 있어 맡길 수 있지만, 걸리는 시간은 적지 않다. 여기서부터는 최소 두 시간씩 출국과 입국하는 데 걸리곤 한다. 최소 네 시간은 국경을 통과하는 데 들어간다고 생각해야 한다.

그리고 또 하나 유럽 쪽과 다른 것은 국경 사무소의 형태가 기존의 톨게이트 형식에서, 관공서 형식으로 바뀐다는 것이다. 이런 형태는 터키에서 조지아로 넘어갈 때 터키 쪽 국경에서 나타난다. 차를 우리나라의 관공서 주차장 같은 곳에 주차한 후, 서류를 들고 건물 안으로 들어가서 여권에 출입국 도장을 받고 마지막으로 차량 통관을 한다. 물론 터키에서는 차량 통관이 그리 어렵지 않다. 입국할 때나, 출국할 때나 차량을 거의 보지 않는다. 하지만, 중앙아시아 쪽에서는 완전히 다르다.

중앙아시아 국가들은 가방을 열어보기도 하고, 심지어 X-ray 스캔을 하기도 한다. 방 안 책상 앞에 앉아 입출국 직원과 면담을 하기도 하고, 수많은 서류에 도장을 찍기 위해 이리저리 갔다 오기도 한다. 다만, 주위에 가는 곳을 일러주는 사람들은 꼭 있어서 아주 헤매지는 않는다.

G. 여행 시 의약품의 소지와 출입국 및 통관

여행 준비를 하면서 러시아를 비롯한 여러 유럽의 나라를 차로 여행을 하려면 차에 반드시 구급상자가 있어야 한다는 내용을 여기저기서 보게 됐다. 특히 러시아와 동유럽에서는 사악한 경찰들이 여행자들의 돈을 뜯는 한 가지 방법이 구급상자 안에 있어야 할 것들에 관하여 트집을 잡는 것이라 했다. 그래서 러시아에서 차량의 구급상자 필수항목을 살펴보았다. 대체로 필요한 것들은 표 12과 같았다.[23]

알고 보면 별것 아닌데, 필수품 항목에 봉합용 도구까지 있어야 된다고 되어 있어 조금 놀랍긴 하다. 결론적으로 말하면 그런 것은 없어도 된다. 본인들이 사용할 수 있고 필요한 것들로 상자를 채우면 되며, 러시아나 동구권의 경찰들이 그렇게 사악하진 않았다. 결국 우리의 구급상자는 그림과 같았다(그림 4).

---

23 http://www.justgorussia.co.uk/en/first_aid_checklist.html

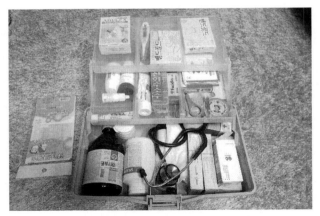
그림 4 여행 내내 가지고 다닌 구급상자

우리의 경우는 김밥 군이 천식이 있어 천식에 대비한 약들을 챙겨 갈 필요가 있었다. 사진의 상단 아래쪽 칸 왼쪽에 보이는 마개가 달린 플라스틱병이 심비코트라는 스테로이드 흡입제다. 총 세 개를 준비했고, 한 개로 열 번 이상 쓸 수 있다. 상자의 제일 아래 오른쪽에 고무밴드로 묶여 있는 약들이 싱귤레어라는 알약으로 천식 발작을 평소에 잡아주는 약이다. 김밥 군은 천식이 심하던 어린 시절에는 싱귤레어를 정기적으로 복용한 적이 있지만 여행을 시작할 무렵에는 정기 복용은 하지 않았고 간혹 상태가 나빠지면 한동안 유지하다 끊곤 했다. 천식약에 대해서는 소견서나, 처방전을 가져가는 게 안전했을 듯한데 가져가진 않았다.

제일 하단에 누워 있는 유리병은 '코푸시럽S'라는 기침약으로 일반의약품이다. 기침을 하는 것 자체가 기관지의 과도한 예민함을 조장하는 경향이 있어 기침이 있다면 이 약으로 미리 잠재우는 것이 좋기 때문에 한 병 준비해서 나갔다.

그 병 위쪽에 서 있는 작은 하얀 병에는 타이레놀이 들어 있다. 진통제, 해열제로 두루 쓰일 수 있다. 간혹 가다 두통이 있거나 온몸이 쑤시고 아플 때 종종 먹었다.

병의 옆에 보나링이라 적힌 거꾸로 된 병이 나의 어지럼증을 위해 준비한 약이다. 병 안에는 꽤 많은 수의 알약이 들어 있었고, 이 약에 대해서는 영문 소견서와 처방전을 준비했다. 최악의 경우에 모든 약들을 압수당한다 해도 이 약만은 지켜야 할 필요성이 있었기 때문이다. 이 약은 여러 군데 분산하여 최악의 경우에도 몇 알은 남길 수 있도록 여러 조치를 했다.

그 밖에는 가벼운 스테로이드 연고(리도맥스), 항생제연고(푸시딘), 진통제(안티푸라민) 등을 준비했고, 구급상자에 꼭 있어야 한다고 되어 있던 가위, 반창고, 밴드류, 체온계 등을 담았다. 청진기는 집에 있기도 하거니와, 혹시나 김밥의 천식이 심해지면 흡입제 등의 반응을 보는 데 도움이 될 듯하여 넣어갔지만(이걸로 내과의사 수준의 청진을 하진 못한다) 한 번도 쓰진 않았다. 이것 덕분에 국경 통과할 때마다 의사냐는 질문만 자꾸 받았다.

필수용품
반창고, 붕대와 안전핀, 탄력 붕대, 거즈, 비접착성 붕대, 상처 봉합용 반창고, 가위, 소독 알콜솜, 응급 반창고(밴드류), 봉합도구, 체온계, 족집게(핀셋)

의약품
설사약과 진토제, 항진균제 크림 또는 파우더, 항히스타민제, 멸균제(과산화수소수 또는 요오드액), 감기약, 진통제

기타 용품
칼라민로션, 벌쏘임 완화제, 알로에베라, 안용제, 탈수보충제 혼합물,개인용 약품과 처방약

표 9_러시아 차량 구급상자 품목

영국 런던에서 숙박하면서 베드버그에 물린 이후에 김밥 군은 관절염이 생겼고, 그 문제를 해결하기 위해 영국에서 다량의 이부프로펜(ibuprofen; 소염 진통제) 알약과 젤을 구입하였다. 처음 구입했을 때는 그 약을 얼마나 오래 복용해야 할지 감을 잡을 수 없었고 약을 구할 수 있을 때 많이 사 두자는 생각에 보이는 곳마다 들어가 구입했더니 꽤 많이 구매하게 됐다(한 번에 살 수 있는 통의 수가 제한이 있었다). 다행히 증상이 한 달은 넘지 않아서 약이 많이 남아서 전부를 다 들고 이후의 모든 국경을 통과했다. 우리가 통과했던 국경은 다음과 같다.

러시아-핀란드 / 네덜란드-영국 / 영국-프랑스 / 헝가리-세르비아 / 세르비아-불가리아 / 불가리아-마케도니아 / 마케도니아-알바니아 / 알바니아-몬테네그로 / 몬테네그로-보스니아 / 보스니아-크로아티아 / 크로아티아-슬로베니아 / 폴란드-우크라이나 / 우크라이나-루마니아 / 루마니아-불가리아 / 불가리아-그리스 / 그리스-터키 / 터키-조지아 / 조지아-아르메니아 / 아르메니아-이란 / 이란-투르크메니스탄 / 투르크메니스탄-우즈베키스탄 / 우즈베키스탄-카자흐스탄 / 카자흐스탄-러시아 / 러시아-한국

결론적으로 말하면, 대부분의 경우 의약품의 국경 통과는 큰 문제가 되지 않는다. 세관을 통과할 때 '드럭(drug)', '할루시노젠(hallucinogen; 환각제)', '날코틱스(narcotics; 마취제, 마약류)'가 있냐는 질문을 받으면 그런 건 없고, 의약품(medicine)만 있다고 대답을 해 주었다. 그러면 일단 보자고 한다. 구급약 상자와 약이 있던 주머니를 다 보여 주었다.

일반의약품(처방전 없이 살 수 있는)의 경우에는 약의 원래 상자에 그대로 담고 있는 것이 보다 부드럽게 넘어가는 요령이다. 우리의 경우 타이레놀은 원래의 약 병이 아닌, 그냥 큰 하얀색 약병에 담겨져 있었으나 큰 문제가 되지는 않았다. 일반의약품인 알약을 대량으로 소지할 경우에는 가급적이면 병원 등에서 쓰는 하얀색의 약병을 이용하는 것(병원 약국에는 많이 있다)이 보다 도움이 되지 않을까 생각한다. 그게 아니라면 영양제 등을 담는, 일반적으로 약을 담는

병을 이용하여 누가 보더라도 의약품이라는 것을 알 수 있게 하는 것이 도움이 될 것이다.

처방약이었던 보날링도 역시 큰 약병에 담겨져 있었으나 큰 문제가 된 적은 한 번도 없었고, 처방전을 보자거나 소견서를 보자는 국경은 없었다.

그러나 약약의 수가 너무 많고 너무 고민이 된다면 영문처방전과 소견서를 처방하는 의사로 부터 받아오는 것이 보다 안전하다. 하지만 러시아나 중앙아시아처럼 러시아권역인 경우에는 공무원들의 영어 해독력이 매우 떨어지므로, 정말 걱정이 된다면 한국어 처방전을 한-러 번역하여 공증을 받아 오는 방법이 있다. 인터넷에 '번역 공증'을 키워드로 검색하면 많은 업체를 찾을 수 있다. 처방전을 스캔하거나 정밀하게 사진 촬영하여 이메일을 보내면 수 일 안에 번역공증한 것을 받을 수 있다. 비용은 장당 십만 원 내외다.

G-1. 의사선생님이 영문 소견서와 처방전 발급을 기피하는 경우

간혹 이런 경우가 있을 수 있다. 이것은 그 의사선생님께서 이런 형태의 문서를 발급해 본 경험이 없어서일 가능성이 가장 많다. 의사라 해도 영어 작문을 다 잘한다는 보장은 전혀 없고, 아무래도 매일 하던 것과 다른 것을 하게 되면 스트레스가 생기는 데다, 더구나 외래환자가 많은 상황에서는 바로 발급하는 것이 많은 부담이 될 것이기 때문이다(영어 작문을 갑자기 해야 하는 것이다). 이런 경우에는 오늘 당장 발급하지 않아도 되니, 선생님이 가능한 때에 와서 받아가겠다고 하면 선생님은 저녁에 일이 끝나고 열심히 영어 작문 공부를 한 후에 서류를 발급해 주실 것이다.

경우에 따라서는 그 병원에서 사용하고 있는 전산 시스템에서 영문서류 발급이 안 될 수 있는데, 그 경우에도 굳이 병원 시스템이 아니라도 MS-word나 HWP 같은 문서에 작성하면 된다. 필요 서식을 인터넷에서 찾은 다음에 적당히 내용을 기입하고 출력하여 병원의 직인이나 의사선생님의 서명을 받으면 아무 상관이 없다. 이런 상황이면 인터넷에 떠도는 양식을 다운받아 가져다 드리면 된다. 경우에 따라선 내용까지 다 써서 가져다 드리면 더 좋아할 수도 있다. 물론 내용의 작성은 아는 의사의 도움을 받아야 할 것이다.

의사선생님의 이런 저런 이유로, 결국 영문 소견서나 처방전 발급에 실패한다면 그냥 한글로 발급받은 후에 한-영 번역 및 공증을 하면 된다. 한-영 번역 공증은 한-러 번역 공증에 비하면 싸다. 하지만 대부분의 경우 이럴 필요는 거의 없을 것이다.

G-2. 출입국 시

묻지 않으면 그냥 가면 된다. 굳이 본인이 약을 가지고 있다며 설레발을 칠 필요는 전혀 없고, 약을 들고 이게 뭐냐 물으면 그때 가서 본인이 설명할 수 있다면 차분하게 설명하면 되고, 상대가 처방전이나 소견서가 있냐고 물으면 보여 주면 된다. 일반적으로 '드럭(drug)'은 마약에 해당하는 말이니 절대 드럭이 있다고 대답해서는 안 된다. 우리가 가진 것은 의약품, 즉 '메디슨(medicine)'들일 뿐이다.

H. 차량의 선택과 정비

유라시아 횡단을 위한 여행에 어떤 차량이 좋을까 하는 고민은 여행을 준비하시는 분들은 누구나 한 번쯤 하게 될 것이고, 나도 했었다. 원래 나는 거창한 것을 싫어하고 최소한으로 뭔가를 할 수 있다면 그렇게 하는 스타일이다. 캠핑카나 카라반은 애초에 나의 목록에 없었다. 굳이 내 형편에 길에서 잘 필요는 없었고, 여행 후에 둘 데도 없었기 때문이다. 내 여행은 평소에 집에 가만있다가 휴일 오후에 어디 한 번 나가볼까 하는 심정으로 떠나는 여행이었고(시작은 그랬는데, 막상 출발 전에는 그게 아님을 깨달았다), 그래서 평소에 내가 출퇴근할 때 쓰던 '평범한' 차를 타고 나간 것이었다. 물론 잠은 국내 여행이라면 길 가다 나타나는 모텔에서 잤다. 내가 굳이 캠핑을 할 필요는 없다(물론 최악의 상황을 대비한 캠핑 준비는 했다). 내 캠핑의 이력은 2010년 그리스에서(국내에선 굳이 캠핑을 할 이유가 있을까) 성수기에 숙박을 구하기가 무지 어렵고 비싸다는 얘기를 듣고 생계형으로 해 본 것 외에는 없다. 나는 여행을 다녀도 잠은 잘 자야 하는 사람이다. 안 그러면 응급실에 실려 간다. 크로아티아에서처럼.

여행에 동반한 나의 차는 여행을 생각하고 구입한 차량은 맞다. 여행을 기획하면서 기존에 집에 있던 오래된 95년형 마르샤를 중고로 팔고, 새 차를 구입했다. 구입한 차는 현대 투싼ix 4WD이었다. 이 차를 20,300㎞가량 출퇴근에 쓰고, 특별한 장치의 부착이나 보강, 튜닝, 조정 없이 동해항에서 배에 실어 블라디보스토크로 갔다.

내가 여행을 떠나기 전 참조하며 둘러보았던 유라시아 여행에 관련한 블로그에 나오는 차량들은 현대 i30cw, 쌍용 액티언 등이었고, 내가 떠나기 몇 달 전에 소형 버스가 한 대 떠났다. 나의 여행에 가장 감명을 준 차량은 현대 i30 cw였다. 가장 평범한 차량으로도 이런 여행은 가능하다는 것이다. 여행에서 돌아온 지금, 내 차는 다시 내 출퇴근에 쓰이고 있다.

H-1. 4륜 구동이 필요한가

나는 4륜 구동이 가능한 차량을 선택했는데, 그게 정말 유용했는가에 대해서는 나로서도 명확한 해답을 줄 수는 없다. 다만, 몇 번의 경우에 의도적으로 차량의 주행모드를 4륜 구동으로 고정하여 달린 적이 있었다. 그 경우들을 아래에 나열했다.

❶ 러시아의 카잔을 가는 길에 만났던 40㎞가량의 진창길에서 의도적으로 4륜 구동으로 고정하였다. 4륜 구동으로 고정이 되면 속도는 30㎞/h 이내가 되는데, 그 정도 속도였다면 2륜 구동으로도 그다지 미끄러질 정도는 아니지 않을까 하는 생각이 들긴 한다. 하지만 어쨌든 그 당시에는 내 차는 4륜 구동이니 이 정도는 문제가 아니라는 믿음이 있었다. 물론, 이 길은 두 바퀴의 바이크로도 통과하긴 한다. 다만 그때 같이 여행길에 올랐던 바이크를 타고 간 분들은 내가 통과한 시간의 세 배 정도 걸렸다고 한다. 다행히, 최근 그 길을 통과한 분들의

정보에 의하면 지금은 포장이 완료됐다고 한다.

❷ 영국에서의 일이다. 스톤헨지가 유명하고, 그와 함께 유네스코 세계 유산에 등재된 에이브버리에도 스톤헨지와 비슷한 신석기, 청동기 유적들이 있다. 그중에 윈드밀이란 곳을 가는 도중 길은 비포장이고, 거대한 공사장 차량들이 많이 다녔었는지 길이 깊게 패였을 뿐만 아니라, 일부는 꽤 심각한 진창길이었다. 그 길도 일반 차량으로는 마음을 졸이며 통과를 하든가 포기하는 수밖에 없는 길이었다.

❸ 우즈베키스탄에서 국경을 통과하여, 카자흐스탄의 쉼켄트로 갈 때의 일이다. 국경을 통과하고 차량 보험을 만든 후 들뜬 마음에 별생각 없이 출발한 나는 영문도 모른 채 차가 개울의 끝부분으로 떨어지기 직전의 상황에 처해졌다. 차는 거의 45도 정도로 우측으로 기울었고, 주변에 있던 사람들의 도움으로 간신히 차량의 창문으로 탈출했다. 바깥에서 차의 상태를 본 김밥 군의 설명에 따르면 우측 뒷바퀴는 반 정도만 땅에 닿아 있고, 반은 공중에 뜬 상태였다고 한다. 그 상태에서 내가 먼저 한 것은 차량을 4륜으로 고정한 것이었고, 후에 주변 분들이 앞바퀴에 쇠줄을 감고 트랙터로 끌어당기는 상태에서 내 차가 다시 길 위로 올라갈 때 4륜 모드로 올라갔다. 만일, 내 차가 4륜이 아니었다면 그 상황에서 그렇게 올라갈 수 있었을지는 알 수가 없다. 김밥 군은 앞바퀴의 상태는 보지 못했다고 한다.

정작, 원래 4륜 구동 차를 사게 만든 터키에선 차량의 엔진출력 저하 문제로(이 문제는 출발 전에 무슨 대책이 가능한지 잘 모르겠다. 결론적으로는 장시간 고속 운전으로 발생한 터보챠져의 문제였다. 시베리아에선 하루 열 시간 이상 시속 100㎞/h 이상으로 달리기도 했기 때문이다. 귀국 후 교체했다), 가능한 평탄한 길들만 골라 다녔고 거기에선 크게 4륜 구동이 꼭 필요했던 길들을 달린 기억이 없다.

H-2. SUV의 장점

현대 투싼은 SUV이긴 하지만, 현대의 광고에서도 나오듯이 '도심형' SUV이다. 본격적으로 철골이 있는 오프로드형 차량은 아니다. 그러나 이런 차량이 현대 i30나 쏘나타 같은 차량보다 유라시아 횡단 여행에 나은 점이 있다면 차고가 높다는 점이다. 중국에 가보면 일반 승용차, 특히 택시들의 차고가 우리나라보다 높은 것을 쉽게 알 수 있는데, 중국은 우리보다 차들이 비포장도로를 달려야 하는 경우가 많기 때문이다.

시베리아 길에만 해도 비포장도로는 많고, 영문도 모르게 길이 푹 패인 곳은 많다. 이런 길에는 확실히 차고가 높은 차가 유리하다. 조용히 포장된 길만 다닐 작정이라면 굳이 SUV가 필요한 것은 아니다. 소형 버스도, 카라반도 충분히 그런 길은 갈 수 있다. 그러나 공연히 좀 더 빠른 길이라는 생각에 우연히 산길이라도 가게 되면, 기가 막히게 험한 비포장의 산길에 빠지는 경우가 있다. 불가리아에서 그랬다. 결국 그 길은 차량 통행이 금지된 길이었다는 것이 나중에 밝혀졌는데, 가다 보면 그런 길에 자기도 모르게 빠져 있는 경우가 있다. 물론, 내 차는 이런 길이라도 갈 수 있다는 생각을 하고 있으니 꾸역꾸역 그런 길을 갔고, 위험을 감수한 측면이 분명히 있긴 하다.

H-3. 차량의 크기

여행을 다니면서 여러 나라의 차량의 크기를 보면 북미, 중국, 한국 정도의 차가 크고, 나머지 세계의 경우는 차들이 현저하게 작다는 것을 알 수 있다. 유라시아 횡단 여행에서는 유럽 지역을 들어가게 될 것인데, 유럽 지역의 사람들은 고속 운전도 잘하지만, 주차 실력 역시 보통이 아니라는 것을 가보면 알 수 있다. 차의 크기가 우리보다 현저히 작으니 우리가 차마 주차를 하려고 생각하지 않는 곳에도 주차를 하곤 하고, 당연하게 생각한다. 유럽에선 우리나라의 아반떼 정도만 되어도 아주 큰 차에 속하고(영국에선 내 차를 본 숙소 주인이 차가 '아주 크다'며 특별히 문이 있는 주차장을 주기도 했다), 평균적이라고 하면 폭스바겐 골프 정도가 되겠다. 주차장이나 골목의 폭이 전부 그런 놈들에게 맞춰져 있다는 것을 염두에 두어야 한다. 결국 구시가지에 들어가 주차를 계획한다면 그 이상의 크기의 차는 곤란을 겪게 될 것이다. 또한 유럽 지역의 시내 인근의 P+R 주차장의 경우 캠핑카의 주차는 금지되어 있다는 점을 알고 있어야 한다.[24]

숙소에 전용 주차장이 있다고 표기되어 있던 곳들의 주차장도 출입하기가 힘들었다. 유럽의 차들은 입구가 좁거나 극단적인 진입각을 가진 주차장에 쉽게 들어갔다 나왔다 할지 모르지만, 투싼 정도의 차도 그런 주차장을 들어갔다 나오는 것이 아주 쉬운 일은 아니었다. 전용 주차장이란 말이 '쉽게' 들어갔다 나올 수 있는 주차장이란 의미는 아니다.

H-4. 정비를 한다면

347일의 여행 기간 동안 거의 새 차에 가까웠던 내 차에서 고장이 일어났던 부분을 나열하자면 다음과 같고, 이런 부분을 신경 써서 보강이 필요할 경우 보강하면 될 것이다. 다만, 나처럼 국내까지 돌아올 수 있다면 고장 난 채로 타고 다니다 그냥 갔다 와서 싹 수리해도 된다. 그 외에 고려할 점도 추가했다.

타이어

나는 차를 구입할 때 장착된 타이어를 20,300㎞를 주행 후 그대로 타고 나갔다. 그대로 돌아올 수도 있었으나 투르크메니스탄을 종단한 이후 전방 좌측 타이어에 심각한 파손이 발생하였기에 결국 우즈베키스탄에서 전방 타이어만을 교체했다. 비포장 길을 고속주행하다 보면 (비포장 길을 왜 고속주행하냐고 하겠지만, 500㎞ 사이에 잘 만한 곳도 없기 때문에 그럴 수밖에 없다) 그런 일이 생긴다. 나중에 귀국해서 안 사실이지만, 휠 자체도 금이 갈 정도의 충격이 있었던 것이다.

여행을 시작하기 전에 누군가 '좋은 타이어'를 달고 나가라는 말을 한 적이 있었는데, 그때는 그 '좋은 타이어'의 조건이 무엇인지 알지 못했다. 여행을 마친 지금에야 그 '좋은 타이어'의 조건을 알게 되었는데, 그 '좋은'의 조건은 바로 '하중지수'가 높은 것이었다.

---

24 물론, 캠핑카는 캠핑장을 가면 되고, 캠핑장에는 일반 승용차도 갈 수 있다

○H타이어: 다이나프로 HL2 RA35 (225/55R18) 하중지수 98
○K타이어: CRUZEN HP91 (225/55R18) 하중지수 109W

대표적으로 현대 투싼ix 모델에 장착될 수 있는 위의 두 규격의 타이어 중에는 하중지수가 109인 K타이어 크루젠 HP91이 유라시아횡단 여행에는 유리하다. 하중지수가 높은 것이 타이어가 고속으로 어딘가 뾰족한 곳에 처박혔을 때 터질 확률이 낮은 것이다. 물론 당연히, 고성능의 타이어는 비싸다.

서스펜션

유라시아 여행을 비슷한 시기에 떠났던 차들 중에 대부분은 러시아에서, 또는 러시아를 통과하여 유럽에 들어간 후에 한 번쯤 서스펜션에 문제가 생겨 조정을 했다. 내 차는 거의 신차에 가깝기도 하고 짐이 상대적으로 적은 데다 뒷자리에는 11~12세 김밥 군 혼자 타고 있었기 때문에 그랬는지 여행 막바지까지도 큰 문제가 없었다. 어떤 분은 뭔가가 부러진 경우가 있었고, 뒤에 성인 여자분 두 분을 태웠던 어떤 분은 차가 너무 내려 앉아 스프링을 교체하였다.

그러다가 결국 나도 거의 여행의 막바지인 카자흐스탄의 알마티에서 탐갈리 암각화를 보러 갔다가 차량이 아래로 푹 꺼져 있는 것을 보고 화들짝 놀랐던 적이 있었다. 결국 알마티의 정비업소를 수소문하여 찾아가 겨우 조정을 하고 한국까지 돌아올 수 있었다.

여행길은 멀고, 길은 휠이 깨질 만큼 충격을 많이 주는 환경이다. 당연히 서스펜션은 중요한데 나는 아무런 튜닝 없이 나갔고 한국까지 돌아올 수는 있었으나 한 번 조정을 했다. 그나마 조정을 해서 균형이 맞긴 했는데 한국에 와서 현대자동차 서비스센터에 보여주니 모조리 갈아야 하는 상황이라고 했다. 뒤에서 보면 바퀴들이 한자 'ㅅ' 자로 누워 있었다.

서스펜션의 튜닝은 비싼 것은 무지 비싸고, 차고만 낮추거나 높이는 방식이 있다는데, 차고만 조정하는 것은 큰 의미가 없으니 하려면 비싼 방식으로 해야 할 것이다. 그게 아니라면 나처럼 여행 마치고 와서 다 갈면 된다. 갔다 오면 다 갈아야 하는 상황이 되는 것이다.

선팅 규제

한국에서 운행되는 승용차는 거의 다 소위 선팅이란 것을 하고 있는데, 러시아나 대부분의 유럽에서는 이에 대한 규제가 있다(실은 우리나라도 마찬가지다). 러시아의 차량 창문 광 투과율에 관한 자료를 찾아 보면 운전석 앞창과 옆 창의 경우 사실상 선팅이 되어 있으면 안 된다.

위키백과의 정보(https://en.wikipedia.org/wiki/Window_film)에 의하면 러시아의 경우 차량 창문의 투과도가 GOST 5727-88에 규정되어 있는데, 앞 창은 75%(위쪽의 어두운 띠의 폭은 10㎝ 이하), 전방 측면은 70%이다. 후방 창에 대해서는 규정되어 있지 않다. 그러나 사실 이 규정은 국내도 마찬가지라서 사실상 국내에서도 선팅은 다 불법이다. 실제로 러시아에서는 경찰의 규제나 티켓 발부 시에는 뇌물을 주고 피해 간다고 한다.

그런데 여행 전에 찾아 본 블로그에는 실제로 러시아에서 경찰에 단속되어 경찰이 보는 앞에서 선팅지를 제거해야 했던 경우가 있었다(뇌물을 주었다면 안 그랬을 수도 있지 않을까). 결국 차량 전방과 운전석 옆 창문은 선팅을 제거하고 후방 좌석 측면 및 후방 창도 과도한 선팅은 제거할 필요가 있다.

기타

노후화된 차량을 가져갈 때는 배터리, 발전기 등을 교체하는 것이 좋고 냉각수 관련 부품, 타이밍벨트, 브레이크 관련 부품 등을 점검할 필요가 있다. 트랜스미션을 교체하려고 하면 가격이 만만치는 않을 텐데, 최소한 점검은 하는 게 좋을 것이다.

한 여행자는 주행 중 타이어가 빠져 버린 적이 있었고, 내 경우 타이어의 너트 하나를 잃어버렸다.[25] 주행 중 타이어가 빠지는 경우는 타이어 체결 볼트가 파손되는 경우에 일어난다고 한다. 너트 하나가 빠지면서 점점 다른 볼트와 너트에 무리가 가게 되면 결국 비슷한 현상이 일어나지 않을까 싶다. 노후화된 차량에서는 점검해 볼 일이다.

I. 내비게이션 및 지도

안드로이드나 아이폰이나 맵스미와 같은 오프라인에서 동작하는 내비게이션 앱은 많다. 데이터를 충분히 사용할 수 있는 조건에서는 구글맵을 사용할 수도 있다. 일부 여행자는 맵스미와 같은 오프라인 동작 가능한 앱과 함께 구글맵을 동시에 사용하기도 한다. 맵스미를 사용할 경우, 와이파이가 되는 곳에서 가고자 하는 곳의 지도를 미리 다운받아놓고 사용한다.

J. 요긴했던 물품들

J-1. 전기 밥솥

원래의 계획은 밥은 대부분 사먹는 것이었다. 밥은 가능하면 사먹고, 잠은 편하게 숙소에 가서 자는 것이 원래의 컨셉이었지 밥을 해 먹는것이 원래 계획은 아니었다. 그러나, 당장 D+006 에서부터 숙소 근처에 식당이 보이지 않았고, 불가피하게 밥을 해 먹을 수밖에 없었다. 물론 마트에 가서 빵을 사서 먹을 수는 있었으나 저녁을 그렇게 때우고 싶진 않았다. 내 여행 콘셉트는 밥은 사먹고, 잠을 잘 자는 건데, 저녁을 방에서 빵으로 때우는 것은 그에 맞지 않았다.

---

25   우즈베키스탄 히바에서 타이어 교체를 했고, 너트가 없어진 것을 안 것은 카자흐스탄 알마티에서였다.

준비한 밥솥은 차량의 전원으로 취사가 가능한 100W 정도의 제품이다. 2~3인의 밥을 한 번에 할 수 있다. 12V 10A의 DC 어댑터가 있으면 방에서도 할 수 있어서, 주로 호텔 방에서 취사를 했고, 차에서는 3번 정도밖에 하지 않았다. 숙소에 늦게 들어가는 것이 예상이 되어 있었던 경우에 미리 밥을 할 수 있도록 준비해 뒀다가 방에 들어가면서 밥을 먹을 수 있게 준비했다. 차량의 전원의 최대 용량이 100W 정도이기 때문에 이 이상의 성능의 밥솥은 차량에서는 사용할 수 없다. 최근에는 같은 크기지만, 바로 220V를 연결할 수 있는 제품도 있는데, 지금 다시 준비한다면 그놈을 준비할 것 같다.

쌀을 씻을 때 아래쪽으로 물이 들어가면 센서들이 오동작하기 때문에 주의하여야 한다. 여행 중반 이후 김밥 군에게 밥하는 것을 맡기고 나서 점점 기능상의 오류가 생기기 시작했고, 보스니아 모스타르에 있을 때 취사와 보온을 알려주는 LED가 전부 고장이 났다. 그래도 다행히 밥은 할 수 있어서 여행 끝까지 쓸 수 있었다. 취사에 40분 이상이 걸리는 게 단점이고, 물 끓이는 용도로 쓰기에는 시간이 너무 오래 걸린다.

J-2. 멀티 쿠커

멀티 쿠커는 김밥 군에게 자주 고기를 구워 먹여야 한다는 원래의 취지에 맞게 자주 사용됐다. 유럽지역에 들어가면 마트에서 스테이크용 쇠고기를 흔히 구할 수 있고, 간단하게 구워, 소금 정도로 간을 해서 간편하게 한 끼를 해결할 수 있었다. 대부분은 고기 굽기의 용도로 썼지만, 가끔 물을 끓이기 위한 용도로도 썼다. 찜기로도 쓸 수 있으나, 그런 용도로 사용한 적은 없다. 밥솥이 완전히 고장 났다면 아마 밥을 하는 데도 쓸 수 있지 않았을까 생각한다. 가끔씩 라면도 삶아 먹었고, 김치찌개, 된장 찌개를 끓이는 데도 썼다. 고기를 굽고 물을 끓일 때 쓰던 용기는 채소를 담아 두는 데 쓰기에도 좋았다.

J-3. 공구세트: 글루건, 납땜용 전기인두와 납, 테스터

평소에도 집에서 왠만한 문제는 직접 해결하고 있기 때문에, 이런 공구세트가 없으면 아주 불편하다. 여행 내내 끊임없이 파손되는 우산살을 고쳐야 했고, 차량에 장착했던 사제 TPMS(공기압장치)가 잘 안 빠져 공구를 동원해야 하는 경우가 꽤 있었다. 유럽 지역은 비가 오면 바람이 세차게 부는 경우가 많았고, 우산이 남아나는 경우가 별로 없었다. 출발할 때 우산 두 개를 들고 갔으나 독일과 영국에서 우산을 샀던 기억이 있고, 돌아올 때는 쓸 수 있는 우산은 없었다. 우산은 온갖 임기응변적 방법을 동원해서 고쳤다. 공구들 사이에 있던 WD400은 TPMS를 빼낼 때 많이 썼고, 독일에서도 하나 사서 썼다.

◆글루건

쓸모가 있을 듯한데 쓰진 않았다.

◆납땜용 전기인두와 납

밥솥의 전원부에 문제가 생겼을 때 전원 코드를 자르고 직결할 때 썼다.

◆테스터

밥솥 고칠 때 썼다.

J-4. 순간접착제

순간접착제는 뭔가를 접착할 때 두루 사용할 수 있는데, 예상 외로 가방을 수리하는 데 아주 요긴했다. 긴 여행에 가방의 천이 낡아 힘없이 찢어졌지만 순간접착제로 섬유조직을 모조리 붙여 버리니 여행 끝까지 문제가 없었다. 물론, 떨어진 신발을 수리하는 데도 아주 훌륭하게 쓸 수 있다. 내 신발은 불가리아에서 바닥이 완전히 떨어졌었으나, 접착제로 붙여 여행 끝까지 쓸 수 있었다. 순간접착제를 장기 보관하는 데는 냉장고가 아주 요긴하다.

J-5. DC-AC 인버터

차에서 복합기를 사용하거나, 김밥 군이 주행 중 차 뒤에서 노트북을 쓸 때 썼다. 이런 장치는 고장이 잘 나기 때문에(그리스 2차 여행 때 가지고 갔으나 여행초기에 고장이 나 거의 쓰지 못한 기억이 있다) 각각 다른 회사의 제품 두 개를 준비 했는데(필요한 퓨즈도 준비), 다행히 여행 끝까지 두 개 다 고장 나지 않았다. 진동에 약해서 아래에 충격흡수재를 많이 깔고 다녔다.

그러나 생각보다는 차 안에서 220V 전기를 쓸 일이 별로 없었다. 현재는 차량의 전원부에서 USB 형식으로 전원을 뽑아낼 수 있는 장치가 있고, 카메라나 휴대폰의 충전도 전부 USB 전원으로 할 수 있기 때문에 용도가 떨어졌다. 전기밥솥도 이 장치를 쓸 필요가 없다. 만일에 제빙기가 이걸로 동작할 수 있었다면 썼을 수 있겠지만, 차량에서 제빙기를 사용하는 것은 불가능했고, 제빙기는 가져가지 않았다.

사실 차량의 전원부에서 나오는 출력은 기껏해야 120W(12V 10A)정도이기 때문에, 실제로 인버터의 용량만큼 AC를 뽑아 쓰려면 충전지를 병렬로 연결해야 하는 것이라, 대용량 인버터를 쓴다고 다 해결되는 것은 아니다.

J-6. 응급도구

약을 가지고 다니는 건 어느 정도 필요할 뿐만 아니라, 일부 나라에선 응급도구가 차량에 반드시 있어야 한다는 규정이 있기도 하다. 필요할까 싶었던 약들이 요긴하게 쓰였다. 진통제로 타이레놀보다는 이부프로펜을 가지고 가는 것이 좋을 듯하다. 진통효과뿐만 아니라 소염제로도 쓰일 수가 있어서 유용하다. 소염제가 필요해서 영국에서 이부프로펜을 다량 구입한 적이 있었다.

J-7. 침낭

비상 상황을 대비하여 캠핑 준비를 했다. 텐트도 있고 쿠션 매트, 비 올 때 덮는 타프까지

다 있었다. 하지만, 캠핑을 해야 하는 상황은 끝까지 발생하지 않았으나, 그중에 침낭은 쓸 데가 있었다. 북유럽, 특히, 스웨덴이나, 노르웨이의 숙소 중에는 침대에 까는 린넨을 유료로 빌려야 하는 경우가 있다. 부킹닷컴의 예약 조건을 보면 그런 경우가 가끔 있는데, 그런 경우에 그냥 침낭을 가져다가 쓰고, 린넨 이용료를 내지 않았다.

러시아의 크라스노야르스크의 숙소에서 언어 문제로 말이 안 통하는데 난방이 잘 안 되는 경우가 있었다. 그때도 침낭을 쓸 수 있었는데, 미처 그때는 생각을 못 했다.

J-8. 복합기

각종 서류를 복사해서 여기 저기 보관하여 도난에 대비하고, 중동, 중앙아시아 지역의 비자를 발급받을 때 필요한 서류들을 복사하기 위해 복합기를 준비했다. 많은 사람들이 너무 과도한 준비라 하였으나, 이것은 꽤 쓸모가 있었다. 물론 없으면 다른 방법을 쓸 수 있겠지만 나는 이게 있었으니 누구에게 따로 도움을 구하지 않고, 언제든지 차에서 출력하는 것이 일상이었다. 페리의 예약증을 출력하는 데 많이 썼고, 몇 군데 관광지의 이티켓을 출력하는 데도 썼던 것 같다. 핀란드로 들어가서 그린카드를 만드는 서류를 출력해서 서명하고 스캔해서 전송하는 용도로도 쓰였고, 이란의 차량 까르네를 만드는 서류를 출력해서 서명하고 스캔해서 전송하는 데도 썼다.

이걸 준비한 것은 『미애와 루이의 여행』을 읽고 나서이다. 거기에는 동네 아이들의 사진을 찍어 기념으로 뽑아주는 장면이 나오는데, 아쉽게도 그런 낭만적인 사용은 한 번도 없었다.

문제는, 가지고 갔던 HP Envy D411a의 경우 부피가 작은 장점이 있었으나 잉크 카트리지가 호환성이 매우 부족해서 그리스에서 잉크를 사러 여러 군데를 돌아다녔으나 구하지 못해, 이후에는 사용하지 못했고(현재는 집에서 쓰고 있다), 결국 터키 이스탄불에서 저렴한 것으로 하나 더 샀다(잉크 카트리지 두 개의 가격은 싼 새 복합기의 가격보다 비싸다는 점도 새로 사는 데 한몫 했다). 투르크메니스탄의 비자 서류에는 컬러복사가 필수적이기도 하여(테헤란 영사관 근처에 컬러 복사집이 있긴 있다) 잉크젯 복합기를 우리 돈 6만 원 정도를 주고 구입했는데, 무게도 가볍고 여행 끝까지 성능을 발휘해 주었다(현재는 직장에서 복사기 용도로 쓰고 있다). 한국에서 들고 간다면 여행 기간을 고려해서 여분으로 잉크나 토너는 하나쯤 들고 가는 것이 좋을 듯하다. 이스탄불 이후 복합기를 두 개 씩이나 들고 다녔지만 이후의 국경에서 문제가 된 경우는 없었다.

J-9. 차량 긴급 시동 배터리

원래 이걸 산 목적은 차량 배터리 방전에 의한 긴급시동이었지만, 다행히 그 용도로 이걸 쓸 일은 없었다. 스마트키가 장착된 차량은 웬만해선 배터리 방전이 될 일이 없는 것이 장점이다. 도어락을 하면서 모든 전원이 차단되니 전조등을 켜두었다거나, 차량 실내등을 켜 두어서 생기는 배터리 방전은 안 일어나는 것이다.

그런데 이 제품의 경우에 노트북에 전원을 공급할 수 있는 잭이 준비되어 있는데, 이걸 쓸 일이 있었다. 러시아에서 길가에 있는 모텔에 이틀 밤 정도를 지냈는데, 거기는 공용공간에서

만 와이파이가 됐다. 그 공용공간에는 불행히도 전원단자가 없었고 노트북을 두 시간 정도 쓰면 배터리가 다 닳았지만 그때 이걸 쓰면 밤을 지낼 수가 있었다. 한 달에 한 번 정도 숙소에서 충전해 두고 썼다.

이것 외에도, 소형의 납배터리가 들어간 캠핑용 배터리를 하나 더 가지고 갔었다. 이건 원래 제빙기를 동작시키기 위해 샀던 것이나, 이걸 병렬로 연결해도 제빙기 동작은 무리여서 제빙기는 두고 배터리는 들고 갔었다. 긴급시동이나, 캠핑장에 가면 쓸 수도 있겠다고 생각했으나 캠핑장에 가질 않아서 쓸 일은 없었다. 이놈은 빨간 색에다 덩치가 좀 있어서 국경 세관 등에서 폭탄 등으로 의심을 사지 않을까 걱정했는데 단 한 번도 언급된 적은 없었다.

J-10. 외장 SSD

내 여행 사진의 해상도는 그다지 높지 않은 편이다. 보통 2Mbyte 기준으로 사진 촬영을 해서, 대체로 그 정도 크기의 사진들인데, 하루에 적어도 150장 이상을 찍은 듯하다. 박물관 같은 데를 가면 300장이 넘기도 한다. 블로그에는 올리지 않았지만 카메라로 동영상을 찍기도 하는데 그렇게 되면 용량을 가늠하기 어렵다. 내 경우 출발할 때는 노트북에 256GB SSD, 백업용으로 256GB 하나를 들고 갔으나 사진을 2중으로 보관할 필요도 있어서, 결국 중간에 총 네 개의 256GB SSD를 추가로 공수받았다. 전체 사진과 동영상은 347일 간 두 개의 256GB SSD가 필요했고, 각각을 동일하게 백업해야 해서 총 네 개를 사용한 것이다.

J-11. 차량용 냉장고

내가 구입했던 건 소위 독일제 기술이 들어 있다는 제품인데, 많은 여행기에서 이런 제품은 고장이 잘 나지만 내가 산 것은 여행 끝까지 제 성능을 발휘했다. 냉장고에는 항상 물 한 병이 들어 있었다. 중간중간에 담은 김치, 된장, 김치 담는 데 쓴 새우젓, 가끔씩 수박 반 통, 비상식량인 초코바 등을 보관하는 데 썼다. 냉장고가 없었다면 이런 걸 가지고 다닐 방법이 없었을 것이다. 펠티어(Peltier) 방식이라 고장 날 가능성도 꽤 낮다. 크기가 클수록 담는 데 스트레스가 작은데, 차량의 크기에 따라 제한이 되니 적당한 것을 골라야 한다. 내가 쓴 것은 26ℓ 용량이었다.

J-12. 전기 온풍기

러시아를 지나오면서 9월 동안 난방이 잘 안 되어 숙소에서 춥게 지낸 경우가 꽤 많았다. 그래서 핀란드 헬싱키에서의 가족 랑데뷰 때 공수받았는데, 이후 여행 내내 아주 요긴하게 썼다. 숙소가 난방이 잘 안 되는 경우는 종종 있기 때문이다. 물론, 전열기는 숙소에서 함부로 사용할 수는 없기 때문에 문제가 발생하지 않도록 조심해서 사용해야 하고 과열되지 않도록 주의하여여 한다.

J-13. USB 선풍기

의외로 냉방장치가 없는 숙소가 꽤 많았다. 핀란드를 향해 갈 때 여러 러시아의 숙소가 그랬고, 터키 이후 돌아올 때 여러 숙소가 그랬다. 본격적인 것은 부피가 크지만 작은 USB로 동작하는 선풍기가 의외로 도움이 됐다. 곁에 두고 노트북으로 일지를 쓰면서 노트북에 꽂아, 그 바람이라도 쐬고 있으면 시원해서 잠을 잘 때도 요긴했다.

J-14. 외장형 USB 와이파이 안테나

숙소 중에는 방에서 와이파이가 된다고 안내되어 있지만, 실제로 가보면 신호가 형편없이 약한 경우가 꽤 있다. 독일에서는 방 문 앞을 나가, 계단으로 조금만 내려가면 신호도 강하고 잘 되는데 방 안에선 거의 안 되는 경우가 있었다. 출발 전에도 이런 상황을 예상은 했는데 막상 어떤 제품을 사야 하는지 감이 잘 안 왔다. 그러다 여행 도중 USB 인터페이스를 쓸 수 있는 외장형 와이파이 안테나가 있다는 걸 알게 됐다. 안테나가 5dB 이상의 것이 달려 있어 노트북 자체의 안테나에 비하면 수신 성능이 높다. 인터넷 자체의 품질이 안 좋은 경우는 이걸 써도 별 수가 없지만, 신호가 약한 경우에는 아주 요긴하게 쓰일 수 있다. 영국에서 공수받아 쓰기 시작했다.

이런 안테나의 종류 중에는 '지향성'과 '무지향성'이 있는데, 공수 받은 물품 중에는 지향성 안테나도 있었다. 성능은 지향성이 더 좋은데, 공수받은 것을 보니 크기가 예상외로 너무 커서 이건 한국으로 바로 돌려보냈다. 크기가 크기도 하고, 그런 걸 들고 국경을 넘어가다 스파이로 오인받지 않을까 걱정이 되기도 했다. 작은 형태(손바닥만 한)의 지향성 안테나가 집 어딘가에 있었으나 어디에 있는지 알 수가 없어서 새로 구입해서 공수받았다. 비슷한 제품으로 신호증폭기(Repeater)라는 제품도 있는데, 이건 숙소를 옮길 때마다 뭔가 셋업을 해야 해서 구입했었지만 쓰진 않았다. 이런 제품도 안테나 자체는 무지향성이다.

J-15. 캠핑용 전기등

이것도 원래는 캠핑장에서 사용하려고 산 것이었는데, 캠핑은 한 적이 없고, 숙소에서는 쓸 일이 있었다. 방이 어두우면 왠지 기분이 별로 안 좋고 답답하기도 해서 숙소의 방은 항상 밝기를 원하지만, 항상 그런 건 아니다. 그런 경우에 이걸 보조로 켜 두면 아주 흡족했다. 여러 나라에서 꽤 자주 사용되었다. 처음에는 전기 코드가 너무 길다고 생각했지만 이런 용도로 쓰려면 전기 코드가 길어야 했다. 여분의 3파장 램프도 가지고 갔으나 여행 내내 램프도 고장 나지 않았다.

J-16. 워키토키

이전의 여러 여행에서도 워키토키는 항상 써 왔다. 나라마다 전파법규가 달라 장기간 그 나라에서 사용하는 것은 어렵겠지만, 각 나라에서 잠깐 잠깐 사용하는 데는 큰 문제가 없다. 아이에게 휴대폰을 주는 것도 무리는 있어, 해외에 갈 때는 이런 형태의 워키토키를 거의 항상 사용했고, 러시아나 베를린의 큰 박물관 안에서도 층이 다른 정도로 떨어진 조건에서도 교신을 하는 데 큰 문제가 없었다. 박물관에서 쓸려면 이어폰 마이크를 사용하는 것이 도움이 될 것이다.

J-17. 스마트 패드

스마트 패드는 운전이나 보행 중 내비게이션으로도 쓰이고, 누군가에게 길을 물을 때도 쓰이며, 여행 목적지를 계획하는 데도 쓰인다. 가끔은 S펜으로 일기를 쓰는 데도 썼다. 어떤 형태든지 매우 도움이 되는 것은 틀림없다.

J-18. 휴대용 좌변기

갈 길은 멀고 화장실은 고민이 되는 경우가 많다. 러시아의 시베리아 횡단 도로나 중앙아시아의 도로들에서 그런 경우가 많다. 없어도 해결할 수는 있지만, 이게 있으면 삶의 질이 꽤 올라갈 수 있다. 있고 없고의 차이는 명확하고, 생각보다 부피가 크지 않다. 접어두었다 펼쳐 쓰는 형태로, 트렁크의 짐 사이에 슬쩍 꽂아 두었다 들고나가 쓰면 된다.

J-19. 타이어 펌프

길은 멀고, 타이어는 스트레스가 많다. 여행 막바지쯤 타이어는 극도의 스트레스 상태에 있을 것이고, 공기압은 우리도 모르게 슬슬 빠져나갔을 것이다. 또한 긴 여행에 계절별로 타이어에 적합한 공기압을 유지해 주려면 펌프는 필수적이다. 인터넷이나 자동차용품점 등에서 전동식으로 5만 원 내외로 구할 수 있다. 내가 구입한 것은 Autocos 사의 제품이었다.

K. 해외에서의 통신

K-1. 전화와 데이터

요즘 인터넷 여행 카페 등을 가보면 여행 중에 데이터가 없으면 여행을 못하는 듯한 분위기다. 길은 전부 데이터가 필요한 구글맵을 쓰려고 하고, 여행 전에 여행책을 사서 볼 생각은 않고 현지에 가서 카페에 질문할 생각만 하고 있다. 혹자는 여행 책자의 내용은 오래되서 쓸모가 없다고 말하기까지 한다(나는 러시아 여행은 인투리스트(옛 소련 시절 국영 호텔)에 숙박해야 한다는 말이 나오는 십년도 이전에 절판된 러시아 여행책자를 들고 여행했다.).

나는 같은 시대에 살고 있지만, 다른 세계에 살고 있는 듯하다. 내 여행에는 애당초 인터넷 사용 여부는 숙소에서만 이였다. 숙소의 검색 기준은 항상 '주차'와 '무료 와이파이' 였다. 대부분의 여행자는 차가 없을 테니 주차가 필요하진 않을 테고, 대부분은 숙소에서 잘 테니 무료 와이파이 옵션은 유용하다. 다행스럽게도 무료 와이파이가 있는 숙소를 찾는 것은 어렵지 않다. 그래서 내 여행기는 거의 실시간으로, 지연 없이 여행 내내 지속될 수 있었다.

하여간, 나에게 데이터 사용 전략을 질문한 사람에게 준 나의 대답은 내 여행 계획에 원래 데이터 사용은 없었다였다. 그렇게도 여행이 가능한 것이다. 하지만, 나도 어쩔 수 없이 블라디보스토크에서부터 데이터를 쓰게 되었는데, 그건 차를 받을 때까지 같이 간 사람들과 연락을 하는 것이 불편했기 때문이다. 그들은 전부 오자마자 SIM을 구매해 데이터 연결이 되었고, 나만 숙소의 와이파이로 버티고 있었던 것이다. 차를 찾기 위해 통관업체에서의 연락을 카카오톡 채팅방으로 하자고 하니, 나 혼자 전화 좀 해줘요 할 수도 없고 참으로 곤란했다. 그래서 불편을 느끼다가, 가보니 단돈 500루블이면 된다 해서 나도 따라서 사게 됐다. 하지만, 이걸로 내가 한 것은 한국에 있는 마누라에게 나의 위치를 자동으로 전송해 준거 외에는 없었다. 그래서, 내가 차로 이동 중인 경우는 마누라의 휴대폰에 내 위치가 지도상에서 실시간으로 움직이는 것이 보였다고 한다.

러시아를 통과하는 동안에는 이동 중에 데이터 연결이 됐었음에도 페이스북 등에 여행 사진도 거의 올리지 않았다. 알고 보면 347일간의 여행 기간 내내 비용 대비 데이터를 가장 풍족하게 쓸 수 있었던 곳은 러시아였음이 분명함에도 그렇다.

내비게이션으로 쓴 맵스미는 오프라인에도 충분히 동작을 하고, 각종 지점의 검색도 잘 된다. 다만 구글맵이 할 수 있는데 맵스미가 못하는 것은 대중교통 검색이다. 여기서 저기까지 가는 버스나, 트램, 지하철을 검색할 수 없는 것이 최대의 단점인데, 이런 건 숙소에서 나올 때 미리 계획해서 나오면 되고, 점심 먹을 때 카페 등에서 와이파이를 써서 해결할 수 있다. 굳이 길바닥에서 데이터가 되어야 하는 경우는 거의 없다. 전부 준비의 문제일 뿐이다.

번역기도 구글 번역기는 오프라인으로 쓸 수 있다. 이것 역시 나라마다 언어 패키지를 미리 받아 준비해 두면 된다. 그리고, 몇 마디라도 할 수 있게 되면 사실 구글 번역기도 필요 없다. 이런 건 중국 여행을 해 보면서 깨달았다. 단 석 달만 중국어를 공부해도 번역기나 보조 앱 없이 중국을 자유여행할 수 있었고, 보조 앱을 쓰는 것이 더 불편했다.

물론, 어딜 갈 때마다 인증 사진을 SNS에 올려야 한다면 데이터가 꼭 필요하겠지만, 그런 게 왜 필요한가... 여행을 하다 보니 페이스북에 장소를 태깅 해 글을 올리면 자동으로 방문했던 곳이 지도상에 기록된다는 것을 알고부터는 나도 갈 때마다 한 번씩은 그걸 했었다. 그랬더니 여행을 끝마친 지금 페이스북의 방문 장소가 나의 경로처럼 기록되어 있긴 하다. 그러나, 이런 것도 낮에 사진을 찍고, 숙소에 들어와서 와이파이로 전송해도 된다. 장소 태깅만 하면 다 되는 것이다.

K-2. EU 지역의 새로운 로밍 규정

2017년 6월 15일 부터 EU 지역이 하나의 통화권역이 됐다. 여행을 다니던 당시만 해도, 무선 데이터를 쓰려면 해당 나라에서 유심 카드를 사거나, 영국에 갔을 때 3sim 을 사서 feel-at-home 이 되는 나라에서나 데이터를 썼었다. 당시에 여러 규정을 읽어 보니 EU 전체에 단일한 유심을 쓰게 하기 위한 규정이 준비 중이라고 했는데, 드디어 그것이 시행됐다. 이전엔, 해당 나라를 벗어나면 로밍 비용이 부과되었었는데, 이제는 그렇지 않게 됐다.

단 하나의 유심을 사면 같은 조건으로 EU(Schengen이 아닙니다) 국가 전체에서 사용 가능하게 된 것이다. 다만, 역시 각 SIM 별로 세세한 조건이 첨부되는 것은 어쩔 수 없다. 그러나, 이전보다 간편해지고, 가격이 내려간 것은 분명하다. 여행 당시 스웨덴에서 산 유심으로 독일에서 숙소에 전화하기도 했었는데, 전부 로밍으로 쓴 것이었다.

참고로, 유심을 부르는 명칭이 나라별로 조금씩 다른데, 유럽에선 '폰카드(Phone card)', '심 카드(SIM card)' 등으로 부르는 것이 일반적이고, 우리가 쓰는 유심(USIM)이라고 하면 못 알아듣는 경우가 많다. 독일어 권에선 '심 카르트'. 그냥 심을 사겠다고 하면 소위 말하는 탑업(충전)용 영수증만 끊어 주는 경우가 있으니 반드시 '카드'를 사야 한다고 말하는 것이 좋다.

새로운 로밍 규정에도 여전히 아래와 같은 제한은 있기 때문에 유의해야 한다.

- EU와 EEA 내에서의 비용은 낮아지나, 여전히 그 영역의 밖으로의 통신은 1,000배 정도의 차이가 있다. 스위스, 러시아, 벨라루스, 몰도바, 우크라이나, 몬테네그로, 세르비아, 보스니아, 알바니아, 코소보, 마케도니아, 안도라, 북사이프러스, 터키 등은 제외 된다.
- 규정은 로밍에 관한 내용만 다루기 때문에, 심을 산 나라에서 다른 나라로 전화할 때는, 외국에서 로밍상태로 심을 산 나라로 전화할 때보다 비쌀 수가 있다.
- 로밍 상태에서의 데이타 사용량은 심을 산 나라에서의 허용량에 비해 제한이 있다.
  보통 같은 회사간의 통신에서 할인이 있는 경우에도 로밍이면 적용되지 않는다.
- 발행된 국가에서 특정 국가로의 통신이 특별할인이 있다해도 로밍이면 적용되지 않는다.
- 보통 공짜로 통화가 되는 곳과 통신을 해도 로밍이면 비용이 있다.
- 모든 심이 EU 규정을 따르진 않아도 된다. 회사별로 조건에 따라 더 비싸거나, 더 싼 심도 있다.
- 회사가 사용량을 모니터링 해서, 로밍 사용량이 발행 국가내 사용량에 비해 현저히 많다면 추가 비용을 청구하거나, 사용을 정지시킬 수 있다.

K-3. 워키토키

대부분 휴대폰 심을 사서 다니기 때문에 별로 필요하지 않을지 모르지만, 같이 간 일행끼리 연락을 해야 할 경우, 해외에서는 받는 쪽도 통화료가 나가고, 거는 쪽도 통화료가 나가며, 통화요금은 국내 요금과 비교하면 당연히 더 비싸다. 중요한 순간에는 전화통화를 해야 하는데, 막상 통화하려고 하면 망설여지는 경우가 있다(따져보면 통화료가 엄청난 것도 아니긴 하지만…. 공연히 주유소에서 기름값 1ℓ당 몇십 원 아끼려고 하는 것과 비슷). 특히나, 남자 화장실, 여자 화장실로 나눠 화장실을 갈 경우 일행 간에 헤어져 버려 찾는데 한참 걸릴 경우가 있다.

가족끼리 일본 여행 중 한참이나 서로를 찾지 못하고 헤매면서도 막상 전화할 엄두를 못 냈던 일 이후, 여행용으로 생활 무전기를 장만했다. 현재 옥션에서 두 세트에 육만 원가량 하는 저렴한 제품인데, 당시에는 세 대에 육만 원 하던 상품이 있어 구매했다.

세 대를 들고 다니면 충전기는 동시 충전이 두 대밖에 안되서, 꼭 세대를 동시에 충전하려면 충전기 두 대를 들고 가야 한다. 하지만 써 보면 실제로 하루에 교신하는 경우가 많지 않아 매일 충전해야 하는 것은 아니어서, 충전기는 한 대만 들고 가도 된다.

일본과 중국에서 가족이 상당한 거리를 떨어지는 경우(시야에서 안 보이는..)가 많이 있었다. 특히 쿠처에서 투루판 가는 기차에서 서로 다른 객차를 타게 된 경우라든가, 아들과 나만 산에 올라가고 일행은 아래에 있는 경우가 있는데, 이런 경우에 매우 유용하고, 혼자서 빨리 돌아다니며(애를 데리고 다니면 빨리 움직일 수 없어서...) 숙소의 위치를 알아봐야 하는 경우에도 매우 유용했다. 우리 가족은 서로 시야에서 누군가 사라지면 무전기를 켜는 것을 약속해 두고 있다.

K-4. 항공기 탑승수속 시 주의점

건전지를 장착한 채로 X-ray 검색대를 통과하면 거의 항상 보안요원들이 가방을 열어보라고 하며, 그런 경우에는 이것이 생활 무전기임을 증명하여야 한다. 그래서 여행 다닐 땐 항상 원래의 상자와 함께 다니는 편인데, 미리 건전지를 분리하여 넣는 것이 좋다. 건전지가 분리된 경우 X-ray 검색을 통과해도 별다른 이야기를 듣지 않는다. 혹시나, 검색에서 뭐라고 하면 장난감("it is a toy...", 사실 아닌가)라고 얘기해 주면 된다.

본 제품을 수화물이나 들고 다니는 가방에 넣은 채 절차를 밟아 본 공항은 인천공항, 김포공항, 김해공항, 오사카 간사이공항, 나고야 중부 국제공항, 후쿠오카공항, 중국 서안 공항, 북경수도공항, 우루무치공항, 란저우공항 등이다. 이중 나고야와 오사카에서는 실수로 기내에 들고 타는 가방에 건전지를 넣은 채 검색을 통과한 적도 있다. 그 외에 중국 온갖 기차역과 버스터미널에 있는 X-ray 검색대를 통과했다(중국의 이런 곳은 원래 검색이 요식행위 같은 면이 있다).

여행지에서

공연히 볼륨을 높여두지만 않으면 주위 사람들은 별로 신경 쓰지 않는다. 아직 사용 중에 관심을 가지는 사람을 만난 적은 없다. 중국에서도 잘 사용했지만, 혹시나 해서 공안(公安)들이 눈에 띄는 상황에서 쓰진 않았다(해외에서는 공연히 트집 잡힐 짓은 안 하는 게 좋다).

법적인 문제

모든 무선기기는 기술적으로 어느 나라에서든 사용할 수 있다. 다만 나라별로 특정 주파수 대역에 대해 특정 용도를 지정해 둔 경우가 있다. 우리나라에서도 과거(현재도) 800MHz 주파수 대역은 휴대폰에서 사용하였고, 그다음 세대로 나온 PCS는 1.8GHz대를 사용했다. 문제는 이런 식으로 나라별로 사용하는 주파수가 다르기 때문에 모든 나라를 만족하게 할 수 있는 생활용 무선기기는 없다는 것이다. 그래서 나라별로 일반 대중이 사용할 수 있는 무선기기의 범위를 주파수 범위를 지정한 기준이 있는데 여행 시에는 참조할 필요가 있다(표 10).

나라	규격	내용
영국 EU	PMR446 UK	- 영국과 EU 국가에서 허가된 무선기 규격이다. - 주파수: 446MHz에서 8채널을 사용하며, - 출력: 탁 트인 곳에서 최대 2마일(3.2㎞) 정도의 성능 - PMR446을 준수하지 않는 경우 500mW 이하의 출력
미국 캐나다	FRS / GMRS	- 소비자용 무선기 규격 - 주파수: 462, 467 MHz에서 14~22채널
일본	CB (Citizen Band)	- 1987년부터 면허 없이 사용 가능 - 주파수: 27MHz 대역 - 출력: 500mW - 안테나: 외부 안테나 금지 - 최대 2m 이내의 장치에 부착된 막대 또는 휩 안테나만 사용
일본	SLPR422	- 면허 없이 사용할 수 있는 UHF 대역. 1989년부터 - 주파수: 422MHz 대역 (20ch 단 방향) - 출력: 최대 10mW (안테나 이득 최대 2.14dBi) - 안테나: 외부 안테나 불가. 장치에 부속된 휩 안테나만 사용 - 2004년부터 판매되는 디지털 방식으로 저출력을 상쇄

표 10_대표적인 나라별 생활 무선기기의 규격

그러나, 여기서 너무 걱정할 필요가 없는 것은, 기기의 출력이 낮은 경우는(대체로 PMR446 UK 기준에서 출력 500mW 이하는 사용 주파수와 관계없이 안전하다는 것을 염두에 두면) 크게 걱정할 필요가 없다는 사실이다. 주파수가 어찌 되었든 그 출력이 다른 기기에 영향을 미치기에는 턱없이 부족한 생활형 무선기기의 경우는 어느 나라를 가든 크게 걱정할 필요 없이 사용하면 된다. 표 에 세계 생활무전기의 규격을 정리했다.[26]

다만, 생활형 기기 중에도 도달 거리가 매우 긴 고출력의 제품(가시거리 3㎞ 정도가 한계가 될 것이다)이 있는데 이런 제품을 외국에서 장시간 사용할 시에는 문제가 될 수도 있다는 것을 염두에 둘 필요는 있다. 결국, 모든 기기의 사용은 본인의 책임하에 사용하는 것이며, 이런저런 법적 규제가 두렵다면 안 쓰는 수밖에는 답이 없다.

---

26 영국/EU: http://www.walkie-talkie-radio.co.uk/walkie-talkie-international-issues.htm
    미국: https://en.wikipedia.org/wiki/General_Mobile_Radio_Service
    일본: http://yasuo.k-server.org/FX886/situetion.htm

L. 세계의 교통규칙

차를 몰고 시베리아 횡단 도로를 달리면서도 저 표지판[27]의 의미는 뭘까를 한참 동안이나 생각해 본 적이 있었고, 그건 가끔 검색을 해 보기도 했지만, 끝내 의미를 모른 채 지나간 경우도 있다. 아직도 궁금한 것은, 나무가 옆으로 누운 나무와, 서 있는 나무가 그려진 시베리아 횡단도로에 있는 표지판이다. 나무가 넘어질 수도 있으니 조심하라는 뜻일까. 여기다 내가 알게 된 것들과, 검색을 해서 결론을 내린 것들을 정리해 둔다(표 11).

- 우측 주행 (영국은 좌측) - 전 좌석 안전벨트 의무 - 만 12세 미만은 유아용 시트 없이 전방 좌석 탑승 금지: 김밥 군이 계속 뒤에 앉은 이유 - 음주 한계는 0 - 최소한의 차량 보험은 필수: 무보험 입국이 불가능한 것은 아님 - 히치하이커를 태우는 것은 불법 - 주간 전조등 점등 의무: 주간 주행등 OK - 번호판이 안 보이는 차량의 오염은 벌금 대상 - 운전 중 휴대폰 사용 금지: Hands-free 가능 - 이중 백색 차선 넘기 금지 **추월** + 깜빡이 사용+ 우측 추월 금지(영국은 반대) + 비포장의 공사장 구간, 포장 직후의 차선 없는 도로: 자제+ 자전거 추월시는 1.5m 이상 가능한 멀리 떨어질 것(거리가 명시되어 있는 나라가 있다) **좌회전** + 도심의 대형 교차로에서는 전용 신호기가 없을 경우 금지 + 앞차의 행동을 보고 가는 것이 최선 + 경험상은 전방 녹색불에서 반대 차선의 진행에 방해 안 되면 좌회전 가능	**우회전** + 전방 녹색불에서 가능 **회전교차로** + 일부 영문 문서에 우측 진입차량이 우선이라는 내용이 있음+ 경험상이나 러시아에서 10년 이상 외교관 가족으로 지내신 분의 설명상 유럽과 같이 회전하는 차량이 우선. + 도심에는 별로 없고, 시베리아 횡단 도로에 좀 있음. **교차로 우선권** + 우측 우선: 유럽과 동일 + 무신호 십자 교차로에서 직진 또는 좌회전할 경우 우측에서 오는 차량이 우선이므로 대기 후 출발우선 차량 + (군) 호송 차량, 트램, 버스, 경광등 켜진 응급차 **속도제한** + 60km/h: 도심 + 90km/h: 외곽+ 100km/h: 자동차 도로. 시베리아 횡단 도로는 대부분 이 속도 **지그재그 차선** + 버스정류장, 횡단보도 근처의 차선 + 주정차 및 추월, 차선 변경 금지

표 11_러시아 및 유럽의 교통규칙들

27　지면 관계상 교통 표지판들은 카페의 FAQ를 참조.

M. 여행 도중과 마친 후에 해야 할 일들

M-1. 차량세 및 각종 세금 납부

차가 일시수출로 해외에 나가도 차량세는 계속 나온다. 국내 핸드폰을 계속 유지하면 지방자치단체에서 차량세를 내라고 문자 메시지가 온다. 해외에서도 문자메시지는 잘 오기 때문에, 놓치지도 않는다. 요즘은 인터넷과 노트북이 있으면 인터넷으로 세금도 다 낼 수가 있다.

혹시나 재산세도 내야 하면 그런 것도 다 메시지로 연락이 오니 인터넷으로 세금 낼 준비도 해 가야 한다. 공인인증서 갱신도 당연히 제때 해 줘야 한다. 집이 있었고, 가족이 전부 함께 가서 텅 빈 집만 남아 있으면 아파트면 관리비도 내야 하고, 개별 주택이면 전기세, 수도세 전부 낼 준비를 해야 한다.

M-2. 연말정산/소득세 종합신고

떠난 해 1월 1일부터 근로로 인한 수입이 있었고, 도중에 여행을 떠났다면, 이듬해 5월에 소득세 종합신고를 하여야 한다. 원래는 1월에 연말정산 하면 되는데, 퇴사했을 테니 연말정산을 못 하고, 나중에 따로 신고하고, 세금을 더 내던가, 환급을 받던가 하면 된다. 본인이 직접 세무서에 가서 하거나, 홈택스로 해도 되고, 환급금액이 5만 원 이상 예상되면 납세자연맹 같은 데서 대행할 수도 있다. 다만, 환급액이 없으면 대행을 해주지 않는다. 5월 이후에 하게 되면 이것도 과태료가 붙기 때문에 빨리할수록 이득이다. 누군가 대리로 하려면 공인인증서를 맡겨 두어야 한다.

M-3. 국내 자동차 보험 갱신 및 재가입

차량이 말소되지 않으면 차량 보험은 최소한 책임보험은 들어 둔 상태가 되어야 하고, 이게 안 되면 나중에 또 과태료를 내야 한다. 아예 보험 가입을 하지 않아도 되는 방법이 있다고도 하는데 나는 그 방법을 쓰지 않았고, 출국하는 날부터는 책임보험만 가입하는 것으로 했다. 그러면 원래 남은 기한에서 환급금이 발생하고, 출국일부터 다시 책임보험만 들어두게 된다. 그래서 그때부터 1년 안에 귀국하면 책임보험만 들어둔 상태로 다니든가, 거기다 종합보험을 추가하든가 하면 된다. 1년이 넘으면 인터넷에서 다시 재가입하면 된다.

아예 안 내는 법을 설명한 블로그의 글도 있으나[28], 혼자서 모든 일을 처리하려니 익숙하지 않은 처리 담당자들과 여러 가지 얘기를 해야 하기도 했고, 원래 여행기간이 마음속으로는 8개월 정도였기 때문에 그냥 책임보험을 가입해 두고 가는 것으로 했었다.

---

28   http://blog.naver.com/chiefwtc/20108662157

M-4. 국민연금 및 건강보험

출국 전에, 국민연금 관리공단에 전화해서 연금 입금을 중단한다. 소득이 없음이 확인되면 그렇게 한다. 1366에 전화해서 사정(국내에 소득이 없음)을 말하면 전화상으로 알아서 처리해 준다. 여행에 동참하는 소득이 있었던 개인이 각각 해야 한다. 귀국 후에 어딘가 취업을 하면 자동으로 다시 개시되고, 자영업이면 연락해서 재개하고 돈을 내면 된다.

건강보험은 납부유예라는 것이 없고, 가족 단위로 계속 내야 한다. 지역가입자가 되는 것이다. 가구주가 일괄해서 내야 하니, 납부가 자동으로 되도록 조치해 두고 가야 한다. 그리고 남아 있는 가족이 있거나, 누군가의 피부양자로 전부 들어갈 수 있으면 신경 쓸 것도 없다.

M-5. 국제운전면허 갱신 준비

여행이 1년 이상이면 국내에 있는 누군가가 면허증을 갱신해 줄 준비를 해둬야 한다. 대리인이 신청 가능하며, 아래의 서류를 준비해야 한다.

●본인 여권 사본, 운전면허증(?), 대리인 신분증, 위임장, 6개월 이내 촬영한 컬러사진 1매 (허용되는 사진규격)

N. 러시아를 통한 귀국 시 자동차 보험 관련 필요한 서류

카자흐스탄에서 러시아로 들어와 귀국할 때에 국경에서 자동차 보험에 가입할 수가 없었다. 보험회사가 없었기 때문이다. 국경에서 가입할 수 없을 때는 어느 나라든지 도시에 들어가서 보험을 가입할 수 있는 사무실을 찾아가 가입해야 하는데, 국경에서 할 때에 비해 복잡하고, 그때 필요한 서류가 있다.

●차량등록증, 여권, 국제운전면허증, 거주등록증[29]

이중 차량 등록증과 여권, 국제운전면허증이 러시아어로 번역되어 공증되어 있어야 한다. 공증할 때 필요한 서류가 거주등록증이다.

러시아나 중앙아시아를 돌아다니다 보면 공증사무소를 꽤 자주 만난다. 글자를 읽어보면 '노타리우스(нотариус)'인데, 공증 사무소다. 모든 공증사무소가 영러 번역까지는 하지 않을

---

29 보험에 가입하려고 시도하는 도시의 숙박업소에서 만들 수 있다. 최대 200루블 정도의 비용이 들 수 있다.

것 같은데, 인터넷에서 검색해 보면 꽤 많이 나온다(구글에서 '도시명 English russian notary'로 검색). GBM의 유리가 공증 없이 되는 데도 있지 않겠냐고 했는데 그 회사를 찾을 수가 없었다. 지점이 많은 대형 회사[30]는 번역 공증을 요구한다. 그러나 GBM에서 러시아 입국할 때 만든 자동차 보험 증서는 공증 없이 한 것이다.

귀국할 때는 일정이 굉장히 촉박해서 이걸 미처 할 여력이 없어(공증 없이 되는 곳을 찾다가 두 도시에서 실패했다) 무보험 상태로 룹춉스크에서 블라디보스토크까지 달렸다. 유럽에서도 무보험 상태로 달린 적이 좀 있는데, 그때와는 다르게 되게 조마조마했다. 조마조마하여 천천히 달린 덕분에 경찰 과속 단속을 두 번쯤 피했다. 내차의 앞뒤 차들이 과속에 단속되었던 것이다.

여건이 된다면, 통관대행사 GBM 직원의 도움을 받을 수 있을 때 블라디보스토크에서 번역 공증을 만들어 두는 것이 좋겠다.

---

30 Rosgosstrakh(RGS) , Sogaz, Ingosstrakh, Reso-Garantia, AlfaStrakhovanie

0. 차로 이란을 통과하실 분을 위한 안내

우리는 2016년 5월 16일에 아르메니아의 메그리(Meghri) 숙소를 아침 6:30경에 떠나, 오후 두 시경에 이란 국경 절차를 완전히 마치고 첫 번째 이란의 목적지로 떠났다. 후세인(뒤에 설명)의 대리인이 두 시간가량 늦게 나타나 11시경에야 절차가 진행됐다.

차로 유라시아 횡단하는 경로에서 까르네(Carnet de Passage)가 필요한 유일한 나라가 이란이다. 물론 이란의 동쪽에 있는 파키스탄, 인도 등도 까르네가 필요하지만 인도에서 중국 쪽으로 차를 몰고 들어갈 수가 없어서 파키스탄, 인도 경로는 사실상 무용지물이다.

이런 차를 가지고 여행하는 선구자적인 분들인 『미애와 루이의 여행』의 루이는 아마 프랑스 국적이어서 어느 정도 가능하지 않았나 생각한다. 다만, 그분들도 이란의 국경에서 통행증 발급에 500USD, 통행세 450USD를 요구받았다가, 3일간 국경에 묶여 있는 상태로 협상하여 결국 250USD를 내고 간신히 통과했다고 한다. 그러고도 일주일 이내에 이란을 통과해야 했다. 그게 2002년의 일이니 물가 인상률을 고려하면 현재 국경을 통과하는 데 필요한 비용인 600유로로(2016년)는 많은 돈은 아니다.

현재로선 아마도 이란, 투르크메니스탄, 우즈베키스탄, 카자흐스탄, 러시아 경로가 가장 현실적인 경로가 되겠다. 다만, 이 경로상에 유일하게 까르네를 요구하는 나라가 이란이다. 지금까지는 스위스에서 까르네를 받아서 이동하는 방법과 까르네 없이 짧은 기간 동안 이란을 통과하는 방법(꽤 매끄럽지 못한 입국 절차이지만 10일 정도의 짧은 기간에 통과할 수 있다)을 사용한 사례가 있다.

여기서는 이 두 방법이 아니지만, 합법적이며 비자의 유효기간 동안(최대 30일 간) 차량을 가지고 이란을 여행하여 통과하는 방법을 설명한다.

0-1. 후세인(Houssein)의 이란판 까르네(Iranian Carnet de Passage)

후세인은 이란 북서부 우레미야(Uremia) 지역에 사는 청년이다. 그의 페이스북 프로필을 보면 개인 여행 에이전시를 운영하고 있으며 오토바이를 즐겨 타는 청년이다. 그의 페이스북을 보면 세계 각국의 오토바이 애호가들이 그의 까르네 서비스를 이용하고 있는 것을 알 수 있다.

이란판 까르네는 그가 구축해 놓은 서비스이고, 국경의 세관과 통관대행사 등과 결연된 서비스이며, 입국 시와 출국 시에 대리인이 모든 것을 다 대행해 주기 때문에 이용자는 입국 시에 돈만 내면 된다(현금으로 600유로. USD or Euro 가능).

이 서비스는 보증금(deposit)을 낸 후에, 나중에 다시 돌려받는 정식의 까르네와는 다르고, 지불하는 비용에는 30일 기한의 차량 보험료와 후세인의 서비스 비용, 통관 대행사의 비용, 이란 세관에 내는 비용 등이 포함되어 있으며, 지불 후에 다시 돌려받는 것은 없다. 차를 입경시키고 출경시키는 데 드는 비용이라 생각하면 되고, 아르메니아를 통과할 때 브로커가 중간

내 차 타고 세계여행_러시아 횡단 편

에 끼어 통관을 대행해 주는 것과 비슷하다고 보면 된다.

내가 이 서비스를 이용할 때만 해도 비자의 기간 동안(최대 30일)의 충분한 기간이 필요하면 반드시 아르메니아의 Meghri-Nurduz(이란) 국경을 통과하여야 하고, 나머지 터키 등의 국경에서 입국할 경우 10일 동안만 이란에 체류할 수 있었지만, 지금은 이란의 어떤 국경으로 입국하더라도 비자의 기한만큼 체류할 수 있게 됐다. 다만, 비용면에서는 차이가 있다고 한다.[31]

내가 이 서비스를 이용할 때만 해도 이 서비스에 대해 한국에 알려진 바가 없어 한국인이 이 서비스를 이용한 내용이 없었다. 후에 기술되듯, 송금은 후세인의 계좌로 하는 것도 아니라 처음 이 서비스를 이용하던 입장에서는 많은 위험을 안고 이용한 것이었다. 하지만, 내가 이 서비스를 이용한 이후 여러 사람들이 이 서비스를 이용하게 되었고 이제는 이란을 차로 통과하려 하는 여행자에게는 표준적인 서비스로 인식되어가고 있다.

절차

후세인의 서비스 홈페이지[32]를 통해 후세인과 접촉을 시작하고, 그 이후에는 이메일을 통해 입국 날짜를 조율한다. 후세인은 매우 성실하며, 보낸 이메일에 대해 24시간 이내에 어떤 대답이든 해 주기 때문에 모든 궁금증은 이메일로 질문할 수 있다.

이란 비자 준비

이란에 들어가기 위해서는 이란의 비자가 필요하고, 후세인은 이란의 비자를 위한 초청장 업무부터 시작할 수 있다. 초청장 업무에는 나와 아이의 비용이 100유로였고, 한국에 있는 은행의 웹에서 해외송금하는 것으로 시작했다.

현재 이란으로의 송금은 안 되기 때문에 독일에 있는 타인 명의의 계좌로 송금하게 된다. 이것은 아마도 후세인이 확인할 수 있는 것 같다. 입금이 확인되면 초청장 업무를 후세인이 시작하고, 참조 번호가 나오면 우리에게 이메일로 알려 준다.

참고로, 비행기를 타고 테헤란 공항으로 입국할 때는 10일간 이란에서 지낼 수 있는 도착비자를 발급받을 수 있지만, 육로를 통해 이란을 입국할 때는 도착비자를 받을 수가 없기 때문에, 경유 비자든 관광비자든 영사관이나 대사관을 통해 미리 발급받아야만 한다.

필요서류 송부

입국에 필요한 차량 서류 등을 이메일로 보낸다. 필요 서류는 다음과 같고, 전부 스캔하거나, 정확하게 사진 촬영해서 보내면 된다.

●이란 비자(운전자 및 승객)

---

31 여전히 배를 타고 항구로 입국할 경우에는 이 서비스를 이용할 수가 없다.
32 http://www.overlandtoiran.com/contact

- 여권(운전자 및 승객)
- 차량 전면/측면 사진
- 차량의 등록 서류(영문, 국문 모두)
- 업무 계약서: 차량의 손실, 도난 등으로 차량이 이란을 나가지 못하게 될
  때 계약 당사자가 전체 금액을 배상해야 한다는 내용이 포함됨.

입국 날짜 조율

이메일로 날짜를 정확히 조율하고, 오전 9시에 이란 측 입경 사무소에서 후세인이나 그의 대리인을 만나기로 약속을 한다.

입국

오전 9시 이전에 아르메니아나 그 밖의 나라에서의 출국을 마무리해야 하고, 차량의 통관을 제외한 이란의 입국도 마무리되어 있어야 한다(이란 입국은 간단하다).

대리인이 늦게 올 수 있으나 입국 사무소 로비에 앉아서 쉬고 있으면 된다.

차량 통관

후세인이나 대리인을 만나면 그에게 차량 서류, 여권, 면허증을 주면 그가 세관 사무실로 가 얘기를 해 주고, 그러면 차가 세관을 통과하게 된다. 차는 사무실 옆 주차장에 가서 주차하고 우리는 사무실에 가서 앉아서 졸고 있으면 된다. 중간에 의사소통이 필요한 경우, 대리인이 후세인과 통화를 시켜주는데 영어로 의사소통을 하여야 한다. 통화 내용은 별것이 없고, 일의 진행 상황을 설명해 주거나 받은 서류를 설명해 주는 것이다.

중간에 공무원인 듯한 사람이 나타나 대리인과 함께 차량을 한 번 돌아본다. 차대 번호를 확인하고, 트렁크를 열어 짐도 잠깐 살펴보지만, 짐을 열어보거나 하지는 않는다.

두 시간 가량 후에 우리를 대신한 대리인들이 분주히 통관을 위한 서류를 만들고, 밖을 왔다 갔다 하면서 절차가 완료된다. 최종적으로 차량 보험증, 연두색의 통관 서류, 내용을 알 수 없는 아랍어로 된 하얀색 종이(우리가 서명도 함), 우리가 아침에 건네 준 차량 서류, 여권, 면허증 등을 받는다. 그리고 약속된 600유로를 사무실에 계신 분께 지불한다.

그리고 차를 몰고 대리인과 함께 같이 최종적으로 마지막 차단기가 있는 곳으로 가서 거기 있는 공무원에게 서류를 보여 주고, 서명을 받는다. 마침내 모든 절차가 끝나면 우리는 마음대로 아무 데나 가게 된다. 입국과 세관절차가 마무리된 것이다.

출국

출국 시에도 최소한 출국 하루 전에 날짜를 알려 주고, 대리인을 만날 시간까지 조율한다.

출국 시에도 원칙적으로 대리인을 만나서 출국하여야 하나, 우리는 대리인을 만나지 않은 상태에서 단독으로 투르크메니스탄의 아시가바트 근처 가우단(Howdan) 국경으로 출국하게

되었다. 그만큼 서류는 합법적이고, 출국 및 세관을 통과에 특별한 문제가 없다. 다만, 대리인이 없으니 직접 처리를 하여야 하는데, 세관 직원들의 안내에 따라 이리저리 갔다 오고, 최종적으로 서류 처리하는 곳에 우리 돈 1만(26만 리알) 원 가량의 수수료만 내면 된다. 만일 대리인을 만났다면 안내도 됐을지도 모르겠다.

나중에 후세인에게 출국을 했다고 이메일을 보냈더니, 우리가 대리인을 안 만나고 나가버리는 통에 일이 조금 더 생겼다는 답장을 받긴 했었지만 특별한 문제는 없었다. 현재도 그와는 페이스북으로 간간이 연락하고 있다.

0-2. 이란에서 유의할 점

현금

이란에서는 ATM이나 신용카드를 쓸 수 없으므로 모든 비용을 현금으로 준비해 와야 한다. 달러나 유로는 은행과 환전소에서 쉽게 환전이 가능한데, 환전은 항상 생각보다 많이 받았다. 아르메니아 돈은 국경에서 환전할 수 있었다.

은행(모든 은행이 환전이 되는 것은 아님)에서의 환전은 여권 복사 및 서류작성 등 시간이 많이 걸리고(15분 이상), 환전소의 경우 서류 및 여권 없이 순식간에 환전이 된다. 이란에서는 호텔에서 대부분 여권을 보관하고 있기 때문에 환전소 환전이 간편하다.

공휴일에 환전이 필요하면 대형 호텔(다 되는 것은 아님)에서 환전이 가능하다. 다만 환율은 약간 손해이고, 여기도 서류 및 여권은 필요 없다.

주유

시내에선 디젤(Gazoil, Gazole: 가즈오일레) 유를 찾을 수 없다. 시내 들어오기 전 고속도로 등의 트럭들이 가는 주유소를 가야 한다. 공짜로 주유해 주는 데가 있었고, 외국인은 두세 배를 받는 데도 있었다. 두 배를 내도 디젤 40리터에 우리 돈 만 원 정도였다. 유로4 디젤이라며 43리터/600,000리알(24,000원 가량) 낸 곳이 가장 비쌌다

휘발유(Benzin: 벤진)는 시내 주유소에도 있고, 고속도로에 주유소는 많다. 주유 시 어떤 카드가 있냐고 묻는데, 뭔지는 잘 모르겠다. 하지만 그게 없으면 주유가 안 되는 데가 있다. 보통은 자신들 카드로 처리해 준다.

인터넷

신문사, 페이스북, 유튜브, 네이버 블로그 등이 PC나 노트북에서 접속이 안 된다. 그런 사이트에 접속하면 화면에 우리나라에서 특정 사이트를 열게 되면 나타나는 '불법 유해 정보(사이트)에 대한 차단 안내'와 같은 페이지가 뜬다. 페이스북은 스마트폰에서 되는 데도 있다. 네이

버 블로그는 네이버 블로그 앱으로는 쓸 수 있다.

PC나 스마트폰에서 VPN을 쓰면 다 뚫을 수 있는 데가 있고, 방화벽이 있어 안 되는 데가 있다.

시내 교통과 도로 사정

교통규칙이 없는 듯이 무질서하다. 사람과 차들이 교차로에서 뒤엉킨다. 시내 운전은 안 하는 게 상책이지만 못하는 건 아니다.

도로는 터키 수준으로 좋다. 아르메니아를 거쳐 왔다면 거기보다 나쁜 데는 없다는 생각을 할 수 있다.

숙소

부킹닷컴 등이 안 되어(홈페이지는 열리나 이란 숙소는 테헤란의 고급 호텔 몇 개가 전부다. 이란의 개방이 가속화되면 나아질 수도) 숙소 예약이 어렵다. 정보(주차 가능 여부 등)를 찾을 수 있는 곳은 TripAdvisor, sfiran.com 등이고, 1박당 우리 돈 2만 원대에서 7만 원(대체로 비싼 데가 많음. 중급이 부족) 정도까지 찾을 수 있다. sfiran.com에 정보가 가장 많다. 차로 지나가면서 보이는 숙소는 거의 없다. 우리가 묵은 곳은 표 15와 같고 주차가 된다(이스파한 이란 호텔은 자체 주차장이 없어서 근처 공영주차장을 안내해 주었다. 3일 주차에 500,000리알, 한국 돈으로 2만 원을 냈다)

적당한 호텔을 선정한 후에 구글링하여 호텔 자체 홈페이지를 찾아서 부킹이 되면 부킹하고 안 되면 이메일을 보내며 그것도 안 되면 그냥 찾아간다. 이란의 호텔은 방들이 생각보다 크다(Suit room 수준). 방 크기를 줄이고, 가격이 낮아지면 좋겠다는 생각이 많이 들었다.

업소명	도시	1박당 요금	GPS 좌표
1. Karun guesthouse	Tabriz	2만 원	38.0775, 46.2843
2. Sabalan (H)	Ardabil	6~7만 원	38.2468, 48.2914
3. Sepehr (H)	Zanjan	4.5만 원	36.6972, 48.5021
4. Iran Cozy hostel	Teheran	USD 50	35.7129, 51.4139
5. Iran (H)	Isfahan	USD 45	32.6551, 51.6685
6. Niayesh boutique (H)	Shiraz	USD 50	29.6120, 52.5387
7. Bagh moein (H)	Ahvaz	USD 50	31.3255, 46.6814
8. Reslat (H)	Kermanshah	140만 리알/2박	34.2946, 47.0539
9. Vali guesthouse	Mashhad	100만 리알/2박	36.2823, 59.5941

표 12_이란에서 숙박했던 숙소들(B: 홈페이지나 이메일로 예약이 가능. 1: 늦게 가면 주차공간이없다. 4: B, 달러 결제 5: B, 유로/달러 결제 가능, 외부 공영주차장 6: B, 유로/달러 결제 가능 9: B)

주차

도심에는 길가 주차가 되는 곳도 있는데, 주차요금이 싸니 한 시간 넘게 주차한다면 공식 주차장을 쓰는 게 낫다. 쉬라즈 페르세폴리스 주차장이 가장 많이 받았는데, 시간 관계없이 10만 리알(약 4천 원)이었다(외국인 가격). 이스파한의 상주 관리자가 있는 공영주차장 요금은 호텔에서 말하길 보통 하루에 10만 리알 정도라 한다. 시간제로는 시간당 2만 리알 정도다.[33]

---

33 이란의 물가는 안정적이지 못하고, 지속적인 인플레이션을 겪고 있어 시간이 지나면 변동이 많을 것이다.

P. 차로 중앙아시아를 통과하실 분을 위한 안내

중앙아시아라고 통칭하는 나라에는 투르크메니스탄, 우즈베키스탄, 카자흐스탄, 키르기스탄, 타지키스탄 등이 있다. 이 중 우리는 투르크메니스탄, 우즈베키스탄, 카자흐스탄을 통과하여 여행했다. 유럽에서 터키를 지나, 중동에 속하는 이란에서 러시아를 다시 들어오기 위해 필수적으로 통과하여야 하는 나라들인데, 이들 나라들을 통과할 때 경험하였던, 주의할 것들을 요약한다. 진행했던 방향은 이란, 투르크메니스탄, 우즈베키스탄, 카자흐스탄, 러시아 순서로, 방향이 반대이거나 다른 국가에서 들어오게 되면 조금 다른 경험들을 하게 될 것이다.[34]

공통적으로 세 국가 모두 영어보다 러시아어에 더 익숙한 편이므로 러시아어 번역본 자동차 등록증을 가지고 다니면 도움이 된다. 우즈베키스탄 국경에서는 동해항에서 블라디보스토크로 들어올 때 러시아 세관에서 만든 서류도 참조했다. 우리는 한국에서 러시아어 번역 공증한 서류를 들고 다녔는데, 우즈베키스탄에서 특히 많이 참조했다. 국경에 있는 직원들은 영어를 거의 못한다고 보면 된다. 차량등록증의 'Registered in: Ulsan'을 보고 차주의 이름이 '울산'인 것으로 착각할 정도이다.

만일, 동에서 서로 이동하면서 지나갈 경우 통상적으로 비자는 3개월 안에 사용하면 되기 때문에, 비자가 필요한 나라의 경우 한국에서 비자를 만들어 나올 수도 있다. 외국에서 신청할 때와 필요 서류는 같고, 주한 대사관 영사부에 직접 신청하거나, 여행사를 통하면 된다. 물론, 여행사를 통한다 해도 중앙아시아 국가의 비자는 그리 쉽지는 않다고 한다.

필요 서류는 다음과 같다.

차량등록증(자차만 가능, 기본은 영문판), 국제운전면허증, 국내운전면허증, 비자(운전자 및 승객)

P-1. 투르크메니스탄

비자

투르크메니스탄은 관광비자 또는 경유비자를 받을 수 있는데, 관광비자는 5일 이상 투르크메니스탄을 여행할 수 있지만, 가이드가 필수적으로 필요하며, 비용 또한 만만치 않다. 이란과 같은 인접 국에서 여행사를 통해 신청할 수 있는데, 일인당 소요 비용이 250유로 이상이다. 사람에 따라 5일 이상의 체류가 필요한 경우도 있겠지만, 사실 그다지 권장할 만한 것은

---

34 중앙아시아의 나라들은 전부 제네바협약에 가입한 나라가 아니기 때문에, 이 지역의 운전에 관해서는 우리나라 운전면허 인정국가에 관한 부분을 참조.

아니다. 바이크로 다닐 때도 가이드가 있어야 하고, 차로 다녀도 가이드가 탈 자리가 필요한 것이다.

반면에, 경유비자는 최대 5일 안에 투르크메니스탄을 통과하여야 하는데, 비용이 상대적으로 저렴하고, 가이드 없이 자유롭게 다닐 수 있다. 비자는 어디서 신청하느냐, 국적이 어디냐에 따라 비용이 달라지는데, 우리(어른1+아이1)는 이란의 테헤란에서 신청하여, 이란의 투르크메니스탄에 가까운 도시인 마슈하드(Mashhad)에서 발급 받았는데, 우리의 토요일에 해당하는 목요일 오후(반일 근무일)에 발급 받아(급행 적용) 둘의 비용이 총 90 USD 였다. 신청에서 발급까지 총 10근무일(working day)이 필요하다.

투르크메니스탄의 경유비자를 신청하려면 인접국의 비자가 이미 발급된 상태여야 하고, 이란에서 신청하면 이란의 비자 복사본을 제출하지 않아도 상관은 없지만, 출국할 나라인 우즈베키스탄의 비자 복사본을 내야 한다. 투르크메니스탄에서 카자흐스탄으로 바로 나갈 수도 있지만(카자흐스탄은 한국인이 여행 목적이면 무비자이고, 이 경우 우즈베키스탄의 비자는 불필요), 그 경우 운전해야 할 경로가 꽤 길어지며, 카자흐스탄의 도로사정이 매우 열악하며, 경찰들의 사악한 단속을 생각하면 추천할 수 없는 경로이다.

필요한 서류는 인접국의 비자 사본, 여권사본, 신청서, Letter of Request(일종의 짧은 여행의 설명으로, 형식은 자유로우나, 출입국 국경과, 날짜를 명기하여 제출)이며, 사본은 전부 컬러복사하여야 한다. 비자에는 In-Out 국경 및 유효한 기간(시작날짜와 끝 날짜)이 명시되어 있다. 그 날짜 안에 입국하여, 출국을 완료하여야 한다.

출입국 및 차량 통관

투르크메니스탄은 입국시 입국 비용을 출입국 사무실에 부속된 은행에 납부한다(어른 15USD, 아이 4USD). 입국에 돈이 드는 이상한 나라다. 입국시에 어디에 숙박할 것인지 질문을 받는데, 바우처를 보진 않았다. 지도에 있는 적당한 호텔의 이름을 알려 주고 통과했다.

차량은 당연히 본인 소유의 차량이어야 하고, 입국 시에 보험을 들게 되어 있는데, 보험증에 출입국 지점과 경로가 지도상에 명시된다. 아마도 그 경로 밖에서 사고가 나면 보험에서 제외되지 않을까 싶다. 최소 5일에 110 USD 인데, 서류 작성 비용이 5 USD가 추가 된다(전부 USD 결제).

여러 단계를 거쳐 서류에 도장을 찍는 절차가 있고, 군복을 입은 사람과 인터뷰를 할 수도 있다. 인터뷰 내용은 왜 여행을 다니냐, 직업이 뭔가, 돈은 얼마나 있나와 같은 내용이다. 세관원의 차량 검색은 차량의 거의 모든 가방을 열어 보는 수준이다. 경우에 따라 X선 스캔을 할 수도 있다. 출입국과 차량 통관은 총 두 시간 가량 걸린다.

현금 및 환전

호텔 숙박비는 USD로 결제해야 한다. ATM이나 신용카드 사용을 할 수 없다. 모든 비용을 USD로 준비해 와서 환전해야 한다. 나라 안에서 환전을 경험해 보진 못했고, 이란에서 들어온다면 국경에서 환전을 해 들어 올 수 있다. 주유소나 가게 등에서는 현지 통화인 마낫(Manat)으로 결제한다.

주유

기름값은 주유기에 표시되는 금액만큼 마낫으로 결제한다. 서비스맨이 있어 주유를 해 주고, 서비스맨에게 현금을 주면 된다. 디젤의 가격은 이란에서의 가격보다 약간 높은 수준이고, 디젤 45L에 35 마낫(10USD) 정도 였다. 디젤은 모든 주유소에서 다 판매하고 있었다. 디젤은 "Diesel"로 표기 되어 있다.

인터넷

호텔에서 인터넷을 사용해 볼 수 없었다. 와이파이 신호는 전혀 잡히지 않아서, 인터넷 암흑지대라 보면 된다.

시내 교통과 도로 사정

수도 아시가바트의 도로는 광활한 반면, 차는 없는 유령 도시 같았다. 아시가바트에서 북쪽으로 다쇼구즈(Dasoguz)로 가는 길은 아시가바트에서부터 250㎞ 가량은 좋은데, 그 이후는 최악의 도로라 할 수 있다. 그 길의 중간에는 숙박할 곳이 없어 하루에 달려야 하는 사막 지역인데, 주유소는 두 군데 정도 있다. 우리는 이 길을 달린 이후 타이어가 파손되었고, 결국 우즈베키스탄 히바에서 교체해야 했다.

숙소

부킹닷컴(Booking.com) 등으로 숙소를 예약할 수 없다. 아시가바트에는 남쪽 대로(Archabil Frontage) 변에 호텔이 많이 있는데, 50 USD/일 정도 이다. 들어가 봐서 숙박 가능 여부를 알아보고 숙박하면 된다. 리셉션의 직원은 영어를 했다.

특기사항

이란의 홈스테이에서 투르크메니스탄을 갈 것이라면 세차를 하라는 충고를 들은적이 있다. 아시가바트의 대로를 달리다 경찰의 정지 신호를 받아 정지하였더니 경찰이 세차를 하라는 제스쳐를 보였다. 다행히 벌금을 물리지는 않았는데, 거리를 달리는 차들이나, 거리는 강박적으로 깨끗한 것을 보아, 아마도 오염된 차량은 벌금을 물릴 가능성이 있어 보였다.

거리를 달리면 종종 경찰들이 정지 신호를 보내고, 차량의 서류와 여권을 확인한다. 특별한 문제가 없으면 대부분 그냥 가게 된다. 아시가바트에서 다쇼구즈를 달리는 길에는 일정 거리마다 검문소가 있고, 검문소 앞에서는 속도표지판에 따라 서행하여 통과하고, 정지신호가 있으면 정지하여 검문을 받아야 한다.

P-2. 우즈베키스탄

비자

2018년 2월 10일부터 한국 여권 소지자는 관광목적으로 입국 시 30일 간 무비자 체류가 가능하게 되었다. 그 전까지는 초청장을 받아 영사관이나 대사관을 방문하여 비자를 발급받아야 했다.

출입국 및 차량 통관

여권을 처리하는 곳과, 세관이 명확히 구분이 안 되어 있다. 국경에서는 질문도 많고, 경우에 따라 촬영된 사진을 검열하는 경우도 있다. 스마트폰, 스마트 패드, 노트북 등에 저장된 사진들을 검열한다.

입국 시에 USD, Euro에 대해 소지한 현금을 적어내는 용지를 두 장 주는데, 거기다 가지고 있는 현금을 다 적어 낸다.[35] 과장하거나 축소할 필요가 전혀 없이 있는 그대로 적어서 한 장은 입국 시에 세관에 제출하고, 한 장은 가지고 있다가 출국할 때 세관에 제출한다. 이 용지는 매우 중요하니 꼭 챙겨야 한다. 그리고 절대로 출국 시에 현금이 늘어나면 안 된다.

차량의 짐 검사도 세 나라 중 둘째가라면 서러울 정도다. 실제로 큰 가방 전부를 X선 스캔한 나라는 우즈베키스탄이 유일했다.

출국 시에 자동차 보험이 있어야 출국이 되는 듯하고, 보험 없이 운행을 했더라도 출국 전에는 보험 증권을 사서 제출해야 출국이 된다. 출국 시에 국경에 있는 보험 판매 부스에서 18,000숨(숨으로 결제했다)짜리 보험 증권을 사서 제출했다.

현금 및 환전

우즈베키스탄에서도 ATM이나 신용카드를 사용할 수 없기 때문에 모든 비용은 USD로 준비해 와서 환전해야 한다. 숙박비는 USD만 받는 곳이 대부분이고, 타쉬켄트의 숙소는 현지 통화인 숨(Sum)도 받으나 숨으로 결제하면 손해다.

환전은 암거래상에서 환전하는 것이 절대적으로 유리하다(암시장에서 30% 이상 더 받음). 환전상은 곳곳에서 만날 수 있는데, 관광지의 매드레세[36] 안에도 있고, 숙박업소 밀집지역이면 인근 길가에도 있으며, 기념품점에도 가능하고, 식당에서도 가능한 경우가 있으며, 호텔 리셉션에서도 환전상을 소개해 준다. 제일 많은 곳은 시장(바자) 안이다. 환전상이 돈을 자루에 담아 보여주며 환전을 권유한다.

환전을 실제로 하기 전에 그날의 환전율을 알고 있는 것이 손해를 보지 않는 방법이다. 숙

---

35 최근 비자에 대한 규정을 완화하며 이 규정 역시 완화되었다. 일정 금액 이상 소지할 경우로 바뀌었는데, 용지를 주면 일단 다 적으면 문제는 없을 것이다.

36 이슬람교의 신학교.

박업소 주인에게 환전은 하지 않고 물어보기만 한 뒤 나가서 환전을 하면 된다.

100USD를 숨으로 환전하면 2016년 7월 경에는 55만 숨을 받았다. 보통 1,000숨짜리로 받는다. 10만 숨 다섯 뭉치와 천 숨짜리 50장을 받는다. 가장 고액권은 5,000숨짜리인데 보기가 힘들다.

주유

우즈베키스탄은 메탄이나 다른 가스를 차량 연료로 사용하기 때문에 그런 류의 충전소가 있다. 디젤을 연료로 사용하는 트럭이나 버스는 많지 않지만 우리가 간 주유소에는 디젤이 다 있었다. 다만 가격은 이전 투르크메니스탄에 비하면 훨씬 비쌌고, 디젤 45ℓ에 15만 숨가량 됐다. 현금으로 결제해야 하는데, 지폐뭉치가 엄청나서 세는 데 시간도 많이 걸린다.[37]

인터넷

수도인 타쉬켄트로 오면 나쁘지 않으나 지방에서는 상황이 그리 좋지는 못하다. 물론 지방에서도 되긴 된다. 이전의 투르크메니스탄에 비하면 낫지만 카자흐스탄에 비하면 나쁘다. 잘 되는 곳에서는 YTN 스트리밍을 볼 수도 있을 정도고, 숙소에서 와이파이를 제공하는 곳이 많다.

시내 교통과 도로 사정

히바와 부하라는 소도시를 다녔을 땐 도심이라 할 만한 곳이 전혀 없어 운전이 전혀 어렵지 않다. 사마르칸트부터는 대도시의 분위기가 나서 도로가 좋았고 차도 그리 많지는 않았다.

투르크메니스탄에서 히바로 오는 도로의 상태가 별로 좋지는 않지만 길이 굉장히 넓고 차가 별로 없어 서행하면 큰 문제는 없다. 카자흐스탄으로 나가는 국경 부근의 도로는 상태가 좋았다.

숙소

우즈베키스탄은 부킹닷컴(booking.com)으로 숙소 예약이 가능하고, 비수기인 여름철에는 예약을 안 해도 숙박하는 데 어려움은 없다. 비수기인 경우 35USD/일 정도로 꽤 3성급 정도의 호텔에 숙박이 가능하다. 물론 수도 타쉬켄트로 오면 비용은 올라간다.

반드시 공식적인 숙박업소에 숙박하여야 하고, 체크인이나 체크아웃 시 거주등록증을 받아 챙겨 두어야 한다. 숙소에서 무료로 아주 잘 챙겨주기 때문에 별 문제는 없었다. 다만 국경을 나갈 때나 검문소 등에서 검문 시 거주등록증을 체크한 적은 없었다.

---

37 우리는 디젤 주유에 큰 어려움을 느끼지 못했으나, 우리 이후에 차로 여행하신 다른 가족(히바 인근)이나, 한중자동차교류협회 회장님의 경험(타슈켄트)에 의하면 시내 지역에서 디젤 주유에 어려움이 있었다고도 한다.

특기사항

우즈베키스탄에서 도시와 도시를 차로 이동하면 중간에 검문소(YPX)를 만나게 된다. 검문소 앞에서는 시속 20㎞로 서행하고 앞에서 반드시 정지했다가 다시 출발하여야 한다. 전체의 반 정도는 차량의 서류와 여권을 주고 체크를 하게 되고, 보통 "꾸다(어디로 가는가)?"라는 질문을 받게 되니 목적지를 발음할 줄 알 필요가 있다.

검문소가 아니어도 경찰의 정지 신호를 받는 경우가 있고, 마찬가지로 서류를 보여 주면 대부분 특별한 일 없이 가게 된다. 과속에 주의하여야 하고, 반대편에서 오는 차량의 전조등 신호를 잘 보고 있으면 도움이 된다.

또한 배탈을 조심하여야 한다. 히바에서 만났던 스위스인 부부는 5일간 설사로 고생을 하고 있었고, 우리 아이도 며칠 간 설사를 했다. 가지고 다녔던 여행 책자에는 길에서 생수도 사 먹지 말라는 표현이 있었다. 물은 끓여서 마시고 위험해 보이는 날음식은 먹지 않는 것이 좋다.

P-3. 카자흐스탄

비자

카자흐스탄은 한국인이 관광목적으로 입국하면 무비자로 연속 30일간 체류할 수 있다.[38] 무제한, 90일 체류는 아니니 주의하여야 한다.

출입국 및 차량 통관

우즈베키스탄에서 입국할 경우는 꽤 엄격한 차량의 짐 검사를 받는다. 입국이 그리 어렵지 않으나, 세관의 짐 검사는 이전의 투르크메니스탄이나, 우즈베키스탄만큼 엄격했다. 우즈베키스탄 방향에서 입국 시 입국이 완전히 완료되는 데는 두 시간가량 걸린다.

그러나 러시아 쪽에서 들어오거나, 나갈 때는 시간이 그리 많이 걸리지 않는다. 러시아, 카자흐스탄, 벨라루스, 키르기스탄은 유라시안 경제 공동체(EEU)에 묶여 있어 그 국경 안의 국민들은 국경을 통과할 때 세관검사가 면제되고 물품의 관세도 없다. 일단 EEU 안에서는 그만큼 출입국이 간소화되는데, 그래도 외국인은 세관을 통과할 때 짐 검사가 있긴 있다. 다만 조금 간소하다. 카자흐스탄에서 러시아로 나갈 때는 30분 이내에 출국이 완료된다.

현금 및 환전

카자흐스탄은 ATM에서 현지 통화 텡게(Tenge)를 인출할 수 있고, 신용카드도 사용할 수 있다. 숙박업소나 가게에서는 신용카드나 텡게로 지불하여야 한다. 은행에서 USD나 Euro의 환전은 가능하겠지만 해보진 않았다.

---

38   60/180

주유

주유소에는 디젤유가 항상 준비되어 있었고, 디젤의 표기는 러시아와 같이 'Дт'로 표기되어 있었다. 연료의 가격도 러시아와 비슷한 수준(한화 3만~3.5만 원/45ℓ)이다. 러시아와 같이 창구에 가서 돈을 내고 그만큼 주유하거나, 주유 후 정산하면 된다.

인터넷

역시 러시아와 같은 수준(아주 잘된다)으로 인터넷이 제공된다.

시내 교통과 도로사정

많은 경우에 그렇지만, 우즈베키스탄에서 들어오는 국경의 도로는 최악이다. 많은 구간을 무작정 도로공사를 한다며 막아두어 우회하여야 했다. 대도시 인근의 도로는 좋은 편이나, 그 외에는 패인 곳이 많은 포장도로가 대부분이라 열악하다.

상태가 좋은 신설도로에는 경찰이 많고, 매우 치사한 방식으로 단속을 하기 때문에, 신설도로라고 판단되면 속도를 준수하거나 반대편 차선에서 오는 차들의 신호를 주의하는 게 좋다.

알마티 같은 대도시는 도로가 매우 넓지만 차는 그리 많지 않아 운전하는 데 어려움은 없는 편이다. 다만, 운전자들의 운전습관은 굉장히 거칠다. 우측에서의 추월이 일상적이고 1차선에서 천천히 달리다가는 빠른 속도로   아와 전조등을 번쩍이는 차들에 위협을 당하기도 하고, 길을 비켜 주어도 옆으로 지나가며 눈을 부라리거나 손가락질을 해대며 욕을 하기도 했다. 신호등이 고장 나기라도 하면 도로는 정글이 되어 버리니 알아서 잘 피해 다녀야 한다.

또한, 신호등이 없지만 보행자 건널목 표시가 있고 보행자가 있으면 서 주어야 하는데 이 점은 우리나라보다는 나은 점이다. 한마디로 러시아와 아시아가 뒤섞인 느낌이다.

숙소

역시 부킹닷컴(Booking.com)으로 숙박 예약이 되는데, 일박당 비용은 러시아보다는 조금 비싸다. 전반적인 물가가 러시아보다는 조금 비싼 느낌이 들었다.

특기사항

경찰의 단속이 아주 치사하다. 꽤 먼 곳에서 카메라 단속을 하며, 단속이 시작되면 지나가는 차량은 거의 전부 단속되는 정도다. 실제 달린 속도보다 더 빠른 속도로 단속되는 느낌이고, 뒤쪽에서 쫓아와 단속하는 경우도 있다. 도로 공사구간이 많은데 그런 곳은 추월이 금지된 지역이며, 대부분 시속 50㎞ 구간이라 아주 위험한 구간이다.

단속이 되면 경찰차로 들어가 설명을 듣게 되는데, 대부분 현장에서 돈을 주고 빠져 나온다(원래는 3~5만 텡게 정도를 은행이나 국경에 낸다고 한다). 일반적으로 10,000텡게(한화 6만 원가량)를 내는 것이 적정선인 듯 하다.**39** "(벌금을) 지금 내도 되는가(Can I pay now)?" 물어보고 차량의 적당한 곳에 돈을 꽂아 주면 여권을 돌려 줄 것이다. 최대 하루에 세 번 단속되어서 두 번 낸 적이 있다. 한 번은 돈이 없어 사실대로 말했더니 그냥 가게 되었다.

39   카자흐스탄에 사시는 블로그 독자 분의 설명은 통상 2천 텡게 정도가 외국인의 적정선이라고 한다.

O. 러시아의 유네스코 세계유산 목록

항목	등재 연도	구분	쪽
상트페테르부르크 역사 지구와 관련 기념물군	1990		481
키지 섬	1990		439
모스크바의 크렘린 궁과 붉은 광장 - 크렘린 - 붉은 광장	1990		348 332
노브고로트 역사기념물군과 주변지역	1992		450
솔로베츠키 섬	1992		
블라디미르와 수즈달의 백색 기념물군	1992		284
트리니디 세르기우즈 수도원	1993		376
콜로멘스코예 교회	1994		359
코미 원시림	1995	N	
바이칼 호	1996	N	139
캄차카 화산군	1996	N	
알타이 황금산	1998	N	
캅카스 서부지역	1999	N	
페라폰토프 수도원	2000		424
카잔 크렘린 역사건축물	2000		243
크로니안 스피트	2000	N	
씨커트 알린 산맥 중부지역	2001	N	
데벤트의 고대도시와 요새	2003		
우브스 분지	2003	N	
브란겔랴 섬 보호구의 자연체계	2004	N	
노보데비치 수도원의 건축물군	2004		355
야로슬라블시가의 역사지구	2005		401
스트루베 측지 아크	2005		
푸토라나 고원	2010	N	
레나 석주 자연공원	2012	N	
볼가르 역사고고유적군	2014		

표 13_러시아의 유네스코 세계유산 목록(N: 자연유산)

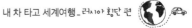
내 차 타고 세계여행_러시아 횡단 편